suhrkamp taschenbuch 1361

Ricarda Huch, geboren am 18. 7. 1864 in Braunschweig, ist am 17. 11. 1947 in Schönberg im Taunus gestorben.
Ricarda Huch stammt aus einer niedersächsischen Patrizierfamilie. Ihre Brüder Felix und Rudolf traten auch als Schriftsteller hervor. Sie besuchte die Schule in Braunschweig, um dann in Zürich Geschichte, Philologie und Philosophie zu studieren. Sie war eine der ersten Frauen, die zum Dr. phil. promovierten. Von 1891–97 war Ricarda Huch Sekretärin an der Zentralbibliothek in Zürich, später dort und in Bremen Lehrerin. Sie lebte längere Zeit im Ausland. Seit 1906 in Braunschweig, 1929–1932 in Berlin, seit 1932 in Heidelberg, Freiburg und Jena. Kurz vor ihrem Tod siedelte sie nach Frankfurt über.
Michael Unger, Sohn eines reichen norddeutschen Patrizierhauses, verläßt aus Liebe zu der Malerin Rose seine Frau Verena. Er sprengt das Pflichtkorsett bürgerlicher Lebensformen, geht nach Zürich und fängt ein Medizinstudium an. Dort schließt er sich einer Gruppe von Künstlern, Studenten und Professoren an, die mit Leidenschaft die Probleme der sich wandelnden Welt diskutieren. Lebensenthusiasmus und Schönheitsrausch, Glückssehnsucht und Existenzangst bestimmen Michaels Leben. An der Seite Roses wächst er langsam zu einer harmonischen Persönlichkeit heran. Aber der ›kurze Traum‹ bricht jäh ab. Michael muß wählen zwischen seiner tiefen Bindung an Mario, seinen Sohn, und einem Leben mit Rose. Seinem Sohn zuliebe trennt er sich von Rose und kehrt in den norddeutschen patriarchalischen Lebenskreis seiner Familie zurück.
Wichtige Werke: »Vita somnium breve« (Roman, 1903); »Die Geschichte von Garibaldi« (2 Bde. 1906 f.); »Das Leben des Grafen Federigo Confalonieri« (Biographie, 1910); »Der große Krieg in Deutschland« (3 Bde. 1912–14, später u. d. T. »Der Dreißigjährige Krieg«); »Luthers Glaube« (Schriften, 1916); »Michael Bakunin und die Anarchie« (Studie, 1923).

Ricarda Huch
Michael Unger

Roman

Suhrkamp

Der Roman erschien erstmals unter dem
Titel *Vita somnium breve* im Insel Verlag, Leipzig 1903. Mit der
5. Auflage, Leipzig 1913, erhielt er den Titel *Michael Unger*.
Umschlagbild: Edouard Manet, Porträt Alphonse Maureau.
Pastell auf Leinwand. Ca. 1880.

suhrkamp taschenbuch 1361
Erste Auflage 1987

Lizenzausgabe mit freundlicher Genehmigung
des Insel Verlags, Frankfurt am Main
Suhrkamp Taschenbuch Verlag

Druck: Nomos Verlagsgesellschaft, Baden-Baden
Printed in Germany
Umschlag nach Entwürfen von
Willy Fleckhaus und Rolf Staudt

1 2 3 4 5 6 – 92 91 90 89 88 87

Michael Unger

Dies also, dies ist das Leben, Michael Unger? Dies sind die süßen und tödlichen Früchte, die du von seinem Baume zu pflücken gedachtest? Nichts anderes als dies bedeutete das Rätsellied, das die Glücksfee sang, als sie mit glänzendem Leib und stolzem Auge an deiner Wiege stand und Blumen und Verheißungen auf die feine Decke schüttete, unter der du träumtest? Während am unendlichen Himmel eine göttliche Sonne schwebt, von heiteren Herzen unter Gesängen angebetet, trägst du wie ein Esel Tag für Tag deine Säcke voll Arbeit zur Pflichtmühle, auf ödem Futterwege alternd. Darum die Hoffnungen! Darum die unendlichen Wünsche!

Jahr um Jahr ging er denselben Weg, vom Wohnhause ins Geschäftshaus und zurück, die langen, geraden, reinlichen Straßen und die gepflegte Kastanienallee bis zu dem stattlichsten Bau in der Reihe, allein oder an der Seite seines Vaters, Geschäfte und Tagesangelegenheiten besprechend oder ein gelesenes Buch bedenkend, zufrieden im gleichmütigen Genusse der behaglichen Gegenwart. Heute, an dem warmen Vorfrühlingstage, der an sich nicht ereignisreicher war als ein beliebiger anderer, erhoben plötzlich Gedanken, die seit längerer Zeit unterirdisch in ihm gepocht und gewühlt hatten, laut ihre fremde Stimme, gerade in dem Augenblicke, als er aus dem Kontor auf die Straße trat und mit sonst nicht empfundenem Widerwillen die bekannten Gesichter von Ladenmädchen, Arbeitern, Angestellten sah, die täglich um diese Stunde vorüberkamen und heute flüchtig nach dem blauen Sonnenhimmel hinaufschauten.

Wenn ich sterbe, fragte er sich, werde ich mehr oder etwas anderes gewonnen und zugenommen haben, als äußeren Besitz und etwa Geschick und Kenntnisse in Handel und Wandel? Man kann einen Ball einmal oder tausendmal in die Höhe werfen und wieder auffangen, ohne daß es einen anderen Unterschied machte, als daß er mehr oder weniger abgenützt wird; ebenso bleibt es sich gleich, ob ich heute oder in zehn oder in fünfzig Jahren sterbe. Es ist wahr, daß auch mein Vater nichts anderes mit Arbeit und Sorge erreicht hat, als Geld, eine schöne Frau, die allen lächelt und für ihn nur kühle Blicke hat, und Söhne, auf die er seine Hoffnungen überträgt und die ihm nicht einmal für das danken, was er für sie getan hat. Ich bin nicht mehr als er, und kann nicht mehr als er erwarten. O Bitterkeit, daß ich nichts anderes habe und nichts anderes bin, als diese Kaufleute mit den rötlichen Backenbärten und den nackten leeren Augen, auf die ich mitleidig herabzusehen pflegte, die auch mit Arbeit und Sorge Geld errungen haben, eine schöne Frau und hochmütige Kinder! Die vor mir die Überzeugung voraus haben, daß dies das Wichtigste und Größte ist, was man dem Leben abgewinnen kann.

Er war inzwischen auf die Allee gekommen, wo weniger Menschen gingen und wo seine Gedanken sich allmählich beschwichtigten. Wenn der Rosenschleier der Jugend zerreißt, sagte er sich, erkennt man, daß die Wolkenschlösser und die Duftinseln am Horizonte Luftspiegelungen der sehnsüchtigen Phantasie waren. Wehe dem, der aus solchen träumerischen Gespinsten das Gewand seines Lebens weben will! Das eben ist die Kunst des Lebens, zur rechten Zeit zu erwachen und die Träume abzuschütteln!

Es fiel ihm ein, gehört zu haben, daß er sich langsam entwickelt habe und lange Kind geblieben sei, und nun glaubte er sich auf einer jugendlichen Schwäche ertappt zu haben, die seinem Alter, da er fast dreißig Jahre alt war, bei weitem nicht mehr gemäß schien. Jetzt erst werde ich gewahr, fuhr er fort, daß der bunte Flor vor meinen Augen fehlt, und es widert mich an, was mich umgibt, Menschen und Sachen. Selbst diese braunglänzenden Kastanienknospen, die mir einst ein Frühlingswunder bedeuteten, erregen mir den Ekel sinnloser Langeweile, aus keinem anderen Grunde, als weil mein Auge trocken geworden ist.

Indem das breite, feste Haus mit dem großen Garten dahinter sichtbar wurde, aus dem die noch kahlen Zweige hoher Bäume starrten, wo sein ganzes Leben sich abgespielt hatte, fühlte er seine Anhänglichkeit daran zugleich mit der Zuversicht, daß er die häßliche Stimmung, die ihn seit einiger Zeit drückte, überwinden würde.

Als ich klein war, dachte er, glaubte ich, wenn an Frühlingsabenden die Pappeln vor dem Hause rauschten, sie sängen einen Gesang, der hieße: »O Leben, o Schönheit! O Leben, o Schönheit!«, und mein kindliches Herz sang diese beiden Worte unersättlich mit, in stiller Verzückung nach einer wilden Melodie, womit, meinem Gefühle nach, die Seele aller Poesie von meinen Lippen strömte. Das war ja Leben und Glück, wenn ich es auch nicht wußte. Und daß jetzt die Frau, die ich liebe, mit meinem Söhnchen, das mein ganzes Herz erfüllt, unter denselben Bäumen wandelt, ist das nicht schönste Erfüllung? Wird auch die schwärmende Liebe zu der Frau, die wir wie eine Göttin umwarben, gedämpft, ehren wir sie dafür um so mehr als Mutter unserer Kinder, die der Mittelpunkt unseres Lebens werden. Es ist das allgemeine Menschenlos, daß wir unsere liebsten Träume auf unsere Kinder übertragen, und hoffen, daß das Wunder, auf das wir verzichteten, an ihnen wahr wird. Vielleicht ist anderen anderes beschieden, und der schaffende Geist schöpft Märchenzauber in die Wirklichkeit aus einer Schatztiefe, die dem gemeinen Menschen verschlossen ist. Wer zu diesen Seltenen nicht gehört, muß sich begnügen, aus dem, was sie dachten und bildeten, einen Strahl in sein Leben zu leiten, damit es im Staube des Alltags und im Dienste der Notdurft doch nicht gemein werde.

Mit dem Gedanken an sein Kind war ein Lächeln in Michaels Gesicht aufgegangen, aber der Druck war, obwohl er es sich vorredete, durchaus nicht von seinem Gemüte gewichen. Als er in den Garten eintrat, wo seine Frau mit einer Freundin stand, die ihn, wie viele andere Mädchen, heimlich hoffnungslos geliebt hatte, fühlte er sich, ohne zu wissen warum, gestört, nahm sich aber zusammen und ging den beiden zu freundlicher Begrüßung entgegen. Seine Frau, die auf ihn hatte zueilen wollen, tat, wie sie die Verstimmung in seinem Gesichte bemerkte, die letzten Schritte langsamer und berührte mit ihrer langen, schmalen Hand seine ausgestreckte nur scheinbar. Indessen betrachtete die Freundin Michael verstohlen und dachte: Der Erzengel bist du! Dein sind die Töchter der Erde! Du schreitest über dem Staube, dein flüchtigster Blick versetzt unter die Sterne! und dergleichen mehr, was Michael außerordentlich komisch vorgekommen sein würde, wenn er es geahnt hätte. In völliger Unbefangenheit dachte er nur daran, in diesem Augenblick ein Alleinsein mit Verena, seiner Frau, zu vermeiden, deren frostiges Gesicht verriet, daß sie gekränkt war, und knüpfte ein Gespräch mit dem jungen Mädchen an, das sich aber doch, verlegen und aufgeregt, bald entfernte. Kamen ihm nun auch seine Eltern, die im Garten auf und ab gegangen waren, und später das Mittagessen zu Hilfe, so blieb die Auseinandersetzung doch nicht aus; denn Verena konnte nicht leicht vergessen, am wenigsten, wenn sie sich durch Kälte von demjenigen, den sie am meisten, ja einzig auf der Welt liebte, beleidigt glaubte. Es war in der letzten Zeit nicht selten vorgekommen, daß Verena ihm Mangel an Innigkeit, Vertrauen und Feuer vorgeworfen hatte, was Michael besonders peinlich und ärgerlich war, da er durch keinen guten Willen etwas daran ändern zu können glaubte und ihr vielmehr schuld gab, daß sie sich an eine gewisse Schlichtheit und Mittelmäßigkeit, die der Alltag mit sich bringe und dem Menschen auch nützlich, ja notwendig sei, nicht gewöhnen wolle.

»Sieh«, sagte er, während sie zusammen am Fenster standen, »wenn wir alle Tage aus dem Tiefsten unseres Herzens heraus lebten, würden wir bald erschöpft und aufgerieben sein. Auch darin, daß wir uns vielleicht einmal kaum bemerken, daß uns das Herz nicht höher schlägt, wenn unsere Hände sich berühren, liegt ein Reiz, so wie das stille Ruhenkönnen in der leisen, unbekümmerten Natur ihr Schönstes und Göttlichstes ist. Laß es dir doch genug sein an dem bescheidenen Gange des Lebens und erwarte keine Wunder, am allerwenigsten aber von mir, den du vielmehr ganz und gar, in jedem Zusammenhange kennen und wie das Brot auf dem Tische liebhaben solltest. Warum kann ich mich niemals ohne Furcht und Mißtrauen schweigend an dich lehnen, mich bei dir ausruhen, glücklich, die Kleinlichkeit des Geschäftes zu vergessen und mit dir dem Stammeln und Zappeln unseres Kindes zuzusehen? Der Hauch des Frühlings dringt zu uns durch das Fenster, hinter uns stehen buntverschleierte Lampen neben einladenden Sesseln und zahllose reizende Bequemlichkeiten, welche die meisten Menschen entbehren; wir genießen es nicht, sondern tragen Unfrieden, Streit und Widerstreben hinein.«

»O Gott«, rief Verena aufflammend, »daß du mir mit jedem Blick und jedem Wort Altweibermoral und Bierbürgerideale predigen mußt! Gibt es denn nichts auf Erden zu ersehnen, als die Ruhe im Arm des Weibes und Dämmern im Sessel bei verschleiertem Lampenlicht? Halte mir doch nicht diese abgestandene Zimmerpracht vor als eine hohe Glückesgabe, deren wir uns würdig zeigen müssen, indem wir sie faulenzend genießen. Wären wir Bettler! Müßten wir barfuß durch die Frühlingsnacht wandern und in der Fremde um das Brot für unser Kind kämpfen! Die Ruhe und Wohlhabenheit des Hauses, die bei Verlust der Seelenseligkeit nicht gestört werden durfte, war der Fluch meiner Kindheit und Jugend. Da sah ich dich und dachte, du würdest mich erlösen!«

Sie sah ihn mit ihren schönen, dunklen Augen traurig an, und er erinnerte sich ihrer Brautzeit nicht ohne Wehmut und ein unbewußtes Reuegefühl. »Ich hatte immer die Ahnung«, sagte er nach einer Weile, »daß du mehr von mir erwartest, als ich leisten kann. Ja, du kennst mich nicht, das ist unser Unglück, und das macht unsere häufigen Mißverständnisse aus, daß du einen andern anredest, ein Bild deiner Phantasie, dem vielleicht mein Bruder Raphael eher entspräche, und daß doch die Antwort von mir kommt. Man sagt, daß ich ein schönes und bedeutendes Gesicht habe, und das mag dich verführt haben, dämonische Triebe bei mir zu suchen, die dir ein abenteuerlich hinreißendes Leben versprachen. Aber ich bin nichts anderes und will nichts anderes sein, als ein mittelmäßiger Mensch, mit menschlichen Schwächen und Neigungen, der den Wunsch hat, das gut zu machen, was seine Pflicht von ihm fordert, und dessen größter Vorzug es eben sein mag, daß er seine Grenzen kennt. Diesen Menschen, der ich in Wirklichkeit bin, kennst du weder, noch liebst du ihn.«

Er sprach aufrichtig und mit Überzeugung aus, was er sich an eben diesem Tage klar zurechtgelegt hatte, und war fast erschrocken über die Wirkung seiner Worte; denn Verena glaubte in seiner Behauptung, sie kenne und liebe ihn nicht, einen zärtlichen Vorwurf zu hören, und sogleich im Innersten dadurch umgewendet, warf sie sich heftig zu seinen Füßen nieder und schluchzte: »Ich liebe dich nicht? O Michael, ich liebe dich allzusehr, mit unsäglichen Schmerzen! Sage auch das nicht, daß ich dich nicht kenne. Nur ich kenne dich, nicht deine Eltern, du selbst dich nicht. Sähest du dich mit meinen Augen! Ja, dein Gesicht verrät dich, wie anders du bist, als du glaubst. Wolle nur, du könntest alles, wenn du nur wolltest. Ein Jahr lang schon schmachtet mein Herz an deinem Herzen, und du gibst mir nichts als das bürgerliche Vorschriftsgefühl, in das du auch deine Liebe eingezwängt hast. Hundertmal, wenn du kamst, warf ich mich dir entzückt und erwartungsvoll entgegen, und wenn ich dann den ledernen Panzer, in den du dich geschnürt hast, berührte, wurde mein Herz kalt und kehrte sich ab. Ein ganzes Leben in bequemem Genuß an deiner Seite verlebt, gäbe ich gerne, wenn ich dich einen Tag lang sehen könnte, wie du bist, in der Kraft und Schönheit deines Wesens.«

Sie sprach die letzten Worte unter Tränen an seiner Brust, denn es war ihm unterdessen gelungen, sie an sich zu ziehen, und er streichelte, in Gedanken verloren, sanft ihre schweren blonden Haare, froh, daß ihn eine warme, erbarmende Zärtlichkeit für sie überkam.

»Armes Kind«, sagte er liebkosend, »ich glaube, du kennst dich selbst noch weniger als mich. Was möchtest du denn, das ich täte? Soll ich mein Hab und Gut auf einem Scheiterhaufen verbrennen und sagen, alles ist eitel, oder es unter die Armen verteilen und den Steinen predigen? Soll ich Parteigänger werden, Vereine gründen und Volksreden halten? Soll ich einen sechsten Weltteil entdecken oder ausziehen, um den Stein der Weisen zu suchen? Alles das würde dir in Wirklichkeit nicht gefallen.«

»Wenn es dir Ernst wäre, warum nicht«, sagte sie weich. »Könnte ich dir in Worten sagen, was ich so deutlich fühle. Als ich ein junges Mädchen, ein halbes Kind noch war, wenn ich dann an solchen Frühlingsabenden zusah, wie alle Gegenstände langsam in der großen stillen Nacht untergingen, fühlte ich die ungeheure Macht des Lebens mir so nah, als könnte ich mit meinen Händen den Schleier davonziehen, und nur eine wunderliche Scheu, ja die Sehnsucht selbst hielt mich davor zurück. Alles, was ich kannte und was mich umgab, war so anders, so schattenhaft, so fade und häßlich gegen das Leben, das sich meiner Seele offenbarte; erst als ich dich kennenlernte, glaubte ich es zu berühren.«

»Liebe Verena«, sagte Michael, indem er sie auf die braunen Augen küßte, »diese Sehnsucht, die du fühltest, war nichts als die Sehnsucht der ganzen keimenden Frühlingserde und ging in dich hinein, nicht nach außen in die Welt. Nach Liebe sehntest du dich, nach Blüten und Früchten, und was dich bei meinem Anblick ergriff, war die Ahnung des Glückes, das uns in unserem Kinde beschieden sein sollte.«

Sie schüttelte den Kopf, aber entgegnete nichts, um die zärtliche Stimmung nicht zu verscheuchen, in der es ihr wohl war. Im Innern wiederholte sie sich stürmisch: Nein, es kann nicht sein, das kann nicht alles sein! wie sie unzählige Male dachte, wenn sie, an dem kleinen Kinderwagen sitzend, die alte Sehnsucht fühlte, nur nicht mit der früheren Wonne und Zuversicht, sondern wie aus einer Gefängniszelle heraus, deren Pforte nicht knarrt, wie mit Flügeln, die ein unglücklicher Flug gelähmt hat.

Michael ahnte, was für Gedanken sie zurückhielt; er rief sich die ersten Monate ihrer Schwangerschaft ins Gedächtnis zurück, wo sich das Nichtverstehen zwischen ihnen ausgebildet hatte; denn keine himmlische Beseligung hatte sich an ihr gezeigt, wie er es für selbstverständlich gehalten hatte, sondern ein qualvolles inneres Ringen, das bald in bitterer, spröder Kälte, bald in glühendem Haß gegen ihn ausbrach, bis sie schließlich, aufgelöst und demütig, wie eine, die sich zum erhabensten Opfer entschlossen hat, mit krampfhaft gesteigerter Liebe an ihm niedersank. Dies alles hatte er mit Befremden angesehen, wie ein Schauspiel, in dem er seine Rolle nicht kannte, und eine immer wachsende Enttäuschung bemächtigte sich seiner, wovon er aber, zartfühlend und gut wie er war, angesichts ihrer Leiden nichts hatte merken lassen. Wenn er sich kälter werden fühlte, hielt er sich vor, wie sehr er sie geliebt hatte, wie sie so fein, klug, stolz und feurig war, und vor allem, daß er sein Wort gegeben hatte, ihr treu zur Seite zu stehen und sie zu beglükken; was stets genügte, um ihn in einem gleichmäßigen Betragen voll Rücksicht und liebevoller Freundlichkeit gegen sie zu erhalten. Dazu kamen ihm jetzt, während sie an ihn gelehnt sich am Gefühle seiner zärtlichen Nähe berauschte, die Gedanken des Vormittags zurück, und er freute sich seiner geistigen

Kraft, die ihm möglich machte, die Trockenheit des Lebens zu erkennen und bewußt auf sich zu nehmen, anstatt wie sie, die Schwächere, sich ein phantastisches Dasein in Nebel und Wolken zu erschleichen und dabei, strauchelnd und unsicher, stets der hilfreich stützenden Hand zu bedürfen.

Ein helles Geschrei weckte sie aus ihren Gedanken, und sie eilten beide, vergnügt lachend, in das Kinderzimmer, um zu sehen, was es gäbe. Dort hatten sich bereits mehrere Dienstboten und Michaels Eltern versammelt und sahen zu, wie die Amme das schreiende Kind singend und wiegend im Zimmer herumtrug, ohne die leiseste Veränderung dadurch zu erzielen. Der Großvater holte Uhr und Kette, einen goldenen Bleistift und was er sonst dergleichen bei sich trug, hervor und hielt es dem Enkel hin, in der Hoffnung, die kleinen geballten Hände möchten sich lösen und danach greifen, doch vermehrte sich nur seine Wut, da die Amme einen Augenblick zu singen aufhörte, um Verena Rede zu stehen, die ihr schuld gab, die vorgeschriebene Pünktlichkeit in der Ernährung nicht eingehalten zu haben. Der winzige und doch energische Zorn, der sich durch nichts begütigen ließ, hatte etwas Komisches, zugleich aber lag das Unaufhaltsame der Elemente darin, das man erstaunt und bänglich über sich austoben lassen muß. Michaels Mutter, die schöne Malve, die sich bei solchen Gelegenheiten niemals beteiligte, lag bequem zuschauend in einem Sessel und sagte lächelnd: »Er kommt mir wie ein häßlicher kleiner Fetisch vor, den das Volk, über seinen Zorn erschrocken, in Prozession herumträgt und mit Gebet und Opfern zu versöhnen sucht.« Indessen gelang es Michael, der geschickte, kräftige und weiche Hände hatte, den aufgeregten Schreihals zu beschwichtigen, und wie die zarten Hände sich krampfhaft um seinen Finger schlossen und die dunklen heimatlosen Augen sich an seinen festsaugten, als hätten sie endlich ihre Ruhe gefunden, empfand er ein warmes, großes Lebensgefühl, das seine Brust ganz ausfüllte und, aus unerschöpflicher Fülle strömend, sich dicht um das gebrechliche Geschöpf in seinen Armen wie eine schützende Wolke legte.

Wer hätte nicht Waldemar Unger und Malve Santen beneidet, als sie mit großem Aufwand im Dome Hochzeit hielten? Dennoch konnte niemand ihnen etwas Böses nachsagen, als dem Manne, daß er ein Fremder war, nämlich aus Spanien eingewandert, wenn auch von deutschen Vorfahren, die sich dort niedergelassen, abstammend, und dem Mädchen etwa, daß es eitel und gefallsüchtig sei, freilich nicht mehr als jede andere Schöne. Manch ein Gutmütiger, der sich des herrlichen Paares freute, das zum Altar schritt, schüttelte bedenklich den Kopf und fragte: Wird ihre Zeit bald um sein? Hat es noch niemals nachts an ihre Fenster geklopft oder in ihre Träume gegrinst, um sich zu verkündigen? Denn man konnte es ihrem dreisten Dahinschreiten ansehen, daß sie nicht dem Worte Gottes zu folgen gewohnt waren, sondern der rollenden Fortuna, die der Sage nach ein blaues Irrlicht in den Locken trägt, womit sie die Unbedachten, die ihr trauen, in Sumpf und Untergang lockt.
Waldemars Erscheinung war immerhin erbaulicher als die ihre; denn sein Gesicht war durch die natürlichen Formen sowohl wie im unbewußten Ausdruck ernst, ja melancholisch, und obgleich er niemals über die göttlichen Dinge nachgedacht hatte, pflegte er doch unwillkürlich in der Kirche, wie überhaupt bei feierlichen Anlässen eine Würde anzunehmen, die seinem Wesen nahelag und ihm wohl stand. Sie dagegen ging wie eine junge Königin zur Krönung und ließ ihre Augen frei über die Menge gleiten, mit dem Lächeln der Herrscherin, die sich freut, daß ihre Untertanen zahlreich zur Huldigung erschienen sind. Es verursachte ihr ein angenehmes Lustgefühl, ihr seidenes Kleid im Gehen rascheln zu hören und sich bewußt zu sein, daß an ihrem anmutig gerundeten Gesichte unter den glänzend schwarzen Haaren, an ihrer hohen, schlanken und vollen Gestalt nicht der kleinste Fehler war, und daß der Mann an ihrer Seite ebenfalls schön, stattlich und tadellos in Erscheinung und Kleidung war, wie sie selber.
Sie wußte, daß es üblich für Bräute war, sich am Hochzeitstage ernst und gerührt zu gebärden, aber sie gedachte nichts davon mitzumachen, weil sie gewohnt war, am meisten zu gefallen, wenn sie sich gehenließ, und weil sie stolz darauf war, keinerlei Weichmütigkeit und Beängstigung irgendwelcher Art zu

empfinden. Sie konnte in ihrer Hochzeit nichts anderes als ein Freudenfest sehen, wie sie überhaupt, der Liebling des Glückes, von den Kümmernissen und Bedenken der anderen Menschen nichts wußte und wissen wollte. Nicht einmal die Tränen der Liebe, in denen auch fröhliche und glückliche Mädchen gern schwelgen, hatte sie kennengelernt. Nachdem sie mehrere Freier abgewiesen hatte, war Waldemar Unger in ihrer Vaterstadt erschienen, schöner und eigenartiger als alle ihr bekannten jungen Leute, und deshalb, wie sie nicht zweifelte, bestimmt, ihr anzugehören. Ehe sie einander vorgestellt waren, hatten ihre Herzen sich schon verbündet, und da er wohlhabend und willens war, mit ihrem Vater, der ein bedeutendes Speditionsgeschäft hatte, in Verbindung zu treten, standen ihren Wünschen keine Hindernisse entgegen.
Auch in der Folge sah man die Malve immer stattlich, glatt und lächelnd im Schimmer gewählter Pracht. Sie wirkte niemals überladen und ihre heitere Liebenswürdigkeit niemals albern oder langweilig; denn die feinen, tiefschwarzen Augenbrauen zogen sich in ausdrucksvoller Linie, wie von Schmerz gehoben in ihre Stirn, so daß es aussah, auch wenn sie lustig war, als träumte dort ein Weh oder ein trauriges Sinnen. Man wußte, daß zahlreiche Verehrer in ihr Haus kamen, doch verlautete nie etwas Übles, was füglich ihrer kühlen Natur zugeschrieben werden konnte, die sich nicht einmal dem erstgeborenen Kinde gegenüber mit Hingebung äußerte. Das war Michael, nach dessen Geburt sein Vater das Krankenbett der Malve mit Smaragden und Rubinen behängte, um ihr seine Dankbarkeit kenntlich zu machen, die nicht nur in Gesellschaft als die Schönste und Witzigste glänzte, sondern ihm auch einen gesunden Knaben geboren hatte und in ihrem Wochenbette so bezaubernd war wie im Festsaale. Ihr gefiel es wohl, wenn man sie mitsamt dem Jungen bewunderte, der ihr glänzend schwarzes Haar und ihre Augen mit den geheimnisvollen Brauen, übrigens aber die edelkräftigen, südlichen Züge des Vaters hatte; aber sie gab sich nicht sonderlich mit ihm ab, da Kinder sie leicht ermüdeten. Die Mutterliebe spielte keine Rolle in seiner Kindheit, jedoch die großen, schwarzen, von schweren Lidern etwas gedeckten Augen seines Vaters schienen warm

und unerschütterlich wie die Sonne darüber. Für ihn brannte sein Herz in einer geraden Flamme der Anbetung, die jeder Gedanke, jedes Leid und jede Freude nähren mußte. Sein Vater war die gute Macht, die über seinem Kinderkopf einen zauberhaften Sonderhimmel sich wölben und wohltätig scheinende Sterne daran auf- und niedergehen ließ. Zwar störte auch Malve seinen und ihren eigenen Frieden nicht durch Schelten und Zanken, aber sie hatte doch zuweilen ein scharfes Verbot, irgendeinen schneidenden Ton, wohingegen des Vaters Liebe, die ewig gleiche, die einzig unveränderliche blieb, die Leben und Wonne verlieh auch in bitteren Augenblicken. Für ihn und durch ihn zu sterben war, solange Michael Kind war, die höchste Lust, die er sich vorzustellen vermochte. Gerade daß Waldemar meist ernsthaft und schweigsam war, machte ihn so hehr und unantastbar und sein Lachen und Augenglänzen, wenn er mit Michael spielte, so hinreißend. Je älter indessen Michael wurde, desto weniger wußte sein Vater sich mit ihm zu beschäftigen, besonders daß er auf die vielen Fragen, die er stellte, als er anfing zu lernen und nachzudenken, nicht einging, empfand er als Mangel. In dieser Zeit gewann die Malve an Bedeutung für ihn, die es liebte, mit ihm zu plaudern und zu phantasieren und sich von ihm allerlei, was er gehört oder gesehen hatte, erzählen zu lassen. Abtrünnig wurde er aber seinem Vater deswegen nicht, sondern er schrieb dessen Unempfänglichkeit einem Kummer zu, an dem er litte und der ihn verschlossen gemacht hätte, welches Kummers Grund ausfindig zu machen auch nicht schwer war, nachdem er einmal darauf zu merken angefangen hatte. Es konnte ihm nicht entgehen, daß zwischen seinen Eltern die Liebe und Gemeinschaft nicht bestand, durch welche Kinder zunächst alle Menschen und vorzüglich die, welche ihnen nahestehen, verbunden glauben, wie auch nicht, daß seine Mutter an diesem unnatürlichen Verhältnis schuld war. Er sah, daß sein Vater unablässig arbeitete und mit dem Gelde, das er verdiente, schöne Kleider, Schmuckgegenstände, Zierat für das Haus, Leckereien und Kostbarkeiten kaufte, um sie der Malve zu schenken, und daß sie es wie etwas ihr Gebührendes mit kühlem Danke hinnahm, häufig auch belachte und bespöttelte, wenn es ihrem Geschmack nicht entsprach, und nie den Versuch machte, seine Aufmerksamkeit in irgendeiner Weise zu erwidern. Gegen alle Menschen, die im Hause verkehrten, war sie wärmer als gegen ihn, und das Urteil des Gleichgültigsten und Unbedeutendsten war ihr wichtiger als seines, ja wenn sie sich nicht zuweilen geradezu feindselig gegen ihn betrug, lag es nur an ihrem Hang zur Behaglichkeit und ihrer angeborenen gefälligen Liebenswürdigkeit. Dies zu beobachten machte Michael stets größeren Schmerz, je mehr der Liebreiz seiner Mutter und namentlich ihre anmutige Laune ihn fesselten und er sich der Treulosigkeit an seinem Vater schuldig fühlte.

Er war etwa fünfzehn Jahre alt, als er durch seinen Bruder Raphael, der alles Heimliche und Verbotene auszuspüren wußte, erfuhr, seine Mutter habe in den ersten Jahren ihrer Ehe eine Leidenschaft zu einem anderen Manne gehabt, wodurch denn die Spannung zwischen ihr und ihrem Manne genügend erklärt war. Michael konnte sich schwer vorstellen, daß die schöne, ruhige, selbstzufriedene Frau einmal mit Liebesschmerzen sollte gekämpft haben, vollends erstaunlich und eigentlich empörend aber war es ihm, daß der Gegenstand ihrer Neigung ein kleiner häßlicher Jude namens Arnold Meier war, der als treuer Hausfreund mit seinen frühesten Erinnerungen verknüpft war. Die Malve hatte es so einzurichten gewußt, daß der geliebte Mann ihr wenigstens als Freund erhalten blieb und aus der Härte der Entsagung ein Verhältnis erwuchs, das allmählich dazu beitrug, die Gemütlichkeit des Hauses zu erhöhen; denn auch Waldemar, obwohl er seine in der Verschiedenheit der Naturen und in den Umständen doppelt begründete Abneigung nie überwand, gewöhnte sich mit der Zeit an den unausbleiblichen Besucher, der alle Lücken ausfüllte, alle toten Stellen belebte und die nüchternste Stimmung würzte. Michael indessen hatte ihn, seit er denken konnte, verabscheut, ursprünglich aus keinem anderen Grunde, als weil er seines Vaters Gesinnung fühlte und seine Mutter, wie es ihm schien aus Trotz, den zudringlichen Menschen durch offenes Vertrauen begünstigte. Später unterstützte er seinen Widerwillen auch durch Gründe: Arnolds hin und her fahrende Lebhaftigkeit erschien seinem ruhigen Temperament unmännlich, und seine

prahlerische Vielwisserei kam ihm wie ein aus hundert bunten zusammengebettelten Läppchen gefertigtes Kleid vor, das ein gediegener Mann sich zu tragen schämte. Dennoch wurde er immer häufiger in die harmlose Munterkeit, die zwischen Arnold Meier, seiner Mutter und seinem jüngeren Bruder herrschte, hineingezogen. Gegenstand der Scherze waren nicht selten Geschäftsfreunde seines Vaters, ihm in seiner Kindheit geheiligte Personen, deren Schwächen ihm aber, wie er größer wurde, doch auch nicht verborgen blieben. Waldemars bester Freund war Herr Peter Unkenrode, ein um mehrere Jahre älterer, in der Stadt angestammter Mann, dessen Reichtum den aller anderen Kaufleute, auch der begütertsten, so sehr überstieg, daß ihm eine Art oberhirtlicher Stellung bereitwillig von jedermann eingeräumt wurde. Arnold Meier, der sozialdemokratische Neigungen hatte und nur Geist gelten ließ, machte diesen mit Vorliebe zur Zielscheibe seiner Witze und wurde darin von der Malve unterstützt; denn Geld imponierte ihr nicht, solange sie selbst reichlich davon hatte. Er nannte Peter Unkenrode das goldene Kalb, was besonders dann eine gewisse Berechtigung zu haben schien, wenn man ihn bei öffentlichen Gelegenheiten sich gravitätisch bewegen sah, als trüge er einen massiven Heiligenschein aus purem Golde auf seinem Kopfe mit dem rötlichblonden Haar, den steifen, glänzenden Augen und der glattgespannten Haut. Aus den unzähligen Späßen, die in bezug darauf gemacht wurden, bildete sich ein Kranz von Legenden, wobei für die Eingeweihten der vorzüglichste Reiz darin bestand, daß ihre Bedeutung vor Waldemar verborgen bleiben mußte, da ihn solche Pietätlosigkeit in die bedrohlichste Wut versetzt haben würde.
Als an einem hohen Feiertage für gut befunden wurde, daß die ganze Familie zur Kirche ginge, schilderte Arnold Meier vor dem Aufbruch und selbstverständlich in Abwesenheit des Vaters, wie Prediger und Gemeinde es anstellten, beim Gottesdienste unter den gebräuchlichen Zeremonien doch eigentlich dem goldenen Kalbe die Ehre zu geben, welches das auch wohl wüßte und das verstohlene Verbeugen und Handaufheben, womit es angebetet würde, mit ebenso heimlichem Nicken und Blinzeln annähme. Auch würden, behauptete er, die herkömm-

lichen Kirchenlieder geschickt um ein unmerkliches abgeändert, wie denn anstatt des bekannten Verses: »Wie groß ist des Allmächtgen Güte, Ist der ein Mensch, den sie nicht rührt« gesungen würde:

Wie groß ist unsres Kalbs Vermögen,
Ist der ein Mensch, den das nicht rührt?
Der frech in feuerfesten Trögen
Den Zins erstickt, der ihm gebührt?

Unterwegs, nachdem sich Arnold Meier verabschiedet hatte, konnten die Malve und Raphael kaum ihre Lachlust unterdrücken, und in der Kirche brachten die listigen Blicke, welche die Malve von Zeit zu Zeit auf Herrn Peter Unkenrode warf, selbst Michael aus der Fassung. Da er vollkommen der Meinung seines Vaters war, daß Ehrbarkeit der Haltung in der Kirche den gebildeten Menschen bezeichne, ärgerte ihn der törichte Schabernack, an dem er sonst von Herzen gern teilgenommen hätte, nicht nur, weil er überhaupt gern lachte, sondern weil er auch nicht umhin konnte, Peter Unkenrode lächerlich zu finden. Die Selbstverständlichkeit, mit der er sich seines Reichtums wegen eine ungemeine Wichtigkeit beimaß, sein salbungsvolles Moralisieren, das im Grunde auf eine Verherrlichung aller Eigenschaften, durch die man zu Wohlstand gelangen, und auf strafende Verwerfung aller, durch die man davon einbüßen kann, herauskam, hätte er so gut wie Arnold Meier verspotten können. Doch hielt er aus Rücksicht auf seinen Vater an sich und machte namentlich nicht mehr gemeine Sache mit jenem, seit er wußte, aus welcher Quelle sich die Freundschaft mit seiner Mutter und die Abneigung des Vaters entwickelt hatte.
Die schmerzliche Entrüstung über seine Mutter indessen hielt nicht lange an, deren unbegreifliche Neigung sie ihm vielmehr merkwürdig und rührend machte. Wie hatte die schöne Frau sich in dies Männchen vergaffen können, dessen Gesicht in lebhafter Bewegung etwas Affenartiges bekam, und an dem höchstens die geistreich blitzenden Augen und die von wohlklingender Stimme getragene Beredsamkeit allenfalls anziehend wirken konnten. Er lebte als Privatgelehrter von einem kleinen ererbten Vermögen, das ihm kein glänzendes Auftreten ermög-

lichte; auch suchte er durch ungepflegtes Äußere von den Durchschnittsherren der Gesellschaft abzustechen. Malvens Unfolgerichtigkeit nun, mit der sie seine ärmliche Kleidung als künstlerische Nachlässigkeit rühmte, während sie sonst über jede Abweichung von Eleganz und Mode spottete, belustigte Michael. Wie sie sich, ohne es selbst zu wissen, in allen Dingen Arnolds Geschmack und Urteil fügte, in der Einrichtung des Hauses kindliche Versuche machte, seine Ideen über Hauskunst auszuführen, und in den Büchern blätterte, die er empfahl, wenn es freilich auch nur Tändelei blieb, gerade das, was ihn hätte erbittern sollen, weil es seinen Vater erbitterte, machte sie ihm lieber. Er suchte zu vermitteln, wo es anging, ohne daß er den Schein freundlicher Gesinnung für Arnold Meier auf sich zog, von dem er sich nach wie vor mit Abneigung fernhielt. Die dunkle Kraft, die seine Kinderseele an seinen Vater gebunden hatte, klang immer in ihm nach, auch als eigenes Unterscheiden und Wählen ihr das Gegengewicht zu halten begannen, und beherrschte seine Haltung im Leben. Wie er, seinem Geschmack und Wunsch entgegen, sich hatte bestimmen lassen, in seines Vaters Geschäft einzutreten, der seinen Liebling ganz in sein Leben und seine Tätigkeit einzuverleiben strebte, hielt er sich auch bei jeder Meinungsverschiedenheit auf Waldemars Seite, so daß er, selbst wenn er der Gegenpartei beistimmte, seinen Äußerungen doch das Gepräge des Standpunktes gab, den sein Gefühl ein für allemal eingenommen hatte.
Die Malve stützte sich in ähnlicher Weise auf ihren zweiten Sohn Raphael, den sie von Anfang an zärtlicher geliebt hatte als den erstgeborenen, hauptsächlich wohl, weil sie inzwischen um einige Jahre älter geworden und eher geneigt war, sich einmal mit etwas anderem als mit sich selbst zu beschäftigen. Auch war Raphael lebhafter und unterhaltender, als Michael gewesen war, und wußte sich mit immer wechselnden Einfällen und drolligen Launen einzuschmeicheln. Äußerlich glich er seinen Eltern nicht ausgesprochen, doch war er deswegen nicht weniger hübsch; sein lockiges braunes Haar, seine zärtlichen Augen, sein voller Mund mit dem runden Kinn wurden von der Malve überschwenglich gepriesen. Sie bestimmte ihn, da es ausgemacht war, daß Michael Kaufmann würde, zum Künstler, wor-

auf er auch selbst mit raschem Verständnis einging, so daß er schon als Knabe von jedermann wie ein angehender Apollo behandelt wurde, obwohl durchaus nicht einzusehen war, warum. Als Arnold Meiers gelehriger Schüler und mit großer Beweglichkeit des Geistes ausgestattet, lernte er früh Verse machen und über Poesie, Kunst und alles Erdenkliche fließend reden, ja er verriet auch ein hübsches Talent zum Zeichnen und Malen. Was an einem andern gerügt worden wäre, Nachlässigkeiten und Ausschweifungen in der Schule, wurden ihm als aufblühende künstlerische Talente angerechnet und beseligten die Malve, die seine Untaten wie witzige Anekdoten allerliebst wiederzuerzählen wußte.

Als Michael etwa zwanzig Jahre alt war, wurde noch ein Nachkömmling geboren, der den Namen Gabriel erhielt. Es hatte nämlich Arnold Meier den kleinen Michael, der auf den Namen seines Großvaters getauft worden war, scherzweise den Erzengel genannt, was sich erhielt, da sein schönes dunkles Gesicht gut dazu paßte und den Anlaß gab, daß der zweite Sohn den Namen Raphael bekam. Es wurde gleich damals in Aussicht genommen, daß, wenn sich noch ein dritter Erzengel einstellen sollte, er Gabriel heißen müßte, und die Malve malte sich damals gern aus, wie er äußerlich und innerlich beschaffen sein müßte, um zu den beiden anderen zu passen. Da er nun aber kam, als sie längst aufgehört hatte, an ihn zu denken, erregte ihr seine Ankunft weniger Freude als Verdruß, den sie nur, weil sie zu gutartiger Natur war, und besonders weil sie ja nicht nötig hatte, sich um ihn zu bekümmern, nicht an ihm ausließ. Es kam dazu, daß der kleine Gabriel nicht eben häßlich und kränklich, aber doch im Vergleiche zu den älteren Brüdern dürftig war und ein verschlossenes, abstoßendes Wesen hatte, womit man nichts anzufangen wußte. Auch Waldemar, obwohl stets freundlich und liebevoll gegen den Jüngsten, war doch zu schwerfällig geworden, um sich so viel und eingehend mit ihm abzugeben, wie er mit Michael getan hatte, und so blieb der Kleine den Dienstboten überlassen. Nachdem Michael geheiratet hatte, pflegte die Malve zu ihm und seiner Frau zu sagen: »Ihr müßt mir den Gefallen tun, das kleine Zeug für eures auszugeben, denn einer Matrone im weißen Haar, wie ich bin, steht es schlecht an«; wobei sie besonders anmutig lächelte, wohl wissend, daß sie unter den weißen Haaren noch das weiche verführerische Gesicht hatte, dem man nicht böse sein konnte. Verena nahm sich des kleinen Schwagers anfänglich nur aus Pflichtgefühl an, da er aber schon in einem Alter war, wo vernünftiger Einfluß statthaben konnte, entdeckte sie außerordentliche Begabung und Lust zum Erziehungswesen in sich und betätigte dasselbe zum allgemeinen Erstaunen und Vergnügen an dem vernachlässigten Kinde. Da Gabriel zu Kinderspielen keine Lust hatte und am allerwenigsten zu lärmenden Kinderspielen, hielt er sich gänzlich zu Verena und wurde altklug oder, wie die Malve sagte, herzlich unausstehlich. Verena wußte, daß ihre Schwiegermutter sich über ihr erzieherisches Walten belustigte, ließ sich aber dadurch nicht irremachen; denn sie mißbilligte im Innern das nachlässige Gehenlassen, das in Malvens Umkreise herrschte, und fühlte einen heißen Drang, Leben zu bilden; irgendwohin mußte sie die große Schönheit schreiben, die sie als Antlitz ihrer Seele fühlte, und die einmal, wenn der Augenblick gekommen und alles Umhüllende abgeworfen wäre, in die Welt hinausstrahlen sollte.

Es war der feurigste Tag im Herbste, als Rose Sarthorn ankam, und im Ungerschen Garten blühten Beete voll Astern und Georginen, gelbe, rote, purpurrote und solche, die fast schwarz waren und nicht glänzten. Die Bäume hingen voll Obst, und auf den Tischen lagen Trauben und gelbe Melonen aus dem Treibhause aufgehäuft. Obwohl sie nicht die prächtige Schönheit der Unger hatte und in einem schlichten schwarzen Kleide einherging, erschien sie doch nicht ungehörig inmitten dieses Überflusses, vielmehr war es so, als bekäme alles durch sie erst seinen eigentlichen Ausdruck. Sie hatte Augen wie ein Zauberbrunnen, in dem das Schöne und Wunderbare der Welt sich spiegeln mußte; aus ihrem ernsten, nicht blassen und nicht roten, gleichmäßig gefärbten Gesicht schauten sie groß und mächtig und sprachen zu allen Wesen und Dingen: Komm zu mir, ich mache dich frei, ich mache dich schön. Das Überraschendste für die, welche sie noch nicht kannten, ereignete sich, wenn sie lachte; denn dann schimmerte plötzlich ihr ganzes Gesicht von seliger Heiterkeit, und sie hatte etwas von einem Kinde, dessen Augen tiefere Dinge träumen, als seine Gedanken wissen. Sie machte auf alle einen angenehmen und bedeutenden Eindruck zu Verenas Genugtuung, die ihr Kommen veranlaßt hatte.

Sie hatte nämlich in einer Zeitschrift von Rose Sarthorn als von einer jungen Malerin gelesen, die sich durch einige Tierbilder ausgezeichnet hätte, aber auch gut porträtierte; hatte sich schriftlich mit ihr in Verbindung gesetzt und sie gebeten, Mario, ihr Söhnchen, zu malen. Wenn das Bild gut ausfiele, hatte sie im Sinn, auch sich selbst malen zu lassen; die Hauptsache war ihr aber überhaupt die Bekanntschaft mit der Künstlerin. Sie war, ehe sie heiratete, mit dem Gedanken umgegangen, Malerin zu werden, hatte aber nie über das Spielerische hinauskommen können, wie es unter ihren weiblichen Bekannten gang und gäbe war, und das sie so sehr verachtete. Sie schrieb das den damaligen Umständen, wie zum Beispiel ihrer durch Familienschranken gedrückten Stimmung, zu und hatte die Absicht, die früheren Studien einmal wiederaufzunehmen, wozu die Anknüpfung mit einer Malerin die Gelegenheit bringen könnte. Wenn diese etwa ein günstiges Urteil über ihre Versuche fällte, würde das sie ermutigen und auf die anderen Eindruck machen; auch konnte sie sich beiläufig nach den Mitteln erkundigen, durch die eine gute, gründliche Technik zu erreichen war. Zunächst hielt sie mit diesen Plänen noch zurück und hörte nur aufmerksam auf alles, was Rose, die freilich nicht viel von sich selbst sprach, in bezug auf ihre Kunst erwähnte. Es verstand sich von selbst, daß Rose hauptsächlich auf Verena und Raphael, als den künstlerischen Teil der Familie, angewiesen war; doch kam es bald so, daß sie sich am eingehendsten mit Michael unterhielt, bei dem sie ein echteres Verständnis für ihre Ansichten und ihr Wesen herauszufühlen schien. Michael hatte bis dahin die Überzeugung gehabt, Frauen, die einen Beruf ausübten, müßten etwas Lächerliches oder Abstoßendes an sich haben, und hatte Verena mit ihrer sonderbaren Laune, sich mit der unbekannten Malerin einzulassen, geneckt; doch gestand er willig ein, daß er unrecht gehabt hatte, und er erklärte sich gespannt, sein Kind von ihr gemalt zu sehen. Indessen fand Rose, Mario sei noch allzu klein, und machte den Vorschlag, im Frühjahr wiederzukommen, wenn er ein Jahr alt sein und sein Gesicht sich etwas mehr geformt haben würde. Die ihr herzlich angetragene Gastfreundschaft nahm sie für einige Tage an und beobachtete während derselben das Kind aufmerksam; es habe, sagte sie, ein kaum wahrnehmbares Schielen, eigentlich nur eine kleine Unsicherheit im Blick, und darin läge die Anziehungskraft, die es ausübe; wenn es ein Mädchen wäre, könnte es eine gefährliche Männerverderberin werden.

Ihr scharfer Blick für die körperlichen Formen und die Sicherheit, mit der sie daraus Schlüsse auf das Innere zog, war allen neu und merkwürdig, wenn sie es auch, Michael und Verena ausgenommen, mehr als unterhaltende Plauderei auffaßten; Michael erschien sie zuweilen wie eine fremde Richterin, die ihn und die Seinigen bis in die Eingeweide erkannte, und eine Unruhe ergriff ihn dann, wie die Menschen, die ihm so nahe verbunden waren, vor ihr bestehen möchten. Doch äußerte sie sich über alle mit lebhafter Freude und Bewunderung, wie sie überhaupt das Häßliche oder Störende weniger übersah, als daß es für sie nicht vorhanden zu sein schien.

»Ihre Mutter«, sagte sie einmal zu Michael, »ist eine wunderschöne Frau, die einen lächeln macht fast wie ein Kind: trotzdem möchte ich, wenn ich sie malte, ein Bild zum Weinen aus ihr machen. Sie sieht aus, als sänne sie im tiefsten Innern über ein trauriges Rätsel, das sie sich zu lösen fürchtete und im Grunde doch schon gelöst hätte; dieser Zug ist verborgen, aber das allerschönste an ihr.« Von Verena sprach sie als der seltensten Erscheinung, die sie gesehen hätte; gerade das Mißverhältnis zwischen der hohen, überaus edlen Stirn, den stolzen Augen, der schönen strengen Nase und einer krankhaften Müdigkeit, ja Grämlichkeit, die sich von ihren Wangen herab um Kinn und Mund zog, hatte etwas Reizendes; die Gestalt wie ein Halm, die übermäßige Schlankheit ihrer Glieder, die keineswegs mager waren, ließen sie unter hundert Frauen als die vornehmste erscheinen. Oft kam Rose auf das Fremdartige zurück, das sie hätte, und suchte, worin es läge; sie sähe nicht eben wie ein Geist, aber doch auch nicht ganz wie ein Mensch aus, oder vielleicht wie einer, der zu lange im Mondschein geschlafen hätte. Trotz dieser offenbaren Teilnahme sprach sie nie den Wunsch aus, Verena zu malen, was diese ihr geflissentlich nahelegte.

Als Rose fort war, erschien es allen öder als vorher im Hause zu sein: sie war zwar nicht besonders lebhaft oder gesprächig gewesen, aber ihr Wesen hatte sich wie Goldgrund um die Bilder des alltäglichen Lebens ergossen, und sie hatten sich selbst tiefer gewertet und dadurch gehoben gefühlt. Mehr als alle beschäftigte sich Verena innerlich mit ihr. Sie hatte es aufgegeben, Rose ihre Malstudien zu zeigen, weil sie ihr jetzt ganz unbedeutend erschienen und sie es doch nicht ertragen hätte, etwas anderes als Lob und Bewunderung zu hören, besonders von jemandem, dem das Recht, zu urteilen, nicht abgesprochen werden konnte. Insgeheim beneidete und bewunderte sie Rose um die Unabhängigkeit und Kraft ihres Lebens; oft hatte sie die Frage auf den Lippen gehabt: Liebtest du denn niemals? Wie hast du die furchtbare Gottheit beschwichtigt, daß sie dir Freiheit, zu wirken und zu schaffen, ließ? Aber es fehlte ihr der Mut, sie auszusprechen, wenn die stillen, unschuldig wissenden Augen auf ihr ruhten. Fast hätte sie zürnen mögen wegen des Eindruckes, den sie machte: anstatt dessen empfand sie den heftigen Wunsch, von ihr geliebt zu sein, und sogar eine leise Sehnsucht, sie zu lieben.

Es waren schon kalte Tage gewesen, und die Beete, wo Astern und Georginen geblüht hatten, waren dicht mit feuchten dunkelbraunen Blättern zugedeckt, doch lockte eine warme Mittagsonne noch zuweilen in den Garten. Einmal, als Michael und Verena auf der Freitreppe standen und durch die kahlen Äste der Pappeln auf die Kirchtürme und Dächer der Stadt blickten, fragte Verena plötzlich: »Hast du nie für Rose ein wärmeres Gefühl gehabt, als du haben durftest?« Michael sagte lächelnd mit offenem Blick: »Nein, niemals; so wenig, daß ich nicht begreife, wie mein Benehmen zu dieser Vermutung sollte Anlaß gegeben haben.« Verena schritt langsam in den Garten hinunter, daß ihr schleppendes Kleid auf den Treppenstufen rauschte, und schauerte unter der kühlen Sonne. »Dein Benehmen war so gut und aufrichtig wie immer«, sagte sie, »und doch habe ich denken müssen, die hätte dich glücklich gemacht.«

»Das mag wohl sein«, sagte Michael, »aber ich bin nicht der romantische, abenteuerliche Held, wie du mich zu träumen liebst, sondern bin meiner Frau zugetan und anderen Frauen nur so weit, wie es sich mit den Ansprüchen der anspruchsvollen verträgt.« Sie schlürfte seine Worte mit Leidenschaft, wie einen starken Trank, und rief mit rascher Wärme: »Ich, ich möchte wie sie sein, ja, das möchte ich, selbst um den Preis, daß ich dich dann nie gesehen hätte. Sie ruht in sich selber und faßt die ganze Welt in ihre bildende Seele. Sie ist reich und bedarf der Götter und Menschen nicht. Was mit stillem Atem ihr Herz ernährt, reißt mich mit unbekannten Trieben und widerspruchsvollen Wünschen zerstörend auseinander. Ich verschwende mich in nutzlosen Qualen und behalte nicht Kraft, weder zu schaffen noch zu dulden, noch zu genießen. Aber vielleicht verdiene ich gerade deshalb deine Liebe mehr als jede andere, weil ich ihrer am meisten bedürftig bin, und weil meine Schwäche dich heben und bereichern soll.« Sie stand und erwartete die Beteuerung seiner Liebe, die er ihr auch in diesem Augenblick aus innigstem Gefühl heraus darbrachte. Noch niemals hatte sie sich so weit über sich selbst ausgelassen, und er wußte, wieviel es ihren Stolz gekostet hatte. Ihr schmales, durchsichtiges Gesicht war gerötet, und in ihren Augen tanzte die Glut; so hatte er ihre Persönlichkeit empfunden, als er sich in sie verliebte. Das schwache Zucken der Aufregung um ihren Mund, das ihm zuweilen häßlich vorkam, rührte ihn jetzt, und er drückte warme Küsse darauf, die sie bald wieder abwehrte. »Weißt du«, sagte sie lachend, »wenn Rose dich glücklicher machen würde als ich, ist es doch nur, weil sie dich weniger lieben würde.«

Der Winter, der nun kam, verging schnell und angenehm; Michael litt nicht mehr unter dem Drucke, der ihm eine Zeitlang das Leben schwer gemacht hatte, und wie er fröhlicher und herzlicher war, war Verena weicher und zufriedener.

»Wenn ich deine Liebe habe«, sagte sie einmal, »schweigt mein Ehrgeiz still, ja ich freue mich, nichts zu sein, wenn ich mich mit dir vergleiche, und dein Übergewicht wird meiner Liebe

zum Sporn. Aber wenn du mich nicht liebtest! Es sind Dämonen in meiner Brust, die ich loslassen könnte, damit sie sich an dir versuchten.« Sie verband aber keine ernstliche Bedeutung mit solchen hingeworfenen Drohworten, vollends daß sich jemals etwas wie Eifersucht in ihr geregt hatte, ärgerte sie, und sie bestritt es sich selbst, da sie sich gleichsam dadurch herabgewürdigt zu haben glaubte. Wenn die anderen sich auf Roses Kommen im Frühling freuten, stimmte sie ein, aber es lag dann in ihrer Art, sich zu äußern, ein Wohlwollen fast wie einer Herrin, die von ihrer hübschen Magd spricht, deren Reize in einem unscheinbaren Kreise glänzen.
Dies verlor sich indessen, sowie Rose kam, vor der stillen Macht und Überlegenheit ihrer Persönlichkeit. Es schien allen, als gehörte sie zur Familie, und sie besannen sich darauf, wie sie während des Winters gefehlt hatte. Am Tage nach ihrer Ankunft wurde ein festliches Abendessen veranstaltet, wozu zwar kein Fremder geladen war, aber doch Blumenschmuck und die feinsten und schönsten Geräte herbeigeschafft wurden, um der frohen Stimmung Ausdruck zu geben. Rose erschien viel heiterer als im Herbst und lachte häufiger und herzlicher, wodurch sich Raphael gelockt fühlte, das ganze Feuerwerk seiner bunten Späße zu entzünden. Sie sprach von einem Bilde, das sie zu malen vorhätte, welches das goldene Zeitalter vorstellen solle in der Art, daß sich allerhand wilde Tiere friedlich um ein Kind sammelten. Zu diesem Zwecke hatte sie Studien in einer fahrenden Menagerie gemacht, was Raphael tadelte, da ein genialer Künstler nicht malen müsse, was er gesehen hätte und was es wirklich gäbe, sondern die Fabelgestalten seiner zaubernden Phantasie. Beispielsweise entwarf er mit dem Bleistift allerlei drollige Wundertiere, so flink, nett und übermütig gezeichnet, daß Rose nicht nur ihr Vergnügen, sondern auch lebhafte Anerkennung äußerte. Raphaels gute Laune und seine Billigung ihrer Person nahm infolgedessen zu, vollends aber dadurch, daß sie auf seine Frage, ob sie nicht auch ein Kalb auf dem Bilde anbringen könnte, da er ein Modell von vollkommener Schönheit wüßte, mit schnellem Verständnis, daß es sich um einen Menschen handelte, einging, wodurch denn eine neue Quelle für Scherz und Gelächter eröffnet war.

Für Michael blieb wenig Raum, sich Rose zu nähern, doch empfand er ihre Gegenwart mit ruhigem Wohlgefallen, das durch nichts gestört wurde. Spät am Abend, als er am offenen Fenster des Schlafzimmers stand, sah er Rose, die er schon im Bett vermutet hatte, auf der Freitreppe stehen, die Arme gegen den Mond gereckt, dessen fast vollendetes Rund zwischen den erst spärlich belaubten Bäumen ganz sichtbar war. Überrascht sah er die kindlich kräftige und sanfte Seitenlinie ihres zum Himmel erhobenen Gesichtes, ihren festen schlanken Hals und ihre schönen Hände, die im gelben Licht leuchteten, und er konnte sich nicht enthalten, leise zu fragen: »Sind Sie Nachtwandlerin oder beten Sie?« Sie ließ die Arme fallen, drehte sich langsam nach ihm um und sagte: »Ich bete«; und da er sie noch immer fragend ansah, fuhr sie fort: »Ich bete: Mond, bleicher Engel, schütze mich vor Tränen!«, worauf Michael vom Fenster zurücktrat, um Verena, die sich schon niedergelegt hatte, auf ihre Frage, mit wem er spreche, Bescheid zu geben.

Da der folgende Tag ein Sonntag war, sagte Michael mit Bezug auf das gestrige Erlebnis scherzend zu Rose, sie ginge wohl nie zur Kirche, da sie ihre eigenen Götter habe. Allerdings, sagte sie, wäre sie nur als Kind einige Male zur Kirche gegangen, wovon sie keine deutliche Erinnerung hätte, auch hätte sie nie das Bedürfnis, zu beten, außer daß sie den Mond anriefe, wie er schon wisse, und wenn es irgendwo besonders schön wäre, niederkniete und betete: Mutter Erde, segne dein Kind! Es lag darin vieles, was Michael ganz neu war, und doch berührte es ihn nicht wie etwas Fremdes, vor allen Dingen aber empfand er, daß es Rose natürlich war und daß sie nicht anders hätte sein können. Es verursachte ihm gleichsam eine stolze Freude, daß er sie kannte und daß sie ihm gut gefiel, und er brachte den ganzen Tag in froher Bewegung zu. Am Abend bemächtigte sich seiner plötzlich eine tiefe Verstimmung. Verena fragte Rose, ob sie zu dem Friedenskinde auf dem Bilde, das sie plante, Marios Bild, an dem sie jetzt malte, benützen könnte, und Rose entgegnete, Mario, so reizvoll er wäre, entspräche nicht dem, was sie vorhätte, sie hätte auch schon einen kleinen Jungen im Sinne, den sie eingehend schilderte, ein Dorfkind, das sie im Sommer, den sie stets auf dem Lande zubrächte, malen wollte.

Während die anderen Rose fragten, wie sie es auf dem Lande aushielte, wo jede Anregung fehlt, und Rose erstaunt erwiderte, sie hätte überall ungefähr gleichviel Anregung gefunden, auf dem Lande aber die reinste und fruchtbarste, und die anderen sich das nicht erklären konnten, verweilte Michael in Gedanken bei dem Kinde, das sie in begeisterten Ausdrücken beschrieben hatte, und eine Unruhe, die ihm selbst unerklärlich und peinlich war, bemächtigte sich seiner mehr und mehr. Es fiel ihm ein, daß es auch ihr eigenes Kind sein könnte, wenn wahr wäre, was man zuweilen über die Lebensweise von Künstlerinnen hörte, und wenn er den Gedanken auch gleich wieder verwarf, blieb doch etwas Bitteres in ihm zurück, das ihn störte und aufregte. Und als ob dadurch auf einmal alles Törichte und Verderbliche in ihm geweckt wäre, war ihm nun Raphaels harmloses Geplänkel mit ihr unerträglich, ebenso sehr, weil es ihm schien, sie ließe sich dabei im Grunde zu ihm herab, wie weil er es natürlich fand, daß der hübsche, talentvolle junge Mann ihr gefiele. Er stand, da ohnehin das Essen vorüber war, von seinem Platze auf und blätterte in Büchern auf einem Tische; als indessen seine Mutter, der seine Schweigsamkeit aufgefallen war, bemerkte, er sähe aus wie der Engel mit dem feurigen Schwert, der die Menschen aus dem Paradiese vertrieb, ging er kurzweg aus dem Zimmer und entschuldigte sich damit, daß er noch zu arbeiten hätte. Verena, die ihm nachgehen wollte, wies er mit einem zornigen Blick zurück, der sie in der Tat hätte erschrecken können; doch blieb sie nicht aus Furcht, sondern weil sie sich beleidigt fühlte, bei den übrigen.

Michael ging schnell bis an das Ende des Gartens, wo beträchtlich tiefer als dieser ein Arm des Flusses, an dem die Stadt liegt, vorüberging. Der Kinder wegen war der Garten oben durch einen hölzernen Zaun abgeschlossen, doch konnte man durch eine Tür bis zum Flusse hinuntersteigen. Er war seit seiner Kindheit, wo die Gefahr und das Verbotene lockte, nicht dort unten gewesen, weil die Luft stockend und moderig war und der träge fließende Fluß, der stets allerlei Unrat mitschleppte, halb traurig, halb widerlich anzusehen war. Die Tür, noch durch aufgehäufte welke Blätter gehemmt, wollte sich kaum öffnen lassen.

Er fragte sich beängstigt, warum er denn hierhergekommen sei, und wußte es selbst nicht zu sagen; es mochte ein dunkler Trieb gewesen sein, sich möglichst sicher zu verbergen. Auf der halben Höhe des Abhanges blieb er, an einen Baum gelehnt, stehen und starrte in das schwarze Wasser, denn das Land fiel zu steil hinein, als daß man am Ufer hätte stehen können. Etwas Fürchterliches engte ihm die Brust ein, von dem er mit Grauen fühlte, daß es inwendig in ihm war und die Seele seiner Seele anrühren und erwürgen konnte. Was war es? Gedanken und Bilder flogen so an ihm vorüber, daß er keiner deutlichen Vorstellung habhaft werden konnte.
Auf einmal war es ihm, als ob das hohe prächtige Haus, das von dort aus, wo er stand, nicht zu sehen war, in Wirklichkeit versunken und verschwunden wäre, zerronnen wie ein Luftschloß, und als ob nun hier an dem trüben Fluß, unter dem tiefen Himmel und zwischen den mageren Bäumen die Welt wäre. Sein Vater, seine Mutter, seine Brüder, sein Kind sogar waren zufällige und nichtige Nebelbilder, er nur hatte schauderndes Dasein. Ja, hatte er in Wahrheit etwas gekannt und gelebt außer der schmutzigen Tiefe, über der er hing, und war nicht alles andere nur Traum und Erinnerung gewesen? Diese Einbildung, denn er fühlte, daß es eine solche war, hatte etwas so Gräßliches, daß er die Arme bewegte, wie um sie herunterzustürzen und ihr zu entrinnen. Gleichzeitig aber schien es ihm, als wäre doch etwas Lebendiges bei ihm: ein paar stille tröstende Götteraugen, die ihn ansahen. Er wußte, daß es Rose war, und eine große Sehnsucht überkam ihn, mit ihr in dieser Frühlingsdunkelheit allein zu sein. Er schloß die Augen und ließ sich langsam in einem unnennbaren Gefühl von Furcht und Wonne untergehen, bis er plötzlich Stimmen unterschied, die ihn vom Hause her riefen.
Indem er erschrocken das Fremde und Schreckliche, das ihn dort unten gebannt hatte, abschüttelte, eilte er so schnell wie möglich in den vorderen Garten und sagte den Entgegenkommenden, er hätte starke Kopfschmerzen gehabt und wäre deshalb hinausgegangen, fühlte sich aber infolge der Abendluft wieder wohler.
Die Nacht durch schlief er fest und tief und war am andern

Morgen froh, sich klaren Blickes und Denkens bewußt zu sein. Zwar stellte er fest, daß er Rose Sarthorn überaus anziehend fand und sie lieben würde, wenn er frei wäre; da er es aber nicht war, wollte und konnte er sich daran genügen lassen, sich ihr freundschaftlich anzuschließen. Etwas anderes, urteilte er, sei in ihm vorgegangen, etwas, was im Grunde weit wichtiger wäre und ihn mit einer herrlichen Unruhe erfüllte; er fühlte sich verändert und gewachsen. Ja, jetzt waren Schleier vor seinen Augen zerrissen, jetzt erst löste sich das Traumgewölk der Kindheit ganz, das ihn so lange getragen hatte, und die Pfade der Erde lagen vor seinen Füßen. Er sah jetzt, daß der Kreis, in den er hineingeboren war, nicht die Welt, nicht das Schicksal, sondern etwas Zufälliges und Unvollkommenes war, und daß jenseits erst das Leben mit seinen Höhen und seinen Wundern begann, das Gefilde sich breitete, wo Seelen sich entfalten und reifen.

In dem Bestreben, kühl und klar zu bleiben, denn er hielt es für das erste Erfordernis, sich nicht von den Ereignissen hinreißen zu lassen, legte er sich die Frage vor, warum denn diese Wandlung gerade jetzt eingetreten sei, verwies sie sich aber gleich darauf als töricht; denn einmal müsse das Samenkorn platzen und die Knospe aufbrechen, und ebenso genüge für die Menschenseele, wenn sie weit genug gediehen sei, ein Sonnenstrahl, ein gehörtes oder gelesenes Wort, irgendeine geistige Begegnung, an sich vielleicht nicht bedeutend, um das Bewußtsein des neuen Zustandes zu wecken. Es entging Verena nicht, daß Michael anders war als früher, anders blickte, anders ging und anders sprach; als sie ihn darauf anredete, lachte er und sagte rasch: »Ein Reif ist gesprungen.« Da er aber sah, daß sie ihn aufmerksam und mißtrauisch betrachtete, küßte er sie und sagte herzlich: »Du mußt nichts fürchten, es bedeutet nur Gutes.«

Je häufiger er nun mit Rose zusammenkam und je lieber sie ihm wurde, desto glücklicher und seiner selbst sicherer fühlte er sich, dachte auch nicht daran, aus seiner Zuneigung ein Hehl zu machen. Doch war sein Wesen auffallender, als er selbst glaubte, und würde mehr befremdet haben, wenn nicht die Aufmerksamkeit durch etwas anderes abgelenkt worden wäre:

es fand nämlich in dieser Zeit ein Wohltätigkeits-Basar statt, und bei solchen Gelegenheiten pflegten die weiblichen Angehörigen der Ungerschen Familie an der Spitze zu stehen.

Es war seitdem von nichts anderem die Rede mehr; in den Sitzungen, die den Basar leiteten, wurde zunächst die Form, in der er sich darstellen sollte, beratschlagt, ob die Verkäuferinnen in Volkstracht, als Blumen oder als was sonst erscheinen sollten, und Malve und Verena bespöttelten die Vorschläge der übrigen Damen als einfältig und abgedroschen. Malvens Einfall, der Basar sollte unter dem Zeichen der weißen Farbe stehen, fand schließlich Anklang und gab den Ausschlag. Als Waldemar eines Morgens in der Zeitung las, eine sowohl durch Geist wie durch Schönheit bekannte Dame der hiesigen Gesellschaft hätte den zündenden Gedanken gehabt, den diesjährigen Wohltätigkeits-Basar zu einem Farbengemälde eigenster Art zu gestalten, indem sowohl die verkaufenden Damen wie die Waren in allen Schattierungen des Weißen erscheinen sollten, wurde er durch diese öffentliche Anerkennung seiner Frau in beste Laune versetzt und stellte ihr so viel Geld, wie sie wolle, zur Verfügung, damit sie anständig und ihrer Stellung gemäß auftreten könne.

Die Malve war übrigens zu bequem und zu gleichgültig, um sich bei der Einrichtung des Basars im einzelnen noch weiter einzulassen; dies war vielmehr das Feld, wo Verena vorzüglich glänzte. Obschon sie sich über die Wichtigkeit lustig machte, mit der die Damen den Basar, als wäre er ein Feldzug oder eine Nordpolfahrt, behandelten, nahm sie selbst ihn doch ebenso ernst wie alle und hatte dazu noch den Ehrgeiz, alles zu beherrschen.

Sie erreichte das auch in solchem Grade, daß das Haus von Damen und Herren gestürmt wurde, die ihren Rat und ihre Befehle, die Anordnung und Kleidung betreffend, entgegennahmen. Sogar Waldemar, obschon er über das Frauenwerk schalt und lachte, verriet einen gewissen Anteil, wie denn überhaupt die Sorge für das Getränk ganz den Herren übertragen wurde. Malve war unerschöpflich, mit anmutigem Witz von den Sitzungen zu erzählen, an denen sie, aber ohne sich einzumischen, teilnahm, worüber Verena ihre Empfindlichkeit oft kaum zurückhalten konnte; denn sie wirtschaftete nunmehr mit Ernst und Heftigkeit, da sie ja, wie sie sagte, die Verantwortung trüge, daß keine Dummheiten gemacht würden. Allerdings zeigte sie auch viel Geschick und Geschmack sowohl im Entwerfen von Kostümen und Dekorationen, wie im Dichten von Versen, die in die Schachteln und Umhüllungen des Zukkerwerks eingelegt wurden. In allem diesem wurde sie von Raphael unterstützt, während Rose, die dem ganzen Treiben mit höchster Verwunderung zusah, beschämt eingestand, daß sie zu solchen Dingen nicht zu gebrauchen sei. Gerade das hob Verenas Selbstgefühl und gute Laune, und sie bemerkte gelegentlich, es zeige sich wieder, daß die Künstler von Beruf an Fleiß und Tüchtigkeit wohl andere Menschen überragen möchten, daß ihnen aber meistens die geniale Hand fehlte, die im gegebenen Augenblicke ohne viel Besinnen aus unscheinbaren Mitteln etwas Reizendes hervorzaubere.

Das einzige Verdienst hatte Rose, einen glücklichen Einfall für die Verkleidung von Malve und Verena zu haben; daß nämlich diese die Schneekönigin und Malve das Alter vorstellen sollte. Zur allgemeinen Überraschung war die Malve sogleich auf den Vorschlag eingegangen, zum Teil, weil sie Verständnis für die Gedanken hatte, die Rose über die Schönheit des Alters äußerte, zum Teil aber in der Überzeugung, die dauernde Blüte ihrer Jugend würde in solcher Fassung um so überzeugender leuchten.

Da darauf bestanden wurde, daß Rose mitging, schnitt sie sich im letzten Augenblick aus einem billigen, stumpfweißen Stoffe ein hemdartig wallendes Gewand zurecht – denn es dürfe weder Zeit noch Geld kosten, sagte sie – und sah darin feierlich und lieblich aus, wenn sie auch inmitten der Pracht und Frauenschönheit verschwand. Michael schien sie die einzig Lebende unter lauter Drehpuppen zu sein, wie sie in Schaufenstern von Haarkünstlern oder Schneidern die Blicke anziehen. Er mußte sich Zwang antun, um mit den Damen seiner Bekanntschaft in den gewöhnlichen liebenswürdigen Formen zu verkehren, ja seine eigene Frau und seine Mutter hatten etwas Fremdes und beinahe Abstoßendes für ihn. Immer mußte er denken, wie falsch, kleinlich und lächerlich Rose der künstliche Feenzauber vorkäme; doch auf seine Frage, ob sie sich langweile, schien sie ehrlich erstaunt und behauptete, daß sie sich im Gegenteil herrlich unterhalte und viel Schönes an Licht- und Farbenwirkungen, Gesichtern und Gestalten sehe. Etwas enttäuscht äußerte sie sich über die Malve; denn sie sähe nach nichts anderem als nach einer stattlichen, noch immer schönen älteren Dame aus, während sie ihrer Meinung nach eine hehre, stille, tragische Erscheinung hätte werden sollen. »Es wäre besser gewesen, wenn sie sich von mir hätte anziehen lassen«, sagte sie bedauernd; »und wenn sie überhaupt anders wäre!« setzte Michael lachend hinzu. Rose errötete und sah ihn ein wenig unwillig an. »Ihre Mutter«, sagte sie, »war vielleicht weiser als ich, indem sie sich dem Stil angeschlossen hat, der hier nun einmal der herrschende ist.« Durchwegs bewundern müsse man aber Verena, deren Erscheinung vollkommen in den Rahmen des Bildes passe, da sie in keinem Zuge die reiche Dame verleugne und doch wiederum die Schneekönigin so glänzend verkörpere, daß ein Kind sie bei Namen nennen könne. »In ihren Augen«, sagte sie, »brennt die Sonne des Nordens, aber man fühlt, daß sie selber an dieser Glut nie warm werden und nie schmelzen kann.« Michael antwortete nicht darauf, und Rose bereute plötzlich, daß sie diese Bemerkung gemacht hatte, ohne sich selbst recht klarwerden zu können, warum.

Verena vermißte ihren Mann nicht, so sehr war sie von Bewunderern umringt, die ihr als Veranstalterin, Malerin und Dichterin huldigen wollten. Auch hatte sie noch fortwährend aufzumerken, daß alles seinen rechten Gang ginge, und kam ihren Verpflichtungen mit einer Umsicht und Geistesgegenwart nach, welche die beteiligten Herren stets zu neuen schmeichelhaften Versicherungen anfeuerte. Häufig sah man auch Peter Unkenrode an ihrem Zelte, der wie ein Fürst ab und zu ging, bestrebt, den Strom seines Goldes gerecht zu verteilen und kein Fleckchen zu überschwemmen, keines ganz verschmachten zu lassen. Dennoch war nicht zu verkennen, daß er Verena auszeichnete, die darüber zugleich lächelte und triumphierte, je nachdem Arnold Meier oder ein anderer sie damit neckte.

Arnold Meier pflegte bei solchen Anlässen nie zu fehlen, regte

durch lustige Einfälle an und füllte namentlich die Pausen, die von Zeit zu Zeit zum Essen und Trinken gemacht wurden, mit witzigen Reden aus. Während an kleinen Tischen gefrühstückt wurde, die nahe genug beieinander standen, daß die Unterhaltung von einem zum anderen gehen konnte, schlug er an sein Glas, um eine Rede auf das goldene Kalb zu halten, und begann etwa folgendermaßen: »Ich bitte die verehrten Anwesenden um Erlaubnis, das Wohl eines trefflichen und nützlichen Tieres auszubringen, das wir alle kennen und schätzen, ja insgeheim mehr oder weniger anbeten; denn das Kalb, an das ich denke, ist nicht das gemeine, von der Kuh geworfene, im Stalle geborene, vom Metzger geschlachtete, sondern das goldene Kalb, das die Bewohner Palästinas Mammon nannten. Werden Sie mir in pietätvoller Erinnerung, daß Jehova, der ein eifriger Gott war, sich die Vergötterung dieses beliebten Tieres verbat, die Erlaubnis verweigern? Ein anderes Mal, verehrte Freunde, würde ich mich dieser löblichen Gewissenhaftigkeit fügen, aber heute, heute lassen Sie uns unseren schönen Götzen öffentlich rühmen und unser Fest seiner Gnade empfehlen. Wenn er nicht über uns thronte in seiner goldenen Fülle, wenn sein breites, triefendes Maul uns nicht lächelte, was hülfen uns unsere Schönen und selbst ihr Genie und ihre Talente? Ja, gestehen wir es, das goldene Kalb ist eine brauchbare Bestie, gemästet an Leib und Seele, glatt und feist von Gliedern, mit Recht hoffärtig, und Jehova hatte Ursache, eifersüchtig zu sein. In seinem runden Bauch, der glänzt wie ein Spiegel, sehen wir unser Bild dick, breit und zufrieden, so wie wir sein wollen und sollen. Wir haben ihm trotz seiner Schönheit noch kein Standbild auf unserem Markte errichtet, gönnen wir ihm ein Heiligtümchen in einem schattigen Winkel unseres Herzens. Bringen wir ihm einige Tropfen des edlen Weines, den wir durch seine Gnade genießen und der uns so unentbehrlich ist, wenn wir fröhlich und witzig sein möchten.«
So erging er sich eine gute Weile, funkelnd vor Spott und Vergnügen, durch Gelächter und Beifallsklatschen häufig unterbrochen. Die größte Genugtuung für ihn und die Eingeweihten war, daß Peter Unkenrode, der am nächsten Tische saß, wohlwollend glänzte und lachte und, obwohl er im allgemeinen kein

Freund Arnold Meiers war, die feineren Wendungen durch ein kurzes billigendes Wort hervorhob. Am Abend indessen, als nach Beschluß des Verkaufes ein Gelage gefeiert wurde, bei dem es laut und üppig zuging, führte seine bittersüße Laune einen verdrießlichen Ausgang herbei.

Ohne Anlaß stellte er plötzlich an Malve die Frage, ob sie wisse, zugunsten welcher Notleidenden der Basar eigentlich unternommen sei; worauf sie sich erstaunt im Kreise umsah und lächelnd, als ob es sich um die fremdeste und gleichgültigste Sache handelte, sagte: »Nein, wie sollte ich das wissen? Es ist niemals davon die Rede gewesen.« Alle lachten, am meisten Waldemar, der immer lustiger und zugänglicher war, wenn er eine Flasche guten Weines getrunken hatte, und den die Weltunerfahrenheit und das kindliche In-den-Tag-Hineinleben seiner Frau stets von neuem entzückte. Auch Arnold Meier lachte, nahm dann aber mit einem gewissen Nachdruck das Wort und sagte:

»Dieselbe Antwort hätte ich vielleicht von mehreren schönen Lippen erhalten, wenn ich in die Runde fragte; um aber etwaige Verlegenheiten zu ersparen und weil ich glaube, daß es Sie höchlichst interessiert, will ich Ihnen mitteilen, daß der Ertrag des Basars für die Arbeitslosen bestimmt ist, deren Elend diesen verflossenen Winter über die Augen ihrer Mitchristen auf sie gelenkt hat. Aus den Münzen, die galante Herren hier den Grazien opfern, wird eine angenehme Halle erbaut werden, wobei diejenigen, welche nichts Besseres zu tun haben, beschäftigt werden und wo sich außerdem diejenigen ein wenig erwärmen und vielleicht auch sättigen können, die zu Hause keine Gelegenheit dazu haben. Um Sie noch eingehender über den Hintergrund des Weißen Basars zu unterrichten, will ich Ihnen ausmalen, wie es in dieser Stunde bei denjenigen aussieht, denen Sie das Opfer dieses Festes mit so viel Arbeit des Geistes und des Körpers bringen. Mann und Frau und Kinder werden sich in ihre Lumpen hüllen, denn sie wissen, daß im Frühling die Nächte noch kalt sind, und das jüngste Kind wird in durchnäßten Windeln zittern. Auf dem wackeligen Tisch wird ein Teller voll Kartoffeln stehen, und der Säugling wird mit einer spülichtfarbenen Suppe ernährt, in der einige Brocken

Brot schwimmen. Vielleicht wird eine zerbrochene Petroleumlampe brennen oder die ganze Familie kriecht im Dunkeln in das eine strohgefüllte Bett zusammen. Sie können sich vorstellen, welch eine Erbauung und welch ein Trost es für diese Elenden bedeutet, zu wissen, daß edle Menschenfreunde zu ihrem Wohle in glänzend geschmückten Sälen zusammenkommen und überflüssige Dinge kaufen und verkaufen, daß sie, um ihnen wohlzutun, Hummersalat, Spickaal und Austern essen, um ihnen wohlzutun, Champagner trinken, daß insbesondere die edlen Frauen, um ihnen wohlzutun, ihren vollen Hals und ihre weißen Arme enthüllen, damit die geblendeten Männer um so lieber den Beutel ziehen und leeren.«

Es waren während der ganzen Rede abwehrende Bewegungen gemacht und warnende Ausrufe laut geworden: bei den letzten Worten stand Waldemar, der seinen Zorn bis dahin unterdrückt hatte, mit Geräusch auf und rief: »Genug, wir sind hier in keiner französischen Komödie!«, worauf sich auch einige andere Herren von den Stühlen erhoben. Malve fand diesen heftigen Ausdruck ihres Mannes weit lächerlicher und unanständiger als Arnold Meiers Rede und tauschte mit Raphael einen Blick des Einverständnisses darüber aus. Um den störenden Eindruck soviel wie möglich zu verwischen, sagte sie zu Arnold Meier, der während des Sprechens die scharfen, blitzenden Augen unausgesetzt auf sie gerichtet hatte, weniger unfreundlich als kindlich schmollend: »Wollten Sie mich wieder einmal erziehen, lieber Arnold? Bin ich Ihnen selbst heute nicht alt genug, daß Sie die Hoffnung aufgeben, etwas zu erreichen?« Der Scherz wurde bereitwillig belacht, und während sich hier und da wieder Gespräche anknüpften, fügte die Malve langsam hinzu: »Ich fühle mich auch nicht einmal getroffen, denn das herzlose Weib, als das Sie mich malen möchten, bin ich nicht; nur ein oberflächliches Weltkind bin ich, und das werde ich wohl auch bleiben, denn etwas anderes aus mir zu machen, ist es zu spät.« Sie sagte es in einer Weise, daß kein Zweifel blieb, daß sie zufrieden war mit der Rolle, die sie im Leben spielte, dennoch lag eine leise, feuchte Wehmut in dem Blick, mit dem sie träumend ins Weite sah.

Inzwischen war auch Verena aufgestanden und sagte mit klarer

Stimme: »Ich finde, daß Herr Arnold Meier mit dem, was er uns zu verstehen geben wollte, recht hat. Das weiße Fest hat einen toten, kalten, harten Klang, und man sieht ihm an, daß es von gedankenlosen Egoisten angeordnet ist. Da wir es nun aber einmal unternommen haben, können wir nichts Besseres tun, als es mit möglichst großem Erfolge zu Ende zu bringen. Zu diesem Zwecke will ich, so viel an mir ist, sogleich den Anfang machen und mit den übrigen Mitgliedern des Vorstandes, die den Auftrag haben, abrechnen und die nötigen Einrichtungen für morgen treffen.« Sie reichte Arnold Meier ihre Hand, der sie küßte und ihr dann den Arm bot, um sie in den Geschäftsraum zu führen.

Rose hatte während dieses Vorganges unwillkürlich hilfesuchend auf Michael geblickt, der, sowie sein Vater aufgesprungen war, den Arm in den seinigen gelegt hatte und, um ihn zu beruhigen, langsam in dem großen Saale mit ihm auf und ab ging. Er erwiderte Roses Blick mit einem Zusammengehörigkeitsgefühl, das er noch nie so lebhaft empfunden hatte und das ihn beglückte, obwohl ihm der Vorfall äußerst widerlich und besonders auch darum peinlich war, weil Rose ihn miterlebte. Als ob sie sich durch den Blick verabredet hätten, wendete sie sich freundlich zu Malve und klagte über Müdigkeit, worauf diese sofort einging und Raphael bat, den Wagen vorfahren zu lassen, damit sie zusammen nach Hause führen, während Verena, wenn sie noch ihre Geschäfte erledigen wollte, in Arnold Meiers Obhut zurückbliebe.

Waldemar und Michael gingen zu Fuß; sie waren in den stillen Straßen streckenweise die einzigen Menschen. »Nimm es nicht so schwer, Papa«, sagte Michael leise; »du kennst Arnolds Art, seine wohlgemeinten Ansichten bei den unpassendsten Gelegenheiten in einer Form vorzutragen, wo sie kraß und beleidigend wirken. Wir haben dergleichen öfter erlebt und es immer um der alten Bekanntschaft willen hingehen lassen.«

»Ja«, sagte Waldemar, der zu erregt war, um seine Stimme zu dämpfen, »ich habe vieles erlebt und vieles hingehen lassen, ohne Dank davon zu haben. Ich muß mit den Brosamen zufrieden sein, die von meinem eigenen Tische fallen, an dem ein anderer Herr ist. Ich hasse sie allesamt, diese geborenen Sozial-

demokraten, die mit hämischer Geschäftigkeit unsere Gesellschaft unterwühlen. Es gibt Leute, die sich ärgern, wenn es einem gut geht, der sein Leben lang gesorgt und gearbeitet hat, und sich verwundern, daß ihr leeres Geschwätz ihnen den Beutel nicht füllt. Wer arbeitet, ist zufrieden, und wer stets unzufrieden ist und dem braven Manne sein Glas Wein nicht gönnt, verurteilt sich selbst als Tagedieb und Müßiggänger.«
Michael ließ die immer zusammenhangloser werdenden Reden hinströmen und betrachtete traurig seinen Vater von der Seite, der, in einen Pelzmantel vermummt und an seinem Arme hängend, ihm sonderbar klein und gebeugt erschien. Sie waren von gleicher Größe, und Michael hatte es nicht anders gewußt, als daß sein Vater, der Ältere, Breitere und Dickere, bei weitem stattlicher als er aussah. Jetzt war er erhitzt, und seine schwarzen Augen flatterten in nassem Glanze; Michael hörte ihm kaum noch zu, sondern folgte seinen eigenen Gedanken, und ein quälendes Mitleid für seinen Vater stieg in ihm auf. Als sie am Dome vorbeikamen, schlug es Mitternacht, und sie blieben unwillkürlich stehen, um die Glockenschläge zu zählen; ihre Schatten und die der Türme fielen dunkelgrau und scharf umrissen auf den leeren Platz. »Lieber Papa«, sagte Michael, indem sie weitergingen, »ich glaube, es tut Arnold Meier jetzt schon leid, was er angerichtet hat; denn er ist nicht so eingebildet und anspruchsvoll, wie du glaubst, und sicherlich mit der Zeit dir und uns Kindern ein treuer Freund geworden. Du solltest so schwere Gedanken nicht in dir aufkommen lassen, da du doch mit mehr Genugtuung als viele andere auf dein vergangenes Leben und auf die Gegenwart blicken kannst. Du hast deiner Familie eine Grundlage des Glückes geschaffen, worauf wir weiterbauen werden, während es für dich Zeit wird, mehr zu genießen als zu arbeiten und des Deinigen froh zu werden.«
Allmählich beruhigte sich der aufgeregte Mann, aber sein heißes Gesicht behielt den schwermütig stieren Ausdruck. Michael war unruhig und wollte ihn in sein Schlafzimmer begleiten, ihm beim Auskleiden helfen und warten, bis er eingeschlafen wäre, doch da sein Vater darauf beharrte, keine Hilfe nötig zu haben, blieb er noch eine Weile lauschend vor der Tür stehen.

Er hatte fast das süße Gefühl vergessen, das ihn bei Roses hilfesuchendem Anblick plötzlich überkommen hatte.
Es überraschte Michael nicht, daß Rose am folgenden Morgen erklärte, abreisen zu müssen. Das Bild des kleinen Mario war bereits vollendet, und sie hatte auf vieles Bitten nur noch einige Tage zugegeben, um die Eröffnung des Basars mitzumachen, und es fiel nicht auf, daß sie nun sagte, die Unruhe, an ihre Arbeit zu kommen, triebe sie fort; auch war bei der allgemeinen Abspannung, und da noch dazu der Verkauf im Basar weiterging, keine Gelegenheit, auf ihr Bleiben zu dringen und Umstände wegen ihrer Abreise zu machen. Raphaels Anerbieten, sie zur Bahn zu begleiten und ihr behilflich zu sein, nahm sie gern an, und es verstand sich von selbst, daß Michael sich nicht auch noch anschloß. Er nahm im Beisein der anderen von ihr Abschied und wunderte sich selbst, daß er eher ein Gefühl von Erleichterung als von Schmerz verspürte, als sie das Haus verlassen hatte.

Michael hatte keinen Augenblick geglaubt, er sähe Rose zum letzten Male, wenn er auch nicht wußte, auf welche Weise ein Wiedersehen mit ihr herbeigeführt werden sollte. Den Tag ihrer Abreise und den folgenden verlebte er mit abwesendem Geiste und nur äußerlichem Anteil an allem, was vorging. Er brachte, weil es gewünscht wurde, mehrere Stunden auf dem Basar zu, und der Anblick seiner Mutter in dem weißen Samtkleide, das mit Perlen behängt war, seiner Frau in dem kostbaren Pelzwerk, aus dem einige verstreute Diamanten funkelten, der beständig ausströmende starke Geruch von Lilien und Tuberosen, alles das versetzte ihn in eine seltsame Betäubung. Man hätte ihm in einigen Augenblicken sagen können, er befinde sich auf einem mondbeschienenen Kirchhof zwischen verlarvten Gespenstern; er konnte die Empfindung nicht loswerden, als wäre zwischen ihm und eben diesen Figuren ein großer Zwischenraum, so daß er sie niemals leibhaftig berühren könnte.
Wenige Tage später fielen in einer Nacht heftige Regenströme, von Stürmen begleitet, die den Schlaf beunruhigt hatten, und

am andern Morgen schien die Sonne warm und strahlend, wenn der Wind auch noch nicht ruhte. An diesem Morgen schlug Michael, anstatt in das Geschäft zu gehen, den Weg zum Bahnhofe ein, obgleich er noch nicht eigentlich entschlossen war, Rose nachzureisen. Er wußte, daß sie zunächst nach einem kleinen Ort am Bodensee hatte gehen wollen, und diese Tatsache hatte ihm, solange sie fort war, unablässig vor Augen gestanden. Er ging auch an diesem Morgen im Grunde nur der Tatsache nach, bis ihn plötzlich, als er vor dem Schalter stand, wo er die Karte lösen mußte, die stürmende Gewißheit ergriff, er müsse sie wiedersehen und den Abschied von ihr nehmen, den er nicht hatte nehmen können, als sie fortreiste. Seine Stimmung veränderte sich so, daß, nachdem er eben noch in halb unbewußtem Traume hingeschlendert war, jetzt ein gespanntes, verzweifeltes Wollen in ihm brannte, das ein Scheitern seines Planes von vornherein unmöglich machte. Als er seinen Wagen gefunden hatte, warf er sich zuerst in die der offenen Tür gegenüberliegende Ecke, sprang aber sogleich wieder auf und stellte sich auf das Trittbrett, um alle, die kamen und einstiegen, zu sehen. Von Zeit zu Zeit glitt sein Blick nach der Bahnhofsuhr, deren Zeiger nicht von der Stelle zu rücken schien; jeden Augenblick konnte sein Vater, sein Bruder oder sonst jemand kommen und ihn fragen: Wohin willst du? Du darfst nicht! Bleibe hier! Er war nicht imstande, sich eine Entgegnung für solchen Fall auszudenken, aber das stand fest in ihm, daß es keiner Macht gelingen sollte, ihn von seinem Platze wegzureißen. Je wilder sein Herz klopfte, desto starrer und blässer wurde sein Gesicht, nur seine Augen flammten; trotz der Eile, mit der alle Leute kamen und gingen, blickte sich zuweilen einer um und sah ihn verwundert an. Als die Uhr noch eine Minute bis zur Abfahrt zeigte, war seine Aufregung so groß, daß er sich unwillkürlich fester an den Türgriff klammerte; dann kam der Schaffner, um die Tür zuzuschlagen, und der Zug setzte sich langsam in Bewegung. Da der Wagen leer geblieben war, warf er sich in eine Ecke und schlief fast augenblicklich ein, so vollständig erschöpft war er, wachte aber nach einer Stunde wieder auf und nahm mit Entzücken die verwandelte Gegend wahr, an der er vorüberfuhr. Er fuhr zu Rose;

nur das fühlte er, nichts von allem, was hinter ihm lag. Noch niemals hatte er sein eigenes Ich so leibhaftig gegriffen; was in ihm webte, wallte, klopfte und drängte, was er als mechanische Vorgänge nie beachtet hatte, rauschte zu einem starken Leben zusammen, das er mit Wonne als sein eigen empfand. Die Menschen, die ihm teuer gewesen waren, was ihm früher wichtig erschienen war, alles verblaßte gegenüber dem Antlitz des Gottes oder Dämons, das in seinem Innern sich zu enthüllen im Begriffe war. Erst als die Sonne über Mittag stand und er die Stunden zählte, bis er am Ziele wäre, trat das Tatsächliche wieder in den Vordergrund, wenn auch nur insofern, als es auf Rose Bezug hatte. Er fragte sich, ob er sie überhaupt finden, und wenn er sie fände, wie sie ihn aufnehmen würde? Denn was berechtigte ihn, zu glauben, daß er ihr teurer wäre als irgendein anderer, da sie ja alles Lebendige liebte? Eine gewisse Neigung ihres Blickes konnte seiner Schönheit gegolten haben, die ihm nun einmal anhaftete, wie sie ja auch Malvens und Verenas und vieler anderer Schönheit geliebt hatte. Sehnsucht nach ihr überwallte ihn ganz, Sehnsucht, seine Seele in ihre Augen überströmen zu lassen, sich selbst aus ihren schönen, schaffenden Händen zu empfangen. Wenn er bedachte, daß er nicht glückbringend zu ihr kam, nicht, um frei um sie zu werben, sondern heimlich, flüchtig und frevlerisch, mußte er auch die Möglichkeit erwarten, daß sie ihn mit Verachtung von sich stieß; und wenn er das auch am wenigsten glauben konnte, so preßte ihm doch das Bewußtsein seiner bettlerhaften Niedrigkeit das Herz bis zum Weinen zusammen, und er mußte sich hilflos wie ein Kind seinen Tränen hingeben.

Es brachte ihn wieder zu sich selbst, daß er, nun doch am Ziele angelangt, etwas vornehmen mußte, um sie zu finden. Dies war nicht schwierig, da es in der kleinen Ortschaft nur wenige Gasthöfe gab, wo Fremde etwa absteigen konnten, und so traf sich's, daß ihm schon im ersten, wo er nachfragte, geantwortet wurde, die betreffende junge Dame wohne da, sei aber ausgegangen, vermutlich an den See, und werde nicht vor dem Nachtmahl zurückkommen. Er schlug den nächsten Weg zum See ein und sah sie bald auf einer hölzernen Bank dicht am Ufer sitzen; wie er unwillkürlich stockenden Herzens stehenblieb, drehte sie sich um, da sie das Geräusch seiner Schritte auf dem Kies gehört hatte, und sah ihn mit Augen voll Schrecken und Freude an. In diesem Augenblick überfiel ihn eine fürchterliche Bangigkeit, ein unerklärliches Entsetzen, als ob ein Geisterblick sich vor ihm auftäte und ihn warnte; aber indem er, um diesem Weh des Todes zu entfliehen, fortstürzen wollte, sah er wie durch Nebelflor ihre Hand, die sie zur Begrüßung nach ihm ausgestreckt hatte, ging vorwärts auf sie zu und setzte sich neben sie auf die Bank.

Die Sonne war noch nicht untergegangen, stand aber hinter schwerem grauen Gewölk, das nur ein schwaches gelbliches Licht hindurchließ; wo in der Ferne die Berge lagen, zuckte in schwarzblauer Wolkenmasse hier und da langsam ein weißes, breites Wetterleuchten. Der Wind, der den Tag über in matten Stößen sich bewegt hatte, begann tiefer zu atmen und trieb die Wellen rasch und hoch dem Strande entgegen. Auf den dunkelgrünen Leibern wälzte sich der springende Schaum und erfüllte die Luft mit blitzendem Wasserstaube; wie ein Meer schwoll es näher und näher, bäumte sich hoch und zerschmetterte klingend im Sturz am Ufer. »Was denkst du?« fragte Michael leise, da sie mit vorgebeugtem Haupte dem Wasser entgegenzuverlangen schien. »Ich höre die Musik der Brandung«, antwortete sie. »Es ist meine Seele, die deine Füße umarmen will«, flüsterte er hingerissen, indem er sich von der Bank heruntergleiten ließ und den Kopf in ihren Schoß legte. Sie neigte ihr Gesicht dicht auf ihn herab, so daß sie beide nichts mehr sahen und kaum noch wußten, ob sie das Rauschen der Elemente oder einen wunderbaren Triumphgesang der Liebe in ihrem Innern vernähmen. Als sie sich nach einer langen Weile aufrichtete und er in ihre nassen Augen sah, umfaßte sie mit beiden Händen seinen Kopf und rief: »O du! du Geliebter!«, wobei ihr stilles Gesicht sich veränderte, wie wenn in einem antiken Marmorbilde das heiße südliche Blut lebendig geworden wäre. Aus ihren schimmernden Augen und von ihrem starken, blühenden Munde strahlte schwärmerisches Entzücken, ja eine Wildheit der Freude, deren Dasein niemand in ihr vermutet hätte, über ihr ruhiges Wesen. Er staunte, und doch war ihm alles, was sie tat und sagte, nur eine Bestätigung seiner innersten Ahnung,

die ihm nun, da sie sich erfüllte, bewußt wurde. Als sie im Gastzimmer nebeneinander saßen, Brot aßen und roten Wein tranken, sagte sie auf sein Drängen, ihm ihr Wesen und ihre Liebe zu erklären: »Seit ich dich gesehen hatte, trug ich dich in mir, aber ein guter Genius wachte still über deinem verhüllten Bilde, um mich nicht vor der Zeit zu erschrecken. Wie du nun hier vor mir standest, erkannte ich dich plötzlich als einen Teil von mir und erschrak vor der Offenbarung, die mir wurde; aber ich fürchtete mich so wenig wie einer, der einen Geist sieht, selbst wenn er ihm die Stunde seines Todes meldet.«
Michael wollte noch in derselben Nacht nach Hause zurückkehren, um seine Angehörigen, denen er einen kurzen telegrafischen Bericht hatte zukommen lassen, er habe in Geschäften verreisen müssen, nicht länger der Unruhe auszusetzen. Auf die Zeichen zur Abfahrt des Dampfers lauschend, die vom Wirtszimmer aus vernehmbar waren, saßen Michael und Rose auf einem schäbigen, mit Leder überzogenen Sofa, als hätte sich die Ewigkeit auf sie herniedergelassen. Sie sprachen nicht von Trennung oder Wiedersehen, nicht sowohl weil das in diesem Augenblick unerträglich gewesen wäre, als weil die Wonne, sich gefunden zu haben, noch so stark in ihnen nachzitterte, daß ein Schmerz nicht wirklich werden konnte. Als das langgezogene Pfeifen zum letzten Male aufgellte und Michael eilen mußte, fuhren sie zusammen, reichten sich aber in einem glücklichen Traume befangen lächelnd die Hand; Rose begleitete ihn nicht bis zur Landungsbrücke.
Es war des stürmischen Wetters und der vorgerückten Stunde wegen kein Reisender außer Michael auf dem Verdeck. Die Wetterschwärze hatte den ganzen Himmel bezogen, und der Wind raste über das Wasser; an der Bergseite blitzte noch von Zeit zu Zeit das ferne Wetterleuchten. Wie Michael an der Spitze des Schiffes stand und der Wind ihm die Haare von der Stirn wehte, glaubte er in das Getöse der Wellen hinein die rauschenden Stimmen aus seinem Kindergarten zu hören: O Leben, o Schönheit, o Leben, o Schönheit!, und ein magisches Band schien von jenen dumpfen Träumereien zu diesem Augenblick des Glückes zu führen. Wie er größer geworden war, hatte er sich zaghaft auf der kümmerlichen mechanischen

Bühne herumgeschoben, die Menschen aufgestellt und für das Leben ausgegeben hatten. Dort deklamierte jeder sein ödes Tagewerk in langen Jammerversen, und schläfrige Furien, Langeweile und Mißmut und Entkräftung schlichen auf Sokken hinter ihm her. Aber was tut es, dachte er, wenn der Sturm mir den Mantel zerreißt und mein Schiff an den Fels wirft, wo es scheitern kann! Welche Wonne ist es, zu kämpfen, welche Wonne, zu hoffen und zu wagen, welche Wonne noch, unterzugehen. Er bewegte die Lippen, und sein Herz schrie in die tosende Nacht hinaus: O Leben, o Schönheit! bis es ihm war, als ob das Heer der wilden Seelen von Sturm, Wolken und Wellen mit ungeheurem Frohlocken wiederholte: O Leben, o Schönheit! Noch als er den Dampfer verlassen hatte und zu Lande weiterfuhr, brandete der stolze Rhythmus an seinem inneren Ohre und ging allmählich in den regelmäßig schütternden Takt der Eisenbahn über, die ihn wieder nach Hause trug.

Wenn man aus der Kirche, wo einem die Wirkung edler architektonischer Formen und der Musik fast ohne eigene Anspannung über das Irdische hinaus gegen den Himmel trug, auf die Straße tritt, entsinkt einem wohl der Mut, zwischen den spießbürgerlich geschäftigen Menschen, mit denen man beständig die nächsten Pflichten zu teilen hat, den köstlichen Aufschwung zu bewahren. Etwas Ähnliches erlebte Michael, als er sich vom Bahnhofe aus auf den Weg nach Hause machte, nur deshalb freilich unendlich schlimmer, als von ihm gefordert wurde, unmittelbar das Schwerste handelnd auszuführen, was ihm in der Aufwallung aller Gefühle leicht erschienen war. So bedachtlos war er freilich nicht gewesen, daß er nicht von Anfang an Kampf und Arbeit vorausgesehen hatte, wenn er sich die Bahn für ein neues Leben frei machen wollte; aber er hatte an heroische Kämpfe gedacht, die ihm nun lächerlich vorkamen angesichts des Schlachtfeldes, wo sie entbrennen sollten. Alles, was er unterwegs sah, die Schaufenster voll kostbarer Überflüssigkeiten, die Bäume, die, in regelmäßigen Abständen gepflanzt, sich an wohlabgewogener Entfaltung glichen, die behäbigen Häuser mit dem doppelten Eingange für Herrschaft und Dienerschaft, die blinkenden Schilder, die vor Bettelei warnten, alles schien sich zu einer bedrohlichen Feindesmacht gegen ihn zu verbünden. In den glatten, gepflegten Gesichtern der modisch zusammengeschneiderten Menschen las er freche Grausamkeit, die sich brüstete: Wir kennen den Gott über den Wassern nicht; wir dienen einem Baal, der die Abtrünnigen schlachtet. Ja, hätten sie das laut bekannt, wäre der Kampf leichter gewesen; aber Michael wußte, daß sie keine anderen Worte im Munde führten, als Gott, Familie, Pflicht, Gesetz, Ordnung, die wie geheiligte Schwerter die ungewappnete Rede des Gegners totschlugen.

Plötzlich fiel es ihm ein, daß er bisher nur mit sich selbst gesprochen hatte, daß also in ihm eine Stimme sein mußte, die ihn eines großen Frevels beschuldigte, und er versuchte in sich nachzuforschen, ob er denn so Unerhörtes begehre. Er wollte nichts, das wiederholte er sich ernstlich, als Freiheit des Berufes, Entbürdung von der kaufmännischen Tätigkeit, die Möglichkeit, seinen Geist auszubilden, und wunderte sich, daß ihm bange war, so billige Forderungen zu äußern. Es konnte nichts anders sein, als daß er selbst noch unter der Macht der heimatlichen Anschauungen stand, nach denen jedes Abweichen von der schnurgeraden Straße, auch wenn es aufwärts ging, etwas Schändliches bedeutete, und er sehnte sich, diese Verschnürung lösen und abstreifen zu können.

Verena begegnete ihm mit den Worten: »Du warst bei Rose!« und überhob ihn dadurch der peinlichen Einleitung zu den schweren Auseinandersetzungen, die kommen mußten. Es kam ihm nicht in den Sinn, die Wahrheit zu bestreiten, während Verena im Innersten eine Verneinung erwartet hatte, ja sogar ein Ableugnen, das sie durchschaut hätte, ihr im Augenblick willkommen gewesen wäre. »Ich sagte dir damals, daß du sie liebtest, und du belogst mich«, rief sie heftig, der Ungerechtigkeit dieser Anklage wohl bewußt, im brennenden Triebe, den zugefügten Schmerz sofort zurückzugeben. »Damals sagte ich die Wahrheit wie heute«, entgegnete Michael ruhig. »Ich kann auch nicht bereuen, was ich getan habe, denn ich mußte sie noch einmal sehen, wenn ich weiterleben wollte; es war nicht

mein Wille, dir etwas Böses zuzufügen, und was ich dir wider meinen Willen tue, hoffe ich einmal wiedergutmachen zu können.«
Die Kälte, mit der er sprach und die ihren Grund darin hatte, daß er sich Zwang antat, um fest zu bleiben, wirkte um so schauerlicher auf Verena, weil sie an seine liebevolle Schonung gewöhnt war, selbst in den Augenblicken, wo er ihr grollte oder zürnte. Da war es vor ihr, das gräßliche Medusengesicht des Lebens; sie mußte es anstarren, obwohl ihr graute, und ein kaltes, steinernes Gefühl schlich an ihre Seele. In wilder Angst vor der Erstarrung, die sie überwältigen wollte, stürzte sich ihr haltloses Erschrecken, ihre Entrüstung und Verzweiflung in zusammenhanglosen Worten von ihren Lippen. Sie sagte ihm, daß sie ihn in diesem Augenblicke glühender haßte, als sie ihn je geliebt hätte; daß er sie hintergangen hätte wie ein feiger, meuchlerischer Verräter, und suchte nach den ärgsten Beschimpfungen, damit er nichts von der bitterlichen Sehnsucht ahnte, die ihr zum Trotz nach ihm schrie. Er hörte ohne Bewegung und ganz ohne Mitleid zu. »Leiden gibt es in jedem Leben«, sagte er, »und wenn wir sie überwunden haben, erkennen wir oft, daß sie größeren Wert haben als viele unserer Freuden. Aber auch davon abgesehen, muß jeder lernen, mit seinem Schicksal fertig zu werden; denn dazu sind wir da.« Er staunte über die Worte, die von seinen Lippen kamen, und war sich selbst kaum weniger fremdartig und furchtbar als ihr. Indessen seine nun folgende Erklärung, daß er beschlossen habe, den Beruf eines Kaufmannes aufzugeben und einen anderen zu ergreifen, beruhigte sie wieder etwas, besonders aber seine Bitte, Roses Namen in die Auseinandersetzungen mit der übrigen Familie, wozu es nun kommen mußte, nicht zu verwickeln. Nahm sie diese Zumutung auch anfangs mit Mißtrauen auf, so sagte sie sich doch bald, wenn die Sache sich überhaupt verschweigen ließe, wäre sie vielleicht nebensächlicher, als sie sich ihr zuerst dargestellt hätte, und schiene Michael selbst ihr keine Folgen beizumessen. Sie gab ihm nach kurzem Bedenken bereitwillig das Versprechen, zu schweigen, und wie mit der Hoffnung alle großmütigen Triebe wieder in ihr rege wurden, beschloß sie sogar, die Pläne ihres Mannes zu unterstützen und,

wenn es harte Kämpfe mit den Eltern gäbe, an seiner Seite zu bleiben. Für Michael bedeutete das keine Erleichterung; denn seines Vaters Gesinnung wurde durch niemandes Ansicht beeinflußt, sein Widerstand, sein Schmerz konnte auf niemanden abgeleitet werden, diese Spitzen mußte er alle selbst in seine Brust drücken und ihnen standhalten oder erliegen.

Zustatten kam ihm, daß das Befremden und die Entrüstung seiner Eltern über seine Pläne, auch wenn man ihren angewöhnten Anschauungen große Zugeständnisse machte, so unverhältnismäßig waren, daß er von selbst in die kriegerische Stimmung geriet, die ihm not tat. Kein Grund faßte Wurzel bei ihnen; vergebens führte er an, daß sein Austritt aus dem Geschäfte dasselbe nicht schädige, daß er, wenn sie sich nach einer gewissen Reihe von Jahren mit seiner neuen Wirksamkeit nicht ausgesöhnt hätten, wieder eintreten könne, daß in jedem Falle das Streben, seinen Geist auszubilden, seine Kräfte alle zu entwickeln, nichts Schändliches sei, daß viele dasselbe getan hätten und deswegen gelobt würden; über alles gingen ihre eintönigen Klagen und Vorwürfe weg, ohne sich mit einem Worte darauf einzulassen. Der Streit wurde vollends dadurch erbittert, daß Waldemar seine letzte Hoffnung auf seinen Freund Peter Unkenrode setzte, von dessen Überlegenheit er eine solche Meinung hatte, daß er nicht zweifelte, sein Sohn würde sich ihr beugen, wenn sie mit gesammeltem Nachdruck auf ihn wirken wollte. Michael konnte nicht umhin, zu lächeln, als Waldemar ihm eine Zusammenkunft mit seinem Freunde vorschlug, und fragte verwundert, was er sich denn davon verspräche? Ob er glaubte, er würde den Vorstellungen eines Fremden mehr Gehör schenken als denen seines Vaters, der ihm so verehrungswürdig und teuer wäre? Was könnte Peter Unkenrode ihm Neues sagen, und vor allen Dingen, wie könnte er sein Streben und seine Sehnsucht dem Geldmanne begreiflich machen, der nie etwas Höheres vom Leben begehrt hätte als Reichtum und eine angesehene Stellung unter den Leuten? Diese Worte, begleitet von dem Lächeln, das ihm geringschätzig vorkam, erzürnte Waldemar mehr als alles Vorhergegangene. »Kannst du dich denn herablassen«, rief er in lauter Wut, »deine Sehnsucht mir begreiflich zu machen? Glaubst du etwas Höheres und

Besseres werden zu können als ein Ehrenmann, der sein Leben lang nie einen Fußbreit vom rechten Wege abgewichen ist, den seine Mitbürger schätzen und bewundern, dessen fleckenloser Name auch von denen, die ihn nicht persönlich kennen, mit Achtung genannt wird? Glaubst du, weil du ein unruhiges Gelüste nach Veränderung hast, das du mit hohlen Worten ausputzest, und pflichtvergessen wie ein Knabe dich davon hinreißen läßt, du dürftest Männer verachten, die auch ihre Versuchungen gehabt, die sie aber bekämpft und bestanden haben?«

Michael hörte schweigend mit den peinlichsten Gefühlen zu und antwortete nicht. Er bemerkte, wie verändert die Züge des im Zorn geröteten Gesichtes waren, die Nase dicker und mehr nach vorn gebogen, die Wangen schlaffer, der Mund gröber, und dachte, daß sein Vater zu altern anfinge, und daß es vergebens sein würde, ihn an seinem künftigen Leben teilnehmen zu lassen oder nur ihm Duldung seiner Ideale abzuringen.

Auf heftige unfruchtbare Kämpfe folgte eine müde, kalte Stille zwischen allen. Michael dachte daran, wie er sich von Kindheit an in blinder Vergötterung seinem Vater angeschlossen und geflissentlich jede geistige Regung, die jenem fremd war, in sich unterdrückt hatte. Er zürnte ihm deswegen nicht, aber er fragte sich, ob diese gerühmte Kindesliebe, diese selbstopfernde Hingebung etwas Schönes, nicht vielmehr etwas Verderbliches sei. Wer konnte leugnen, daß es größere Helden gab, denen er die Nachfolge hätte geloben können, und mit reicherem Ertrage für sich, als seinem Vater, der ein schwacher und beschränkter Mensch war. Er versuchte sich zu besinnen, ob sein Vater immer so gewesen wäre wie jetzt, oder ob ihn nur die Jahre kleinlicher machten. Warum hatten sie sich alle so viel mehr gedünkt als die anderen Menschen, mit denen sie verkehrten oder von denen sie wußten, und auf die sie wie auf ein kleineres, armseligeres Geschlecht herabgesehen? Alles bestärkte ihn mehr darin, daß er frei werden mußte, sei es auch nur, um einen klaren Blick über alle diese Fragen und Verhältnisse und eine richtige Wertschätzung seiner selbst zu gewinnen.

Verena fühlte sich so sehr als die an der Seite ihres Mannes kämpfende Genossin, daß sie das, was Rose betraf, vergessen zu haben schien; aber ihr Beistand, wie der Arnold Meiers, war ihm ebenso quälend wie das Widerstreben der anderen. Es war nun einmal so, daß jeder Gedanke, den sie äußerten, in der Meinung, ihm beizustimmen, den seinigen nie ganz deckte, daß er immer irgendeinen Mißklang hörte, wo sie ganz in seinem Sinne zu sprechen glaubten, so sehr, daß ihn zuweilen Mißtrauen gegen sich selbst anwandelte, wenn er sie wiederholen hörte, was er als seine innerste Überzeugung ausgesprochen hatte. Nützlicher wurde ihm eine zufällige Äußerung Raphaels, die den Ausweg ins Auge fassen ließ, er könne Michaels Stelle im Geschäfte ausfüllen.

Es hing damit zusammen, daß Raphael selbst die Zuversicht nicht hatte, er würde jemals ein Kunstwerk von Bedeutung hervorbringen, weswegen er sich zwar nicht geringer einschätzte, aber doch allmählich bedenklich wurde, was für eine Stellung in der Gesellschaft er einmal einnehmen sollte. Ihm stand, wie er glaubte, die Allseitigkeit seiner Begabung im Wege, die ihn bald zur Musik, bald zur Poesie, bald zur Malerei zog; ferner hatte er sich eine Theorie erdacht, wonach die größten Kunstwerke die innerlichen wären, die überhaupt nie zu einem Ausdrucke gelangten. Die größten Meister, sagte er einmal, hätten – was freilich paradox klinge – ihre Schöpfungen dadurch beeinträchtigt, daß sie sie machten. Es sei einmal unmöglich, einen Schmetterling zu greifen und festzunageln, ohne ihm den Schmelz abzustreifen. Ein einziger Gedankenstrich oder ein Ausrufungszeichen könne eine schönere Dichtung sein, als die berühmteste Tragödie. Als Michael einwarf, demnach wären die Schreibhefte, die er als sechsjähriger Knabe geschrieben hätte, eine Fundgrube von Meisterwerken, entgegnete Raphael, es käme freilich darauf an, was einer bei den Gedankenstrichen und Ausrufungszeichen empfunden und gedacht hätte, was in Zukunft vielleicht einmal geübte Augen den Schriftzeichen ansehen könnten.

In der letzten Zeit war Raphael eine Liebschaft eingegangen, die ihn mehr Geld kostete, als sein Vater ihm zum Verbrauch angewiesen hatte, und da er sogar mit dem Gedanken umging, das betreffende Mädchen zu heiraten, erschien ihm plötzlich

Michaels Stellung vergleichsweise beneidenswert, und er warf es ihm vor, daß er mit seinem glänzenden Lose unzufrieden wäre.

Michael griff dieses hingeworfene Wort auf, und indem er Raphael erklärte, es stehe bei ihm, diese Stellung selbst einzunehmen, ging ihm klar auf, daß hier die Erlösung liege und daß sein Austritt aus dem Geschäft, wenn er dadurch Raphael Platz machte, vernünftigerweise als eine Wohltat, ja fast Notwendigkeit für diesen angesehen werden müsse. Verena und Arnold Meier, die bei dem Gespräch gegenwärtig waren, konnten sich nicht so flink auf diesen Standpunkt stellen, besonders Arnold Meier redete lebhaft auf Raphael ein, sich nicht durch zufällige Umstände und Stimmungen zu einem so verhängnisvollen Entschlusse hinreißen zu lassen. »Stecke deine Hände nicht in Geldgeschäfte«, sagte er. »Du hast weiße, faule Künstlerhände, die bisher nur gespielt und getändelt haben und ungeschickt zur Goldgräberei sind. Wenn du durchaus etwas werden willst, um einen Titel oder ein Amt zu haben oder Geld einzunehmen, und das Dichten dir nichts abwirft, so werde in Gottes Namen Schulmeister oder Schreiber; aber laß dich nicht in die große Goldmühle werfen, wo du unfehlbar zwischen die Räder kommen und gemahlen werden wirst.«

Michael warf einen hochmütig zürnenden Blick auf den eifrigen kleinen Juden und sagte: »Wenn Raphael Künstler wäre, würde er nie einen Kaufmann um sein Los und sein Geld beneidet haben. Wollte er dennoch dafür gelten, würde er ein Heuchler oder ein Affe werden, der das Pathos der Begeisterung karikiert, und müßte erröten und sich verstecken, wo ein echter, göttlicher Hauch weht. Ist er dazu zu stolz und zu einsichtig, soll er töricht genug sein, Schulmeister oder Schreiber zu werden mit den weißen, faulen Händen, die nur getändelt haben? Mit dem Anspruch, in dem er aufgewachsen ist, in der feinsten Gesellschaft der Erlesenste zu sein? In unserem großen Geschäfte, das einmal seinen Gang geht, wo viele Köpfe und Hände arbeiten, kann er mitwirken, ohne sich zu überanstrengen und ohne doch ein buntes Aushängeschild vor einer leeren Kammer zu sein. Ich sehe keinen anderen Weg für ihn, ein Mann zu werden, der sich selbst achten kann.«

Während Arnold Meier und Verena staunend auf Michael sahen, blickte Raphael erschreckt von einem zum anderen und fuhr sich mit der Hand durch die braunen Locken, unfähig, eine Erwiderung zu finden. Er konnte die Lage durchaus nicht übersehen und hatte das Gefühl, als würde er hilflos einem unerbittlichen, unberechenbaren Schicksal ausgeliefert, das mit ihm, dem Wehrlosen, schaltete. Teils lockte ihn die Aussicht, Geld zu verdienen und soviel er Lust hätte zu verbrauchen, andererseits empfand er eine unbestimmte Furcht vor der regelmäßigen Tätigkeit und trockenen, eintönigen Arbeit, der er sich, wie er voraussah, nicht ganz würde entziehen können. Sein hübsches, weiches Gesicht mit dem vollen Kinn drückte halb ernste, halb komische Verzweiflung aus, die ihn gut kleidete und etwas Rührendes hatte. »Es scheint mir fast, als ob Michael recht hätte, wenn er mir auch eben nicht schmeichelt«, sagte er endlich, und echte Bescheidenheit und Koketterie mischten sich unwiderstehlich gewinnend in seinen Worten.
Arnold Meier und Verena trösteten ihn beide gutmütig, er müsse noch andere Schiedsrichter anrufen und es sich in jedem Fall reichlich überlegen, was er sich am ersten zutrauen könne; aber es war, als schlösse Michaels gespannter Wille, seine Seele festzuhalten und sich zu unterwerfen, jeden anderen Einfluß von ihm aus. Michael war mit seines Bruders Laufbahn niemals zufrieden gewesen, hatte sich aber nicht zur Einmischung berufen gefühlt und es bei gelegentlichen Neckereien bewenden lassen; nun sah er plötzlich ein bestimmtes Ziel vor Augen, das sich erreichen ließ, wodurch er befreit und sein Bruder in eine passende Lebensstellung gebracht wurde, und er ergriff diese Möglichkeit mit unbändigem Wollen, das keinen Einwand oder Zweifel zuließ und Raphael völlig verblüffte und überwältigte.
Als sie miteinander allein waren, sagte Verena zu Michael, ihn mit glühenden Augen scheu betrachtend: »Was für ein Geist hat von dir Besitz genommen, Michael? Weißt du selbst denn, was du tust und wohinaus du treibst? Du bist mit Raphael verfahren wie die Schlange mit dem kleinen Vogel, dessen Seele sie mit den Augen lähmt, um ihn zu verschlingen. So hast du ihm deinen Willen aufgezwungen und ihn eingefan-

gen, daß er das Brot aus deinen Händen nimmt, um nicht zu verhungern.«

»Mit dem Unterschiede von der Schlange, daß ich nicht Raphaels Verderben bezwecke«, sagte Michael. »Auch glaube ich nicht, daß er sich meiner Meinung aus einem anderen Grunde angeschlossen hat, als weil er sie für die richtige hielt, und wenn ich hart gegen ihn geschienen habe, ist es nur, weil er von Kindheit auf in so viel Lüge gewickelt ist, daß man weder ihn noch er die Welt sehen konnte, wie sie wirklich sind.«

»Ich will nicht sagen, daß du unrecht hattest«, erwiderte Verena, »wenn ich auch nicht weiß, ob du recht hattest. Du bist mir nie so schrecklich schön erschienen wie eben, und selbst wenn du mich nicht mehr liebtest wie einst, müßte ich dich anbeten.«

Michael sah müde in ihre schönen Augen, die brennend an ihm hingen, und sagte: »Muß ein Mann den Frauen durchaus schrecklich erscheinen, bevor sie ihn lieben? Du ahnst wohl nicht, was mich die Kämpfe dieser Tage gekostet haben, sonst würdest du wissen, daß ich nicht so schrecklich bin, wie ich dir erscheine, und daß du keine Ursache hast, weder mich zu verabscheuen noch mich zu bewundern. Wer wahrhaft liebt, liebt einen so wie man ist, nicht wie man unter gewissen Beleuchtungen erscheint; ich bin aber heute derselbe, der ich am Tage unserer Bekanntschaft und immer seither war.«

Nach einer Pause stand er seufzend auf, führte Verenas Hand an seine Lippen und sagte bittend: »Entschuldige dies überflüssige Gerede mit der Gereiztheit, in der ich mich befinde. Die Luft liegt hier so schwer auf mir, daß ich wollte, ich wäre erst fort.«

»Und könnte vergessen, was hinter mir liegt«, setzte Verena mit schmerzlicher Bitterkeit hinzu. Michael schwieg, ein Angstgefühl beklemmte ihn, ob das Vergessen solcher Tage möglich wäre.

Die Tatsache, daß Raphael sich bereit erklärte, vielmehr den Wunsch äußerte, an Michaels Stelle in das Geschäft einzutreten, änderte wirklich die Lage zu Michaels Gunsten. Denn Waldemar hatte sich zwar gefreut, wenn Raphael als Knabe etwas Buntes gemalt oder etwas gefällig Gereimtes gedichtet

hatte, aber daß er deswegen Künstler werden sollte, hatte er stets mißbilligt, um so mehr, als er, seit Raphael erwachsen war, nie eine Leistung von ihm gesehen hatte, die ihm faßlich gewesen wäre. Die Malve gab zwar ihre stolzen Hoffnungen ungern auf, doch war sie klug genug, einzusehen, daß es besser so geschähe, als später durch Raphaels Unzulänglichkeit, mit der sie insgeheim schon zu rechnen angefangen hatte. Es fiel auch für die Eltern ins Gewicht, daß der auffallende Schritt Michaels sich nun den Leuten besser erklären ließ; daß der alte Unger Raphaels Künstlerlaufbahn mit Unwillen angesehen hatte, war bekannt, und es ließ sich denken, daß Michael, der nach seinem Austritt aus der Schule nur kurze Zeit eine Handelsschule besucht und später nur in Begleitung seines Vaters einige Geschäftsreisen unternommen hatte, nun sein jüngerer Bruder für ihn einsprang, einen mehrjährigen Urlaub nahm, um sich selbständig in der Welt umzutun. Von all diesem abgesehen, war auch der Widerstand Waldemars und Malves gegen den unabänderlichen Willen ihres Sohnes erlahmt, und sie mußten geschehen lassen, was sie nicht verhindern konnten.
Von seinem Vater, der einen bestimmt abgegrenzten Plan verlangte, bat sich Michael fünf Jahre Freiheit zum Studium der Medizin aus, nach Verlauf welcher Zeit er sich in seiner Vaterstadt als Arzt niederlassen wollte. Trotzdem diese Aussicht, nun es einmal so weit gekommen war, manches Anziehende für Waldemar hatte, fand doch eine eigentliche Versöhnung zwischen ihm und seinem Sohne nicht statt; seinem dunklen verschlossenen Gesicht gegenüber fand Michael kein Wort, das an die alte Innigkeit angeknüpft hätte. Weit eher konnte er sich seiner Mutter nähern, die, im Grunde froh, daß die häßlichen Auftritte vorüber waren, durch verdoppelte Liebenswürdigkeit die Erinnerung daran zu verwischen suchte und sogar einen gewissen Anteil an seinen Plänen nahm.
Nachdem diese Verständigung erreicht war, drängte es Michael, die Abreise zu beschleunigen, denn er sah wohl ein, daß die drückende Stimmung sich nicht ändern würde, solange er da war; doch brauchte er einige Tage dazu, um seine häuslichen und geschäftlichen Angelegenheiten in Ordnung zu bringen. Verena ging ihm in dieser letzten Zeit zuweilen hilfreich zur

Hand und schien mit der Wendung des Geschickes aufs beste einverstanden, bald schwankte sie unversehens in feindselige Verstimmung über oder gab sich trostloser Verzweiflung hin. »Du wolltest den Krieg und jammerst nun, da deine Hütte brennt«, dachte Michael; aber er begriff, daß die Unfolgerichtigkeit zu menschlich war, als daß er sie daran hätte mahnen mögen. Er gab sich Mühe, die liebreich rücksichtsvolle Gesinnung wiederzufinden, die er immer für sie gehabt hatte, aber sie wollte nicht freiwillig aus seinem Herzen fließen, und er meinte, eine längere Trennung würde das am besten wieder ins Geleise bringen. Nichts hätte ihm den Abschied schwer gemacht, wenn nicht sein Vater und der kleine Mario gewesen wären; an das Kind konnte er nicht denken, ohne daß ihm Tränen in die Augen kamen. Oft, wenn es ihm mit unsicher wackelnden Schritten, in der Freude sich überstürzend, entgegenkam, oder wenn er fortging, die feinen runden Arme sehnsüchtig und ohnmächtig nach ihm ausstreckte, schien es ihm plötzlich unmöglich, es zu verlassen. Hatte er es nicht vor Augen, kam ihm die Besonnenheit zurück, und er sagte sich, daß er es nicht für immer verließe, daß er es sehen könnte, sooft er wollte, und daß es gerade in diesen ersten Lebensjahren ohne ihn ebenso gut versorgt wäre, wie wenn er dabliebe.
Als die zu seiner Abreise festgesetzte Stunde herankam, war er leidlich ruhig und glaubte, die unvermeidliche Erregung des Lebewohlsagens gut bestehen zu können; einzig, als er in seines Vaters Arbeitszimmer ging, den er noch einen Augenblick allein zu sehen wünschte, schlug sein Herz übermächtig; aber das Zimmer war leer, und es war ersichtlich, daß der alte Herr in aller Stille ausgegangen war, um dem Abschied auszuweichen. Michael faßte sich und trug seiner Mutter einen Gruß auf, indem er zugleich versprach, begütigende Briefe sollten so schnell wie möglich folgen; doch konnte er die nächsten Stunden, während er im Eisenbahnwagen fuhr, nichts tun, als seinen Vater, dessen Beschäftigungen zu jedem Augenblicke des Tages ihm bekannt waren, im Geiste zu begleiten, und als er an der Uhr sah, daß er jetzt, aus dem Geschäfte zurückkehrend, das Haus betrat, in dem er nicht mehr war, stützte er den Kopf in beide Hände und fiel in schwere, verworrene Träumereien.

Grün waren die Höhen, an denen die Stadt der Jugend lag, und wenn der Frühling sie betrat mit Kränzen goldener Blumen, widerstrahlten der Himmel und der Spiegel des Sees, widerstrahlten die weißen Häuser und die Augen der Menschen. Dann blühten auf den Hügeln die Kirschbäume und die Apfelbäume, mit deren melodischen Häuptern des Windes silbersüße Stimme lispelte und koste und von denen weiße Blätter auf die lauschenden Wanderer herunterwehten. Oder aber sie schimmerten unbeweglich in den dunkelblauen Himmel, starrend von Licht und Glut, und unter heimlichem Schwellen von unvergänglicher Blüte träumend.

O Stadt der Jugend und der Hoffnung! Es standen in ihr nur edle, stattliche Häuser oder anmutige, bescheidene, kleine, keine unsauberen oder verfallenen oder liederlichen; denn die uralten Straßen, wo es noch mittelalterlich dämmerte, waren liebe schattige Winkel auf der Flur des lachenden Sonnenscheins. Michael hatte diese Universität ausgewählt, weil sie beträchtlich weit von seiner Heimat entfernt war, was ihm jetzt aus mehreren Gründen angemessen zu sein schien; übrigens kannte er sie nicht aus eigener Anschauung und kaum aus Beschreibungen, und hatte nicht vorausgesetzt, daß er sich so bald in ihr vertraut fühlen würde. Zwar kam er nicht im Frühling, sondern im Herbst an, doch gaben auch die Fruchtbäume, die mit Stangen gestützt werden mußten, um die Pracht der gelbroten Äpfel und der Pflaumen tragen zu können, ihre malerischen Schatten auf den unendlichen hügeligen Wiesen, und die Traubenfülle und die fernen und nahen farbigen Wälder einen Anblick, an dem sich ein williges Gemüt erheitern und stärken konnte. War es dies oder die reinere Luft von den Bergen her, oder die Fülle von neuen Lebensbildern: in kürzerer Zeit, als er es für möglich gehalten hatte, gelangte Michael zu energischem Genusse seiner Freiheit. Als er die Erklärung abgegeben hatte, Medizin studieren zu wollen, war das keineswegs der Ausdruck eines langgehegten Wunsches oder reiflicher Überlegung gewesen, sondern er hatte den Wurf gewagt, weil er einen mehr praktischen als theoretischen Beruf seinen Talenten am angemessensten hielt, weil er glaubte, es würde seinem Vater am ehesten einleuchten, und weil ein anderes Studium ihm auch nicht alles das zu versprechen schien, wonach er noch ohne Klarheit strebte. Jetzt, wo er sich ruhig besann und umsah, fing er an, sich über seine Wahl zu freuen, die ihm reichlich ermöglichte, was er allmählich als Ziel seiner Sehnsucht begriff, in Mensch und Leben näher einzudringen. Stieß auch hier manches ab und lockte dagegen manches andere, so sagte er sich in frohester, zuversichtlicher Stimmung, es sei im Grunde gleichgültig, an welchem Zipfel er die Wissenschaft ergriffe, es müsse sich doch überall zu demselben Kern gelangen lassen.

Es trug dazu bei, ihn sicher und glücklich zu machen, daß er sich allerseits von treuherziger Zuneigung umgeben fühlte. Sein Äußeres zog mächtig an; der hohe Ernst auf seiner offenen Stirn, das Wohlwollen in seinen warmen Augen, die weibliche Süßigkeit und Entschiedenheit seines Mundes, und seine freie, ruhige Haltung und einfache Liebenswürdigkeit im Verkehre machten ihn vollends beliebt und fast unwiderstehlich. Sein Alter und seine Lebensstellung hoben ihn aus der Menge der übrigen Studenten hervor, und sein im einzelnen unbekanntes Schicksal, denn er war nicht gerade mitteilsam und hielt auch aus Bescheidenheit zurück, was man ihm nicht abfragte, vermehrten die Teilnahme, die er erweckte. Es glückte ihm verhältnismäßig leicht, mit einem Manne in persönliche Beziehungen zu treten, der ihm das größte Interesse und bald eine Art verliebter Bewunderung einflößte, nämlich mit seinem Lehrer in der Zoologie und Botanik, welche Fächer zunächst die bedeutendsten für ihn waren.

Diesem sich als ergebener Schüler anzuschließen, war an der Universität etwas Herkömmliches, und es geschah nicht nur von Seite derer, die Naturwissenschaften studierten, sondern auch von Theologen, Philosophen und Literaten, sowie von Männern und Frauen der Stadt, die, ohne gerade gelehrte Bildung zu besitzen, sich doch an seinem geistreichen Vortrage erfreuen konnten. Er hieß Freiherr Gilm v. Recklingen, wurde aber schlechthin der Freiherr oder der ›Freiherr vom Geist‹ genannt. Der Freiherr pflegte bei öffentlichen Anlässen eine Menge Orden auf der Brust zu tragen, die ihm verschiedene Fürstlichkeiten verliehen hatten, und es wurde erzählt, als jemand sich erkühnt hätte ihn zu fragen, warum er das täte, da er sich doch gelegentlich ungemein wegwerfend über die hohen Herren geäußert hätte, von denen die Orden stammten, hätte er gesagt: »Wenn einem Sultan Tribute von Schmeichlern oder von beherrschten Völkern dargebracht werden, nimmt er sie an, ohne sich zu Gegendiensten oder zu ehrerbietigem Danke zu verpflichten. Wenn einige Leute, die so gestellt sind, daß allem, was sie tun, vom Volke Wichtigkeit beigemessen wird, in meiner Person dem Geiste huldigen, von dem sie wissen, daß er mehr Macht hat als sie, bringe ich diese Huldigung zur öffentlichen Anschauung, damit ihre lobenswerte Einsicht bekannt wird, und das Volk, das nicht selbst denkt, sondern nachbetet, seine Anschauungen danach bildet.« Ob seine Benennung ›Freiherr vom Geiste‹ von dieser Äußerung herrührte, oder ob sie wegen irgendeines im Vortrage gebrauchten Ausdruckes von der Studentenschaft ausgegangen war, ließ sich nicht mehr feststellen: sie leuchtete ohne weiteres ein, wenn man ihn sah und sprechen hörte. Trotz der allgemeinen Verehrung, die ihm dargebracht wurde, hielten sich viele von ihm fern, weil ein natürlicher Hochmut in seinen Zügen und seinen Sitten und eine schroffe Art, das, was anderen wichtig schien, obenhin zu behandeln, einschüchterte und abschreckte. Auf Michael war ein vornehmer Name im allgemeinen nicht geeignet, Eindruck zu machen, da ihm die Neigung seiner kaufmännischen Vaterstadt im Blute lag, sich dem Adel gegenüber eher mißtrauisch und hoffärtig ablehnend zu verhalten. Dem Freiherrn gegenüber, der selbst ohne Vorurteile war, konnten etwaige Vorurteile nicht lange bestehen: soweit sein Adel sich in der Erscheinung und im Auftreten zeigte, hatte er sogar besondere Anziehungskraft für Michael, der so bescheiden war, das Bedeutende sich gern in bedeutenden Formen darstellen zu sehen und selbst dahinter zurückzutreten.

Der Freiherr hatte sich in jungen Jahren durch eine Untersuchung über Tiere der Tiefsee hervorgetan, der in kurzem Zeitraum mehrere andere folgten, die alle von seinem Scharfblick und der Genauigkeit seiner Forschung glänzendes Zeugnis ablegten. Hauptsächlich durch diese Eigenschaft erwarb er sich einen hervorragenden Platz unter den Naturforschern; was aber seinen Arbeiten den ungewöhnlichen Reiz und ihren

dauernden Wert verlieh, war die überlegene Anschauung des Allgemeinen, aus der alles hervorging. Weltall und Weltseele waren ihm nicht bloße Worte, sondern innerstes Glaubensbekenntnis, und in der Überzeugung vom Zusammenhange aller Erscheinungen und von ihrer Wesenhaftigkeit war ihm das Große wie das Kleine gleich heilig und wichtig. Ihm war die Erde ein lebendiger Leib und wiederum auch ein Glied des ungeheueren Gestirnleibes; ebenso begriff er jede Pflanze und jedes Tier als selbsttätige Seele, die aber doch erst verständlich wurde als Glied eines allgemeinen Wesens, das man Tierreich und Pflanzenreich nennt. Er stand nun aber der Welt nicht als sinnender Beschauer, sondern mit unerbittlich richtendem Auge gegenüber, und es mochte gerade die persönliche Anteilnahme sein, die seine Zuhörer mit so einzigem Zauber fesselte.
Seine religiös-philosophischen Anschauungen hatte er in besonderen Werken niedergelegt, die zwar von einigen mit Bewunderung studiert und von vielen genannt wurden, aber ebensoviel Gegner hatten und im ganzen wenig Leser fanden. Hier stellte er Gott, von dem er ausging, unter dem Bilde einer allumfassenden Geistsonne vor, die die ganze Welt durchflammt, durchleuchtet und durchwärmt. Er stellte ihr die Nacht als die untergeordnete, weibliche Ergänzung, die Gebärerin der unendlichen Geschöpfe, gegenüber, in deren Schoß alles zurückkehrt, was nicht als Licht in die Geistsonne eingegangen ist. Alles, was lebt, ist von ihr durchschienen, und insofern sind, wenn man die Wege Gottes kennenlernen will, Steine, Pflanzen, Tiere ein ebenso ersprießliches Studium wie der Mensch; aber nur in ihm, wo ihre Strahlen sich spiegeln, kann die Hingabe an sie möglich werden, die Ziel alles Lebens ist. Leider wären aber, sagte er, die Menschen der unweisen Mutter zu vergleichen, die, als sie die Göttin dabei überraschte, daß sie ihr neugeborenes Kind in das Feuer hielt, damit es seine Sterblichkeit verzehrte, erschrak und den läuternden Vorgang störte.
Die Werke durchzuarbeiten, in denen er sein System ausgeführt hatte, war in der Tat für jeden, auch den willig folgenden und zu gründlichem Studium entschlossenen Leser eine schwierige Leistung. Das lag zum Teile an der Mystik des Inhaltes wie der Form, teils aber daran, daß der Freiherr es verschmähte,

sich auf den Standpunkt des Unkundigen zu versetzen, und geflissentlich so schrieb, als ob es nur für ihn selbst bestimmt wäre; eine Unfolgerichtigkeit, da er seine Werke doch drucken ließ, zu deren Erklärung er anführte, daß er sie aufs Geratewohl hinwürfe, damit die wenigen, die auf gleicher Stufe und in gleicher Richtung wie er lebten, sich daran orientieren könnten. Die in seinen Büchern ausgesprochenen und aus seiner allgemeinen Ansicht hervorgehenden Meinungen waren durchaus in ihm lebendig. Er verachtete nicht nur das offenbar Niedere und Grobsinnliche, sondern auch das meiste von dem, das die Gebildeten zu entzücken pflegt, als geistlose Erstgeburt, Seelenballast, Ausdrücke, womit er das an sich Unwesentliche oder notwendig Vergängliche bezeichnete, gab sich aber nicht damit ab, die Irrenden eines Besseren zu belehren.
Das erste Zeichen von Zuneigung gab der Freiherr Michael dadurch, daß er ihm zuredete, das Studium der Medizin aufzugeben oder, wenn er dabei bleiben wolle, Universitätslehrer statt praktischer Arzt zu werden. »Stehen Sie davon ab«, sagte er, »um Geld zu heilen, was noch übler ist, als um Geld zu lehren. Sie werden als Arzt bald von der Wissenschaft abkommen und nichts anderes mehr im Auge haben, als wie Sie die Leute so schnell wie möglich wieder auf die Beine bringen, woran im Grunde nicht so viel gelegen ist. Gibt es überhaupt etwas Widerwärtigeres, als die beständige, erzwungene Berührung mit Menschen an dem Punkte, wo sie am jämmerlichsten dastehen, nämlich in der Sorge um ihren meist sehr übel beschaffenen Körper? Man ermögliche es sich, die Menschen aus der Vogelschau zu betrachten oder in Büchern mit ihnen bekannt zu werden, wo der unvermeidliche Unrat schon ausgeweidet ist oder, besser gesagt, wo die große Destilliermaschine der Zeit den Abhub vertilgt hat und nur der Geist übriggeblieben ist!«
Auf Michaels Einwendung, daß ihn eben das Lebendige, wenn es auch mangelhaft sei, anziehe, sagte der Freiherr unwillig: »Das wäre gut, wenn Sie damit fertig werden könnten. Sie würden rechts und links mit Pflaster, Arznei, Geld und guten Worten wohltun und mitteilen, und schließlich doch nichts Wesentliches gefördert haben. Kennen Sie denn das Lebendige?

Sind Sie seiner mächtig? Können Sie Tote auferwecken wie Jesus Christus? Sie werden immer nur ein rasender Träumer sein, der, in Angstschweiß gebadet, vor Traumochsen davonläuft, sich vor Traumfratzen fürchtet und mit Traumwürfeln spielt. Es ist von wenig Bedeutung, ob Sie einem Fieberkranken auf seine Delirien antworten und aus ihrer Nacht heraus einem Nachtwandler die Hand geben; wecken werden Sie ihn doch nicht.«

»Es ist wahr«, sagte Michael, »ich fange erst jetzt allmählich an, zu erwachen. Sollte ich es aber auch nie dahin bringen, erheblichen Einfluß auf den Geist der Menschen zu gewinnen, so wäre es deswegen doch nicht zu verwerfen, wenn ich ihrem körperlichen Leben zu Hilfe zu kommen suchte.«

»Da sehen Sie!« fiel der Freiherr rasch ein. »Da liegt der unglückliche Irrtum! Sie können eben nur dem Geiste zu Hilfe kommen. Die Menschen gehen alle an einer Krankheit zugrunde, nämlich an jener der Mastgans, daß ein Organ auf Kosten des ganzen Organismus überfüttert ist; dies Organ ist bei den Menschen der Körper, während der Geist, an Bleichsucht und Auszehrung leidend, entweder schläft oder Krämpfe hat und irreredet. Notwendiger, als beständig an dem zudringlichen Leibe herumzupfuschen, wäre, daß einer den Menschen beibrächte, ohne denselben und ihm zum Trotze fein und fröhlich und würdig aufzutreten, anstatt mit tropfender Nase und bleiernen Köpfen zu stöhnen und zu schwitzen, wenn ihnen nichts anderes widerfahren ist, als daß sie den Schnupfen haben.«

Michael sagte lachend: »Sie haben wahrscheinlich niemals weder den Schnupfen noch sonst eine Krankheit gehabt.«

»Nein«, antwortete der Freiherr, »allerdings nicht. Wenn ich mich gehenließe wie der winselnde Pöbel und die nörgelnden Gesellschaftsschmarotzer, könnte ich wohl auch dergleichen beibringen. Die Leute möchten wie die Götter und Könige leben, bedächten sie nur zuerst einmal, daß die sich nicht zu Bette legen und die Grippe haben dürfen. Kopf hoch, Krone im Haar, Zepter in der Hand, schön, heil, gnädig und ungnädig, wer alle Morgen so aufstehen kann, der soll sich melden, wo Herrensitze leer stehen.«

Um den Freiherrn ganz zu verstehen, verschaffte sich Michael seine Werke und las sie mit Eifer, konnte sich aber ihres Gehaltes nicht ganz bemächtigen.
Der Freiherr, dem er es gestand, meinte, es möchte ihm noch an naturwissenschaftlichen Kenntnissen und an Übung im philosophischen Denken fehlen; außerdem hätte er, um die abgegriffenen, blechernen Begriffe zu vermeiden, oft tief aus Gedanken und Sprache herausgeschöpft, und wäre so, im Bestreben, das Gedachte richtig zu bezeichnen, dunkel geworden. Übrigens, fügte er hinzu, sei nicht soviel daran gelegen, ob Michael gerade seine Überzeugungen teile, nur überhaupt an etwas glauben müsse man, auf jeder Grundlage könne das himmlische Jerusalem erbaut werden.
Michael lachte und sagte nachdenklich: »Ich fürchte, daß ich keine fromme Natur bin, wenigstens glaube ich, soviel mir bewußt ist, an nichts als an mich selber.«
»Das kann viel und wenig sein«, sagte der Freiherr; »in einem alten Spruche heißt es, es sei ein Gott in uns, und wenn es der Gott in Ihnen ist, an den Sie glauben, so ist nichts weiter nötig. Übrigens ist einem, wie Sie selbst sagen, nicht alles, was im Innern lebt, bewußt.«
Michael, der sich zum erstenmal mit solchen Fragen beschäftigte, sagte, seinen Gedanken nachhängend: »Dieser mein Glaube besteht eigentlich darin, daß ich, obgleich ich in keiner Hinsicht eine hohe Meinung von mir habe, in jeder Lage meinen Eingebungen folge, in der Überzeugung, sie müßten mich zu einem hohen Ziele führen.«
Der Freiherr sah mit Teilnahme und Wohlgefallen in Michaels schönes Gesicht und sagte nach einer Pause: »Der heilige Antonius von Padua begegnete auf der Straße zuweilen einem gewissen Advokaten, einem lebenslustigen Weltmanne, der nur mit Wüstlingen und sittenlosen Weibern verkehrte, und begrüßte ihn zum Erstaunen der Umstehenden jedesmal kniefällig als einen künftigen Märtyrer und Heiligen. So, sehen Sie, verfolgt man oft ganz andere Ziele, als man meint, und je reicher und gesünder ein Mensch ist, desto weniger ahnt er im Anfang seiner Laufbahn, wo und wie beschaffen sein Ende ist. Bleiben Sie nur, wenn ich Ihnen raten darf, bei Ihrem Glauben

an sich selbst, und wenn Sie daneben auch etwelchen zu mir fassen können, der ich Ihnen an Alter wie an Schulung und Erfahrung voraus bin, wird es nicht zu Ihrem Schaden sein.«

Der Freiherr stellte Michael seiner Frau vor, einer viel jüngeren, runden, hübschen Dame mit mädchenhaften Zügen, die nach etwa zehnjähriger Ehe noch so verliebt in ihren Mann war, daß für nichts anderes in ihrem Leben Raum zu schaffen war. Mit den Studenten, die der Freiherr gerne in sein Haus einführte und väterlich ermunterte, ihr den Hof zu machen, kokettierte sie zwar, aber nur obenhin, ohne Glanz und ohne Schwung, obwohl sie von Natur nicht wenig dazu begabt zu sein schien. Es wurde gesagt, der Freiherr hätte sie geheiratet, weil sie angedroht hätte, sterben zu wollen, wenn sie nicht die Seine würde, was niemandem unglaublich war, der sie kannte.

Eine größere Auszeichnung für Michael war es, daß der Freiherr ihn bei einer Freundin einführte, die er regelmäßig besuchte und auf die er augenscheinlich große Stücke hielt. Sie war mit ihm verwandt und in seinem Alter, eine hochgewachsene Erscheinung, mit jungen Augen in einem sehr länglichen, vornehmen Gesicht, in vielen Zügen ihrem Vetter ähnlich. Sie lebte zurückgezogen und sah nur den Freiherrn und die wenigen Personen, die er ihr zuführte, bei sich. Obwohl sie nicht ohne aristokratische Vorurteile war, ließ sie doch auch entgegengesetzte Denkart sich frei äußern, wie sie überhaupt gegen jedermann von zugleich stolzer und gewinnender Liebenswürdigkeit war. Mit ihrem würdevollen Wesen und ihrem lebhaften Geiste, den sie stets nur in maßvoller Ruhe äußerte, war sie Michael äußerst sympathisch: auch gefiel ihm die herzliche, höfliche und wahrhaft freundschaftliche Art ihres Verkehrs mit dem Freiherrn.

Es mochte Michaels Bewunderung für seine Verwandte sein, die den Freiherrn eines Tages bewog, ihm zu erzählen, welcher Art eigentlich die Beziehungen waren, die ihn mit ihr verbanden; sie war nämlich seine erste Frau, die er als junger Mann geheiratet und mit der er beinahe zwanzig Jahre lang in kinderloser Ehe glücklich gelebt hatte. Auf einer Reise nach Italien, wo sie ihn nicht begleitete, hatte ihn die prickelnde Leb-

haftigkeit, das schöne suchende Feuer eines jungen Mädchens angezogen, das sich eben mit ganzer Seele in die Fülle Italiens hineingeworfen hatte, um ihren unbestimmten Hunger auf irgendeine Art zu sättigen. Ohne daß man von den gegenseitigen Lebensverhältnissen etwas wußte, machte sich der Freiherr zu ihrem Führer und suchte etwas Ordnung in ihre chaotischen Bestrebungen zu bringen, wobei sie sich dermaßen in ihn verliebte, daß er sie heiratete, ungeachtet der vorher eingegangenen und noch bestehenden ehelichen Verbindung. Da er und seine erste Frau Angehörige der russischen Ostseeprovinzen waren, wohin er nicht zurückkehrte, wurde es möglich, das unerlaubte Verhältnis geheimzuhalten. Nach einer Reihe von Jahren ließ sich diese unter ihrem Mädchennamen in der Stadt, wo er wohnte, nieder, und es war seitdem kaum ein Tag vergangen, wo er sie nicht besucht und einige Stunden bei ihr zugebracht hätte. Mit seiner zweiten Frau machte er sie nicht bekannt, weil sie, was er nur ihr offenbarte, durch seelische Verfettung ungenießbar geworden sei.
Anfangs über diese Mitteilung verdutzt, bewunderte Michael doch schließlich den Freiherrn nur um so mehr wegen der Leichtigkeit und Seelenruhe, mit der er so verzwickte Verhältnisse sowohl innerlich wie äußerlich beherrschte. Höchlich verwundert war er freilich, als der Freiherr es ihm eines Tages als bedauerliche Torheit vorhielt, daß er schon geheiratet hätte; die Liebe, sagte er, sei ein Götterding, das man nicht an den Pflug spannen sollte; für die Leute, die in die Besserungsanstalt gehörten, sei das Heiraten schon gut, aber es sei schade, wenn man die feinen und guten mit den Bestien in denselben Käfig sperrte.
Michael konnte sich nicht enthalten, zu sagen: »Aber Sie selbst stecken ja ganz erheblich darin!«
»Das sollte man meinen«, erwiderte der Freiherr vergnügt, »aber ich hänge nur in effigie darin. Meine Seele ist immer ledig geblieben, Familienglück finden Sie bei mir nicht. Heillose Bürgerzeche, wo zwölf Personen die Knochensuppe voll Fettaugen aus einer Schüssel essen und sich hernach heimlich mit den schmutzigen Löffeln prügeln! Die Liebe ist bei den meisten Menschen doch nur ein barbarisches Talgfressen, indem

sie sich etwas in den Magen stopfen, was man verbrennen sollte, damit es eine leuchtende Kraft wird.«

»Was ich esse, ernährt mittelbar auch mein Gehirn und wird also Licht«, sagte Michael, den das Gespräch auf allerlei unliebsame Gedanken brachte, langsam.

»Meinetwegen«, sagte der Freiherr, »aber unverdaulich ist das Zeug doch, und wenn ich nicht irre, liegt es Ihnen schon schwer im Magen.«

Michael konnte in diesem Punkte seine Anschauungen nicht mit denen des Freiherrn in Übereinstimmung bringen. Seine Überzeugung, daß die Familie die Grundlage des menschlichen Glückes und der menschlichen Erziehung sei, wollte und konnte er nicht preisgeben, wenn er auch zugab, daß nirgends wie hier sich menschliche Schwachheit breitmache. Obwohl sein Streben augenblicklich durchaus nach Freiheit stand, fühlte er sich doch unlösbar mit der Familie verbunden und vermochte sich die Zukunft, so verschieden von der Vergangenheit sie auch sein sollte, nicht ohne Familie zu denken.

Er versetzte sich in die Zeit zurück, wo er Verena liebgewonnen und mit Ungeduld den Tag herbeigesehnt hatte, wo er sie heimführen sollte. Das Ziel hatte er von Anfang an im Auge gehabt, und mußte sich jetzt noch sagen, daß das selbstverständlich und ganz in Ordnung gewesen war.

Dann besann er sich, daß er als zwanzigjähriger junger Mensch einmal ein Mädchen aus niederem Stande geliebt hatte, ein liebes, warmherziges Ding, das aufzugeben ihn unsägliche Schmerzen, jetzt vergessene, kaum noch eines wehmütigen Lächelns werte, gekostet hatte; später hatte er Gott gedankt, daß er frei geblieben war. Ebenso mochte es jetzt seinem Bruder Raphael gehen, der in eine Kellnerin verliebt war und Lust hatte, sie zu heiraten. Michael hatte ihm nachdrücklich davon abgeredet und war überzeugt, daß er nach geraumer Zeit, wenn er die Sache überwände, darüber froh sein würde.

Aber er konnte sich nicht verbergen, daß er jetzt glücklich sein würde, wenn er Verena nicht geheiratet hätte. War das ein Beweis, daß sie auch nicht die Rechte gewesen war? Daß er ebensogut jene andere, Längstvergessene hätte heiraten können? Oder daß er wankelmütig oder charakterlos war? Er

fühlte, daß das nicht der Fall war, und fand auch nichts anderes, das ihm Klarheit gab. Wie eine Erlösung kam ihm der Gedanke an Mario, das Kind, das er mehr als sich selbst liebte, das Kleinod, das seiner Ehe Wert verlieh, wie wenig echt und gediegen sie übrigens sein oder werden möchte.
Er sagte sich, daß der Freiherr, dessen einziges Kind, das ihm seine zweite Frau geboren hatte, nur einige Wochen gelebt hatte, das Wesen der Ehe, ihre Kraft, ihre Schönheit, ihre Heiligung nicht begreifen könnte. Mochte er auch noch so sehr wünschen, Verena nicht geheiratet zu haben, konnte er jemals wünschen, daß Mario nicht da wäre? Zugleich erschreckte es ihn, daß er somit selbst das Band, das ihn an Verena knüpfte, unzerreißbar nannte. Faßte er aber auch nur einen Augenblick den Gedanken, wie es wäre, wenn er Mario nie gesehen hätte, oder ob er ihn allenfalls jetzt noch vergessen könnte, so überwältigte ihn gleich darauf die Angst um das kleine Geschöpf, als könnte es ihm entrissen werden, bis zu solchem Grade, daß es ihm schien, er müsse alles, was ihm hier so lieb und teuer geworden war, über den Haufen werfen und nach Hause eilen, nur um sich des kleinen zutraulichen Lebens, das auf immer zu seinem gehörte, aufs neue versichert zu fühlen.

Daß Michael zu Weihnachten, weil es der Kürze der Ferien wegen nicht der Mühe wert wäre, nicht nach Hause kommen wollte, veranlaßte einen unerfreulichen Briefwechsel mit seiner Familie, namentlich mit Verena. Unerwarteterweise aber schickte sie ihm, einer schönen Aufwallung nachgebend, zum Weihnachtstage das Bild des kleinen Mario, das Rose gemalt hatte, und das sie ihm, als er abreiste, trotz seines dringenden Wunsches nicht hatte mitgeben wollen. Der Freiherr hatte ihn aufgefordert, den Weihnachtsabend bei ihm zuzubringen, aber er konnte sich nun doch nicht entschließen, unter Menschen zu gehen, und saß traurig in seinem halbdunklen Zimmer vor dem gemalten Kinderbilde mit den süßen Augen, während ein föhniger Wind von Zeit zu Zeit Wirbel von Schneeflocken am Fenster vorbeijagte. Er hatte noch niemals einen Weihnachtsabend ohne seine Eltern und ohne Weihnachtsbaum erlebt, und obwohl er mit Bewußtsein schon lange keinen Wert mehr darauf legte, fühlte er sich nun entwurzelt und ungewissen Mächten preisgegeben.

Indessen trat nach Neujahr eine frische Kälte ein, in der die trüben Stimmungen sich schnell verzogen; auf den Dächern, Hügeln und Tannenwäldern glänzten die glatten Schneemassen, und die helle, kristallene Bläue des Himmels wölbte sich funkelnd darüber. Es gab in der Umgebung der Stadt einen kleinen See, der in den kalten Wintermonaten zufror, und wo dann Schlittschuh gelaufen wurde, ein Vergnügen, dem der Freiherr sehr ergeben war. Am Nachmittag eines Wochentages, wo nicht viele Menschen dort zu vermuten waren, führte er Michael hinaus, in heiterster Laune, wie ein Knabe ganz von der bevorstehenden Lust erfüllt. Man ließ ein Dorf und mehrere Höfe auf spärlich bewaldeten Hügeln hinter sich und gelangte endlich in ein breites Tal, wo der See lag, den im Hintergrunde aufsteigende Tannenwälder abschlossen. Michael war ein guter Schlittschuhläufer, konnte sich aber nicht mit dem Freiherrn messen, der nicht nur die schwierigsten Kunststücke mit Anmut ausführte, sondern auch im einfachen Laufe, wo er in der freiesten Stellung zu fliegen schien, seine vollendete Sicherheit erkennen ließ. Er begrüßte unter den wenigen Personen, die auf dem See waren, einige Bekannte, und stellte Michael einem jungen Mädchen vor, die er Arabell Conz nannte, und die Michael schon hie und da in Vorlesungen des Freiherrn gesehen hatte.

Sie sah reizend und ungewöhnlich aus: auf kurzem gelockten, aschblonden Haar trug sie ein dunkles Pelzmützchen und ein dunkles, pelzbesetztes Kleid auf dem kindlichen Körper, der den Eindruck großer Beweglichkeit, zugleich aber auch Unbehilflichkeit machte. Auffallend war ihre Art, zu laufen: sie trieb wie eine Träumende dahin, die irgendeine keinem sichtbare Erscheinung verfolgt, für alles Wirkliche dagegen blind ist. Michael bemerkte in ihren offenen blauen Augen ein entzücktes Aufleuchten, als sie den Freiherrn sah, und wie sie an seiner Hand, die er ihr bot, mit erstaunlicher Leichtigkeit, wie von neuer Kraft und Begeisterung getragen, dahinflog. Er sagte sich, daß sie eine von den zahlreichen Verehrerinnen des Freiherrn sein müsse, dem man nachsagte, daß er trotz seiner Jahre den Frauen gefährlicher als irgendein junger Adonis wäre; wenn je, so war es hier begreiflich, wo die geschmeidige Kraft und Eleganz seines Körpers sich vorteilhaft zeigte und die Freude aus seinen energischen Augen blitzte. Wenn er bei freundlicher Unterhaltung mit Menschen, denen er gut war, lächelte, so war sein Mund der eines Jünglings, während für gewöhnlich seine Lippen etwas Strenges hatten und als zu schmal gelten konnten; diese unversehens sich enthüllende Jugendlieblichkeit empfand Michael jedesmal als unwiderstehlichen Zauber.

Es ergab sich von selbst, daß der Freiherr der erste Gegenstand des Gespräches zwischen Michael und Arabell war. Sie sah ihn erfreut und herzlich an, als sie hörte, daß auch er ihn verehrte, und sagte mit Feuer: »Ja, er ist der Außerordentlichste unter allen Menschen. Er ist so unendlich hoch über mir, daß er meine Fragen kaum vernimmt, und doch empfange ich immer eine Antwort von ihm. Die meisten Menschen stellen nur Fragen, aber er antwortet; er ernährt aus seinem unerschöpflichen, ambrosischen Geiste.« Michael äußerte einiges über den Inhalt seiner mystischen Bücher und fand zu seiner Überraschung, daß das halb kindliche Mädchen sie gelesen hatte und liebte. »Ich verstehe das wenigste davon mit dem Verstande«, sagte sie, »aber ich ahne den Gott darin, den ich anbeten könnte. Wenn in der Kirche von Gott gesprochen wird, fühle ich Zweifel und Widerstreben, der Gott, den er lehrt dagegen, ist lebendig, und nicht einmal der Glaube wagt sich an ihn heran, geschweige der Zweifel. Erklären könnte ich Ihnen das nicht, denn ich habe weder Gelehrsamkeit noch gebildeten Verstand, und mein Platz unter den Geschöpfen ist sehr gering, da ich Gott nie und nirgends fassen kann, nur blind seine Kraft in mir fühle. Ich habe keinen Geist, ich bin nur eine Flamme der Anbetung, eine ewige Lampe, die keine Priesterin zu speisen und zu behüten braucht.«

Michael verabscheute die überspannten Frauen, hier aber fühlte er sich durch etwas zwar Fremdartiges, aber Ungekünsteltes gerührt und angezogen; diese zitternde Lebensglut fachte ein Hauch an, den Menschen nicht regieren und den es ihnen

ziemt zu verehren. Während sie nebeneinander liefen, erzählte sie mit einer süßen und zugleich starken Stimme: »Ich sah einmal eine Tänzerin von wunderbarer Zartheit und Kraft der Glieder, die im Tanzen mit langen, farbigen Schleiern spielte, sich umwindend, wieder enthüllend und verhüllend, während wechselnde Musik erschallte und verschiedenfarbiges Licht sie beleuchtete; zuletzt wurde das Licht blutrot, so daß sie in Flammen zu stehen schien, die die dünnen Schleier und sie selbst rasch verzehrten, die in Farbe, Musik und Bewegung aufgelöst war. So sieht meine Seele aus, eine Bacchantin im Feuer tanzend, rasend in der Anbetung ihres Gottes.«
»Und Ihr Gott ist der Freiherr?« fragte Michael, worauf sie den kurzlockigen Kopf schüttelte und lachte, daß es bis in die Augen hinein glitzerte. Dann wurde sie wieder ernst und sagte: »Nein, er ist der Mittler zu meinem Gotte, mehr als irgendein Mensch es bisher gewesen ist. Den Gott selbst kenne ich nicht, und vielleicht ist deshalb die Flamme meiner Anbetung so freudig. Oft denke ich, wenn ich den unbekannten Gott schaute und erkennte, würde sie im selben Augenblick den Tempel ergreifen und in einem Feuersturm zerstören.«
»Wenn ich mir eine Bemerkung über Ihren unbekannten Gott erlauben darf«, sagte Michael, »so scheint er mir dionysischer Natur zu sein, da Sie den Tanz und den Rausch lieben, und Tanzen und Lachen Sie gewiß besser kleidet und Ihnen leichter fällt als Kreuztragen.«
»Ja, ich lache gern«, sagte sie, mit dem feinen Munde lächelnd, »aber ich weiß, daß ich die Wonne des Leidens auch empfinden könnte. Meine Seele würde in Schuhen aus glühendem Golde tanzen und sich mit brennenden Schleiern umwinden und nicht aufhören zu tanzen, bis sie sterbend und selig zu Füßen ihres Gottes hinstürzte. Nur das kleinliche Werktagselend, das graue, häßliche, freudlose Dulden, das kann und will ich niemals ertragen.«
Es hatte sich ihnen inzwischen ein junger Mann von fremdländischem Aussehen genähert, der mit Arabell gut bekannt zu sein schien; sie stellte ihn als einen Russen namens Boris vor, der in der hiesigen Stadt seit mehreren Jahren Medizin studierte. Das blasse, etwas verbissene Gesicht des Russen und sein

befangenes Wesen verrieten so deutlich hochgradige Neigung zu Arabell, daß Michael es schicklich fand, die beiden allein zu lassen, und sich beeilt hätte, es zu tun, wenn es ihm nicht vorgekommen wäre, als ob das junge Mädchen ein solches Alleinsein eher fürchtete als wünschte. Sie wendete sich gerade jetzt mit besonderer Lebhaftigkeit zu ihm und fragte, wovon vorher durchaus nicht die Rede gewesen war, nach seinen politischen Ansichten.

Michael war in der Überzeugung aufgewachsen, daß Frauen in der Politik eine Ansicht weder hätten noch haben dürften, und sagte kurz: »Darauf wüßte ich kaum etwas zu antworten, außer, daß ich zu keiner äußersten Partei gehöre.«

»Die Mittelstraße ist der Weg zur Hölle«, sagte Arabell rasch und entfernte sich, augenscheinlich unangenehm berührt, die beiden Männer allein miteinander zurücklassend. Michael reimte sich nun zusammen, daß Boris zu den russischen Sozialdemokraten, Anarchisten und Nihilisten gehöre, die entweder als Flüchtlinge, oder um mehr Freiheit zu genießen, oder um westeuropäische Zustände kennenzulernen, sich im Auslande aufhielten, und daß Arabell diesem Kreise nahestand, wie ja Frauen überhaupt an diesem Wesen einen bedeutenden Anteil haben sollten. Es tat ihm im ersten Augenblick leid, daß das Mädchen sich mit Dingen befaßte, die ihm so zuwider waren oder für die er wenigstens so wenig Sinn hatte; doch hatte sie ihm zu gut gefallen, als daß er sie deshalb ohne weiteres hätte verwerfen können, vielmehr beschloß er, sich gelegentlich einen besseren Einblick in diese Verhältnisse zu verschaffen, über die er sich kaum ein festes Urteil zutrauen durfte. Gern hätte er einige Fragen an Boris gestellt, doch fürchtete er ihn zu verletzen oder mißtrauisch zu machen. Das Gesicht des jungen Mannes war nicht gerade einnehmend; die dunklen Augen waren stark beschattet und gedrückt und alle Züge ohne Verfeinerung; dafür prägten sich freilich Kraft und Gewandtheit eines Raubtieres in seinem Knochenbau wie in seinen Bewegungen bewundernswürdig und reizvoll aus. Sie wechselten einige Worte über ihr Studium und ihre Lehrer, denn es wollte kein Gespräch in Gang kommen; der Russe blickte zerstreut dahin, wo Arabell sich allein langsam auf und ab bewegte.

Inzwischen war die Sonne untergegangen, und es dunkelte schnell; der Schnee schien weißlich durch die tiefe Dämmerung. Die meisten Menschen waren fortgegangen, so daß die freie Fläche des ganz unbeleuchteten Sees jetzt groß und öde erschien. Von den dunklen Tannenwäldern her wehte ein kühler Wind über das verschneite Tal und den einsamen See; es war, als suchte er etwas, und eilte seufzend weiter, wenn er es nicht gefunden, um rastlos wiederzukehren. Wie die Umrisse der Hügel, die nach der Stadt zu lagen, sich in der schneegrauen Luft auflösten, schien das Tal endlos zu werden, und man mochte wähnen, man würde nie den Ausweg daraus finden, um heimzugelangen. Michael näherte sich Arabell und machte sie auf die wunderliche Stimmung aufmerksam; sie sagte: »Ich empfinde die Natur nicht wie Sie; sie bleibt ein Bild vor meinen Augen und kommt nicht in mein Inneres, wo ich sie fühlen könnte.«

Unfern von der Stelle, wo sie standen, war ein Stück des Sees durch Pfähle als gefährlich bezeichnet und stets gemieden, nur waghalsige Buben pflegten sich aus Übermut dort aufzuhalten, und es verging selten ein Winter, ohne daß infolgedessen ein Unglücksfall vorkam. Als Michael sah, daß der Russe sich auf diese gefährliche Stelle begab, rief er ihm warnend zu, daß das Eis dort dünn sei: allein jener schüttelte den Kopf und gab durch eine abwehrende Gebärde zu verstehen, daß er sich nicht fürchte. Michael ärgerte sich über einen so sinnlosen Trotz oder Eigensinn, während Arabell dem Tollkühnen mit großen Augen nachsah. Sie sahen kaum noch die Umrisse seiner Gestalt, unterschieden aber doch, daß er sich nur langsam und leise hin und her wiegte, wozu er nun die schwermütige Melodie eines russischen Volksliedes mit halber Stimme zu singen begann. Allmählich sang er lauter, so daß sie die Worte deutlich vernehmen konnten:

Kein Haus, kein Hof, nur der Schnee und die Heide,
Der Sturm und ich und der Schmerz, den ich leide.
Wohin denn? Wohin denn? Die Wölfe schrei'n.
Im Herzen kein Gott – am Himmel kein Schein.

Michael fühlte sich wunderbar von diesen Tönen angezogen, immerhin blieb er besonnen genug, um Arabell zurückzuhalten, die im Begriffe war, als ob eine magnetische Gewalt sie hinrisse, auch das dünne Eis zu betreten, unter dem von Zeit zu Zeit ein schwaches Donnern hinlief. Als Michael die Hand auf ihren Arm legte, lächelte sie und sagte: »Es war mir eben geradeso, als stünde dort der Tod und lockte mit unwiderstehlichem Gesange in sein düsteres Reich.«
In diesem Augenblicke näherte sich der Freiherr; er hatte sich bisher auf der klaren Fläche in weiten Bogenschwingungen ergangen und glich in dem kurzen schwarzen Mantel, der ihn umflatterte, einem großen Nachtvogel, der in einsamen Ringen durch die Dunkelheit kreist.
»Hier stockt die Luft wieder einmal von Stimmungen«, rief er lustig, »und es ist gut, daß ich dazwischensause. Es ist merkwürdig, daß die Menschen sich damit zufriedengeben, hölzerne Instrumente mit Darmsaiten zu sein, die sich nach Belieben hoch oder tief spannen lassen. Man sagt, daß ein Mädchen, welches nicht Brot zu schneiden versteht, nicht reif zum Heiraten ist, und ich sage, daß, wer an Stimmungen leidet, nicht reif für den Himmel ist. Sie, Arabell, sind, wie ich glaube, weder reif für den irdischen noch für den überirdischen Himmel.« Damit glitt er an Arabells Seite, die unschlüssig nach dem Gesange hinüberhorchte, ergriff eine ihrer Hände und flog ohne weiteres mit ihr davon. Michael war wieder allein mit dem Russen, der sich gleichzeitig zu ihm gesellte, den er jetzt aber mit mehr Teilnahme, ja mit einer Art von Zuneigung, die seinem eigenartig schönen Gesange galt, betrachtete. Er sagte ihm allerlei darüber und über die russischen Volkslieder im allgemeinen, worauf jener nicht einging; als Michael schließlich verstummte, sagte er: »Es wird Sie eine Gotteslästerung dünken, wenn ich sage, daß ich den Mann nicht liebe, den Sie und alle anderen verehren; und das nicht etwa, weil er mir das Mädchen entzieht, das ich mehr als alles auf der Welt und einzig auf der Welt liebe, sondern weil er ein kaltes Herz ohne Begeisterung hat, aber gerade Genie genug, um sein marmornes Heidentum so zauberhaft darzustellen, daß er die Schwachen damit betört.«

»Sie häufen so viel überraschende Vorwürfe gegen den Freiherrn«, sagte Michael, »daß ich kaum weiß, wie ich allen begegnen soll. Ob er in Wahrheit daran denkt, Ihnen ein Mädchen zu entfremden, das Sie lieben, darüber kann ich nicht urteilen; hätten Sie recht, so täte er es gewiß nicht aus Bosheit, sondern aus irgendeinem guten Grunde, wenn sich auch meinetwegen seine Richtigkeit bezweifeln ließe. Das bestreite ich aber mit gutem Gewissen, daß er kalt sei und seine Lehre heidnisch; denn die völlige Hingabe an Gott, den Geist, die er verlangt, ist weit eher christlich zu nennen.«

»Ich nenne alles Heidentum«, sagte Boris hart, »was in der Verherrlichung der eigenen Person gipfelt. Was nützt es, wenn einer groß und gottesähnlich und Gott selbst wird und von seiner Macht und Herrlichkeit den anderen nichts mitteilt, die dessen bedürfen? Das ist Religion für die Glücklichen und Starken, wenn man überhaupt Religion nennen kann, was nicht die Menschen verbindet, sondern voneinander abschließt. Ich sage Ihnen offen, daß ich mein Leben den Duldern meines Vaterlandes geweiht habe und gewiß bin, früher oder später, sei es durch Verrat oder bei hochverräterischer Tat ergriffen, es schimpflich am Galgen zu enden. Es kann nicht jeder die Verhältnisse in meiner Heimat kennen und infolgedessen nicht richtig beurteilen; aber ich hasse diejenigen, die sie kennen und sich auf die Seite der Schlächter stellen, anstatt auf die der Opfer.«

Er hatte im Sprechen einen freieren, größeren Blick bekommen und gefiel Michael immer besser; er sagte mit Herzlichkeit: »Zunächst seien Sie überzeugt, daß ich Sie nie verraten werde, noch, dafür möchte ich bürgen, wird es der Freiherr tun. Ich kenne die Lage Ihres Vaterlandes nur ungenau, doch kann ich mir wohl vorstellen, daß einer, ohne grausam zu sein, gewaltsame Maßregeln zur Herbeiführung einer höheren Kultur, denn darum handelt es sich doch wohl im Grunde, mißbilligt, weil diese stets nur langsam reifen kann und Eingriffe diese Entwickelung eher stören und aufhalten als befördern.«

»Redensarten!« rief Boris ungeduldig; »eine Suppe von marklosen, ausgelaugten Knochen, die ein verhungerter Hund nicht schlappern möchte. Sehen Sie die Tatsachen an. Sehen Sie Freunde, Brüder und Schwestern unter der Peitsche und unter Martern verenden. Sehen Sie die Unschuldigen im Kerker verfaulen und die Bösewichter und Trunkenbolde und Weiberjäger und Salonschwätzer sich am Tische des Lebens mästen. Sehen Sie die gesunde Kraft in Unwissenheit und Schmutz verkommen und Feinheit und Bildung die Wahrheit beflecken und die Religion verächtlich machen. Ein Schuft, wer da zusieht und seine eherne Gleichgültigkeit mit rednerischen Lappen bemäntelt!«

Michael fühlte sich durch den wütenden Erguß nicht beleidigt, aber auch nicht getroffen; es schien ihm natürlich und berechtigt, daß diese Dinge, so schrecklich sie sein mochten, ihn nicht aus seinem Gleichgewichte brachten. Er konnte nichts mehr erwidern, da der Freiherr mit Arabell zurückkam und zum Aufbruch mahnte. Im Antlitz des Freiherrn war nichts zu lesen als die stolze Offenheit des furchtlosen Mächtigen und die Überlegenheit des allseitig gebildeten Geistes. »Während unser blutiger Freund hier predigte, habe ich eine Rede gegen ihn gehalten«, sagte er lachend, »und hoffe, daß meine von besserem Erfolge begleitet ist als seine; wenigstens scheint es mir nicht, als ob sich Michael Unger zur roten Fahne bekehrt hat. Wir streiten um die Seelen wie Satan und der Engel.«

Boris hatte doch die Genugtuung, das geliebte Mädchen nach Hause führen zu können; denn der Freiherr nahm Michaels Arm und ging mit so rüstigen Schritten vorwärts, daß die beiden jungen Leute um ein gutes Stück zurückblieben. »Warum wühlen Sie so gegen den armen Menschen?« fragte Michael, als sie von den Nachfolgenden nicht mehr gehört werden konnten. »Ich glaube, das Mädchen sieht ihn ohnehin nicht mit verliebten Augen an.«

»Aber sie hört mit verliebten Ohren zu, wenn er schwatzt«, sagte der Freiherr. »Das Mädchen ist zu fein für solch einen barbarischen Talgfresser; sie haben den Magen voll von der klebrigen Schmiere, und im Kopfe qualmt ein fettiges Fünkchen, das höchstens zum Nachtlicht oder zum Allerseelenlämpchen langt. Er soll wieder in sein Land gehen, einen Minister oder dergleichen umbringen und sich aufhängen lassen, dann hat er seine Bestimmung erfüllt und ist mit sich zufrieden. Hier wird er, wenn er auch im Arm seiner Geliebten läge, doch immer von dem Galgen träumen, den er sich in der Jugend zum Marterwerkzeug erkoren hatte. Glauben Sie mir, ich kann ihm keinen größeren Dienst leisten, als wenn ich Arabells Herz recht fest in den Händen behalte.«

»Aber tun Sie ihr denn damit einen Dienst?« fragte Michael bedenklich. »Es ist doch wahrscheinlicher, daß der Russe sie glücklich machen kann, als daß Sie es können?«

Der Freiherr legte lachend den Arm um Michaels Schulter und sagte: »Weil er sie liebt und ich sie nicht heiraten kann, meinen Sie. O Michael, können Sie an keinem Stall vorübergehen, wo zwei an einer Krippe Platz hätten? Der Russe mit seiner massenhaften Liebe reißt sie nur so oder so in die Untiefen des Lebens, wo sie steckenbleibt und verschlammt. Was kann ich ihr aber schaden? Bin ich ein Geck oder ein Wüstling oder ein Hanswurst? Selbst wenn ich sie verführte und mit einem halben Dutzend Kinder sitzenließe, was ich durchaus nicht im Sinne habe, so wäre das besser für sie, als wenn sie Boris heiratet. Wenn gute Menschen einander Schmerz zufügen, ist noch nicht Ursache, Zeter zu schreien, und auch was einem ein Übelwollender antut, geht hin; eh man sich lieben läßt, da soll man auf der Hut sein. Man soll darauf bedacht sein, Geist zu wekken, und nicht darauf achten, wie weh es tut. Müssen Sie nicht Beine abschneiden und Geschwüre auskratzen, wenn Sie Arzt sind? Aber eine Frau, die der Mann sitzenläßt, oder ein Mann, der sein Weibchen nicht bekommt, das macht Sie wehleidig, und doch sind Seelenschmerzen ebenso notwendig und heilsam wie körperliche. Geist schaffen, wohin er kommt, das ist die Arbeit des Mannes, nicht schmucke Paläste in die Luft sprengen oder gute alte Throne umstürzen.«

Wie Michael mit Genuß das frische Wesen des Freiherrn empfand, wurde er sich zugleich seiner eigenen Kraft bewußt, die sich in anderen Kämpfen entfalten sollte, als jener oder als der junge Russe sie führten, und wußte er auch selbst noch nicht, in welchen, so brannte er doch, sie zu kämpfen. Es tat ihm wohl, wenn der Mantel seines Begleiters sich hinter ihm aufblähte und in der Luft stand wie ein sausender Fittich; auch meine

Seele wird die Flügel regen, dachte er, und sie werden mich über Hügel und Berge tragen, dahin, wo die Gedanken schweigen, dahin, wo Götter wohnen.

Bei jedem schönen Aufschwung, bei jeder fördernden Anspannung war Rose in Michaels Gefühl inbegriffen, ja er war sich bewußt, daß er nur durch sie und mit ihr die Kraft besaß, die über seine Natur hinausging. Es schien ihm keine Gefahr von ihr zu kommen, nichts, was ihn bedrohte, und er hätte eher einen Engel, der ihn hob und beseligte, als ihr Bild von sich verscheuchen mögen. Seit der Frühlingsnacht am Bodensee war ein Jahr vergangen, ohne daß er sie gesehen hatte; aber er wußte, daß sie in dem Dorfe war, wo sie im vergangenen Jahre das Kind hatte malen wollen. Es war kein langes Zaudern und Ringen, ehe er sich entschloß, zu ihr zu fahren; denn was hätte werden sollen, wenn er dem gewaltigen Zuge, der ihn zu ihr zog, nicht Folge leistete? Dann, so schien es ihm, würden die Saiten in ihm reißen, auf denen das Leben seine schönen wilden Lieder spielte, und ein tonloses Brett würde übrigbleiben, mit dem sich allenfalls seine Angehörigen an kalten Tagen das Zimmer würden heizen können. War er aber dazu bestimmt?
Ein wolkenloser Maitag sank lautlos und schimmernd auf die Flur, als der Zug, mit dem er abreiste, aus der Halle ins Freie lief. Bald begann in den Dörfern das Geläut zur Kirche und verschwebte, wie sie blitzschnell von einem zum andern glitten, in einem fernen, sanften Chor der Lüfte. Michael hatte die Fenster geöffnet und ließ die laue Luft zu sich herein; er wiederholte leise ihren Namen und träumte zu sehen, wie er sich in lauter rosigen Funken von seinen Lippen löste und gen Himmel stieg, bis die blaue See der Luft wie von Meeresleuchten damit erfüllt war. In den Glanz seines Glückes drang kein Zweifel, ob es durch eigene Stimmung oder durch Zufälle getrübt werden könne; er wußte, daß das Leben jetzt nur zwischen ihm und ihr war, eine selige Insel makellos aus dem Schwall der Zeit tauchend. Auf dem kleinen zwischen Bäumen versteckten Bahnhof, der eine Viertelstunde vom Dorfe entfernt lag, war sie nicht; aber er sah sie durch die Felder her, ihm

entgegenkommen. Mit ihrem Anblick löste sich das fliegende Zittern seiner Seele in eine große Ruhe auf, so daß ihm war, als könne er jetzt ohne Scheideweh vom Leben in den Tod hinuntersinken. Sie faßten sich bei den Händen und gingen aufs Geratewohl über die Felder bis zu einer Anhöhe, wo eine Bank stand, auf die sie sich niedersetzten.

Rose zeigte ihm das Dorf: die wunderliche kegelförmige Kirche, die weißen Häuser in den grünen baumreichen Gärten, zwischen den Gehöften die lachenden Wiesen und die breiten streifigen Äcker, zum Teil von einem zarten Schleier keimender Saat überzogen, zum Teil schwarzbraun, auf denen Männer langsam hin und her gingen und Samen auswarfen. Es war ein Ring voll gefriedeter Erde, im Raume schwebend, auf allen Seiten durch dunkle Wälder gegen den Abgrund geschützt, durch eine weite unendliche Wölbung an den Himmel geschlossen. »Das ist dein Arkadien«, sagte Michael und blickte froh in ihre schönen Augen. Erst als sie in dem Zimmer waren, das Rose bewohnte, sahen sie sich wie erwacht und erstaunt an und begrüßten sich mit Leidenschaft. »Ich glaubte, ich hätte nicht auf dich gewartet, kaum an dich gedacht«, sagte Rose, »und nun du da bist, tötet mich die Angst, du könntest nicht gekommen sein.«

Unterdessen deckte Roses Wirtin einen schmalen hölzernen Tisch im Garten unter Bäumen, denn es war schon Nachmittag. Rose und Michael spürten nun auch, daß sie Hunger hatten, und aßen mit großem Vergnügen, während die Bäuerin ab und zu ging und sie bediente. Sie war eine große breite Frau von würdevoller Haltung und ebensolchen Bewegungen und mit dem Kopf einer altdeutschen Königin: auf dem glatten Haar, das sie in der Mitte gescheitelt und über die Schläfen heruntergekämmt trug, hätte man einen schweren Goldreifen voll bunter Edelsteine sitzen sehen mögen. Sie hatte kluge Augen unter stolzen Brauen und eine starke, gebogene, aber nicht unweibliche Nase; es war ihr anzusehen, daß sie mehr tatkräftig, ordnend und umsichtig als weichherzig war, doch zeigte ihr freundlicher Blick, daß man sie auch nicht ungütig nennen konnte.

In Abwesenheit der Frau erzählte Rose von ihrer Tüchtigkeit, da sie das große Gut allein auf das vortrefflichste bewirtschaftete; denn ihr Mann, ein arbeitsscheuer, trunksüchtiger Mensch, beeinträchtigte sie mehr, als daß er sie unterstützte. Sie hatte aus einer ersten Ehe eine erwachsene Tochter und einen kränklichen, an der Krücke hinkenden Sohn, welcher der Gegenstand geheimer häuslicher Ärgernisse und Zwistigkeiten war. Die Frau nämlich wollte hauptsächlich diesen Kindern, die schon von ihres verstorbenen Vaters Seite Vermögen hatten, den Ertrag ihrer Arbeit zuwenden, besonders dem Sohne, der seiner hinfälligen Gesundheit wegen ungünstig im Leben gestellt war; ihr zweiter Mann hingegen, und hauptsächlich dessen Mutter, verlangten, daß alles in der zweiten Ehe Erworbene dem in derselben erzeugten Kinde zufiele, von dem sie behaupteten, daß seine Mutter es benachteilige, ja nicht einmal liebhabe. Dies, meinte Rose, sei unwahr, eigentlich unmöglich, da das Kind, eben der kleine Knabe, den sie gemalt hatte, zu liebreizend sei, als daß man es nicht liebhaben könne; doch müsse sie sich freilich der Kinder des ersten Mannes, die der zweite und seine Mutter ungern sähen, besonders annehmen, und der Junge hatte infolge seiner Schwächlichkeit stets ihrer Pflege und Sorgfalt mehr als die anderen bedurft. Es sei zum Weinen wie zum Lachen, sagte Rose, daß diese Leute, aufgewachsen inmitten der Unschuld der Natur, und jahraus jahrein nur mit den geduldigen, stillzufriedenen Tieren und den im ruhigen Kreislauf blühenden und fruchttragenden Pflanzen beschäftigt, für nichts anderes Sinn hätten, als für Geld und Erwerb. Auch für die Bäuerin war das Geldverdienen eine Leidenschaft, doch war sie nicht kleinlich, und ihre Zuneigung, wie sie solche zu Rose hatte, drückte sie nicht selten in großartiger Uneigennützigkeit aus.

Sie luden die Frau ein, sich zu ihnen zu setzen, und Rose sagte: »Nicht wahr, Frau Gundel, ich schelte oft mit Ihnen, daß Sie so viel Aufhebens vom Gelde machen, anstatt des schönen Lebens, das jeder Tag hier bringt, von Herzen froh zu werden.«

»Das Fräulein kann freilich kaum einen Taler von einem Groschen unterscheiden«, sagte die Bäuerin und lachte; »uns, die wir von frühauf die harte Erde graben, liegt das im Blut. Es ist gewiß schön, nur so den Blumen und Tieren und Kindern zuzusehen und Bilder daraus zu machen; das Fräulein weiß aber nicht, wie es ist, wenn man das alles hat und in Ordnung halten muß, und wenn man denkt, daß die Kinder vielleicht einmal allein in der falschen Welt unter fremden, bösen Leuten zurückbleiben, die keinen Zwetschenkern für sie übrig hätten, im Fall sie es hungerte.« – »Ich glaube, die Welt ist weder so falsch, noch sind die Menschen so böse, wie Sie meinen«, sagte Rose. Die Bäuerin ließ nun ihre klugen Augen langsam zwischen Michael und Rose hin und her gehen und sagte freundlich: »Wie Mann und Frau schauen Sie aus, Sie zwei!« worauf Michael nach einer kleinen Pause antwortete: »Wir möchten es einmal werden.«

Als die Bäuerin fort war, sagte Michael: »Ich hätte das vielleicht nicht sagen sollen, aber ich glaubte, wir wären der Frau, die dir so zugetan ist, eine Erklärung unseres Verhältnisses schuldig.« Rose schwieg und nickte; sie blieben noch eine Weile unter den Bäumen sitzen und gingen dann zwischen den Wiesen spazieren, aber es hatte sich eine Schwermut auf sie gelegt, die sie nicht bannen konnten. Erst als die Sonne untergegangen war und es im Dorfe still wurde, kam ihnen die vorige Freude zurück. Es war rings kein Singen von Vögeln, kein Bellen von Hunden, kein Sprechen oder Lachen in den Häusern und Gärten, nur der Wind strich mit großem Flügelschlage über die bleichen Wege und die schwarzen, feuchten Äcker. Was singt er? fragten sie einander. Er singt: O Erde, du Liebesstern, du Leidensblume, du träumerische! Ich umschlinge dich und trage dich durch Schwärme von Sonnen, dein Antlitz ist schöner als alle. Als der Mond aufging, sahen sie sich lächelnd an und sagten langsam flüsternd, indem jedes einen Arm zu dem Gestirn emporreckte: »Mond, bleicher Engel, schütze uns vor Tränen!«

Es fiel nun kein einziger trüber Schatten nieder in die Reihe der herrlichen Tage. Sie wanderten ziellos hierhin und dahin, von jedem Sonnenstrahl, wie von jedem Regentropfen beglückt. Am Sonntag gingen sie während des Gottesdienstes auf dem kleinen Friedhof spazieren, in dem die unförmige weiße Kirche lag: sie sah aus, wie von wilden Riesen flink in einer kurzen Nacht zusammengewälzt. Langsam gingen sie von einem Hügel zum andern und lasen die Inschriften der Kreuze unter dem singenden Gebrumm der Orgel; ein paar kleine Kinder krochen still zwischen den Gräbern umher. Als sie die Kirche umgangen hatten, blickten sie zu Michaels Überraschung in ein Tal, durch welches ein starker, hellgrüner Strom floß; der pyramidenförmige Schatten des Turmes, der darauf fiel, berührte das jenseitige Ufer. »Da können die Toten nachts hinuntersteigen und ans Meer fahren«, sagte Michael; sie sahen lange mit unbewußtem Lächeln in die Strömung und glühten vor Leben.

Die Farben in der Luft und auf der Erde wurden um diese Zeit stärker und leuchtender, und die Wiesen, die vom Löwenzahn durchwachsen waren, zogen sich wie gelbe Flammen durch die Saatfelder hin. In den Bauerngärten hing die Wäsche an Strikken zwischen den blühenden Obstbäumen; rote und blaue Kinderschürzen, weiße Hemden, die sich langsam blähten, und lange, wehende Windeln; auf dem grünen Rasen lagen kirschrote Betten und Kissen zum Sonnen. Rose stand mit Entzücken vor allem, als wäre dies der erste Frühling aller Zeiten, der einzige, schönste, den je glückliche Augen sähen. Oft beugte sie sich zurück und atmete tief, und es schien, als wollte sie alles, was Glieder und Sinne könnten, in sich hineinziehen. »Ich möchte alles verschlingen, bis meine Seele voll wäre«, sagte sie. Er konnte sich nicht satt an ihr sehen; an der kindlichen Schwelgerei, die sich in ihren Zügen so offen aussprach, ebenso wenn sie die Wolken oder die Fluren bewunderte, wie wenn sie ganz bei ihm war und ihn ansah und küßte. Sie schien keine Unruhe, keinen Mangel, keinen Zweifel zu kennen; was sie tat und sagte, strömte in schweren Wellen aus einem goldenen Brunnen, fiel wie ausgereifte Früchte von einem sommerlichen Baume.

Nur das wollte ihn zuweilen schmerzen, daß es ihm vorkam, als bedürfe sie seiner nicht durchaus zu ihrer Lebenswonne, als schöpfe sie Liebe, Übermut und Träumerei, Spielzeug und Bilder aus ihrer eigenen Seele, und er wäre nur der Kamerad, den sie mitspielen ließe. Äußerte er das, so erstarrte sie vor Verwunderung und Entrüstung und sagte inbrünstig: »Nur weil du schön bist, ist die Erde schön, nur weil ich dich liebe, liebe ich auch mich und die Welt!«; sie hatte vergessen, daß es auch, eh sie ihn kannte, Leben, Tätigkeit und Glück für sie gegeben hatte. Er machte sie lächelnd darauf aufmerksam, aber sie schüttelte den Kopf und ließ sich nicht irremachen. »Du weißt es ja nicht«, sagte sie. »Einst beglückte es mich, Schönes zu sehen und zu schaffen, was mir schön schien; jetzt bin ich selbst schön und schaffe mich selber, weil wir uns lieben.«

Auch wenn er ihr von seiner Wissenschaft mitteilte, was ihn fesselte und bewegte, fühlte er sich durch ihre innige und stürmische Teilnahme bereichert. Sie hatte fast gar keine naturwissenschaftlichen Kenntnisse besessen und war immer der Meinung gewesen, sie könnten im unbefangenen Genusse der Natur nur stören. Nun sah sie ein, daß vielmehr jede Erscheinung, je besser sie sie kennenlernte, an Lebendigkeit gewann; es sei ihr zumute, sagte sie, als täten ihre verschwiegenen Lieblinge, deren Wesen sie nur ahnend erfaßt hätte, den Mund auf und erzählten ihre heimlichen Geschichten. Er glaubte, nie etwas Wunderbareres und Reizenderes gesehen zu haben als die Tiere auf dem großen Bilde, das sie gemalt hatte; obwohl mit feinster Beobachtung der Wirklichkeit gemalt, glichen sie doch olympischen Fabeltieren, Verwandlungen der Götter, dem Stier, der Europa entführte, dem Schwan, den Leda liebte. In ihrer heidnischen Majestät und Ruhe umgaben sie das Friedenskind mehr als ob sie es freiwillig beschützten, als daß seine überirdische Kraft sie zu bändigen schien. Das Kind war das Ebenbild des Söhnchens der Bäuerin aus zweiter Ehe, das jetzt etwa drei Jahre alt war und das auch Michael liebgewann.

Es war ein scheues Kind, das immer verleitete, obwohl es wenig sprach, ihm Gedanken und Empfindungen zuzutrauen, die über sein Alter hinausgingen. Auch von den Augen des Kindes ging, wie von denen der Mutter, etwas Gebieterisches aus, doch waren sie von den ihren verschieden; denn ihre Brauen verliefen stark in schöngeschwungenem Bogen, während die des Kindes fein und ganz gerade waren, was dem weichen kleinen Gesichte etwas seltsam Unfehlbares und Unerbittliches verlieh. Das vollendete Mündchen mit der etwas vorschwellenden Oberlippe war fast immer geschlossen, die feine Nase mit dem hohen Rücken streng, auch im Lächeln verschwand der Ernst des Gesichtchens nie ganz; trotzdem machte der Kleine den Eindruck eines zwar schüchternen, aber anschmiegenden Kindes.

Es war eigentümlich, daß das Kind, dem jedermann freundlich begegnete, keinen so zu lieben schien wie seinen Vater, dem es nicht von der Seite wich, wenn er da war. Im Bewußtsein der unrühmlichen Rolle, die er auf dem Hofe spielte, ließ sich der Bauer selten blicken und war nicht zugänglich; nur mit dem Kinde schleppte er sich unermüdlich. Sein Gesicht war widerlich, vom Trunk entstellt, doch hatte er augenscheinlich feine Züge gehabt, und der Kleine mochte ihm gleichen; man konnte sich vorstellen, daß er durch sein hübsches Gesicht, weiches verliebtes Wesen und vielleicht eben durch seine Schwäche das starke Herz der Bäuerin gewonnen hatte. Jetzt schienen nur noch Furcht, Mißtrauen und Verachtung zwischen ihnen zu sein, wenn auch die Gewohnheit und das Mitleid, das Frau Gundel für ihn hatte, es ihnen nicht so schlimm, wie es war, zum Bewußtsein kommen ließen. Sehr verschlimmert wurde das Verhältnis durch die Mutter des Bauern, einer Frau mit blassen Augen und farblosem Gesicht, die immer ein schwarzes Tuch um den Kopf gebunden trug, so daß man ihre Haare nicht sah. Sie pflegte mehrere Male am Tage zur Kirche zu gehen, und Michael und Rose konnten sich ihrer Höflichkeit und Freundlichkeit kaum erwehren; alle, sogar ihr Sohn, auf den sie großen Einfluß hatte, suchten sie, wenn es möglich war, zu meiden. Sie war es hauptsächlich, die den Bauer gegen die Kinder seiner Frau aus erster Ehe aufhetzte; doch hätte Rose wohl nichts davon bemerkt, wenn die Bäuerin, die niemals log und nicht einmal übertrieb, es ihr nicht anvertraut hätte.
Jeden Abend, wenn die Sonne unterging, pflegte die Alte mit einem gedankenlosen Seufzer zu sagen: »Gottlob, wieder ein Tag hin«, und mit einem verstohlenen Seufzer wiederholten Michael und Rose: »Wieder ein Tag hin!« Die acht Tage, die Michael im Dorfe zu bleiben sich vorgenommen hatte, die sie wie eine selige Unendlichkeit vor sich gesehen hatten, waren plötzlich vorüber, wie ein tiefer glücklicher Atemzug verhaucht. Der letzte Tag war ein Sonntag, an dem nach uralter Sitte im Dorfe der Tanz um den Maibaum stattfand. Am Vorabend wurde unter großem Zulauf die hohe Stange aufgerichtet, die den Maibaum vorstellte; an ihrer Spitze war eine lange schmale Fahne von grüner Farbe befestigt. Michael und Rose saßen

unter einer breiten Linde, die eben Blätter bekam und die von einem schmalen Holzbänkchen rund umgeben war, und sahen zu, wie das Königspaar, dem zu Ehren das Fest bereitet wird. Am folgenden Nachmittage nahm der Tanz seinen Anfang; unter der brennenden Mittagssonne kam ein Trupp Bauernburschen die Landstraße herauf, johlend und kreischend, voll Staub und Schweiß, von fiedelnder Musik begleitet. An ihren heiseren und unreinen Stimmen und ihrem stolpernden Gange merkte man, daß sie schon viel getrunken hatten; die versammelte Dorfbevölkerung jauchzte ihnen überlaut entgegen. Nun wurde ein Faß Bier herbeigerollt, aus dem unentgeltlich geschänkt wurde; Männer, Frauen und Kinder drängten sich gierig herzu, während die Burschen mit den erhitzten aufgeputzten Mädchen um den Maibaum stampften.
Michael und Rose hatten mit gepreßtem Herzen zugesehen: es war die letzte Stunde, die ihnen gehörte und die sie nicht allein miteinander hatten sein wollen. Rose stiegen die Tränen schwer in die Kehle; während sie sie niederdrückte, sah sie an der hohen Stange hinauf, von deren Spitze das lange grüne Band in die Luft flatterte wie ein Jubelfähnchen. »Es ist nicht alles schön auf der Erde«, sagte Michael und versuchte zu lächeln. Rose erwiderte nichts; sie gingen langsam nach Hause zurück, gespannt und gequält, von der wilden Tanzmusik unablässig verfolgt. Im Zimmer lehnte sich Rose an die getünchte Wand und preßte ihr Gesicht dagegen. »Das Leiden ist zu groß für das Glück«, sagte sie mit harter Stimme. »Sag das nicht, sag das nicht«, bat Michael, die Hände ringend, »nimm mir die einzige Hoffnung nicht. Sollten wir das Höchste begehren und das Schwerste nicht ertragen können?« Sie drehte sich langsam nach ihm um, sah ihn an und reichte ihm eine Hand, während sie mit der anderen winkte, daß er gehen möge; dann ging er schnell durch das heiße lärmende Dorf und die verlassenen Felder zum Bahnhof.

In einem Garten des Dorfes hatte Michael oft ein kleines Mädchen von etwa zehn Jahren stehen sehen, das durch den Zaun nach dem Walde zu blickte. Es war braun und mager, und das dunkle Haar hing ihm in Strähnen um das Gesicht; mit dunklen Augen blickte es unentwegt über die Wiesen hin, die damals lachten und leuchteten vom Goldgelb der Blumen, zum Walde, der die Welt für sie abschloß. Es schlängelte sich ein bleicher, steiniger Weg durch die Wiesen in die Tannen hinein, auf dem zuweilen ein schwerer Wagen langsam vorüberächzte und morgens und abends der Briefbote in das Dorf kam, und wo an Sonntagen Herren und Damen in lichten Kleidern auf Rädern hinflogen, deren Plaudern und Lachen flüchtig wie Vogelgezwitscher ins Ohr klang. Das kleine Mädchen sah aus, als ob sie wartete, daß einmal etwas Wunderbares aus dem Walde heraustrāte und den blassen Wiesenpfad her auf sie zukäme; was mochte sie schon gesehen haben, wenn sie heimlich bei Nacht herausschlüpfte und der Mond dahin schien, wo der Tann sich öffnete?

Dies braune Kind erinnerte Michael jedesmal an Verena, so wenig es der hohen schlanken Dame mit der weißen durchsichtigen Gesichtsfarbe, dem mattblonden Haar und den vornehmen Gewändern ähnlich sein konnte. Es zog ihm das Herz zusammen, wenn er die Kleine sah, und einmal, als er mit Rose Hand in Hand über die Wiesen auf den Garten zukam, wo sie am Zaune stand, war es ihm, als sähen ihn ihre weitgeöffneten Augen schmerzhaft erwartend und vorwurfsvoll an, was ihn so quälte, daß er Mühe hatte, die Empfindung vor Rose zu verbergen.

Dennoch liebte er Verena nicht mehr; ja er konnte sich fast nicht vorstellen, daß er sie jemals liebgehabt hatte. Als sie einander das erstemal nach Michaels Abreise wiedersahen, fanden sie eine Kluft zwischen sich liegen, über die sie sich nicht die Hände reichen konnten; aber er hatte das vorausgesehen, während sie es ganz anders erwartet hatte. War sie auch ihm gegenüber nur die große Dame, kühl und überlegen, so hatte sie doch, solange er fort war, oft wie die braune Kleine am Gartentor gestanden und sehnsüchtig hinausgehorcht, ob er käme und sie liebhätte.

Ehe er noch ein Wort gesprochen hatte, erkannte sie an seinem Lächeln und seiner Haltung, wie er zu ihr stand, und ihre ganze Seele spannte sich darauf, viel kälter und fremder zu erscheinen, als er sein konnte. Sie hatte immer ein Lächeln auf den Lippen, das ihn zu verhöhnen schien, und suchte ihn dadurch zu kränken, daß sie den kleinen Mario mit dem Dienstmädchen spazierengehen ließ oder sonst von Michael entfernte, alles aber so, daß es mit der Gleichgültigkeit, die sie gegen ihn zur Schau trug, nicht in Widerspruch stand.

Als Michael fort war, sagte ihre stolze, hochfliegende Seele: Du sollst nicht weinen, du sollst nicht ohnmächtig klagen. Wenn er dich nicht mehr lieben kann, soll er doch sehen, daß du der Liebe wert wärest. Du sollst frei werden und den Kampf mit dem Schicksal auskämpfen; hat dich doch immer nach einer Krone gelüstet. Aber die andere Seele, die in ihr war, die feige, schwächliche, machte sich schwer und wollte sich von dem weichen Kissen, auf das sie sich geduckt hatte, nicht wegziehen lassen. Es hätte jetzt nichts mehr im Wege gestanden, daß Verena sich in der Malerei ausbilden ließe, was von jeher ihr Wunsch gewesen war, und sie erwog es auch häufig in Gedanken. Was sie zurückhielt, war hauptsächlich die Voraussicht, daß sie es niemals so weit bringen würde wie Rose. Ja, würdest du ihr auch gleichkommen oder sie übertreffen, sagte ihre feige Seele, würde er es doch nicht gelten lassen, und schon dem beständigen Vergleich sollst du dich nicht aussetzen. Ebenso fiel es ins Gewicht, daß sie die unverdrossene Anstrengung scheute; denn sie hatte niemals dauerhaft gearbeitet, und obwohl sie wußte, daß auch in der Kunst ohne strenge Arbeit nichts Großes erreicht wird, versuchte sie doch immer wieder auf Schleichwegen in das heilige Gebiet einzudringen und war stolz auf diese kleinen, geschickt hingeworfenen Malereien und Kunstfertigkeiten, die ihre Umgebung entzückten und ihr den Ruf der Genialität eintrugen.

Inzwischen, bis sie etwas anderes gefunden hätte, woran sie ihre Kraft erproben könnte, warf sie sich auf die Pflege der Geselligkeit, wobei ihr Schwager Raphael ihr zur Seite stand. Solange sie mit Michael glücklich war, hatte sie zwar auf ihn als auf einen tief unter ihm Stehenden herabgesehen; denn sie war ein eifriger Anbeter ihres Gottes und schlachtete ihm gern alle Götzen und Idole, deren sie habhaft werden konnte; aber im Grunde war er ihr nie unsympathisch gewesen, und nun sie

sich mehr mit ihm beschäftigte, fand sie sich ihm sogar in mancher Hinsicht verwandt. Auch näherte sie das einander, daß sie sich als Unglücksgefährten betrachten konnten, die ein wütendes Gestirn jählings aus ihrer Bahn geschleudert hatte. Im Grunde zwar kam Raphael erst jetzt recht zum Genusse seines Künstlerberufes; früher hatte er stets darunter gelitten, daß er keine Werke aufzuweisen hatte, da er doch den Künstlernamen führte, jetzt aber machten es ihm die widerwärtigen Verhältnisse unmöglich, etwas Handgreifliches zu leisten, und er konnte sich in den Stunden, die das Geschäft ihm freiließ, unbehelligt und ungekränkt als Dichter fühlen. Wie er selbst sein Poetentum zuversichtlicher als sonst betonte, fand er auch in weiteren Kreisen mehr Glauben; auch Verena neckte ihn nicht mehr, seit sie für sich selbst das große tüchtige Schaffen immer weiter hinausschob und sich mit dem Seifenblasenschimmer mühelos vorgespiegelter Möglichkeiten befreundete. Eine hübsche Gabe besaß Raphael wirklich: den Augenblick mit netten, launigen und auch empfindungsvollen Versen zu schmücken, besonders wenn Zuhörer da waren, denen er gefallen wollte und die seine Eitelkeit rege machten, und wenn der Wein und fröhliche Stimmung ihn angefeuert hatten.
Ohne ihn mochte Verena bald nicht mehr in Gesellschaft erscheinen, denn seine anmutige Huldigung ersetzte ihr den Leuten gegenüber, daß ihr der Mann fehlte. Es schmeichelte ihr, daß der umworbene junge Mann sie sichtlich allen anderen vorzog, und von den jungen Mädchen, denen er flüchtig den Hof machte, immer wieder zu ihr zurückkehrte. Schließlich lag ein besonderer Reiz darin, sich der lockenden Süßigkeit, die zuzeiten von ihm ausströmte, hinzugeben, und doch sicher zu sein, daß sie ihn niemals lieben würde. Gefahren drohten ihnen keine, weder ihm von ihr noch ihr von ihm, dazu kannten sie einander zu genau; nur an der Oberfläche berührten sie sich mit schmeichelndem Gefühle. Begegneten sie sich auf einem Balle in einem Figurentanze, so legten sie ihre Hände mit ganz feinem Druck ineinander, und ihre Augen begrüßten sich mit einem zarten, liebgeheimen Verständnis, das in einem letzten Schleier, mochte er noch so dünn sein, verhüllt blieb. Ihre Seelen näherten sich einander in manchen Augenblicken, aber sie

traten nie ganz über die Schwelle und wichen wie auf Verabredung geschwind wieder in das Innerste zurück.
Raphael war nicht Verenas einziger Verehrer, es verstand sich von selbst, daß die schöne, von ihrem Manne preisgegebene junge Frau, die das Gesellschaftswesen mit solcher Leidenschaft betrieb, Männer aller Art an sich zog. Bei anderen Frauen konnte man etwa den Gatten beleidigen, junge Mädchen konnten durch Heiratspläne gefährlich werden, bei Verena hingegen wagte man nichts, als plötzlich einmal, wenn es ihre Laune wollte, übersehen und beiseite geworfen zu werden. Ihr den Hof zu machen, gestattete sie jedem, ja es war ein unersättlicher Hunger in ihr, den nur Schmeichelei stillte, die immer stärker werden mußte, je häufiger sich die Berauschung wiederholte. Wenn sie allein war, kamen Stunden, wo ihre stolze, hochfliegende Seele die Hände rang und zürnend zu ihr sagte: Ich leide! Siehst du denn nicht, wie ich leide? Du hast mich Hochgeborene auf den Markt gebracht und in die Sklaverei verkauft. Du gehst in gestickten Kleidern, und Toren und Gekken begaffen und betasten dich, und ich bücke meine Stirn in den Staub, ich, die ich nach den Höhen wollte und eine Krone suchte.
Michael sah bei seinem nächsten Besuche mit Verwunderung den freundschaftlichen Verkehr, der sich zwischen seiner Frau und seinem Bruder angesponnen hatte, und so sehr ihn alles erfreute, was sie beschäftigte und gewissermaßen von ihm ableitete, konnte ihm doch nicht ganz wohl dabei werden. Das stattliche Haus lag im tiefen Schatten, und nichts, was darin vorging, konnte man mehr leichtnehmen. Er fühlte Verenas inneres Leiden lebhafter, als sie selbst es sich zugestand, und grübelte darüber, wie ihr eine Bahn zu eröffnen sei, wo sie ihre Talente üben und ihren Ehrgeiz befriedigen könnte. Das Nächstliegende mußte auch für ihn die Malerei sein, und obwohl er den Gegenstand scheute, fing er doch eines Tages davon an, indem er sie zu überreden suchte, daß sie jetzt ihre alten Pläne ausführte. Sie lächelte spöttisch und fragte, ob jetzt in seinen Augen nur Malerinnen liebenswerte oder achtenswerte Frauen wären. Er machte sie ruhig darauf aufmerksam, daß es von jeher, wie sie ihm früher oft gesagt hätte, ihr sehnlicher

Wunsch gewesen sei, sich auszubilden, worauf sie rasch, um das Gespräch damit abzubrechen, entgegnete: »Das war früher, jetzt aber bist du deine Wege gegangen und solltest mich die meinen gehen lassen.« Michael sagte: »Als ich den neuen Weg einschlug, von dem du jetzt so bitter sprichst, billigtest du ihn und hast mich sogar darauf gefördert; hast du jetzt deine Ansicht geändert?«
»Er hat dich weit von uns weggeführt«, sagte Verena, und sah ihm mit dunklem Blick ins Auge, »und ich fürchte anderswohin, als wo deine Frau dich gerne sehen könnte.«
Michael wußte, daß das einmal zur Sprache kommen mußte, und obwohl er sichtlich erblaßte, blieb er in unveränderter Stellung auf seinem Platze sitzen und sagte: »Ich habe Rose wiedergesehen und liebe sie so wie damals. Das ist ein Unglück für uns beide, aber kein schlimmeres, als sehr viele Menschen trifft, und wir sind eher in der Lage, es zu ertragen als die meisten.«
»Wenn es ein Unglück für dich und mich ist«, sagte Verena scharf, »warum sahest du sie denn wieder, wodurch es doch noch vergrößert wurde?«
Es kostete Michael Mühe, zu antworten, doch bezwang er sich und sagte kurz: »Ich konnte nicht anders.«
»Ich glaube freilich«, sagte Verena, »daß es dir leichter wird, das Unglück zu ertragen als den meisten Menschen, die mehr Pflichtgefühl haben als du.«
In Michaels bleichem Gesicht glühten die Augen, die er fest auf sie richtete. »Das verantworte ich«, sagte er. »Mit dem Ertragenkönnen meinte ich, wie du wohl weißt, etwas anderes, nämlich, daß wir Unabhängigkeit, Geldmittel und Bildung genug haben, um uns geistigen Ersatz für verlorenes Glück verschaffen zu können. Mir hat sich ein reiches Leben eröffnet, seit ich das Studium ergriffen habe, und dasselbe ist für dich da, wenn du es dir nur aneignen willst.«
Er war im Begriff, ihr von den Mädchen zu erzählen, die er kennengelernt hatte, die teils um einen Beruf auszuüben, teils nur um ihrem flatternden Leben eine Grundlage zu geben, studierten, und welche Befriedigung sie darin fanden. Aber im gleichen Augenblick fiel ihm ein, wenn sie nun sagen würde: »Ja, das möchte ich!« was dann daraus entstehen würde? Sie

konnte füglich sowohl mit Mario wie ohne ihn da leben, wo er war, und es ließ sich kaum anders denken, als daß sie eine solche Möglichkeit mit Ungeduld ergreifen würde. Was aber würde dann aus ihm, seiner einsamen Arbeit, seinem überschwenglichen Dasein, seinem freien Adlerhorst in den Bergen? Er verstummte unter dem Andrang quälender Gedanken und vermochte nicht, so lähmte ihn die plötzliche Aussicht, einen Übergang zu anderen Vorschlägen zu finden.

Sie hatte anfangs gewartet, was er sagen würde, dann, da er so lange schwieg, sich in träumenden Gedanken verloren und fast vergessen, um was es sich handelte. Ihre schönen, traurigen Augen ruhten ernst und weich auf ihm, der ihr unbeweglich gegenübersaß, und nach einer Weile füllten sie sich mit Tränen. Ein furchtbares Angstgefühl erfaßte Michael, er glaubte es nicht länger ertragen zu können, sprang auf und ging rasch aus dem Zimmer und aus dem Hause, um bis zum Abend allein durch die Straßen zu hasten. Unbefreit kam er nach Hause und kämpfte die ganze Nacht mit guten und bösen Gedanken.

Es stand ihm fest, daß er Verena die Hand zu allem bieten mußte, was ihr Befreiung und Befriedigung geben konnte. War es nicht grausam, nachdem er sie von seinem Herzen ausgeschlossen hatte, sie auch von dem neuen Geistesleben auszuschließen, in dem er sich sonnte? Und wenn ihm der Gedanke, sie könnte ihn zur Universität begleiten, so unerträglich, so tödlich war, so mußte er zweifeln, ob es wirklich die Arbeit, der Umgang mit Freunden, das Dehnen des Geistes war, das ihn so froh gemacht hatte. Dann war es vielmehr die neue Freiheit gewesen, das ungebändigte Leben, das Einssein mit Rose, auch wenn sie nicht bei ihm war.

Am anderen Morgen sah er fahl und verstört aus, und die Stirn drückte ihm wie Blei auf die Augen. Sowie er mit Verena allein war, stellte er ihr vor, daß sie wahrscheinlich am ehesten durch das Studium irgendeiner Wissenschaft Genüge finden würde, wozu ihr scharfer Verstand sie vorwiegend befähigte. Er sprach trocken und erwähnte noch nichts davon, daß sie ihn begleiten könnte, doch setzte er ihr deutlich auseinander, wie er es meinte, und warum er es für besser halte als das Leben, das sie jetzt eingeschlagen hatte.

Ihre erste Entgegnung war mißtrauisch und bitter, die Wissenschaft also, an die sein kalter, dürrer Verstand sie verweise, solle sie dafür entschädigen, daß sie zur Kunst nicht tauge, obwohl doch Michael sie am Tage vorher zur Wiederaufnahme ihrer Malversuche hatte anregen wollen. Er erinnerte sich daran und fügte hinzu: »Daß ich dir dies vorschlage, entspringt nur meiner Freundschaft für dich, du weißt nicht wie großer, aber fühlen mußt du es, wenn du ehrlich gegen dich selbst sein willst.«
»Wissenschaft und Freundschaft«, flüsterte sie und legte ihre hohe, edelgeformte Stirn in ihre beiden schmalen Hände. – »Wie du es betonst«, sagte Michael, »klingt es wie der Wegwurf des Daseins, das Schnödeste, womit man Bettler abfertigt, und doch hängen nicht viel so edle Früchte an dem Baume des Lebens.«
Verena blieb noch eine Weile in ihrer Stellung und sagte dann heftig: »Was soll das alles mir, da es doch unausführbare Dinge sind? Bildest du dir ernstlich ein, daß ich hier im Hause Unger studieren könnte? Und was sollte aus dem Kinde werden, wenn ich es verließe, wie du es getan hast?«
»Mario könntest du entweder mitnehmen«, sagte Michael, »oder du könntest ihn bei meinen Eltern lassen, da der Vater ihn ohnedies ungern missen würde. Für den, der will, sind das keine Schwierigkeiten.«
»Ja«, sagte Verena, »für den, dem sein Wille über alles geht. Mir kommt zunächst die Pflicht gegen mein Kind, und die fordert, daß ich selbst und ungeteilt mich ihm widme. Wenn es ihm auch in jeder Beziehung bei deinen Eltern so gut ginge wie bei mir, so ist es doch deswegen mein Kind, damit es nach meiner Art erzogen wird, meinem Beispiele folgt, meine Anschauungen einsaugt; abgesehen davon, daß ich deinen Eltern eine Verantwortung aufbürdete, die sie vielleicht nur deswegen willig übernähmen, weil sie sie nicht in ihrer ganzen Schwere begriffen. Nähme ich das Kind nun aber mit, was sollte vollends dann aus ihm werden, wenn seine Mutter in den Hörsälen und über den Büchern säße. Du solltest mir nicht Dinge ausmalen, die mich damals, als wir heirateten, zur Allerglücklichsten auf Erden gemacht hätten, und mir nun, da sie zu spät kommen, nur mein Elend zeigen.«

»Ich glaubte dir das Beste zu sagen, was ich hätte«, entgegnete Michael, »und du wendest es um, als wäre es das Grausamste. Daß ich vor drei Jahren anders war, als ich jetzt bin, ist nicht meine Schuld. Aber deine ist es, wenn du jetzt nicht mit willst. Was du von der Erziehung des Kindes sagst, taugt nicht; unzählige gute, große, glückliche Menschen sind nicht so an der Schnur gewachsen, die ihre Eltern ihnen zogen.«

»Nein«, sagte Verena, »es sind auch schon Lilien auf Misthaufen gewachsen; aber es wäre doch ein törichter Gärtner, der deswegen keine auf das Beet pflanzte und wartete, ob nicht der Kehricht blüht.« Während des Gespräches war es Michael leichter ums Herz geworden; ein Gott hatte die Hand über seinem Schicksal gehalten und seine Frau mit Blindheit geschlagen. Weiter in sie zu dringen, hielt er nicht für seine Pflicht, um so weniger, als sie klug genug war, um selbst zu bedenken, was auf dem Spiele stand, und das jetzt Verworfene nachträglich anzunehmen. Er fühlte sich wie einer, der aus äußerster Gefahr gerettet ist, dem zuliebe der Himmel ein Wunder getan hat; er mußte an sich halten, um die Trunkenheit seines inneren Jubels nicht laut zu äußern.

Von Anfang an hatte Michael versucht, seine Eltern an dem, was er genoß, teilnehmen zu lassen, und die Malve machte ihm das auch leicht; sowohl wenn er von Menschen sprach, die er kennengelernt hatte, wie von den Gegenständen seines Studiums, folgte sie ihm gern eine Weile. Den lebhaften Gesprächen, die er zuweilen mit Arnold Meier führte, hörte sie mit behaglicher Aufmerksamkeit zu und warf ihre kindlichen und klugen Fragen hinein. Aber sein Vater saß meistenteils schwer und teilnahmslos dabei und ließ sein Herz nie ganz von einem schmerzlichen Drucke frei werden. In Wort und Benehmen trug er Michael nichts mehr nach, aber es war ihm anzumerken, daß er das Gleichgewicht noch immer nicht wieder hatte finden können; die Malve, Raphael und Verena sagten einmütig, er sei älter geworden und Michaels Entfernung sei hauptsächlich schuld daran.

Allmählich brachte Michael es doch dahin, daß er mit Interesse zuhörte, wenn er von den Erfolgen sprach, die er gehabt hatte, und von seinen Aussichten für die Zukunft. Da er im Innersten fühlte, daß es vergeblich sein würde, Michael in das Geschäft zurückzuziehen, versuchte er es nicht mehr und wollte sich begnügen, wenn er nur überhaupt bald wieder zu einer vernünftigen Wirksamkeit in die Heimat zurückkehrte. War es Michael einmal gelungen, seinen Vater aus der brütenden Gleichgültigkeit herauszuziehen und von seinen geschäftlichen Sorgen und Rechnungen abzulenken, freute er sich seines Sieges und bot alles auf, was er an Heiterkeit, Jugendmut, Liebenswürdigkeit und kindlicher Hingebung hatte, um ihn in der guten Stimmung zu erhalten. Sein Blick hing dann nur an seinem Vater. »Halte dich aufrecht, sprich und lache, Papa«, sagte er, »so hast du Schönheit und Jugend genug, um mit Jünglingen zu wetteifern. Warum macht ihr ihn denn nicht sprechen und lachen? Es ist ein Verbrechen, eher alt zu werden, als man muß.« »Man muß aber eben«, bemerkte Malve kühl und lächelnd. »Siehst du nicht, wie ihm die Haare ausfallen? Seine Stunde muß also wohl geschlagen haben. Es wäre auch ungerecht, wenn er verschont bliebe, da meine Haare schon so lange weiß sind und ich doch um ein Jahrzehnt jünger bin als er.« »Es ist kein Unglück, alt zu werden«, sagte Waldemar freundlich, »wenn man seine Kinder frisch und grün um sich herum sieht.« Bei solchen Worten fiel ein Schatten auf Michaels Seele, und es ging immer zuletzt so, wie gut es sich auch erst angelassen hatte; jede Stimmung, die sich im Hause regte, hatte einen Hang zu schwerer Trübe!

Besonders schwer wurde es ihm, was er aber für seine Pflicht hielt, Raphael zu veranlassen, daß er ihm über sein Verhältnis zu dem Mädchen, in das er sich verliebt hatte, Rede stände. Auf nachdrückliche Vorstellungen hin sagte Raphael, er hätte den Plan, das Mädchen zu heiraten, aufgegeben und damit alles getan, was von ihm verlangt werden könne; alles Weitere ginge niemanden etwas an. Michael wußte, daß die Verbindung noch bestand, daß sein Bruder ein Kind von dem Mädchen hatte und sie unterhielt; letzteres, sagte er, sei allerdings seine Pflicht, er solle für beide sorgen, aber dem Liebesverhältnisse ein Ende machen. Ob er denn, wenn er heiratete, zwei Haushalte nebeneinander haben wollte, einen offenen und einen heimlichen? Außerdem werde die Frau mit der Zeit vollständige Gewalt

über ihn bekommen, und bei seiner Schwachheit könne das zu allem möglichen führen.
Raphael hatte den Charakter seines Bruders immer dem seinigen überlegen gefühlt und sich manches strenge Wort von ihm gefallen lassen; jetzt blieb er eigensinnig verschlossen und sagte schließlich: »Du hast mir genommen, was mein höchster Lebenstraum war, laß mich nun zufrieden, wenn ich mir die drükkende Gegenwart erträglich mache, wie es gehen will. Erst hast du mir die echten Perlen entrissen und verachtest mich jetzt, wenn ich mit gemeinem Tand vorliebnehme.«
Michael war erschrocken und entrüstet zugleich. »Du bist auf dem Wege, der traurigste Lügner zu werden, den die Erde trägt«, sagte er, »der sich selbst belügt, um sich höher achten zu können. Was ich dir genommen habe, war der Irrglaube an deine Fähigkeiten, und was ich dir aufgezwungen habe, ist ein einträglicher Beruf, der keine übermäßigen Pflichten und viele Vorteile für dich mitbringt. Bist du wirklich ein Künstler, so kann ich dir das nicht rauben, so wenig wie irgendein anderer Mensch. Vor allen Dingen aber hast du die Liebschaft mit der Kellnerin angezettelt, als du noch nichts als Künstler warst und keinen Flitter gebrauchtest, um ein häßliches Leben herauszuputzen.«
»Damals war es ein Spiel«, sagte Raphael, »jetzt bin ich Geschäftsmann, und alles was ich tue, wird ernst, gewichtig und folgenschwer. Hören wir auf, diese nutzlose Unterredung zu führen, du sprichst wie ein Freier zu einem Gefangenen, und so verstehen wir uns nicht mehr.«
Michael fühlte, daß es in der Tat nichts fruchtete, zu reden, wenn auch aus einem anderen Grunde; Bangigkeit und Ekel erfüllten ihn mehr und mehr. Er suchte sich einzureden, daß Raphaels Torheiten im Grunde nicht so viel zu bedeuten hätten, daß er es nicht anders machte als unzählige junge Männer seines Standes; aber er konnte sich doch nicht dabei beruhigen. Einmal dachte er daran, Verena zu bitten, daß sie ihn beeinflußte, da sie ja so befreundet miteinander waren; doch gerade deswegen scheute er wieder davor zurück, ihr etwas zu eröffnen, was sie ohne Zweifel noch strenger als er beurteilen und sie vielleicht gegen ihn einnehmen würde. Als sich eine Gelegen-

heit bot, stellte er Raphael noch einmal mit Herzlichkeit vor, daß er jetzt, in seiner Abwesenheit, die Stütze und das Gewissen der Familie sei, daß ihr Vater zu altern beginne und mehr und mehr entlastet werden müsse; käme er selbst in einigen Jahren zurück, so werde er selbst, wenn auch in einem anderen Berufe stehend, die allgemeine Verantwortung als der Älteste wieder auf sich nehmen, bis dahin möge er besonnen und ein Mann sein. Raphael war diesmal weicher und zugänglicher; aber es schien Michael, als fehle ihm das kräftige Knochengerüst, um das zu tragen, was er wohl guten Willen hätte auf sich zu nehmen, und so hatte er keineswegs Sicherheit über seine künftige Haltung gewonnen.
Als Michaels Aufenthalt sich seinem Ende näherte, hatte Waldemar sich wieder daran gewöhnt, von ihm begleitet des Morgens in das Geschäft zu gehen und des Abends eine Zeitung zu lesen und zu rauchen, während er neben ihm saß. Es drängte Michael ungeduldig, fortzukommen, und zugleich fürchtete er, es würde irgendwo, vielleicht aus seinem eigenen Innern, sich eine Macht erheben, die ihm das Scheiden unmöglich machte. Dennoch saß er endlich im Eisenbahnwagen, der ihn fortführen sollte, und sein Vater stand vor dem Wagen und sah mit schweren, klagenden Augen zu ihm hinein. Indem er ihm zunickte und die letzten Worte mit ihm wechselte, fiel ihm ein, daß der Vater allein vom Bahnhofe in die Stadt zurückgehen müßte, und seine Beängstigung war so groß, daß er glaubte, aus dem Wagen springen zu müssen, als der Zug sich schon bewegte. Später, als er einige Stationen entfernt war, dachte er ruhiger darüber nach und fand, daß die drückenden Verhältnisse zu Hause ihm eine ungesunde Art, zu empfinden, angewöhnt hatten. Er wußte unzählige Familien, wo nicht ein Sohn, sondern mehrere Söhne in der Fremde waren, ja sogar für immer an verschiedenen Orten lebten, ohne daß es als etwas Schmerzliches oder Unrichtiges angesehen wurde; jeder verständige Mensch würde lachen und es für krankhaft erklären, wenn er hörte, die Tatsache, daß sein Vater einen halbstündigen Gang ohne seine Begleitung machen müsse, hätte sein Herz so tief erschüttert. Wer würde, dachte er, noch ein freies Auge mit Freude zum Himmel aufschlagen können, wenn er stets an die

Schmerzen denken wollte, mit denen seine Mutter ihn geboren, an alle Tiere, die, um ihn zu ernähren, das Leben lassen mußten, an die Gefangenen, welche die frische Luft, die ihm wohltätig, nicht atmeten, an alle Sorgen, alles Elend, alle Qualen, die gelitten werden mußten, damit für einen ein Augenblick des Glückes kommen konnte? Er sprang auf und ging in dem engen Raume auf und ab und hob die Arme hoch, als wollte er sich vor den Gewalten retten, die aus Urgründen heraus, seinen innersten Eingeweiden verflochten, seinem Blute vermischt, mit unzähligen Geisterarmen sich in ihm verzweigten und ihn hinab in ihr dunkles Leben ziehen wollten, vor dem ihm graute.

Wenn Michael sich der Stadt näherte, wo er studierte, und die breite Masse der Universität und der dazugehörenden Gebäude über die Anhöhe gestreckt sah, schlug ihm das Herz, wie wenn es ins Vaterland käme. Er hatte Lust, sich niederzuwerfen, seine beiden Hände in die braune Erde zu graben und sie zu küssen. Jedem Vorübergehenden begegnete er mit einem Gefühl von Zusammengehörigkeit und frohem Verständnis, wenn er in der ersten Zeit auch nur wenige Bekannte darunter hatte.
Er verkehrte jetzt nicht selten in dem Kreise der Umsturzfreunde und Volksbeglücker, wo Boris ihn eingeführt hatte und wo er sich mit einer neuen Gedankenwelt vertraut machen konnte. Freilich ließen ihn Temperament, überlieferte Anschauungsweise und Lebenslage ihr doch im ganzen fremd bleiben, und er wäre bei den Genossen vielleicht weniger wohlgelitten gewesen, wenn nicht seine liebenswürdige Persönlichkeit, der aufrichtige Wunsch, sich mit unbekannten Erscheinungen gründlich auseinanderzusetzen, mit ihm ausgesöhnt und Boris' Freundschaft ihn empfohlen hätte. In diesem Kreise verkehrte ein junger Russe deutscher Abkunft, der auch das Deutsche ohne fremdländische Betonung sprach und mehr semitischen als russischen Typus zeigte. Er besaß ein sehr bedeutendes Vermögen, das er bei jeder Gelegenheit seinen meist armen Kameraden zur Verfügung stellte, wovon er so wenig Aufhebens machte, daß außer denen, die seine Freigebigkeit in Anspruch nahmen, niemand etwas davon ahnte. Er selbst

lebte in nichts bequemer als die übrigen, was für ihn viel empfindlicher war als für sie, da seine Kränklichkeit ihm eigentlich eine sorgsame Pflege seines Körpers vorgeschrieben hätte.
Dieser junge Mann, der den Namen Isidor hatte, teilte die Ansichten seiner Freunde durchaus nicht, da es vielmehr seine Meinung war, die Leiden seien nicht nur nicht aus der Welt zu schaffen, sondern sie seien viel begehrenswerter als Glück und Freuden; denn sie bildeten die Brücke von der Erde weg zur Verklärung und Ruhe. Den anderen kamen solche Äußerungen veraltet und wunderlich vor, weil aber Isidor sie in ihren Bestrebungen eher unterstützte als bekämpfte und überhaupt ein so aufopfernder Freund war, duldeten sie ihn trotzdem in ihrer Gesellschaft und hielten sich nicht dabei auf, seine Theorien zu widerlegen. Michael konnte niemals einen Widerwillen gegen diesen Menschen überwinden, dem sein Verstand doch nichts vorzuwerfen hatte; er sagte sich, daß seine angeborene Abneigung gegen Entsagungstaumel, Leidenswollust und alle derartige Unnatur der Grund sei. Das magere, bleiche Gesicht des Kranken mit den schwärmerischen dunklen Augen hatte wohl selbst etwas Verklärtes und war nicht unbedeutend; beobachtete man ihn aber näher, so fielen einem die häßlich gespreizten Hände und ein seltsam scheuer, geduckter Gang auf, vor allem aber, daß er die Augen zuweilen zusammenkniff, als wollte er schnell etwas Böses oder Häßliches darin verstecken, was dann doch, wider seinen Willen, daraus hervorstäche. Dieser unglückliche Mensch litt unter der verhängnisvollen Sucht, sich hübsche Gegenstände, besonders glänzende, wie Schmuck, Juwelen oder schön gearbeitete Kleinodien, anzueignen, zumal wenn eine außerordentliche Geschicklichkeit dazu gehörte, es unbemerkt zustande zu bringen. Sie überfiel ihn plötzlich, unvermutet, nachdem sie sich vielleicht jahrelang nicht geregt hatte, mit gewaltsamer Heftigkeit, etwa wie ein Krampf, der ihn entkräftet, schaudernd und verzweifelt zurückließ. Die fürchterliche Eigenschaft, die den wenigsten bekannt war, war die Ursache, daß Isidor in ängstlicher Zurückgezogenheit lebte und sich nur im Kreise der vertrauten Freunde zeigte; jedes Fremden Annäherung erschreckte ihn, während er doch andererseits einen

guten Eindruck zu machen wünschte und alles aufbot, um seine innere Angst und Unsicherheit nicht merken zu lassen.

In dieser Gesellschaft traf Michael häufig Arabell, deren Teilnahme am politischen Treiben sie ihm nicht hatte verleiden können. Sie hatte eine überraschende Kenntnis in der Literatur der Partei und konnte Michael, wenn er sie anzugreifen suchte, schnell im Denken und gewandt in der Rede wie sie war, wohl die Spitze bieten. »Sie sprechen mit mir oft wie mit einem Kinde«, sagte sie, »und doch gehören gerade Sie zu den kindlichen Menschen, die nur das Nächste und Einzelne, das der Zufall oder das Schicksal gerade vor Sie hinwirft, ergreifen und auch damit viel mehr hantieren als es betrachten. Sie sehen nicht, wie unästhetisch und unsittlich unsere Gesellschaftsordnung ist, wo das Plumpe und Rohe auf das Zarte und Schwache drückt, anstatt es zu tragen, wo nicht ein hoher Gedanke einem sich bildenden Ganzen vorschwebt, sondern wo die Übermacht des Geldes blindlings alle Kräfte an sich zieht, bindet und lahmlegt.« Was sich dagegen sagen ließe, hätte der Freiherr ihr schon gesagt, und da er sie nicht besser besiegt hätte, könne es niemand; zwar habe er recht, da er in höheren Regionen wirke, aber nur für sich, nicht für andere. Für die anderen Menschen sei Begeisterung notwendig, und die habe sie nur unter ihren radikalen Freunden angetroffen. Die Menschen, unter denen sie vorher gelebt hätte, hätten ohne Sang und Klang gelebt und von Gott und Unsterblichkeit mit demselben trägen Gleichmut gesprochen wie von Suppe und Rindfleisch. »Jedes Heraustreten aus dem Trott ihrer Gefühlsweise«, erzählte sie, »erschien ihnen als lächerlich und unpassend, und ich, deren Seele immer auf den Zehenspitzen steht, bereit, in die Luft zu wirbeln, galt ihnen bald als Närrin, bald als Gezierte, die sich mit Begeisterung spreizen will. Zum ersten Male fühlte ich mich nicht als Ausgeartete und Überspannte betrachtet, als ich in diesen Kreis kam, wo jeder Ziele in den Lüften hat, wo keiner sich an der breitspurigen Landstraße festbannt, sondern alle jeden Augenblick bereit sind, einen großen Sprung über Abgründe zu tun, vielleicht einen Sturz hinunter.«

Michael fragte: »Ist es Ihnen denn ganz einerlei, wofür man sich begeistert?« Nach kurzem Zögern erwiderte Arabell: »Ja, wenn es echte Begeisterung ist, eine Selbsterhöhung des Geistes zu reinen Zielen. Doch glaube ich nicht, daß es höhere Ideale gibt, als die der Freiheit, des Menschenwohles, der Bildung, der Wahrheit in allen Verhältnissen, die von jeher die einzigen waren, welche die Menschheit wirklich vorwärts brachten.«

»Vorwärts brächte die Menschen nur, wer ihre Herzen groß und gut machte«, sagte Michael.

Er fühlte sich wohler in einem anderen Kreise, in den er auch Arabell hineinzuziehen wünschte; dort waren ihm die liebsten ein junger Mann namens Robert Hertzen und einige Mädchen, die studierten. Michael nannte Robert nicht anders als Sardanapal, womit er dessen leidenschaftliches, überschwengliches Verhältnis zum Leben bezeichnen wollte. Das Leben war für ihn ein allerschönstes Weib, vor dem er wie ein Verliebter kniete, mit seliger Ungeduld ein beglückendes Zeichen in ihren Augen erwartend, mit williger Treue jeder Laune sich anschmiegend. Keine Regung ihrer Mienen entgeht ihm, kein Haar auf ihrem Haupte, das ihm nicht unvergleichlich reizend dünkte; die Erde, die sie berührt, ist ihm heilig, und in den Schmerz, den sie ihm zufügt, hüllt er sich mit Stolz und Entzücken. Allerdings war er von jeher Günstling gewesen und seine Ergebenheit nie auf eine Probe gestellt worden. Mit einem schön gebauten Körper von ungewöhnlicher Größe, warmen blauen Augen und flatterndem schwarzen Haar gefiel er, wo er sich zeigte. Er machte hübsche Gedichte und trug sie mit Begleitung der Mandoline auf eine eigentümliche Art vor; ein getragenes, einförmig betontes Deklamieren, in das zuweilen ein paar breite Akkorde griffen, wirkte besonders des Abends im Freien seltsam erschütternd. Seine Eltern waren reich und wollten ihm keinen Beruf aufdrängen, da er zu keinem besondere Neigung hatte; er war fein gebildet, namentlich in allem, was Literatur und Kunst betraf, und hielt sich jetzt, mit fünfundzwanzig Jahren, mehr zum Vergnügen als des Unterrichts wegen an der Universität auf. So viel Freiheit wurde seiner liebenswürdigen und bescheidenen Natur nicht schädlich, die vor dem Häßlichen zurückscheute und die Dinge überhaupt gern ein Stückchen von sich entfernt hielt. Man nannte ihn um so lieber Sardanapal, als er in Wirklichkeit keiner gewesen wäre. Unter Männern fand er selten, was ihm zusagte, doch gab es kaum ein leidlich hübsches Mädchen, in das er nicht verliebt gewesen wäre mit einem schönen, spielenden Feuer, das ihn und sie vorteilhaft beleuchtete, ohne zu brennen. Die einzige, die er mit tieferer Empfindung liebte, war Herta Fritze, eine von den studierenden Mädchen, die auch Michael vorzüglich gut gefiel. Er liebte sie nicht wegen ihres goldenen Gelokkes, ihrer freien braunen Augen, ihres glockenreinen Kinderlachens; denn im ganzen gab es doch viele, die mehr Schönheit und Liebreiz hatten als sie. Aber wenn er sich in Reden von schwelgerischer Pracht ergangen hatte und sie mit dem lieblichen Mund ein wenig lächelte und ihn Bombastus nannte, in einem von verstohlenem Gelächter leise girrenden Tone, in dem doch auch schüchterne Zärtlichkeit lag, wurde ihm zumute wie einem Kinde, das die Mutter im Arm wiegt, und zugleich hätte er sie an sich reißen und die roten Schelmenlippen küssen mögen. Er hatte aber nie den Mut, dergleichen zu äußern, denn es war bekannt, daß sie alle auslachte, die ihr den Hof machten, und zwar um so mehr, je reichere und köstlichere Worte sie dazu aufwendeten. Dabei war sie von großer Gutherzigkeit, und die Betroffenen waren ihr niemals auf die Dauer böse, sondern ließen sich zu brauchbaren Gefährten umwandeln. Die Mädchen liebten ihre frische Kühle und achteten ihre Tüchtigkeit und Arbeitskraft; zuweilen lag eine zarte Traurigkeit über ihr und dämpfte das reizende Gelächter, das sonst jedes Zusammensein beflügelte.

Die ihr am nächsten stand, war Veronika v. Runse, groß, schlank und gerade, kühn in den Bewegungen wie in ihren Meinungen, aber niemals angeborene und anerzogene Feinheit verleugnend. Sie war gern liebenswürdig und lustig, wo es aber galt, Überzeugungen auszusprechen oder zu bekämpfen, war sie eine Heldin, die den Spott der angesehensten Person und das Lächeln der Gesellschaft nicht scheute, sondern das Verpönte auch da vertrat, wo sie gern beliebt gewesen wäre. Das blieb sie freilich in den meisten Fällen doch, denn sie gehörte zu denjenigen Frauen, die alles sagen dürfen, nicht weil sie schön sind oder man es so genau nicht nimmt, sondern weil sie gut begründete, was sie sagte, und es in anziehender Form und sowohl mit Ruhe wie mit hinreißender Wärme vortrug. Die bestehenden Zustände verachtete sie vielfach und machte es zu ihrem Lebenszweck, Besserungen im Sinne der Menschlichkeit herbeizuführen, weshalb sie Volkswirtschaft und die Rechte studierte. Man dachte merkwürdigerweise nie daran, daß sie sich verlieben und heiraten könnte, obwohl sie augenscheinlich leidenschaftlicher Natur war, sei es, weil sie einen männlichen Geist hatte, der wissenschaftliche Interessen mit Eifer erfaßte, sei es, weil sie nicht schön war und niemals Geheimnisse zu haben schien.

Bei einem großen Frühlingsfeste fand Michael Gelegenheit, Arabell mit diesen Freunden bekannt zu machen. Dieses Fest wurde jährlich in der Weise gefeiert, daß an einem der ersten schönen Apriltage ein Umzug von verkleideten Männern und Frauen stattfand, wobei das allergrößte Gepränge entfaltet wurde. Nachdem sich der Zug durch viele Straßen der Stadt bewegt hatte, löste er sich auf einem freien Platz auf, wo sich dem Blick der See und die Berge auftaten; dort wurde nach altem Brauche ein Holzstoß mit einer aus Werg und Lumpen gefertigten Puppe an der Spitze, die den Winter vorstellte, verbrannt. Der Umzug stellte in diesem Jahre den Triumph der Schönheit vor und hatte zum Mittelpunkt die Frau Venus, wobei weniger an die antike Göttin als an die Zauberin im Hörselberge gedacht war, weil das für ein altgermanisches Volksfest angemessen erschien. In ihrem Gefolge erschienen außer den Nymphen und Bacchanten ihres unterirdischen Reiches allerlei berühmte mittelalterliche Liebeshelden: Tristan und Isolde, Kriemhild, Brunhild, Lanzelot, Abälard und Heloise. Weiterhin kamen durch Schönheit oder Liebesflammen hervorragende Männer und Frauen jedes Zeitraumes, wie es jedem eingefallen war und passend dünkte; auch gab es eine Gruppe von Kobolden, Zwergen, Hexen und komischen Fratzen, die eben durch ihre groteske Häßlichkeit den Triumph der Schönheit zu vollenden dienen sollten.

Robert Hertzen hatte die Rolle des Tannhäuser übernommen und sich eine kostbare Kleidung nach eigenem Entwurf dazu anfertigen lassen. Er sah in dem farbenreichen Gewand mit der Mandoline im Arm und dem Kranz im flatternden Haar

recht wie ein der Liebe nachirrender Ritter aus, und die dem Umzug zuschauenden Freunde begrüßten ihn jedesmal, wenn sie seiner ansichtig wurden, durch Zuruf und Händewinken. Auf dem Platze trafen sie nach Verabredung zusammen, um zuzusehen, wie der Scheiterhaufen angezündet wurde. Die Sonne war noch nicht untergegangen, und das Feuer loderte in hellen Flammen gegen die lichte Bläue des Himmels. In dem Augenblick, als die Puppe Feuer fing, erhob sich das Geläut von allen Türmen der Stadt und rollte feierlich über die schimmernden Dächer und den funkelnden See. Die Menge von Menschen auf dem Platz, zum großen Teil phantastisch prunkvoll gekleidet, war in glücklicher Bewegung, zugleich doch ehrfürchtig gemessen unter der unermeßlichen Ätherkuppel, die so groß und milde über dem Gewimmel schwebte.
Sardanapal faßte Michael am Arm und deklamierte hingerissen: »Frühlingsstadt! Freudenstadt! Altar der großen Heidengötter bist du! Deine Lüfte sind warm von der Asche der bekränzten Opfer. Sklaven müssen verröcheln und deine Erde durchbluten, Glückliche trinken deine Trauben und weihen ihr Erstling und Neige. Heute sind wir sterbende Sklaven, morgen sind wir Herren des Glücks! Von den Tagen, wo schweigsame Pfahlbauern das Ufer besiedelten, bis heute flammt ein ewiges Freudenfeuermeer von diesem Altar zu den Bergen der Götter. Wir sind alle Funken der Glut und steigen selig vergehend in die zitternden Lüfte!«
Veronika sagte: »Ich höre etwas von Heidentum und den Pechfackeln des Nero, was von den umstehenden Christen als Aufwiegelei betrachtet werden könnte. Deshalb rate ich, daß die Ansprache an einem menschenleeren Orte vollendet wird.« Herta schlug vor, sich oben am Waldrande zu lagern, und wenn es dunkel würde, ein Feuer anzuzünden, wie solche in dieser Nacht zahlreich auf den Höhen zu brennen pflegten.
Sie kauften zusammen Holz, Reisig und Lebensmittel zum Abendessen ein und stiegen dann die Anhöhe bis zum Waldrande hinan; unterwegs bedauerte Robert, daß er nicht Priester der Schönheitsgöttin sei und das Recht hätte, alle die Schönheit lästernden Mißgestalten, denen sie begegneten, mit dem Beile zu opfern. »Aber er selbst«, sagte Veronika lachend, »lästert sie

am meisten, da er in jede Larve verliebt ist, die auf einen Mädchennamen antwortet.« »Jedes Mädchen ist schön!« rief Robert begeistert. »Was ist überhaupt Schönheit? Ich wasche meine Hände in Unschuld.« »Schönheit ist vollkommenes Leben«, sagte Michael, und Robert entgegnete: »Was ist Leben? Gott sei Dank fühle ich wenigstens, daß ich schön bin und lebe.«
Während sie im Begriff waren, Holz aufzuhäufen, kamen Boris, Isidor und Arabell nicht weit von ihnen aus dem Walde hervor, und es ergab sich von selbst, daß Michael sie seiner Gesellschaft vorstellte, obwohl er voraussah, daß namentlich die beiden Männer nicht gut zu den übrigen passen würden. Sie waren unglücklicherweise durch eben erhaltene Nachrichten, die Gefangennahme eines befreundeten Gesinnungsgenossen in Rußland betreffend, außergewöhnlich trübe gestimmt und hätten sich dem fröhlichen Kreise entzogen, wenn sie sofort die richtige Wendung gefunden hätten und wenn es Boris über sich vermocht hätte, Arabell zu verlassen. Michael hatte wenigstens die Genugtuung, Sardanapals Augen sogleich in staunender Begeisterung für Arabells Lieblichkeit aufgehen zu sehen, und auch die Mädchen schienen sich gegenseitig zu gefallen. Diese packten nun Brot, Fleisch, Eier, Früchte und Wein aus, da es noch nicht dunkel genug zum Anzünden des Feuers war. Robert erfreute sich an dem Anblick der Vorräte, die sie lockend und nach Möglichkeit den Anschein des Überflusses erweckend aufgehäuft hatten; denn er liebte mit allen Sinnen zugleich zu genießen und suchte dem kleinsten Ergebnis, nicht ohne eine gewisse kindliche Pedanterie, etwas orientalisch Strotzendes abzugewinnen.
Während des Essens, an dem weder Boris noch Isidor teilzunehmen sich überreden ließen, wurde von verschiedenen Einzelheiten des Festes gesprochen, und es zeigte sich, daß Arabell und ihre beiden Begleiter nichts davon gesehen hatten; sie waren, wie sie sagten, eigens über Land gegangen, um dem Anblick auszuweichen. »Ich bin nicht unzugänglich für etwas Schönes«, sagte Boris; »aber was kann Ihnen an diesem Umzuge gefallen? Wenn Sie näher zusehen, finden Sie unter den Verkleideten kaum eine einzige wahrhaft schöne Erscheinung, denn die guten Bürgersleute, die das Recht und das Geld haben,

sich zu beteiligen, beziehen ihre Gesichter weder aus den Händen der Natur noch aus denen des verfeinernden Geistes, sondern aus der großen Massenfabrik, wo die billige Dutzendware geliefert wird. Diese Leute stecken in Kleidern, die sie aus Büchern haben zusammenstellen lassen und die ihnen so ähnlich am Leibe schlottern wie den afrikanischen Schwarzen Gehrock und Hose. Sähen Sie sie aber erst jetzt, wo sie sich rot und blau getrunken haben, und hörten Sie sie um Mitternacht sprechen, wo sie lallen und stammeln, würden Sie ihnen selbst zureden, die anspruchsvollen Trachten abzulegen und einen gemeinen Bürgerkittel anzuziehen, oder noch besser, die Nachtmütze übers Gesicht zu ziehen und sich zu Bette zu legen.«

Robert machte ein trauriges Gesicht und sagte kleinlaut: »Ich glaubte doch, hübsch auszusehen und meinem Kleide keine Schande zu machen.« Die anderen lachten und suchten ihn durch übertriebenes Rühmen zu trösten, und auch Boris, der gutmütig war und dem es an Humor nicht ganz fehlte, stimmte ein und fügte hinzu: »Ich verspreche Ihnen, mir künftig jeden Aufzug anzusehen, an dem lauter Leute Ihresgleichen teilnehmen.«

»Was mich betrifft«, sagte Isidor lächelnd, »so halte ich mich für häßlich und bin schon deshalb der Schönheit aus dem Wege gegangen. Übrigens aber ist meine Meinung, daß ein armes Kind, dem die Sonne die mageren Wangen ein wenig gerötet hat, und das mit nackten Füßen läuft, bis es ein erstes grünes Blatt findet und das ans Herz drückt, den wiederkehrenden Frühling schöner feiert als erkünstelte Trinkfeste von Leuten, die den Sinn derselben nicht einmal fassen können.«

Sardanapal sprang in großer Erregung auf und sagte: »Das halte ich für ein verhängnisvolles Mißverständnis. Ich verkenne die nach innen aufblühende Schönheit der Dürftigkeit nicht, aber sie tastet die Schönheit des äußeren Überflusses, den Prunk und die Pracht als Symbol des überschwenglichen Innern nicht an. Sehen Sie die erhabene Verschwendung der Natur, die jeden Frühling Millionen und Millionen Blumen von derselben Art schafft, damit sie eine Stunde blühen und dann von einer Kuh gefressen oder als Unkraut ausgejätet werden, ja die nie ein menschliches Auge sieht. Der einzelne kann keine Dome bauen und keine Kreuzzüge machen, um die Gottheit zu feiern, und wir wollen auch, außer diesen dauernden Denkmälern, Verschwendungen des Augenblickes, die törichten Opfer der unberechnenden Liebe. Anstatt mit ihrem Gelde Gänse zu mästen und Äcker zu düngen, sollen sie sich zusammentun und Garben von unschätzbaren Edelsteinen einen Augenblick lang gen Himmel aufsteigen und dann im Meere untergehen lassen. Das ist den Göttern wohlgefällige Verschwendung und bezeichnet ein inbrünstiges Herz.«

»Bombastus!« lachte Herta und klatschte in die Hände. »Ich werde mir erlauben, nach Ablauf des Feuerwerkes ein wenig zu fischen«, sagte Veronika, und Boris fügte trocken hinzu: »Nach dem heutigen Tage haben sich wohl nur wenige infolge göttlicher Verschwendung plötzlich verarmt gefunden.«

»Könnte es schöne Feste geben«, sagte Isidor, »so hätten sie eine Berechtigung. Wer aber, der einem Feste von Anfang bis Ende beiwohnt, es mag das edelste und herrlichste sein, empfindet nicht zuletzt einen Überdruß, eine Wehmut, eine Lust nach Tränen? Das ist, weil in der gewaltsamen Anordnung zur Freude etwas Unrechtmäßiges und ein törichter Wahn liegt, es könnte Betäubung uns unserer Bestimmung, die Leiden ist, entziehen. Glück und Freude sollen wir uns von Gott zuteilen lassen, nie suchen oder gar erzwingen wollen, eher dürfen wir noch Schmerzen willkürlich auf uns ziehen, obwohl die verhängten stets die seligeren sein werden.«

»Ach«, rief Michael ungeduldig, »Sie haben das Leben nie gesehen! Wer die Freude nicht will, ist ihrer nicht wert. Schmerzen können so schön wie Freuden werden, aber doch ist es natürlich und gut, die Schmerzen zu fliehen und das Glück zu suchen. Kommen die Schmerzen trotz alledem, so sollen wir ihnen nicht stillhalten, sondern sie überwinden; denn nicht Leiden ist unsere Bestimmung, sondern Kämpfen, und zwar um eine Krone.«

Veronika sprach lebhafte Billigung aus, und Robert sagte zärtlich: »Warum sprichst du so wenig, Michael? Es scheint mir immer, als sprächen die anderen nur, was wir denken, lesen und träumen, du dagegen sprächest, was du lebst.«

Michael sagte langsam: »Vielleicht spreche ich deswegen wenig, weil ich wirklich nichts sagen kann, als was ich gelebt habe. Ich weiß, daß im Leiden eine Anziehung wohnt, die berauscht und verführt, sich hinzugeben, und daß es Mut und Kraft bedarf, um glücklich zu sein. Daß nicht von dem Glück des kalten Blutsaugers die Rede ist, der seine Fische mit Menschenfleisch füttert, damit sie besser schmecken, das versteht sich von selbst. Aber wer weiß und fühlt, was andere leiden, der muß ringen, um frei zu bleiben, und darf stolz auf sein Glück sein. Belügt euch doch nicht! Die hier keines finden, suchen das Glück im Himmel, wo sie es dann ganz unbehelligt genießen können. Glück will doch jeder, aber sie möchten es bequem haben und noch einen Heiligenschein darauf zum Lohne. Ich weiß von keinem, als das man sich und andern abkämpft.«

Isidor hatte aufmerksam und lächelnd zugehört und antwortete freundlich: »Sie sind jung und sehr gesund, das erklärt alles, was Sie sagen. Ich glaube, Sie würden sich sehr einseitig entwickeln, wenn Sie bei dieser Anschauung verblieben; aber das ist auch gar nicht zu befürchten. Ihre Erfahrungen werden Sie mit der Zeit besser, als meine Worte es könnten, belehren, daß sie nur brauchbar ist, solange man Erfolg hat.«

Michael war zumute, als wäre ein feuchtes Reptil an ihn herangekrochen und hätte seinen Geifer auf ihn gespritzt, und ein kaum bezähmbarer Widerwille gegen den kranken Menschen erfaßte ihn. Doch suchte er sich zu beherrschen und sagte ruhig: »Jeder Mensch ist ein eigenes Gestirn, und einige sind der Sonne näher, andere ferner, einigen mag im Lichte wohl sein, anderen im Dunkel. Es ist meiner Ansicht nach ein verkehrtes Bestreben, ein Gesetz für alle gelten lassen zu wollen. Der eine sieht die Blume nicht, die am Abhang blüht, der zweite begehrt sie nicht, der dritte überwindet die Schauer des Schwindels und pflückt sie. Es ist logisch, daß er das nächstemal noch höher steigen und weniger Gefahr laufen wird, zu fallen, unlogisch, daß etwas mißlingen müßte, weil es schon oft gelang. Daß ich den Mut zum Glück habe, kann ebensogut beweisen, daß ich ihm verwandt bin, und daß es mich stets näher anzieht, wie daß ein schadenfroher Gott mich dem Unglück überliefert.«

»Wenn ich das Glück wäre, sollten Sie recht behalten«, sagte Veronika und sah mit Wohlgefallen in sein schönes, bewegtes

Gesicht. Was er eben gesagt hatte, war ihm selbst wie eine Offenbarung, die ihn überraschte und entzückte. Er nahm nicht mehr teil und hörte wie im Traum das Murmeln von Stimmen, da Boris sich darüber ärgerte, daß Isidor seine veraltete Leidenstheorie ausgekramt hatte, und ihm vorrückte, wie man die Menschen damit nur grausam oder träge machen könnte, und Sardanapal, während er mit den Mädchen das Feuer anzündete, auseinandersetzte, wie er eigentlich den Tannhäuser nicht hätte vorstellen dürfen, da er niemals aus dem Hörselberge fortgegangen sein würde. Als das Holz brannte, trug er auf ihre Bitte eines von den Liedern vor, die er bei dieser Gelegenheit zum Ruhme der Frau Venus gedichtet hatte. Es lautete:

Mit deinen Händen, die von Schönheit troffen,
Tauftest du mich in deinem heiligen Namen;
Dir steht der Abgrund meiner Seele offen:
Sä' du hinein der Liebe schweren Samen.
Und wenn der Schicksalsblume dunkle Röte
Dereinst sich hebt aus den entbrannten Tiefen,
Rühre dies trunkne Haupt du an und töte
Mit deinen Händen, die von Schönheit triefen.

Er stand an den kahlen Stamm einer noch unbelaubten Buche gelehnt, und die wachsende Flamme warf huschende Lichter auf sein blasses Gesicht voll ernster Schwärmerei. Als das Lied aus war, griff er noch verlorene Akkorde auf der Mandoline, und alle hörten still zu oder flüsterten. Michael hatte sich ganz in das Moos zurückgelegt und war still wie ein Schläfer, während stürmische Bewegung in seinem Innern war wie von bäumenden Wellen, die vor dem Winde jagen. Er dachte an sich und an Rose: Du hast Hände, die von Schönheit triefen! Du hast Sonnen des Glückes in den Augen! Dich will ich, dich will ich! Blut wird aus meinen Wunden fließen, aber mein ehernes Herz wird siegen und läuten!
Inzwischen hatte der ganze Holzstoß Feuer gefangen, und die Gruppe der Lagernden war rötlich beleuchtet; auch auf den benachbarten Hügeln und Bergen wurden jetzt Flammen sichtbar, und von unten her wie von den Höhen tönten langgezogene

Jubelrufe. Dann und wann stiegen mit zischendem Tone Raketen auf und erloschen sogleich wieder in der Dunkelheit; denn die schmale Mondsichel war hinter Gewölk verborgen und gab nur vorübergehend ein schwaches Licht. Als der Holzstoß fast niedergebrannt war, standen alle auf, faßten sich bei den Händen und tanzten mit langsamen, schleppenden Schritten einen Reigen um das verglimmende Feuer, wozu sie im Rhythmus der Bewegung riefen: »Frühling! Frühling! Frühling!« was sowohl schwermütig und dunkel wie jubelnd klang. Arabells und Hertas helle Stimmen schwebten über den tieferen der anderen wie kleine Vogelseelen voll Wohllaut und Sehnsucht, die auffliegen und die ein unsichtbares Fädchen immer wieder in die heimische Gefangenschaft zurückzieht.

Es war hohe Zeit für Michael, der bisher nur die vorbereitenden Wissenschaften getrieben hatte, zur eigentlichen Medizin überzugehen, wenn er nach Verlauf der ausbedungenen Zeit Arzt sein wollte; aber zum Teil durch den Einfluß des Freiherrn, zum Teil infolge der Entwicklung seines geistigen Lebens konnte er den Weg nicht so geradeaus und zweifellos verfolgen, wie er sich ihn gesteckt hatte.
Anfangs war er mit Genuß in die Fülle neuer Erkenntnis, die sich ihm öffnete, hineingetaucht; jede Erscheinung, die sich ihm erschloß, musterte er mit gleicher Freude, das Einnehmen von Kenntnissen hatte ihm eine Befriedigung verschafft in der Art, wie Essen und Trinken den Körper befriedigt, das Arbeiten und Denken hatte seinen Geist gekräftigt, wie Turnen und Schwimmen den Körper stählt. Aber allmählich hatte sich etwas ganz anderes in ihm ausgebildet; er bemerkte Zusammenhänge und Übergänge, es war, als ob sich aus den losgerissenen Stükken Figuren bilden wollten, die zueinander paßten und die vielleicht ein weltengroßes Gemälde herstellen würden. Weder die Form noch den Sinn desselben konnte er schon ganz erfassen, da er kaum an einer Stelle der richtigen Zusammensetzung sich ganz sicher fühlte; doch wenn ihn eine blitzende Ahnung des Ganzen durchzuckte, blieb stets hohe Freude und unendliche Ungeduld in ihm zurück. Er sagte sich dann, daß er das

Gesicht zunächst wieder vergessen und emsig über das Einzelne und Nächste gebückt fortarbeiten müsse; aber er behielt Zuversicht und Schwung genug, um das Unbedeutendste mit Neigung und Eifer zu tun. Hier plötzlich abzubrechen, schien ihm unmöglich und auch unrecht, ja für wahnsinnig hätte er sich gehalten, wenn er, nur um einen anständigen Beruf zu haben, die mit ernster Mühe gesammelten Mittel wegwerfen wollte, die ihm einen Einblick in das Wesentliche, in das Wesen der Erde, des Lebens verschaffen konnten.

Endgültig aufgegeben hatte er seine Absicht, Arzt zu werden, noch nicht, denn alles, was der Freiherr sagte, konnte ihn nicht von der Überzeugung abbringen, daß er geeignet sei, ein tüchtiger Arzt zu werden, und daß er Befriedigung darin finden würde. Nur wollte er mit dem, was er begonnen hatte, erst zu einem gewissen Ziele gekommen sein, gewisse Ansichten, die er sich gebildet hatte, erhärten können, abschließen, ehe er etwas Neues eröffnete. Es kam dazu, daß außer dem Freiherrn auch andere Vertreter der Naturwissenschaften auf ihn aufmerksam wurden und ihn als einen Mann behandelten, von dem Bedeutendes zu erwarten sei. Er hatte es an sich, es lag als etwas Unbeschreibliches in seinem Wesen und in seiner Erscheinung, daß man ihm immer Großes zutraute, wo er es wollte. Auch hatte er umfangreiche Kenntnisse, die alle in lebendigem Zusammenhange standen; den unverbrauchten Kräften seines Geistes war die Arbeit ein Labsal gewesen, und da er alles ungefähr gleichzeitig und bei ungefähr gleicher Reife lernte, fiel es nicht auseinander, und nirgends trennten oder lähmten tote Stellen das Getriebe. Der Umgang mit Studierenden der verschiedensten Wissenschaften führte ihm viele Ergebnisse zu, zu denen er selbst nicht hätte gelangen können und die Bücher einem nicht geben. Sollte er dies freie Regen im unendlichen Raume jetzt schon aufgeben? Wenn er im eifrigen Gespräch mit Freunden die Hügel entlangging und auf den See unter sich und auf das in der Ferne glänzende Gebirge blickte, atmete er tief und fühlte sich wie ein Auferstandener, der hoch über der abgestreiften, zerbrochenen Verpuppung, die ihn eine kleine Weile drückte und zwängte, mit goldenen Flügeln rauscht.

Als er seinem Vater das Versprechen gegeben hatte, sich nach fünf Jahren zu Hause niederzulassen, war es ihm Ernst damit gewesen, und lange Zeit hatte er nicht daran gedacht, davon abzuweichen. Wenn er sich jetzt entschloß, es dennoch zu tun, wollte er wenigstens ehrlich sein und die peinlichen Folgen davon sogleich auf sich nehmen. Zunächst freilich stellte er den Seinigen nur brieflich vor, was in ihm vorgegangen war, denn er wollte die ausgiebigen Sommerferien zu selbständigen Arbeiten benützen, wozu ihm im Semester wenig Zeit blieb. Nur die allerletzte Woche, wenn er das fertiggebracht haben würde, was er sich vorgesetzt hatte, sollte Rose gehören.

Das weiße Haus mit den grünen Fensterläden stand inmitten der Wiesen wie im vorigen Jahre, der schmale Holztisch mit den Bänken davor, wo sie ihre Mahlzeiten gegessen hatten, stand unter den Kirschbäumen und Kastanienbäumen, durch die hindurch man im Frühling auf die Felder bis zum Tannenwalde sah. Jetzt war das Gras dunkelgrün und hochgewachsen, daß die Hunde und Katzen wie in einem Walde darin spazierengingen, und die breiten Blätter an den Bäumen ließen nur wenige Sonnenstrahlen hindurch. Der Sämann ging nicht mehr durch die lockeren, rotbraunen Äcker, und der Pflug zog nicht mehr hinauf und hinunter, und hätte er es getan, wäre er hinter den dichten Gebüschen verborgen geblieben. »Es ist nie wieder ganz so, wie es einmal war«, sagte Michael sinnend, als er mit Rose im Garten saß. »Jetzt will es Herbst werden, und damals war es Frühling«, entgegnete Rose. Ihre Stimme klang scheu, und sie suchte seine Gedanken zu erfühlen, indem sie ihn ansah. »Aber wir sind dieselben geblieben«, sagte er, und sie nickte, in Gedanken verloren. »Nein«, sagte sie nach einer Pause, »ich liebe dich viel mehr, viel mehr als damals«, und er sagte: »Ich dich auch.« Es wallte eine Macht von Sehnsucht, Schmerz und Liebe in ihnen auf, vor der sie verstummten und die Augen schlossen. Wie war es möglich, daß es noch schöner, immer schöner werden konnte, sagten sie beide. Manchmal war ihnen zumute, als wären sie damals Kinder gewesen, frohe, sorglose, leichtlebende Kinder, und als wäre eine lange, wechselvolle, inhaltschwere Zeit inzwischen vergangen. Hatten sie auch nicht eigentlich umeinander gelitten, so war doch mit der zunehmenden Kraft ihres Wesens auch die Liebe bewußter in ihnen gewachsen. Während sie früher nie an die Zukunft und was aus ihnen werden sollte, dachten, umhüllte sie jetzt, was sie auch taten und sprachen, wie eine feurige Dunstwolke die Angst vor der Trennung. Einmal saßen sie auf einer Wiese, die im Frühling goldgelb gewesen war und wo jetzt schon schlanke, bleiche Herbstzeitlosen blühten zwischen verstreuten Birken; da es Mittag war und die Sonne darauf schien, war es warm wie im Sommer. Michael mußte plötzlich daran denken, daß er im vergangenen Jahre zu Hause mit Mario im Grase gesessen hatte, und wie es wäre, wenn er jetzt ebenso zwischen ihnen säße, das scharlachrote Hütchen, das er trug, auf den schwarzen Locken, die dicken kleinen Hände voll Steine und die spielenden Augen voll träumerischer Glückseligkeit. Es drängte ihn, Rose zu sagen, woran er dachte; aber er hatte sich nie getraut, mit ihr von Mario zu sprechen, und sah sie auch jetzt nur an, in der Meinung, sie müßte es ihm aus den Augen ablesen. Er versuchte an etwas anderes zu denken, doch wider seinen Willen kam immer wieder das süße Bildchen vor seine Seele, zugleich mit dem Verlangen, der Kleine möchte leibhaftig zwischen ihm und Rose sitzen, so daß er, da er nicht gewohnt war, ihr etwas zu verbergen, zuletzt nicht anders konnte, als es ihr zu sagen. Sie sah ihn erst mit ihren großen Augen an und wendete sich dann ab; in ihr weiches Gesicht zog sich eine herbe Falte mit dem Ausdruck unerträglichen Leidens. »Wärest du nicht auch froh, wenn er dein und mein wäre und uns liebte?« fragte Michael bittend. »Aber er ist nicht unser«, sagte Rose, ohne ihn anzusehen. Er hatte vorher nie geglaubt, daß sie so aussehen, noch daß sie überhaupt solche Bitterkeit empfinden könnte, und trotz der Härte, die sie ihm zeigte, erschien sie ihm nur liebenswerter und hinreißender als zuvor. Er legte die Arme um ihren Leib und sagte: »Geliebte, dich liebe ich über alles, dich lasse ich niemals, wenn du mich nicht läßt, und wenn du mich läßt – bin ich verloren. Es kann ein Tag kommen, an dem die Erde untergeht, aber es kann kein Tag kommen, an dem du nicht mein bist und ich nicht dein bin.« Ihre Augen, die von ungeweinten Tränen schimmerten, leuchteten groß auf; wie in einem Kindergesicht, das plötzlich lacht, eh es noch ganz aufgehört hat zu weinen, war keine Spur von Traurigkeit mehr an ihr wahrzunehmen. »Ja«, sagte sie langsam und entzückt, »nur was man vergißt, verliert man. Könnten wir uns aber vergessen? Und wenn wir es könnten, was läge dann daran?« Dennoch sprach Michael nicht wieder von dem kleinen Mario und suchte die Gedanken an ihn zu verscheuchen, solange er bei Rose war.

Mit ihren Wirten verkehrten sie diesmal weniger, teils weil sie so sehr mit sich selbst beschäftigt waren, teils weil jene alle Hände voll mit der Ernte zu tun hatten. Häufig wurden oberhalb des Gartens die Wagen voll gelben Kornes sichtbar, und die schwankende Masse rückte schwer und langsam über die Landstraße, gegen den blauen Himmel leuchtend, hin. In den Wald gingen sie gerne und liebten es, auf einem Baumstamme zu sitzen und durch die geraden Tannen das helle Licht des Himmels und der Wiesen blitzen zu sehen; zuweilen merkten sie am dumpfen Zittern der Erde, daß ein Eisenbahnzug vorüberbrauste, und wenn dann das langgezogene Pfeifen der Lokomotive tönte, drückten sie sich dichter aneinander und lächelten. Einmal waren sie so tief in die Waldnacht hineingeraten, daß sie nach keiner Seite hin mehr einen Ausblick hatten. Sie blieben stehen und horchten: wenn sie das Hacken des Spechtes und das Kreischen des Hähers nicht vernahmen, klang das schwarze Sausen der Tannen wie Zaubersprüche. »Wenn wir uns nicht mehr herausfänden, so weit wir auch gingen, und von keinem Auge mehr gesehen würden«, sagte Rose. Er antwortete nicht und schlang die Arme um sie, und so standen sie lange; es schauderte ihn, als er ihre kalte, feuchte Wange an seiner fühlte.

Rose hatte sich schon seit längerer Zeit entschlossen, das Dorf noch vor dem Winter zu verlassen und nicht mehr dauernd dorthin zurückzukehren. Es wurde ihr schwer, von da fortzugehen, wo sie jeden Baum, jedes Tier, jede Scholle liebgewonnen hatte, und wo ihr die stolze Bäuerin mit den beiden kleinen Söhnen, namentlich das schöne ernsthafte Kind so ans Herz gewachsen waren. Sie glaubte aber aus vielen Gründen, daß es für sie und ihre Kunst besser sei, einmal in eine neue Umgebung zu kommen, ganz besonders auch, weil die Verhältnisse im

Bauernhause während des letzten Jahres immer gespannter und drückender geworden waren; im Dorfe zu bleiben und eine andere Wohnung zu beziehen, hätte sie aber nicht übers Herz gebracht.

Die älteste Tochter der Frau Gundel, ein festes, von Kraft und Gesundheit strotzendes Mädchen, hatte sich in einen armen Burschen verliebt, wovon ihre Mutter, da sie ihn für untüchtig und leichtsinnig hielt, nichts wissen wollte; der Mann hingegen und die Alte begünstigten das Verhältnis, selbstverständlich nicht aus Mitleid, sondern weil sie hofften, wenn das Mädchen den Burschen schließlich doch heiraten müßte, würde die stolze und strenge Mutter sie verstoßen und ihr ihr Erbteil entziehen. So schlich nun häufig der Bursch wie ein Dieb um das Haus herum, und Rose bemerkte allerlei Heimlichkeiten bei Nacht und bei Tage, die sie sich der Frau Gundel anzuzeigen verpflichtet fühlte, und die ihr schon deshalb widerlich waren, weil die unheilstiftende Alte ihre Hand dabei im Spiele hatte; andererseits hatte sie wiederum das Herz nicht dazu, weil das hübsche, mit Haut und Haaren verliebte Mädchen ihr leid tat, und weil ihr die Mutter doch auch ungerecht und hart erschien. Dazu kam noch etwas: Bei einer Krankheit des lahmen Bübchens verrieten sich die Alte und ihr Sohn, der Bauer, wie erwünscht ihnen der Tod des armen Kindes wäre; ihre Enttäuschung, als er doch wieder aufkam, entging Frau Kunigunde nicht, und es wurden seitdem keine anderen als bitterböse Worte zwischen ihnen gewechselt. Das lauernde Wesen der tückischen Alten hatte für Rose etwas so Unheimliches bekommen, daß sie der Bäuerin zuredete, sie aus dem Haus zu schaffen; diese erklärte ihr aber, dann müsse sie zuvor des Mannes ledig werden, was nun einmal dem Gesetz nach nicht möglich wäre. Auch meinte sie, wenn die Alte ihr auch gern alles erdenkliche Böse antun möchte, so hätte sie doch zuviel Furcht vor ihr, um ihr einen handgreiflichen Schaden zuzufügen, und daß man mit falschen Gebeten und bösen Blicken allein etwas ausrichten und Mensch und Vieh behexen könne, glaube doch niemand mehr. Was ihren Mann anbetraf, so hatte sie zwar eine herzliche Verachtung für ihn, der immer häufiger aufgedunsen, fahl und blöde nach sinnlosem Trinken erschien, doch war die Erinne-

rung an die einmal gewesene Zuneigung noch nicht völlig verwischt, und er ging so als des jüngsten Kindes Vater mit. Die Gegenwart dieses feinen Wesens, das in seiner kindlichen Hoheit, wenn es sich von ihm tragen oder an der Hand führen ließ, sich mitleidig zu ihm herabzulassen schien, tat ihm augenscheinlich wohl; er war in seiner Nähe gefügiger, ja sein Anblick ernüchterte ihn, wenn er angetrunken war. Es stimmte einen traurig, den verwüsteten, kraftlosen Mann wie einen Hund dem Kinde nachschleichen zu sehen; denn es mußten doch gute Gefühle in ihm sein oder gewesen sein, mit deren Benützung und Ausbildung ein starker Erzieher vielleicht etwas Besseres aus ihm hätte machen können. Frau Gundel, die nun auch mit ihrer Tochter entzweit war, hielt sich mehr und mehr zu Rose; zwar klagte sie nicht, wie sie überhaupt nicht mitteilsam und gesprächig war, aber sowie sie keine Arbeit vorhatte, suchte sie Rose auf und saß oft bis spät in die Nacht bei ihr, wenn sie wegen der Tochter aufpassen wollte. Sie machte keinen Versuch, Rose zurückzuhalten, als diese erklärte, das Haus verlassen zu wollen, doch fühlte Rose den Schmerz, den sie der Frau verursachte, so stark, daß sie in ihrem Entschlusse wieder wankend wurde. Sie hatte gleich nach Michaels Abreise fortgehen wollen und verschob es nun von einem Tage zum anderen, bis es Anfang November wurde.
Kaum war sie fort, so geschah etwas Furchtbares: Die Bäuerin war nach einem benachbarten Ort gefahren, wo Markt war, um Vieh zu kaufen und zu verkaufen, was sie von jeher selbst zu tun gewohnt war, und diese Gelegenheit benützte die Alte, um ihren Sohn aufzuhetzen, daß er den kleinen Krüppel ermorde. Die erwachsene Tochter, der Frau Kunigunde wie gewöhnlich die Überwachung des Hauses anvertraut hatte, wurde durch eine Zusammenkunft mit dem Geliebten entfernt und das lahme Kind, als der kleinere Bruder schlief, durch allerlei Versprechungen und Vorspiegelungen aus dem Bette gelockt und in den Keller geschleppt, wo der Mann, der berauscht war, es mit einem Beile umbrachte. In dem Augenblick aber, als er mit Hilfe der Alten den blutenden Körper verscharren wollte, stand plötzlich sein eigenes Kind im Hemdchen vor ihm und stieß einen fürchterlichen Schrei aus; es war nämlich aus dem

Schlafe erwacht, besann sich auf ein Geräusch, das es gestört hatte, blickte sich nach seinem Schlafgesellen um, und da es ihn nicht fand, stand es auf, um ihn zu suchen; als es die Kellertür offen sah und unten einen dumpfen Schall vernahm, stieg es die Treppen hinunter, ohne daß der zarte Schritt seiner bloßen Füße gehört wurde, und stand mit weißem Gesichte als Zeuge der Untat vor den beiden Mördern. Besinnungslos vor Schreck, Angst und Wut, stürzte sich der Mann auf das entsetzte Kind und tötete es durch unzählige Beilschläge, ohne ein anderes Bewußtsein, als daß der Kläger seines Mordes aus der Welt geschafft werden müsse. Doch war er seiner, als es geschehen war, nicht mehr so weit mächtig, daß das Greuliche vor Frau Kunigunde, die eigens früher, als sie angesagt hatte und mitten in der Nacht zurückkehrte, um etwa ihre Tochter mit dem Geliebten zu überraschen, geheimgehalten werden konnte. Die unglückliche Frau vermochte den Anblick der beiden toten Kinder nicht zu überwinden, und ohne an Bestrafung der Verbrecher zu denken, ohne sie nur ein einziges Mal anzusehen, erhängte sie sich, wo das liebe Blut geflossen war. Die Alte, welche durch die Schrecknisse der Nacht keineswegs erschüttert war, wollte den Umstand, daß die Bäuerin in der Dunkelheit, als alles im Dorfe schlief, angekommen und voraussichtlich von niemandem gesehen worden war, benützen, um zunächst wenigstens Zeit zu gewinnen, irgendwelche Ausflüchte zu ersinnen; auch verging der Tag wirklich, ohne daß etwas ruchbar wurde. In der folgenden Nacht indessen behauptete der Mann, der fast den ganzen Tag geschlafen hatte, im Keller etwas Unrichtiges gehört und beim Aufmachen der Türe seine Frau gesehen zu haben, wie sie auf dem Boden kniete und mit ihren aufgelösten Haaren das Blut abwischte. Dieser vermeintliche Anblick entsetzte ihn so, daß er wie ein Rasender ins Dorf stürzte und sich selbst anzeigte, da er viel lieber augenblicklich sterben, als noch einmal in sein Haus zurückkehren wollte.

Das grauenvolle Ereignis wurde nun durch die Zeitungen bekannt, und Rose, die davon hörte, reiste im ersten Schrecken, aus einem unklaren Drange, zu helfen und zu trösten, auch weil sie die Geschichte in ihrem ganzen Umfange nicht glauben wollte, in das Dorf zurück, das sie vor wenigen Tagen erst verlassen hatte. Sie kam um die Mittagszeit an und konnte in den Garten eintreten, fand aber das Haus verschlossen; obwohl es ihr graute, rüttelte sie an der Tür, doch öffnete niemand, noch wurde ein einziger Schritt oder sonst ein Laut im Innern hörbar. Sie wollte Frau Gundel beim Namen rufen, doch kam es ihr nicht über ihre Lippen, denn sie begriff nun, daß es der Name einer Toten war, die nicht mehr antworten konnte. Sie trat zurück, ging um das Haus herum und blickte nach den Fenstern; es war ihr, wenn sie nur wartete, müßten die beiden Kinder dort erscheinen und das feine, schöne Gesicht sie mit feierlichem Lächeln grüßen und ihr das Geheimnis sagen. Nachdem sie lange gewartet hatte und alles still blieb, fing sie an sich zu fürchten und ging fort; nicht weit vom Hause begegnete ihr eine bekannte Frau, die ihr winkte und ihr durch ausführliche Erzählung alles bestätigte, was sie schon wußte. Die Alte und ihr Sohn, sowie die Tochter, von deren Unschuld sich die Behörden überzeugen wollten, waren im Gefängnis, Frau Gundel mit den beiden Kindern schon in einem Grabe auf dem Kirchhof über dem Strom begraben.

Der nächste Zug, den Rose benützen konnte, ging erst spät am Abend; sie irrte lange auf den Wegen umher, wo sie mit Michael gegangen war, doch brach die Dunkelheit früh herein, und sie setzte sich schließlich, müde und elend, auf eine Bank vor dem kleinen Bahnhofsgebäude, um die Zeit ihrer Abfahrt zu erwarten. Schaudernd vor Kälte saß sie auf dem unbequemen Platz und sah zu, wie die kahlen Wälder blauer und schwärzer wurden und schließlich ganz in der Nacht verschwanden. Der traurige Herbstwind jagte um das kleine Haus und führte zuweilen eine Sturzwelle von Blättern vor ihre Füße – o, da ihr grün waret, da ihr grün waret, flüsterte Rose und streckte die Hände nach ihnen aus. Nie würde sie das Dorf, das nun verflucht war, wiedersehen; die gelbe lachende Wiese, auf die sich Birken neigten, die heilige Linde auf dem Platz, wo das grüne Fähnchen wehte, der Wald, in dem die Häher kreischten, war nirgends mehr auf der Erde. Das stille Dorf war aus der Erde aufgetaucht, um ihrer Liebe eine schöne Zuflucht zu geben, und untergegangen, unwiederbringlich dahin mit ihren glücklichen Stunden.

Schnaubend und pfeifend kamen Züge, hielten einen Augenblick an und stöhnten weiter, andere sausten ohne Aufenthalt vorüber. Sie hätte sich auf die Erde werfen und laut in den Wind hinein weinen mögen; aber sie rang mit ihren wehen Gedanken und kämpfte sie endlich hinunter. Wer rückwärts sieht, gibt sich verloren, sagte sie sich; wer lebt und leben will, muß vorwärts sehen. Für alles Schöne, das vergeht, bleibt eine Welt von Schönheit, in die man eingehen kann. Waren es nicht meine Augen, die alles sahen, und mein Herz, das alles fühlte, und behalte ich nicht dieselben Augen und dasselbe Herz in mir? Nur wenn man erblindet und erlahmt, ist Zeit zu klagen, jetzt ist Zeit, sich neues Leben zu schaffen.
Ihre Gedanken gingen auf ihre Arbeit und großen Pläne über, und als der Zug sich mit ihr in Bewegung setzte, warf sie keinen Blick auf das Dorf, das schweigend und einsam unter dem nächtlichen Gewölk und dem traurigen Herbstwind liegenblieb.

Verena war des gesellschaftlichen Treibens überdrüssig geworden und versammelte anstatt dessen einmal in jeder Woche Menschen von schöngeistigen Interessen bei sich, um der Bildung in ihrer Vaterstadt einen Mittelpunkt zu geben und sie allmählich zu erhöhen. Es wurde da hauptsächlich über Kunst und Literatur gesprochen, wobei Verena die ausschlaggebende Stimme hatte, obgleich sie selbst niemals weder ein Gedicht aus dem Herzen gemacht, noch eins mit Innigkeit in sich aufgenommen hatte. Doch besaß sie außer ihrem scharfen Verstande, mit dem sie ein Kunstwerk bis aufs äußerste zergliederte, auch eine feine Witterung, die das Echte herausfand. Es trat nun bald eine Reihe junger Männer an den Tag, die früher niemand, auch Verena nicht, beachtet hatte, weil die üblichen geselligen Vergnügungen nur die reichen Kaufleute, ein paar hohe Beamte und dieser oder jener Arzt und Advokat mitmachen konnten, die aber teils dichteten, teils sich für Kunst begeisterten und sich auf ihre Art der rauschenden Geldsippe überlegen hielten. Unter diesen war der bedeutendste ein junger Mann in Verenas Alter, namens Feska, der Sohn eines kleinen Postbeamten, der bereits einige Bände Gedichte veröffentlicht und verkauft hatte. Ihr Inhalt bestand größtenteils in Angriffen voll beißenden Hohnes auf die höheren Gesellschaftskreise, und es mochte diesem Umstande zuzuschreiben sein, daß sie in angenehmer, melodischer Einkleidung gefielen und gern gelesen wurden. Es fehlte dazwischen nicht an sentimentalen und verliebten Stimmungen, die bei der vorherrschenden Wildheit und Bitterkeit des Tones um so gefühlvoller wirkten; aber gerade die gute Gesellschaft, wenn sie sich auch sonst nicht viel um Literatur bekümmerte, vergnügte sich mit Vorliebe an dem ingrimmigen Witz der Spottgedichte, die sich auf den Schauplatz bezogen, wo sie sich zu Hause fühlten. Verena vollends fand, daß sie ganz aus ihrem Sinne heraus geschrieben wären, und behandelte den Verfasser wie einen Gesinnungsgenossen, ohne daß es ihr oder ihm jemals eingefallen wäre, daß sie so gut wie die anderen Frauen ihres Standes zu den Verhöhnten gehörte. Sie befleißigte sich übrigens, ihren Abenden einen einfachen Anstrich zu geben; denn sie fühlte, daß der Luxus, der sonst gerade bei Gesellschaften gewissermaßen explodierte, hier nicht am Platze gewesen wäre, sowohl weil die Mehrzahl der Gäste aus weit einfacheren Verhältnissen stammte, als weil die geistigen Genüsse nicht durch die greifbare Pracht in Schatten gestellt werden durften. Trotzdem blieb, da der Stil des Hauses und der Lebensweise doch nicht mit einem Male umgewandelt werden konnte, und da Verena gerade in ihren Gemächern, überhaupt um ihre Person herum auch nicht auf ein paar Stunden die elegante Reinlichkeit vermissen mochte, an die sie gewöhnt war, noch Überfluß genug, der Feska im Anfang zu allerlei Spott und Witz veranlaßte. Die andächtige Scheu vieler Menschen von einfacher Herkunft gegenüber dem Reichtum hatte er nicht, noch auch das ungeschickte Benehmen derer, die sich zwischen den feinen und unbekannten Möbeln und Geräten nicht zu bewegen und nicht damit zu hantieren wissen. Hatte er auch keine edlen und anmutigen Formen von Natur, so trat er doch mit Selbstbewußtsein auf und kokettierte sogar mit seiner Unkenntnis von Gegenständen und Gebräuchen der vornehmen Welt, die er geflissentlich übertrieb. Auch erlaubte er sich manchen Spott über Verenas auserlesene Kleiderpracht, womit er sie aber niemals in Verlegenheit setzte; vielmehr ging sie freimütig darauf ein, als wäre sie auch hierin nur das Opfer törichten Zwanges, und als wüßte keine wie sie den Reiz eines schlichten Kleidchens, mit dem man durch dick und dünn und über Stock und Stein springen kann, zu schätzen. Wenn sie so sprach, als wäre sie eine Gefangene im Hause eines üppigen Märchen-Sultans und müsse, wenn sie nicht das Leben lassen wollte, die Kostbarkeiten an sich hängen, mit denen er ihr das Elend der Gefangenschaft zu versüßen suchte, so zweifelte er nicht, daß es so sei, und ihre schönen braunen Augen blickten traurig und sehnsüchtig wie hinter dem Gitterwerk eines Kerkers hervor.

Seit er Verena kannte, dichtete Feska auch Lieder der Sehnsucht in einer ihm vorher ungewöhnlichen Art, verschwommene Töne, abgebrochene Klänge, die durch keine poetische Form gebunden waren. Sie waren eigentlich ohne Inhalt, und wenn sie einen hatten, erweckten sie Gefühle, die nichts mit ihm zu tun hatten; sie schilderten etwa ein Kleid, das Verena getragen hatte, und machten sterbenstraurig. Es war die erste Poesie, die Verena erlebte, die sie nicht las, um sich zu bilden oder darüber zu sprechen oder die Zeit hinzubringen, sondern weil es ihr war, als ob sie sich daran berauschen könnte. Sie konnte sich dann einbilden, sie liebte Feska, den häßlichen Menschen mit dem struppigen Haar, der sie oft durch seine Rücksichtslosigkeit herausforderte. In seinem großen Munde mit den häßlichen, schiefen Zähnen lag abstoßende Sinnlichkeit, und gerade der Mund beherrschte sein Gesicht; die Nase war gewöhnlich und ebenso die Augen, die immerhin ein heftiges Begehren wirkungsvoll ausdrücken konnten. Die seltsam umhüllten, verschwimmenden Gedichte zu lesen und sich dabei sein häßliches Gesicht samt seinem rücksichtslosen Wesen vorzustellen, zu fühlen, wie seine Augen sich verlangend auf sie richteten und er zugleich doch ihre Unerreichbarkeit empfände, hatte etwas Berückendes für sie. In Wirklichkeit liebte sie ihn nicht und verkehrte auch meistens in einem netten, herzlich freundschaftlichen Tone mit ihm; aber es wäre ihr unerträglich gewesen, wenn er eine andere geliebt hätte, und sie suchte ihn deshalb an sich zu fesseln. Da sie für sich alles erlaubt hielt und tatsächlich nichts Übles geschah, empfing sie ihn nicht nur in Gesellschaft und im kleinsten Kreise, sondern auch allein, was nicht unbemerkt blieb und zu Gerede unter ihren Bekannten Anlaß gab.

Raphael mochte Feska nicht leiden, nicht aus Eifersucht, sondern weil er ihn plump und ungebildet fand; aus diesem Grunde ärgerte es ihn, daß Verena ihn mit Auszeichnung behandelte und sich viel von ihm gefallen ließ, was er auch anfangs durch kleine Neckereien ihr gegenüber zum Ausdruck brachte. Bei den alten Ungers hatte Verenas schöngeistiges Treiben und ihr Verkehr mit den kleinen, schäbigen Dichtern überhaupt niemals Anklang gefunden; als nun verlautete, sie wolle bei Gelegenheit eines Festes, wo lebende Bilder gestellt werden sollten, zu denen Feska begleitende Verse gemacht hatte, mit diesem zusammen in einem Bilde auftreten, beschlossen sie, einzugreifen und ihr die Unschicklichkeit zu untersagen.

So kam es, daß Michaels Eltern von seiner Liebe zu Rose erfuhren; denn Verena, in zorniger Empfindlichkeit über solche Vorwürfe aufbrausend, erklärte ihnen mit Hohn, daß sie sich nicht für verpflichtet hielte, sich wie eine trauernde Witwe zu verbrennen oder zu vergraben, weil ihr Mann sie einer anderen aufgeopfert hätte. Schon erbittert über Michaels Ankündigung, daß er länger studieren würde, als er sich vorgesetzt und versprochen hatte, überstieg ihre Entrüstung nun vollends alle Grenzen, und sie empfingen ihn bei seinem nächsten Besuche wie einen Frevler. Ihm war es im Grunde recht so, denn es mußte doch einmal zu einer Aussprache kommen, und wenn es von ihm selbst abgehangen hätte, würde er vielleicht noch gezögert haben, die schmerzende Eröffnung zu machen. Er konnte noch nicht von dem Gedanken lassen, es wäre eine ruhige Auseinandersetzung mit seinen Eltern möglich, so daß sie ihn wenigstens nicht blindlings mit rohen Wüstlingen und leichtfertigen Taugenichtsen in einen Topf würfen und verdammten; obwohl er unzählige Male Zeuge gewesen war, daß sein Vater solche Unterscheidungen zu machen nicht fähig war, sondern nach seinen kindlich steifen Begriffen von Recht und Unrecht unbelehrbar die unähnlichsten und verwickeltsten Erscheinungen beurteilte. Nun tat es ihm weh über alle Maßen, daß es sein geliebtester Sohn war, der seinen Lebensidealen so zuwiderhandelte; und daß dies geschah, nachdem er sich bei der Wahl seiner Frau durchaus nicht hatte dreinreden lassen, sondern sich so gestellt hatte, als ob mit dieser Einzigen seine ganze Zukunft stehe oder falle, also mutwillig den jetzigen Zwiespalt herbeigeführt hatte, machte ihn vollends blind und grausam. Er hatte niemals ein inniges Verhältnis zu seiner Schwiegertochter gehabt, die ihm überspannt vorkam und ihm unbequem war, und daß Michael einmal genug von ihr bekäme, wäre ihm an sich nicht überraschend gewesen. Michael konnte ihm mit Recht vorwerfen, daß er ihm gern verziehen hätte, wenn er Verkehr mit sittenlosen Frauen außer dem Hause gesucht hätte, obgleich er selbst, seitdem er verheiratet war, nicht sonderlich Gebrauch von solchen Freiheiten gemacht hatte. »Was hätte es auch zu bedeuten?« sagte Waldemar; »über solche Dinge ist es am besten, zu schweigen, das hat ein jeder mit sich selbst abzumachen. Aber die Familie muß unangetastet bleiben, das ist die allerheiligste Pflicht, der wir alles andere opfern müssen. Keine Gaukelei von schönen und großen Worten kann daran etwas verdrehen, so wenig wie das dringendste Gelüste Diebstahl und Räuberei rechtfertigen kann.«

In manchen Augenblicken, wenn er vor seines Vaters Grundsätzen wie vor einer breiten Mauer stand, die rundherum von schwerem Geschütz starrte, erbitterte er sich gegen ihn bis zur zornigen Abneigung. Als er sich hatte hinreißen lassen, ein Wort über sein Gefühl für Rose zu sagen, rief Waldemar auffahrend: »Liebe? Du bist kein Knabe mehr, der vor einer Schürze die Besinnung verliert. Zwischen Männern sollte männlich geredet werden. Eine Schwäche läßt sich verzeihen, und eine kluge Frau übt Nachsicht; dazu ist es noch Zeit. Aber laß mich meinen Sohn nicht auf dem Wege der aberwitzigen Theaterhelden sehen, die den Kitzel des Blutes zu Leidenschaften aufblasen und, wenn nachher ein Mädchen in die Wochen kommt, glauben machen möchten, der Heilige Geist sei im Spiele gewesen.« Michael sah seinen Vater, dessen erhitztes Gesicht geschwollen erschien, und aus dem die weitgeöffneten Augen seelenleer hervorstierten, voll Schrecken an; er war

unfähig, etwas zu erwidern, so peinlich berührte ihn die Roheit seiner Worte und seiner Erscheinung.
Mit seiner Mutter war es eher möglich, ein ruhiges Wort zu sprechen, schon deshalb, weil sie klüger als Waldemar war, alsdann deswegen, weil sie es für undenkbar hielt, es könne je zu einem wirklichen äußerlichen Umsturz ihrer stolzen häuslichen Behaglichkeit kommen. Ihr selbst unbewußt, suchte sie den entweichenden Sohn in dem Gespinst ihrer schönen Anmut festzuhalten. Sie veranlaßte ihn, sich gegen sie mit Offenheit zu äußern, und einmal, als sie in der Abenddämmerung zusammen im Garten auf und ab gingen, sagte sie: »Ich will dir jetzt sagen, Michael, was du sonst wohl niemals erfahren hättest, daß auch ich einmal, als du schon lebtest, einen anderen Mann liebte und das Band, das mich an deinen Vater fesselte, mit Abscheu trug. Deshalb verstehe ich, was du jetzt leidest, besser, als du denkst; aber deshalb habe ich auch das Recht, dir zu sagen: Opfere deine Wünsche deinem Kinde, wie ich meine dir geopfert habe. Meine Schmerzen sind jetzt vorüber, wie ja wohl auch mein Glück es wäre, und so werden auch deine vorübergehen.«
»O Mama«, sagte Michael bewegt, »und das ist alles? Wozu wäre denn alle Sorge, Arbeit, Sehnen und Hoffen? Wem hast du denn deine Wünsche geopfert? Was ist gewonnen? Eine reiche Familie mit glänzendem Namen, an deren Glück bis jetzt vielleicht noch jeder glaubt. Wärest du deinem Herzen gefolgt, lebten Raphael und Gabriel nicht; du trügest vielleicht nicht so schöne Kleider wie jetzt und wohntest nicht in diesem stattlichen Hause. Und ich? Du siehst ja, wie gern ich all dies sogenannte Glück von mir täte! Ist denn Ruhe und Behagen, ja nur der Schein des Behagens das Höchste auf der Erde?« Er blickte auf ihre weiße, gepflegte, weiblich reizende Hand, die auf seinem Arme lag, und Tränen sammelten sich in seinen Augen; er beugte sich über sie und drückte seine Lippen fest und lange darauf.
»Siehst du«, sagte Malve sanft lächelnd, »ein solcher Kuß von den Lippen eines Kindes belohnt für jedes Opfer, das man ihm brachte.« Michael seufzte, denn er wußte, daß sie weder ihm noch seinem Vater mit Bewußtsein ein Opfer gebracht hatte,

daß sie nur zu schwach gewesen war, um gegen den unbeweglichen Willen seines Vaters anzukämpfen, vor allem aber zu schwach, um die Verurteilung der Verwandten und Bekannten und alle die Folgen einer entscheidenden Tat auf sich zu nehmen. Mit dem Gedanken des Opfers, der sich allmählich herausbildete, hatte sie sich später getröstet, und jetzt glaubte sie daran. Er zögerte eine Weile und sagte dann: »Mama, wer weiß, ob du das rechte Opfer brachtest, ob du nicht vielmehr dich selbst, das Allerbeste in dir, geopfert hast? Wer weiß, wie du dich hättest entwickeln können? Und was die Erschütterung eines solchen Ereignisses aus meinem Vater hätte machen können?«

Malve wehrte erschrocken ab. »Höre auf, Michael«, sagte sie; »du suchst Gründe, die deiner Leidenschaft Vorschub leisten; du entstellst die einfache Wahrheit und gehst Irrlichtern nach, gefährliche Wege. Wir Menschen müssen tun, was unsere Pflicht von uns erfordert, der Folgen sind wir nicht mächtig und dürfen nicht über sie nachdenken. Ich beschwöre dich, laß dich nicht von der Selbstsucht hinreißen und deiner angeborenen Güte entfremden.«

So endete jedes Gespräch mit Klagen, Vorwürfen und Bitten, gleichviel von wo es ausgegangen war. Ein ununterbrochenes, grabendes Leiden war das Zusammensein mit seiner Frau, mit dem Kinde, das er liebte, mit dem Vater, der ihm einst über alles teuer gewesen war. Jetzt bemerkte er vieles an ihm, wovon er nicht wußte, ob es ihm früher entgangen oder ob es überhaupt nicht gewesen war; wie ihn fast alles, was gesprochen wurde, teilnahmlos ließ, wie er sich aber plötzlich über ein mißratenes Gericht bei Tische ereifern, ja leidenschaftlich erzürnen konnte, wie dann wieder ein paar Gläser Wein eine unerquikkende Lustigkeit oder Rührung in ihm entzündeten. Aber die bittersten Qualen bereitete er sich selbst, wenn er allein mit sich war. Was ihn am Tage als besinnungslose Leidenschaft vorwärtstrieb, bedrängte ihn nachts als ein Heer unentwirrbarer, unlösbarer Fragen. Obwohl er von vornherein wußte, daß da niemals eine gute Lösung zu finden war, die allem genugtat, was er unabweisbar wollen mußte, konnte er nicht nachlassen, zu grübeln und zu planen, und wenn er schließlich erschöpft abließ, ohne einen Weg vor sich zu sehen, den er gehen konnte, klammerte er sich um so leidenschaftlicher an seine Liebe, die er als das einzig Gewisse, als den Mittelpunkt empfand, um den sein Leben fester und fester herumwuchs.

Nur noch eines war ebenso gewiß, daß er Mario niemals würde verlassen können. Der Kleine war jetzt in dem Alter, daß er fast alles sprechen konnte, wenn auch noch vielfach ohne Bewußtsein der Bedeutung. Er hielt sich von den meisten Menschen, namentlich von anderen Kindern, eigensinnig zurück und hatte überhaupt, trotz der zärtlichen Weichheit seines Wesens, etwas Verschlossenes. Mit großer Innigkeit hing er nur an seinem Großvater und mit unbedingter, schwärmerischer Liebe an seinem Vater. Die Tyrannei, die er mit dieser Liebe über ihn ausübte, wäre unerträglich für Michael gewesen, wenn er immer dort gewesen wäre; so aber liebte er in dem kleinen Mario die einzige Stelle in seinem Vaterhause, wo er sich noch zu Hause fühlte. Diese kleinen Arme streckten sich immer sehnsüchtig nach ihm aus, das schüchtern eigenwillige Herz, das wie ein kleiner Vogel stets auf der Hut war, strebte immer nach der ruhigen, starken, unveränderlichen Wärme, die es an seiner Brust fand. Während das Drängen seiner Eltern, ihn in seinem Willen, sich zu befreien, nur immer fester machte, erschütterte die feine Stimme, die gedankenlos sagte: »Bleib da, Papa!« sein Herz und band es. So sehr fühlte er sich oft in dem Banne des Kindes, daß er unruhig seine Liebe zu Rose dagegen abwog; aber immer fand er, daß diese mit allen ihren Forderungen und Verheißungen dadurch nicht angetastet wurde. Hielten ihm seine Eltern vor, daß Verena, falls er sich wirklich von ihr lossagte, ihm keinen Anteil irgendwelcher Art an dem Kinde lassen würde, so sagte er, das müsse sich finden, er werde es jedenfalls so wenig verlassen, wie es von ihm lassen würde; aber wie das zugehen sollte, davon hatte er selbst keine deutliche Vorstellung. Der einzige Gedanke, der ihm Trost gab, ihm eine Lebensmöglichkeit eröffnete, war, daß Mario seiner nicht immer so bedürfen werde wie jetzt, daß eine Zeit kommen würde, wo er sich an andere anschlösse und seinen eigenen Sternen folgte.

Der Tag von Michaels Abreise war schon festgesetzt, als der

kleine Mario plötzlich von einer Krankheit befallen wurde. Mitten im lustigen Spiel wurde er plötzlich müde und verlangte ins Bett, und als Michael ihn auf den Arm nahm, um ihn ins Haus zu tragen, fiel der kleine Kopf schwer auf seine Schulter. Ohne Bewußtsein ließ er sich entkleiden, erkannte nicht einmal seinen Vater mehr, und indem sein erst erbleichtes Gesicht sich bläulich färbte, verfiel er in einen ohnmächtigen, krampfartigen Zustand. Es wurde sofort nach dem Hausarzt geschickt, und Schrecken und Aufregung herrschten im ganzen Hause; Michael war der einzige, der trotz seiner Angst besonnen blieb und sich mit dem Kinde beschäftigte; er besprengte es mit Wasser, rieb ihm die Schläfen mit Wein, suchte ihm Wein einzuflößen, trug es ans offene Fenster, kurz tat alles, was er für geeignet hielt, es wieder zu sich zu bringen. Während er das mit anscheinender Ruhe vornahm, war ihm zumut, als wäre sein Leben mit dem stockenden Leben in seinen Armen zusammengebunden und würde augenblicklich mit diesem vergehen. Als nach einer Weile die irrenden Augen sich mit flüchtig aufdämmerndem Verständnis auf ihn richteten und es schien, als ob sich die kleine schwindende Seele mit aller Kraft zusammenzuraffen suchte, um sich an dem geliebten Vater festzuhalten, stürzten die Tränen aus seinen Augen, und Gebete stürmten durch sein schlagendes Herz: Bleib da, kleine Seele, laß dich halten von deinem Vater, der dich liebt. Mario, Mario, ich schwöre dir, dich nie zu verlassen! Ich will Gut und Blut für dich lassen, nur stirb nicht! Wenn du dich jetzt von mir halten läßt, sollst du mich halten, wann du willst, solange du mich brauchst!

Der alte Unger saß unterdessen stöhnend und mit gerungenen Händen in einem anstoßenden Zimmer, und ein Dienstmädchen fuhr im Wagen von Haus zu Haus, um den Arzt zu suchen und herbeizuholen. Als er endlich anlangte, war das Kind schon wieder zur Besinnung gekommen, aber gleich darauf in einen fieberischen Schlaf gefallen, der im Vergleich zu dem, was vorhergegangen war, etwas Beruhigendes hatte. Michael blieb im verhängten Zimmer am Bette sitzen; nach einer Stunde erwachte der Kleine und rief mit kläglicher Stimme: »Papa!«, schlief aber sogleich wieder ein, die Hand, die sein Vater ihm reichte, fest umklammernd. Michael dachte, daß er vor kurzem sein Herzblut gegeben hätte, damit die liebe kleine Hand, die schlaff herunterhing, sich lebenswarm an seine schlösse; eine große Ruhe und Müdigkeit überkam ihn, und er schlief neben Marios Bett ein.

Wie es häufig bei Kindern der Fall ist, nahm die Krankheit, die mit einem wütenden Anfall aufgetreten war, bald einen gelinden Charakter an und erwies sich, wenn kein Rückfall oder irgendeine Verwicklung einträte, als ungefährlich, und da das Fieber bald ausblieb, konnte Michael an seine Abreise denken. Er hatte, obwohl es an Bedienung nicht fehlte, die Pflege des kranken Kindes fast allein übernommen, ebenso aus eigenem Bedürfnis, wie weil Mario anfangs weinte, wenn ein anderer sich seinem Bette näherte. Verena, die während seines ganzen Aufenthalts kein einziges Mal die feindliche Kälte gegen ihn gemildert hatte, war während der Krankheit meist in seiner Nähe und suchte behilflich zu sein, wenn sie auch vermied, daß er es bemerkte. Die Kraft, Güte und Schönheit, die von ihm ausströmten, wenn er so umsichtig und besonnen, unermüdlich heiter und wohltuend um den Kleinen herum waltete, wirkten so sehr auf sie ein, daß das Grauen der Vergangenheit ihr an Wirklichkeit verlor. Zuweilen wenn sie ihm eine Erfrischung reichte oder ihm bei seinen Hantierungen am Krankenbett zur Hand gehen konnte, fühlte sie sich ihm durch die gemeinsame Tätigkeit für ihr Kind wie früher verbunden.

Einmal, als sie an einem Nachmittage leise eintrat, sah sie ihn neben dem Kinde eingeschlafen, und da niemand in der Nähe war, blieb sie stehen, um ihn zu betrachten. Die Vorhänge waren vor den offenen Fenstern herabgelassen, und durch sie drang Sonnenglut ein und leuchtete; er sah sehr blaß und abgemagert aus, und es waren ernste Linien in seinem Gesichte erschienen, die es männlicher machten; aber er war schöner als je. Ihre Augen glitten in scheuem, zärtlichem Entzücken über die ruhige Stirn, über die schmalen Wangen zu dem geschlossenen Munde herunter; es war der Mund, der so harte wie süße Worte reden konnte. Indem sie ihn ansah, wachte er auf und lächelte, als er so unerwartet jemanden vor sich stehen sah und sich klar wurde, daß er geschlafen hatte. Ihre edle, hochflie-

gende Seele überströmte sie ganz und drängte ihm entgegen: »O du, nimm mich wieder an dein Herz und rette mich! Ich habe gelitten, daß ich sterbe. Sieh, ich bekenne es, daß ich nichts ohne dich vermag. Ohne dich gehe ich unter, mit dir kann ich fliegen. Ich habe Dinge geschehen lassen, vor denen mir graute, ich bin besudelt von unreinen Händen, die mich betastet haben. Ich brauche deine Kraft, ich brauche deine Güte, ich brauche deine Schönheit. Warum hast du nur mit der nicht Mitleid, der du Treue gelobt hast, warum verschmähst du die Liebe, die du einst für dein ganzes Leben begehrtest? Niemand hat meinen Glanz und meinen Stolz gesehen als du; niemand hat mein Elend und meine Schmach gesehen außer dir. Kannst du mich untergehen sehen und würdest dich doch in einen reißenden Strom werfen, um einen Hund zu retten? O Geliebter, es ist die letzte Stunde, wo du mich befreien und erlösen kannst, hernach versinke ich auf immer. Ich bin noch einmal schimmernd wie Schnee aus dem schwarzen Wirbel gestiegen, und an meinen Armen, die sich nach dir ausstrecken, rieselt der Mondschein hernieder. In die feuchte, schwarze Versunkenheit sinkt mein Stolz und meine Schönheit hinab auf ewig, wenn du mir jetzt nicht die Hand reichst und das Wort der Erlösung sagst!«
Sie hatte sich zu seinen Füßen niedergeworfen und sagte, was ihre Liebe wollte, ein wirres, dunkles, glühendes Stammeln. Ihr ganzes Wesen brannte in einem warmen, schmelzenden Feuer; er sah auch, was sie nicht aussprach, in ihren braunen Augen und auf ihrer weißen Stirn, die in dem rötlichen Zimmer leuchteten. Jedes ihrer Worte fiel wie ein Feuertropfen in sein Herz, unter dem es zusammenzuckte. Es war, während sie sprach, kein Schwanken, kein Erwägen, kein Zweifel in ihm, nur ein verzweifeltes Ringen nach Kraft, um diese Probe zu bestehen. Er fühlte, daß für ihn alles aus war, wenn er dies nicht überwände, daß eine zärtliche, eine weiche Regung, der er jetzt Raum gönnte, ihn ohnmächtig machen und alles Große und Schöne, was er erstrebte, vernichten würde. Er preßte die Hände an die Schläfen, in denen es klopfte, als sollte etwas zerspringen, und blickte starr in ihre flehenden Augen. »Du mußt es ohne mich lernen«, sagte er; die Stimme kam ihm so rauh und gebrochen aus der Kehle, daß er nicht wußte, ob sie ihn

verstanden hätte. Es hätte aber keiner Worte bedurft, um ihr zu bedeuten, wie er gesinnt war; in den gemarterten Zügen seines Gesichts war nichts Glückliches zu lesen. Sie schwankte und schauderte einen Augenblick, und dann hatte sie plötzlich alles begriffen; mit gewaltsamer Anstrengung bewegte sie die Lippen und sagte: »Geh fort.« Als er das Zimmer verlassen hatte, ließ sie sich an dem Kinderbett niedersinken und fühlte nichts mehr als den Wunsch in sich, nie wieder aufstehen zu müssen. Sein Gesicht, wie es aussah, während er sprach, unendlich leidend wie das eines edlen Gemarterten, schwebte im halben Traume vor ihr, ohne ihr wohl- oder wehzutun; aber allmählich besann sie sich darauf, was sie gehofft und wie sie gefleht hatte, und daß er nun gehen würde, um fern von ihr mit einer anderen glücklich, frei, groß und bewundert zu sein. Die Kraft kam ihr zurück mit dem Gedanken, daß das nicht sein sollte; er sollte elend sein wie sie, heimatlos wie sie, gebunden wie sie und in den Staub gedrückt. Das Kind hatte sie ja, das ihr Macht über ihn gab; und der wollte sie sich ohne Mitleid bedienen; ihre schmalen bleichen Finger schlossen sich krampfhaft um den Pfosten des kleinen Bettes, und die feurigen Augen blickten trocken und hart ins Weite. Ihre schöne, stolze, untergehende Seele rang die weißen Arme, an denen das Mondlicht herunterrieselte, bis sie langsam, langsam in der schwarzen, feuchten Versunkenheit erloschen.

Michael reiste sofort ab, damit Verena ihn jetzt nicht mehr sähe; denn er begriff, daß ihr sein Anblick unleidlich sein müsse. Er dachte an den kleinen Mario, der nach ihm weinen würde und an dessen Bette nun die leidende Frau mit dem zerrissenen Herzen saß, und es war ihm sehr weh zumute; dennoch genoß er ein Gefühl von Frieden wie nach einem gut bestandenen Kampfe, der ihm viel Blut aus tiefen Wunden gekostet hatte. Erst bei seiner Abreise beschloß er, nicht sofort zur Universität zu reisen, sondern zuvor Rose aufzusuchen, die den Winter ihrer Studien wegen in einer großen Stadt zugebracht hatte; er wollte bei ihr innewerden, daß es gut so war. Als er kaum ihre Nähe fühlte, erschien ihm alles, was er gelitten hatte, gering neben dem Glück, das ihm von ihr wurde, und es kam ihm überflüssig vor, ihr durch Erzählung dessen, was er durchgemacht hatte, Unruhe und Schmerz zu bereiten. Indessen so flüchtig er sich auch ausdrückte, ahnte sie doch, was in Wirklichkeit gewesen war, und überströmte ihn mit der ganzen Liebe und Fülle und dem Balsam ihres Wesens. »Warum weinst du?« fragte er leise, zu ihr aufsehend, während seine Hände in ihrem Schoße gefaltet lagen. »Du wirst mir doch nie ganz gehören«, sagte sie; »aber sprich nicht davon, denn ich habe dich jetzt und will nicht weiter denken.« Er wollte auffahren und ihr widersprechen, allein sie küßte ihn auf den Mund und sagte bestimmt: »Was du auch sagst und wie fest auch dein Wille ist, mein Gefühl weiß es besser und läßt sich nichts ausreden; laß uns aber heute nicht von der Zukunft sprechen.«

Er wurde traurig und fragte mit Vorwurf, ob sie ihm nicht vertraue, so daß sie die Worte fast bereute und erklärend hinzufügte: »Ich habe gesagt, was mir durch den Sinn flog, wie ich es mit dir gewohnt bin, und anders mußt du es nicht nehmen, da ich selbst nicht weiß, wie anders ich schon morgen darüber denke. Störe mich nicht in meinem Glücke! Könnte nicht einer glücklich sein, wenn er auch wüßte, daß er die nächste Stunde sterben müßte? Es ist ja nur, weil wir uns allzusehr lieben, daß ich nicht glauben kann, wir sollten uns jemals ganz besitzen.«

Das eben, sagte Michael, der Aberglaube, ein volles Glück könne keinem Sterblichen zuteil werden, lähme die Menschen und drücke sie nieder. Man müsse den Mut haben, es zu wollen, dann hätte man auch die Kraft, es zu erringen, und das Recht, es zu genießen. Noch fühle er sich ungebrochen, so viel auch an ihm gerüttelt worden, ja oft empfände er gerade im Schmerz, wie er an Kräften gewachsen wäre.

Da Rose an ihrem jetzigen Aufenthaltsorte nicht bleiben wollte, suchten sie zusammen ein kleines Städtchen auf, das ihr wegen seiner lieblichen Lage gerühmt worden war, wo sie für die nächste Zeit ihren Wohnsitz aufschlagen wollte. Sie kamen in später Nachmittagsstunde an, als die sinkende Sonne nach einem schönen Tage über dem Flusse stand, an dem das Städtchen lag. Sie mußten, da der Bahnhof vor dem Tore lag, etwa eine Viertelstunde an dem schilfreichen Ufer des Flusses entlanggehen, vor sich waldige Höhen über den alten Türmen und Giebeln des kleinen Ortes. Sie gingen Arm in Arm und atmeten mit Entzücken die kühle, feuchte Luft, die vom Wasser herwehte; es floß mit Gold und Purpur in weichen grünen Wellen und glich einem Strom der Freude, der Glückliche in ein Land der Wonne führt. Über dem altertümlichen Stadttor war eine Nische, in der ein Marienbild mit Blumen geschmückt stand, und die schmalen Häuser waren mit Fenstervorsätzen versehen, wo hochrote Pelargonien in Töpfen blühten und brennende Nelken, die ihre Köpfe an langen Stengeln an der Mauer herunterließen. Auf holperigem Pflaster liefen Mädchen und Knaben barfüßig und trieben schnatternde Gänse in ihre Ställe; aber auf dem Marktplatz waren verschiedene Geschäfte mit Auslagen und auch eine Buchhandlung, vor der sie stehenblieben und die Titel verschollener Bücher auf vergilbtem Umschlag lasen. Auf einem anderen, ganz engen und winkligen Platze erhob sich eine große, schwärzliche Kirche von gemischter Bauart mit einem sehr hohen Turme, der in dieser Umgebung riesig erschien. Sie fanden unfern eine passende Wohnung für Rose, und nachdem ihre Sachen eingetroffen und untergebracht waren, sahen sie aus dem kleinen Fenster auf den Dom, der in der Dämmerung, die inzwischen eingebrochen war, einem geisterhaften Berge gleich wurde. Michael sagte, er glaube bemerkt zu haben, daß die Wirtin sie mit einem mißtrauischen Blick betrachtet hätte, und Rose möchte ihm die Bitte erfüllen, sich als seine Frau auszugeben; es wäre nicht anzunehmen, daß ihr an diesem kleinen, abgelegenen Orte Unannehmlichkeiten daraus erwüchsen. Sie sah ihn ruhig an und sagte nach einer Weile ja. »Ist es auch dir so«, fragte er, »daß es dir jeden Tag erscheint, als liebtest du mich inniger als am vergangenen?«, wozu sie lächelte und nickte.

Sie waren dennoch beide ungeduldig, wieder an ihre Arbeit zu gehen, und trennten sich schon am folgenden Tage, leichter als je zuvor, da sie sich ein Wiedersehen im Laufe desselben Jahres versprochen hatten. Der Freiherr wünschte nämlich ein von ihm verfaßtes zoologisches Werk mit Bildern ausgestattet zu sehen, die er nur einem guten und gebildeten Künstler anvertrauen wollte, und Michael hatte sogleich an Rose gedacht, nicht etwa weil ihm das Gelegenheit geben würde, sie zu sehen, sondern weil er wußte, daß eine solche Arbeit, bot sie ihr auch in künstlerischer Beziehung nicht viel, wegen der damit verbundenen Belehrung ihr äußerst erwünscht sein würde. Der Gedanke hatte großen Reiz für ihn, daß sie sich mit Dingen eingehend beschäftigte, die ihm so viel Genuß gewährten, ebenso daß sie den Freiherrn kennenlernen würde. Denn obwohl ihm schon die Vorstellung, ein Mann könne ihr Kleid mit Zärtlichkeit streifen, unerträglichen Schmerz verursachte, so drängte es ihn doch stets, ihr alles mitzuteilen, was ihn anregte, und die Menschen, die ihm lieb waren, aus ihren goldenen Augen verschönert zurückzuempfangen.

Der Freiherr, der den Vorschlag lebhaft ergriff, sagte: »Dies Fräulein ist es, das Sie lieben, das zu merken bedarf es keiner Sehergabe. Mögen Sie mir vertrauen, so sagen Sie mir, was die Ursache Ihrer Leiden ist; denn über verschmähte Liebe werden Sie wohl nicht zu klagen haben.« Wenn Michael bisher von seiner Liebe zu Rose hatte sprechen müssen, hatte er es getan, wie ein unbeteiligter Berichterstatter eine Tatsache feststellt; auch jetzt kam es ihm nicht leicht von den Lippen, und doch tat es ihm wohl, sich dem Freiherrn gegenüber zu äußern. »Sie haben einen schönen Mund«, sagte der Freiherr, indem er ihn freundlich betrachtete, »der die Bescheidenheit vornehmer Gesinnung ausdrückt; allzu jungfräulich verschlossen, um eines Dichters Mund zu sein, der von Wohllaut rauscht, aber süß und reif genug, um schön zu reden und zu küssen.« Michael errötete und sagte: »Nein, ich bin unbeholfen und spröde im Ausdruck, und ich danke Ihnen oft im Innern, daß Sie verstehen, wie viel Sie mir sind, ohne daß ich es ausspreche.«

In bezug auf das, was Michael ihm erzählt hatte, sagte der Freiherr: »Das sind großenteils überflüssige Schmerzen. Die Freiheit Ihrer Entwicklung muß Ihre Familie Ihnen gönnen, ob nun freiwillig oder weil sie sich fügt, und den Segen einer echten Leidenschaft zu genießen, können Ihnen weder Menschen noch Götter verwehren; den Schmerzen, die sie mit sich bringen muß, werden Sie sich nicht entziehen wollen.«

»Und meine Frau, die ich unglücklich mache, und mein Kind, das ich verlieren soll?« sagte Michael.

Der Freiherr lachte ingrimmig und antwortete: »Ich merke schon, der Gaul wittert den Stall. Michael, soll ich Sie, meinen Erzengel, unter den Talgfressern sehen? Freilich wenn Sie das Fräulein heiraten wollen, damit verschütten Sie alles! Fühlen Sie denn gar nicht, wie häßlich, gemein und dürftig dies stete Beieinanderkauern in der Ehe ist? Proserpina verfiel der Unterwelt, weil sie vom Apfel gegessen hatte, daran denken Sie.«

»Das begreife ich jetzt besser, als ich es früher gekonnt hätte«, sagte Michael. »Trotzdem bleibt das: solange ich der Gatte meiner Frau bin, wird sie Liebe von mir verlangen, die ich ihr nicht geben kann, und solange ich der Mann derer, die ich liebe, nicht bin, setze ich sie der Bosheit schmähsüchtiger Menschen aus.«

»Ich kann mir nicht denken«, entgegnete der Freiherr, »daß eine Frau, die Sie geheiratet haben, der Liebe unwert ist; nach allem, was Sie mir mitgeteilt haben, müssen Sie sie liebhaben können, wenn Sie kein Schuft sind. Was die andere betrifft, ist sie nichts als ein feuriges Weibchen, die keine Ruhe findet, bis sie ihre Bestimmung zu lieben und zu leiden erfüllt hat, so mag sie wie ein Maikäfer oder eine Eintagsfliege zugrunde gehen, und das mag Sie meinetwegen rühren, darf Sie aber nicht aus dem Geleise werfen. Ist sie ein Mensch, dessen Bestimmung es ist, zu kämpfen und zu werden, so wäre es unbillig, wenn Ihre größte Sorge wäre, ihr das Nest recht weich zu machen. Geben Sie einem solchen Menschen die Schätze Ihrer Liebe und lassen Sie sich darin durch kein Gesetz und keine Rücksicht irremachen, dann haben Sie alles gegeben, was er von Ihnen wollen konnte.«

Michael schüttelte den Kopf und sagte: »Wir werden uns nie ganz verstehen, weil Sie über vielem stehen, wovon ich ganz umfangen bin. Auch ist im Leben nicht alles anwendbar, was fein und groß gedacht ist. Man braucht doch Geld zum Leben und ist an eine gewisse Weite der Bewegung gewöhnt. Da wir die Gesellschaft brauchen, wie dürfen wir sie dazu herausfordern, uns auszustoßen?«

»Die Gesellschaft ist eine Bestie«, sagte der Freiherr, »die sich duckt, wenn man sie furchtlos anschaut. Was man für recht hält, soll man zu sagen und zu tun nie unterlassen aus Furcht vor dem blökenden und brüllenden Haufen; nur soll man, wie der Tierbändiger, nie die Peitsche aus der Hand lassen.«

Daß der Freiherr nach diesem Grundsatz handelte, hatte er eben jetzt Gelegenheit zu zeigen, da folgender Vorfall die Gemüter bewegte: In der Hauptstadt war zu einer Gemäldeausstellung ein Bild eingereicht und angenommen worden, welches »die heilige Agnes« betitelt war und die keusche Märtyrerin im Hause der Unzucht, wohin die Henker sie geschleppt haben, von Freudenmädchen umringt darstellte, in dem Augenblick, als der heidnische Liebhaber, ehe er sie berühren kann, vom Blitz Gottes getroffen zu Boden sinkt. Das Bild hatte einige Stunden in der Ausstellung gehangen, als es auf Befehl der Regierung als anstößig und unsittlich entfernt wurde, was die größte und allgemeinste Überraschung hervorrief, die sich noch steigerte, als verlautete, es werde ein Gesetz ausgearbeitet, das für die Zukunft das Ausstellen anstößiger Bilder unmöglich mache, und eine starke Regierungspartei werde die Annahme desselben erzwingen.

Es wurden nun, um dem entgegenzuarbeiten, allerorten Unterschriften gesammelt, Versammlungen und Reden gehalten, Vereine gegründet, wobei die verschiedensten politischen Richtungen ausnahmsweise einig vorgingen; doch entfalteten die Sozialdemokraten eine besonders lebhafte Tätigkeit. Auch der Freiherr wurde von vielen Seiten angegangen, in öffentlicher Rede seine Meinung zu sagen; denn seinen berühmten Namen wollten die Aufgeregten gern unter ihre Mitkämpfer zählen, auch gab es in der Universitätsstadt keinen, dessen Worte so zündend zu wirken pflegten. Zunächst wehrte er sich gegen diese Zumutung mit Entrüstung; er scheute jede Verbindung mit den Sozialdemokraten, die hier an der Spitze standen, innigst, war noch nie als Volksredner aufgetreten und fand es überhaupt eines Narren würdig, seine Meinung einem blöden Haufen aufzudrängen, der dieselbe zwar annehmen, aber nicht richtig verstehen und jedenfalls so dumm wie zuvor bleiben würde. Trotzdem gab er schließlich nach, weil es ihn lockte, in dieser Angelegenheit seine Meinung öffentlich zu äußern, und weil es doch immerhin besser sei, daß er Vernunft predige, als daß irgendein Esel die Gelegenheit zu aufgeblasenen Redensarten benütze, die nachher von Hunderten zum Ekel nachgeschwatzt würden.

O Stadt der Jugend, der Freiheit und der Hoffnung! Über den dunkelblauen See fegten geblähte Segel zwischen Ruderkähnen und den flinken schwarzen Dampfbooten, über denen leichte Wölkchen Rauch in die sengende Sommerhitze schwebten. Lachen und Singen war über dem flimmernden Spiegel und auf den rauschenden Höhen. Am muntersten bewegt waren die Scharen, die zur Universität hinaufströmten, wo gegen Abend die Rede des Freiherrn stattfinden sollte; sie hatten sich zeitig aufgemacht und standen unterwegs unzählige Male still im lebhaften Gespräch oder um andere zu begrüßen. Als der Freiherr daherkam, von weitem sichtbar und kenntlich an seiner hohen Gestalt und seiner gebieterischen Nase, wichen alle ein wenig zurück, um zu grüßen und sich an seiner Art zu freuen, wie er den breitrandigen Strohhut mit gemessener Bewegung etwas lüftete und einen streng musternden Blick über die Umstehenden gleiten ließ, als wollte er jede Ungebühr im voraus unterdrücken. Auch diejenigen, die ihn fürchteten oder sein aristokratisches Wesen bemängelten, liebten ihn an diesem Tage, weil er eine Angelegenheit der Freiheit verfocht, und liebten ihn um so mehr, weil er es mit vornehmen Gebärden und herrischer Haltung tat. Als er, durch anhaltendes Händeklatschen begrüßt, das erhöhte Pult bestieg, nahm er wahr, daß seine Allergetreuesten in der vordersten Reihe saßen und Arabells Augen groß und feierlich erwartungsvoll an ihm hingen; neben ihr saß ein Mädchen, das er noch nicht kannte. Es fiel ihm sofort ein, daß das Rose sein müsse, welche die Bilder zu seinem Werke machen sollte und die Michael liebte; er betrachtete ihr kindlich weiches, harmonisches Gesicht, das ihn mit stillen Götteraugen ansah, voll Überraschung und Teilnahme. Der Lärm der Begrüßung war schon verstummt, als er noch umhersah und Michael zulächelte; er fühlte sich der Gedanken und des Wortes so mächtig, daß ihm das gespannte Horchen der begierigen Menge nicht die leiseste Unruhe verursachte, vielmehr schien er sich selbst über diese ihm ungewohnte Lage zu belustigen.

Er fing damit an, zu erklären, daß er das Bild, um welches der

Streit entbrannt war, für in der Tat anstößig erklärte; denn es veranschaulichte einen höchst erbaulichen Gegenstand vom Standpunkte eines gottlosen Menschen, welcher der Legende erhabenen Sinn nicht erfaßt und den Gegenstand augenscheinlich nur gewählt habe, um Gelegenheit zur Wiedergabe vieler nackter und halbnackter Figuren zu haben, in dem weitverbreiteten Irrtum befangen, das Nackte müsse unter allen Umständen schön sein. Diejenigen Herren, welche das Bild in die Ausstellung aufgenommen hätten, seien dazu durch große technische Vorzüge, die das Bild haben sollte, bewogen worden und hätten das vor ihrem künstlerischen Gewissen und dem Publikum zu verantworten; auf das schärfste zu tadeln seien sie aber, daß sie die erteilte Erlaubnis zur Ausstellung auf den Wunsch eines Unbefugten rückgängig gemacht hätten.
Befugt sei nämlich keiner, die Ausstellung von Kunstwerken unmöglich zu machen, so schädlich solche unter Umständen auch wirken könnten. Freilich wenn es Menschen gäbe, die göttliche Urteilskraft besäßen, wäre es höchst vorteilhaft, wenn diese vorschrieben, was der Menge an Kunst vor die Augen kommen sollte; denn die Kunst sei für viele Menschen die einzige Quelle, aus der sie Anregung schöpfen, um sich aus dem Sumpf ihres Alltagslebens zu erheben, und traurig und gefährlich wäre es, wenn dieses Band sie, anstatt durch schöne Ideen mit Gott, durch Sinnenreiz noch enger mit der Welt verknüpfte. Aber leider besäßen solche schiedsrichterliche Gabe am seltensten die Menschen, die ihre Urteile am ehesten vollziehen lassen können. »Es gibt«, sagte er, »unter den lebenden Wesen Seelen, Fleisch und Geist. Seelen sind die Tiere, Fleisch die meisten und Geist sehr wenige Menschen. Die meisten Seelen nämlich, wenn ihnen die Augen aufgehen, schnappen ohne Besinnen nach dem Fleisch und andern guten Schüsseln, wovon sie immer größeren Hunger bekommen, und schließlich, wenn ihr wohlgemästeter Körper sich einmal aufgelöst hat, zeigt es sich, daß alles Geistige längst verdampft ist und von der wohlgenährten Majestät nichts übrigbleibt als Moder oder Asche. Man kann das Märchen von des Herrschers Kleidern nicht oft genug wiederholen; was am meisten blendet, wovor man die Knie beugt, dem man nachläuft, was man begafft, das ist tatsächlich nichts;

nichts als ein Gaukelwerk, das so lange eine Rolle spielt, als sich Menschen zum Narren halten lassen. Denn was in zehn oder zwanzig oder hundert Jahren nichts mehr ist, ist das jemals etwas? Nennen wir dies aufgeblasene Nichts die Welt, so ist leicht einzusehen, daß die Weltleute, nämlich die Quacksalber und Gaffer in dieser Marktbude, gut darin fortkommen und die Kinder Gottes in der Welt beherrschen. Auch ist dagegen, weil es billig und folgerichtig ist, nichts einzuwenden, nur das bleibe fern, daß sie auch in geistigen Dingen, mit denen sie keine Berührung haben, den Ausschlag geben. Es mögen Könige und Fürsten, Bankiers, Kanonengießer und andere Machthaber zuweilen rechtliche und gescheite Leute gewesen sein, die Geschichte verzeichnet solche Beispiele, häufig aber werden sie in den Haupt- und Nebengebäuden des Lebens besser zu Hause sein als in den Dachkammern, wo man nach den Sternen sieht und Gedichte macht. Mögen sie auch ferner sich erzählen lassen, wieviel und was für Gerichte auf den Tisch des Königs kommen, was für Kleider die Prinzen und die Prinzessinnen auf dem Hofball trugen und welche Pferde bei dem letzten Rennen gewonnen haben. Mögen die Weltleute Kirchen bauen, Soldaten in die Kirche treiben, den Namen Gottes, der im Geist und in der Wahrheit angebetet werden will, im kauenden Munde führen, wenn sie nur dem Volke nicht seine Kunstgenüsse zurichten und nichts für die Hebung der Religion im Volke tun und dem Baumeister nicht dreinreden wollen, der die Kirche baut. Die Kinder Gottes sollen die Weltleute ihr Erbteil ohne Neid verprassen sehen und begreifen, daß es ihnen mit Recht zukommt, aber wachsam sein, daß sie sich nicht anmaßen, was in den Bereich des Geistes gehört. Mögen die Weltleute auf Thronen sitzen und die Kinder Gottes in Dürftigkeit schmachten, mag man die Standbilder der Fürsten, Generale und anderer Weltleute sieben Ellen höher machen als die der Geistesfürsten, diese werden dennoch leuchtende Genien auf seligen Gefilden sein und jene bleierne Schatten, Namen im Munde der Unmündigen.«

Er ging nun zu etwas anderem über, indem er auf den möglichen Fall hinwies, daß der Baumeister, der die Kirche baut, auch zu den Weltleuten gehöre. Daß die Vertreter der Wissenschaften und Künste, solche, die sich Geistesmenschen nennen und sich unsterblicher Dinge unterfingen, von der Natur des Geistes so wenig Witterung hätten wie die Weltleute, vielmehr beständig nach dem Braten schnüffelten, den jene am Spieße drehten, das wäre das wahre Unglück und das wahre Verbrechen. Man könne sich anstellen wie man wolle, alles Essen, seien es Pasteten oder Kartoffeln, könne man nur im Darme verdauen, nicht im Gehirn, und Dreck bleibe Dreck, der talentvolle so gut wie der talentlose. Auch eine Leberwurst könne mit Geist gemalt werden, aber die heilige Agnes selbst könne ins Badezimmer eines alten Lebemannes passen, wenn der Maler einen unkeuschen Pinsel geführt habe. Künstler, die in Bildern und Gedichten ihren gedeckten Tisch und ihre Schäferstündchen feierten, damit sie und andere Weltleute dergleichen Freuden frönen und sich dabei für gottbegeisterte Genies halten könnten, seien strafwürdiger als Staatsmänner, die sich aus natürlicher Herrschsucht täppische Übergriffe auf ein Gebiet erlaubten, wo sie nichts zu sagen hätten. Wenn Künstler ihr Reich an die Ungläubigen verrieten, dann wäre es freilich in der Ordnung, daß die gleisnerische Gemeinde ihre Freiheit verlöre und in Sklaverei verfiele; göttliche Kunst könnten Gottlose, wie sie sich auch gebärdeten, doch nicht antasten, sondern Gottes Blitz würde sie so gut fällen wie vor Jahrhunderten den Freier der heiligen Agnes.

Diese Auslassungen waren gegen mehrere Künstler und Kunstfreunde gerichtet, die sich unter den Vorkämpfern der Bewegung befanden, was aber dem Beifall, den der Vortrag entfesselte, keinen Abbruch tat; sei es, weil viele für den engsten Idealismus empfängliche junge Leute darunter waren, sei es, weil viele hauptsächlich das verstanden hatten, daß mit Geringschätzung von den herrschenden Klassen gesprochen worden. Freunde und Verehrer des Freiherrn hatten nach dem Vortrage eine Festlichkeit veranstaltet, an der er teilnahm und die in gehobener Stimmung verlief. Ein junger Maler sagte halblaut zu seinem Nachbar: »Wir ermangeln zwar alle des Ruhmes in seinen Augen, die wir in keiner schiefen Dachkammer hausen, aber solange er Professor ist und seinen Frack mit Seide gefüttert trägt, muß er doch mit uns vorliebnehmen«, was der Freiherr hörte und mit einem heiteren Aufblitzen seiner Augen beantwortete. Nachdem auf das Wohl des Redners getrunken war, sagte Robert Hertzen leise zu Michael: »Er ist eigentlich doch ein Unberauschter; in dieser Rede, welche die Kunst betraf, war nicht einmal von Schönheit, nur von Geist die Rede. Er hat die allertiefsten Mysterien nicht ergriffen, und was er heute abend gesagt hat, kann ich nicht hochschätzen; aber ihn selbst finde ich anbetungswürdig.«

Rose sprach wenig, doch nahm sie an allem mit neugierigem Vergnügen Anteil; denn sie las die Zeitungen nicht regelmäßig und wußte nicht Bescheid in den öffentlichen Zuständen. Die Bedeutung und der Zweck der politischen Parteien waren ihr größtenteils fremd, und sie hatte bei den meisten Dingen, die besprochen wurden, Mühe, sich zurechtzufinden. Man fragte sie verwundert, ob sie sich für das Ereignis, das den Vortrag veranlaßt hatte und das doch eben ihre Kunst beträfe, nicht lebhaft interessiert hätte. Sie sagte: »Ich habe zufällig nichts davon gehört, und im Grunde geht es mich auch wenig an; denn meine Bilder wird schwerlich jemals irgendein König oder sonst einer von den Weltleuten, wie der Freiherr sie nannte, bemerken.« Der Freiherr hatte aufmerksam zugehört und rief mit sichtlicher Freude: »Sie göttliches Kind! Sie sprechen das unschuldig aus, was ich hätte sagen sollen: die Kinder Gottes malen Bilder, welche die Weltleute nicht einmal sehen. Das ist das Umgekehrte von des Kaisers Kleidern; es gibt Schönes, Strahlendes, Verehrungswürdiges, aber weil es himmlisch ist und nur mit Geistesaugen gesehen werden kann, ist es für die Weltleute nicht da. Wundert euch nicht, wenn ihr für die Weltleute malt, daß sie die Hand auf euch legen. Die römischen Weltkaiser haben von Christus, dem Erlöser der Welt, dem Herrlichsten unter allen Menschen, die lebten, ja dem einzigen Gottmenschen, der ihr Zeitgenosse war, nichts gewußt. Das Schöne geht seinen Weg in der Stille; erst das Falsche und Häßliche, das sich verderblich daranhängt, lenkt die Blicke der Welt darauf.«

An diese Worte knüpften sich lebhafte Gespräche, die der Freiherr aber wenig mehr beachtete, da Rose sein Interesse erweckt hatte. Er besprach die Arbeit mit ihr, die sie für ihn ausführen wollte, und wunderte sich über das schnelle Verständnis, mit dem sie ihm entgegenkam; sie erklärte ihm, daß sie stets die Tiere geliebt habe und eigentlich Tiermalerin sei und sich deswegen von Michael ein wenig in der Zoologie hätte unterrichten lassen. »Sie haben einen guten Lehrer«, sagte der Freiherr, doch ohne irgendein Mitwissen oder Erraten ausdrücken zu wollen, sondern mit der Selbstverständlichkeit eines liebevollen Freundes.

Als sie mit Michael allein war, sagte sie: »Mit dem Freiherrn könnte ich glücklich leben, wenn ich dich nicht liebte.« Michael sah sie zweifelnd an und fügte hinzu: »Vielleicht auch, obwohl du mich liebst?« Rose lachte und sagte: »Das weiß ich nicht, nur daß ich ihn nicht lieben und doch mit ihm glücklich sein könnte.« Michael fühlte, obschon er gleichfalls lachte, eine ungekannte, tolle, furchtbare Verzweiflung in sein Herz schleichen, indem er ihr harmlos glückliches Gesicht betrachtete. »O du Rätselhafte, Entsetzliche«, sagte er, »ich möchte dich hassen und muß dich nur desto glühender lieben.« – »Du hast auch nur dazu, nicht zum Hasse Ursache«, sagte sie und küßte ihn; dennoch wollte ein Gefühl, das, fern von Eifersucht, nur ein unbestimmtes Elendsein war, noch den nächsten Tag nicht aus seinem Herzen weichen.

Sie müsse sich wundern, sagte Rose zu Michael, daß er sie über den hübschen, klugen und interessanten Mädchen, die er kennengelernt hätte und mit denen er so häufig verkehrt, nicht vergessen hätte. Er antwortete: »Wären sie noch viel schöner und klüger und wirklich unendlich viel schöner und klüger als du, wärest du mir doch die Einzige, Unvergleichliche, und wenn Krankheit oder Alter von dir nichts übrigließe als eben das Leben, würdest du mir doch die Allerschönste sein.« Sie sann ein wenig nach und sagte: »Ich glaube dir, weil ich ohne diesen Glauben so gut wie ohne Luft nicht leben könnte.« Dann legte sie ihre kühlen Hände auf seine beiden Augen und sagte: »Ich habe sie bezaubert, daß sie mich immer in meiner Schönheit sehen.«

Michaels Freunde empfingen Rose, deren Beziehungen zu ihm

sie kannten, ohne daß davon gesprochen wurde, mit Liebe und Bewunderung; sie beneideten sie um ihre Kunst und ihr Schaffen, Rose hingegen jene um ihr Wissen und ihre stets sich erweiternde Erkenntnis. Doch bemerkten sie oft, daß Rose durchaus nicht ohne Kenntnisse war und namentlich, daß sie sich aus jeder wissenschaftlichen Tatsache, mit der sie bekannt wurde, eine Menge von Ergebnissen und Aussichten ableitete. »Sie sind wie das Königskind«, sagte Arabell, »das aus einer Nußschale goldene und silberne Kleider zog.«

Eines Abends gingen alle, auch der Freiherr, in das Theater, wo eine neuere Oper gegeben wurde, deren Aufführung wegen außerordentlicher Anforderungen an die Ausstattung auch an Bühnen größerer Städte eine Seltenheit und für Musikfreunde ein Ereignis war. Der Freiherr war der einzige, dem sie bekannt, und obwohl er sie nicht liebte, ging er hin, um den Eindruck zu beobachten, den sie machen würde. Fast alle waren mehr oder weniger gepackt und hingerissen, am meisten Arabell und Robert Hertzen, die, betäubt und fassungslos wie nach einer göttlichen Erscheinung, den übrigen nach einem großen Wirtsgarten am See folgten, wo die warme Nacht beschlossen werden sollte. Sie nahmen anfänglich an dem Gespräch, das sich entspann, nicht teil, bis Michael zu Arabell sagte: »Ich glaube, Ihre Seele übt einen neuen Tanz ein, und wir müssen warten, bis sie fertig ist.« Sie seufzte wie ein Schläfer, den man beim Namen gerufen hat und der ungern erwacht, und es schien, als ob sie langsam wiedererkannte, was sie umgab. »Ich habe noch nie einen so starken Eindruck gehabt«, sagte sie. »Dies gibt es, und ich kannte es nicht! Ja, meine Seele tanzt einen Tanz, gegen den alle ihre früheren Bewegungen lahm und irdisch waren; denn diese Musik verhält sich zu der, die in mir war und mir oft so süß klang, wie Gottes Ich und hohes Bewußtsein sich zu unserem Ich und Bewußtsein verhalten mag.«

»Nein«, rief der Freiherr heftig, »wenn der Vergleich stimmte, hätten Sie die Musik gar nicht verstanden, vielmehr bewegte sie Sie so gewaltig, weil Sie ihre eigenen Träume und Melodien darin stark und geschickt nach außen in die Sinnenwelt versetzt finden.« Arabell schüttelte den Kopf und entgegnete: »Ersehnt habe ich diese Klänge wohl, wie man ja auch Gott ersehnt, ohne sich mit ihm vergleichen zu können. Mir war bei den ersten Akkorden zumute wie einem, der lange vor dem Standbilde der verschleierten Isis gekniet und gebetet und geharrt hat, und der plötzlich sieht, daß die Hülle zittert und rauscht und im nächsten Augenblick den Götterleib erscheinen lassen wird.«

»Ich hätte mir's denken können«, rief der Freiherr unmutig, »Sie gehören auch zu den Ratten, die des Rattenfängers Flöte nachlaufen und sich in voller Begeisterung in den Sumpf locken lassen und ersaufen.«

Nun äußerte jeder seine Meinung. Boris verstand nicht viel von Musik, ereiferte sich aber nichtsdestoweniger zugunsten der eben vernommenen, nicht nur um Arabells Meinung zu verfechten, sondern weil darin der Aberglaube der alten Musik vernichtet, ihre engen Formen zerbrochen und aufgelöst wären, so daß sie die Freiheit gegenüber der Gebundenheit verträte und recht eigentlich die Musik der neuen Gesellschaftsordnung wäre. Er gab zwar darin dem Freiherrn recht, daß sie das Wühlen und Treiben der menschlichen Seele ausdrücke, das sei aber eben ihr höchstes Verdienst; der in künstliche Tonverbindungen eingezwängten alten Musik hätte kein Gefühl der eigenen Brust entsprochen. Robert Hertzen meinte, die neue Musik hätte verschüttete Gefühlsgänge in uns aufgedeckt, den Stein von der Erdspalte gewälzt, aus der heilige Dämpfe aufstiegen, die den kalten Verstand einschläferten und die Gabe der Weissagung erweckten; sie hätte die farbenglühende Mystik unserer Gefühle, die engherzige Eiferer mit Tünche verklebt hätten, frei gemacht, so daß unter ihrem Zauber im Tempel unseres Inneren keine tote Stelle bliebe, alles loderte und leuchtete.

Arabell sah beängstigt auf Robert, dessen Äußerungen sie stets in ihren sozialdemokratischen Überzeugungen gekränkt hatten und sie zugleich doch mächtig anlockten. Indem sie ihn wegen seiner Ansichten haßte, spürte sie doch etwas darin und in seinem Wesen, das ihr ein Gefühl gab, als würde er, wenn er sie bei der Hand nähme und mit sich führte, sie zu irgendeinem lieben Geheimnis oder Wunder bringen, das sie aus Träumen oder alten Märchen kannte. Es verursachte ihr ebensoviel

Unbehagen und Schrecken, daß er jetzt mit Leidenschaft aussprach, was sie fühlte, wie daß der Freiherr es mit Hohn bekämpfte. Sie heftete ihre großen Augen flehentlich auf diesen und sagte: »Ich weiß nicht, was mir den Mut gibt, Ihnen zu widersprechen; aber ich könnte Ihnen eher mein Leben als mein Gefühl für diese Musik opfern!« »Das Leben wird Sie opfern!« rief der Freiherr, »Sie sind schon mit dem Kranze geschmückt.« Boris konnte kaum seinen Ärger über diese Bemerkung unterdrücken, die ihm sinnlos und gesucht vorkam; indessen Robert betrachtete entzückt das feine, leuchtende Gesicht unter dem aschblonden Haar, das sich weich, wie ein Blumenkranz, darum schmiegte, und sagte: »Ja, so denke ich mir eine christliche Heilige, die, während die wilden Tiere gegen sie brüllen, den Gott in Wolken sieht, der ihr winkt.« Michael wendete sich zum Freiherrn und sagte lachend: »Geben Sie zu, daß, wenn das Fräulein irrt, sie von der Natur dazu bestimmt ist, da der Irrtum zuweilen süßer und schöner ist als die Wahrheit?« »Da haben Sie recht«, sagte der Freiherr gutgelaunt, »zum Vertreter der Wahrheit, die man kalt und häßlich nennt, eigne ich mich, was Sie höflicherweise unausgesprochen ließen, besser als unsere junge Freundin.«

Rose hatte unterdessen, ohne dem Gespräch der anderen zu folgen, unverwandt auf den See geblickt, der mit beleuchteten Kähnen und größeren Schiffen bedeckt war. Sie bewegten sich langsam, weil ihrer so viele waren, und glitten wie flimmernde Schlangen auf dem dunklen Wasser, das sie widerspiegelte, aneinander vorüber. Das allergrößte, auf dem Musik war, war so durchaus mit bunten Lämpchen besetzt, daß es in der Ferne schien, als ob es aus lauter Kränzen von blühenden Rosen gemacht wäre. Es war Mitternacht vorüber, und die Schiffe lagen schon verdunkelt am Ufer, als die Gesellschaft aufbrach; alle waren müde, nur der Freiherr war gesammelt und rege wie immer, und in Boris kochte die Leidenschaft jeden Augenblick über. Er war an diesem Abend so munter und zugänglich, wie Michael nicht geglaubt hatte, daß er sein könnte: Übermut und Schelmerei lachten in seinen Augen, und was ihn sonst bitter und ausfallend machte, wußte er heute in gutartiger, launiger Weise zu behandeln. Wie ein ungeübter Knabe verriet er beständig seine Liebe zu Arabell, so daß es alle erheiterte, einzig sie schien nichts davon zu merken. Als die Wege sich trennten, bot er ihr seine Begleitung an, was sie sich gefallen ließ; aber ihre Augen gingen mit erschrockener Frage von einem zum andern, indem sie sich verabschiedete, als wollte sie wissen, was es bedeutete, daß sie plötzlich mit ihm allein sein sollte.

Der Freiherr, Michael und Rose sahen dem Paare nach; Boris ging mit behutsam sicheren Tritten wie ein edles Raubtier; es war eine Augenweide, die weiche Kraft seiner Glieder spielen zu sehen. »Ich möchte doch lieber, daß sie Robert Hertzen zum Manne bekäme«, sagte Rose bedauernd, indem sie weitergingen. »Es wäre auch möglich«, meinte Michael, »daß sie keinen von beiden bekäme.«

»Sie wird den Boris nehmen«, sagte der Freiherr mit Entschiedenheit. »Gott wird sagen: Du glaubtest schon auf meiner Spur zu sein, du glaubtest mich zu ahnen, mich zu verlangen – sieh, mein Kind, da hast du deinen Popanz.«

Michael und Rose fanden dies Urteil unbegreiflich hart und unzutreffend, allein der Freiherr sagte gleichmütig: »Wir werden sehen; wenn sie ihn nicht nimmt, habe ich freilich unrecht gehabt.«

Bald darauf war Roses Aufenthalt, da sie die nötige Rücksprache mit dem Freiherrn genommen hatte, zu Ende, und die jungen Leute brachten den letzten Abend zusammen auf dem See zu. Sie hatten das Abendbrot im Kahn und beabsichtigten, nirgends zu landen; als sie in der Mitte des Sees und so weit von der Stadt entfernt waren, daß sie nur noch die Türme in violettem Dunste sehen konnten, verteilte Herta Kränze unter alle, die sie mit Veronika gemacht hatte.

Sie gab Rose einen aus hellroten und dunkelroten Rosen, Arabell einen aus feurigem Mohn, Boris einen aus brandroten Vogelbeeren, sie selbst trug weiße Astern und Veronika Nelken. Robert überreichte sie zusammengewundene Sonnenblumen, die sich, da sie nicht die größten ausgesucht hatte, ganz wohl um seinen Kopf schlingen ließen und ihm ein fremdartig prächtiges Aussehen gaben. Als Herta im Begriffe war, Michael einen dicken Zypressenkranz aufzusetzen, hielt Boris sie zurück, da das eine Totenkrone sei; allein sie verteidigte sich, indem sie

sagte, die Zypresse sei nicht der Baum des Todes, sondern der Auferstehung, und Robert fügte rasch hinzu: »Er trägt den Namen der zyprischen Göttin und ist der Baum der Liebe, eine starke, aufrecht lodernde Flamme, von der unbewußten Schönheit seiner Seele gebändigt und umhüllt.« Michael hatte sich den Kranz bereits aufgesetzt, und man fand, er stehe ihm zu gut, als daß er wieder entfernt werden dürfe. »Du siehst wie der Engel des Todes aus«, sagte Robert zärtlich bewundernd.
Als die Sonne unterging und das Wasser golden, rosa und lila sich färbte und die Töne bei der zitternden Wellenbewegung ineinander übergingen und sich wunderbar durchdrangen, ließen sie den Kahn gleiten und trieben ihn nur dann und wann durch einige Ruderschläge vorwärts. Michael, der die Ruder führte, tauchte sie zuweilen mitten in die veilchenblaue Glut und ließ die schwarzen Tropfen langsam daran abrinnen, wieder in den Glanz zurück. Sardanapal, der ihm gegenübersaß und das Steuer führte, nahm seine Mandoline, um etwas vorzutragen, das ihm eben, er wisse selbst nicht wie, eingefallen sei. Es war so:

Meer! Meer!

Das bleiche Volk der Perlenfischer betet:
O Mutter Seele, die umarmt und tötet!

Purpurne Blumen blühn auf deinen Fluren,
Des ewgen Lichtes sterblich süße Spuren.

Uns locken nicht die grünen Lilien, die blauen,
Wir tauchen tief in deine dunkleren Auen.

Wir tauchen, wo es kalt und still und tot,
Wir, die das Haupt voll Sommerblumen hatten,
Vertraut mit Angst und Schmerz und Not.

Wir suchen durch die wilden Einsamkeiten,
Wie großer Büßer martervolle Schatten
Erloschen durch den öden Hades gleiten.

Heim fahren wir im schmalen, schwarzen Nachen,
Um unsre blassen Stirnen Perlenstränge,
Und durch die Nacht, wo wir alleine wachen,
Erschallen tränenlose Weihgesänge.

Während des Liedes war die Abendröte auf dem Wasser verglommen und in ein blaues Grau übergegangen, das immer stumpfer wurde, und auch der Himmel hatte sich verdunkelt, nur daß im Westen noch ein heller grüner Streifen stand. Alle blieben still, die Augen auf Robert gerichtet, bis er selbst sagte: »Ich wußte nicht, wie mein Lied enden sollte, als ich es anfing, und nun macht mich der schaurige Schluß fast bange.« Die Sonnenblumen in seinen schwarzen Haaren leuchteten noch, während die roten und blauen Blumen dunkel erschienen; der weiße Asternkranz schwebte wie ein Sterngeflecht über Hertas wehmütigem Kinderengelgesicht. »Sie sind schön«, sagte Rose, das Stillschweigen unterbrechend, zu Robert, wobei er die unschuldige Innigkeit ihrer Augen wie etwas fühlbar Warmes und Gutes empfand. Er wurde rot und antwortete rasch: »Nein, Michael ist schön, ich nicht«, worauf Rose erklärend erwiderte: »Michael ist schön wie ein Mensch und Sie nur wie ein Bild oder Traum.« Arabell klatschte in die Hände vor Vergnügen darüber, daß Rose, eine Künstlerin, des Glaubens sei, ein Mensch sei schöner als ein Bild oder Traum, während doch das Gegenteil der Fall sei, worin ihr Veronika beistimmte, während die anderen das Für und Wider erwogen. »Ich glaube, ich hätte nie einen Menschen oder eine Landschaft schön gefunden«, sagte Arabell, »wenn ich nicht zuvor durch Bilder oder Dichtungen erfahren hätte, daß sie so sein können.« Hierüber erhoben sich die Stimmen wieder lauter: auf die Frage, warum er so still und wenig teilnehmend sei, antwortete Boris: »Ich schaukele, von lauter Schönheit und Wonne umgeben, auf warmen Wellen, und hatte mir einst ein unterirdisches Leben ohne Sonne, voll Kampf und Gefahr, mit dem Ende eines armen Schächers erwählt. Ich möchte mit euch glücklich sein, aber weit, weit von hier habe ich ein paar Tropfen meines Blutes als Gelöbnis auf eine traurige Erde fallen lassen, und die brennen mich, wenn der Augenblick am schönsten ist.«

Michael ergriff die Ruder, die lange geruht hatten, und sagte: »Jetzt fahre ich euch zu einem weit entfernten Lande, von wo es keine Rückkehr gibt. Sagt Lebewohl dem dunklen Streifen rückwärts über dem Wasser, wo die Nacht auf den Türmen mit unserem lieben Geläute liegt; sagt allen Wegen Lebewohl, die

ihr ginget, und allen Augen, die ihr grüßtet.« Dabei trieb er das Boot mit schnellen und starken, aber möglichst lautlosen Schlägen eilig vorwärts. Wie gerne, wie gerne! Fahr zu! hieß es sehnsüchtig von allen Seiten, indes Michaels und Roses Augen sich in stummer Zwiesprache begegneten. O Engel des Todes, sagten ihre, nähmest du mich mit dir auf deinen stürmenden Flügeln und ließest das Land der Trennung unter uns versinken! O Engel des Lebens, sagten seine, bliebest du bei mir und betautest mich ewig mit dem Glanze der Schönheit!
Es hatten sich alle von der Einbildung, als stände ein Überirdischer am Ruder und führte bekränzte Schatten zu neuen Sternen, so willig gefangennehmen lassen, daß sie unwillig seufzten, als Michael nach einer Weile wendete und sie die Stadt, wo in den Häusern und auf den Straßen die Lichter fast alle gelöscht waren, mit Bedauern über dem dunklen Ufer auftauchen sahen.

Im Winter wurde Michael brieflich mitgeteilt, daß Raphael sich verlobt habe und daß man ihn zur Hochzeit, die in kurzem stattfinden solle, erwarte. Da er wußte, daß es seiner Familie die Feier verderben würde, wenn er fehlte, nicht allein um seiner Person willen, sondern weil von allen Seiten, argloserweise sowohl wie aus Neugier und Bosheit, nach ihm gefragt werden würde, sagte er ohne Zögern sein Kommen zu. Die Braut war die Tochter vornehmer, aber unvermögender Eltern, die für die reiche Kaufmannsfamilie im ganzen wenig Verständnis und Sympathie hatten, das Mädchen indessen, obwohl eitel und verzogen, konnte sich dem Zauber des Überflusses, der dort herrschte, nicht entziehen und war in ihrer Art glücklich und dankbar. Daß Raphael nicht nur Geschäftsmann, sondern eigentlich Dichter war, was er selbst noch immer bei jeder Gelegenheit zu verstehen gab, schmeichelte ihrer Eitelkeit, und sie fand alle seine Verse reizend, besonders die, welche zu ihrer Verherrlichung bestimmt waren. Es entging ihm nicht, daß sie ganz ohne Empfänglichkeit und Geschmack in dieser Hinsicht war, aber gerade das fand er allerliebst, und je drolliger ihre Urteilslosigkeit sich äußerte, desto verliebter schien er in sie zu sein.

Die Hochzeit wurde in der Kirche gefeiert, und es gab Leute, die vor etwa fünfunddreißig Jahren die alten Ungers hatten trauen sehen und sich jetzt daran erinnerten. Mit ihnen konnten sich Raphael, obwohl er ein hübscher junger Mann war, und das niedliche, flachshaarige Mädchen an seiner Seite nicht vergleichen; sie waren die Nebenpersonen neben Waldemar und Malve, die zwar alt geworden waren, aber ebenso hochfahrend daherschritten wie damals. Waldemar, der sonst sehr gebeugt zu gehen anfing, hielt sich unwillkürlich, wie er in der Kirche zu tun pflegte, aufrecht; neben dem schweren Ernst seiner Mienen blühte das kindlich majestätische Lächeln in Malvens Gesicht um so auffallender. In einiger Entfernung konnte man ihre Stirne für ganz glatt halten, und die schönen schwermütigen Brauen waren noch schwarz, auch die Fülle ihrer Gestalt mahnte, obwohl sie sich weder schnürte noch sonstige Kniffe anwendete, keineswegs an das kraftlose Fettwerden des Alters. Am meisten Aufsehen erregten doch Michael und Verena, schon wegen der auserlesenen Pracht, mit der letztere gekleidet war; sie glich einer fremdländischen Blume, die auf zartestem Schlingpflanzenstengel eine zauberhafte Blüte trägt. Daß Michael seit mehreren Jahren abwesend war, wußte man, und der Grund davon war teils nicht bekannt, teils hielt man ihn für Vorwand und setzte allerlei Mutmaßungen dagegen, denen sein Aussehen neue Nahrung gab. Die Spuren großer, mit Mühe beherrschter Leiden waren deutlich in seinem Gesichte zu sehen und machten seine Schönheit seelenvoller; es waren viele Frauen in der Kirche, welche die kühle Frau an seiner Seite, deren Hand so geflissentlich leicht auf seinem Arme lag, daß er sie nicht fühlen konnte, mit unbestimmter Abneigung betrachteten.
Gabriel, der Jüngste, war jetzt ein schwächlicher, zu schnell gewachsener Junge mit langem, schmalem, ein wenig vorspringendem Kinn und Augen, die entweder beobachteten oder müde und gleichgültig blickten. Er war bis dahin unbeachtet aufgewachsen und fing nun an, durch frühreife Bemerkungen, die zum Teil von überraschendem Wissen zeugten, aufzufallen, so daß sich Malve die Aussicht eröffnete, er könne zum Ersatz für Raphael der Künstler der Familie werden. Doch war er ihr

im Grunde so fremd wie den übrigen, und auch Michael konnte keinen Zugang zu seinem Wesen finden, obschon Gabriel ihm unverhohlene Bewunderung entgegenbrachte und ihn mit seinen eigentümlich versteckten und vorsichtigen Augen oft und lange betrachtete. Die neuen Verwandten zeichneten Michael auf alle Art aus, weil sie ihn als Gelehrten betrachteten, und während sie selbst im Verkehr mit den alten Ungers hie und da einen Ton der Herablassung anklingen ließen, schien ihnen an seiner Achtung gelegen zu sein, so daß die Malve sich zum ersten Male innerlich ausgesöhnt mit seinem eigenmächtigen Berufswechsel fand. Die Anwesenheit der Gäste erleichterte ihm auch anfänglich den Aufenthalt, vor dem er sich sehr gefürchtet hatte, und er verlängerte ihn auf Bitten seiner Mutter bis zu dem Zeitpunkte, wo das junge Paar von der Hochzeitsreise zurückgekehrt sein würde. Er tat dies auch deswegen, weil er von Verena erfahren hatte, daß Raphael nach seiner Verlobung das alte Verhältnis mit der Kellnerin, von der er ein Kind hatte, durchaus nicht abgebrochen habe und allem Anscheine nach auch künftig fortsetzen wolle, und es für unumgänglich notwendig hielt, ihm deswegen ernstliche Vorstellungen zu machen. Michael fragte Verena, ob sie schon längere Zeit von diesem Verhältnisse Kenntnis gehabt hätte, und sie sagte ja, fast so lange, als es bestünde; ihr neuestes Wissen davon hatte sie nicht durch ihn selbst, sondern durch Feska, wünschte aber, daß dem Schwager die Quelle nicht verraten würde, und riet deshalb ihrem Mann ab, mit ihm davon zu sprechen. Überhaupt, sagte sie, sei es überflüssig und lächerlich, so viel Aufhebens von einer Sache zu machen, die an der Tagesordnung sei, und wenn ein Mann sich wohl dabei befände, keinen anderen anginge. Wie sie das sagte, drückten die Linien um ihren Mund, die sie von jeher leicht zu entstellen pflegten, so viel Häßlichkeit, Bitterkeit und Unreinheit aus, als empfände sie über die Gemeinheit des Menschlichen Genugtuung, daß Michael erschrak. Er sah sie vor sich, wie sie mit demselben Lächeln des Ekels und Vergnügens solche Dinge mit Feska besprach, und es wurde ihm so leid um sie, daß er im Begriffe war, sie zu warnen. Sie wies ihn aber, sowie sie bemerkte, daß er etwas sie Betreffendes sagen wollte, mit einem eisigen Blick zurück; seit er wieder da war, hatten sie überhaupt nichts als die allergleichgültigsten Dinge miteinander besprochen.

Als Raphael zurückgekehrt war, bat Michael ihn um eine offene Erklärung, ob sein Verhältnis mit der Kellnerin noch fortbestehe, was dieser keineswegs ableugnete. »Ich sagte dir voraus, daß es so kommen würde«, sagte Michael, »doch als ich hörte, daß du dich verlobt hattest, war ich froh, mich getäuscht zu haben, und vollends, als ich dich so verliebt in deine jetzige Frau sah. Ich müßte dich schlecht kennen, wenn das Verstellung gewesen wäre. Was für ein Herz hast du denn also, um von deinem Gewissen nicht zu reden?«

»Du hast freilich von meinem Gewissen nicht zu reden, so wenig wie von meinem Herzen«, sagte Raphael und warf einen Blick voll beleidigender Geringschätzung auf seinen Bruder. »Du nimmst dir heraus, mir Vorwürfe in einer Sache zu machen, von der ich behaupten könnte, du hättest mir das Beispiel dazu gegeben, wenn ich mich zu entschuldigen für nötig fände. Ziehst du nicht selber mit einer Geliebten herum? Welcher Unterschied ist zwischen dir und mir, als daß ich die Meinigen in ihrem Behagen schone und ihnen sorglich fernhalte, was sie kränken könnte, während du die Familie deiner Leidenschaft opferst. Ist wohl ein Unterschied zwischen deiner und meiner Geliebten, als daß deine ein wenig äußerliche Bildung vor meiner voraus hat, worauf du sonst nicht gar so viel zu geben pflegtest. Im übrigen ist deine wohl nicht weniger spröde gegen dich gewesen, als meine gegen mich war.«

Es war Michael nicht in den Sinn gekommen, daß Raphael seine Beziehungen zu Rose bei dieser Gelegenheit zum Vergleich herbeiziehen könnte, so unerreichbar ferne schien ihm seine Liebe von der seines Bruders, dessen Angriff ihn daher im ersten Augenblick betäubte. Er suchte nach Worten, mit denen er zugleich Rose schützen und Raphael von sich stoßen könnte; er fühlte Ekel vor ihm, ja Haß, vor dem ihm selbst graute, und seine Hände ballten sich unwillkürlich zusammen. Der Anblick des plötzlich bleich gewordenen kämpfenden Gesichtes seines Bruders, den er stets zu fürchten geneigt war, hatte etwas Schreckhaftes für Raphael; es wollte ihn fast reuen, daß er sich so absichtlich verletzend ausgelassen hatte, und er sagte begütigend: »Reize mich nicht weiter in dieser Angelegenheit, so will ich dich auch nicht wieder belästigen. Es hat jeder seine Schwächen und soll deshalb keinen Stein auf den andern werfen, obwohl ich dabei bleibe, daß du es zu weit treibst und etwas mehr Rücksicht auf die Familie nehmen solltest.« Da Michael nicht antwortete und ihn noch immer mit unbewußter Drohung ansah, zuckte er die Schultern und entfernte sich, indem Michael mit schaudernden Gefühlen, deren er nicht Herr werden konnte, zurückblieb. Er war vorwärts gestürmt, ferne, hohe Ziele im Auge, und auf einmal tat sich ein Abgrund vor ihm auf, eine Grube voll Schlamm und Gewürm, die er nicht umgehen konnte, und über die den Sprung zu wagen der Mut ihm fehlen mußte. Zu der Empfindung des Ekels, die ihm die Kehle zusammenschnürte, gesellte sich die Angst, es könnte ihm plötzlich an Kraft gebrechen, weiterzugehen. Denn wie sollte er vorwärts kommen auf dem schlüpfrigen Wege, wo das Moorwasser an ihm hinaufstieg und kahles Gestrüpp sich um seine Füße krallte. Er mußte nach Atem ringen, und wie er unwillkürlich mit der Hand nach der Schläfe griff, fühlte er, daß kalte Tropfen darauf standen. Er schüttelte sich krampfhaft wie einer, der einen gespensterhaften Alp abwerfen möchte, und ging ins Freie; am liebsten wäre er sofort abgereist, doch überwand er sich, beim Abendessen zu erscheinen, wo er Raphaels Anwesenheit voraussetzte, der aber mit seiner Frau ausblieb. Kurz vor seiner Abreise erfaßte Raphael noch eine Gelegenheit, um versöhnlich zu ihm zu sagen: »Ich hoffe, du trägst mir nichts nach, denn es ist schon zu viel Unfrieden in der Familie, als daß wir beide uns auch noch entzweien sollten.« Michael sah ohne Liebe oder Rührung, ohne irgendein brüderliches Gefühl in Raphaels verlegen-freundliches Gesicht und ließ seine Hand fallen. »Was hilft es, wir verstehen uns doch nicht mehr«, sagte er kalt; er wollte sich nicht rächen oder seinerseits kränken, aber er konnte und mochte nichts von der hochmütigen Gleichgültigkeit verhehlen, die in ihm war.

Nach kurzer Zeit fühlte er sich wieder frisch und kräftig und begriff nicht mehr, wie er hatte fürchten können, daß, solange er lebte und liebte, ein Wagnis ihm mißglücken, seine Schwungkraft je zu gering sein könnte. Bei Nacht kamen wohl die Beängstigungen wieder, aber vor dem Tageslichte wichen sie schnell. Schon der Umstand, daß alle seine Freunde ihn und Rose liebten, obwohl sie seine Beziehungen zu ihr kannten und diese wie etwas Selbstverständliches, ja Schönes ansahen, ließ sie ihm gesichert und festgegründet erscheinen. Wenn er von hier aus an sein Vaterhaus dachte, kam es ihm vor, als sei es von hohen schwarzen Mauern umgeben, die ihre Schatten auf seine Seele würfen, so wie er da wäre, und ihm unheilvoll erscheinen ließen, was klar und leicht war.

Es hatte sich damals der Maler jenes Bildes von der heiligen Agnes, das seine Berühmtheit schnell vermehrt hatte, in der schön gelegenen Universitätsstadt niedergelassen. Dieser hatte, selbst von geringer Herkunft, eine schöne Frau aus vornehmer Familie geheiratet, die sich ihm zuliebe von ihrem ersten Manne scheiden ließ und auf zwei Kinder verzichtet hatte, damit er in die Scheidung willigte. Dies Preisgeben der Kinder wurde zwar im allgemeinen sehr mißbilligt, weit weniger, daß sie den Mann verlassen hatte, dem durchaus nichts vorzuwerfen war und den sie freiwillig aus Neigung geheiratet hatte; aber auch jener Makel hinderte nicht, daß in ihres Mannes und ihrem Hause die beste Gesellschaft sich um sie versammelte. Es kümmerte niemanden, wie es um den Mann und die Kinder bestellt war, ob sie durch den Verlust litten oder nicht, man ließ es dabei bewenden, daß sie eine glückliche Frau an der Seite ihres berühmten Mannes war. Unter den Künstlern, die sich zu diesem hielten, war einer, der sich von seiner Frau aus keinem anderen Grunde hatte scheiden lassen, als weil ihm eine andere besser gefallen hatte, und von den übrigen war kaum einer, von dem sich nicht ähnliche Dinge erzählen ließen. Hierüber wurde als über etwas Belustigendes gesprochen, und wenn man auch zuweilen hinzusetzte, das sei Künstlersitte und Künstlerfreiheit, so war das doch schon deshalb nicht stichhaltig, weil diese Künstler vielfach mit solchen, die es nicht waren, in verwandtschaftlicher und anderer Beziehung standen und übrigens auch auf die allgemeinen Menschenrechte Anspruch machten.

Michael war in diesen Kreis eingeführt worden, und wenn ihm auch solche Zustände nicht unbekannt gewesen waren, lernte er sie doch zum ersten Male aus eigener Anschauung kennen und wurde zu unruhigen Betrachtungen dadurch angeregt. Warum sollte ihm ein unentrinnbares Verhängnis werden, was anderen nur eine vorübergehende Widerwärtigkeit bedeutete und schließlich die Annehmlichkeit ihres Lebens vermehrte? Beruhte nicht vielleicht das meiste von allem, was ihn unglücklich machte, auf überlieferter bürgerlicher Schwerfälligkeit? Auf Augenblicke verlor seine Zukunft alles Düstere und Starre und winkte in Gestalt eines ruhigen, hohen Glückes. Wie sich das Ziel, nach dem er rang, vor seinen Augen verdichtete, wuchs der Drang seiner Seele, es zu erreichen und alles, was im Wege stand, sich zu unterwerfen. Zum ersten Male sprach er es vor sich aus, was er wollte: Rose ganz, nur sie, mit Aufopferung der Vergangenheit und aller ihrer Früchte. Seine Sehnsucht, bei ihr zu sein, um sie nie mehr zu lassen, überwuchs ihn gewaltsam, da er einmal die Flügel gelockert hatte; seine Liebe zu dem Kinde erschien unwesentlich dagegen. Was war sie als der Trieb, ein hilfloses Geschöpf, das auf ihn angewiesen war, zu behüten, der sich mit den Jahren wenn auch nicht verlor, doch notwendig verändern mußte! Denselben Einfluß wie er konnte ein anderer Mensch auf das Kind ausüben, und er selbst, wenn ihm mehr Kinder geboren wären, könnte alle mit derselben Innigkeit lieben; aber was Rose und er einander waren, konnte ihnen niemand ersetzen, konnte es nie mehr anderswo für sie geben.

Indessen je entschlossener seine Leidenschaft am Tage ihr Haupt erhob, desto schwerer wurde die Qual der Nächte; in ihrem hoffnungslosen Dunkel gingen die leuchtenden Bilder der Zukunft unter wie kindische Traumspiele. Wenn er aus dem Schlafe auffuhr, wie es häufig vorkam, fühlte er seinen Vater, sein Kind, seine Frau so nah, als ob sie im nächsten Zimmer auf ihn warteten. Sie ließen sich nicht vertrösten und abweisen durch das, was er ihnen von dem Leben und Treiben anderer Menschen hätte sagen können, sondern ihr verzauberter Traumblick blieb schwer an ihm hängen. Zuweilen kam ihm das widerliche Gefühl zurück, das er während des letzten Gespräches mit Raphael gehabt hatte, als quölle schwarzes schlammiges Wasser an ihm hinauf und hinderte ihn, vorwärts zu gehen, und das war so körperlich, daß er es einer krankhaften Erregung seiner Nerven zuschrieb. Allmählich gewöhnte er sich an diese Quälereien, die des Morgens verschwanden, und sah sie an wie etwa der fahrende Ritter die Trugbilder und bösen Zaubereien, die seinen Weg zum Ziele umlagern und ihm den Sieg zu entreißen suchen.

Der Freiherr, der ihm seine innerlich grabenden Leiden ansah, befragte ihn um alles, was in letzter Zeit mit ihm vorgegangen wäre, und äußerte sich höchst ungehalten über seinen Verkehr im Kreise der Künstler und ihres Anhanges. »Was geht diese Gesellschaft Sie an?« fragte er. »Wie kommen Sie dazu, deren gedankenloses Verschlingen der Tage auf Ihr Leben anzuwenden? Was suchen Sie überhaupt, dem es an Freunden nicht fehlte, unter diesen Eintagsberühmtheiten, Emporkömmlingen, Trabanten und zahlungsfähigen Kennern und auf ihren prahlerischen Lustbarkeiten? Diese Bierbrauer und Kommerzienräte glauben, wenn sie ihre Wände mit Teppichen behängt, ein paar Kübel mit grünen Pflanzen davorgestellt und ihre schönen Weiber recht herausgeputzt haben, sie hätten Italien und das Alter der Renaissance leibhaftig gemacht. Sie wissen nicht, daß die Götter alles Große um Schmerzen und Mühen verkaufen, und ebensowenig, daß die Erinnerung erst Fleisch und Knochen von der Seele wegschmelzen und Traumgewänder darüberhängen muß, damit die Menschen und Dinge so schön werden, wie wir die längstvergangenen sehen. Je mehr sie sich mit allem Zubehör der Jahrhunderte ausstaffieren und mit vollen Backen zechen, um etwas Dionysisches vorzustellen, desto mehr verfallen sie der Zeitlichkeit, die wie ein hungriger Hund nach den fettesten Beinen schnappt.«

Michael nannte einen von den Malern, dessen erste Bilder von überraschender Schönheit und Kühnheit gewesen wären, was ihm doch unvergessen bleiben müsse. »Um so schlimmer«, sagte der Freiherr unwirsch. »Es war auch manch ein Mädchen hübsch und fromm, wenn sie sich aber einem niederträchtigen Manne an den Hals wirft und mit den Jahren eine gemeine Person wird, so ist sie so gut oder so schlecht wie eine, die häßlich und lasterhaft zur Welt gekommen ist.«

»Sie streichen die Fürsten, die Diplomaten, die Fabrikanten, die Handelsleute, die Künstler von der Liste«, sagte Michael, »und in Professoren-Gesellschaft trifft man Sie auch nicht so oft. Mit wem soll man eigentlich verkehren?«

»Mit Menschen und Erzengeln«, sagte der Freiherr lachend, indem er Michael zärtlich über die Wangen strich, der nun mitlachen mußte und bereitwillig zugestand, es sei ein Irrtum und ein Unrecht, irgendeine andere Richtschnur des Handelns, als nur sein eigenes Gewissen gelten lassen zu wollen. Es war aber dabei tatsächlich nichts für ihn gewonnen; denn seine Gedanken und Wünsche stürmten auf dem Wege weiter, den er sie einmal hatte betreten lassen und den er deswegen noch nicht für verwerflich halten wollte, weil Menschen, die übrigens vielleicht kein hohes Beispiel waren, ihn auch eingeschlagen hatten.

Der Winter war in diesem Jahre so kalt, daß der See bis gegen die Mitte hin gefroren war; aber Michael selbst und mehrere von den Freunden arbeiteten auf Prüfungen hin und hatten wenig Zeit zum Eislauf oder zu anderen Unterhaltungen übrig. Eines Abends traf Michael, als er am einsamen Seeufer spazierenging, Arabell, die sich ihm anschloß, und sagte: »Der Abend ist grau und öde, ich und mein Herz schwanken im Nebel und suchen einen Glücklichen, der trösten kann.«

»Und in mir glauben Sie ihn gefunden zu haben?« fragte Michael.

»O Michael«, sagte sie ernstlich, »Sie sind der Glücklichste unter allen Menschen, die ich kenne, obwohl man sieht, daß Sie große Schmerzen haben. Vielleicht steht Ihr Glück eben mit den Schmerzen im Zusammenhang; alles, was wir anderen sehen, denken, träumen, das umfassen Sie, drücken es ans Herz und machen es lebendig und wirksam.«

»Aber auch Sie müssen Schmerzen haben, wenn ich Sie trösten soll«, meinte Michael ablenkend.

»Ach, Schatten oder Träume von Schmerzen«, sagte sie, »wie ich von allem nur die Schatten und Träume habe. Mich verlangt nach etwas, das ich nicht nennen kann, mich zehrt ein Hunger auf, den nichts stillt und nichts befriedigt, als meine eigene Seele. Das Los der Tänzerin ist nicht beneidenswert; sie lodert und jauchzt in minutenlangem berauschten Schweben und liegt dann matt und empfindungslos durch unendliche graue Tage.«

»Wenn sie das einsieht«, sagte Michael, »so bleibt ihr nichts übrig, als den Beruf zu wechseln.«

Arabell schüttelte traurig den Kopf und antwortete: »Das sagen Sie. Sie haben Kraft und Tüchtigkeit, ich kann nichts und bin nicht einmal mehr etwas, wenn ich die Seele meiner Seele nicht sein darf.«

»So weiß ich freilich nichts«, sagte Michael, »als daß Sie sich mit dem Guten, das jedes Ding hat, nämlich mit der Kehrseite trösten, wie viele müssen.«

»O seien Sie nicht so kalt«, bat Arabell, »Sie, der so viel Wärme hat und geben kann. Ich will ja nur, was jeder Bettler hat, was Kinderhände wie Spielpfennige wegwerfen! Ich will Leben haben, das Leben selbst, das ich nachäffe mit bunten, törichten Gaukeleien. Können Sie mir nichts davon geben und sind so überreich daran?«

Durch die schwarze, neblige Kälte schimmerte ihr schmächtiges Gesicht mit den großen, suchenden Augen und erfüllte Michael mit Rührung.

»Die Liebe wird Ihnen das Leben geben«, sagte er weich, »und ich möchte, daß Sie es durch Freuden und nicht durch Schmerzen kennenlernen.« In ihren Zügen malte sich Enttäuschung: »Die Liebe?« sagte sie. »Ich dachte, es müßte noch etwas ganz anderes geben. Die Liebe! Warum ist mir allein das Wort so fremd, das die anderen im Innersten beben macht? Ich fürchte, sie wird mir nicht wie anderen das Leben geben, sondern mich darum betrügen.«

Michael fing an, ein wenig ungeduldig zu werden, so herzlich leid sie ihm tat; sie erinnerte ihn wider seinen Willen an einen, der vor lauter auswendig gelernten Versen das eigene Herzenswort nicht finden kann, obwohl er sich andererseits sagte, daß er sie und ihr Schicksal zu wenig verstände, um sie gerecht beurteilen zu können. Sie erriet seine Stimmung und lächelte müde, sagte aber mit ungekränkter Freundlichkeit: »Ich muß Ihnen wohl schwer sein, da ich es mir heute selbst so sehr bin. Die Tänzerin sollte sich in den Stunden, wo sie ausruht, nicht vor den Augen des Publikums zeigen.«

»Das müssen Sie nicht sagen«, warf Michael schnell ein, »denn ich bin nicht Ihr Publikum, sondern Ihr Freund, freilich ein unbehilflicher und einseitiger. Sie haben andere Freunde, die vielleicht nicht mehr guten Willen, aber mehr Verständnis und Geschick haben, Ihnen zu helfen; auch haben Sie ja den Freiherrn.«

»Ja, ja«, sagte sie lebhaft, »der Freiherr hätte mir helfen können; aber er winkt nur einmal oder zweimal flüchtig und läßt einen stehen, wenn man den Wink nicht verstanden hat. Er ist mir um zu viele Stufen voraus, als daß er mich hier unten im Nebel deutlich wahrnehmen, und als daß ich ihn fassen könnte. Die Worte, die er mir hinwirft, geben meiner Seele wohl Ahnungen, an denen sie sich entflammt, aber ich brauche Leben, etwas, das meine leeren Hände füllt.«

An einem der nächstfolgenden Tage, während welcher Zeit Michael sie nicht wiedergesehen hatte, gab sie Boris das Jawort, um das er schon lange warb. Als Michael sie besuchte, um ihr Glück zu wünschen, fand er sie mehr erregt als froh, und es machte ihm den Eindruck, als ob sie ihr Glück mit krampfhaftem Griff umklammerte. Doch war sie augenscheinlich einem berechtigten Gefühle gefolgt und suchte auch Michael davon zu überzeugen. »Sein Herz kennt keinen Überdruß, keinen Ekel, keine Müdigkeit«, sagte sie, »es schlägt immer seinen starken Takt, der mich trägt und beruhigt. Sein Leben ist so sehr Tätigkeit, daß er kaum die Farbe des Himmels über sich sieht, und eben das tut mir wohl; wenn ich bei ihm bin, nehme ich an dieser Tätigkeit teil und fühle mich stiller und lebendiger zugleich.«

Es leuchtete Michael wohl ein, daß der einfache, von starken, einseitigen Gedanken und Gefühlen beherrschte Wildling eine günstige Ergänzung zu dem feinen, von jedem Hauch gereizten, nie begnügten Mädchen bilden könnte. Auch war es erquickend und mußte jeden Zweifel beschwören, Boris in seiner strahlenden Glückseligkeit zu sehen. »Hier ist einer«, sagte er lachend zu Michael, indem er ihm herzhaft die Hand drückte, »der gestern noch die Schafe hütete und dem heute die Königskrone aufgesetzt wurde. Nur ein bitterer Geschmack ist in dem Freudenkelche; ich wußte es nie anders, als daß ich mein Leben für die gute Sache und meine leidenden Genossen lassen würde; das war die Flamme, die eine armselige, entbehrungsreiche Jugend durchglühte und die ich nicht ohne große Bewegung erlöschen sehen kann. Wie könnte ich aber das Mädchen, das ich über alles liebe, in so unwirtliche Verhältnisse verpflanzen und sie einem grausamen Geschick aussetzen? Schließlich kommt alles meiner Liebe zugute; denn je mehr ich Arabell opfere, desto mehr lieb ich sie.«

Er stand damals vor der letzten medizinischen Prüfung und beabsichtigte, sich in der Stadt, wo er studiert hatte und inzwischen einigermaßen bekannt geworden war, als Arzt niederzulassen, unter welcher Bedingung auch Arabells Mutter – denn der Vater lebte nicht mehr – in die Heirat, die sie nicht eben gern sah, einwilligte.

Es war der letzte Sommer, den die Freunde zusammen an der Universität verlebten; mehrere von ihnen hatten ihre Studien schon vollendet und einige Monate der schönen Jahreszeit zugegeben, um vor dem Scheiden noch einmal alle liebgewordene Herrlichkeit zusammengedrängt zu genießen. An einem der letzten Tage veranstalteten sie, zugleich ein paar glücklich beendete Schlußprüfungen feiernd, ein Abschiedsfest in einem großen, am See gelegenen Garten, der in früherer Zeit einer alten, schwerreichen Patrizierfamilie gehört hatte, die jetzt ausgestorben war und deren letzter Erbe den Park der Stadt vermacht hatte unter der Bedingung, daß kein Stück davon veräußert und daß er gegen geringes Eintrittsgeld jedermann zugänglich gemacht würde. Das mit edler Einfachheit, doch verschwenderisch angelegte Wohnhaus wurde in eine Wirtschaft umgewandelt, und im Park ergingen sich, wenn es Abend wurde, Naturschwärmer und Liebespaare; da er eine ziemliche Strecke von der Stadt entfernt lag und es auch übrigens nicht an einladenden Spaziergängen und Wirtshäusern fehlte, war er selten überfüllt, und besonders spätabends konnten sich, so ausgedehnt wie er war, die Anwesenden leicht so verteilen, daß sie sich gegenseitig nicht störten.

Als die Freunde nach dem Essen, von übersprudelnder Ausgelassenheit ein wenig ausruhend, durch einen gegen den See abfallenden Buchengang wanderten, machte Veronika den Vorschlag, sie wollten etwas Dramatisches aufführen, in der Weise, daß kein Plan vorher beraten und verabredet würde, da ein ausgebildeter Vorgang mit Kopf und Schwanz überhaupt nicht zur Darstellung kommen sollte, sondern einer sollte beginnen, aus dem Herzen heraus etwas zu sagen, von dem er fühlte, daß es schön in die Dämmerung des alten Gartens hineinklänge, worin die übrigen dann schon irgendeinen Faden finden würden, an dem sie anknüpfen und weiterspinnen könnten. Michael und Herta äußerten Zweifel an der Ausführbarkeit des Einfalles und besonders an der eigenen Fähigkeit, sich zu beteiligen, wurden aber durch den Eifer, womit Sardanapal und Arabell ihn aufgriffen, überstimmt.

»Sicherlich«, sagte Robert, »hat jeder von uns vieles in sich, was er niemals laut und bei Tage gegen einen anderen, und wäre es sein bester Freund, ausspricht, ja was er zu sich selbst noch nie in vernehmlichen Worten gesagt hat und was die Nacht nun auslöst. Wir brauchen nur einen Augenblick die Augen zu schließen, uns in unser Inneres hinabzusenken und hie und da einen Stein zu lockern, der die wirren Geheimnisse der Seele, Nachtgesang, Fledermäuse, Nachtblumenduft, alles, was die Sonne scheut, bedeckt; dann werden uns von selbst Dinge von den Lippen streben, die uns weiter in eine Verschlingung, wahrer und spannender als das stärkste der gewöhnlichen Dramen, hineinziehen werden.« Hertas Augen hingen halb erschrocken, halb mit kindlicher Begierde, das Wundervolle zu erleben, an Roberts Lippen, und sie machte keinen Einwand mehr; auch Michael gab unter der Bedingung nach, daß Arabell und Sardanapal anfingen, und daß ihm verziehen würde, wenn er in seinem Ungeschick das feine Gewebe der Vorgänger zerrisse oder im Vorgefühle davon sich ganz zurückhielte. Es wurde nun eine geeignete Bühne ausgewählt: ein ebener, mit breiten Eichen besetzter Platz, der gegen den oberen Garten durch ein Gehölz von Zypressen und Tannen, durch einen bewachsenen Abhang und ein hohes eisernes Gitter gegen den See abgegrenzt war, von dem ihn aber noch die breite Landstraße und sogar eine Eisenbahnlinie trennte. Der Platz war gerade nur so hell, daß die Befreundeten sich gegenseitig erkennen konnten; denn es war zwar Mondschein, der den übrigen Garten beleuchtete, wovon aber die breiten, vielästigen Eichen nur dann und wann einen zufälligen Schimmer durchließen. Arabell stand eine Weile allein und bedeckte die Augen mit den Händen, als horchte sie in sich hinein, dann trat sie vor in die Mitte des Platzes, indem sie sagte:

Hier land ich nun. Das Festland Erde ließ ich
Und stieg ins Unterirdische hinunter
Durch meiner Seele dunklen Höhleneingang.
Hier tut mir silbergraue Dämmrung wohl,
Die der Gestalten strengen Umriß löst
Und so mich selber.
An steilen Hängen seh ich gleitende Schatten,
Die winken. Augenlos, geschlossenen Mundes
Nahn sie sich, doch mit deutender Gebärde,
Und dringen in mich ein. – O, wo seid ihr,
Gefährten mit der Zauberkraft der Sinne?
Sardanapal! – Ich denke dein, da stehst du,
Gelassen, als erwartetest du mich,
Die dich gerufen. Bist du's? Eine Sprache,
Tonlos vernehmbar wie Musik im Traum,
Strömt von dir her und haucht ins Ohr mir Kunde
Von deinem Dasein, die du einst verschwiegst,
Die nie ein Freund erraten! Bist du's nicht,
Der an der schönen Brust des Lebens hing,
Vom Wein, den es kredenzte, ewig trunken,
Nie übersättigt?
Du sagst: Dies ist mein Danaidenlos;
Ich schöpf und schöpfe in mein gähnend Herz,
Und es bleibt leer – ich spüre Leere, Leere,
Wenns bis zum Rande voll zur Lippe schäumt,
Mein Blick in Schönheit badet, Liebesbäche
Mich schmelzend überschwemmen – Leere, Leere
Zutiefst!

Sardanapal

Wie schwangre Frauen nicht sich selber nur,
Die Frucht auch speisen, die ihr Eingeweide nährt,
Und stets gesättigt dennoch darben – ein Geschick,
Süß der Geliebten des geliebten Guten –
So füttr' ich ein Gemächt, das ich nicht kenne,
In meinem Innern. Warum ahnt mir immer,
Es wüchs' ein Unhold in mir auf?
Buhlt ich mit einem Teufel unbewußt,
Der mich nun kettet mit lebendgem Pfande,
Das in mir wuchert? Hab ichs kaum vergessen,
Rührt sichs zur Pein – vielleicht, wenn ichs erblicke,
Werd ich mir selbst zum Abscheu, haß ich mich.
Vielleicht noch heute – morgen – großgesäugt
Von Überresten meiner Schwelgerei,
Bewältigts meine Seele
Und grinst aus meinen Augen schnöd euch an.

Herta

Siehst du, Bombastus? Wunderst du dich noch,
Daß ich nicht in den Bauch des Molochs wollte?
Ich weiß, du hast mich lieb, ein fetter Bissen
Wär ich für deinen Wurm, ein süßer Schluck
Im bodenlosen Schlunde. Ich gesteh dirs:
Das Liebeslied, das du so lieb verschwiegst,
Lockte mich dir ans Herz. Gekommen wär ich,
Obwohl du leise riefst – und daß ich nicht kam,
War wohl nur Angst, die mir ein Engel eingab,
Mich vor des Doppelgängers Gier zu retten;
Sonst weiß ich nicht warum.

Sardanapal

Ich weiß warum.
Mehr als du selber weißt, vertraun von dir
Mir deine Augen. Aber ich verschweig es.
Vor jedem Worte schauderts meinen Lippen
Wie vor Begrabnen, die aus Gräbern steigen.
O, daß wir den verbotnen Eingang nie

Zur Unterwelt gefunden hätten!
Der starre Gott hier unten läßt nicht los.
Wer wagt ihn anzuflehn und zu bezaubern,
Wer hat des Orpheus süße Stimm' und Leier?

Veronika

Wenn einer, hättest du sie wohl, der fragt.
Doch laß. Hier haben Luft und Erde Ohr und Stimme,
Hier schlägt die Nachtigall nicht im Gebüsch,
Und unsere Worte sind wie Blattgeflüster.
Du fühlst wie ich: wir kehren ohne Opfer
Nicht mehr zurück, die wir das Heiligtum
Maßlos entweiht und eine Flur betraten,
Die Sterbliches nicht trägt. Laßt uns denn selbst
Das Opfer wählen, das uns sühne. Einer
Sei uns den Furien geweiht. Sie werden
Die andern nicht verfolgen, die, befreit,
Verjüngte Augen in die Sonne wenden.

Arabell

Mich! Opfert mich! Ich sah ja nie die Sonne!
Ich lebte ja noch nicht! Ich scheide leicht
Vom fabelhaften Licht, das ich nicht sah,
Als nur gespiegelt in den eignen Augen,
Und da mit Schrecken. Heimat fühl ich
Mehr als auf Erden
In dieser weichen Dämmerung,
Gewöhnt an Schatten, bin ich hier bekannt,
Nichts Lebendes beschämt mich. Träume find ich,
Die einst im Kinderbett mit mir gespielt,
Als ich von Schlaf und Träumen noch nichts wußte –
O höret ihr, was für ein starker Ton
Die Seele mit sich reißt in einen Reigen
Des innersten Entzückens! – Lebet wohl!

Sie näherte sich mit dem Ausruf »Lebet wohl!« dem Hange, der an die Straße stieß, wie wenn sie sich hinunterstürzen wollte, und der Anschein eines Sturzes und jähen Verschwindens hätte sich auch, wie der Platz beschaffen war, ganz gut darstellen lassen. Aber Boris war ihr rechtzeitig nachgeeilt und umfing sie mit den Armen, indem er sagte:

Nicht du! Dein Haupt ist heilig, so geliebt,
Und würd es fallen, so beweint!
Ists wahr, daß du noch nicht gelebt, drum eben
Gehörst du noch dem Leben.
Glaub mir, ich schaffe dir das Wunder, wühl es
Dir aus der Erde, reiß es aus den Wolken,
Umdrängen soll dichs, bis du lachst und weinst:
Genug! Ich lebe!

Arabell

Ach, mein Ton verklingt!
Noch hör ich ihn – laß mich ihm nach! Mir ahnt...

Herta

Nein, Arabell, nicht du! Dich täuscht ein Rausch der Seele.
Die liebt und so geliebt wird, ist gefeit.

Arabell

Die goldne Welle Lethes löscht mein Dürsten,
Vergessen wie Besinnen quillt aus ihr,
Besinnen und Erinnern...

Boris

Leben mußt du!
Ich bin dein Gläubger, du entrinnst mir nicht,
Mußt mir erstatten, was ich ausgezahlt
Um dich und deine Liebe:
Die Heimat und die Steppe und den Himmel,
Die grenzenlosen, wo das Heimweh irrt
Ohn Ende; Freunde, nicht wie ihr seid,
Gesellen froher Tage, Schmerzensfreunde,
Verratne Dulder, die vergebens harren;
Dann meiner Jugend Hoffnung, Stolz und Adel,
Dann meinen Haß, dann meine Todesschmach
Und ewgen Ruhm...

Arabell

Ich – dir?
Verlangt ich solche Opfer? Du Betrogner!
Nichts geb ich wieder! Leer und nackt, verlassen
Gehst du ins Elend. Ja, wenn ich dich liebte!
Weil du mich zwingst: ich liebe dich nicht! Dich nicht
Und keinen andern! Alles Gaukelspiel!
Könnt ich dich lieben, könnt ich jemand lieben,
Dann liebt ich mich, nur mich, die Allerärmste,
Die Liebeloseste.

Herta

Hör auf!
Dem Gotte gilt nicht, was du rasend sprichst.
Du hofftest doch, du wagtest. Gabst dich hin
Der Liebe, die dich wollte. Aber ich!
Jetzt leg ich auf den Opfertisch ein Herz,
Das warm empfindet, das, gelockt, ergriffen
Von schönen Blicken, Hauch der Zärtlichkeit,
Doch nie sich hingibt. Eine reife Frucht,
Der doch der letzte Tropfen Saft nie schwillt,
Mit dem sie sinken kann – sie schrumpft am Zweige.
Kein Becher voller Schaum, kein heißes Wort,
Kein sehnlich Glühn, das nach ihm langt,
Berauscht es je, daß es sich ganz vergäße
Und einmal sich verlöre. Hoch auf Bergen.
An eisgen Wänden ohne Pfad, auf Brücken,
Von spritzendem Gewässer naß und schwank
Wie Schilf, rührt es kein Schwindel an. Es kennt
Den Wahnsinn nicht, mit Lust und Grausen ringend,
Hinunter wollen, wo Vernichtung ist,
Und dennoch wollen. Sagen möcht ich,
Was ich euch sage, schluchzend, händeringend,
In Tränen mich ertränkend, doch ich lächle
Kein lügnerisches Lächeln. Wißt,
Ich bin auch jetzt nicht, wo ihr seid; ich bleibe
Nicht, wo ihr mich zurückgelassen wähnt.
Wie würden eure Herzen zucken, flammen,

Zerrissen wie Mänaden! Seht, meins zittert
Ein wenig nur, wie ichs zum Opfer biete,
Und mehr nicht, wenn ihrs annehmt.

Veronika

Das karge Opfer, glaubst du, könnte lösen?
Der Erstling ists, das Teuerste dem Herzen,
Was Götter fordern. Gibst du so dich preis,
Bist du nicht wert, daß dich die Binde schmückt,
Mein Herz zahlt teuer. Denn das Leben lieb ich,
Wie arme Kinder Glanz und Zauber lieben,
Wovon das Märchen fabelt. Zwar ich liebte
Nie einen Mann. Und könnte lieben! lieben!
O meine Weisheit gäb ich hin wie Stroh,
Und meinen Stolz und Rang und Glückesgaben,
Wär ich ein Bettelweib, ein Kind im Schoß,
Im Schmutz der Gasse. Nie hab ich gebetet,
Als nur um Liebe. Jeder Traum ist Liebe.
Doch daß ich nicht, weil sie mein Haupt verschmäht,
Verzweifelte, das trug mir Leben ein.
Es winkt und lachte mir: da tob dich aus!
Laß dir den Sturmwind um die Schläfe wehn!
Viel freut mich – o wie vieles würd ich missen:
Den Zorn des Kampfes – das Streiten der Gedanken –
Den Sturm aufs Ziel – und was ich wollte, was ich wollte!
Meine Fahne in neuentdeckte Länder pflanzen,
Meinen Namen auf eine Säule des Himmels graben,
Schmerzende Wunden tragen und weiterkämpfen –
Ihr opfert heißes Blut.

Michael

Wie ihr zum Tode drängt, seid ihr des Todes.
Ich wähle Leben! Das auch mich erwählt
Und mich gekrönt mit Rosen!
Der dunkle Gott ist meines Glücks nicht Herr.
Durch dies beklommne Schweigen, wo die Stimme
Der Sterblichen nicht klingt, soll rauschen,
Was Lebensbäume rauschen:

O Leben! o Schönheit!
O Leben! o Schönheit!
Ich kehre heil ins Tageslicht. Auch dann,
Wenn ihr mich opfern wolltet, euer Beil
Verletzt mich nicht. Aus jenen bleichen Ästen
Neigt sich die Gottheit, mich zu retten.
Aus jenem schwarzen Wasser taucht sie auf,
Mich zu beschützen; aus der Erde,
Und wär es tiefer als der Tartarus,
Reckt sie den Arm und schirmt mich, Götter lieben
Den Rasenden. Der das Verwegenste gewagt,
Den führen sie auf Wolken
An sichrer Hand. Der des Unmöglichen
Sich unterfing, dem haucht ihr Atem Mut,
Und seine Kräfte speisen sie mit Kräften
Verschmähter Seelen. Ihrem Liebling opfern
Sie Menschenopfer, schuldlos hingeschlachtet,
Und rechnens ihm nicht zu.
Ich habe Blut getrunken – Blut getrunken,
Und nicht geschaudert...

Michael hatte bis dahin schnell und leidenschaftlich herausgesprochen, hielt aber jetzt ein, als suchte er nach Worten. Die anderen, die nicht ohne eine furchtsame Regung zugehört hatten, warteten atemlos, aber in diese Pause hinein tönte plötzlich das lange, gellende Pfeifen der Lokomotive und das Getöse eines vorüberbrausenden Zuges, wodurch Michael vollends aus dem Zusammenhang gebracht wurde. Indem er aufsah, bemerkte er, daß im oberen Teile des Gartens Fremde waren, die, über eine Brüstung herabgebeugt, horchten, augenscheinlich in lautloser Spannung, was sich da unten entspinnen würde. »Ich kann nicht weiter«, sagte er und trat, die Achseln zuckend, zu den anderen; »ich sagte euch zuvor, daß ich das Spiel verderben würde.«
»Gottlob, daß dir nichts mehr einfällt«, sagte Robert, der aufgeregt mit großen Schritten auf dem Platze auf und ab ging, und Veronika fügte hinzu: »Es ist ohnehin bald Mitternacht, und der Garten wird geschlossen. Auch gestehe ich zu, daß ich

keinen Begriff habe, zu welchem Abschlusse wir hätten kommen können, also es ist wohl das beste, daß der Zufall uns einen aufgezwungen hat.«

Robert hielt mit seiner Wanderung ein, fuhr sich mehrmals mit seinen breiten, weißen Händen durch das lose Haar und sagte: »Ich bin froh, daß das Spiel ein Ende hat; es war mir so unheimlich geworden, als ob ich Geister gesehen hätte, Geister von geliebten Menschen mit fremden, veränderten Gesichtern. Wißt ihr noch, was wir gesprochen haben?« Er selbst, sagte er, hätte nur noch so viel Erinnerung davon, wie von einer Musik, die man zum ersten Male gehört habe und von der man sich einbilde, sie singen oder spielen zu können, wo einem aber das Gedächtnis schon beim zweiten oder dritten Takte im Stiche ließe. Veronika, die von allen die munterste war, neckte ihn, daß er offenbar ein schlechtes Gewissen habe; Arabell hatte Boris' Arm genommen, sie sah sehr bleich aus, und es schien, als wäre sie nach der vorausgegangenen Erregung in eine Erschöpfung verfallen, die ihr jede Anteilnahme unmöglich machte.

»Kinder«, sagte Veronika, »ich glaube, wir hatten uns alle in einen Taumel hineingeschwatzt, von dem wir, nun er verflogen ist, den Katzenjammer haben. Gehen wir nach Hause und verschlafen wir unsere Eseleien.« Robert streckte abwehrend die Arme aus und rief: »Ich beschwöre euch, graben wir erst ein Grab und bestatten wir alles darin, was heute abend wider unseren Willen, zu unserem eigenen Entsetzen, über unsere Lippen gekommen ist. Setzen wir einen Stein darauf, und rühre keiner jemals daran, ja, vergessen wir die Stelle und betreten sie niemals wieder. Ich wäre des Todes, wenn mir eines von diesen Gespensterworten jemals unter der Sonne begegnete.«

»Das übelste ist«, meinte Herta, »daß wir alle zusammen diese Stelle gewiß niemals wieder betreten.«

Michael hatte währenddessen unbeweglich abseits gestanden und starr vor sich hingeblickt; er fuhr zusammen, als Robert die Hand auf seinen Arm legte und ihn aufforderte mitzukommen, da es in der Stadt Mitternacht geläutet habe. Im selben Augenblicke wurde auch eine schrille Glocke laut, welche die Besucher mahnte, den Garten zu verlassen. Sie stiegen langsam, mit gesenktem Kopfe, die Wege zur Höhe des Parkes hinan und aus dem Tor auf die Straße, als ob sie in Wirklichkeit von einem Begräbnis kämen.

Auf den Rat des Freiherrn wählte Michael, nachdem er seine Studien an der Universität beendigt hatte, einen kleinen Ort am Adriatischen Meere, um seine Arbeit über Meerestiere zu machen. Nicht weit davon befand sich in einer größeren Stadt eine zoologische Anstalt, von wo er jederzeit alle erdenklichen Hilfsmittel an Instrumenten oder Büchern beziehen konnte. Arzt zu werden hatte er lange aufgegeben; anstatt in den Naturwissenschaften zu einem Abschlusse zu kommen, hatten sich ihm immer lockendere Ausblicke aufgetan, anstatt sich zu begnügen, war sein Interesse gewachsen, und es war ihm unversehens ein Lebensbedürfnis geworden, die Erscheinungen des Lebens auf dem Gebiete, wo er sich heimisch zu fühlen anfing, zu verfolgen. Dazu kam, daß er überzeugt war, weder seinem Vater noch seiner Familie überhaupt damit zu dienen, wenn er sich in seiner Heimat niederließe; denn es hatte sich zu deutlich gezeigt, daß sie nicht mehr in friedlichem Verständnisse nebeneinander leben konnten. Wie hätte er sich vollends zu den übrigen Landsleuten stellen sollen, die ihm größtenteils schon früher unleidlich waren und deren Zuneigung zu gewinnen er als Arzt doch hätte bestrebt sein müssen! Welche Enttäuschung hätte er seinen Eltern bereitet, wenn infolge mißlicher Beziehungen zur Bewohnerschaft seine Laufbahn verkümmert wäre und sie nach so viel Umstand und Aufwand nicht einmal auf ihn hätten stolz sein können.

Aufs Geldverdienen kam es ihm aber doch wesentlich an, vom Erwerb seines Vaters oder Bruders zu leben, wäre ihm unerträglich gewesen. Bis jetzt hatte er sich und seine Familie aus eigenem Vermögen erhalten, das er während seiner kaufmännischen Tätigkeit erübrigt hatte, und nun das zu Ende ging, konnten seine Ausgaben von seinem Erbe abgezogen werden. Da aber seines Vaters Vermögen im Geschäfte war, wünschte er möglichst wenig davon nehmen zu müssen, vielmehr bald selbständig zu werden; die äußere Unabhängigkeit sollte ihn auch die innere ganz als berechtigt empfinden lassen. Er hatte schon an der Universität außerordentlich einfach gelebt und hatte für sich selbst wenig Bedürfnisse; hingegen hatte er allerlei wissenschaftliche und praktische Pläne im Sinne, zu deren Verwirklichung ihm bedeutende Mittel notwendig gewesen wären.

Zunächst hatte er vor, sich gesammelt und nachdrücklich auf eine Arbeit zu werfen, die für die Wissenschaft unwidersprechlichen Wert haben und dazu ihn selbst äußerlich fördern sollte. Zur Wahl des einsamen, kleinen Ortes am Meere hatte ihn auch das bestimmt, daß dort nichts war, was ihn in irgendeiner Weise hätte ablenken können; Fremde hielten sich dort nicht auf, da es keine Gasthäuser und keinerlei Bequemlichkeiten für Reisende gab, und den Verkehr mit den Einheimischen stellte er sich durch seine Unkenntnis der italienischen Sprache, besonders der Dialekte, sehr erschwert vor. Das kam nun freilich anders; denn nach oberflächlicher Benützung einiger Bücher und hauptsächlich durch die Übung bei der notgedrungenen Unterhaltung mit seinen Wirten und den Leuten, die ihm beim Fischen behilflich waren, erwarb er bald große Gewandtheit in ihrer Sprache, so daß er sich mit ihnen und ihren Verhältnissen gründlich bekannt machen konnte. Wenn er des Abends seine Arbeit für ein paar Stunden unterbrach, fühlte er sich behaglich zwischen den einfachen, klugen und lebhaften Menschen, die ihn durch Erscheinung und Wesen anzogen; besonders die schönen, braunen Kinder, kühn und meergewohnt, mit ernsten Augen und blitzenden Zähnen, waren seine Lieblinge. Da sie wußten, daß er sie für einen glücklichen Fund aus dem Meere belohnte, umschwirrten sie ihn, wo er ging und stand, mit meist wertlosen Dingen, wie sie sich an seichten Stellen in Menge fanden, doch hatten sie so viel angeborenes Feingefühl, um nicht überlästig zu werden, und merkten sich die Stunden, wo der Andrang keine Störung für ihn war. Die mancherlei Entbehrungen, zu denen der Aufenthalt zwischen den ärmlichen Hütten ihn zwang, waren ihm bald keine mehr, ja er gewöhnte sich so durchaus an eine Vereinfachung der Lebensweise, daß ihm vielerlei, was er früher für unentbehrlich gehalten hatte, als zeitraubender Aufwand erschien.

Es ging von dem kleinen Orte eine Sage, die Michael freilich nicht von den Leuten selbst, sondern aus Büchern erfuhr: In uralten Zeiten wäre das Dorf größer und wohlhabender gewesen und hätte sogar einen beträchtlichen Handel mit Fischen nach dem Auslande unterhalten. Da hätte ein Mann eines Tages einen grünen Fisch mit zwei Schwänzen aus dem Wasser gezogen und fürsorglich nach Hause getragen, weil man wußte, daß ein so gestaltetes Wunder dem, welchem es in die Hände fiel, Glück und Reichtum brachte. Der Mann brachte den Fisch, auf den er große Hoffnungen setzte, in einer Wasserschüssel unter und wies die Familie an, ihn zu schonen und in hohen Ehren zu halten. Doch war er schon am folgenden Tage verschwunden, und zwar, nach fester Überzeugung des Mannes, von einem Nachbar gestohlen, der die zu erwartenden Reichtümer unter sein eigenes Dach bringen wollte. Zur Rede gestellt, leugnete der Nachbar die Untat, worauf der wütende, um seine glänzende Zukunft betrogene Mann ihn ohne weiteres über den Haufen stach. Dies nun aber wollten die Anverwandten desselben nicht ungerächt hingehen lassen und zogen ihrerseits den Mann zur Rechenschaft, was wiederum blutige Rachehandlungen von dessen Familie nach sich zog. In dieser Weise entspann sich um den grünen, zweischwänzigen Fisch, der nicht wieder aufzufinden war, ein gräßliches Kämpfen, das erst ein Ende hatte, als niemand mehr auf dem Platze war, um umzubringen oder umgebracht zu werden; denn sogar der Priester, der einigen Sterbenden den Trost der Kirche gereicht hatte, was andere nicht haben leiden wollen, wurde deswegen von diesen ohne Gnade erwürgt. Einzig eine taube alte Frau und mehrere kleine Kinder, die zum Ave-Maria in die Kapelle gegangen waren, blieben unbemerkt und verschont, und es sollten von diesen die nachmaligen Bewohner des Dorfes abstammen, das seitdem elend und ungedeihlich blieb.

Nahe am Meere befand sich eine alte Kapelle, in welche Steine einer offenbar noch viel älteren hineingebaut waren. Dort war auf einem Mauersteine ein kleiner, nunmehr verwitterter Fisch eingegraben, von dem sich glauben ließ, daß er doppelschwänzig sein solle; dies Bild mochte Anlaß zur Entstehung der Sage gegeben haben, doch konnten leicht in mittelalterlichen Zeiten vernichtende Rachekämpfe zwischen den heißblütigen Leuten stattgefunden haben.

Die Armut im Dorfe war in der Tat außerordentlich und wirkte nur deshalb nicht peinlich, weil ringsum nichts anderes zu sehen war und derselbe Zustand aller Menschen Los zu sein schien, dann, weil der große Glanz des Meeres und der Sonne alles überstrahlte. In manchen immerhin nicht unerheblichen Kleinigkeiten hätten sie ihre Lage selbst verbessern können; aber ohne Ausbildung und Anweisung, ließen sie alles weitergehen, wie es vor alters gewesen war, und lebten in einem trägen Schlendrian, soweit sie nicht durch die Fischerei in Anspruch genommen waren. Es war für Michael, der gewandt und erfindungsreich war, ein unbeschreibliches Vergnügen, sie in allerlei kleinen Fertigkeiten zu unterweisen, ihnen zu zeigen, wie sie ohne Unkosten sich das Essen nahrhafter und schmackhafter bereiten, wie sie sich die Wohnung bequemer machen und manch ein Werkzeug selbst herstellen könnten, wobei sie sich als anstellig und gelehrig erwiesen. Wenn er nach der nächsten Stadt fuhr, brachte er jedesmal nützliche Dinge für die Erwachsenen sowohl wie für die Kinder mit, und die ungeduldige Freude, mit der er erwartet wurde, versetzte ihn selbst in köstliche Erregung. Die Vorstellung, wieder einmal in einer großen Stadt unter gebildeten Menschen leben zu müssen, widerte ihn an; hier wäre für ihn und Rose eine Heimat gewesen, wo das Glück hätte festwurzeln können. Er erlebte nichts ohne sie, vielmehr genoß er alles doppelt, ja eigentlich wurde ihm alles erst dadurch ein Genuß, weil er im Geiste vor sich sah, wie golden ihre Augen dabei glänzten, wie sie die Arme nach dieser Schönheit ausbreitete. Er wußte, daß sie die Menschen ebenso liebhaben würde wie er, und daß, so fern ihr inneres Leben dem halb bewußtlosen, das jene führten, war, sie sich doch leicht und gut mit ihnen verständigen würde. Je länger er an diesem Orte war, desto mehr schien es ihm schönster Lebenszweck zu sein, diese warmherzigen, talentvollen Menschen in ein reicheres, fruchtbareres Leben einzuführen. Das Dorf, wo er mit Rose gewesen war, die heimische Ebene mit den vielfältigen Saaten fiel ihm oft ein; hier war der Boden jenseits des Dorfes unbebaut, unendlich erstreckte sich sumpfiges Land, wo nichts blühte, nichts wuchs, nichts Frucht trug, weil es wegen fieberbringenden Ausdünstungen gemieden wurde. Immer wenn er von einer hügeligen Erhöhung aus das öde Land betrachtete und in violettbraunen Streifen fern, fern am Horizont verschwimmen sah, grübelte er darüber nach, wie es möglich wäre, diese fette, fruchtbare Wüste für die Menschen ertragreich zu machen. Er wußte, daß einige Gelehrte an die Möglichkeit glaubten, daß die Menschen gegen die Schädlichkeit der Sumpfluft, vielmehr gegen die in derselben lebenden Krankheitserreger gesichert werden könnten, oder doch, daß die Gefahr sich verringern ließe; wenn das glückte und er ein namhaftes Stück Land in dieser Gegend erwerben könnte, hätte er einer der ersten sein mögen, es im Verein mit den ihm liebgewordenen Küstenbewohnern zu besiedeln. Angst vor Krankheit und Hinfälligkeit kannte er für sich selbst nicht, da er stets kräftig und gesund gewesen war, und was Rose betraf, die er sich an seiner Seite dachte, so hatte er ein unerschütterliches Zutrauen, es könne sie, die seine Liebe schütze, nichts antasten. Diese Aussicht, in die er sich unvermerkt immer fester hineinlebte, beschäftigte und beglückte ihn neben seiner Arbeit so, daß er weder Roses Gegenwart vermißte noch durch Gedanken an die unsäglichen Schwierigkeiten jeder Art, die zuvor überwunden werden müßten, beeinträchtigt wurde.

Als er eines Tages mit dem Dampfschiff, das an gewissen Tagen am Dorfe anlegte, in die Stadt fuhr, um verschiedenes in der zoologischen Anstalt zu erledigen, und wie gewöhnlich den Teil des Verdecks aufsuchte, wo die ärmeren Leute waren, da die eleganten Reisenden ihn langweilten und abstießen, sah er dort ein Mädchen mit einem kleinen Kinde im Arm, die ihm durch ihre große, kräftige Gestalt und ihr nicht gerade liebenswürdiges, aber ausdrucksvolles Gesicht auffiel. Im Näherkommen sah er, daß ihre Haut durch Pockennarben entstellt war, was aber den großartigen Eindruck der ganzen Erscheinung nicht störte. Indem er sich neben sie auf die Bank setzte und mit dem etwa einjährigen Kinde scherzend, dessen Zutrauen erwarb, kam er mit ihr ins Gespräch und erfuhr, daß sie bei wohlhabenden Leuten Dienstmädchen und hauptsächlich mit

der Pflege und Aufsicht des Kindes betraut war. Sie hielten sich in einem kleinen Seebade in der Nähe auf und schickten das Mädchen zuweilen, um Einkäufe zu machen, in die Stadt, wobei sie das Kind mitzunehmen pflegte, damit es nicht unterdessen den Eltern zur Last fiele. Auf weitere Fragen erzählte sie bereitwillig, daß sie mit ihrer Stelle leidlich zufrieden sei, da sie das Kind liebte und auch gerne arbeitete; man sah ihr an, daß sie stark war und das Bedürfnis hatte, ihre Stärke zu betätigen. Übrigens, sagte sie, hätten die, welche dienen müßten, sowieso nicht auf viele Freuden zu rechnen, und ihr vollends sei so wenig am Leben gelegen, daß sie jeden Augenblick zu sterben bereit sei.
Michael erkundigte sich bescheiden, ob sie Kummer hätte, da sie das Leben gar so gering anschlage, worauf sie anfangs nicht antwortete, sondern abgewendet ins Meer starrte; doch nach einer Weile fing sie an, von ihren Eltern und von ihrer Heimat zu sprechen, was Michael, da sie nicht Deutsch und nur gebrochen Italienisch sprach, zum Teile entging. So viel verstand er indessen, daß ihre Mutter früh gestorben war und ihr Vater sich wieder verheiratete, daß die Stiefmutter aber die Kinder erster Ehe schlecht behandelt hatte, dann, was sie mit pathetischer Betonung erzählte, daß sie von großer, erstaunlicher Schönheit gewesen sei, bis sie mit vierzehn Jahren die schwarzen Blattern bekommen habe und infolge nachlässiger Behandlung der Stiefmutter, die es nicht für nötig gehalten habe, die üblichen Maßregeln zu treffen, für immer entstellt worden sei. Als sie sich nach der Krankheit zum erstenmal im Spiegel gesehen hätte, erzählte sie, habe sie sterben wollen, tagelang und nächtelang habe sie geweint, und nur der Kummer ihres Vaters habe sie bewogen, wieder Speise zu sich zu nehmen. Das Wundervollste war, sie von ihrer einstigen Schönheit sprechen zu hören; sie glich dann einer Marmorgöttin, die, jahrelang in Schutt vergraben, fast unkenntlich geworden ist, die keiner mehr anbetet und die doch das Haupt voll Hoheit und eine weiße, glänzende Stirne unter dem Schmutze trägt. Michael wollte sie damit trösten, daß sie auch jetzt keineswegs häßlich sei, was sie wirklich nicht war, aber sie ließ ihn nicht zu Ende sprechen und schüttelte heftig den Kopf; der Ausdruck ihres Gesichtes wurde

schwer und traurig, ja fast böse, und sie verfiel wieder in ein starres Schweigen.

Erst nach geraumer Zeit gelang es Michael, sie durch Vermittlung des Kindes wieder anzuregen; indem sie zusammen mit demselben spielten, erheiterte sie sich, ihr Gesicht wurde hell, und von Zeit zu Zeit brach sie über irgendeinen sinnlosen Kinderspaß oder einen komischen Sprechversuch ihres Pfleglings in ein wildes Jubellachen aus, das etwas zugleich Erschreckendes und Hinreißendes hatte. So, dachte Michael, könnte man nur im hohen Gebirge lachen, wo es von einem Gipfel zum andern schallen, oder auf dem Meere, wo es die andonnernde Brandung überjauchzen sollte. Aus den Bergen stammte sie auch, wie sie nun erzählte; sie hatte der Stiefmutter wegen das elterliche Haus verlassen und einen Dienst gesucht und sich wohl dabei befunden, bis sie aus der Heimat ausgewandert war. Seitdem, sagte sie, hätte sie Heimweh. Michael beschloß bei sich, dem Mädchen in der Stadt irgendeine Kleinigkeit zu kaufen, ein Schmuckstück, ein buntes Tuch oder dergleichen, um ihr eine rechte Freude zu machen und ihr Gesicht lachen zu sehen. Allerdings mußte er, wenn er, wie sie, am selben Abend zurückfuhr, eine bedeutende Strecke zu Fuß zurücklegen, denn das Dampfschiff legte nicht wieder bei seinem kleinen Dorfe an; aber der Spaziergang am Ufer des dunklen Meeres war ihm willkommen.

Als Michael abends auf das Verdeck kam, saß das Mädchen schon auf demselben Platze wie am Morgen und begrüßte ihn mit sichtlicher Freude. Die Geschenke, die er ihr brachte, wies sie erst unwillig zurück, doch als er ihr vorstellte, daß sie ihn dadurch kränke, daß sie außerdem ihn nie wiedersehen und er ihr ein Unbekannter bleiben würde, nickte sie und nahm das Gebotene mit kindlichem Entzücken, das nicht enden wollte, an. Sie wurde zutraulich und erzählte unaufgefordert, da das Kind auf ihrem Arme schlief, was für ein Ereignis sie aus der Heimat getrieben hatte; sie habe seit früher Jugend einen Geliebten gehabt, einen starken und wunderschönen Menschen, der seinesgleichen nicht hätte; er sei aber noch sehr jung und unbegütert gewesen, so daß von Heiraten in absehbarer Zeit nicht hätte die Rede sein können. Ihre Bekannten und Ver-

wandten hätten ihr deswegen zugeredet, sie möchte ihn verlassen und einen älteren, wohlhabenden Mann nehmen, der sich mit ernstlichen Absichten um sie bewarb. Der Mann sei Witwer mit mehreren Kindern gewesen, der sie gern gehabt hätte, er selbst hätte einen dicken Hals und den Kopf schief auf einer Seite gehabt, was sie mit erbittertem Spott nachmachte. Das Zureden und Drängen der Leute möge wohl sein Teil dazu beigetragen haben, dennoch begriff sie selbst nicht, wie es hätte geschehen können, daß sie dem Witwer, den sie doch nicht hätte leiden mögen, das Jawort gegeben und versprochen habe, dem Verhältnis mit dem jungen Geliebten ein Ende zu machen. Dieser sei auf die Nachricht von ihrer Treulosigkeit in den äußersten Zorn geraten, habe sie aufgesucht und zur Rede gestellt, ob es wahr sei, daß sie ihn verraten habe. Da sie auf seine ungestüme Frage weder ja noch nein geantwortet, sondern ihn nur trotzig und herausfordernd angesehen habe, sei er schnell auf sie zugesprungen und habe sie mit solcher Wucht ins Gesicht geschlagen, daß sie umgefallen wäre, wenn sie sich nicht an der Mauer, vor welcher sie gestanden sei, hätte halten können. Im selben Augenblicke hätte er sich umgedreht und sie verlassen, und sie hätte ihn seitdem nicht wiedergesehen.
Sie erzählte diese Tat des Geliebten, wie man von den sagenhaften Heldentaten heroischer Ahnen spricht, voll liebender Bewunderung, durchdrungen von seinem guten Rechte und der Schmählichkeit ihres Betragens. Sie hatte danach ihr Versprechen mit dem Witwer wieder rückgängig gemacht, trotzdem hatte der Geliebte sich ihr nicht wieder genähert, sondern war kurze Zeit später in die Fremde gegangen. Nach einigen Jahren, während deren er sich stets nur auf wenige Tage hatte blicken lassen und ihr absichtlich ausgewichen war, hatte sie sich entschlossen, die Heimat zu verlassen, und wollte auch jetzt, obwohl sie Heimweh hatte, nicht wieder dorthin zurückkehren. Sie war wieder traurig geworden und starrte mit dem stumpfen, leeren Ausdruck über das Wasser, eintönig summend und das Kind im Arm wiegend, das in seinem Schlafe unruhig geworden war.
Michael verließ das Schiff eher als das Mädchen; als er sich auf der Landungsbrücke noch einmal umdrehte, sah er, da sie auf-

gestanden war, um ihm nachzusehen, ihre herrliche, nur durch die modische Kleidung entstellte Gestalt und ihr gegen das dunkelgrüne Wasser grauweißes Gesicht mit den starken blonden Haaren. Während er durch die vorgeschrittene Dämmerung am Meere entlang nach Hause ging, lag ihm das Schicksal des fremden Weibes im Sinne. Es hatte für ihn etwas Beruhigendes, zu denken, daß das Kind bei ihr war, das augenscheinlich an ihr hing und das sie, wie er selbst gesehen hatte, mit eifersüchtiger Zärtlichkeit bewachte. Dennoch fügte sich ihr Bild nicht recht in das Verhältnis; sie hatte ein Gesicht der Leidenschaft, und in ihren Armen, wenn sie liebte, mußte wilde, unbändige Wonne sein. Wie das Meer in regelmäßigen Schauern vor seine Füße rollte und die warme Dunkelheit ihn enger umhüllte, kamen ihm allerhand Träume und Bilder; die uralte Heidengöttin Astarte stieg mit göttlichem Riesenleib aus dem kochenden Wasser, um ihr untergegangenes Reich zu suchen. Ihr von Steinwurf und Besudelung entstelltes Antlitz blickte ernst und mächtig auf die schwankenden Zypressen und die kläglichen Hütten am Strande; aber als sie nirgends einen Säulentempel, keine Priester, keine Jünglinge und Jungfrauen mit Opfer und Anbetung sah, wurde sie traurig, von einer schweren, weltbeschattenden, tödlichen Traurigkeit. Es wurde Michael von seiner eigenen Phantasie schwer ums Herz, und er war froh, als er, um eine Ecke biegend, das dürftige Licht in der Weinschenke seines Dorfes sah und die drückende Stimmung verschlafen konnte.

Nach einigen Wochen, als er vollkommen aufgehört hatte, an das Mädchen zu denken, sah er sie auf dem Schiffe wieder; sie hatte das Kind bei sich und starrte mit der düsteren Miene, die er an ihr kannte, ins Wasser. Sie erwiderte anfangs seinen Gruß nur flüchtig und mürrisch und ohne ihre Stellung zu verändern; doch brachte er durch freundliche Bemühung schließlich aus ihr heraus, daß ihre Herrschaft ihr gekündigt hatte, und daß sie des Kindes wegen darüber in solchen Trübsinn versunken war. Des Kindes wegen hätte sie alle mögliche Unbill von seiten der Herrschaft erduldet, die sie unter anderen Umständen keine Stunde lang ertragen haben würde; nun hätte sie unmerklich das Kind, als wäre es ihr eigenes, liebgewonnen, und sie wüßte nicht, wie sie es aushalten sollte, es nicht mehr zu sehen. Sie schimpfte in groben und gemeinen Ausdrücken auf die Herrschaft, ohne daß sie selbst dadurch im geringsten häßlich und gemein erschienen wäre; etwas so Erhabenes lag in dem Übermaß ihrer Traurigkeit. Auf nichts, was Michael ihr zum Troste oder um sie einen Augenblick zu zerstreuen, sagte, ging sie ein; der Anblick des unaufhörlich und gleichmäßig bewegten Wassers schien betäubend und beruhigend auf sie zu wirken. Er blieb in der Nähe und beobachtete sie mit dem Kinde, das sie fest an sich gedrückt hatte und das zuweilen ein wenig weinte; allmählich beschlich ihn Angst, und er begriff nicht, wie die Eltern des Kindes das verzweifelte Mädchen allein mit demselben hatten fortschicken können. Es lag ein dunkles Verhängnis auf ihrem wunderbaren, entstellten Gesichte, und sie hatte niemanden, der ihr half, es zu bekämpfen. Während ihre schwere Seele sich vom Wasser hinunterziehen ließ, dachte sie wohl an die hohen, kühlen Berge in ihrer Heimat, an ihre unerhörte Schönheit, die verloren war, an den Mann mit dem dicken Halse und an den jungen, der sie im Liebesgram geschlagen hatte, an die vielen bösen, schneidenden Worte, die sie gehört hatte, und an das kleine Kind, das an ihr hing und das man ihr wegnehmen wollte. Grausam war die Fremde wie die Heimat, und die Ruhe des großen, singenden Wassers dicht unter ihr mochte sie mächtig anziehen, ohne daß sie darüber nachdachte.

Der Drang, ihr zuzurufen: Tu es nicht, tu es nicht! wurde immer stärker in Michael, und was ihn abhielt, ihm nachzugeben, war weniger der Gedanke, er könne sich einer allzu abenteuerlichen Vermutung hingegeben haben, als die Furcht, seine Mahnung könne in dem brütenden Mädchen etwas anregen, was ihr sonst in ihrer dumpfen Trauer nicht zum Bewußtsein gekommen wäre. Er atmete auf, als sie mit ihm zugleich den Dampfer verließ; auf dem Platze, der am Hafen lag, sah er sich nach ihr um und beobachtete, wie sie das Kind niedersetzte und zum Gehen aufforderte, wie es aber die kleinen Arme nach ihr ausstreckte und augenscheinlich getragen zu werden verlangte. Sie riß es mit ungestümer Zärtlichkeit an sich und ging, das vor Vergnügen hüpfende Kind auf dem Arme, weiter mit starken, leichten Schritten und schlank aufgerichtet, obwohl das Kind schwer sein mußte und sie dazu noch einen großen Korb am anderen Arme trug.

Sie war Michael kaum aus den Augen, als er bereute, daß er sie so habe gehen lassen; etwas, irgend etwas hätte er ihr noch sagen müssen, wenigstens das, daß sie noch immer schön sei wie eine Göttin. Er bog in die Straße ein, wo er sie hatte verschwinden sehen, und durcheilte ihrer mehrere, um sie wieder anzutreffen, doch war alles vergeblich. Immerhin blieb ihm die Hoffnung, daß sie wie das vorige Mal des Abends wieder zurückfahren würde. Er hätte viel darum gegeben, etwas für sie tun zu können, was ihr wieder Mut und Lust zum Leben gäbe, jedenfalls wollte er ihr Gesicht noch einmal hell und heiter sehen und kaufte verschiedene Gegenstände ein, die er ihr am Abend schenken wollte. Wäre sie eine reiche, vornehme Frau gewesen, dachte er, wie viele hätten sich beeifert, ihr den kleinsten Verlust in einem überreichen Leben zu ersetzen; die bittere Seelenqual dieses armen Mädchens kam keiner mit einem Hauch von Freundlichkeit zu mildern. Er fand sich so zeitig auf dem Dampfschiff ein, daß noch kein Mitreisender da war; unter den letzten, die kamen, war das Mädchen mit dem Kinde.

Seine Genugtuung, sie zu sehen, war so lebhaft, daß sie mit davon ergriffen wurde, und vollends, als er die mitgebrachten Geschenke vor ihr ausbreitete, trat vor der augenblicklichen Freude ihr Kummer in den Hintergrund. Das Kind, das eingeschlafen war, wurde sorglich verpackt in einem bequemen Winkel untergebracht, wodurch sie freie Bewegung bekam; sie trat mit Michael an die Spitze des Schiffes und ließ eine breite, blutrote Seidenschärpe, die er ihr gegeben hatte, im Winde wehn. Nachdem die Sonne untergegangen war, sammelte sich am Himmel ein Unwetter, die Wellen gingen höher, hoben und stürzten das Schiff und warfen von Zeit zu Zeit kleine Schaumgüsse auf das Verdeck. Das große Mädchen stand hochaufgerichtet und stieß, wenn das Schiff besonders hoch ging, einen lauten, jauchzenden Schrei aus, wie eine Möwe im Sturme; wie am ersten Abend schien ihr Gesicht weißgrau auf dem dunkelgrünen Wasser und den blaugrauen, tief hängenden Wolken. Michael atmete mit Genuß den Wassergeruch der feuchten

Luft und betrachtete das erregte Mädchen; es zog ihn auf einmal, ohne daß er im mindesten vorher ähnliches gedacht oder nur für möglich gehalten hätte, ein heißes Begehren zu ihr hin. Ihr Kummer und seine Betrachtungen darüber waren ihm ganz fremd geworden, er empfand nur noch die stürmische Lebenskraft ihres blühenden Körpers, ihr schreiendes Lachen und das wilde Feuer ihrer Sinne. Er sprach und lachte mit ihr, und sie fühlte sogleich die Veränderung in seinem Wesen gegen sie und gab ihm nach; ihre blauen Augen sprühten Trotz und Hingebung zugleich, und die Bewegung des Mundes mit den blitzenden Zähnen bekam etwas Weiches und Berückendes. Michael war ihr so nahe getreten, daß er die Wärme ihres Gesichts zu spüren glaubte, als ein Schiffsarbeiter, um das Tau zum Anlanden benützen zu können, das gerade vor seinen Füßen aufgerollt lag, ihn bat, beiseite zu treten. Gleich darauf hielt das Schiff an einer Landungsstelle, und die Pfeife gab das Zeichen zum Ein- und Aussteigen. Durch das Stoßen und Drängen derer, die heraus und herein wollten, wurde das Kind aufgeweckt und fing an zu schreien, und das Mädchen, erschrocken über sich und das, was sie so plötzlich ergriffen hatte, setzte sich mit ihm auf einen anderen Platz und versuchte es zu beschwichtigen. Michael blieb an der Spitze des Schiffes stehen und blickte nach ihr hinüber; er konnte den Zauber, der sie kurz vorher in seinen Augen umgeben hatte, und sein jähes Begehren nicht mehr begreifen. Am liebsten wäre er sofort ausgestiegen, ohne sich von ihr zu verabschieden, doch widerstrebte es ihm, sich wie ein beschämter Übeltäter davonzuschleichen, und als die Haltestelle in Sicht war, wo er das Schiff zu verlassen pflegte, überwand er sich, zu ihr hinzugehen und sie anzusprechen. Er bat sie, ihm ihren Namen zu nennen, und nannte ihr seinen nebst seiner Adresse, indem er sie bat, wenn ihr irgend etwas fehlen sollte oder wenn sie Sorgen irgendwelcher Art hätte, sich an ihn zu wenden, da er alles tun würde, um ihr Rat und Hilfe zu schaffen. Auf die Frage, ob sie augenblicklich Geld gebrauche, schüttelte sie den Kopf und dankte: sie gab ihm die Hand, als er ihr seine reichte, ohne Mißtrauen, aber auch ohne Herzlichkeit und ohne daß ihr trotzig-düsteres Gesicht sich aufhellte.

Der Wind hatte sich gelegt, und das Wetter schien nicht recht zum Ausbruch kommen zu können; es war so dunkel, daß Michael Mühe hatte, seinen Weg zu finden. Langsam, mit immer steigendem Weh und Übelkeit des Herzens schleppte er sich hin; er hatte nicht geahnt, daß etwas so Niedriges so gewaltig in ihm war. Seit er Rose liebte, hatte er es für unmöglich gehalten, daß er jemals, auch nur für den flüchtigsten Augenblick, zu irgendeiner Frau könnte in Sehnsucht hingezogen werden, auch war er mit manchem reizenden Mädchen zusammengekommen, ohne je die Sicherheit zu verlieren, daß keine seinem Herzen neben Rose etwas bedeuten könnte. Und wie unerheblich wäre das, wenn es dennoch geschehen wäre, gegen das eben Erlebte gewesen! Wie eine tückische Bestie hatte ihn die Lust nach dem fremden Mädchen überfallen, und er hatte sich ihr ohne Gegenwehr hingegeben. Es fiel ihm ein, wie anders der Freiherr sich an seiner Stelle benommen haben würde, wie er in dem schweren, mühseligen, dumpfen Frauenleibe einen Geistesfunken entzündet hätte, der vielleicht nie wieder erloschen wäre. Welche Erinnerung würde das fremde Mädchen dagegen von ihm behalten? Er würde ihr nachträglich mit seinen Geschenken und seiner Freundlichkeit wie einer von den vielen erscheinen, die jedes arme, verlassene Mädchen für ihre groben Begierden kaufen zu können glauben, und eine Bitterkeit und Häßlichkeit mehr würde in ihren trüben Empfindungen zurückbleiben. Was war ihm beigekommen, daß er sich zugetraut hatte, den einfachen, ungebildeten Menschen, unter denen er jetzt lebte, ein Führer sein zu können! Er sehnte sich nach Rose, und zugleich war es ihm, als würde er sie niemals wiedersehen und niemals mehr ihrer froh werden. Was ihn bisher in allen seinen Qualen stark und glücklich gemacht hatte, seine Liebe, das hatte er nun selbst beschmutzt; es ekelte ihn so sehr vor sich selbst, daß er sein Bewußtsein, das ihm unablässig zuraunte, wer er war, hätte auf immer von sich tun mögen. Auf einmal wurde er müde, und wie er das schwarze Wasser mit leisen, schluchzenden Tönen ans Ufer spülen hörte, kam ihm eine seltsame Empfindung, als dränge das Schluchzen aus seiner eigenen Seele heraus, als zerränne sie über das ganze Meer und fühlte dessen bebende Bewegungen; es war ein wunderbares quälendes Sichverlieren im schwarzen Raume, wobei er doch in seinem Bewußtsein noch er selbst blieb. Es peinigte ihn, daß das Schluchzen neben ihm nicht aufhörte, daß eine fremde, ungreifbare Macht wider seinen Willen in ihm weinte, ohne daß er entrinnen konnte. Er wußte nicht, wie es kam, daß er plötzlich mit schmerzlicher Sehnsucht an seinen Vater denken mußte; deutlich wie nie zuvor empfand er den unzerreißbaren Zusammenhang, in dem er mit ihm war und aus dem er sich hatte losreißen wollen. Ein schreckliches Angstgefühl übermannte ihn, als sei er unbefugt aus dem Kreise herausgedrungen, in den er durch seine Geburt gesetzt war, um nach Höhen zu streben, auf denen sich zu halten ihm doch die Kräfte fehlten. Gegen dies beklemmende Gefühl sammelte sich endlich ein Wollen; er sagte sich, daß nur dann etwas Schlimmes geschehen sei, wenn er sich den Glauben an sich selbst dadurch rauben ließe. Solange er den Mut hatte, sie zu bekämpfen, würden ihn auch gefährliche und unschöne Triebe nicht ernstlich schädigen. Er atmete wieder freier; er empfand seine Jugend und seine Kraft, obwohl er ermüdet war, und lächelte; denn es war ihm zumute, als wäre ihm, wie er sich ermannte, eine Gottheit zu Hilfe gekommen und hätte sein gesunkenes Haupt wieder erhoben.

Obgleich es an sich nur ein unwichtiger Vorfall gewesen war, glaubte Michael doch nicht eher völlige Ruhe finden zu können, bis er Rose selbst erzählt hätte, was ihm auf dem Schiffe mit dem fremden Mädchen begegnet war. In dem kleinen Städtchen, wo sie lebte, war Winterwetter; von den Dächern hingen schmutzige Fetzen halbzerflossenen Schnees, und auf den ungepflasterten Straßen klatschte ihm der nasse Schmutz unter den Füßen. Rose saß fröstelnd in ihrem Zimmer und konnte sich nicht darein finden, Michael zu sehen, der seine Ankunft nicht gemeldet hatte; er hatte das Gefühl, als müsse er eine Weile warten, bis die harten, versteinerten Linien in ihrem Gesichte sich gelöst hätten. Als er fragte, womit sie sich eben beschäftigt hätte, wußte sie es kaum zu sagen; sie hatte lesen wollen, des Zwielichtes wegen aber sogleich wieder aufhören müssen, und war dann in Gedanken versunken, deren Inhalt sie nicht einmal angeben konnte. Ihr Atelier, das gegen Norden lag und sehr geräumig war, ließ sich bei der Kälte nicht heizen, und sie hätte schon seit längerer Zeit nicht arbeiten können; außerdem waren die Zeichnungen für den Freiherrn beendet, und sie hatte noch keinen neuen Einfall gehabt, der sie ganz erfüllte. Mit einem Lächeln, das nicht heiter war, sagte sie, es sei eben jetzt eine leere Stelle in ihrem Leben. Michael war gekommen, um Trost und Beruhigung bei Rose zu suchen, und hatte nicht einen Augenblick gezweifelt, daß sie mit vollen Händen würde geben können; nun erschien sie selbst bedürftig, und ihm entsank der Mut, zu sagen, was ihn hergetrieben hatte. Dann wieder war es ihm, als müsse irgendeine Erschütterung in das Schweigen kommen, und ohnehin nicht gewohnt, sein Benehmen bei ihr zu berechnen, strömte er seine ganze Erzählung auf einmal vor ihr aus. Rose legte ihre Hände um seinen Hals, da er vor ihr kniete, und hörte still zu, während ihre großen Augen mit ernstem, rätselhaftem Sinnen auf seinem Gesichte ruhten. »Sage mir ein Wort«, bat er endlich, nachdem er schon lange zu Ende gesprochen hatte. Sie legte statt aller Antwort den Kopf auf seine Schulter und stöhnte leise; dann stand sie auf und sagte: »Ach, es wird wieder und wieder so etwas kommen, vielleicht bei dir, vielleicht bei mir, und wir schleppen ein Gefühl von Pflicht, aneinander festzuhalten, mit uns herum, während doch eben dies Festhalten ein Verbrechen ist. Schließlich hast du statt einer Frau, die du nicht loswerden kannst, zwei.« Michael starrte sie schreckensvoll an; »o Rose«, sagte er nach einer langen Pause mit Tränen in den Augen, »liebst du mich denn nicht mehr?« Sie warf sich leidenschaftlich an seine Brust und weinte.

Sie beruhigten sich allmählich und beschlossen, aus der drükkenden Enge des Stübchens hinaus ins Freie zu gehen, so wenig einladend es dort auch war. Sein Blick fiel, sowie sie aus dem Hause getreten waren, auf das hohe Münster, das ungeheuer in die Dämmerung stieg und das er im Kommen nicht beachtet hatte. Sie sahen einander innig in die geröteten Augen, und Michael sagte: »Etwas ist immer groß und rein auf der Erde, wenn man es auch vor Schmutz und Dunkel zuweilen nicht sieht.« – »Es ist die Schönheit«, sagte Rose, mit inbrünstigem

Blick an dem gewaltigen Turme hinaufsehend, dessen Spitze die dunstige Kälte verhüllte. Sie traten durch eine Seitentür in die Kirche ein und setzten sich auf eine Bank im Mittelschiff. Das Innere war auch bei hellstem Tageslicht dunkel, nur daß durch die hohen, schmalen Fenster, wenn die Sonne schien, ein paar glühende Farbentropfen fielen; jetzt konnte man nur da etwas wahrnehmen, wo unter Bildern ewige Lampen brannten. Menschen sah man keine, doch hörte man dann und wann gedämpfte, langsame Schritte. Michael und Rose hielten sich an den Händen und legten ihre Stirnen auf das Holz der Betbank; ein gemeinsames Gefühl der Andacht jubelte und betete in ihnen.

Nachdem sie das Münster verlassen hatten, gingen sie durch die engen Straßen, plaudernd und lachend, ohne unter Schmutz, Kälte und Nässe zu leiden. Rose klagte sich an, daß sie nicht eine größere Stadt aufgesucht hätte, wo sie hätte arbeiten können; so hätte sie sich selbst der Einsamkeit und Unlust, allerlei überflüssigen Leiden und Demütigungen ausgesetzt. Sie hatte nun wieder ihr kindlich-zufriedenes Gesicht und ihre stillen Augen voll weicher Glut; dennoch konnte er sie nicht ohne Weh ansehen. Es fiel ihm ein, wie er sie einmal während jenes ersten Frühlings in seinem elterlichen Hause, im Garten auf dem Rasenplatz liegend, gefunden hatte, mit heimlich glänzendem Lachen über dem ganzen Gesicht, und wie sie auf seine Frage, was ihr so Reizendes begegnet sei, geantwortet hatte, ein Marienkäferchen, ein kleiner roter Käfer mit sieben schwarzen Punkten, sei auf ihre Hand geflogen und bei ihr geblieben, und sie hätte ihn dann über ihre Wange laufen gefühlt. Durch das winzige Leben, das sie dem ihren so nahe fühlte, war sie beglückt gewesen; eine stille, warme, ruhende Seele, um die herum alles Liebe, Spiel und Schönheit war. Sie wurde nachdenklich, als er sie an diesen Augenblick erinnerte. »Es scheint so fern zu liegen«, sagte sie, »wie der Frühling, wenn es Winter ist; aber er kommt ja wieder.« – »Als wäre es nie dagewesen«, sagte Michael zerstreut; mitten in das Glück, das er noch eben gefühlt hatte, war ein überwältigender Schmerz gedrungen.

Es wurde ihm mehr und mehr klar, daß es so nicht weitergehen dürfe, sowohl um seinet- wie um ihretwillen. Er mußte die verwirrten und verschrobenen Verhältnisse, in denen er lebte, auflösen, damit Rose auf immer die Seine werden konnte; wenn er den festen Willen hätte, es zu erreichen, sagte er sich, müsse es ausführbar sein. Sie äußerte keinen Zweifel und hörte still zu, wie er von ihrer gemeinsamen Zukunft erzählte; wie ein Bettelkind mit bloßen Füßen stand sie schon auf der Schwelle des goldenen Saales und wagte nicht hineinzutreten, sie, mit den Götteraugen und dem sonnenwarmen Herzen. Sofort bevor er nach Italien zurückkehrte, wollte er nach Hause reisen, das Äußerste versuchen und seine Frau bitten, ihm die Freiheit zu geben.

Bis dahin hatte er noch nie etwas Derartiges laut werden lassen und tatsächlich auch noch niemals ernstlich erwogen, höchstens als in weiter Ferne stehende Möglichkeit sich vorgestellt. Für unmöglich hielt er es nicht, daß sie selbst inzwischen dazu gekommen wäre, die Befreiung von ihm zu wünschen, der ihr nichts mehr war und sie nur noch an seinen Namen festband, vielleicht aber auch, wenn sie ihn immer noch liebte oder nur das Aufsehen scheute, ließ sie sich durch Bitten bewegen; denn je mehr Ursache sie hatte zu zürnen, desto eher ließ sie sich, so glaubte er sie zu kennen, zu unerwartetem, großmütigem Verzeihen und Beglücken fortreißen.

Er kündigte sein Kommen vorher in einem Briefe an, in welchem er seine Absicht andeutete, damit nicht etwa, wenn er unerwartet vor sie hinträte, Hoffnungen in ihr erregt würden, die er nicht erfüllen konnte. Als er die Wohnung betrat, erinnerte er sich lebhaft jenes Abends am Bette des kranken Kindes und fühlte, daß der Gedanke daran drohend und schmerzlich zwischen ihm und Verena stand; doch zeigte sie ihm durch die Art, wie sie ihn empfing, daß sie das vergessen wissen wollte, wenn es auch nicht vergessen war. Sie sagte, sogleich auf die Andeutung seines Briefes eingehend, sie hätte von Anfang an gewußt, daß er es dahin würde treiben wollen, und ihn von Anfang an gewarnt; denn sie könnte niemals in dies Verlangen einwilligen. Wenn es sich nur um sie handelte, würde es kein Bedenken geben: seit keine Liebe mehr zwischen ihnen sei, bedeute die Verbindung mit ihm nur Fessel und Druck für sie, da sie weder die Freiheit der unverheirateten noch die Annehm-

lichkeiten der verheirateten Frau besäße. Wollte sie nicht das ganze traurige Verhältnis den Leuten offenbar machen, so müsse sie sich benehmen wie seine Frau und seiner Eltern Schwiegertochter, geheimhalten müsse sie aber den wahren Stand der Dinge um des Kindes willen, um deswillen sie auch beschlossen hätte, unter keiner Bedingung jemals in die Scheidung zu willigen.
Sie sagte das so ruhig, so abgemessen und besonnen, daß ein Versuch, an ihrem Entschlusse zu rütteln, aberwitzig erschien; doch Michael fühlte sich wie einer, der um sein Leben kämpft, und der auch das Törichte, das Unsinnigste wagt, um sich zu retten. Er stellte ihr vor, daß sie auf die Dauer doch nicht vor Mario geheimhalten könnte, wie sie miteinander stünden; daß es jetzt, wo er noch ein Kind sei, leichter sein würde als später, ihn über die Wirklichkeit wegzutäuschen und ihn in Verhältnisse zu setzen, die ihm bald als selbstverständlich erscheinen würden; daß er mehr darunter leiden würde, wenn er uneinige Eltern, als wenn er geschiedene hätte; daß er, wenn sie geschieden wären und sie edel dächte, mehr von ihnen beiden haben könnte, als unter den gegenwärtigen Umständen.
Verena ging aber auf das, was Michael vorbrachte, gar nicht einmal ein: denn das alles, sagte sie, wären nur sophistische Gründe, die seine Leidenschaft sich ausgesponnen hätte, um zu ihrem Ziele zu gelangen. Sie dürfe ihn hingegen nicht in seiner Leidenschaft und Pflichtvergessenheit bestärken und müßte im Gegenteile ihre Handlungen nur nach der Pflicht einrichten, die sie gegen Mario hätte: ihm die Familie zu erhalten; wenn er einmal reuig zurückkehrte, würde sie ihn zwar nicht mehr lieben können, aber sie würde, wie sehr sie auch darunter leiden möchte, in ein äußerliches Zusammenleben Mario zuliebe willigen und sich über jede Widerwärtigkeit durch den Gedanken erheben, daß sie das Heiligtum, das er feig und frevelhaft verlassen, geschützt und gerettet hätte.
Nein, sie irre sich, rief Michael heftig, er würde nie Reue fühlen und nie zurückkehren. Was er getan hätte, hätte er mit Willen nicht wie ein betörter Schwächling getan, und mit Bewußtsein der schweren Folgen, die sich daran geschlossen. Sehend nähme er die schwere Last auf sein Gewissen, da er eher das als das

andere tragen könnte. Wenn sie fest und unerschütterlich wäre, so wäre er es nicht minder; er würde nie nachgeben, nie nachlassen, nie umkehren, nie bereuen. Er hätte sich inzwischen mehr von den Seinigen entwöhnt, als er früher geglaubt hätte, und könnte ihre Wege nicht mehr gehen, wie sie ihm auf seinen nicht folgen würden. Auch zwischen ihr und ihm wären zu viel bittere Worte gefallen, als daß sie gut und glücklich miteinander leben könnten, auch wenn er nicht eine andere liebte. Die Schuld und alle äußeren üblen Folgen nähme er auf sich; Mario würde er immer als sein Kind betrachten und alles für ihn tun, was ein Vater für sein Kind tun könnte, nur sein Selbst ihm opfern wollte er nicht; und das wäre auch deswegen sinnlos, weil, wenn er selbst nichts mehr wäre, er auch ihm nichts mehr sein könnte.

Während er sprach, wurde der Blick in Verenas Augen feindseliger und schärfer; es glühte eine geheime, kalte Genugtuung darin, daß sie ihm jetzt noch viel größeren Schmerz zufügen konnte, als er ihr getan hatte. Sie spürte, daß weit mehr Angst und Leidenschaft in ihm war, als er zeigte, und daß er vor dem zitterte, was sie sagen würde. »Das hat mit meinem Entschlusse nichts zu tun«, sagte sie langsam, »und schafft nutzlose Erbitterung. Ich nehme, wie ich dir vorher sagte, nichts von meinem Vorsatze und keines von meinen Worten zurück.« Michael fühlte einen großen Haß und eine große Verachtung; denn sie war ohne Schuld und in ihrem Rechte, und in solcher Lage, schien es ihm, müsse man schön und gut sein. Wenn er ihr unendlichen Schmerz zugefügt hatte, so hatte er ihr doch gezeigt, wie er selbst darunter litt, und begriff nicht, wie es ihr Herz erleichtern konnte, daß sie ihm so viel zuleide tat wie sie konnte, und die verletzendsten Waffen suchte, um ihn zu verwunden.

Es war nichts mehr zwischen ihnen zu sagen, und er konnte wieder gehen; doch schien es ihm unerträglich, fortzugehen, ohne irgend etwas ausgerichtet zu haben, ohne die kleinste Hoffnung mit sich nehmen zu können. Wen hätte er anflehen sollen, für ihn zu wirken? Nicht seinen Vater, nicht seinen Bruder, eher hätte er fließendes Wasser nach seinem Belieben formen können. Seine Mutter indessen, dachte er, würde sich eher

rühren lassen; sie, mit dem weichen Gesicht, die selbst das Leiden fürchtete, würde ihren Sohn nicht zugrunde gehen lassen, seinen Schmerz, wenn sie ihn auch nicht ganz verstände, würde sie nicht ansehen können, ohne ihn zu trösten. Er ging leise die Treppe hinauf, die das Stockwerk, welches er mit Verena bewohnte, mit der höher gelegenen Wohnung seiner Eltern verband, und blieb horchend in dem kleinen Vorzimmer stehen, auf das sie führte. Das Zimmer seiner Mutter war in der Nähe, und wenn dort Menschen gewesen wären, hätte er Stimmen hören müssen; doch blieb alles still: wenn sie da war, mußte sie allein sein. Klopfenden Herzens drückte er den Türgriff nieder und öffnete; durch eine offenstehende Tür fiel ein schmaler Lichtschein, so daß sie wohl allein, in einem Sessel träumend, bei der Lampe sitzen mochte. Indem er näher kam, rief er leise: »Mama, ich bin's, Michael!« damit sie nicht erschräke, und lag im selben Augenblick zu ihren Füßen.
Obwohl sie freundlich lächelte, sah Michael ihr an, daß sie die Furcht zu verscheuchen suchte, er möchte etwas Schlimmes, Aufregendes bringen, aber er hatte keine Zeit zu Umschweifen. »Mama«, sagte er, »ich bin heimlich hier wie ein Flüchtling, und will in dieser Nacht noch fort. Nur dich sehen will ich einen Augenblick und dich anflehen, deinem Kinde zu helfen. Ich lag doch einmal winzig in deinen Armen und war nichts als ein Tropfen Blut von deinem Blute. Damals rührte es dich, wenn ich weinte, und doch brauchte ich deine Hilfe nicht wie jetzt. Frag nicht, ob ich recht habe oder schuldig bin, sondern hilf mir, daß ich nur leben kann. Sprich du für mich bei Verena, daß sie mir meine Freiheit wiedergibt; es ist ja nicht nur meine Freiheit, sondern mein Leben. Sei nicht hart gegen mich, ich kann doch nicht mehr leiden, als ich leide!«
Die Malve sah erschrocken das fieberhafte Wesen und Aussehen Michaels, die ihr mehr als seine Worte anzuzeigen schienen, daß er krank und irr war. »O Michael«, sagte sie, »wie unglücklich hast du dich und uns alle gemacht!« Als sie aber sah, wie es in seinem Gesicht zu zucken begann, strich sie sanft über seine Stirn und sagte: »Nein, sei ruhig, ich will dich jetzt nicht quälen. Wenn es sein muß, will ich dir beistehen, ob du recht oder unrecht hast. Es kann ja noch alles wieder gut werden.« Er

lehnte sich an ihre Brust und empfand eine leise Beruhigung, ja ein süßes, fernes Wohlsein, wie er zum ersten Male mit Kinderglauben bei seiner Mutter ruhte. Ihre weichen Hände glitten über sein Haar, während ihn die Schläge seines Herzens und ihre Atemzüge wie ein Wiegengesang einhüllten. Plötzlich glaubte er ein Geräusch zu vernehmen und machte sich los. »Mama«, sagte er, »niemand außer dir soll wissen, daß ich hier war; denn ich will diese Nacht noch reisen.« Sie sah ihn beängstigt und beschwörend an und rief: »Du willst heimlich in der Nacht fort und mich in dieser Unruhe lassen? Was soll werden? Was wird dein Vater sagen? Wenn er durch Diener im Hause oder durch Bekannte, die dich auf der Straße gesehen haben, erfährt, daß du hier warst, ohne daß er es wußte?«
»Es ist einerlei«, sagte Michael traurig, »ihr müßt es ertragen. Es kann nicht alles glatt und eben gehen.« Sie umschlang ihn mit den Armen und rief: »Du kannst ja warten! Wir können sprechen und überlegen!« Doch er befreite sich gewaltsam und eilte durch die Gänge und den Vorsaal die Treppen hinunter; die Dienerschaft blickte ihm erstaunt nach, ohne daß er bemerkte, ob sie ihn erkannt hätten.
Als ihn draußen die winterkalte Luft berührte, wachte er wie aus einem fieberhaften Traume auf; warum war er bei seiner Mutter gewesen? Welchen Erfolg hatte er sich davon versprochen? Er wußte, daß sie alles so weitergehen lassen würde wie es ging, daß sie stets alles tun würde, um einem Bruch auszubiegen und das Schlimme, das wider ihren Willen käme, zu verhüllen. Bereute er auch nicht, daß er einen Augenblick so warm und gut an ihrer Brust gelegen hatte, so machte er sich doch klar, daß er keine Hilfe von ihr, noch von irgend jemandem sonst auf Erden zu hoffen hätte. Je nachdrücklicher er sich das sagte, desto fester und beruhigter wurde er in sich, und die Verzweiflung, die ihn gepackt hatte, als er Verenas unbeweglichem Hohne gegenüberstand, ließ ihn allmählich los, so daß er wieder freier atmen konnte.
Er sah nach der Uhr und überzeugte sich, daß er noch eine Stunde Zeit bis zum Abgang des Zuges hatte; es war noch nicht zehn Uhr. So schlug er die Landstraße ein, die jenseits des Bahnhofes aus der Stadt herausführt; sie war verschneit und

menschenleer, so weit er sie bei der trüben Beleuchtung weniger Laternen überblicken konnte. Die reine Kälte tat ihm gut; er hüllte sich fest in seinen Mantel und wanderte schnell vorwärts, so daß er in einer halben Stunde schon die zusammengeduckten Lichter eines kleinen Dorfes von weitem sehen konnte.

Eben das Bewußtsein, allein zu stehen, sagte er sich, müsse ihm Kraft geben. Nichts, was ein Mensch wollen könne, sei unmöglich. Sähe Verena, daß er unerschütterlich bleibe, würde sie schließlich nachgeben. Er dachte auch daran, daß er sich so benehmen konnte, daß sie selbst von ihm geschieden zu werden wünschen müßte; aber das verwarf er sogleich wieder. Sein Wille war, Freiheit und Glück und die Möglichkeit, so zu leben, wie er es für gut und schön hielt, aber ohne häßliche Mittel zu erringen, und ohne die Achtung, die er vor sich selbst hatte, aufzuopfern, und er fühlte sich fähig dazu. Nur dürfe er den Glauben an sich nicht verlieren und sich nie in seinem entschlossenen Willen beirren lassen.

Er war unterdessen wieder umgekehrt und bemerkte, daß ein Mensch an der Straße stand, während er vorher auf der ganzen Strecke niemanden gesehen hatte. Ohne seinen Gedankengang zu unterbrechen, wunderte er sich doch darüber, daß der Mensch weder vorwärts noch rückwärts ging, sondern unbeweglich wie einer der Laternenpfähle stand; schließlich dachte er, es würde ein Soldat sein, der auf sein Mädchen wartete. Wie eine Schildwache stand er da, wie einer von der heiligen Feme, der richten will und weiß, daß das Opfer ihm nicht entrinnen kann. Michael war darüber von seinen Betrachtungen abgekommen und in eine unbehagliche Stimmung geraten, ohne zu wissen, warum; denn abgesehen davon, daß er überhaupt furchtlos war, war auf der mit Häusern besetzten Landstraße kein Anlaß zur Furcht, und der Mensch stand ohnedies breit in der Nähe einer Laterne, keineswegs wie einer, der auflauern will. Da er nun aber einmal angefangen hatte, auf die schwarze, unbewegliche Gestalt zu achten, die immer größer und kenntlicher wurde, während er die lange, gerade, schneeleuchtende Straße heraufkam, konnte er den verlorenen Gedankenfaden nicht wieder aufnehmen; im Vorbeigehen sah er, daß es wirklich ein Soldat im Mantel war, der zu einem zärtlichen Stelldichein geladen sein mochte.

Der Freiherr hatte auf den lebhaften Wunsch von mehreren Seiten den Vortrag, den er bei Gelegenheit des Bilderstreites gehalten hatte, drucken lassen, woraus ihm bedeutende Unannehmlichkeiten erwachsen waren. Manche seiner Äußerungen über regierende Persönlichkeiten waren in der Tat beleidigend und gingen nicht unbemerkt vorüber; zwar wollte man den berühmten Gelehrten nicht ausdrücklich deswegen anklagen, aber es schien, als bestehe die Absicht, seine Stellung auf andere Weise zu erschüttern. Nachforschungen über sein früheres Leben brachten ohne Schwierigkeiten seine Doppelehe ans Licht, und es drohte ihm eine Anklage wegen Bigamie; doch brachte die Aussicht auf den Zusammenbruch seines ganzen bürgerlichen Lebens, der dadurch herbeigeführt werden mußte, den Freiherrn keineswegs aus der Fassung. Er war im Gegenteil bei bester Laune, und es hatte den Anschein, als ob er von dem Schlage, der gegen ihn geführt werden sollte, nichts wüßte, oder als ob er es nicht für der Mühe wert hielt, darauf achtzugeben.
Auf einer auswärtigen Gemäldeausstellung, die er besuchte, war ein Bild von Rose, das fahrende Leute darstellte, die mit einigen wilden Tieren den Jahrmarkt einer nördlichen Stadt aufsuchen: es ist ein früher Schnee gefallen, und die Abenddämmerung liegt grau über der öden Straße, während im Hintergrunde Lichter und allerlei luftige Umrisse auf die Stadt und das wimmelnde Treiben des Jahrmarktes deuten. Den Mittelpunkt bildet die Tiergruppe, ein Dromedar mit erhabenem Gang und hochmütigem Blick der Verachtung, ein mühselig schleichender Bär und ein Äffchen, das einer der führenden Männer in seinen Mantel gehüllt hat und das neugierig kläglich aus seiner Vermummung herausschaut. Das Dromedar und der Bär waren Gestalten der Trauer, edlen Gefangenen ähnlich, die schweigen, nicht weil sie stumm geboren sind, sondern weil keiner sie versteht, und die sich mit stolzer Ergebung hineinschicken, Geschöpfen zu dienen, die weit ärmer, elender, häßlicher und törichter sind als sie. Trotz der nebeligen Abendstimmung war tiefe Glut in dem Bilde, und es schien, was tatsächlich durchaus nicht der Fall war, eine Szene aus irgendeinem bedeutungsvollen Märchen darzustellen. Der Freiherr stand lange davor, und als er hörte, daß Rose auch in die Stadt

gekommen war, um zu sehen, wie sich das Bild zwischen den anderen ausnehme, suchte er sie auf. »Kind«, sagte er zu ihr, »Sie haben ein schönes Bild gemacht, aus dem ein lebendiges Seelenbild in den Menschen werden kann, die es anschauen. Erzählen Sie mir, was Sie damit haben sagen wollen.«

»Ich habe gar nichts sagen wollen«, sagte Rose erschrocken, doch der Freiherr beharrte, warum sie denn eben auf diesen Gegenstand verfallen sei, da doch vieles andere hätte locken können. Sie wäre darauf gekommen, sagte Rose, weil sie eine Zeitlang, um Tierstudien zu machen, mit Leuten verkehrt hätte, die mit einer Menagerie von Ort zu Ort gezogen wären. Eines der Kinder des Besitzers, ein kleines Mädchen von zigeunerhaftem Aussehen, hatte ihr erzählt, wie sie einmal in schreckliche Not gekommen wären, so daß sie weder etwas gehabt hätten, um die Tiere zu füttern, noch um sich selbst zu ernähren. Auch zur Zeit, als sie mit ihnen umging, sagte Rose, hätten die Leute hohlwangig und ausgehungert ausgesehen, da, nachdem die Tiere das Ihrige bekommen hatten, stets wenig für sie selber übriggeblieben war. Damals nun, das war die Erzählung des kleinen Mädchens, hätten sie in der Not einen jungen Bären getötet, denn sie hätten eine Bärin mit mehreren Jungen gehabt, und mit Ausnahme des kleinen Mädchens selbst von dem Fleisch gegessen. Die Tiere indessen hätten die Speisen unberührt gelassen, vor allen Dingen natürlich die Bärenmutter, die noch dazu vor Hunger und Betrübnis in Krankheit verfallen sei. Jetzt hätte die ganze Gesellschaft geheult und gebetet, und der Vater, den Rose auch kannte und als einen großen hageren Mann von aufrechter Haltung und pathetischen, komödienhaften Gebärden schilderte, hätte laut geklagt, daß sie dies Unglück durch Ermordung des jungen Bären selbst auf sich herabgezogen hätten. Sie hätten damals in einem kleinen, ärmlichen Dorfe gelagert, wo die Tiere in einem leeren Stall untergebracht worden wären, während die Gesellschaft vor demselben, auf einem kleinen Platze, blieb. Des Nachts, da die Kinder in dem überdachten Wagen schlafen sollten und die Erwachsenen um ein kleines Feuer herum lagen, hatte das kleine Mädchen gehört, wie der Vater die Mutter mit Anklagen überhäufte, daß sie den Rat, den kleinen Bär zu töten, gegeben

habe, und wie er zuletzt sagte, er werde der Bärin sein eigenes jüngstes Kind von anderthalb Jahren vorwerfen, für das sie ohnehin nichts zu essen hätten und das weit wertloser wäre als das Tier. Die Mutter habe ihn in ihrer Angst und Entrüstung beschimpft, worauf er sie geschlagen habe, so daß sie, der wieder eine Geburt bevorstand, an den Folgen gestorben sei.
Diese Geschichte hatte großen Eindruck auf Rose gemacht, war ihr oft gegenwärtig gewesen und hatte sich allmählich unvermerkt zum Bilde in ihr gestaltet.
Der Freiherr nickte und sagte: »So ist es wirklich. Wie Samen auf Blumen, fallen Bilder durch die Augen in die liebeglühende Seele, und sie wird schwanger und gebiert Kunstwerke, die ein lebendiges Dasein haben und sich auch wieder fortpflanzen können im Reiche des Geistes.«
»Das ist ein wunderbarer Gedanke«, sagte Rose aufmerksam. »Alles Leben ist ein Geschäft der Liebe, und was ist und geschieht, ist nichts als fliegender Same der großen Erdblume, die unsere liebestrunkenen Sinne entzünden soll, unsterbliche Schönheit hervorzubringen.«
Der Freiherr lachte und sagte: »Man müßte freilich viel trokkene und häßliche Zahlen verrechnen, bis bei dem Exempel lauter Liebe und Schönheit herauskäme. Ist die blöde Wut jener elenden Leute etwas Schönes? Auch wäre es besser gewesen, wenn Sie, anstatt ein Bild daraus zu machen, ihnen etwas Vernunft beigebracht hätten, was freilich ungleich schwerer ist. Glauben Sie nicht, daß Sie Ihre Aufgabe hienieden erfüllt haben, wenn Sie einen liebenswürdigen Mann lieben und hie und da im halben Traume ein Bild malen. Denn bis jetzt haben Sie im Grunde noch nichts anderes getan, als von dem Erbsegen gezehrt, den die göttliche Mutter Ihnen mitgegeben hat, und Ihre Schulden noch nie mit eigenem Gelde bezahlt.«
»Es war doch gutes Geld«, sagte Rose vergnügt, »und einige hübsche, blanke Münzen darunter.«
»Täuschen Sie sich nicht«, rief der Freiherr, »sie haben nur für den Liebhaber Wert, auf dem großen Markte sind sie tot.«
»Ich besuche keine Märkte«, sagte Rose heiter, »und ich glaube nicht, daß ich eine andere Aufgabe habe, als zu leben und zu schauen und zu lieben und im Traume, wie Sie sagen, hie und

da etwas zu schaffen, wovon ich nicht frage, ob es vergänglich oder unvergänglich ist.«

»Mir scheint es«, sagte der Freiherr, indem er sie scharf betrachtete, »Sie könnten Unvergängliches schaffen, das aber schafft sich nicht im Traume. Sie sind eine wonnevolle Duftblume und schwelgen in Ihrem süßen Dasein, als gäbe es sonst nichts auf der ungeheuren Weltwiese, wenn Sie auch wohl eine Biene naschen lassen, die zufällig des Weges kommt. Sollte das Ihr ganzes Leben und nicht nur eine Zwischenstufe sein, so wäre es zu wenig, und die Bienen würden Sie eines Tages welk und ohne Honig finden.«

»Ich will nicht darüber nachdenken, was ich bin und was ich kann«, sagte Rose, deren Gesicht eine sanfte Glut gerötet hatte, »ich weiß, daß ich nicht allein in der Welt bin, und doch bin ich es fast in mir, allein mit lieben, schönen Bildern. Mehr will ich nicht, und Sie sollen mir mein Glück und meine Kraft nicht antasten.«

Sie waren vor die Stadt hinausgegangen und traten in einen öffentlichen Garten ein, wo Musik war und wo man leidlich ungestört in Lauben sitzen konnte. »Es ist nicht mein Geschmack, in Volksgärten zu sitzen«, sagte der Freiherr, »doch ist es besser, als in der Sonne auf der staubigen Landstraße zu gehen, und loslassen kann ich Sie noch nicht. Glauben Sie, ich hätte Sie aufgesucht, um Ihnen eine Schmeichelei über Ihr Bild zu sagen? Das Wichtigste, was ich Ihnen zu sagen habe, ist, daß Sie die Verbindung mit Michael aufgeben und was in Ihren Kräften steht tun sollen, um ihn von sich zu lösen.«

Die Farbe wich aus Roses Wangen, indem sie fragte, ob er in seinem Auftrage spräche.

»Nein«, sagte der Freiherr, »wenn es so weit wäre, brauchte ich mich nicht mehr an Sie zu wenden. Kind, Sie wissen, daß ich nicht aus Gründen der gemeinen Moral spreche und diese Liebe bisher für weit günstiger für Sie gehalten habe, als wenn irgendein ehrenwerter Spießbürger Sie als Ehefrau in seinen Krautgarten gesetzt hätte. Diese Liebe hat Sie beide aus dem ersten Schlummer geweckt und in Ihre eigenen Tiefen untertauchen lassen, und war insofern eine weise, hilfreiche Meisterin. Jetzt ist Ihr Sinnen und Trachten darauf gerichtet, zu heiraten, und damit lenken Sie in Kreise ein, die aufwärts zur Oberfläche führen. Es hat Fälle gegeben, wo ein Verliebter Himmel und Hölle stürmte, um die Geliebte zu gewinnen, und in Flammen stand, so daß aller Augen mit Entzücken auf ihn blicken mußten; wie dann das diamantene Tor sich ganz gemächlich auftat und die Geliebte ihm entgegentrat, rosenrot angeglüht von seiner Feuerherrlichkeit, traf die Flammen ein Zugwind, daß sie erloschen, und bald war nur ein häßliches Häufchen kalter Asche übrig. Dies würde Ihnen zwar nicht begegnen, sondern Sie würden sich in Ewigkeit behaglich weiter lieben; Sie würden zusammen niesen und zusammen husten und sich begeistert ansehen, daß die Liebe es so weit mit Ihnen gebracht hätte. Sie würden aufhören zu sprechen und schließlich auch zu denken, weil jedem das Ergebnis schon zuvor bekannt wäre, und am Ende nur noch essen und trinken, weil das Fettwerden wenigstens doch jeder für sich allein besorgen muß.«

»Das trifft uns nicht«, sagte Rose ruhig. »Wenn wir wirklich ganz vereinigt würden, so läge zu viel Bitterkeit und Schrecken hinter uns, als daß wir jemals ohne Anspannung glücklich sein könnten.«

»Das sind Empfindungen von heute«, meinte der Freiherr. »Was Sie meinen, das verwischt und verwächst sich. Seine Eltern werden sterben, seine Frau wird sich trösten, sein Sohn wird lernen und lieben. Aber Sie werden ein Gütchen kaufen und gedeihen, innerlich indessen verschrumpfen, bis einmal die jungen Leute die Hände zusammenschlagen und flüstern: Dies gemütliche Pärchen wären Michael und Rose, die Helden unserer Träume?«

Sie stützte den Kopf in die Hand und sagte traurig: »Ich wollte, ich wüßte, daß wir einmal so ein gemütliches Pärchen sein werden.«

Auf Tisch und Bänken spielten zitternde Sonnenringe, die durch das grüne Gesträuch hereinfielen. Jelängerjelieber und Jasmin hauchten starke Gerüche aus, und die grelle Musik klang aus einem Pavillon gedämpft zu dem Platze hin, wo der Freiherr und Rose saßen. Die Erde wühlt in ihr, dachte der Freiherr, sprach es aber nicht aus, sondern sah sie nur zornig und fast mit Verachtung an. Sie empfand es und sagte: »Wenn Sie mir von dem Jammer seiner Familie sprächen, das verstände ich, wenn es mich auch nicht beirren könnte. Was Sie meinen und wollen, verstehe ich nicht einmal, und ich glaube, daß es mich nichts angeht. Aber das fühle ich, daß Sie Michael und mich unterschätzen; die Gefahr, zu versumpfen, liegt uns nicht gar zu nahe.«

Es drückte sich ein kalter, hochmütiger, unbeweglicher Wille in ihrem Gesichte aus, der jeden Eingriff eines andern in ihren Lebenstraum von vornherein abwehren zu wollen schien. »Und alle diese wundervolle Kraft, um einen Mann zu bekommen«, sagte der Freiherr ärgerlich; doch waren ihm die Worte mehr entwischt, als daß er sie mit Absicht ausgesprochen hätte, und er setzte rasch hinzu: »Ich bitte um Verzeihung. Sie waren mir so teuer wie ein edles Kind oder Weib, und darüber habe ich vergessen, daß Sie auch eine Dame sind.«

Rose war blaß geworden, aber sie sagte herzlich: »Ich bin keine Dame für Sie, doch für ein mannstolles Mädchen möchte ich Ihnen ebensowenig gelten. Ich glaube aber, Sie meinten es auch nicht so.«

Der Freiherr küßte ihre Hand, und sie sprachen von anderen Dingen: gemeinsamen Bekannten und allerlei Erlebtem. Er erzählte ihr von dem schlimmen Stande seiner Angelegenheiten, und daß er kürzlich einen Ruf nach einer entlegenen und ganz bedeutungslosen Universität bekommen habe, wobei ihm zugleich zu verstehen gegeben worden sei, an höchster Stelle werde gewünscht, daß er annehme. Er hatte ohne Besinnen abgelehnt, noch bevor ihm eine Adresse der Studierenden, die ihn dazubleiben bestürmen wollten, überreicht werden konnte; anstatt dessen wurde ihm ein Fackelzug gebracht, an dem sich die ganze Studentenschaft beteiligte. Zum Schlusse hatte der Freiherr vom Balkon herab eine Ansprache gehalten, in welcher er sagte, daß er noch keine Universität so geliebt hätte wie diese, weil sich an keiner anderen die Jugend so willig von seinem Geiste hätte begeistern lassen; daß er trotzdem, wenn es sein müßte, auf einen öderen Boden gehen würde, wo die wenigen Samenkörner, die er ausstreute, keimen könnten, der aber ohne ihn vielleicht ganz tot geblieben wäre: daß er aber jetzt an seiner Stelle verharrte, um ihnen zu zeigen, daß ein Mann sich nicht von jedem Lüftchen beugen und verwehen lasse, und den Wink Gottes, dem unbedingt Folge zu leisten sei, von dem der Machthaber zu unterscheiden wissen müsse.

»Ich frage mich selbst«, sagte der Freiherr zu Rose, »ob es Widerspruchsgeist in mir ist, daß es mich auf einmal reizt, meine Gedanken in die dichteste Volksmenge hineinzuschleudern, seit sie mir den Mund verbieten wollen. In meinen wissenschaftlichen Büchern stehen weit freiere und kühnere Dinge, als ich in meinem Vortrage sagen konnte, und diese sind jedermann zugänglich, ohne daß Fürsten oder Leihbibliotheken etwas dagegen haben. Habe ich dort wirklich nur zu mir selber gesprochen? Oder ist wirklich nur die Volksseele gedüngter Acker, wo geharnischte Männer aufgehen können, und der ausgelaugte Sand der Bildungswelt kann höchstens Rüben oder Kartoffeln tragen? Sicherlich werde ich nie mehr für die Feinschmecker, das leckere Gesindel schreiben, die meine Bilder von Gott durch die blauen Rauchringe ihrer Verdauungszigarre betrachten. Seit ich an jenem Abend, wo ich Sie zum ersten Male sah, über eure feinen Köpfe weg die staunende Dummheit der Taglöhnergesichter sah, lockte es mich beständig, ihnen laut und nachdrücklich zu sagen, wie dumm sie sind und wie lieb ich sie habe.«

»Staunende Dummheit steht auf meinem Gesicht gewiß auch oft, wenn Sie reden«, sagte Rose, und der Freiherr meinte lachend: »Das spricht für Sie.«

Die Sonne hatte sich inzwischen dem Untergange zugeneigt, und Rose machte Miene, aufzubrechen; allein der Freiherr hielt sie zurück, indem er sagte, am folgenden Morgen reise er fort und würde sie vielleicht in Jahren nicht wiedersehen, sie müsse ihm deswegen den Abend ganz schenken. »Ich habe das Gefühl, Sie wollen etwas von mir«, sagte Rose, »und deshalb möchte ich Ihnen entrinnen; aber ich vermag es nicht.«

Es blitzte triumphierend in den Augen des Freiherrn. »Nein, das kannst du nicht«, sagte er. »Doch sollst du mich nicht hinterlistig schelten, vielmehr will ich dir freimütig sagen, was ich von dir will: daß du mich liebst für diese letzte Abendstunde. Nicht etwa weil es mich an deinen roten Mund zöge, oder weil deine Augen mich trunken machten, nur weil ich deine Seele dicht an meiner fühlen und meinen Geist zu deinem Geist reden lassen möchte. Eher laß ich dich nicht, Mädchen, bis du deine Seele für einen Augenblick in meine Hände gegeben hast!«

Ein flüchtiges Beben überlief Rose. »Nur diese letzte Abendstunde«, sagte sie träumerisch. Dann erzählte sie ihm, was sie nach jenem kleinen Feste, wo sie miteinander bekannt geworden waren, mit Michael über ihn gesprochen hatte, und sagte: »Sie sehen, ich schlage Ihre Macht nicht gering an, und ich gebe mich ihr gern hin, weil ich weiß, daß es keine böse ist.«

»Nenne mich du für diese letzte Abendstunde«, bat der Freiherr sanft. Seine Augen waren fast schwarz geworden und ruhten streng auf ihr, während es von seinen lächelnden Lippen wie zarter Tau auf ihre Seele zu fließen schien. »Ich fühle deine Kraft«, sagte Rose leise, »und den reinen Hauch deiner Geistesflügel, die sich langsam und mächtig bewegen und mich tragen. Mir ist, wie mir als Kind war, wenn ich, sehr müde, an meines Vaters Brust einschlief und sein Wesen wie eine große Gottesallmacht um mich her spürte.«

Sie schwieg und sah ihn noch an. »Komm«, sagte er leise. Dann blieb es eine Weile still zwischen ihnen, bis Rose die Augen schloß und aufseufzte. »Deine Seele war in meinen Händen«, sagte der Freiherr, »ich habe sie geküßt und dir wiedergegeben. Nun wollen wir gehen.« Sie standen auf, und Rose nahm des Freiherrn Arm, den er ihr bot. »Kind«, sagte er, als sie den Garten verlassen hatten, »du bist schwächer als du sein solltest. Du könntest eine schöne, starke Herrin sein, und gibst der männlichen Kraft Gewalt über dich wie eine Magd. Was hättest du Michael geantwortet, wenn er deine Seele in dem Augenblick gerufen hätte, als sie in meinen Händen lag?«

Ihr Gesicht strahlte über und über. »Bei dir bin ich, hätte ich geantwortet«, sagte sie, »und wenn ich noch viel tiefer untergetaucht gewesen wäre. Ich lasse mich wohl einmal sinken, aber nur so, wie das Spielzeug an der Gummischnur, das man fest in der Hand hat, und das immer wieder nach oben schnellt. Entführen können Sie mich nicht gegen meinen Willen, und mit meinem Willen werden Sie es erst recht nicht.«

Sie lachten beide, und der Freiherr sagte: »Ich glaube Ihnen das, Sie können sich selber tragen. Aber es ist nicht genug damit, sondern dazu sind die Starken da, daß sie auch Schwächere auf sich nehmen und tragen. Wenn Sie denn durchaus keinen besseren Rat annehmen, so hoffe ich wenigstens, daß Sie den Michael heiraten und eine Anzahl Kinder zeugen, damit Sie es auf diese Weise lernen, die eigentlich die der schwächeren Sorte ist.«

»Was sollen die Kinder?« rief Rose ungeduldig. »Habe ich nicht meine Tiere? Die Kinder drängen sich zwischen die Eltern und zerren sie sacht auseinander. Müßte ich seinem Kinde einmal Mutter sein, so wollte ich es gerne um seinetwillen, sonst nichts. Ihn will ich und das Glück der Erde; nach Vollendung, Läuterung, Aufgabe, Ruhm und Unsterblichkeit frage ich nicht.«

»Ihr Genius weiß es besser«, sagte der Freiherr kurz; denn sie waren inzwischen bei ihrer Wohnung angekommen. »Jetzt muß ich Sie verlassen«, sagte er. »Wäre es nicht der Erzengel, den Sie lieben, würde ich versuchen, Sie ihm abtrünnig zu machen und auf meine Wege zu führen, obwohl Sie ein junges Weib sind und ich ein alter Mann bin. Nun muß ich es Gott und Ihrem Genius anheimstellen. Haben Sie Dank für die letzte Abendstunde.« Sie gab ihm schweigend die Hand; aber plötzlich, einer unwiderstehlichen Regung nachgebend, legte sie den Arm um seinen Hals und küßte ihn fest auf den Mund mit dem Jünglingslächeln.

Demnächst erschien eine kleine Schrift des Freiherrn über Ehe und freie Liebe, worin die diesbezüglichen Fragen freimütig behandelt wurden. Die Ehe wurde als ein notwendiges Übel aufgefaßt, das zwar dem ordnungslosen Sichpaaren wilder Horden vorzuziehen, aber keineswegs eine hochentwickelten Menschen entsprechende Einrichtung sei. Sie stifte dadurch Nutzen, daß sie die Menschen und namentlich den Mann zwinge, für die Folgen seiner Handlungen einzustehen, die er mit der Grausamkeit des Muskelstarken gern auf den schwächeren Teil ablüde. Bei der außerordentlichen Roheit, die durchgängig

unter den Menschen herrsche, werde auch noch lange an dieser Einrichtung festzuhalten sein, keineswegs sei sie aber für etwas Heiliges zu halten. Schon der große Apostel habe gesagt, das Gesetz sei der Zuchtmeister für Sklaven, und wie man überall bei den schärfsten Gesetzen das Verbrechen am blühendsten fände, so sähe die Ehe, wo sie am strengsten vom Gesetze geschützt werde, inwendig recht unheilig aus. Sie sei ein Käfig, der weder andere vor den Bissen wütender Bestien schütze, noch die Eingesperrten hindere, sich untereinander zu zerkratzen und aufzufressen. Wenn sie sich wohl darin fühlten, würden sie träge und verlören allmählich den Gebrauch der Flügel. Da säßen die Frauen der höheren Stände wie kostbare Kakadus auf der Stange, ließen sich füttern und schlügen dafür von Zeit zu Zeit ein Rad oder pfiffen ein erlerntes Stückchen. Der Mann, besonders wenn er Geld hätte, setze sich meistens nur stundenweise, bei feierlichen Gelegenheiten und wenn recht viele Zuschauer kämen, in den Käfig hinein, übrigens flöge er, wohin er Lust hätte, zumal im Dunkeln. Für wahrhaft freie Menschen würde die Ehe von selbst zu freier Liebe werden: solange die Menschen aber Sklaven wären, sollte man nicht gleisnerischerweise die Ehe wie einen von Amoretten umgaukelten Rosentempel ausmalen, sondern frischweg predigen, daß, wer Anzeichen von Verliebtheit verriete, in die Zelle müsse, wo das störrische und lärmende Wesen gebändigt würde, und mit strenger, unerbittlicher Aufsicht Zucht halten, damit die Anstalt auch ohne Verzug ihren Zweck erfülle.
Eine Stelle in dem Buche handelte von den Pflichten des Mannes gegen die Frau, die weniger darin beständen, daß er sie heiratete, versorge und beschütze, als daß er ihr geistiger Träger und Führer sei. Zwar hätte jede Frau die Sehnsucht, den Druck, die Sorgen, die Verantwortung des äußeren Lebens und seiner Geschäfte auf einen Mann abwälzen zu können; aber noch heißer und ernstlicher verlange sie von ihm, daß er sie auf die Höhen des Geistes führe. Hier sei sie mitleidlose Richterin; wolle oder könne er das nicht leisten, entziehe sie ihm ihre Liebe, und wenn er sie mit den Schätzen der Welt belüde. Man sähe infolgedessen oft reiche Frauen kalt gegen Männer, die sie verwöhnten; hingegen reiche Mädchen eine behagliche Lebens-

stellung aufgeben, um armen, ausgestoßenen, rücksichtslosen Männern ins Elend zu folgen, weil sie ihnen aus glänzender Enge einen Blick auf die Höhen des Geistes eröffnet hätten.
Als Michael, der die Schrift aufmerksam las, zu dieser Stelle kam, wanderten seine Gedanken in seine Kinderzeit zurück und zu seinen Eltern. Er entsann sich mancher kleinen Zwischenfälle, wie sein Vater an einem Weihnachtsabend der Malve ein silbernes Diadem, mit einigen großen Diamanten verziert, schenkte, lange vorher in der Vorfreude über ihre Freude lebend, und wie sie es dann in die Hand nahm und nach flüchtigem Betrachten mit ein paar kühl anerkennenden Worten wieder hinlegte. Später schmückte sie sich oft damit, und Michael konnte das herrliche Juwel nie ohne ein Gefühl der Erbitterung gegen sie und schwärmerischen, brennenden Mitleidens für seinen Vater ansehen. Er besann sich, wie lebhaft und regsam sie im Gespräch mit anderen, namentlich mit Arnold Meier, sein konnte, und wie notdürftig und frostig die Antworten waren, die sie ihrem Manne gab: niemals hatte sie ihre Mitteilungen über dies und jenes, was sie gelesen oder gehört hatte, an ihn gerichtet. Er fühlte, wenn er daran zurückdachte, noch immer heißes Mitleid mit seinem Vater; aber zugleich hatte er ein besseres Verstehen für sie. Sie hatte in dem schönen, stattlichen Manne wohl auch einen starken Führer zu den Höhen des Geistes geahnt, hatte Brot des Lebens aus seiner Hand gewollt, und er hatte ihr Gold dafür gereicht, das Hungernde nicht sättigt. Vielleicht war sie, ohne es selbst zu wissen, gerüstet für Kämpfe und Entbehrungen an seiner Hand, indes er Teppiche und Felle von Tigern und Leoparden unter ihre Füße breitete und ihre Tapferkeit in den Wohlgerüchen des Reichtums erstickte. Sie hatte den Glauben an ihn verloren und angefangen, ihn zu hassen, der sie verweichlichte, wie schlaue Despoten es mit ihren Untertanen halten, um sie desto leichter zu Sklaven zu machen. Waldemar freilich hatte keinerlei tückische Absicht gehabt und nichts anderes gewollt, als ein glücklicher Ehemann mit einer schönen, heiteren, beglückten und liebenden Frau zu sein. Aber gerade das, daß nichts als eine schöne, heitere Frau aus ihr geworden war, empfand sie im tiefsten Grunde ihrer Seele, wohin sie fast nie mit offenen

Augen schaute, mit Schmerz, und machte unwillkürlich ihn dafür verantwortlich. Man hatte stets belächelt, daß sie durchaus einen Künstler aus einem ihrer Söhne machen wollte; und doch zeigte sich darin nichts anderes als ihr dunkles, tastendes Verlangen, in den Söhnen noch die höheren Stufen zu erlangen, wohin ihr eigener Schritt und die Hand ihres Mannes sie nicht geführt hatten. Die Söhne aber hatten sie im Stich gelassen; denn was war er ihr gewesen? Was hatte er für sie getan?
Plötzlich stellte sich ihm Verenas Bild vor Augen; er sah sie, wie sie an dem letzten Geburtstage, den sie in ihrem elterlichen Hause verlebte, vor einem mit einer Menge reizender Kostbarkeiten beladenen Tisch stand, rasch einzelne Gegenstände mit ihren langen, schmalen Schattenhänden herausgriff, kurz ihr Gefallen daran äußerte, und wie Kieselsteine wieder hinwarf; und mit welcher gehässigen Verachtung hatte sie später oft von dem Reichtum gesprochen, der sie umgab. Aber zugleich empörte sich Michael gegen die anmaßende Schwäche, die aus eigener Kraft sich nicht erheben kann und den Mann verklagt, der sich nicht gewaltsam aufrafft und mitreißt.
Verena kam ihm vor wie ein Schlinggewächs, das sich mit tausend fadendünnen Ranken anklebt, um aus den Säften des stützenden Baumes farbenschwelgerische Wunderblüten zu erzeugen, und er wollte sich um jeden Preis der anklammernden Umschlingung entziehen, vor der ihm graute. Eine abergläubische Furcht, sein Vaterhaus zu betreten, setzte sich in ihm fest, wo ihm war, als züngelten aus unzähligen Ritzen und Spalten feine tastende Wurzeln, die sich in ihn einsenken und ihm die freie Bewegung rauben wollten.
In dieser Zeit bekam er einen Brief seines Vaters, der nur selten und kurz zu schreiben pflegte, mit verworrenem Inhalt; er klagte über den mißlichen Gang der Geschäfte, woran Raphael die Schuld tragen sollte, dessen leichtes, übermütiges und großsprecherisches Wesen das sonst reichlich dargebrachte Zutrauen verscheuche. Bedeutende Tatsachen waren nicht angeführt, und die geäußerten Befürchtungen erschienen Michael übertrieben; denn Verluste, wenn sie wirklich stattgefunden hätten, könnten ein so festgegründetes Geschäft nicht so schnell erschüttern, und unkluge Spekulationen, zu denen Raphael sich vielleicht hätte

hinreißen lassen, konnte er schwerlich ohne Wissen seines Vaters unternehmen. Es wurde ihm unbehaglich über dem Brief zumute; Waldemar hatte nie anders als klar, in großen, leserlichen Zügen geschrieben, während jetzt etwas Fremdes auch darin sich zeigte. Da das Ergebnis des Briefes war, Michael möchte unverzüglich kommen und sich selbst Einblick in die Geschäftslage verschaffen und mit ihm beraten, konnte alles füglich Vorwand und Erfindung sein, um ihm einen Zwang zur Rückkehr aufzuerlegen. Daß er dem Rufe Folge leisten mußte, stand ihm sogleich fest, aber er hatte Furcht; weniger vor dem, was sein Vater ihm ausmalte oder was sonst etwa vorgegangen sein konnte, als Furcht, er möchte nicht mehr in sein Paradies zurückkehren können. Das schöne Vaterhaus mit den rauschenden Pappeln war ihm wie eine dunkle Burg eines gewaltigen Lehnsherrn, der allzu kühnen Vasallen, nachdem sie sich manchen Übergriff ungestraft erlaubten, unter klugen Vorspiegelungen lockt, um sie in schauerlichen Verliesen verschwinden zu lassen. Spät am Abend packte er seine Sachen, was er mitnehmen und was er zurücklassen wollte, in einer Erregung zusammen, die ihm selbst töricht und unbegründet erschien. Ob er das blaublitzende Meer und die braunen, waghalsigen Kinder, die daran spielten, je wiedersehen, ob er seine Arbeit am offenen Fenster, das Rauschen der Wellen halb unbewußt im Sinne, beenden würde, war das einzige, was er denken konnte. Als er mit dem Einpacken fertig war, ging er ins Freie, warf sich in den Kies des Strandes und tauchte beide Hände ins Wasser, als hoffe er, die feuchte Götterhand des Meeres würde sie ergreifen und ihn festhalten. Während der ganzen Reise verließ ihn die Angst nicht; erst als er in die Nähe der Heimat kam, richteten sich seine Gedanken auf seinen Vater, und allmählich wurde er ungeduldig, ihn zu sehen, und unruhig, in welchem Zustande er ihn finden würde. Noch ehe der Zug in die Bahnhofshalle einfuhr, beugte er sich aus dem Wagenfenster, um zu sehen, ob er ihn, wie sonst wohl, erwartete; der Platz, wo der Zug halten sollte, war dichtgedrängt von Menschen besetzt, unter denen er zunächst niemanden erkannte. Sein Herz klopfte, und er blickte hastig von einem zum andern; auf einmal sah er die vertraute Gestalt und zugleich, daß er sie vorhin unter den größeren gesucht und deshalb übersehen hatte; sein Vater erschien ihm klein, das Gesicht indessen nur insofern verändert, als es dicker und dabei schlaffer geworden war. Schmerz und zärtlichste Liebe überfluteten sein Herz, und er sprang ungeduldig aus dem Wagen, eilte, sich durchdrängend, auf seinen Vater zu und umarmte ihn. Indessen erwiderte dieser die Begrüßung zerstreut und fragte nach Koffer und Gepäckschein; erst als sie nebeneinander im Wagen saßen und dies und jenes gesprochen hatten, ruhte sein Blick etwas gesammelter und mit ängstlicher Liebe auf Michael. Michael sagte, sich auf den Brief beziehend, seine Befürchtungen müßten doch wohl übertrieben sein, ein so altes bedeutendes Geschäft sei nicht so leicht zu erschüttern, doch werde er gerne, wenn ihm das zur Beruhigung diene, die Bücher durchgehen und sich einen Einblick in die Lage zu verschaffen suchen. Waldemar nickte und schien durch diese Worte befriedigt zu sein, ohne aber weiter darauf einzugehen, was Michael in dem Gefühl bestärkte, es handle sich hier hauptsächlich um übertriebene, vielleicht krankhafte Einbildungen. Diese Vermutung bestätigte seine Mutter, als sie mit ihm allein war; die schwermütige Verstimmung seines Vaters habe stetig zugenommen und jetzt einen Grad erreicht, der jedes Behagen innerhalb der Familie vernichte. Namentlich plage er Raphael mit Vorwürfen und Beunruhigungen, die meist jeden Grundes entbehrten, sie hingegen mit albernen Zumutungen, zu sparen und sich einzuschränken, was sich in ihrer Häuslichkeit, wie sie nun einmal eingerichtet wäre, gar nicht durchführen ließe, auch wenn irgendwelche Ursache dazu vorläge. Daß die Schwermut sich von der Zeit schreibe, wo Michael fortgegangen war, berührte sie nur flüchtig, wie ihr überhaupt daran zu liegen schien, ihn nicht zu verletzen.

Raphael schlug einen leichten, gutmütigen Ton gegen Michael an, als wären niemals tödlich kränkende Worte zwischen ihnen gefallen. »Sei froh, mein alter Junge«, sagte er, »daß du dich beizeiten aus dem Loche herausgemacht hast, wo es immer brenzlicher und ungemütlicher wird. Wir haben unsere Not mit dem Vater, und wenn wir uns einmal gütlich tun und lachen wollen, muß es hinter seinem Rücken geschehen; doch ist uns freilich selten danach zumute.« Auch er ließ keinen Vorwurf gegen Michael einfließen und beklagte sich über seine Lage nicht mehr, als die Notwendigkeit, das Benehmen seines Vaters zu erklären, mit sich brachte; doch sah er nicht gesund und heiter aus, ob er sich nun durch Sorgen oder durch eine unvernünftige Lebensweise geschadet hatte.

Verena war verreist, und es herrschten in der Familie sonderbare Vermutungen und Befürchtungen über den Zweck ihrer Reise. Sie hatte nämlich kürzlich in einem Kurorte einen katholischen Priester kennengelernt, der solche Macht über sie gewonnen hatte, daß sie sich seitdem wie eine Katholische gebärdete und ein endgültiger Übertritt ohne Zweifel drohte. »Sie ist eigensinnig und unbeugsam, wenn sie sich etwas in den Kopf gesetzt hat«, sagte die Malve, »und da du fort bist, hat kein vernünftiger Mensch mehr Herrschaft über sie.« Michael atmete auf, als er hörte, daß sie fort war, doch tat es ihm weh, daß sie Mario mitgenommen hatte, mit dem sie sich überhaupt, wie die Malve erzählte, viel eingehender als früher zu beschäftigen anfinge. Gabriel zöge sie bereits zu ihren literarischen Abenden zu, was ihn keineswegs liebenswürdiger oder verständiger mache; überhaupt hätte die heutige Jugend etwas Erkünsteltes und Verstiegenes, was für Schönheit und Tiefe ausgegeben würde, ihr aber größtenteils Firlefanz zu sein scheine. Immerhin hätte sich Gabriels Geist in erstaunlicher Weise entwickelt; Raphael gestände es zwar nicht zu, hätte aber nicht den Mut, ein selbstgemachtes Gedicht in seiner Gegenwart vorzutragen. Sie erzählte in ihrer anmutig drolligen Weise, wie sie in glänzender Gesellschaft gesprochen haben würde, kindlich ehrlich und zugleich mit der Absicht zu belustigen; aber über ihre Worte hinüber sahen ihre süßblickenden Augen Michael klagend an.

»Arme Mama«, sagte er zärtlich, »du hast kein Glück mit deinen Söhnen.« Sie lächelte, indem sie antwortete: »Du scheinst ja nun doch ein berühmter Mann zu werden, und was Gabriel betrifft, so ist er an Verstand fast ein Wunderkind zu nennen. Meinem armen Raphael ist freilich ein schweres Los zuteil geworden, und ich bewundere oft, daß er sich seine gute Laune wenigstens nicht ganz hat rauben lassen; freilich ist das

Verdienst zum Teile seiner klugen kleinen Frau zuzuschreiben.« Die Malve stand gut mit der jungen Frau, die ihr in mancher Hinsicht glich, nur daß sie eine viel leichtere und unbedeutendere Natur war und sich deshalb, und weil sie die jüngere war, der schönen, stattlichen Schwiegermutter willig unterordnete. Sie fürchtete Verena, machte sich aber gern hinter ihrem Rükken auf eine kindisch spitzbübische Art über sie und den Kreis, in dem sie verkehrte, lustig, was der Malve Spaß machte. Überhaupt war ihre Munterkeit und ihr lautes, helles Lachen in dem ernsten Hause unentbehrlich geworden und selbst dem alten Unger ein angenehmer Klang, den er vermißte, wenn sie sich längere Zeit nicht blicken ließ. Michael war sie nicht sympathisch, und er begriff nicht, daß ihre Oberflächlichkeit und ihre gedankenlose, oft alberne Lustigkeit sie eine solche Rolle in seinem Elternhause spielen lassen konnte; aber er unterdrückte seine Meinung; was hätte er ihnen auch zum Ersatz für ihre Jugend, ihr Lachen, ihre Harmlosigkeit bieten können?
Hauptsächlich ließ er es sich angelegen sein, seinem Vater die Haltlosigkeit seiner quälenden Einbildungen zu beweisen, was aber keine leichte Aufgabe und ganz nach seinem Wunsche gar nicht durchführbar war. Einesteils erklärte es Raphael für eine Torheit und beleidigend gegen ihn selbst, daß Michael Erklärungen über Dinge abgeben wollte, die er, Raphael, viel besser verstehen müßte und seinem Vater auch zum Überfluß auseinandergesetzt hätte, ohne Erfolg natürlich, da sie eben in seiner Einbildung beständen. Michael konnte demnach nicht wohl darauf bestehen, die Geschäftsführung, soweit sie Raphael anging, zu untersuchen, was auch Waldemar nicht ausdrücklich verlangte, der überhaupt niemals ganz offen mit dem, was er gegen Raphael auf dem Herzen hatte, gegen diesen hervortrat. So begnügte er sich damit, alles sorgfältig durchzugehen, was sein Vater ihm vorlegte, obwohl es ihm außerordentlich peinlich war, sich mit dieser Arbeit zu befassen, auf der ihm der Staub und Schutt aller der Jahre seiner Abwesenheit zu liegen schien. Gewann er nun aber auch einmal seinem Vater das Zugeständnis ab, er hätte die Dinge zu schwarz gesehen und sich durch trübe Stimmung zu weit in willkürlichen Befürchtungen fortreißen lassen, stellte sich jedesmal heraus, daß damit nichts ge-

wonnen war und die düsteren Vorstellungen nach gewisser Zeit wiederkamen, so daß er schließlich an jedem Erfolge verzweifelte, solange sein Vater nicht in eine ganz andere Umgebung versetzt würde und dadurch notgedrungen andere Eindrücke in sich aufnehmen müßte.
Raphael und die Malve nahmen Michaels Vorschlag, er wolle seinen Vater mitnehmen und so lange wie irgend möglich vom Hause fernzuhalten suchen, beifällig auf und sagten, daß der Arzt immer auf Entfernung von den Geschäften und Veränderung der Lebensweise gedrungen hätte, daß aber kein Zureden ihn bewogen habe, dem Rate zu folgen. Michael brachte es mit Bitten endlich dahin, daß Waldemar versprach, ihn bis zu seinem jetzigen Aufenthaltsorte zu begleiten, unter dem Vorbehalte jedoch, daß Michael ihn ohne weiteres reisen ließe, wenn er sich unbehaglich fühlen und nach Hause verlangen sollte; was Michael versprach, aber leicht hintertreiben zu können glaubte, wenn sie erst einmal unterwegs wären. Es machte Michael einen eigenen Eindruck, daß niemand ihn diesmal zurückhalten wollte, vielmehr alle ihn aufs freundlichste zur Abreise antrieben, da sie voll Unruhe waren, irgendein Zufall möchte die Ausführung des Planes verhindern. Besonders seine Mutter und Raphael konnten den Augenblick nicht erwarten, wo der drückende Alp vom Hause weggewälzt würde; sie waren lustig wie Kinder, die ein paar Tage ohne Aufsicht bleiben sollen, und Michael konnte nicht umhin, an dem Übermut Freude zu haben, den sie dabei entfalteten.
Auch Michael hatte sich darauf gefreut, seinen Vater für sich allein zu haben und sein leidendes Gemüt durch seine liebevolle Nähe und durch reine, schöne Eindrücke, die er ihm zuführen würde, zu heilen oder doch zu lindern; doch zeigte sich auf Schritt und Tritt, wie schwer es war, dem schwerfälligen, alternden Manne beizukommen. Er hatte die Reise, was sich leicht einrichten ließ, über die Stadt geleitet, wo er studiert hatte, nicht nur, weil er sich gewöhnt hatte, zu glauben, ihre strahlende Schönheit müsse auf jedermann einen befreienden Eindruck machen, sondern weil er annahm, es würde seinen Vater interessieren, den Ort kennenzulernen, wo er so lange gelebt und sich so glücklich gefühlt hatte, wo ihm so mancher Platz

lieb und bedeutungsvoll geworden war, den er ihm zeigen konnte.

Da sie bei vorgerückter Abendstunde ankamen, führte Michael seinen Vater sogleich in einen schön gelegenen Garten am See, wo sie das Abendessen einnehmen wollten. Er hatte vergessen, daß sein Vater ungeduldig und zornig zu werden pflegte, wenn die Bedienung lässig war, und erinnerte sich erst mit Schrecken daran, als der Ärger in jenem bereits zu kochen anfing. Daß es vergeblich sein würde, ihn durch Hinweis auf die Pracht der umgebenden Natur abzulenken, wußte er, und er machte ihn deshalb darauf aufmerksam, daß es spät sei, die Gerichte aber auf eine frühere Stunde bereit sein müßten, daß in Wirtschaften, wo die Gäste den ganzen Nachmittag und Abend zuzubringen pflegten, um die Aussicht zu genießen, in bezug auf Bedienung gewöhnlich weniger geleistet würde als in anderen, und daß es sein Fehler sei, gerade diese gewählt zu haben. Der Eifer und die Umständlichkeit, mit der sein Vater alles widerlegte, was er zur Entschuldigung der Wirtschaft vorbrachte, während es sonst so schwer hielt, ihn in ein Gespräch hineinzuziehen, machte ihm einen peinlichen Eindruck. Als vollends Waldemar, da er zu bemerken glaubte, daß später gekommene Fremde eher als sie bedient wurden, mit lauter Grobheit gegen die Kellnerin herausfuhr und drohte, auf der Stelle aufstehen und weggehen zu wollen, hatte er Mühe, ein widerwilliges Gefühl zu unterdrücken. Doch machte er sich diese Reizbarkeit selbst zum Vorwurf und bemühte sich, dem Vorgang eine komische Seite abzugewinnen, wodurch es ihm denn auch glückte, seinen Vater zu beschwichtigen. Eine Flasche Wein, von dem sein Vater behauptete, es sei eine geringere Sorte, als die aufgeklebte Etikette angab, veranlaßte noch einmal einen heftigen Zornesausbruch, bis schließlich, nachdem anderer herbeigeschafft war, der besser mundete, seine Stimmung sich milderte. Er fing nun an, von Reisen zu erzählen, die er in früherer Zeit gemacht hatte, und verweilte vorzüglich bei den Speisen und Getränken, die da und dort üblich waren, und erinnerte sich an allerlei kleine Vorfälle, die sich um dergleichen drehten.

Michael hörte zu, sah auf den dunklen, flimmernden See, auf

dem zahllose Kähne schaukelten, und kämpfte gegen schwer heraufsteigende Sehnsucht und Traurigkeit. Er wollte von etwas anderem anfangen; aber er hatte nicht den Mut, seinen Vater zu unterbrechen, da er einmal in leidlich guter Laune zu sein schien; als er es schließlich doch tat, folgte ihm Waldemar wohl eine Weile, wurde aber bald müde und wünschte in das Gasthaus gebracht zu werden und zu schlafen.

Für den folgenden Tag hatte Michael eine Zusammenkunft mit dem Freiherrn gewünscht, den er sich sehnte wiederzusehen und von dem er überzeugt war, daß er seinem Vater gefallen, ja imponieren würde. Doch fügte es sich, daß an diesem Tage ein sozialdemokratisches Fest war und daß der Freiherr bei diesem Anlasse eine Rede hielt, weswegen er vor Mittag nicht abkommen konnte. Für Michael war dies höchst überraschend und, da er nun einmal in Gesellschaft seines Vaters war, ebenso unangenehm; denn er hatte darauf verzichtet, Boris und Arabell zu sehen, da er, wenn die Rede auf Politik käme, unliebsame Auftritte fürchtete, und mußte nun etwas Ähnliches mit dem Freiherrn besorgen. In aller Frühe veranlaßte ein Aufzug von Arbeitern, wobei rote Fahnen und rote Nelken getragen wurden, den alten Unger zu groben und leidenschaftlichen Auslassungen, in die Michael nicht einstimmen mochte und die er doch nur mit Vorsicht zu mildern wagen durfte. Es war nicht möglich, ihn im Laufe des Vormittags dauernd von diesem ärgerlichen Ereignis abzubringen, vielmehr war es, als verursache es ihm Genugtuung, einen für Groll und Beschimpfungen geeigneten Gegenstand gefunden zu haben.

Die Persönlichkeit des Freiherrn und die fröhliche Herzlichkeit, mit der er Michael begrüßte, ohne von ihm selbst mehr Notiz zu nehmen, als die Höflichkeit gebot, machte einen angenehmen Eindruck auf Waldemar. Der Freiherr war jünger und feuriger als je; erfüllt von Neuigkeiten, die seinen Prozeß wegen Bigamie betrafen, war er ungeduldig, sie Michael mitzuteilen: doch glückte es diesem, ihm durch einen beschwörenden Blick das Wort rechtzeitig abzuschneiden. Wie nun aber Michael dasselbe versuchen wollte, als der Freiherr seinen heutigen Vortrag und sonstige Erlebnisse von der Arbeiterfeier zu schildern im Begriffe war, fing dieser zu lachen an und sagte

belustigt zu Waldemar: »Ihr Sohn möchte Sie hinstellen, als ob Sie ein Spion oder ein schreckhaftes Mütterchen wären; da Sie aber keinem von beiden gleichen, stehe ich nicht an, Sie zum Mitwisser der Übeltaten zu machen, die ich heute begangen habe, indem ich den Leuten mit der roten Fahne eine väterliche Ansprache habe zukommen lassen.« Er erzählte nun, was er gesagt und welchen Eindruck er gemacht hätte, durchaus wahrheitsgemäß und dabei so geschickt, daß der alte Unger nicht nur nichts einzuwenden hatte, sondern mehrmals herzlich lachen mußte und voll Billigung und Bewunderung war. Es schien ihm, als hätte der Freiherr seine eigene Überzeugung vertreten, nur meinte er, sollte man sie nicht aussprechen, da man anderen nicht damit nützen, sich aber schaden könnte. »Wissen Sie denn nicht, was für ein Reiz im Wagen liegt?« sagte er lachend. »Kennen Sie die Sage von dem See nicht, in den man kein Steinchen werfen durfte, ohne ein vernichtendes Unwetter herbeizuführen, und wie es die vorübergehenden Wanderer nun durchaus nicht lassen konnten, geschwind und unvermerkt wenigstens einen kleinen Kiesel hineinzuspritzen? Ernstlich, es hat etwas überaus Anziehendes, wo recht viele Menschen versammelt sind, laut und nachdrücklich zu sagen, was verboten ist. Ich hätte nie geglaubt, daß ein Mann wie ich, der voll vom echtesten Ahnenblut ist, einen so gassenbübischen Hang haben könnte. So sagte ich vor ein paar Tagen gelegentlich, ein Königsmörder wäre weit lobenswerter als die Massenmörder zu Pferd und zu Fuß, genannt Feldherren, denen Denkmäler wie Pilze nach dem Regen aus der Erde schössen, was natürlich nicht meine Meinung ist, da in Wahrheit die einen so wenig wie die anderen taugen.«
Während Michael lachte, machte Waldemar große Augen und fragte, ob es denn die Regierung gern sähe, wenn er in seiner Stellung als Universitätslehrer sich in solcher Weise hören ließe. Nein, sagte der Professor lachend, das sähe sie freilich nicht gern; aber die Tage, wo er Professor wäre, wären sowieso gezählt, und da er kein Vermögen hätte, müßte er sich beizeiten einüben, als Volksredner und Bänkelsänger sein Brot zu verdienen. Waldemar wurde mißtrauisch und unruhig und sagte: »Ich gestehe, daß ich nicht begreife, wie man so ernste Dinge

so leicht nehmen kann. Es ist etwas Entsetzliches, wenn ein Mann in unseren Jahren plötzlich stellenlos und brotlos wird. Wie kann man sich im Alter noch auf neuen Gebieten in Wettbewerb mit jungen Leuten wagen? Sie sollten meiner Ansicht nach alles tun, um die glänzende Stellung, die Sie innehaben, nicht zu verscherzen.«

»Verzeihen Sie, wenn ich anderer Meinung bin«, sagte der Freiherr. »Alte Männer, wie Sie und ich, sollten, wenn sie es nicht schon vorher getan haben, wenigstens jetzt anfangen, ihren Blick vom Diesseits auf das Jenseits zu richten. Es kommt selten vor, daß ein gebildeter Mensch, der arbeiten kann und will, auf der Straße Hungers stirbt, aber sehr häufig, daß einer sich drüben das Brot nicht verdienen kann, um den verklärten Leib daraus aufzubauen. Schrecklich ist es, wenn man das Beste vergißt, wie es in den Märchen heißt. Die Menschen verzweifeln, wenn sie nicht wissen, wovon sie morgen leben werden, und fragen sich nie, womit sie sich die Ewigkeit hindurch ernähren werden. Gott hat drüben keine Vorratskammern für die Unbemittelten, sondern ein jeder muß sich selbst versorgen; denn ihre Werke folgen ihnen nach, steht geschrieben.«

Der Freiherr hatte das nicht unliebenswürdig, aber mit Hochmut gesagt; Waldemar schob seine Tasse zurück – denn sie hatten nach dem Essen den Kaffee zusammen genommen – und sah ihn starr, mit sichtlichem Bemühen, seine Gedanken zu ordnen, an. »Wir sollen glauben«, sagte er endlich, »daß unsere guten Taten belohnt und unsere Missetaten bestraft werden, das weiß ich. Ist es aber eine Missetat, zu arbeiten, um seine Familie zu erhalten und ihr Geld zu hinterlassen, wovon sie leben kann?«

»Eine Missetat? Nein, Pflicht ist es«, sagte der Freiherr. »Es ist aber bei weitem nicht genug, keine Missetaten zu begehen. Stellen Sie sich einmal die guten Werke, die Sie tun, wie Strahlen vor, aus denen Ihnen im Jenseits ein ätherischer Leib gewoben wird. Fehlt es nun an Strahlen, so muß Ihre Seele, nachdem der Staubleib verfallen ist, heimatlos auf der Erde herumschwirren, ohne Erdenleben zu besitzen, ein Zustand etwa wie der, in dem ein aus dem Gefängnis ausgebrochener Mörder lebt, der sein Gesicht nicht zeigen, seine Stimme nicht hören lassen kann, bei Tag verschwindet und im Dunkel gespenstisch umgeht.«

»Ich glaube, Sie wollen meinem Vater das Gruseln lehren«, sagte Michael lachend, während dieser wirklich, starr mit seinen großen Augen den Freiherrn ansehend, einem eingeschüchterten Kinde glich. Er wurde schweigsam und schien, vor Müdigkeit oder Zerstreutheit, dem Gespräche nicht gut mehr folgen zu können. Als er mit Michael allein war, äußerte er sich nicht abfällig über den Freiherrn, verlangte aber, die Reise sogleich fortzusetzen, da er ungeduldig sei, die Briefe zu erhalten, die er sich nach einer Stadt in Italien hatte nachschicken lassen. Michael redete nicht zu längerem Verweilen zu. Er hatte auf einen größeren Aufenthalt in verschiedenen italienischen Städten gerechnet und gehofft, was es dort an Schönheit und Merkwürdigkeit gäbe, würde seinen Vater eine Weile beschäftigen; allein dort erklärte Waldemar vollends, nicht eine Stunde mehr als notwendig sei bleiben zu wollen, da er Italien mehrfach bereist habe und in jeder Hinsicht unleidlich finde. Während sie im Eisenbahnwagen an reichen Bildern der edelsten Natur vorüberfuhren, zog er von Zeit zu Zeit sein Taschenbuch hervor, überlas seine Briefe, machte sich Notizen und rechnete; Michael erschöpfte sich in Versuchen, ihn bald geradezu durch scherzenden Tadel, bald auf Umwegen und mit List wenigstens vorübergehend seiner öden Qual zu entreißen.

Die ärmliche Behausung Michaels im Fischerdorfe erregte sein Befremden; er konnte sich durchaus nicht vorstellen, warum es ihm dort so wohl wäre, und auch für seine Arbeit konnte er kein rechtes Verständnis gewinnen. Doch war hier etwas, das ihn anzog und erfreute, nämlich das Meer, sei es, daß es Erinnerungen an manche frohe Fahrt in der Jugend, wo er viele große Reisen gemacht hatte, in ihm anregte, sei es, daß der ungeheure Anblick der allbeweglichen Flut unmittelbar wohltätig auf sein Gemüt einwirkte. Er bezeigte lebhaftes Vergnügen an einer Ruderfahrt, die sie unternahmen, schwatzte behaglich mit den Fischersleuten und legte sich, zum ersten Male seit sie unterwegs waren, mit allen Anzeichen von Ruhe und Behagen an den Strand, während Michael nach einem etwa eine Stunde weit entfernten Orte ging, um einen besonders guten Wein für

seinen Vater zu kaufen. Diesem war die Zeit seiner Abwesenheit nicht lang geworden; er erzählte, zwischenhinein mit augenscheinlichem Vergnügen den feurigen Wein trinkend, von allerlei Jugenderlebnissen, die ihm eingefallen waren: von Stürmen auf dem Meere, von Kapitänen, Matrosen und anderen Schiffsbekanntschaften, von ängstlichen Stunden und beherzten Taten, frisch, anschaulich und nicht ohne eine künstlerische Freude an lebendiger Darstellung des einst Erlebten.
Michael war glücklich über diese Wendung und wählte jedes Wort behutsam, um die schöne Stimmung nicht zu verscheuchen; auch kam nichts Trübendes dazwischen, doch wurde Waldemar allmählich stiller und starrte schließlich, als es dunkel wurde, wortlos mit schwermütigem Blicke auf das unendliche schwarze Geflüster, ohne sich losreißen zu können.
Am andern Morgen erklärte er zu Michaels äußerster Überraschung, der schon Hoffnung gefaßt hatte, seinen Vater vielleicht einige Monate oder Wochen bei sich halten zu können, sofort nach Hause reisen zu wollen. Alle erdenklichen Einwände, die Michael machte, verfingen nicht; als er ihn auf das Meer hinwies, das er so liebte, schüttelte er heftig den Kopf und sagte, daß ihm vielmehr ein längerer Anblick des Meeres Schwindel verursachte. Michael sah ein, daß er den Widerstand aufgeben müsse, wenn er seinen Vater nicht bedenklich reizen wollte; erst als er nachgegeben hatte und sich selbst an den Vorbereitungen zur Reise beteiligte, wurde Waldemar ruhiger. Auch sich nach Hause begleiten lassen wollte er durchaus nicht; es hatte fast den Anschein, als sei er froh, eines Beobachters ledig zu werden. Indessen auf dem Wege zur Bahnstation, den sie zu Fuß machten, war er zugänglich und liebevoll. Da Michael ihm zuredete, sich vom Geschäfte zurückzuziehen, Raphael mehr Vertrauen zu zeigen und ihm dadurch seine Stellung lieber und leichter zu machen, sprach er von Raphaels Leichtsinn und Unzuverlässigkeit, von seinen Sorgen und daß er durchaus die Zügel nicht aus der Hand lassen dürfe. Er hatte Michaels Arm genommen, lehnte sich darauf und verlor sich mehr und mehr in Betrachtungen über den Druck seines Berufes, die Mühsal und Freudlosigkeit seines anstrengenden Lebens, wobei er zuweilen auffallende Zerstreutheit verriet.

»Ich bin froh, daß ich dich nicht habe Kaufmann werden lassen«, sagte er plötzlich zu Michael, der nicht antwortete.
Als der Zug, in dem sein Vater saß, sich bewegte und das geliebte Gesicht ihm noch einmal ernsthaft freundlich zulächelte und dann verschwand, ergriff Michael plötzlich Unruhe und Reue, daß er ihn allein hatte reisen lassen, daß er ihm seine Begleitung nicht gewaltsam aufgedrungen hatte. Dem Anscheine nach ein gesunder Mann, fing er ja an, ein kindischer Greis zu werden. Er dachte daran, ihm mit dem nächsten Zuge nachzureisen, sagte sich aber, daß er wenig Wahrscheinlichkeit habe, ihn zu erreichen, da er sich vorgenommen hatte, durchzureisen, und daß er in diesem Falle schnell und schließlich ohne gerade gefährlichen Zufällen ausgesetzt zu sein, wieder zu Hause sein würde. Auf seinem einsamen Wege ins Dorf zurück strömten ihm die Tränen über das Gesicht; aber dennoch war ein großes Frohlocken in der Tiefe seines Herzens. Er fühlte, daß er frei zu werden begann; zu Hause hielt ihn keiner mehr, seine Frau schlug Wege ein, die sie notwendig immer mehr von ihm entfernen mußten, sein Vater ging den Weg, der langsam aus der Gegenwart in die Vergangenheit führt. Das mußte so sein; still ging er in eine unbekannte Ferne, wo er des Sohnes nicht mehr bedurfte, er hingegen ging dem unsterblichen Meere entgegen, dessen donnerndes Jauchzen er von weitem hörte. O Leben, o Schönheit! sang es. O Leben, o Schönheit!

Die Veröffentlichung seiner Arbeit erwarb Michael, auf den schon ein paar kleinere, früher erschienene Schriften aufmerksam gemacht hatten, einen guten Namen, und da er von mehreren Seiten lebhaft empfohlen wurde, bekam er, was sein dringendster Wunsch war, die Anstellung an einer zoologischen Anstalt, die kürzlich von der Regierung seines Landes am Mittelländischen Meere gegründet worden war. Dem Namen nach war ein anderer der oberste Leiter, ein Mann von einflußreichen Verbindungen, dem durch diese Stellung der Aufenthalt im südlichen Klima, der ihm gesundheitshalber verordnet war, ermöglicht werden sollte, dem aber alle Vorbildung fehlte, so daß er einen Beamten zur Seite stehen haben mußte, der die Anstalt für die Wissenschaft nutzbar machen konnte. Dies brachte den Nachteil mit sich, daß Michael keinen seiner Tätigkeit entsprechenden Titel führen und Gehalt beziehen konnte; von dem, was er erhielt, hätte er seine Familie nur bei bescheidensten Ansprüchen und wenn sie bei ihm gewesen wäre, erhalten können. Obwohl dies in seiner Lage nicht wenig ins Gewicht fiel, mußte er doch die Anstellung als einen großen Glücksfall betrachten; denn er hatte die beste Gelegenheit, weitere Studien zu machen, die ihn in seiner Laufbahn wiederum fördern konnten, und durch kleinere Veröffentlichungen hoffte er nebenbei Geld verdienen zu können.

Der Direktor war ein liebenswürdiger Weltmann, mit dem Michael gut auszukommen sicher war; er beanspruchte, von aller Arbeit und geschäftlichen Verdrießlichkeiten entlastet und womöglich gut unterhalten zu werden, schien aber dafür kein Gelüste nach Einmischung oder Scheinherrschaft zu haben. Die Ereignisse hatten Michael gehoben und getragen, mehr als er je hätte hoffen können; nur in dem einen Punkte, in seinem Verhältnisse zu Rose, war er mit dem stärksten Wollen immer noch nicht weitergekommen.

Ehe er seine Anstellung antrat, durch welche er in Zukunft mehr als früher gebunden sein würde, traf er sich mit Rose in Verona, das ungefähr in der Mitte zwischen ihnen lag. Es waren jetzt acht Jahre seit jenem Frühling verflossen, wo sie sich das erstemal gesehen hatten; ihm war zumute, als wäre er nach rastlosem Vorwärtsstürmen in ungewisse Ferne von Gefahren endlich an einem Ruhepunkte angekommen, wo er Atem holen und rückwärts schauen konnte. Sie fühlten sich beide gereift und gestärkt und durch äußere Anerkennung befestigt; denn auch Rose hatte mit ihren besten Arbeiten wenn auch nicht Beliebtheit bei der Menge, so doch die höchste Anerkennung von Kunstfreunden erworben. Als sie sich wiedersahen, umgeben von stolzester und mildester Schönheit der Erde, überkam sie eine Wonnegefühl, das schwindeln machte. Noch hatten sie die kühle, schäumende Etsch, die uralten Brükken und Türme, die einsame Herrlichkeit der ansteigenden Gärten und die violetten Zacken der Gebirge nicht unterschieden und empfanden schon die Schönheit des Bildes wie das

Aroma eines starken Weines. Während sie auf einem Hügel vor der Stadt standen und schauten, sah Michael mit glücklicher Genugtuung das unersättliche Staunen ihrer Augen, die, wie zwei dunkle, ruhende Schmetterlinge über der Blume, an der Landschaft hingen, um Nektar zu saugen. »Wenn man das Sterben lebendig empfinden könnte«, sagte sie und ließ ihren feuchten Blick auf Michael wandern, »möchte ich jetzt sterben: die ganze Seele in die Schönheit der Erde hinunterstürzen, daß nicht ein Tropfen zurückbliebe.«

»Bei dir darf man nicht eifersüchtig sein«, sagte Michael; während sie Hand in Hand den Hügel hinunter gegen die Stadt gingen, erzählte ihm Rose, was sich an jenem Nachmittage im Konzertgarten zwischen ihr und dem Freiherrn zugetragen hatte. Er hörte schweigend zu und sagte nach einer Weile: »Wärest du nicht so, müßte ich dich nicht so lieben«, wobei er ihre Hand, die er im Gehen in seiner gehalten hatte, an seine Lippen zog. Trotzdem sah sie einen Schatten von Traurigkeit auf seinem Gesichte und rief erschrocken: »Nein, traurig darfst du nicht sein; zwischen uns muß lauter Glück und Liebe sein. Fühlst du nicht, daß ich nur dich liebe und nur dein bin und ewig dein wäre, auch wenn ich dich heute aus toller Leidenschaft zu einem anderen verließe?« Michael lachte. »Deine Arzneien sind so bitter, daß man lieber nie über Schmerzen geklagt haben möchte«, sagte er. »Ich fühle, daß du mich liebst und mein bist und daß du mich nicht so leicht verlassen wirst; aber dennoch fasse ich dich nicht völlig, das fühle ich auch. Du gibst dich mir ganz, und doch hast du in jedem Augenblick noch Überfluß, den du in jede Schönheit, die sich vor dir auftut, hinunterstürzest.« Plötzlich fiel ihm die Stelle aus der Schrift des Freiherrn über die Ehe ein, die er mit so viel Aufmerksamkeit gelesen hatte, und er sagte: »Oder ist es, weil ich deinem Geiste zu wenig geboten habe? Weil ich nie versucht habe, dich über die Erde zu den Höhen des Geistes zu tragen?«

Rose sah ihn verwundert an, und schließlich mußten beide lachen. »Ist das ein Auszug aus einer Rede des Freiherrn?« fragte sie. »Ich will keine Höhen, als die Höhen der Erde, und da bin ich immer oder doch oft. Was du meinst, ist dies: wie die Christen über dem Geliebten noch Gott und den Geliebten in Gott lieben, so liebe ich die Erde über alles. Wo ich ihre Götternähe fühle, glüht die Flamme der ewigen Andacht in mir auf und berauscht mich, denn sie ist wohlriechend, als ob sie mit Sandelholz und Weihrauch genährt wäre. Dann sind mein Leib und meine Seele Opfer der Erdmutter, auf die du nicht eifersüchtig sein darfst.«

»Ich will dich, wie du bist und nicht anders«, sagte Michael ruhig; es war auch nicht die leiseste Trübung in seinem Gemüte zurückgeblieben.

Sie fanden eine passende Wohnung in einem kleinen, außerhalb der Stadt am Strome gelegenen Hause, das einem noch jungen, von vielen Kindern umringten Ehepaare gehörte. Die Frau war eine hübsche, verständige Person, deren Gedanken nie über ihren Mann und ihre Kinder, mit denen sie sich ziemlich viel abgab, hinausgingen; sie war nicht träge, aber behaglich, und überließ soviel Arbeit wie möglich dem Dienstmädchen, dem anzusehen war, daß es in nächster Zeit ein Kind erwartete. Rose freute sich darüber, daß die Frau gutmütig genug war, das Mädchen trotzdem im Dienste zu behalten, was diese aber für selbstverständlich anzusehen schien. Sie war sehr gesprächig und erzählte, daß der Geliebte des Mädchens bei einem Streit mit einem andern, wobei auch Eifersucht im Spiele gewesen sei, erstochen worden wäre; das arme Geschöpf sei nun übel daran, würde aber vielleicht, wenn er nach Jahresfrist aus dem Gefängnis entlassen werde, den andern heiraten. Dieselbe Gutherzigkeit bewies die Frau einer Dame, die mehrere Zimmer bei ihr bewohnte: diese war nämlich ihrem Manne, der ihr aus unbegründeter Eifersucht, wie sie sagte, nach dem Leben stellte, entflohen und hoffte, sich in dem bescheidenen Häuschen, das von ihrer Heimat, dem südlichen Italien, so weit entfernt lag, vor ihm schützen zu können. Ihre zwei Kinder, einen Knaben und ein Mädchen, hatte sie bei sich; es waren hübsche, feine Kinder und sie selbst eine junge, schöne, reich und elegant gekleidete Frau mit großen, schmachtenden Augen im blassen Gesicht. Sie lebte äußerst zurückgezogen und scheute jedes Gespräch; ihre Unruhe und nervöse Furchtsamkeit teilten sich leicht denen, die um sie waren, mit, so daß es von seiten der jungen Leute, wenn sie auch gut bezahlt wurden, wohl als ein Opfer gelten konnte, sie aufgenommen zu haben. Beide hielten die Dame, die sie mit großer Aufmerksamkeit behandelten, für unschuldig, und die Frau konnte Rose nicht genug davon erzählen, was die Frauen unter der bösartigen Eifersucht der Männer zu leiden hätten, und wie gut sie selbst daran sei, daß ihr braver Mann sie mit dergleichen verschone. Sie hatte ihre Freude daran und rühmte es oft, daß Michael und Rose, die sie für Eheleute hielt, so liebevoll und einig wären, wie sie es, behauptete sie, weder bei Einheimischen noch bei Fremden je gesehen hätte.

Rose konnte sich anfangs nur mühsam mit den Italienern verständigen, da sie der Sprache nicht mächtig war; doch brachte ihr Michael schnell so viel bei, daß sie sich notdürftig ausdrükken und sich mit Hilfe von ein paar Büchern und namentlich von Zeitungen selbst weiterbringen konnte. Wenn sie in früherer Zeit zusammen waren, hatte sie es nicht leiden mögen, wenn Michael sich in Zeitungen vertiefte; nun sie es selbst tat, ging sie damit um wie eine Frau vom Lande oder sonst des Lesens ungewohnte Leute, für die ein Zeitungsblatt lauter bedeutsame und schwerwiegende Offenbarungen enthält. Viele Tatsachen und Zustände der großen Welt, die ein aufmerksames Schulkind ihr hätte sagen können, waren ihr unbekannt und erschienen ihr um so wunderbarer, weil sie sich ihr zum ersten Male in einer fremden Sprache darstellten. Michael mußte unaufhörlich bestätigen, erklären und erläutern, und sie kam ihm vor wie ein Königskind, das man gleich nach der Geburt in einen Turm gesperrt und dort hat aufwachsen lassen und das ein Zufall plötzlich in das Getümmel der Welt gesetzt hat. Schließlich warf sie das Blatt fast immer mit Abscheu aus der Hand wegen der traurigen und häßlichen Dinge, die sie gelesen hatte: langweilige Schachzüge von Königen und Staatsmännern, planlose Untaten, harte Bestrafungen, trockene Aufzählung endlosen menschlichen Jammers. Anfänglich hoffte sie, Michael würde das meiste davon Lügen strafen, weil sie oft gehört hatte, daß man den Zeitungen Unwahrhaftigkeit vorwarf, und wenn er dann mit Achselzucken erklärte, das könne schon so sein, solches komme in der Tat vor, erzürnte sie sich gegen ihn, daß er so ruhig dabei bliebe.

Er sagte: »Wenn mich alles Schreckliche erschütterte, wovon ich höre oder lese, würde ich nie einen Augenblick auf festen Füßen stehen. Du mußt auch bedenken, daß einen nichts so hart treffen kann, wie es einem andern erscheint, weil alles, auch das scheinbar Zufällige, was uns heimsucht, mit unserm Wesen in irgendeinem Zusammenhang steht. Ferner, wenn wir die Welt vom Übel befreien könnten, würden wir ihr gewiß zugleich ihr Schönstes nehmen.« Rose sah ihn mit einem langen, sinnenden Blick an und sagte: »So reden die Leute, die nicht nachdenken und denen es gut geht; du solltest nicht so reden.« In diesen Tagen waren die Blätter voll von dem Räuber Maffurio, der seit einigen Jahren in den Abruzzen sein Wesen trieb und dem die Soldaten kürzlich auf die Spur gekommen waren; täglich erwartete man von seiner Gefangennahme zu hören, doch hatte er, so unrettbar er umstellt schien, sich immer wieder durchschlagen oder entschlüpfen können. Maffurio war, kaum zwanzig Jahre alt, wegen einer aus Edelmut und Hilfsbereitschaft entsprungenen Tat zum Gefängnis verurteilt worden. Er hatte nämlich einem begüterten Bauern, der einer armen, alten, ihm verschuldeten Frau die einzige Kuh, von der sie ihren Lebensunterhalt bezog, als Schadenersatz weggenommen hatte, diese wiederum aus dem Stalle geholt und der alten Frau zurückgegeben, wobei er erst den Knecht des Bauern, dann diesen selbst, da sie ihn mit der Peitsche vertreiben wollten, nicht unerheblich verwundet hatte. Er hatte sich hernach versteckt und würde dem fahndenden Gerichtsboten, wie es oft geschah, unzweifelhaft entwischt sein, wenn ihn nicht ein junger Mensch, der sich wegen eines Mädchens an ihm rächen wollte, verraten und ausgeliefert hätte, so daß er verhaftet wurde. Er wurde schwerer bestraft, als es der Fall an sich mit sich gebracht hätte, einmal weil er sich der Verhaftung mit Anwendung von Gewalt hatte entziehen wollen, und zweitens weil die Regierung sich vorgesetzt hatte, die Selbsthilfe, wie sie sich in der dortigen Gegend noch ein jeder anzumaßen pflegte, endlich einmal auszurotten, was insofern manche Unbilligkeit mit sich brachte, als das Recht keineswegs immer tadellos gehandhabt wurde und das Volk nicht ganz mit Unrecht bei seinem alten Brauche sich besser zu stehen glaubte.

Es war dem Maffurio gelungen, aus dem Gefängnis zu entkommen, wie er sagte und wie das Volk allgemein glaubte, mit Beihilfe der schmerzhaften Mutter Gottes, welche seine besondere Schutzpatronin war. Seit dieser Zeit hauste er in den Höhlen und Klüften der Abruzzen, im ganzen ungefährlich, außer für etwaige Abgesandte der Regierung, Gendarmen und Soldaten, die zuweilen ausgeschickt wurden, um ihn zu fangen. Von solchen hatte er mehrere getötet, sonst stellte er niemandem nach, seit er seinem Rachegelübde gegen den Verräter, der ihn ausgeliefert, Genüge getan hatte. Diesem hatte er jahrelang aufgelauert, ja sich in dunklen Nächten in das Dorf gewagt, in der Hoffnung, ihn dort anzutreffen; allein der Mann, der wußte, was seiner harrte, war vorsichtig und traute sich selten gegen die Wälder hin, bis eine längere Zeit vergangen war; da wurde er sicher, ging mit seinem kleinen Knaben in Geschäften über Land und wurde unterwegs in einsamer Gegend von Maffurio überrascht. Die Anwesenheit des Kindes, das laut weinte und um seines Vaters Leben bat, störte ihn und hätte ihn fast entwaffnet; doch nahm er sich zusammen, riß das Kind von dem Manne weg und erschoß ihn. Man sah ihn hernach selten; er hielt sich im dunkelsten Gebirge auf und kam nur zum Vorschein, wenn der Hunger ihn trieb. Frauen und Kinder aus den Bergdörfern, die ihn wie einen guten Geist verehrten, trugen ihm bereitwillig Speisen zu. Er war blaß und mager, und aus seinen Zügen sprach tiefste Melancholie; wenn man ihn um Hilfe ansprach, versagte er sie nie, und seine Handlungen schienen von Allmacht zu zeugen. Kinder überschüttete er mit Gaben, die durch gewaltige Raubtaten in seine Hände gekommen sein mußten, und sie liefen ihm ohne Scheu nach. Es hieß, wenn man sich bei Nacht allein auf irgendeinen Platz im Walde stellte und nach jeder Himmelsrichtung leise seinen Namen »Maffurio« spräche, so erscheine er und stände dem Schutzflehenden bei. Wilde Tiere, die er gezähmt hatte und die ihm auch Speise suchten, beschützten ihn gegen seine Verfolger; ein Soldat, der ihm aufgelauert hatte, sollte kürzlich von einer wilden Katze zerrissen worden sein. Dies war die Meinung des Volkes über Maffurio.

Roses Teilnahme für ihn war so groß, daß sie ihn am liebsten sogleich in den Abruzzen aufgesucht hätte, und sie stimmte keineswegs ein, wenn Michael sie auslachte, daß sie dem alten Märchen vom edlen Räuber Glauben schenkte. Auf der Straße gab es häufig umherziehende Sänger, die zur Mandoline Liebeslieder oder eine Art Balladen sangen, in denen politische oder andere Vorgänge, die im Volke Aufsehen erregten, breit und kindlich erzählt wurden. Michael und Rose saßen eines Abends auf dem Marktplatze vor einem Wirtshause, um die verwitterte Anmut der Gebäude, die ihn einschlossen, in Ruhe zu betrachten, als ein Mann und eine Frau, um Lieder zu singen, sich in ihrer Nähe aufstellten. Sie horchten mit Vergnügen auf die schmelzende Stimme des zerlumpten Mannes und griffen nach den Flugblättern, welche die Frau feilbot. Auf einem von diesen stand eine Ballade von Maffurio, dessen Bild in grobem Holzschnitt an der Spitze des Gedichtes zu sehen war, ein von dichten schwarzen Locken umgebenes Gesicht mit großen Augen, das jedenfalls aus der Phantasie entworfen war. Der zerlumpte Mann war auf Michaels und Roses Wunsch sogleich bereit, die Ballade zu singen, und es sammelte sich nun eine Menge atemlos lauschender Menschen um ihn, die begriffen, daß die Fremden das Lied zu hören gewünscht hatten und denen es dadurch noch wichtiger und lieber wurde. Von den unzähligen Versen, die schwungvoll und traurig, aber übermäßig pathetisch waren, gefiel Rose hauptsächlich einer, der auf deutsch etwa so lautete:

An meinen Händen klebt Blut,
Dir, Kind, darf ich nimmer sie reichen,
Und mein Herz war wie deins doch so gut.
Einst liebt ich Gott und die Welt;
Nun muß ich durch Wildnisse streichen,
Nur den klagenden Tieren gesellt.

Das Lied, das bunte Treiben auf dem Platze und der schwarzrote Wein, den sie tranken, hatten Rose erregt; sie war lebhaft und lustig und sah rosiger aus als gewöhnlich. »Wenn ich drei Wünsche frei hätte«, sagte sie, »würde ich mich mitten in den Abruzzenwald wünschen und leise nach allen Himmelsrichtungen rufen: Maffurio!«

»Und die beiden anderen Wünsche?« fragte Michael. Sie sah ihn lange nachdenklich an, dann sagte sie: »Nichts weiter. Ich will dir etwas Wichtiges sagen: Ich bin dazu gekommen, zu denken, daß wir nicht danach trachten sollen, uns zu heiraten, wenn es nicht das Schicksal von selbst so fügt.« Da Michael nichts erwiderte, fuhr sie nach einer Pause fort: »Nun du bei mir bist, wird es mir schwerer, das auszusprechen, als ich glaubte. Aber in manchen Augenblicken habe ich klar eingesehen, daß wir das Schönste auf Erden genossen haben, und daß keiner einen Preis erringt, der nicht Maß halten und zur rechten Zeit verzichten kann.«

»Ja«, sagte Michael langsam, »das Weiseste wäre ohne Zweifel gewesen, wir hätten uns nach jener Nacht am Bodensee nicht wiedergesehen und wie von einem fabelhaften Traume eine durch nichts getrübte Erinnerung davon behalten.«

»Es hat mich viel gekostet«, sagte Rose, »meine Weisheit auszusprechen; ich tat es mehr um deinet- als um meinetwillen, denn du hast das große Opfer zu bringen, und wer weiß, ob du es nicht zu teuer bezahlst.«

Sie war blaß geworden; sie standen auf und gingen, ohne den schwarzroten Wein in ihren Gläsern auszutrinken.

Während der schlaflosen Nacht stand Michael am Fenster und sah auf den mondlichten, schnellfließenden Strom. Es hatte Augenblicke gegeben, wo die quälende Angst, Mario zu verlieren, und der drückende Gedanke an seinen Vater und an seine Frau ebenso stark wie seine Liebe gewogen hatten, so daß er sie aufgeopfert hätte, wenn es nur sein und nicht auch ihr Schmerz gewesen wäre. Jetzt, da er die furchtbare Last gewohnt worden war, glaubte sie sich stark genug, ohne ihn, wenn auch nicht ohne seine Liebe zu leben. Die Ahnung eines großen, freien, reinen Lebens, das dann noch sein werden konnte, empfand er wohl; aber zugleich hätte er seine Träume von einer schönen, beseelten Häuslichkeit und von der großartigen gemeinsamen Wirksamkeit, die ihm vorschwebte, aufgeben müssen. Konnten sie nicht auch tapfere, glückliche Menschen sein, wenn sie Hand in Hand gingen? Er vermochte seine Zukunft, wenn er Rose gewaltsam herausrisse, nicht anders als in Fetzen und zerstückelt zu sehen. Es war ihm so, als wenn der

mondfarbene Strom, der in traumhafter Eile dahinglitt, sie jetzt in diesem Augenblick mitnehmen und ihm auf immer entreißen würde, wenn er sie nicht entschlossen festhielte.
Am anderen Morgen sagte er zu Rose, daß er sie nicht lassen würde, wenn nicht sie sich ihm gewaltsam entzöge, und malte ihr aus, wie er sich ihre Zukunft vorgestellt hätte. Sie sah erstaunt in sein überwachtes Gesicht und sagte: »Ich bin nicht so stark, daß ich dich gegen deinen Willen verlassen könnte. Das Schönste, was es für mich gibt, ist, auf immer die Deine zu sein, wenn es sein kann.«
»Es muß sein«, sagte Michael ernst. Weiter sprachen sie nicht darüber. Als sie in träumerischer Seligkeit über den Markt schlenderten, sahen sie einen hübschen, dunkelbraunen Jungen, der in kleinen Käfigen eine Menge Singvögel zum Verkauf anbot. Rose war entrüstet, kaufte alle und ließ sie auf der Stelle fliegen, worauf sie dem Jungen, so gut es die fremde Sprache gestattete, Vorwürfe machte, daß er ein so grausames Geschäft betriebe. Der Junge hörte demütig und scheinbar beschämt zu, mit einem schelmischen Zwinkern in seinen glänzend braunen Augen, welches zu sagen schien, daß ein so gutes Geschäft schon die kleine Predigt wert sei. Ein schlecht gekleideter Mann, der den Handel unter augenscheinlicher Billigung Rosens beobachtet hatte, rief ihr ein paar Worte zu, die auf deutsch hießen: »Gesegnet seist du, gute Frau!«, was sie veranlaßte, sich nach ihm umzusehen. Er war blaß und mager und hatte leidende Augen vom dunkelsten Braun; seine Gesichtszüge waren, was freilich bei seinem elenden Aussehen nicht zur Geltung kam, von strenger, klassischer Schönheit. Rose wollte ihm ein Geldstück reichen, was er aber, durch Mienenspiel andeutend, sie habe schon viel für die Vögel ausgegeben und er habe sie nicht, um zu betteln, angerufen, mit der großen, schönen, braunen Hand ruhig abwehrte. »So denke ich mir Maffurio«, sagte Rose zu Michael, indem sie weitergingen, und sie gefiel sich in der Vorstellung, er sei es wirklich gewesen, der sich als Bettler aus irgendeinem Grunde mitten in die Stadt gewagt habe.
Die einzige Störung der letzten Tage ihres Beisammenseins war, daß sich ihnen unerwarteterweise die Dame mit ihren Kindern angeschlossen hatte, die im selben Hause wohnte, um

auch etwas von der Stadt und ihrer Umgebung kennenzulernen, wozu sie sonst, da sie gänzlich unbekannt wäre, keine Gelegenheit hätte. Abzuweisen war sie um so weniger, als die hübschen Kinder eine rührende Freude bezeigten, einmal aus dem engen Gärtchen herauszukommen; so suchten sie sich zuweilen heimlich allein aus dem Hause zu stehlen und machten ein Abenteuer daraus. Belästigend war es doch, daß die Dame sich allem Anscheine nach in Michael verliebt hatte und, ungeachtet, daß Rose zugegen war, sich ihm durch zärtliche Blicke, sprechendes Mienenspiel, ja, geradezu ausgesprochene Andeutungen verständlich zu machen suchte, so daß es nicht leicht für ihn war, dies alles ohne Unhöflichkeit unbeachtet zu lassen. Am letzten Abend, als Michael und Rose einen Spaziergang machen wollten und sie mit ihren Kindern mitgegangen war, gerieten sie zufällig in ein Gewirr alter Häuser am Berge, wo die Reste eines römischen Amphitheaters zu sehen waren. Ein kleines Mädchen führte sie in einen Hof, den die Rückseite der hohen, schmalen und schmutzigen Häuser umgab und wo sich mehrere steinerne Sitze stufenförmig übereinander aufgebaut befanden; sie waren trümmerhaft und von hohem Gras überwachsen, und eine einzige hochstielige Pflanze mit blutroter Blüte wuchs aus einer Ritze hervor. Das bedeutendste Überbleibsel war der Schlußstein eines Gewölbes, an dessen Vorderseite ein ungeheurer Stierkopf ausgehauen war mit göttlich starrem, geheimnisvollem Blick. Während Rose sich zu dem furchtbaren Haupte niederbeugte, um es genau zu betrachten, richtete die Dame ihre glühenden Augen verzehrend auf Michael und wendete sie nur langsam ab, als Rose sich wieder aufgerichtet und ihm zugekehrt hatte, als wäre diese Nebenbuhlerin kaum einer Rücksicht wert. Dies ungezähmte Liebesverlangen war für Michael und Rose mehr unheimlich als abstoßend; sie machten sich mit den beiden Kindern zu tun, die scheu auf den alten Steinen saßen und die rote Blume betrachteten, dann erklärten sie unter dem Vorwande der bevorstehenden Abreise, wieder nach Hause zurückkehren zu müssen. Noch als sie bei einbrechender Nacht aus dem Hause gingen, um mit Zügen, die ungefähr gleichzeitig abfuhren, nach entgegengesetzter Richtung fortzureisen, lehnte sich die Dame in einem weißen Gewande aus dem Fenster, und ohne Rose anzusehen, schien sie Michael, der, den Hut lüftend, grüßte, mit schmachtenden Augen ein Zeichen geben zu wollen.

Michael war etwa ein halbes Jahr in seinem neuen Amte, als Verena ihn mit Mario besuchte. Sie war inzwischen wirklich, wie es die Malve vermutet hatte, katholisch geworden und hatte ein von ihrem früheren so verschiedenes Wesen angenommen, daß Michael sich kaum in sie zu finden wußte. Es war um so verwirrender, als er schwanken mußte, ob sie mit ihrem Benehmen etwas bezwecke und irgendwelchen Eindruck auf ihn machen wolle, oder ob wirklich eine Veränderung in ihr vorgegangen sei; mehr und mehr neigte er dazu, dies letztere zu glauben. Sie begegnete ihm nicht mehr mit jener halb verstellten, halb natürlichen Feindseligkeit, mit jenem kalten Hohne, der verletzen sollte, sondern freundlich und sogar liebreich, wenn auch ohne herzliche Wärme. Überhaupt lag etwas Huldvolles in ihrer Art, die Menschen zu behandeln und von ihnen zu sprechen, was einen sonderbaren Gegensatz zu ihrer früheren Schärfe des Urteils bildete; nur im Umgange mit Protestanten legte sie mehr Herablassung und lächelnde Kühle in ihre Freundlichkeit.
Bald nach ihrer Ankunft bat sie Michael um Verzeihung wegen der Härte, mit der sie ihn früher behandelt hätte; denn er sei in ihren Augen ein durch Leidenschaft verblendeter und irregeführter Mensch, und solche müsse man nicht verachten, sondern zum Guten zurückzugewinnen suchen; nicht einmal Christus hätte die Menschen, die ja alle Sünder wären, verachtet, vielmehr bis zum Opfertode geliebt. Sie glaubte jetzt einen besseren Weg einzuschlagen, indem sie ihm ihre Freundschaft antrüge, wozu sie die gemeinsame Liebe und Pflicht gegen Mario mahnte; in diesem Sinne, damit Mario seinem Vater nicht entfremdet würde, hätte sie beschlossen, wenn es ihm recht wäre, einen Teil des Jahres, etwa den Winter, bei ihm zuzubringen; er würde sehen, daß sie ihn weder in seiner Lebensweise stören noch sonst in irgendeiner Beziehung einen Druck auf ihn ausüben würde. Michael kam es nicht gemütlich

vor, beständig eine christliche Überlegenheit um sich her zu spüren, die ihn nur aus Großmut nicht verachtete und stets gerüstet war, seine reuige Bekehrung entgegenzunehmen; aber es wäre ihm unmöglich gewesen, Verenas klarer, sachgemäßer Freundlichkeit anders als freundlich, ja dankbar anerkennend zu begegnen. Auch erfüllte sie ihr Versprechen buchstäblich; sie beobachtete seine Gewohnheiten und richtete sich danach, ging ihm aus dem Wege, wenn sie glaubte, daß er allein sein wollte, ohne doch wieder so beflissen dabei zu sein, daß er es sich aus Höflichkeit nicht hätte gefallen lassen dürfen. Sie suchte keinen Einblick in sein inneres Leben zu gewinnen, sie vermied im Gespräch alles, was ihn unangenehm hätte berühren können, und gebot mit solcher Feinheit über einen unbefangenen Ton, daß er nicht umhin konnte, sie zu bewundern und ihr Dank zu wissen. Daß sie wünschen mußte, ihn zu ihrem neugewonnenen Glauben zu bekehren, lag auf der Hand, doch wenn sie es nicht auf unmerkliche Weise tat, hielt sie damit zurück bis auf gelegenere Zeit. In beiläufiger Weise plaudernd, erzählte sie ihm die Geschichte ihres Religionswechsels: wie ein Priester ihren religiösen Sinn, der bisher, wie Michael wüßte, ganz geschlummert hätte, geweckt, die Zweifel ihres Verstandes durch gründliche Unterweisung glänzend widerlegt und, indem er ihren Hochmut gebeugt, ihr trotziges, lastendes Herz erleichtert hätte. Gleichmütig, als ob sie von einer dritten Person spräche, erzählte sie, wie sie anfänglich sich in den Priester verliebt und nur aus Liebe, was er gesagt, für wahr gehalten, und was er gefordert, geglaubt hätte, wie er sie aber, ohne daß sie es ahnte, durchschaut, und nachdem er eine Weile zugesehen, ihr mit flammenden Worten ihre Schwachheit und Unzulänglichkeit vorgestellt hätte. Sie hätte sich tagelang und wochenlang in Verzweiflung, Zerknirschung und rasendem Trotze gewunden, bis sie zuletzt den Mut gefaßt hätte, dem Priester eine vollständige Beichte abzulegen, womit ihr Heil besiegelt gewesen wäre. Sie hätte zwar noch lange um den rechten Glauben kämpfen müssen, jetzt aber kehrten allmählich die Sicherheit und Heiterkeit in ihr Herz ein, die eine unverkennbare Bürgschaft der Rechtgläubigkeit und des Geborgenseins in Gott seien.

Diese Tatsachen, ihre Art, davon zu sprechen, und der unerschütterliche Hochmut ihres Auftretens hatten so viel Befremdendes, Lächerliches und Rührendes durcheinander für Michael, daß er es nicht sogleich zu sondern und richtigzustellen vermochte. Um auf sie einzugehen, fragte er sie, wie sie es mit dem und jenem Glaubenssatz hielte, welcher der Anschauungsweise von in protestantischen Kreisen aufgewachsenen Menschen nun einmal widerstrebe, worauf sie nach einigem Besinnen sagte, sie könne darauf wohl antworten und Mißverständnisse und törichte Auffassungen widerlegen, doch wolle sie jetzt über ihren schlichten Glauben nicht hinausgehen. Beweise suchen, wo es auf Glauben ankäme, sei die Eitelkeit der Protestanten; wenn er tatsächlich so viel Interesse für die Sache hätte, möchte er sich mit katholischen Geistlichen besprechen, die ihn besser als sie belehren könnten. Dieser Verzicht auf das Verfechten und Begründen von Meinungen, wobei sie früher gern ihren Verstand und ihre Gewandtheit gezeigt hatte, setzte Michael mehr als alles andere in Erstaunen und schien ihm auf eine wirkliche Sinnesänderung zu deuten, die er in diesem Falle, wie er scherzend zu ihr sagte, zu beklagen nicht umhin konnte. Sie hörte das augenscheinlich gern, ging aber trotzdem nicht von ihrem Vorsatz, sich der Dispute zu enthalten, ab.
Sie hatte jetzt wirklich eine gleichmäßige Heiterkeit, die zwar zuweilen etwas Leeres, Spielerisches haben konnte, aber doch den Verkehr mit ihr erleichterte; Michael wunderte sich oft, wie es möglich war, daß sie so friedfertig und munter miteinander verkehrten. Was ihr den Aufenthalt in der Anstalt besonders anziehend machte, war, daß der Direktor, Herr v. Sierstorp, ihr nicht nur den Hof machte, sondern ihr die feine ritterliche Verehrung eines vornehmen älteren Herrn widmete. Er verehrte ihre Schönheit, ihr Benehmen, ihre Kleidung, ihren Geist, und war glücklich, die langen Tage mit seiner Bewunderung ausfüllen zu können. Sie nahm seine Huldigung mit stolzer Liebenswürdigkeit an und nötigte ihm dadurch, wie sie das Verhältnis regierte und bei herzlicher Vertraulichkeit doch nie aus einer gemessenen Förmlichkeit heraustreten ließ, immer neue Anerkennung ab. Ihr Einfluß auf ihn wurde so groß, daß er anfing, auf Bemerkungen hin, die sie fallenließ, sich in die

Angelegenheiten der Anstalt zu mischen und Wünsche zu äußern, die Michael nicht selten sehr unbequem waren. So hatte Michael die Öffnung der Anstalt für das Publikum, die vorgeschrieben war, auf das mindeste Maß beschränkt, da er nicht Lust hatte, mit den neugierigen Damen und dreisten Kindern, die kamen und planlos um die Aquarien herumstanden, Zeit zu verlieren. Plötzlich nun sagte der Direktor, welcher bis dahin einer Meinung mit Michael gewesen war, dies Abschließen sei gelehrter Hochmut, die Gelehrten müßten liberal denken, die Bildungsmittel müßten den besseren Ständen zugänglich gemacht werden, wenn es noch nicht vorhanden sei, müsse das Interesse geweckt werden. Er selbst und Verena waren künftig in den Stunden anwesend, wo die Anstalt für jedermann zugänglich war, und sie erregte durch die Eleganz ihrer Erscheinung, wie durch die Klugheit und Liebenswürdigkeit, mit der sie auf gestellte Fragen antwortete, weit größeres Aufsehen als die Fische.

Wenn Verena mit Michael allein war, sprach sie mit gutmütiger Herablassung von Herrn v. Sierstorp, dessen weltmännisches Wesen sie zwar unbedingt lobte, den sie aber übrigens für schwach und grundsatzlos zu halten behauptete. Es liege nur an ihr, sagte sie, ob sie ihn, der Protestant war, zum Katholiken machen wolle; dies müsse aber wohl überlegt werden, denn der Kirche sei keineswegs mit Konvertiten gedient, die ohne Überzeugung, nur aus persönlichen Gründen überträten. In der Tat zeigte Herr v. Sierstorp, der allen religiösen Fragen mit höflicher Kälte gegenübergestanden hatte, jetzt ein Entgegenkommen gegen die Kirche, das Michael höchst verdrießlich war. Verena hatte sich nämlich sofort mit dem Priester bekannt gemacht, zu dessen Kirchspiel die Anstalt gehörte; es war ein starkgebauter, knochiger Mann in den besten Jahren, mit knolligem Gesicht und langen, groben Gliedern, ohne Bildung, von dem Verena mit strenger Ehrerbietung sprach. Derselbe nahm seinen Beruf sehr ernst und betrachtete es als dessen hauptsächlichste Aufgabe, Leute, die, ohne verheiratet zu sein, zusammen lebten, was der Einfachheit wegen im Volke häufig vorkam, zum Heiraten zu überreden. Dies pflegte folgendermaßen vor sich zu gehen: Die betreffenden Paare mußten auf das Zimmer des Don Chrisostomo, so hieß der Priester, kommen, wo er ihnen laut und böse vorhielt, daß sie sich gegen Moral und Religion versündigt hätten, worauf sie sich damit entschuldigten, daß sie kein Geld hätten, um die erheblichen Kosten der zum Heiraten notwendigen Förmlichkeiten zu tragen und sich eine ehrbare Kleidung anzuschaffen, in der sie sich in der Kirche zeigen könnten. Nachdem Don Chrisostomo sich bereit erklärt hatte, die Kosten zu übernehmen, zu welchem Zwecke es eine von Freunden der Sittlichkeit gestiftete Kasse gab, versprachen die Leute, sich zu ehelichen, was denn auch geschah. Unter den unmittelbaren Bediensteten der Anstalt, wie unter denen, die nur zeitweilig beschäftigt wurden, gab es eine Anzahl solcher in wilder Ehe lebenden Paare, auf welche Don Chrisostomo, der unentwegt mit langen Schritten sein Kirchspiel nach dergleichen Sündern absuchte, schon seit geraumer Zeit ein Auge geworfen hatte. Verena ergriff diese Angelegenheit mit Eifer und brachte auch den Direktor bald dahin, es für notwendig zu erklären, daß mit Hilfe des begeisterten Don Chrisostomo die Sittlichkeit unter seinen Angestellten eingeführt würde. Michael war nicht zu bewegen, die Ersprießlichkeit dieser Veränderung einzusehen, da die Leute in den meisten Fällen ebenso wie Ehepaare zusammen lebten und zusammen blieben, mußte aber doch schließlich zugeben, daß sie dem Einfluß des Don Chrisostomo ausgeliefert wurden. Die nächste Folge davon war, daß eine Reihe von Tagen zum Zwecke von Hochzeitsfeiern freigegeben werden mußte, worauf wieder andere folgten, wo verschiedene Teilnehmer, die sich an Essen und Trinken übernommen hatten, zur Arbeit untauglich waren.

Übrigens bemerkte Michael, daß Verena, wenn es sich darum handelte, den Leuten in ihren Angelegenheiten zu raten und beizustehen, praktisch und vernünftig und ohne Sentimentalität hilfreich war. Er selbst hatte, dank den Erfahrungen, die er im Fischerdorfe gesammelt hatte, auch hier bald das Vertrauen der Bevölkerung, soweit er mit ihr in Berührung kam, erworben, so daß sie alle ihre Anliegen zu ihm trugen. Aber vor Verena, die im Glanze des Reichtums auftrat und alle ihre zugreifende Freundlichkeit doch von der Höhe der großen

Dame herabfließen ließ, legten sie eine noch größere Ehrfurcht an den Tag. Michael mußte zuweilen denken, daß sie an der Seite eines großen Besitzers, von dem viele Menschen äußerlich und innerlich abhingen, eine nicht zu verachtende Ratgeberin und Gefährtin sein würde; trotzdem erwärmte ihr Walten nie sein Herz, und es schien ihm immer, als ob das Beste fehlte.

Eigentlich war ihr die Art dieses südlichen Volkes überhaupt zuwider; von Leuten der unteren Klassen gefielen ihr diejenigen, die arbeitsam, ordnungsliebend und unterwürfig waren, wie sie es in ihrer Heimat gewohnt war. Der Schmutz, die Nachlässigkeit, die Vergnügungssucht und Zutunlichkeit, die sie hier fand, waren ihr unleidlich, und mit der Beredsamkeit und dem Witz, der vielen eigen war, konnte sie sich nicht befreunden, weil sie selbst, in der fremden Sprache weniger beweglich, sich ihnen gegenüber unbeholfen vorkam. Wenn Michael, um seine Freunde zu entschuldigen, ihre Fehler den Priestern und katholischer Mißwirtschaft überhaupt zuschrieb, widersprach sie mit Entrüstung unter Hinweis auf Don Chrisostomo, der die Liederlichkeit des Volkes mit so viel Hingebung bekämpfte.

Je angenehmer sich im ganzen Michaels Beziehungen zu seiner Frau gestalteten, desto banger zog sich sein Herz zusammen, wenn er, allein mit sich, die Folgen davon fühlte und erwog. Solange sie sich hassend gegenübergestanden hatten, war das Kämpfen und Losreißen von ihrer Seite ihm natürlich gewesen; jetzt aber fing und fesselte sie ihn allmählich mit feinen Netzen von allen Seiten. Das war offenbar ihre Absicht, und er konnte ihr nicht einmal wegen ihres Planes, den sie klug und besonnen verfolgte, zürnen; denn im Grunde war es nichts, als was sich fast in jeder Hinsicht als ihre Pflicht ansehen ließ. Dennoch übermannte ihn zuweilen die Lust, das Gewebe zu zerreißen, sie abzuschütteln und wegzublasen wie eine Larve, ein ausgehöhltes, blutleeres Phantom, das spukhaft die langen, spitzen Finger nach ihm ausstreckte. Was jeden Ausbruch, zu dem es hätte kommen können, zurückhielt, war die Anwesenheit Marios; denn der war kein Spuk, sondern etwas Lebendiges, an sein Herz Gewachsenes, der, seit er lebte, nie aufgehört hatte, die Kinderarme weinend nach ihm auszustrecken, sowie er sich sehen ließ.

Michael hatte ihn zuletzt einen Augenblick gesehen, als er heimlich wie ein Flüchtling am Winterabend im Vaterhause war; damals war ihm zuerst aufgefallen, daß er das kleine Kind nicht mehr war, dessen runder, wonniger Körper zur Liebkosung anlockte, sondern ein magerer Junge mit Augen, die in dem schmal gewordenen Gesichte außerordentlich groß erschienen. In der Hilflosigkeit der schwachen Gestalt, die beständig eine Stütze zu suchen schien, hatte ein neuer Reiz gelegen, der sich auf die Dauer als mächtiger noch erwies, als der Paradiesesschmelz der unbewußten kleinen Seele. Inzwischen war er noch größer, magerer und schlottriger geworden und im Gesicht kaum schön zu nennen; nur daß die warmen, dunklen Augen noch denselben verführerischen Blick hatten, den Rose an dem einjährigen Kinde durch ein kaum wahrnehmbares Schielen erklärte. So wenig er Michael auch in den letzten Jahren gesehen hatte, hing er ihm doch mit immer gleicher, ausschließlicher, ergebungsvoller Liebe an. Seine Augen folgten seinen Bewegungen wie ein Stückchen Eisen dem Magnet; es war, als möchte er sich jeden Augenblick mit Leib und Seele hingeben, um sich immer wieder, indem er sein Leben aus des Vaters Hand empfing, ganz und gar als sein Kind zu fühlen. Obwohl Verena sich viel um ihn bekümmert und ihn nach vernünftigen Grundsätzen erzogen hatte, war kein spürbarer, innerer Zusammenhang zwischen ihnen. Wenn sein Vater ihm auftrug, sie beim Spazierengehen zu begleiten oder überhaupt in ihrer Gesellschaft zu bleiben, gehorchte er zwar widerspruchslos, tat es aber sichtlich ungern und wie einer, der in die Verbannung ziehen muß. Stellte Michael ihm vor, wieviel Dank er seiner Mutter schuldig sei, was alles sie für ihn getan hätte, so hörte er, die süßen schwarzen Augen beharrlich auf ihn gerichtet, still zu und sagte am Ende mit einem zarten Lächeln: »Ich liebe nur dich.«

Doch ließ er sich gern von ihr mitnehmen, wenn sie die Kirche besuchte; denn er liebte schöne, prächtige Gebäude, Bilder, Musik, Weihrauch und Feierlichkeit. Mit den katholischen Formeln und Gebräuchen, mit den Heiligen und ihren Legen-

den war er bald vertraut geworden und liebte es, sich beim Gottesdienst mit Bekreuzigen und Kniebeugen zu betätigen, was Verena gern sah und geschehen ließ. Auf eine Bemerkung Michaels, er wünsche nicht, daß Mario in religiöser Hinsicht beeinflußt würde, sagte sie ruhig, sie nähme ihn mit, weil er sonst überhaupt gar keine Kirche besuchen würde; über den Unterschied von Protestantismus und Katholizismus hätte sie nie mit ihm gesprochen und glaubte auch nicht, daß er sich darum bekümmere. Dies tat nun Mario freilich doch, aber er wußte seine Neigung für das Katholische sehr wohl mit seiner vergötternden Liebe zu seinem Vater, von dem er wußte, daß er anderer Meinung war, zu vereinigen. Ihn, der in seinen Augen hoch über allen anderen Menschen stand, hätte er sich überhaupt nicht in der Kirche, und vollends nicht auf den Knien betend, vorstellen können; er traute ihm zu, daß er seine eigenen Wege hatte, um mit Gott zu verkehren, und der Andacht mit der Gemeinde überhoben war. Auch er wollte, das war seine Meinung, nicht Katholik sein, sondern mit protestantischer Überlegenheit und zugleich herzlicher Sehnsucht durch die schönen Kirchen schlendern und heimlich ein verbotenes Kokettieren mit den lieben Heiligen treiben.
Mit dem Volke war Mario bald so vertraut, als ob er zwischen ihm geboren wäre, hatte in kurzer Zeit, man wußte nicht wie, seine Sprache gelernt und spielte mit den Arbeiterkindern am Meere. Er brachte Stunden damit zu, Muscheln zu suchen, Kahn zu fahren, im Meere zu baden und am Strande in der Sonne zu liegen, wobei er zusehends kräftiger und hübscher, braun und fest wurde. Verena drang zwar darauf, daß er arbeiten und Privatstunden nehmen sollte, denn sein Hang zum Schlendrian war ihr ein Greuel; aber in Michael fand er stets einen nachsichtigen Beschützer, wenn es galt, darum wegzukommen. Zunächst, meinte dieser, sei es wichtig, daß Mario in der Seeluft seine Gesundheit kräftige, und daß Sinn für die Schönheit der Natur in ihm erweckt würde. Insofern gingen Michaels und Verenas Meinungen, Marios Erziehung betreffend, stets auseinander; doch sah Michael wohl ein, daß Verena nicht unrecht habe, wenn sie ihn zur Arbeit anhalten wollte, und sie fühlte, daß Marios Neigung für die Kirche, die sie

begünstigte, eben mit seinem verträumten Wesen, seinem Faulenzen und seiner Lust am Glänzenden, Prächtigen und Geheimnisvollen zusammenhing.
Es hatte damals in einer der nahe liegenden kleinen Ortschaften ein etwa zwölfjähriges Mädchen eine freistehende Scheune angezündet, um, wie sie selbst aussagte, den schönen Anblick eines lichterloh brennenden Hauses zu genießen. Der Fall hatte Aufsehen erregt, da das Mädchen durchaus nicht etwa als unzurechnungsfähig betrachtet werden konnte und ihre Handlungen doch nur durch krankhafte, entartete Triebe erklärbar zu sein schienen. Mario war von diesem Ereignis betört; er sah in dem Mädchen eine Zauberin und Heldin und gestand seinem Vater, daß er beständig von ihr träume und sich lange Geschichten ausdachte, in welchen sie die Hauptrolle spielte. Er schnitt ihren Namen, Liberata, in die Bäume und blieb allem Zureden seiner Mutter gegenüber verstockt, die ihm das Zugeständnis abringen wollte, das Mädchen hätte etwas sehr Schlechtes und Verabscheuungswürdiges getan. Gerade daß es ihr gleichgültig gewesen war, ob Vorräte von Heu und Getreide, Schafe und Rinder verbrannten, wenn sie nur den großen Flammenzauber sähe, fand er bewunderungswürdig und bekannte seinem Vater auf ernstes Befragen mit dem aufrichtigen Blick seiner spielenden Augen, daß er gern dasselbe tun würde, wenn er nicht zu feige wäre. Michael glaubte sich dabei beruhigen zu können und belustigte sich, wenn Verena immer wieder darauf zurückkam, in der Absicht, Marios Begriffe zu läutern, und dieser eigensinnig schweigend, von Zeit zu Zeit einen gutmütig kritischen Blick auf sie werfend, zuhörte.
Als Mario und Verena abreisten, kam es Michael erst zum Bewußtsein, welche Last auf seiner Brust gelegen hatte, solange sie da waren, und zwar hauptsächlich Marios wegen. So reizend auch seine zärtliche Gegenwart war, trug er doch schwer an dieser schwachen, saugenden Seele, die nicht selbst leben und alle Kraft aus seiner Seele ziehen wollte. Selbst seine anbetende Liebe war ein Zwang und eine Drohung: er war der erste, tiefe, schrankenlose Glaube des Kindes und verpflichtete ihn, nicht zu enttäuschen und damit vielleicht die Glaubensfähigkeit und Gesundheit des empfindlichen Herzens überhaupt anzutasten.

War er nun auch am Tage wieder frei, so kam jetzt Mario geisterhaft bei Nacht, unabwehrbarer und quälender, als er in Wirklichkeit gewesen war. In schlaflosen Stunden zählte er jetzt oft die Jahre, die vergangen waren, seit er Rose kannte, die Jahre, die er schon gelebt hatte und die er etwa noch zu leben hätte, und es schien ihm dann, als müsse er eilen, daß ihm der Schweiß von der Stirne ränne, wenn er noch seine Ziele erreichen wollte; aber dann stellte sich Mario in den Weg, und immer, wenn er weiter wollte, stieß er an die schmale, geliebte Gestalt, die keinen Widerstand leistete, sondern ihn nur mit zärtlichen Augen vertrauend ansah. Auch Verena kam, aber nicht wie sie war, sondern mit traurigen Augen und gerungenen Händen, weiß wie Mondschein aus der Dunkelheit auftauchend und langsam wieder darin versinkend.

Zur öffentlichen Anklage gegen den Freiherrn kam es nicht, weil seine zweite Ehe von der katholischen Kirche eingesegnet war und diese seine erste, nur bürgerlich geschlossene, als ungültig betrachtete, und da außerdem noch die zweite Frau sich von ihm trennte, hatte es damit sein Bewenden. Doch wurde der Freiherr seiner Professur, von der er durchaus nicht freiwillig zurücktreten wollte, entsetzt und entfaltete nun, da er zugleich aller übrigen Ämter und Ehrenämter ledig wurde, eine großartige Tätigkeit als Volksredner oder eigentlich Wanderprediger.

Er gründete eine Religionsgesellschaft, welche nebenbei den Zweck hatte, der Sozialdemokratie entgegenzuarbeiten, indem er den Leuten begreiflich machen wollte, daß sie weit mehr Interesse daran hätten, ihren Geist zu besorgen, der für die Ewigkeit gemacht wäre, als Gesellschaftsordnungen umzustoßen, deren Früchte, sie möchten noch so wohlschmeckend sein, sie nicht länger als ein Menschenalter genießen könnten. Am Schlusse seiner Vorträge durften Einwände gemacht und Fragen gestellt werden, wobei es sich durchweg zeigte, daß er nicht verstanden worden war; dies erzürnte ihn zuerst aufs äußerste; da sich aber trotzdem immer mehr Menschen an ihn anschlossen und ihm anhingen, ließ er es gehen und befliß sich nur größerer Deutlichkeit, die er durch lauteres Erheben seiner unerschöpflichen Stimme und durch eindringliches, aber gewähltes Schimpfen zu erreichen suchte.

Eines Abends versuchte er auseinanderzusetzen, daß es töricht sei, andere Menschen wegen günstigerer Lebensumstände zu beneiden, und sagte unter anderem: »In der Regel geht euer Unverstand nicht so weit, daß ihr andere Menschen um ihre Kinder beneidet, obwohl ihr häufig dazu Ursache hättet; ihr sucht vielmehr, wie die Meerkatze, ihre Garstigkeit als Lieblichkeit hinzustellen, indem ihr das Gefühl habt, daß niemand als ihr selbst daran schuld seid, wenn sie so und nicht anders sind. Die Verhältnisse, in denen ihr lebt, sind aber geradesogut euer Werk, kommen ebensogut aus eurem Innern heraus, wie eure Kinder, von deren Entstehen und Werden ihr keine Ahnung habt, die euch plötzlich unter großen Widerwärtigkeiten in den Schoß fallen und bleiben müssen, wie sie sind, wenn ihr sie durch Ziehen und Stoßen und Zerren auch ein wenig verbessern oder verschlimmern könnt. Und doch denkt ihr zuweilen: wäre ich doch der König! Aber nicht: wäre ich doch des alten Königs Kind! was vorangehen müßte, damit ihr König sein könntet, und wobei euch eher einfallen würde, wie verkehrt ihr gedacht habt.

Angenommen aber, ihr könntet König sein, so wären eure Untertanen nicht besser daran, als ihr es seid; daß ihr vor einer reicheren Tafel säßet, will ich freilich nicht leugnen. Wem daran etwas liegt, der beweist nur, daß es ihm nicht übel genug geht. Glaubt ihr, Gott hätte sich die Mühe gemacht, die ungeheure Welt in Bewegung zu setzen, damit ein paar menschlich geformte Würmer sich alle Tage satt essen können? Leiden, entbehren, darben, arbeiten und so weiter sollt ihr, wie jeder Teig geknetet werden muß, damit er aufgehen kann und leicht und reif wird.«

Während er sprach, fiel ihm unter seinen Zuhörern ein etwa achtzehnjähriger junger Mensch durch die angestrengte, ihm augenscheinlich Mühe verursachende Aufmerksamkeit auf, mit der er dem Vortrage zu folgen suchte. Er war groß und stark und hatte einen dicken, viereckigen Kopf, der mit kurzgeschorenen, graublonden Haaren bedeckt war; bedeutende Schwer-

fälligkeit und Beschränktheit des Geistes schienen ihm das Verständnis zu erschweren. Dabei hatte er das Rührende unbegabter Kinder, die gerne lernen möchten und bereit sind, durch unermüdlichen Eifer zu ersetzen, was ihnen an Scharfsinn abgeht. Am Ende des Vortrages hatte der Freiherr den Eindruck, daß der Junge etwas sagen oder fragen möchte, aber den Mut nicht habe, und forderte ihn auf, ohne Furcht auszusprechen, was er im Sinne hätte; worauf er dunkelrot wurde und in höchster Verlegenheit heftig den Kopf schüttelte. Beim Nachhausegehen sah der Freiherr den Jungen stehen, als ob er auf ihn wartete, nahm ihn mit und redete eine Weile zutraulich mit ihm, bis dieser plötzlich, einer Uhr ähnlich, an der man dreht und die auf einmal losschnurrt, seinerseits zu erzählen anfing, erstlich seine Lebensgeschichte und dann seine Lebensanschauung, welche ihn zu dem Entschlusse geführt hatten, eine große und schwere Tat, nämlich einen Königsmord, zu begehen. Auf die Frage des Freiherrn, was der König verbrochen hätte, daß er ihn ermorden wollte, sagte der Junge: das Verbrechen, König zu sein, kein anderes, und er schien dabei ein dunkles Gefühl von römischer Größe zu haben. Warum er ihm das erzählte? fragte der Freiherr; und der Junge sagte, er hätte, da die Tat in den nächsten Tagen ausgeführt sein müßte, das Bedürfnis gehabt, sich einem Menschen ganz zu eröffnen, damit, wenn er sterben müsse, man wisse, daß er aus edlen Beweggründen gehandelt habe; denn er wollte seiner Mutter, der einzigen Person, die er hinterließe, keine Schande bereiten.
Der Freiherr sagte: »Ich könnte jetzt Leute rufen, dich mit deren Hilfe binden und der Polizei ausliefern.« Der Junge schüttelte den Kopf und sagte ruhig: »Das werden Sie nicht tun; denn Sie haben mich gezwungen zu sprechen, und werden das nicht zu meinem Unglücke benützen.«
Der Freiherr, welchem die lobende Äußerung einfiel, die er einmal beiläufig über die Königsmörder gemacht hatte, und der sich sagte, daß er den merkwürdigen, ihm nicht unsympathischen Jungen möglicherweise in seinem Vorhaben bestärkt oder etwa gar dazu gereizt hätte, fühlte sich deswegen ganz besonders für ihn verantwortlich und suchte ihm seinen Plan als lächerlich und töricht auszureden, scheiterte aber mit allen

Gründen an seinem maßlosen Eigensinn, den auch sein Kopf mit der stark vorgebauten Stirn andeutete. »Wenn du den König umbringst«, sagte der Freiherr, »tötest du vielleicht einen braven, vielleicht einen schlechten Mann, jedenfalls aber einen, der viel gescheiter ist als du.«
»Ich weiß, daß ich nicht gescheit bin«, sagte der Junge unbeirrt, »aber um einen Tyrannen zu ermorden, braucht man keinen Verstand, sondern Mut, und den habe ich.«
Der Freiherr verlor bei diesem aussichtslosen Gespräch allmählich die Geduld und geriet in einen Zorn, den er kaum beherrschen konnte. »Du bist ein Narr«, sagte er heftig, »renne in dein Verderben und hole dir, was du verdienst! Versprich mir aber, daß du nicht abreisen willst, ohne dich von mir zu verabschieden, wogegen ich dir verspreche, für deine Mutter zu sorgen, wenn es nötig werden sollte, und ihr zu beglaubigen, daß du ein dummer Teufel, aber kein Bösewicht bist.«
Der Junge gab feierlich das gewünschte Versprechen und erschien wirklich kurze Zeit darauf spätabends in der Wohnung des Freiherrn, blaß und aufgeregt, aber nichtsdestoweniger verbissen und entschlossen. Da sich der Freiherr nach der Waffe erkundigte, mit der er seine Tat vollbringen wollte, holte er ein langes Messer aus der Brusttasche hervor und ließ zu, daß es der Freiherr auf einen Nebentisch legte, bis sie zusammen den Abschied getrunken hätten; er stellte dabei ein Glas Wein vor den Burschen hin, das derselbe aber nicht berührte. Indessen ging der Freiherr im Zimmer auf und ab und stellte ihm vor, wie sein Unternehmen, er möchte sich anstellen wie er wolle, jedenfalls fehlschlagen und er keinen anderen als sich selbst verderben würde; dies sei zwar, wie die Dinge lägen, wünschenswerter als das Gegenteil, doch auch um ihn wäre es schade. Was läge schließlich daran, ob dieser oder jener König regierte, ja ob überhaupt ein König auf seinem Throne oder ein Präsident auf seinem Stuhle säße? Aber ob eine Seele lebte oder stürbe, das wäre wichtig; denn jede käme als Ansprecher einer Krone zur Welt, einer solchen Krone, die der Niedriggeborene so gut wie der im Purpur Geborene erringen könnte. »Helden und Erlöser der Menschheit«, sagte er, »sind aus dem Kehricht der Menschheit emporgestiegen; wer weiß, ob du nicht

selbst ein Löwe unter den Menschen werden solltest und nun dein Leben wegwirfst, um eine Stubenfliege zu töten.«

In dem kindlich unausgebildeten Gesichte des Jungen, der steif auf seinem Stuhle saß und ihn mit den Augen verfolgte, sah der Freiherr, daß er mit seinen letzten Worten Eindruck gemacht hatte, und sprach nun lebhafter als zuvor in demselben Sinne weiter. Er hatte sich vorgesetzt, diesen querköpfigen Jungen zu bezwingen; nicht gewaltsam zurückhalten wollte er ihn, sondern freiwillig sollte er von seinem blödsinnigen Unternehmen abstehen und jede Erneuerung desselben in die Hände des Freiherrn abschwören. Er sprach von der Gemeinschaft, die er gründen wollte, von den höheren Menschen, die für die Zukunft herangebildet werden müßten, von dem Wissen, das er ihnen beibringen würde, so feurig und schwungvoll, daß der Junge bald aufhörte, etwas davon zu verstehen, aber überwältigt von der blendenden Aussicht, die sich ihm auftat, in atemloser Verzückung den Freiherrn anstarrte. Er fühlte sich zugleich erhoben und vernichtet durch die Stärke des Willens, der sich seiner bemächtigt hatte. »Ich habe auf dich gerechnet«, sagte der Freiherr; »durch deine Dummheit und Starrköpfigkeit und Verblendung hindurch habe ich ein Fünkchen glühen sehen, das ich anfachen will. Du sollst mir helfen, ein Reich Gottes unter den Menschen aufzubauen, ohne Blutvergießen und Güterverteilung, aus der Kraft des Geistes und Liebe des Herzens heraus. Hättest du den Mut, die Hand zurückzuweisen, die dich aus deiner Jämmerlichkeit reißen will, den Augenblick zu verpassen, wo du für dein langes Küchenmesser ein feuriges Schwert eintauschen kannst, um zwischen Engeln und Geistern zu kämpfen?«

Der Junge zitterte und weinte und sah mit großen Augen zu, wie der Freiherr sein Messer in ein Schubfach seines Schreibtisches warf und es abschloß; dann trank er auf sein Geheiß das Glas Wein aus, das noch unberührt vor ihm stand. Nachdem er sich ein wenig gefaßt und erholt hatte, entließ ihn der Freiherr mit den Worten: »Ich habe in dein Leben eingegriffen und bin jetzt verantwortlich für dich, das werde ich nicht vergessen. Vergiß du nicht, daß du dich von mir führen lassen mußt, zunächst noch wie ein Blinder; denn das bist du. Jetzt geh nach

Hause und schlafe dich aus!« Er schwankte einen Augenblick, ob er ihn selbst begleiten sollte, überzeugte sich aber leicht, daß der arme Mensch gegenwärtig keinen anderen Willen hatte als den seinigen, und ließ ihn gehen. Er war erhitzt und erschöpft, so daß er froh war, sich in einen Stuhl werfen und ausruhen zu können – denn er hatte lange und mit beständiger Willensanspannung gesprochen –, zugleich aber befriedigt über den Erfolg. Er konnte nicht ohne Lachen an den großen, strohblonden, dummen Jungen denken, der sich von nun an ohne weiteres als seinen Diener betrachtete und ihm mit unbedingter, leidenschaftlicher Hingebung anhing.

Als Michael, auf einer Reise nach Hause begriffen, den Freiherrn aufsuchte, fand er ihn von Zufriedenheit strahlend, ganz erfüllt von seinem neuen Berufe. Das Beste von allem, erzählte er, sei aber doch, daß er durch die schwebende Anklage wegen Doppelehe von seiner Frau befreit worden sei. »Stellen Sie sich vor«, sagte er, »daß ich zehn Jahre lang keinen Teller Suppe essen konnte, ohne daß diese schmachtende Närrin mir gegenübersaß. Trotzdem wäre mein Glück nur halb, wenn es mir nicht gelungen wäre, sie gegen mich zu erbittern, einen bescheidenen Stachel aus der Fettschicht ihrer Seele zu locken, das halberstickte Feuerchen wieder anzublasen. Anfangs wollte sie, obwohl ich ihr vorstellte, welchen Betrug ich an ihr verübt hätte, und daß ich nunmehr deswegen ins Zuchthaus kommen würde, mich keineswegs verlassen, vielmehr Schande und Gefängnis mit mir teilen. Das würde ich lebhaft bedauern, sagte ich ernstlich erschrocken; denn diese Person könnte den ehrwürdigsten Kerker in ein fades Boudoir verwandeln. Du bist hübsch und friedlich, Julia, sagte ich zu ihr, aber langweilig. Ich habe dich liebgewonnen, weil du mir eine Feuerseele voll hoher Sehnsucht und kindischen Strebens zu sein schienest; als wir aber geheiratet hatten und ich sah, daß du durchaus nicht die ganze Welt, sondern mich allein umarmen wolltest und außer Lieben und Geliebtwerden dir alles gleichgültig war, belästigte mich deine Gegenwart ungemein, und ich besuchte täglich meine erste Frau, welche eine alte Dame, aber ebenso liebenswürdig wie interessant ist. So wie du bist, ist jede Äpfelverkäuferin auf dem Markte, die wenigstens durch Geschwätzigkeit ein geistiges Lebenszeichen von sich gibt, dir vorzuziehen; es kann aber noch viel aus dir werden, wenn du alles Ehrgefühl, Stolz und Willenskraft zusammennimmst, um vom Lotterbett der Liebe aufzustehen.

Durch viel solches Zureden angeregt, und da ihre Verwandtschaft dringend von ihr forderte, daß sie sich von mir trennte, wendete sie sich endlich entrüstet von mir ab; zwar wurde sie im letzten Augenblicke wieder schwankend, ließ sich aber durch die fröhliche Aussicht beschwichtigen, daß wir uns vielleicht nach zehn Jahren, beide gereift und geläutert, wieder sehen, wieder lieben und heiraten könnten.«

Michael sagte lachend: »Wenn Sie nur nicht schon vorher wieder in den verhängnisvollen Käfig eingesperrt sind!« Allein der Freiherr behauptete, sich zwischen seinem Königsmörder, seinem Sindbad und anderen Getreuen so wohl zu fühlen, daß er keinen Schritt mehr in die feine Welt täte, bei deren Damen er einst so viel Glück gehabt hätte. Sindbad nannte der Freiherr jenen Deutschrussen namens Isidor, den Michael im Anfang seiner Studienzeit kennengelernt hatte, und zwar aus folgendem Grunde: In einem Vortrage des Freiherrn hatte den Unglücklichen sein krankhafter Hang befallen, sich etwas Fremdes, das ihm zufällig ins Auge stach, anzueignen. Eine neben ihm sitzende Dame trug an einer vom Gürtel herabhängenden Kette ein kleines altertümliches Fläschchen mit zierlicher Goldverkleidung über dem Stöpsel, für Wohlgerüche bestimmt, das seine Aufmerksamkeit fesselte. Er sah, daß er es mit einiger Geschicklichkeit würde ablösen können, und machte sich damit zu tun, wurde aber von der Dame ertappt, die, den vornehmen Ständen angehörig, nicht ohne Mißtrauen in die Versammlung gegangen war, wohin viel arme Leute kamen, und sofort Lärm schlug. Dem Freiherrn gelang es nicht nur, die Dame, sondern auch Isidor zu beruhigen, der ihn seitdem wie einen Lebensretter, ja wie ein Götterwesen, das ihm das Leben ermöglichte, verehrte. Auf den Wunsch des Freiherrn hatte er ihm treu geschildert, was in ihm vorging, wenn er solch einen unsinnigen Diebstahl ausführte: wie er zuerst den betreffenden Gegenstand unablässig ansehen müsse, bis er das Gefühl hätte, er gehörte ihm eigentlich zu, wie es dann seine Hand hinzöge, wie sie plötzlich lebendig würde und wie ein hungriges Tier nach der Beute züngele, endlich zuschnappe und sie verschlinge, während er selbst in einer Art von Betäubung, entsetzt und ohnmächtig zusähe.

»Sie schleppen irgendeinen diebischen Urgroßvater in Ihrem Leibe herum«, sagte der Freiherr, »wo er nach göttlicher Absicht sein Fegefeuer durchzumachen hat, der zuweilen mächtiger als Sie wird, den Sie aber unerschrocken bekämpfen müssen, um ihn zu erlösen. Sie erinnern mich an jenen Sindbad, den Reisenden aus den Märchen von Tausendundeiner Nacht, dem, wenn mir recht ist, von ungefähr ein kleines altes Männchen auf die Schulter fiel, das er nicht abschütteln konnte, wieviel Mühe er sich auch gab, sondern als eine unheimliche, widerwärtige Last, als wäre es angewachsen, mit sich herumtragen mußte.«

Für Isidor hatte diese Vorstellung etwas Beruhigendes und Befreiendes gehabt; für Michael dagegen war sie abschreckend, und er bemühte sich vergebens, sie wieder loszuwerden. Als er in Arabells Wohnzimmer, die er nun aufsuchte, Isidor sitzen fand, war es ihm, wie in früherer Zeit, als ob ihn ein feuchtes, kriechendes Ungeziefer berührt hätte; der Eindruck trug dazu bei, ihm die Verhältnisse, in denen er Arabell antraf, noch trübseliger erscheinen zu lassen. Es hatte Boris nicht gelingen wollen, sich eine einträgliche Praxis zu gründen, sei es, daß die Bevölkerung kein Zutrauen zu dem Ausländer fassen mochte, oder daß seine politischen Überzeugungen ihm schadeten, oder daß seine Persönlichkeit nicht beliebt war. Wie Michael bereits durch den Freiherrn wußte, reichten seine Einnahmen kaum aus, um den Haushalt zu bestreiten, der mit den drei Kindern, die sich nacheinander eingestellt hatten, eine erhebliche Last bedeutete. Es war Michael eine Beruhigung, Arabell äußerlich ganz unverändert zu finden; nur ihre Gestalt war breiter und formloser geworden, wodurch aber der feine Kopf, den sie trug, nur noch kindlicher erschien. Indessen die Stimmung von uneingestandener Armut, die von der Straße, von dem Hause und von den Zimmern ausging, wo sie wohnte, und die Art, wie sie sich dazwischen bewegte, als fürchtete sie beständig, diese Armut zu berühren, schnürte ihm die Kehle zusammen. Es drängte ihn, sie zu fragen: Wie erträgst du das? Kann deine Seele hier schweben und tanzen? Aber die Anwesenheit Isidors beengte ihn, wie sie auch ihr die freie Bewegung zu rauben schien. Da sie ihm auf seinen Wunsch ihre drei Kinder vorstellte, mußte er lachen und sagte, er hätte sich von deren Leibhaftigkeit überzeugen wollen, und ob sie nicht nur als von der Ehe gehörenden Ausstattungsgegenständen von ihnen spräche; trotzdem er aber nun an die Kinder glauben müsse, sei es ihm noch immer unglaublich, daß sie die Mutter sei. »Zur Welt gebracht habe ich sie, das kann ich bezeugen«, sagte Arabell lächelnd, »und das berechtigt ja zum Titel Mutter. Übrigens verhalte ich mich zu ihnen wie Kassandra zu ihren Weissagungen, die sie, von einem unbekannten Gott geschüttelt, ausschreien mußte, um sie hernach fremd und grauend anzustarren.«

Indem sie vom Freiherrn sprachen, wurde Arabell lebhafter. »Es ist mein Schicksal«, sagte sie, »daß ich niemals mit ihm zusammentreffen kann. Jetzt verstehe ich, wie lächerlich und töricht ihm die Ansichten vorkommen mußten, die ich damals hatte. Damit konnte sich sein Geist freilich nicht abgeben, nachzugrübeln, warum der eine so viel und der andere so wenig verdiente, und warum dieser vor einer vollen und jener vor einer leeren Schüssel sitze. Mögen Tausende vor Hunger sterben, Tausende mit ungepflegtem Körper hinsiechen, Tausende vor Bergen von Elend nie die Sonne sehen, wenn nur über den Geopferten ein Glücklicher entsteht, der aus Blut und Tränen und Gelächter das Schöne schafft, das Ewige über dem Vergänglichen.«

Isidor sagte: »Der Freiherr nennt die Kunst eine Brücke zu Gott, die man hinter sich abbrennen kann, wenn man das Ziel erreicht hat.« – »Darum eben«, sagte Arabell, »verstehe ich ihn jetzt noch weniger als früher. Für mich existiert nur das Schöne; wenn man es mir entrisse, würde ich stürzen und sterben.« Ihre Augen loderten, indem sie das sagte, in einer Ekstase, die Michael krankhaft vorkam.

Als Isidor fort war, fragte Michael, ob er häufig zu ihr käme und ob es ihr lieb wäre. »Er kommt täglich«, sagte Arabell, »und es ist mir nicht lieb, sondern schrecklich; aber da er niemanden hat außer uns, und da er meines Mannes einziger

Freund ist, kann ich ihn nicht wegschicken. Anfangs war es mir unerträglich, jetzt denke ich, ich muß ihn nehmen wie das Leben, das auch immer neben einem sitzt wie ein Alp, häßlich und quälend, ohne daß man weiß, warum es gekommen ist und warum es nicht fortgeht.«
»So dachten Sie doch früher vom Leben nicht«, sagte Michael erschrocken. Sie lachte und sah ihn mit ihren großen blauen Augen hell an. »Erinnern Sie sich nicht mehr?« fragte sie; »damals kannte ich es ja nicht. So urteile ich, seit ich es kenne.«
Für den Abend verabredeten sie ein Zusammentreffen in einem Wirtsgarten, damit Michael auch Boris sähe. Ihn fand Michael sehr verändert; er sah gealtert aus, sein Gesicht war voll Falten und sein elastischer Körper erschlafft. Zu seinen übrigen Sorgen hatte sich ein Ohrenleiden gesellt, das ihn für die Zukunft mit völliger Taubheit bedrohte und das ihm schon jetzt die Teilnahme an einem allgemeinen Gespräche sehr erschwerte. Sein gespanntes Hinhorchen, wenn andere sprachen, hatte für Michael etwas Beunruhigendes; aber am peinlichsten berührte es ihn, daß, obwohl Boris seine Frau häufig mit brennenden Blikken betrachtete, die von eifersüchtiger Liebe zeugten, eine heimliche Feindseligkeit zwischen ihnen zu liegen schien, die sie nur dadurch äußerten, daß jeder das, was der andere sagte, mit übertriebener Bitterkeit bekämpfte. Allerdings hatte sich ja auch Arabell aus dem Ideenkreise, in dem sie sich zuerst begegnet waren, gänzlich entfernt, was Boris, der desto hartnäckiger darin beharrte, fortwährend als persönliche Kränkung empfand. Die Kunst sei ein Luxusgegenstand für die Reichen, sagte er, und sowie sich eine Gelegenheit bot, machte er spöttische Bemerkungen darüber, daß Arabell, anstatt sich um die Küche oder um ihre Kinder zu bekümmern, halbe Tage über Büchern oder in Gemäldeausstellungen zubringe.
»Machst du mir das zum Vorwurf?« sagte Arabell scharf. »Davon lebe ich. Kinderwäsche und Suppe kochen und Strümpfe stopfen habe ich zum Überdruß; aber das gibt mir keine Antwort auf meine Fragen. Wenn die Schönheit von einem Gedicht oder von einem Bilde in meine Seele strömt, fühle ich, daß alle diese ekelhaften und törichten Kleinigkeiten, mit denen ich mich so schwer plagte, nur Träume waren, und daß nichts darin liegt,

ob ich und zahllose andere im Traume glücklich oder elend sind.« Ihre Augen ruhten mitleidlos auf ihm, während sie grausame Dinge sagte, von denen sie wußte, daß sie sein Herz bluten machten. »Bei Kinderwäsche und Suppe kochen fühlt sich manche Frau überglücklich«, sagte Boris hart; »es ist nicht meine Schuld, daß dein Geschmack eine andere Richtung hat.« Michael suchte zwischen ihnen zu vermitteln, obwohl er fühlte, daß es umsonst, ja daß es noch besser war, wenn sie mit Steinen nach ihren Meinungen warfen, als unmittelbar nach ihren Herzen. Es hatte etwas so Schmerzliches für ihn, diese beiden jungen Menschen zu sehen, für die das kaum begonnene Leben schon aus war, daß er zweifeln mochte, ob dies derselbe See und derselbe hohe Sternenhimmel wäre, unter dem sie so glückliche Tage voll Jugend und Hoffnung gelebt hatten. Aber ihm, das fühlte er zugleich, konnte das nichts anhaben. Hinter ihm lag ohnedies die Frühlingsstadt, und er mußte weiter zu lichteren Höhen. Was ihn zuweilen beängstigt hatte, daß die Ziele seines Lebens noch immer so fern vor ihm lagen, das erkannte er jetzt als hohe Glücksgunst; er war noch ein Junger und Hoffender, und der Kranz rauschte noch grün, den die schöne Hand des Lebens ernst und verheißend über seinem Haupte hielt.

Michael war jetzt wie ein Gast in seinem Vaterhause, dessen Sitten und Gesinnungen ihn befremdeten; wäre nicht Marios leidenschaftliches Willkommen gewesen, hätte er glauben können, er sei bei der falschen Schwelle eingekehrt. Mario selbst schien ihm in den ersten Tagen verändert, dann war er wieder der zärtliche Schatten, der liebend und tastend seinen Schritten nachging. Keine Persönlichkeit spürte man jetzt neben Verena so stark wie den jüngsten Bruder Gabriel, obgleich er nicht lebhaft und nur gelegentlich gesprächig war. Er war fast siebzehn Jahre alt, sah aber noch knabenhaft aus, was einen eigentümlichen Gegensatz zu seiner Art, sich zu benehmen und zu kleiden, bildete, die der eines älteren Sonderlings entsprach. Das rührte zum Teile daher, daß er sich in allen Dingen nach einem um zehn Jahre älteren Freunde richtete, der eigentlich Ludwig Schneider hieß, aber nur als Aristos, unter welchem Namen er

Gedichte veröffentlicht hatte, bekannt war. Derselbe suchte nicht etwa, wie man nach dem Namen hätte schließen können, griechische Art nachzuahmen, sondern drückte in seiner Erscheinung Verehrung für Ludwig den Vierzehnten aus: er trug die Haare länger als üblich in steif angeordneten Locken, und Spitzenhemden mit Manschetten, die lang über seine unschönen, aber gepflegten Hände fielen. Seit seine Gedichte veröffentlicht waren, hatten sich ihm mehrere junge Leute genähert, die ihn anstaunten und verehrten und zum Teile in kindischer Weise nachahmten. Dies war ihm zuwider, nicht weil er das Lächerliche und Übertriebene davon sah, sondern weil er die Menschen desto mehr verachtete, je schwächer und unselbständiger sie waren. Da er aber trotzdem die Schmeichelei, die in ihrer unbedingten Unterordnung lag, nicht entbehren, ja schließlich einen anderen Verkehrston kaum noch ertragen konnte, mußte er sie wohl oder übel dulden, obwohl ihm ihre Nähe Qualen verursachte und er sie viel lieber den Hohn hätte fühlen lassen, der bei ihrem Anblick in ihm rege wurde. Er litt hierunter um so mehr, als er es niemandem sagen konnte, nicht einmal sich selber verriet er, wie es war, sondern überredete sich, daß alle Menschen ohne Unterschied so wären wie seine Jünger, und er allein unter Schwächlingen, Toren, Gliederpuppen, Schatten ein Gewaltiger und Edler sei. Sein Gesicht war hager und knochig und so farblos, daß er mit geschlossenen Augen einem Totenkopf glich: öffnete er aber die tiefliegenden und dunkel umgebenen Augen, so empfand man das Dasein eines heißen Lebens mit unaussprechlichen Kämpfen und Qualen. Man hätte sich so den teuflischen Engel vorstellen mögen, der das Übermaß seiner Kräfte gegen Gott kehrte und inmitten seiner Höllenleiden doch seine entsetzliche Absonderung, weil er sie einmal gewollt hat, nicht bereuen kann. Seine auffallende und wahrhaft eigentümliche Persönlichkeit machte es begreiflich, daß er sich unter Durchschnittsmenschen nicht wohl fühlte, doch wurde von seiner Verachtung des Platten auch das Natürliche mitbetroffen, während er das Altertümliche, Ungebräuchliche und in Verruf Gekommene, als Fetischdienst oder Menschenopfer oder Knaben- und Geschwisterliebe, eben deswegen ohne Unterscheidung billigte.

Aristos verkehrte bei Gabriels Eltern nur selten, da er sie im Grunde zu dem Menschengerümpel zählte, das nur als Kehricht und Asche zu verwenden war, um den großen Mutterleib der Erde zu speisen. Doch nahm er aus Rücksicht auf Gabriel zuweilen eine Einladung an und lobte den Stolz, mit dem die Malve ihre verbleichende Schönheit festhielt: denn Schönheit wäre das einzige, was Frauen adelte, und was selbst alte Frauen, wenn sie nur das Übriggebliebene durch Kleidung und Würde gut darzustellen wüßten, ehrwürdig machen könnte, entthronten Königinnen gleich, denen man auch im Elend gern den Zoll der Ehrerbietung darbrächte. Die Malve lächelte zwar über Aristos' sonderbare Erscheinung und feierliches Wesen, aber eben deswegen und weil sie, wenn sie auch seine Ideen im Zusammenhang nicht begriff, ihn doch anregend fand, sah sie ihn nicht ungern bei sich; Raphael hingegen konnte seinen Ärger und seine Frau ihr Lachen nicht beherrschen, wenn sie seiner ansichtig wurden, so daß eine Begegnung mit ihnen vermieden werden mußte. Raphael und seine Frau betreffend äußerte Aristos seine Verachtung ohne Einschränkung, und Gabriel teilte seine Ansicht vollkommen. Gerade was Raphael selbst so gern, um sich zu rühmen oder um Mitleid zu erregen, hervorhob, daß er dem älteren Bruder seinen Künstlerberuf geopfert und die verhaßte Kaufmannschaft auf sich genommen habe, brandmarkten sie als unedle Schwäche, während sie Michael achteten, weil er, um seinen Willen durchzusetzen und seinen Begierden zu frönen – denn so sahen sie es an – ohne Schonung die Schwächeren zertreten hätte.
In Aristos' Gedichten war die Einsamkeit einer leidenschaftlichen Seele ohne Liebe nicht eben klar verständlich, aber oft mit schauerlicher Ahnung ausgedrückt. Gabriel pflegte sie seinen Eltern vorzulesen, um sie zur Anerkennung der Größe seines Freundes zu zwingen, bis Waldemar ärgerlich erklärte, das wüste und verzerrte Zeug nicht länger anhören zu können; die Malve fand sie zwar auch hochtrabend und schwülstig, aber es unterhielt sie doch, an ihnen zu rätseln, und ihr gewaltsamer Rhythmus regte sie angenehm an. Wie sie von jeher gewohnt war, kindliche Fragen zu stellen und durch Ungelehrsamkeit Entzücken zu erregen, ließ sie sich auch von ihrem jüngsten

Sohne, gänzliches Nichtverstehen bekennend, den Sinn dieser Gedichte erklären, und belustigte sich damit, ungeheuerliche Vermutungen hinzuwerfen, was diese oder jene Wendung etwa bedeuten könnte. Was Gabriel von niemandem gelitten hätte, das Tändeln mit Dichtungen, die ihm heilig waren, duldete er doch bei seiner Mutter, die als herrliches Muster des schönen Weibes, das die Klugheit, die es besitzt, benützt, um sich als Kind voll Spielerei und Torheit darzustellen, verehrt und geschont wurde.

Als Michael, nachdem er Aristos kennengelernt hatte, gegen die Malve äußerte, er halte diesen Verkehr für einen so klugen und begabten, aber einseitigen, unkräftigen Menschen wie Gabriel nicht für förderlich, bat ihn diese in Gegenwart des Vaters desgleichen nicht zu äußern, damit sich nicht heftige Auftritte wiederholten, zu denen Gabriels Liebe zu Aristos geführt hatte. Der alte Unger erschien nur selten, meist nur des Abends, in dem Wohnzimmer, wo sich die Familie versammelte, und wenn er kam, saß er mit leerem Blick, ohne Anteil unter den übrigen. Auch Michael gelang es selten, ihn heiter oder nur vertraulich zu stimmen; wenn sie allein zusammen in seinem Arbeitszimmer waren und Michael eben glaubte, seine Aufmerksamkeit durch irgend etwas gewonnen zu haben, irrte schon seine nächste Antwort ab oder blieb ganz aus, und geradeaus starrend bewegte er die Lippen auf eigentümliche Art, als ob er zählte. Doch konnte von einer eigentlichen Geistesstörung nicht im allermindesten die Rede sein; kam es zufällig, daß er durch Willen oder Erregung seine Zerstreutheit überwand, so zeigte sich, daß er zusammenhängend denken und sprechen konnte und daß sein Gedächtnis nicht mehr gelitten hatte, als im allgemeinen bei Menschen seines Alters. Am wohlsten schien er sich in Gesellschaft Marios zu fühlen, der die aus der Kindheit hinübergenommene Liebe für den gütigen Großvater bewahrt hatte, sich von ihm in Zuckerbäckereien führen ließ und fabelhafte Geschichten aus der Schule oder aus Italien und von seinem Vater erzählte.

Eines Mittags, als Aristos und Raphael bei den alten Ungers zusammentrafen, kam es zu einem Streite darüber, was aus Gabriel werden sollte, der nun bald die Schule vollendet haben würde. Raphael sagte, es sei Zeit, daß Gabriel sich einen Beruf wähle, der ihn ernähren könne: auf das Vermögen und den Ertrag des Geschäftes könne er sich nicht verlassen, darüber sei niemand Herr, es kämen böse Zeiten für den Handel, und auch abgesehen davon müsse jeder Mann, der sich selbst achten wolle, imstande sein, sich durch eigene Arbeit durchs Leben zu bringen. Die Malve, die Gabriels Wunsch, nur den Musen zu leben, begünstigte und doch Raphael ungern widersprach, fragte ihn liebevoll, ob er seinen Jugendtraum und wie widerwillig er Kaufmann geworden sei, schon vergessen habe? Raphael lachte und rief: »Ja, Jugendträume, Mama! Sie sind gut, und ich lobe sie, wenn sie Träume bleiben. Wenn ich widerwillig Kaufmann wurde, war es nur, weil ich gerade dazu keine Neigung hatte und meine bescheidenen Talente lieber auf einem anderen Felde verwertet hätte.« Aristos sagte, indem er einen kalten Blick auf Raphael warf: »Das ist der größte Fehler der Menschen, daß sie die Träume vom Leben scheiden; die edlen, würzigen und wohlriechenden Blätter nennen sie Träume und streifen sie ab, und was als ihr Leben zurückbleibt, ist ein gemeiner, häßlicher Strunk.« Michael sagte schnell, um zu verhindern, daß Raphael eine gereizte Antwort gäbe: »Was folgt nun daraus, wenn Sie Ihren Satz auf Gabriels Zukunft anwenden?« »In früheren Zeiten«, sagte Aristos, »wurde die gelderzeugende Arbeit von Sklaven und Leibeigenen besorgt; können wir diese Einrichtung auch nicht wieder einführen, so wird es doch immer natürliche Arbeiter und Sklaven wie natürliche Herren geben, und die ersten werden stets in der Überzahl sein. Meine Meinung ist, daß diese als Packträger, Kesselflicker, Bankdirektoren oder was sonst ihrem angeborenen Beruf nachgehen und für die Bedürfnisse der wenigen sorgen sollten, die ihren Träumen leben wollen.« Bevor Michael antworten konnte, rief der alte Unger, der aufmerksam zugehört hatte, dunkelrot im Gesicht und sich weit vorbeugend: »Ich glaube, daß es meinem Sohne eben recht wäre, wenn ich zeitlebens den Packträger für ihn machte, damit er träumen, oder besser gesagt, faulenzen könnte. Aber glücklicherweise stehen wir in Zeiten, wo selbst die Könige Pflichten haben und die Müßiggänger die eigentlichen Sklaven sind.« Während die anderen über den groben

Ausfall gegen den Gast erschraken, blieb Aristos' fahles Gesicht so unverändert, als ob etwa ein Löffel mit Geklirr auf den Boden gefallen wäre. »Ja, auf unseren Thronen sitzen freilich selten Könige«, bemerkte er ruhig, ohne Waldemar anzusehen, der aufstand, seinen Stuhl geräuschvoll zurückschob und ohne Gruß das Zimmer verließ. Die Malve entschuldigte in liebenswürdigen Worten die Heftigkeit ihres Mannes mit seiner krankhaften Verstimmung, wie auch damit, daß er in bezug auf die schon oft erwogene Frage von Gabriels Zukunft besonders empfindlich sei. Michael sagte: »Es gibt wohl seltene Menschen, deren Träume unsterblich leben, während das äußere Leben für sie wie Traum vorübergeht; diese freilich sollten durch andere der Notwendigkeit, sich durch Arbeit, die ihnen unverhältnismäßig schwer wird, zu ernähren, überhoben werden. Möchten Sie aber die Frage entscheiden, ob Gabriel zu diesen gehört? Es ließe sich gewiß ein Beruf finden, der sein Streben und seine Anlagen nicht beeinträchtigte, vielleicht im Gegenteile entwickelte, und wodurch zugleich Papas berechtigte Wünsche berücksichtigt würden.«

Als sie allein miteinander waren, versuchte Michael, sich mit seinem jüngsten Bruder ins Vernehmen zu setzen; aber er hatte dabei das unbehagliche Gefühl, als wäre ihm nichts Festes, Geformtes gegenüber, das zuhörte und antwortete; Gabriels kühle, aalglatte Seele entschlüpfte jedem Griff und ließ sich nicht einmal gründlich in die Augen sehen. Da er einen reichen Vater hätte, sagte er, warum sollte er Geld verdienen? Warum sollte er nicht die Vorteile seiner Geburt ausnützen? Der Arme stände unter dem Fluche der Arbeit, der Verbrecher im Zuchthause stände unter ihrem Zwange, warum sollte er sich das Brandmal mutwillig aufdrücken? Ob Orpheus gearbeitet hätte? Oder Homer? Oder Raffael und Tizian?

Michael sagte ungeduldig: »Gearbeitet haben alle großen Männer; glaubst du, ein schönes Bild entstände ohne unermüdliche Arbeit? Niemand will dich zwingen, Schuster oder Schneider zu werden, vielmehr verspreche ich dir, wenn du für irgend etwas Neigung hast, vorausgesetzt, daß du nicht gerade Seiltänzer oder Scharfrichter werden willst, dir bei Papa die Erlaubnis dazu zu erwirken. Es muß einer, um das Nichtstun zu

vertragen, ein weit stärkerer Charakter sein, als du bist. Noch bist du in dem Alter, wo man die Erfahrungen der Älteren übernehmen und ihnen folgen muß, und die Älteren haben die Pflicht, dich zu dem anzuhalten, was das Leben sie als das Ersprießliche gelehrt hat.«
Gabriel sagte lächelnd: »Hätte dieser Aberglaube nicht von jeher geherrscht, die Welt wäre weniger greisenhaft und häßlich. Das, was abstirbt, will das, was aufblüht, im Blühen unterweisen! Als ob alle Weisheit und Erfahrung des Alters eine von den Blüten hervorgebracht hätte, welche die Jugend im Traume zu Tausenden treibt.«
»Im Blühen sollen wir euch auch nicht unterweisen, nur im Arbeiten«, sagte Michael und lachte; indessen Gabriel sagte müde, als ob er des überflüssigen Gespräches nun satt sei: »Das Eifern des alten Judengottes: im Schweiße deines Angesichts sollst du dein Brot verdienen! Da wir Schweinefleisch essen und den Sabbat nicht heilighalten, brauchten wir uns auch an dies engbrüstige Gebot nicht mehr so ängstlich zu binden.«
Wie Malve ihm wiedererzählte, hatte Gabriel nach dieser Unterredung über Michael zu ihr gesagt, er sei zwar ein Sohn unserer Zeit, aber innerhalb dieser Beschränkung würde ihn selbst Aristos nicht hindern, ihn zu bewundern. Beide lachten darüber, immerhin meinte Michael, müsse man mit mehr Ernst die Erfüllung gewisser Pflichten, sei es auch nur, damit er nicht ganz zerfließe und in trauriger Willkür vereinsame, von ihm fordern. »Er ist nicht schlimm«, sagte die Malve entschuldigend, »nur absonderlich; aber mir scheint, man muß wenigstens zum Schein auf die Ideen der Jugend eingehen, wenn sie auch barock sind, damit man ihr Vertrauen nicht einbüßt.«
Unter dem Eindrucke von Gabriels Wesen, das mit greisenhafter Bewußtheit auf Jugend pochte, konnte sich Michael nicht genug über Marios Kindlichkeit freuen, den es keine Herablassung kostete, mit fünfjährigen Kindern zu spielen, der in Märchen und Indianergeschichten schwelgte und für einen Lieblingskuchen, so behauptete der alte Unger mit herzlichem Vergnügen, Vater und Mutter verraten hätte. Eine Neigung, sich abzusondern, besonders von Kindern seines Alters, hatte er zwar auch; aber weil Michael eben der war, dem er sich blind-

lings und uneingeschränkt hingab, kam ihm das weniger zum Bewußtsein; auch hätte er das nicht als einen Fehler oder als eine Gefahr für ihn betrachten können.

Trotz aller Bemühungen brachte es Michael nicht dahin, daß in Hinsicht auf Gabriels Zukunft irgend etwas festgestellt wurde. Der alte Unger hatte sich in den Kopf gesetzt, wahrscheinlich durch Michaels ehemalige Pläne angeregt, daß Gabriel Arzt werden sollte, und wollte durchaus keine anderen Vorschläge annehmen; aber gerade diesen Beruf, mußte Michael zugeben, sei es bedenklich, ohne Lust und besondere Begabung zu ergreifen. Gabriel seinerseits gab sich keine Mühe, seinen Vater für etwas anderes zu gewinnen, da es ihm bequem war, sich mit einem Anschein von Recht schlechtweg verneinend zu verhalten. Am Tage vor seiner Abreise beredete Michael seinen Vater zu einem letzten Spaziergange, in der Hoffnung, es könnte noch zu einer warmen Aussprache zwischen ihnen kommen; doch Waldemar blieb unzugänglich und ließ sich nur in dem Hange zu Klagen und Nörgeleien über seine Umgebung gehen, der sich in der letzten Zeit an ihm bemerkbar machte. Zufällig war diesmal Verena der Gegenstand seiner Unzufriedenheit; indem er auf ihren Glaubenswechsel zu sprechen kam, sagte er, Ernst und Überzeugung haben nichts damit zu tun gehabt, sie habe immer Männer zu ihren Füßen sehen müssen; früher seien es verrückte Schriftsteller gewesen, schließlich sei ein Priester an die Reihe gekommen. Das heuchlerische Getue, das tägliche Kirchengehen und Messehören, das Geplärr mit dem Rosenkranze sei ihm durchaus zuwider, lieber möchte er mit Juden und Türken zu tun haben, als mit den pfäffischen Augenverdrehern. Tugendhafter sei Verena keineswegs geworden, vielmehr noch selbstgefälliger als zuvor, und wenn sie früher wie von einem Katheder herab zu anderen gesprochen hätte, so käme jetzt ihre Weisheit von der Kanzel oder von der Kirchturmspitze herunter.

Da Michael das Verhalten seiner Frau zu erklären und das Gespräch auf andere Dinge zu bringen suchte, wurde er allmählich stiller; der Gang an dem schwülen Sommernachmittage ermüdete ihn auch, und zuletzt ging er langsam, aber mit Anstrengung sich geradehaltend, völlig schweigsam neben seinem Sohne her. Michael betrachtete ihn traurig; sein Mund stand offen, und das Kinn mit der Unterlippe hing ein wenig herunter.

Nach dem Abendessen, als Verena sich mit Mario zurückgezogen hatte, war Gabriel begierig, einige Gedichte von Aristos vorzulesen, die soeben in einer Zeitschrift erschienen waren, und die sogar er selbst schwerlich mehr übertreffen könnte. Michael sagte mit Rücksicht auf seinen Vater, er möchte den letzten Abend lieber verplaudern; allein die Malve meinte, er solle Gabriel lieber lesen lassen, er sei nun einmal erpicht darauf und würde an seinen Perlen ersticken, wenn er sie nicht ausspeien könnte. Während Gabriel las, betrachtete Michael bekümmert seinen Vater, der in einem Lehnstuhl saß und nur halb auf das Vorgetragene hinhörte, aber doch Eindruck genug davon empfing, um gestört und gequält zu werden. »Überflüssige Worte!« sagte er abwehrend, als Gabriel innehielt, um die Wirkung des Gelesenen zu vernehmen, worauf Malve meinte, das könne man gerade nicht sagen, wenigstens nicht, bevor man verstanden hätte, was sie bedeuten, und das sei nach einmaligem Hören nicht möglich. Gabriel sagte mit einem herausfordernden Blick auf seinen Vater: »Du hältst doch, soviel ich weiß, die Worte Gott, Unsterblichkeit, Ruhm, Tod und Leben nicht für überflüssig, warum aber die, welche dir diese Mysterien deuten sollen?« Michael klappte das Buch zu, das Gabriel in der Hand hielt, und bat seine Mutter, einmal wieder die alten Stücke auf dem Klavier zu spielen, die er als Kind so gern gehört hätte: denn er erinnerte sich, wie angenehm das seinem Vater in früherer Zeit gewesen war. Er begleitete seine Mutter in das Nebenzimmer, wo der Flügel stand, öffnete ihn für sie und blieb daran gelehnt stehen, indem die Malve auswendig ein paar veraltete leichte Weisen spielte, die ihren Fingern geläufig geblieben waren. Sie spielte dies und das durcheinander, da ihr zuweilen das Gedächtnis versagte, und füllte die Lücken mit verlorenen Akkorden aus; als sie nach einer halben Stunde aufhörte, stand Michael noch am Flügel und dachte mit Staunen an seine erste Jugend zurück, die ihm so fremd geworden war, als gehörte sie nicht zu ihm und seinem jetzigen Leben.

Unterdessen hatte Gabriel, der ungeduldig gewartet hatte, daß seine Mutter zu spielen aufhörte, wieder zu lesen angefangen, und Michael hörte durch die offene Tür seinen eintönig pathetischen Ton anfangs wie im Traume, bis er allmählich von seinem Sinnen zurückkam und die einzelnen Worte unterschied.

Du warst kein Stern, der führt,
Den irrende Schiffer segnen,
Du warst keine Frucht, die nährt,
Kein Tau auf schmachtende Seelen;
Du wirst kein Name werden,
Den feurige Lippen nennen,
Kein Bann, kein Zauber auf Erden,
Drin ewige Kräfte brennen,
Dich wird die Muse nicht leiten
Durch unterirdische Gänge
Zu leuchtenden Seligkeiten,
Im Sturm der Sphärengesänge –
Du stirbst, wie Blätter fallen,
Niemand wird an dich denken.

Der alte Unger, der während des Lesens mit starren, leeren Augen auf Gabriel geblickt hatte, stand, nun er abbrach, schwerfällig von seinem Stuhle auf und verließ das Zimmer. Michael folgte ihm rasch, um ihn zu begleiten; als er nach einigen Minuten zurückkam und die Malve und Gabriel halblaut miteinander sprechend und lächelnd fand, übermannte ihn zornige Entrüstung so sehr, daß er seinen schmächtigen Bruder mit den dreist beobachtenden Augen hätte packen und niederschmettern mögen. »Wie kannst du wagen«, rief er, seine Stimme mühsam dämpfend, »einen alten Mann zu stören, der die Rechnung seines Lebens macht und schreckliche Dinge bedenkt, die ihr nicht fassen könnt, der mit Furcht und Grauen lebt, was euch erwünschter Stoff zu einem Spiel mit Worten ist! Was bist du denn als eine Fliege, die mit unverschämtem Summen einen müden Schläfer belästigt! Fühlst du nicht, daß er in seinen Träumen Stimmen hören kann, gegen die eure Reime nur ein kümmerliches Stammeln sind?« Er zitterte am ganzen Leibe und wußte nicht, was er sagte; Gabriel betrachtete mit neugieriger Furchtsamkeit und nicht ohne Bewunderung sein bleiches Gesicht, in dem die Augen schwarz brannten. Die Malve legte die Hand auf Michaels Arm und sagte lächelnd, denn sie wollte keine feierliche oder hochtrabende Stimmung aufkommen lassen: »Unser Engel mit dem feurigen Schwerte.« Michael warf einen Blick voll bitteren Vorwurfs auf sie; aber ihr schönes Gesicht mit den schmerzhaften Brauen tat es ihm an, so daß er sie umarmte und küßte, obwohl er noch ganz in Aufruhr war; dann ging er, ohne Gabriel ›gute Nacht‹ zu sagen.

Er war kaum eine Woche wieder am Meere, als ihm ein Brief der Malve den Tod seines Vaters meldete; er sei plötzlich am Herzschlage gestorben und es sei ihm absichtlich nicht telegrafisch gemeldet worden, damit er nicht, kaum von der Reise zurückgekehrt, seine Tätigkeit von neuem unterbräche, um zur Beerdigung zu kommen, was im Grunde doch nur eine Förmlichkeit wäre; Raphael sowie die ganze Familie seien darüber einer Meinung mit ihr gewesen. Diesem Briefe folgte umgehend ein anderer, in dem seine Mutter schrieb, sie hätte ihm den wirklichen Hergang von seines Vaters Tode verheimlichen wollen, um ihn nicht nutzlos zu betrüben, hätte sich nun aber doch anders besonnen; sein Vater hätte sich am späten Abend, als im Hause schon alle geschlafen hätten, in den Fluß hinter dem Garten gestürzt; sein Leichnam sei mit grauendem Morgen weiter stromabwärts von Arbeitern gefunden worden. Ein besonderer Anlaß zu der Tat hätte nicht vorgelegen, sie sei jedenfalls aus der Schwermut, die ihn schon lange drückte, hervorgegangen. Es war kein Wort der Trauer hinzugefügt, auch in dem Tone des Briefes war nicht der flüchtigste Kummer zu spüren; sie hätte nicht kühler schreiben können, wenn es sich um einen wildfremden Menschen gehandelt hätte. Michael legte den Brief wieder aus der Hand, ohne daß das schreckliche Ereignis ihm wirklich geworden wäre. Hätte der Brief Klagen oder irgendein Zeichen von Traurigkeit enthalten, würde er es vielleicht eher begriffen haben; so arbeitete er zunächst unwillkürlich weiter, als ob nichts vorgefallen wäre, irgendeine häßliche Störung ausgenommen, auf die er sich nicht mehr besinnen könnte. Erst als er zu dem Briefe zurückging, ihn zum zweiten Male las und dachte, daß auch die anderen nicht traurig sein würden und einzig Mario weinte und den Toten vermißte, zog sich sein Herz krampfhaft zusammen, und er brach in Tränen aus, die lange nicht versiegen wollten. In der Nacht, nachdem er sich zu Bett gelegt hatte, wurde seine Sehnsucht, den geliebten Vater noch einmal zu sehen, so groß, daß er wieder aufstand und sich anzog, um sofort nach Hause zu reisen und nötigenfalls den Sarg ausgraben und öffnen zu lassen. Aber indem er sich ausmalte, was seine Mutter und Raphael und die anderen sagen würden, und wie dumpf und erstickend es ihm im Hause vorkommen würde, sank ihm das Herz, und er sagte sich, daß er ebensogut, ja besser hier mit seinem Vater allein sein könnte. Lange stand er traumverloren am Fenster, ging dann im Zimmer auf und ab und schrieb hierauf einen Brief an seine Mutter, worüber er müde wurde. Der Morgen dämmerte bereits, als er sich in Kleidern noch einmal aufs Bett warf, um ein paar Stunden fest zu schlafen. Nachdem er mehrere Wochen abwesend gewesen war, hatte sich viel dringende Arbeit angehäuft, und der Direktor, der ihn liebenswürdig aufforderte, sich nicht Gewalt anzutun, sondern den ersten Schmerz vorübergehen zu lassen, war im Grunde froh, als Michael erklärte, in der Arbeit eher eine Beruhigung zu finden. Beruhigend war es ihm auch, zu denken, daß sein Vater nun nicht mehr die lange, graue Straße hinunter in das Geschäft ging, daß seine großen Augen nicht mehr in öder Schwermut auf die Bücher voll Zahlen starrten, daß er nicht mehr in das freudlose Haus zurückkehrte, sondern ruhte. Die Anforderungen des Berufes halfen ihm unbegreiflich schnell über die erste trübe Zeit hinweg; nur die Reue, daß er das Ende nicht vorausgesehen und verhindert, daß er einen, der mit dem Tode rang, verlassen und preisgegeben hatte, nagte an ihm und wollte sich auch nicht vertreiben lassen, als schon mehrere Monate darüber hingegangen waren.

Michael freute sich darauf, daß Verena und Mario kämen, damit er mit Mario von seinem Vater sprechen könnte; aber dieser hatte keine Lust dazu. Zwar machte er ein trauriges Gesicht, als Michael ihn darüber befragte, antwortete aber zerstreut und konnte seine Ungeduld nicht verbergen. »Du hattest ja den Großvater so lieb«, sagte Michael verwundert. »Ja, sehr lieb«, antwortete Mario, »aber nun habe ich ihn schon ein wenig vergessen«, und lächelte dabei mit schelmisch-zufriedenem Glänzen der Augen, als wäre recht schnelles Vergessen von einst Geliebtem eine zierliche Sünde, auf die man eigentlich stolz sein könnte. Michael konnte nicht umhin, das kindliche Gesicht mit der warmen, rotbraunen Haut, das ihm ganz nah war, zu küssen, und zu lachen. Es war im Grunde leicht einzusehen, daß seine Jugend die trübe Erinnerung gern abschüttelte, um sich neuen, reizenden Eindrücken hinzugeben; vergessen hatte er den Großvater deswegen noch nicht, vielmehr fing er zuweilen freiwillig von ihm zu sprechen an. Es gab jetzt Anziehungspunkte für Mario, die früher noch keine Macht über ihn gehabt hatten und die ihn sogar zeitweilig von seinem Vater ablenkten, nämlich kleine Mädchen. Das liebste war ihm das Kind eines Fischers, der im nächsten Dorfe wohnte und seinen Fang an Seetieren in die Anstalt zu verkaufen pflegte: ein etwa neunjähriges Mädchen, das Innocenza hieß, von Mario aber, im Andenken an die kleine Brandstifterin, die sein Ideal gewesen war, Liberata genannt wurde. Es war ein schönes Südlandskind mit großen braunen Augen, die von Lust und Leben sprühten, wirren Locken und großem, lachendem Munde; am reizendsten waren ihre schlanken, festen, sonnengebräunten Beine mit den behenden Füßen, die mit unglaublicher Geschwindigkeit und Sicherheit sowohl durch das Wasser wie über die Kieselsteine liefen. Sie hatte mit ihren festen, feinen Händen von Marios weicher Seele Besitz genommen und beherrschte ihn ganz und gar, vergalt aber seine Ergebenheit mit stürmischer Liebe.

Mario verheimlichte das Verhältnis seiner Mutter, erzählte dagegen Michael alle Einzelheiten seines Abenteuers, sowohl von ihren kräftigen Umarmungen wie von dem Beißen ihrer scharfen kleinen Zähne, was er beides ein wenig fürchtete. »Aber ich lasse mir alles gefallen, sonst wird sie böse«, sagte er; er selbst hatte sie noch nicht ein einziges Mal umarmt oder geküßt, wahrscheinlich weil er das Gefühl hatte, seine Zärtlichkeiten würden neben ihren langweilig und frostig erscheinen. Michael, dem die kleine Wilde gut gefiel, nahm das Paar zuweilen im Schiffe mit auf das Meer hinaus, wenn er fischte, bewirtete sie mit Orangen und Süßigkeiten und hörte dem Mädchen zu, das unermüdlich plauderte, von Eltern, Großeltern und Geschwistern, und was sie wieder von diesen gehört hatte, dazwischen Fabeln und Lieder, wie sie im Volke umgingen, alles mit lebhaftem Gebärdenspiel begleitend. Mario war stolz, daß sein Vater seine Bewunderung für Liberata teilte; dennoch hielt ihn das nicht ab, sich mit einem anderen kleinen Ding einzulassen, das in allen Stücken das Gegenteil von jener war. Die Neue war ein feines, trippelndes Persönchen, das augenscheinlich reichen Eltern gehörte, mit sorgfältiger Eleganz gekleidet und sich ihrer zierlichen Erscheinung wohl bewußt war. Unter ihrem großen Hut aus feinstem Stroh kamen lange blonde Locken hervor, die regelmäßig über ihren Rücken verbreitet waren; bei den durchbrochenen Handschuhen, den ausgeschnittenen Schuhen und allen übrigen Kostbarkeiten nahm man das rosige Gesicht mit dem Stumpfnäschen, ohne zu fragen, ob es hübsch sei, mit in den Kauf. Mario konnte sich dieser Schönheit nicht entziehen und machte ihr den Hof, allerdings in großer Heimlichkeit und unter Herzklopfen aus Angst vor Liberata, was aber den Reiz des Unternehmens noch erhöhte. Die kleine Dame, so züchtig und gemessen sie auch neben ihrem Fräulein einherging, wußte doch Blicke zu tauschen und Zeichen zu geben, allein etwas mehr, zum Beispiel einen Kuß zu bekommen, schien unmöglich; Mario befliß sich zunächst, ihr Blumen, die er etwa vor ihren Augen geküßt hatte, in ihre Hände zu spielen, ja einmal glückte es ihm, eine Ecke der himmelblauen Schärpe, die sie trug, an seine Lippen zu drükken.

Da Michael, dem auch das neue Liebesverhältnis treu geschildert wurde, für die hintergangene Liberata Partei nahm, beruhigte ihn Mario damit, daß sie es ja nicht wisse; erführe sie es, könne ihre Eifersucht ihm allerdings fürchterlich werden. Dies Unglück blieb aber doch nicht aus, da Liberata eines Tages Mario überraschte, wie er, glühend vor Seligkeit, neben seiner vornehmen Schönen herging und ihr eine große Tüte voll Zukkerwerk trug, die sie geschenkt bekommen hatte.

Zwar leugnete Mario, da sie ihn zur Rede stellte, rundweg, irgendein Gefühl als das äußerster Gleichgültigkeit, ja eigentlich Abneigung für die geputzte Puppe zu haben, doch Liberatas Zorn war nicht mehr zu dämmen und blitzte prächtig aus ihren großen Augen heraus, so daß Mario zwischen Furcht und geheimem Wonneschauer erbebte. Übrigens hätte er es sich nicht weiter zu Herzen genommen, wenn ihm nicht Liberata damit gedroht hätte, daß ihre Großmutter ein Zaubermittel kenne, durch welches man einen Gehaßten, ohne ihn irgendwie äußerlich anzutasten, langsam könne hinsterben lassen. Er fragte seinen Vater, was es damit auf sich hätte, und dieser erwiderte, es könne schon etwas daran sein, er täte auf alle Fälle besser, dem lieben Mädchen treu zu bleiben. Am Abend nahm er beide Kinder mit auf das Meer, um sie zu versöhnen, allein die Kleine blieb schweigsam und düster, und Mario machte bängliche Versuche, harmlose Späße wie sonst mit ihr anzuknüpfen. Die Sonne neigte sich schon zum Untergange, als Michael unter der goldklaren Oberfläche des Wassers Quallen treiben sah, auf deren Schönheit er die Kinder aufmerksam machte; ihre durchsichtigen Leibchen schimmerten wie Opal, und leise bewegten sie, wie um ihre milchigen Farben spielen zu lassen, ihre rankenden Glieder. Liberata vergaß ihren Schmerz und Zorn und rief laut ihr Entzücken aus; als indessen Michael eine Qualle herausnahm und ihr den grauen Schleim in die Hand legte, schleuderte sie diese mit einem Ausruf des Ekels ins Wasser zurück und sagte, gegen Mario gewendet: »Sie ist wie du!« wobei ihre schwarzen Augen vor Triumph und Verachtung blitzten. Sie glich, wenn man von ihrem zarten Kinderkörper absah, in diesem Augenblick einem feurigen Weibe, so daß es einen wunderte, daß es seine Leidenschaft so ernstlich auf einen Jungen wie Mario setzen mochte. Dieser ließ es sich angelegen sein, ihren Zorn durch reuiges Betragen und kleine Geschenke zu mildern, und nach einiger Zeit spielten sie denn auch wieder zusammen am Strande; aber zu den stürmischen Zärtlichkeiten, nach denen er sich sehnte, kam es nicht wieder.

Von Verena erfuhr Michael, daß Mario während dieser ganzen Zeit auch einen Briefwechsel mit einem kleinen Mädchen unterhielt, das zu Hause die Dame seines Herzens gewesen war, was er auch auf Befragen willig eingestand. Er hätte seinem Vater nichts davon erzählt, sagte er, weil es eine langweilige Sache wäre, an die er nie dächte; denn das Mädchen hätte er gleich nach seiner Ankunft vergessen, so daß er nicht recht wüßte, was er ihr schreiben sollte, und es längst unterlassen hätte, wenn sie nicht darauf bestände. Sie wäre, sagte er, zwei oder drei Jahre älter als er, fast erwachsen, und er hätte sie außerordentlich geliebt, ja angebetet, jetzt aber wäre sie ihm so gleichgültig geworden, daß er sich, wenn er an sie schriebe, vorstellen müsse, er spräche zu Liberata, da er sonst keinen Brief zustande bringen würde. Als Michael fragte, wie es denn werden sollte, wenn er wieder nach Hause käme, sagte Mario, das mache ihm auch oft Bedenken, er hoffe aber, seine frühere Neigung werde sich dann wieder einstellen, und hauptsächlich tröste ihn der Umstand, daß sie bald in eine Erziehungsanstalt käme, womit dann alles ein Ende hätte.

Verena mißbilligte das müßiggängerische Treiben Marios lebhaft und trat ihm mit Entschiedenheit entgegen, so daß Michael oft zu begütigen hatte. Sie müsse ein Kind nicht so ernst nehmen, sagte er, Mario entwickle sich spät, das wäre aber günstiger als das Gegenteil. Was er jetzt lernte, während sein Sinn noch auf Kinderspiele gerichtet sei, hätte keinen Wert, später würde er das Versäumte leicht nachholen und hätte dann den Vorteil, daß er den Stoff sogleich richtig und mit einer Ahnung seiner Bedeutung aufnähme, anstatt auswendig zu lernen und dabei zu vergessen, daß die Worte auch einen Sinn hätten. Seine Liebesgeschichten träten allerdings etwas reichlich auf, doch dürfe man um keinen Preis dadurch, daß man ihnen Wichtigkeit beimäße, ihren harmlosen Charakter nehmen. Allzuviel modeln müsse man überhaupt an Kindern nicht, sondern, wenn es nicht auffallende Bosheiten auszutreiben gäbe, sie so, wie sie wären, liebhaben; möchte es immer sein, daß Mario verzärtelt sei, so wäre er dafür nicht roh wie andere Knaben und schließlich noch viel zu sehr in der Entwicklung begriffen, als daß es statthaft sei, über ihn abzuurteilen.

Michaels gutes Einvernehmen mit Verena, das im Grunde stets etwas Quälendes gehabt hatte, nahm dadurch ein Ende, daß ein äußerer Anlaß ihn zwang, sich ihr über seine Zukunftspläne, die in der Hauptsache dieselben geblieben waren, zu erklären. Es wurde ihm nämlich, der seinen wissenschaftlichen Ruf inzwischen durch kleinere Arbeiten hatte vermehren können, eine Stelle angeboten als Direktor einer zoologisch-botanischen Anstalt, die an der Mündung des Amazonenstromes gegründet werden sollte. Er hatte die Aussicht, eine noch ziemlich unerforschte, üppig hervorbringende Natur zu studieren; denn die Absicht der Unternehmer war, daß er freie Zeit zu umfassenden Studien behielte, weswegen ihm genug Beamte unterstellt werden sollten, damit er nicht in der Anstalt aufgehen müsse. Er zweifelte nicht einen Augenblick, ob er annehmen sollte; wenn je die unbekannte Gottheit ihm ein Zeichen geben wollte, wohin er sich wenden sollte, so war es durch diese wunderbare Verkettung von Umständen geschehen, die ihm in den Schoß fallen ließ, wonach hundert andere mit aller Anstrengung vergebens strebten. Was ihm eine Tätigkeit nach seinem Sinn in Aussicht stellte, war zugleich von höchstem Einfluß auf sein persönliches Leben; auf diesem Wege konnte er sich von Verena loslösen und sich endgültig mit Rose vereinigen. In früheren Jahren hatte er oft die Möglichkeit, auszuwandern, erwogen; aber er wollte den gewissenlosen Lumpen nicht gleichen, die, um häuslichen Mißständen zu entgehen, oder um ungestraft und ungestört Verbotenes zu genießen, sich in die Neue Welt hinüberstehlen. Jetzt würde er eine gute gesicherte Einnahme haben; in seiner Familie war niemand mehr, der seiner als Stütze bedurfte, außer Mario, den er allenfalls mitnehmen konnte; die Verhältnisse lagen so, daß niemand erheblich darunter litt, wenn er Europa verließ. Ob Rose ihn sogleich begleiten oder später nachfolgen sollte, wollte er davon abhängig machen, wie Verenas Entscheidung ausfiele, der er seine Absichten, ohne das Geringste zu verhüllen, vorzulegen willens war.

Solche Auseinandersetzungen führten keine äußerlichen Erschütterungen mehr mit sich wie in früherer Zeit; sein Vater, dessen zornige Schmerzensausbrüche und finsteres Abwenden er am meisten gefürchtet hatte, war tot, und Verena ging nicht aus ihrer kühlen Gelassenheit heraus. Er selbst begann den

Kampf um das Glück mit dem neuen Mute des Ermüdeten, der weiß, daß es die letzte Anstrengung gilt; denn er sah das grüne Ufer schon, wo er landen und ruhen könnte. Hätte sich ihm die Aussicht, in Amerika ein neues Leben beginnen zu können, nicht eröffnet, würde er noch gewartet haben; denn in der letzten Zeit hatte er sich der steten Aufregungen in der Familie entwöhnt, und es fiel ihm schwer, den Frieden, der eben zwischen ihm und seiner Frau eingetreten war, wieder zu zerstören. Dennoch war er dankbar und glücklich, daß es so gekommen war; denn es war ihm einmal, als er mit Verena und Mario in dem schönen Garten der Anstalt am frühen, frischen Morgen Kaffee trank, ein ganz leises Bangen gekommen, er könnte älter und bequemer werden, und wenn endlich die Zeit da sei, könnte ihm die Kraft mangeln, die dünnen, zähen Fäden, die ihn an seine Frau knüpften, zu zerreißen und frei zu Rose zu gehen. Er wußte, daß er im Zusammenleben mit Verena reizbar und schwierig war; eine Meinung, die er für albern hielt, persönliche Eigenheiten, über die er sonst vielleicht gelacht hätte, verstimmten ihn, ja zuweilen erregte die klare Stimme Verenas ihm ein Gefühl, als wären alle Nerven seines Körpers aufs äußerste gespannt und würden beim nächsten Laut schmerzhaft reißen. Sie machte ihm deswegen keine Vorwürfe, schien es überhaupt nicht zu bemerken, außer daß sie etwa die allzu große Arbeitslast beklagte, unter der er litt, und umging mit bewunderungswürdigem Takt die kleinen Reibereien und Mißhelligkeiten, die aus seiner Laune hätten hervorgehen können.

Unmerklich hatte sie sich an diese Art der Beziehungen zwischen ihnen gewöhnt und fühlte sich zufrieden dabei; es gab weit weniger Zank und Aufregung als in der ersten, glücklichen Zeit ihrer Ehe. Daß sie einmal eine große, glühende Leidenschaft gewollt hatte, war ihr aus dem Gedächtnis verschwunden, oder sie erinnerte sich jener Zeit, ohne zu empfinden, daß sie es war, um die es sich handelte; ebenso war ihr auch das Bewußtsein von Michaels Liebe zu Rose, von der er selbst nie sprach, durch die Kleinigkeiten des täglichen Lebens zurückgedrängt und verdunkelt.

Als ihr nun Michael nach langer Zeit wieder davon zu sprechen

anfing, war sie innerlich überwältigt und betäubt, doch zwang sie sich, nichts davon merken zu lassen, und da Michael sagte, er sei überzeugt, ihr trockenes Zusammenleben ohne Aufschwung und Innigkeit wäre für sie noch unerträglicher als für ihn, und sie würde froh sein, das Notdach, unter das sie sich geflüchtet hätten, zertrümmern zu können, antwortete sie ja, und fast schien es ihr, als wäre es wirklich so. Sie sagte ruhig: »Für mich war die Ehe mit dir gelöst, als ich in die katholische Kirche eintrat, denn sie wurde nach protestantischen ungültigen Gebräuchen vollzogen. Trotzdem habe ich bei dir ausgehalten, weil ich glaubte, dir nützen zu können, und, wie du weißt, hauptsächlich Marios wegen. Inzwischen habe ich aber eingesehen, daß es wohltätiger für ihn wäre, wenn ich ihn unter meinen alleinigen Einfluß brächte, als daß ich ihm mit großen Opfern einen Vater erhalte, der aus mißverstandener Liebe alle seine gefährlichen Triebe großzieht. Deshalb, wenn du dich entschlossen hast, ihn aufzugeben, so lege ich dir nichts mehr in den Weg.« Sie war selbst erstaunt, wie ihr die Sätze, die sie nicht einen Augenblick vorbedacht hatte, mit solcher Klarheit und Schärfe von den Lippen flossen, und sehr mit sich zufrieden. Als sie das Wort ›aufgeben‹ gebrauchte, wußte sie, daß Michael es nicht tun würde, und frohlockte, obgleich sie eben ausgesprochen hatte und davon durchdrungen war, daß gar kein Ehebund zwischen ihnen bestände.
Michael sagte, wie sie erwartet hatte: »Ich werde Mario nicht aufgeben, weniger jetzt als je, da ich mir denke, daß du ihn zu deinem Glauben bekehren willst, wofür er wohl empfänglich wäre, was ich aber nicht wünsche.«
»Es versteht sich, daß ich ihn für meinen Glauben gewinnen werde«, schaltete Verena ein.
»Wenn du ihn mir nicht ganz überlassen willst«, fuhr er fort, »und daran zu denken habe ich freilich kein Recht, so bitte ich dich, mir zu erlauben, daß ich ihm schreibe. Es wäre unklug, wenn du das nicht zuließest, einmal, weil du wohl weißt, daß ich Mittel und Wege finden würde, es heimlich zu tun, und dann, weil du weißt, daß Mario in wenigen Jahren wählen kann, wem von uns er sich anschließen will. Bei der Liebe, die er von klein auf zu mir hatte, ist kein Zweifel, daß er mich

wählen wird. Du kennst ihn so gut wie ich; je mehr du ihn mir gewaltsam zu entfremden suchen würdest, desto eigensinniger würde er bei der Liebe zu mir verharren, und selbst wenn er eine natürliche Neigung zur katholischen Kirche hätte, was der Fall sein mag, würdest du sie ihm verhaßt machen, sowie du sie ihm im Gegensatz zu mir aufzwingen wolltest.«

»Ich befasse mich nicht mit Weissagungen«, sagte Verena. »Anstatt dessen erkläre ich dir und werde dabei unweigerlich bleiben, daß ich, wenn du dich endgültig von mir scheiden willst und dann die Möglichkeit offensteht, daß du dich wieder verheiratest, ich dir keinen, durchaus keinen Verkehr mit Mario gestatte, solange er bei mir ist. Was später geschieht, stelle ich Gott anheim. Ich tue das nicht etwa, um mich an dir zu rächen oder deinen Entschluß zu hintertreiben, sondern einzig, damit Mario nicht unter deinen oder gar unter einen beliebigen weiblichen Einfluß gerät, und zweitens, weil ich es für meine heilige Pflicht halte, meinen Sohn seinem Irrglauben zu entreißen und der alleinseligmachenden Kirche zuzuführen.«

»Du bist so sehr für das Heil deines Kindes besorgt«, sagte Michael bitter, »und denkst nicht an die Seelenqualen, die du ihm bereitest, indem du ihm verbietest, mit seinem Vater, den er bisher am meisten auf der Welt liebte, zu verkehren, und an den Zwiespalt, den du in ihm erregst, entweder mich zu verlieren oder dich zu belügen.« Verenas Augen blitzten auf, als sie schnell einfallend sagte: »Das tust du! Wenn er leidet, wenn er sich verstellt, etwas verheimlicht und mich hintergeht, um mit dir in Verbindung zu bleiben, so ist es deine und nicht meine Schuld. Ich habe an dir festgehalten im steten Kampfe mit dir und meinem persönlichen Wohl zum Trotz, damit er dein Sohn bleiben könnte. Für alles, was nun geschieht, mache ich dich verantwortlich. Oder hättest du den Mut, zu leugnen, daß ich alles getan habe, um unser Zusammenleben erträglich zu machen?« »Nein«, sagte Michael tonlos, »ich habe immer deine Selbstüberwindung bewundert.«

Weiter hatte er nun nichts zu sagen; denn es war augenscheinlich, daß Verena von ihrem Entschlusse nicht weichen würde. Wenn er sich vorher vorgestellt hatte, daß Verenas Antwort so ausfiele, waren ihm die Folgen davon nicht so schwerwiegend erschienen. Es war ihm ein trauriger, widriger Gedanke, daß Mario Katholik werden könnte, besonders weil er sich die Konvertiten unwillkürlich so vorstellte, wie Verena war; doch war es nicht das, was er am meisten fürchtete. Er kannte Katholiken genug, die tüchtige und ehrenwerte Leute waren, um nicht blinde abergläubische Furcht vor der üblen Einwirkung der Kirche zu haben, und zudem glaubte er fest, daß er auch aus der Ferne Mario davon zurückhalten könnte, gerade weil Verena vermutlich, um die Jahre, wo Mario ihr allein gehörte, auszunützen, auffallend dringlich in ihren Bekehrungsversuchen sein würde. Aber der Gedanke an den Kummer, den er Mario zufügen mußte, an die Sehnsucht des empfindlichen, verwöhnten Herzens lähmte ihn. Auch der heimliche Briefwechsel, der entstehen würde und Mario in einem gewissen Hang zur Versiecktheit und zu kleinen Ränken bestärken konnte, war nichts Tröstliches. Es begann von neuem eine quälende Gedankenmarter, die ihn bei Nacht keinen Schlaf finden ließ; aber er war entschlossen, nicht nachzugeben.

Er warf es sich als Schwäche vor, daß er so maßlos darunter litt, dem Jungen einen Schmerz zuzufügen, von dem er wußte, daß er vorüberging, und den doch zweifellos das Leben ungleich härter behandeln würde, um so empfindlicher für ihn, je zarter er vorher angefaßt worden war. Es beruhigte ihn, daß sich beständig die Notwendigkeit zeigte, ein Ende zu machen: er war so überreizt, daß ihn, wenn er nur glaubte, Verenas seidene Untergewänder rascheln zu hören, eine Angst anwandelte, die er selbst als krankhaft empfand. Er wollte noch Roses Meinung hören, dann mit Mario sprechen, ihm alles vorlegen und sein warmes Herz entscheiden lassen; das würde vielleicht der allerschwerste Augenblick seines Lebens sein, der aber zugleich ein neues Leben der Freiheit, der Wahrheit, der Liebe einleiten würde.

Gegen Ostern reisten Verena und Mario wieder nach Deutschland zurück; es war von Michaels Übersiedlung nach Amerika nicht mehr die Rede gewesen, und Verenas Benehmen verriet nichts von der Erörterung, die zwischen ihnen vorgefallen war.

Mit dem Beginn der Ferien eilte Michael zu Rose, die seit einem Jahre in der Stadt lebte, wo Michael studiert hatte, und während des Sommers im Gebirge war.

Sie hatte inzwischen das Bild ausgeführt, das der kurze Aufenthalt in Italien in ihr erregt hatte: Maffurio zwischen den klagenden Tieren. Man sah im Hintergrunde ein paar zackige Berghäupter unter blauglühendem Himmel, doch den größten Raum des Bildes erfüllte schwarze Waldwildnis, aus der das bleiche Gesicht des Räubers und die Augen der Tiere wie glimmende Feuer hervorstarrten. Eine Eule saß in einem hohlen Baume, eine Wildkatze beugte sich aus den Zweigen herunter, und ein junger Fuchs kauerte zu den Füßen des Mannes, alles in solcher Anordnung und Auffassung, als hätte ein phantasievolles Kind seine Träume gemalt. Zwar zeugte alles von liebevollster Beobachtung der Wirklichkeit, und doch hatte niemand solche Menschen und solche Tiere und solche Wälder gesehen, nur daß man sich gerne glauben machen ließ, irgendwo gäbe es eine solche grauenvolle und wundervolle Einsamkeit, die eine von keinem belauschte Klage erfüllte.

Das Bild war verkauft und hatte Bewunderung erregt, was unter anderm die Folge hatte, daß sich mehr Menschen an Rose drängten als in früherer Zeit und daß sie sich ihnen, da sie in einer größeren Stadt lebte, weniger entziehen konnte. Wie es sich von selbst ergab, verkehrte sie mit den Malern, die auch Michael hatte kennenlernen, nicht etwa weil sie sich besonders von ihnen angezogen gefühlt hätte, sondern weil sie sich ihrer handfest bemächtigt hatten und weil sie manches von ihnen lernen konnte. Ihre Richtung sagte ihr im ganzen nicht zu, aber da sie völlig in ihrer Bilderwelt lebte, fragte sie nicht danach und begnügte sich damit, wo sie technische Vorzüge entdeckte, diese zu bewundern. Die meisten von diesen Malern lebten in glänzenden Verhältnissen und bewohnten pompöse Paläste, in denen Rose nicht hätte leben mögen, die ihr aber als Hintergrund zu prächtigen Festen, die sie wie Schaustücke auf dem Theater ansah, gefielen. Die Frauen, die dort verkehrten, waren zum großen Teile gefallsüchtige Schönheiten ohne Adel und Geist, mit denen sie nichts anzufangen wußte; aber da sie gewohnt war, mehr zuzusehen als zu sprechen, war ihr das nicht als besonderer Nachteil aufgefallen. Für sie war die Geselligkeit ein kurzer Ausflug, von dem sie bald wieder in ihr schönes Reich zurückkehrte, und so nahm sie mit gutwilliger Fröhlichkeit auch Albernheiten und Nichtigkeiten hin, auf die sie ohnedies nur halb hinhörte. Mitunter, wenn sie davon sprach, konnte man glauben, daß sie lauter Herrlichkeiten gesehen und erlebt hätte, und besonders zweifelten diejenigen, mit denen sie umging, nicht daran, daß sie für sie ein anregender, ja entzückender Eindruck waren. Ein junger, unverheirateter Maler, der sie malte, verliebte sich während der Sitzungen in sie, was sie erst bemerkte, als seine Leidenschaft schon einen beträchtlichen Grad erreicht hatte. Er war ihr so angenehm geworden, daß sie sich nur ungern entschloß, ihm zu sagen, daß sie sein Gefühl nicht erwiderte; dies wurde der Anlaß, daß sie sich ganz aus dem Kreise zurückzog.

Als Michael sie wiedersah, kam sie ihm anfänglich fremd vor, und sie mochte auch, schon äußerlich, verändert sein. Sie war jetzt dreiunddreißig Jahre alt; ihr Gesicht war nicht gerade härter, aber magerer geworden, und dadurch weniger kindlich; aber in seiner blassen Dämmerung blühten ihre wundervollen Augen wie zwei dunkle Nachtviolen auf, schöner als je. Man konnte glauben, daß sie alles, was sie Wunderbares und Schönes sähen, aufsögen und sich damit bereicherten, und dadurch mit jedem Jahre an Leben und Wärme zunähmen. Ihr Auftreten war fertiger und weltsicherer; Michael konnte sich nicht mehr vorstellen, daß sie über ein Marienkäferchen auf ihrer Hand beglückt gewesen wäre. Sie waren indessen kaum einen Tag zusammen gewesen, als ihn nichts an ihr mehr fremd anmutete, es ihm im Gegenteil schien, als würde sie nicht mehr zu ihm passen, wenn ihre Seele nicht sacht und beständig, ihre Urform auseinanderfaltend, weiter gewachsen wäre. Sie hätte sich nicht mehr trunken in die Wonne eines Augenblicks stürzen können; aus traurigen Stunden, bitteren Stimmungen und stolzen Kämpfen hatte etwas Zurückgebliebenes ihr Wesen umsponnen, wie graugrünes Moos und Flechten, zart und kaum zu unterscheiden, Baumstämme oder Steine überziehen und dunkler erscheinen machen. Zugleich war sie immer noch, wenn etwas sie erregte, das starke, wilde, uredle Element, das mit

sich riß, was es ergriff. Kein einziges Mal mehr hatte er das Gefühl, das ihn früher zuweilen schmerzlich überkommen hatte, als wäre er ihr entbehrlich, als könne sie ohne ihn glücklich sein, und um so teurer und unentbehrlicher wurde sie ihm.
Etwas Neues und Reizendes war es für sie, miteinander Berge zu besteigen und die reine, berauschende Luft der Höhen einzuatmen. Ihr festes, leichtes Schreiten an seiner Seite entzückte ihn, und wenn sie Hand in Hand, die glänzenden Gipfel vor Augen, aufwärts wanderten, dachte er, ohne es auszusprechen, daß sie so nun ihrem Glücke entgegengingen. Es war kein Zweifel und keine Reue mehr in seinen Willen hineingemischt, denn hier erschien ihm alles, was er in bezug auf Mario gefürchtet hatte, übertrieben und von einem krankhaften Zustande aus aufgefaßt. Mario würde, das sah er jetzt klar, zwei oder drei Tage weinen und sich sehnen, dann seinen kindischen Spielen und kleinen Liebesabenteuern nachgehen und sich auf die Briefe seines Vaters ebenso wie auf seine leibhaftige Gegenwart freuen. Vielleicht würde es gelingen, ihn einmal zu sehen, aber wenn auch nicht, so würden sie nach einigen Jahren, die kurz wie ein Traum in der Erinnerung sein würden, auf immer vereinigt werden. Ohne daß er es merkte, würden sie, er und Rose, ihn dann auf gute und schöne Wege führen, wo er die Schwächen und Torheiten, wenn er sie wirklich hätte, abstreifte. Litte er aber doch mehr, als sich voraussetzen ließe, unter den Verhältnissen, so wären das gute Leiden, die sich belohnen würden.
Es wurde Michael und Rose leicht, sich zu trennen, denn im nächsten Frühjahre wollte er die Reise nach Amerika antreten, und falls sich Rose ihm nicht sofort anschloß, konnte sie doch, wenn die Sehnsucht drängte, nachfolgen, wann sie wollte. Michael war gewiß, den Mut nicht wieder zu verlieren; würde sein Gefühl auch einmal wieder weich werden, so konnte er sich an sein Urteil halten, das einmal bei klarer Einsicht entschieden hatte, so dürfe und müsse er handeln.
Im Anfange des Winters geschah das Überraschende, daß Mario ohne Verena bei Michael anlangte und meldete, seine Mutter würde den Winter zu Hause zubringen. Aus seinen zerstreuten und verworrenen Erzählungen ging hervor, daß es zu Hause

nicht eben vergnügt aussah; augenscheinlich lagen geschäftliche Widerwärtigkeiten vor, die Raphaels Laune verdarben, und da er seiner Mutter die Verstimmung nicht aufdrängen wollte, seine Frau sie aber entrüstet abwehrte, hatte er die ehemalige Kameradschaft mit Verena erneuert, die immer willig war, ihn zu trösten und zu ermuntern. Außerdem mutmaßte Mario, wie er seinem Vater mit halb kindlichem, halb schlauem Lächeln mitteilte, daß sie ihre literarische Geselligkeit, die sie während der letzten Winter vernachlässigt hatte, wiederaufnehmen und pflegen wollte. Michael indessen glaubte sofort einen anderen Plan zu erkennen; sie wollte ihn mit Mario allein lassen, damit er um so fester mit ihm verwüchse und sich um so weniger von ihm losreißen könnte. Trotzdem er dies als ihre Absicht zu durchschauen meinte, fand er, daß etwas Feines und Großmütiges darin lag; denn sie überließ doch das Kind, um das sie so heiß rangen, auf mehrere Monate ganz seinem Einflusse, dessen Macht sie kannte; ja fast unglaublich schien es ihm, daß sie ihm diese Gelegenheit gegeben hatte, die er, ohne rasend zu sein, nicht ungenützt lassen konnte.
Er konnte Mario nun in Ruhe vorbereiten und alle möglichen Verabredungen für die Zukunft treffen, doch eilte es ihm noch nicht, damit zu beginnen; inzwischen wollte er sich einen möglichst genauen Einblick in sein inneres Leben verschaffen. In jeder Stunde, die Michael frei hatte, waren sie zusammen, sogar während er arbeitete, ließ er ihn neben sich lesen oder nichts tun oder träumen, wozu Mario immer Lust hatte. Von den Spielen mit den Kindern am Strande hielt er sich mehr zurück, wie er sagte, weil er jenem Mädchen treu bleiben wollte, die unterdessen in die Erziehungsanstalt gekommen war, und die er die ernste Absicht hatte zu heiraten. Trotz der Offenheit, mit der er Michael alles und mehr, als er verlangte, von seinen Erlebnissen wiedererzählte, war er doch zuweilen verschlossen; über manches, was ihn beschäftigen mußte, äußerte er sich nie, und wenn er es aufgefordert tat, schien er noch etwas zurückzubehalten. Wenn Michael ihn fragte, warum er so gerne die katholische Kirche besuche und was er dabei dächte, antwortete er, daß er es des Weihrauchgeruches wegen täte, der ihm angenehm wäre, und nichts anderes war aus ihm herauszubrin-

gen. Über die Schule mit ihren Sorgen und Vergnügen sowie über seine Teilnahme an den einzelnen Fächern beschränkte er sich auf das Urteil, daß alles langweilig und gleichgültig sei. Von seiner Mutter sprach er freundlich, aber mit einem überlegenen Lächeln, ebenso von seiner Großmutter und Raphael; er schwärmte für keinen Lehrer und hatte keinen Freund, da sie alle zu unbedeutend und gewöhnlich wären. Fragte Michael fast besorgt, ob er denn niemanden liebhabe und sich in niemandes Gesellschaft wohl fühle, antwortete er mit dem ansaugenden Blick seiner zärtlichen Augen: »Ich liebe dich, und in deiner Gesellschaft bin ich gerne.« Da Michael lächelnd einwendete, seine Herzensdamen seien doch wohl ausgenommen, schüttelte er lebhaft den Kopf und sagte, verliebt sei er wohl, aber er würde die Mädchen doch alle stehenlassen, wenn sein Vater es haben wollte. Warum er ihn denn so liebhabe? fragte Michael einmal, und Mario antwortete ohne Besinnen: »Weil du so schön bist«, indem er ihn mit strahlender Bewunderung ansah.

Mit jedem Tage schlang sich die weiche Last dieser unentwegten Liebe schwerer um Michaels Herz; beklommen sah er, wie die Zeit vorwärts rückte, obgleich er doch den Augenblick herbeisehnte, wo er sich zu dem letzten Kampf entschließen mußte. Er hielt sich an das Wort, das er sich selbst gegeben hatte, es müsse so geschehen und sei gut so, aber es war unmerklich so geworden, als ginge er statt seinem Glücke einem Unheil entgegen. Kurz vor Weihnachten entschloß er sich, ein Ende zu machen und mit Mario zu sprechen; es war ihm wahrscheinlich, daß, wenn Mario alles wüßte, das Schlimmste überstanden wäre, selbst wenn er nicht, was auch möglich war, die Sache weit weniger schwer nahm, als Michael in sich hineingrübelnd sich ausgemalt hatte.

Insofern war Michael seine Aufgabe leicht gemacht, als Mario von der Liebe seines Vaters zu einer Frau, die nicht seine Mutter war, bereits wußte. Wer ihm davon gesagt hatte, war nicht herauszufinden; als Michael ihn danach fragte, wurde er zerstreut und sagte, er könne sich nicht besinnen. Die Tatsache bereitete ihm durchaus keinen Schmerz, auch mochte es lange her sein, daß er davon gehört hatte, vielleicht als er noch in zu

kindlichem Alter war, um die Tragweite davon zu verstehen. Auch schien er gut zu begreifen, daß sein Vater wünschen mußte, mit dieser Frau vereinigt zu leben, und er wäre augenscheinlich bereit gewesen, ihm zu der neuen Mutter zu folgen. Aber die Möglichkeit, sich von ihm zu trennen, hatte er niemals ins Auge gefaßt, nie, obgleich er sich offenbar mit der Sache beschäftigt hatte, auch nur einen Augenblick befürchtet, sein Vater könne ihn verlassen; sogar jetzt, wo dieser selbst ihm davon sprach, ging es ihm nicht ein. Durch die Ruhe, mit der Mario seine Eröffnungen zunächst auffaßte, etwas erleichtert, setzte ihm Michael alles, was er vorhatte, klar auseinander, aber wie wenn er sich in einer fremden Sprache ausgedrückt hätte, blieb Marios Rede am Schlusse immer: »Aber verlassen wirst du mich nicht«, wobei er ihn fest und vertrauensvoll ansah und eine seiner Hände mit seinen beiden umklammerte.
Michael sagte beruhigend, daß er ihn nicht verließe, ihn niemals verlassen würde; daß es nur von Mario abhinge, ob sie in einigen Jahren wieder zusammen sein würden; er sprach ihm von der Liebe, dem Dank und der Achtung, die er seiner Mutter schulde, daß sie sein Bestes wolle und ihn mit Recht zu größerem Fleiß und zur Ordnung anhielte; daß er es gut bei ihr haben und ihn nicht vermissen würde; aber erst, als er sagte, daß er schon in einigen Wochen abzureisen beabsichtigte, begriff Mario, daß es sich um etwas wirklich zu Erlebendes handelte. Er warf beide Arme um Michaels Hals und sagte mit jammervollem Blick: »Geh nicht fort!« – ohne Tränen, aber ohne die flehenden Augen ein einziges Mal von ihm abzuwenden, und von Zeit zu Zeit eintönig wiederholend: »Geh nicht fort!« Kein Bitten, kein Zureden Michaels, kein Vorstellen, daß er ihn unglücklich mache, ob er ihm kein Opfer bringen könne, wenn er ihn so liebhätte, verfing oder ließ nur für einen Augenblick die Möglichkeit einer anderen Auffassung in Mario aufgehen.
Es kam allmählich eine Erstarrung und Gefühllosigkeit über Michael, in der er seine Vorbereitungen traf, ohne sich durch Mario stören zu lassen, der nicht von seiner Seite ging und jede seiner Bewegungen mit den Augen verfolgte. Unzähligemal kam ihm in den Sinn, daß er jetzt sagen könnte: ›ich bleibe bei

dir‹, und wie dann das süße, traurige Gesicht aufglühen und sich an seine Brust drücken würde; aber er erstickte solche Regungen sofort, da er wußte, daß er durch diese Marter hindurch mußte, wenn ihm auch zuweilen kaum noch klar war, warum. Er hatte beständig Rose vor sich, wie ein Christ während des Martyriums das Kreuz mit dem Erlöser anschaut; aber die tägliche Qual hatte ihn zuletzt so ausgesogen, daß er sich den Glauben nicht mehr lebendig machen konnte. Nur in dem Gedanken, daß er sie sehen und ihre Nähe ihm die Bestätigung geben würde, er hätte gut gehandelt und es könne nicht anders sein, fühlte er sich fähig, den Abschied zu überstehen. Er meldete ihr, daß er sie aufsuchen würde, bevor er eine kleine Studienreise unternähme, auf der er sich auf die Verhältnisse in den Tropen vorbereiten wollte, und bat gleichzeitig Verena, zu kommen, damit Mario, wenn er abreiste, nicht allein wäre. Allenfalls hätte sie seine Bitte abschlagen können, um ihm das Weggehen zu erschweren, denn allein hätte er den trostlosen Jungen auf keinen Fall lassen können; aber er zweifelte nicht, daß sie sich sofort aufmachen würde, um zu kommen, was sie auch wirklich tat. Ohne sich noch auf Fragen und Unterhandeln einzulassen, sagte sie, er möchte die unbehaglichen letzten Tage abkürzen und so schnell wie möglich reisen, sie würde Mario, wenn er ginge, entfernen, damit ein heftiger Abschied sie nicht beide nutzlos aufrege und entkräfte, und dafür sorgen, daß er durch Beschäftigung leicht über die ersten schweren Tage hinwegkäme. Ihre Ruhe und Bestimmtheit taten Michael wohl; aber er war so abgespannt, daß es ihm schwer wurde, angesichts ihrer Kraft nicht seiner Schwäche nachzugeben.

Als Verena am Tage nach ihrer Ankunft Mario aufforderte, einen Ausflug zu Schiff mit ihr zu machen, widersetzte er sich nicht, zweifelte aber auch nicht, daß dies eine Veranstaltung sei, um seinem Vater die heimliche Abreise zu ermöglichen. Er kam, um ihm Adieu zu sagen, und hielt ihm, wie er gewohnt war, den Mund zum Kusse hin; allein Michael gab ihm nur die Hand und erzwang ein Lächeln, um den Anschein zu erwekken, als handle es sich nur um eine Trennung von wenigen Stunden. Aus Marios blassem Gesicht blickten die zärtlichen

Augen verzweifelt auf Michael, und er machte nicht Miene zu gehen; doch erschien in diesem Augenblick Verena auf der Schwelle und zog ihn unter ein paar Scherzworten mit sich, indem sie Michael flüchtig Lebewohl zurief. Als er eine Viertelstunde später das Dampfschiff pfeifen hörte, mit dem sie abfuhren, atmete er auf, brachte noch allerlei in Ordnung, was er bis zum letzten Augenblick hatte verschieben müssen, und ging zum Bahnhof.

Als der Zug schon eine halbe Stunde in Bewegung war, wunderte er sich, daß der beängstigende Druck, der seit Verenas Ankunft auf seiner Brust lag, noch nicht weichen wollte; aber er sagte sich, daß ihm sofort besser werden würde, wenn er Rose sähe. Es war das erstemal, daß er das Glück ihrer Nähe nicht vorausfühlte, doch zweifelte er nicht daran, daß es sich einstellen würde; daß dann Marios blasses, von verhaltenen Tränen zukkendes Gesicht, das unbeweglich vor seinen Augen stand, sich auflösen würde, zugleich mit dem ganzen Knäuel quälender Bilder und Gedanken, die seinen Kopf schwer und dunkel machten. Seine Ungeduld, zu ihr zu kommen, war noch nie so groß gewesen, doch sehnte er sich nicht eigentlich nach ihr; er wußte nur, daß sie einen Zauber hatte, der ihn von unerträglichen Leiden befreien würde.

Als sich der Zug der Stadt näherte und er den See und die Anhöhen und die freundlichen Häuser sah, denen einst sein Herz mit Jubel entgegengeschlagen hatte, kam ihm eine matte Erinnerung, als ob das vor unabsehbarer Zeit gewesen wäre, die er nicht mehr begreifen konnte. Rose war am Bahnhof und wollte ihn wie sonst begrüßen; aber er hatte etwas an sich, daß sie dachte, der Abschied müsse ihm sehr schwer geworden sein, und sah ihn nur mit liebreichem Mitgefühl an. Die Art, wie er dann neben ihr herging, ohne zu sprechen, und von Zeit zu Zeit einen schnellen, brennenden Blick auf sie warf, hätte sie beängstigt, wenn sie nicht, den Umständen zufolge, eine trübe und erregte Stimmung bei ihm vorausgesetzt hätte. Als sie in ihrem Zimmer angelangt waren, warf er sich vor ihr auf die Knie, drückte den Kopf in ihren Schoß, küßte ihre Hände und preßte sie gegen seine Stirn, in fiebernder Bewegung und sich selbst, wie er früher gewesen war, ganz ungleich. Rose fühlte sich befremdet; sie bat ihn mit sanfter Stimme, sich zu ihr zu setzen, zu weinen, zu schweigen, zu erzählen, was ihm am nächsten sei, und auszuruhen: aber er konnte nicht eine Minute still an ihrer Seite bleiben. Als er endlich zusammenhängend zu sprechen anfing, war es, daß er sie kalt fand, und daß er ihr vorwarf, alle diese Zeit nichts getan zu haben, um ihm zu helfen; doch besann er sich wieder und sagte, sie müsse Nachsicht mit ihm haben, weil er allzuviel gelitten hätte. Rose war sehr blaß geworden, aber sie blieb äußerlich ruhig und sagte, es sei natürlich, daß er jetzt so empfinde, er möge sich seinem Schmerz hingeben, dann würde es allmählich besser werden, sie sei jetzt bei ihm und würde ihn nicht mehr verlassen.

Michael sagte: »Es ist kein Schmerz, was ich fühle, es ist nichts, was durch Weinen und Klagen besser werden könnte, es ist etwas viel Schlimmeres, Krankes; ich sehe fortwährend Marios hilfeflehendes Gesicht vor mir, so wie er aussah, als ich fortging; es ist vor mir, wohin ich blicke, und erregt mir die Angst, ich müßte es ewig sehen und niemals etwas anderes.« Er heftete seine heißen Augen mit einem Blick auf sie, der sie in innerster Seele bange machte. »Sieh doch mich an«, flüsterte sie traurig, und versuchte ihn an sich zu ziehen, »du liebtest mich ja sonst.«

»Das ist es ja«, sagte er, indem er sich losmachte, »ich dachte, bei deinem Anblick würde es in Nebel zerfließen; aber ich sehe dich nicht einmal, wie ich dich sonst sah, du scheinst mir fremd und gleichgültig, und ich kann das Gefühl nicht wiederfinden, das du sonst in mir erregtest.« Ihre Augen hatten sich mit schweren Tränen gefüllt, und sie streckte die Arme nach ihm aus. »Komm doch«, rief sie, »komm doch, es muß vorübergehen, denn du liebst mich ja.« Er wich von ihr zurück und stieß mit harter Stimme hervor: »Ich liebe dich nicht mehr. Ich fühle nichts für dich als Mitleid, daß ich dir das sagen muß.«

Es war ihr nicht anders, als wenn er ihr als Wahnsinniger gegenüberstände; aber das milderte den Todesschmerz nicht, den sie litt. Sie hätte glauben mögen, dieser Auftritt müsse die fürchterliche Vorspiegelung eines Fiebertraumes sein, und zugleich schien es, als hätte sie noch nie etwas mit so großer Klarheit und Genauigkeit wahrgenommen. Sie preßte den Kopf zwischen die Hände und besann sich auf irgend etwas, was den unerhörten Vorgang erklärte, was ihr bewiese, daß ein Trug, ein Wahn dabei sei, der ihn nichtig machte; denn es konnte ja nicht sein, daß sie, die sich liebten bis in den Tod, die Seele an Seele miteinander durchs Leben gegangen waren, dies Entsetzen zusammen erlebten. Und doch, wenn sie aus dem Fenster sah, sah sie auf dieselben Baumwipfel, dieselben Wege und Häuser, die sie am Morgen mit Sehnsucht und Bangigkeit angesehen hatte, und zugleich das teuerste Antlitz, gequält und verzerrt, von ihr weggewendet oder mit fremden, lieblosen Blicken sie anschauend. Es war etwas, wie wenn die Sonne vom Himmel gefallen wäre, was man nicht glaubte, auch wenn man es mit Augen sähe. So sagte sie sich auch, sie seien beide von einem Blendwerk erschreckt, das vor einem Lachen, wenn man beherzt darauf zuginge, verschwinden müsse, und ging schnell auf ihn zu, der am Fenster stand, legte die Hand auf seine Schulter und sah ihn unter Tränen lächelnd an; da sich aber kein Zug in seinem vergrämten Gesicht veränderte, außer daß seine Angst zuzunehmen schien, wie sie ihn berührte, glitt sie, ohne zu wissen, daß sie es tat, auf den Fußboden nieder und weinte Ströme von Tränen, die, so war es ihr, ihr Glück, ihr Leben, ihr Schicksal, ihre Seele selber ertränkten und wegschwemmten. Er blieb, ohne sich zu rühren, am Fenster stehen und schluchzte. Es war dämmerig im Zimmer geworden, als ihre Tränen versiegt waren; sie stand auf, befeuchtete ihr heißes Gesicht mit Wasser und fragte Michael, was er nun tun wolle. »Ich habe keine Ruhe, bis ich das Kind wiedergesehen habe«, sagte er mit trockener Stimme, und es schien ihr, als ob er fürchtete, sie könnte ihn zurückhalten wollen. Sie sah ihn lange aus ihren großen Augen an und sagte: »So geh!« Nicht daß sie hätte unfreundlich sein wollen, aber sie brachte nicht mehr über die Lippen. Als er sah, daß sie ihm nichts in den Weg legte, sank er auf einen Stuhl und weinte; etwas Klägliches und Bejammernswertes, saß er vor ihr da. Sie schlug nach, wann der nächste Zug ginge, ging dann zu ihm und strich ihm sanft über die Haare, indem sie sagte, es sei Zeit zu gehen, wenn er den nächsten Zug benützen wollte. Sie hatte das Gefühl, sie könnte ihn nicht allein lassen, und ging voran; er folgte ihr, ohne ein Wort zu sagen, und beschleunigte fortwährend seinen Schritt, als wäre er in Angst, den Zug zu versäumen. Als sie in die Halle eintraten und sie an der Uhr sah, daß er noch mitkommen könnte, wenn er keine Zeit verlöre, drehte sie sich rasch um und ging fort, während er zum Schalter eilte; dennoch war es ihr auf dem Rückweg zu ihrer Wohnung, als müsse sie jeden Augenblick seinen Schritt und seine Stimme hören, die rief: Ich bin wieder da! Sie ging langsamer, langsamer, und als sie bei völlig eingebrochener Dunkelheit vor ihrer Haustür angekommen war, dachte sie, da müsse sie stehenbleiben und in die schwarze Erde hineinsinken, damit der Morgen sie nicht mehr fände.

Unterdessen saß Michael in zitternder Aufregung in dem Wagen, der ihn wieder nach Hause führte, dahin, wo das schmale Kindergesicht mit den flehenden Augen nach ihm aussah. Die Angst, es möchte nicht mehr da sein, auf der ganzen Erde nicht mehr zu finden, wagte er sich selbst nicht auszusprechen, aber sie saß in seinem Herzen und preßte es wie mit Folterwerkzeugen zusammen, desto ärger, je näher er dem Ziele kam. Es war nachmittags, als er dort war, und jetzt fiel ihm erst ein, daß Verena mit Mario vielleicht noch nicht von dem Ausfluge zurück wäre, den sie seiner Abreise wegen unternommen hatte. Ein Diener der Anstalt öffnete ihm die Tür und hatte, erschrocken zurückprallend, da er den Herrn so schnell und so bleich und verstört zurückkommen sah, seine Frage nach Verena noch nicht beantwortet, als sie eine Tür aufmachte und ihn in das Zimmer winkte, aus dem sie herausgetreten war. Sie war kaum überrascht und sah ihn ruhig fragend an. »Ich habe die Angst um Mario nicht ertragen können«, sagte er zur Erklärung. »Das habe ich mir gedacht«, sagte sie; Mario wäre im hinteren Zimmer, er wäre auf dem Ausfluge allmählich ganz vergnügt geworden, hätte aber jetzt, als sie in das leere Haus gekommen wären, zu weinen angefangen. Morgen oder übermorgen würde er sich vollkommen beruhigt haben, Michael könne unbesorgt wieder abreisen. Sehen dürfte er ihn nicht, wenn er heute oder morgen oder an irgendeinem folgenden Tage wieder fort wolle, das würde ein nutzloses Wiederaufrühren des eben beschwichtigten Jammers sein. »Sei ein Mann«, sagte sie, »und entschließe dich zu einem, zum Bleiben oder zum Gehen; du kannst nicht sagen, daß dein Entschluß nicht frei ist.«

»Ich werde Rose nie wiedersehen«, sagte Michael, »laß mich zu Mario!« Verena zögerte; die Vermutung lag in der Tat nahe, wenn er in bezug auf Mario ganz ruhig geworden wäre, würde die Leidenschaft wieder mächtig werden und ihn von neuem in die alte Bahn reißen. Sie sah ihn einen Augenblick zweifelnd an und hielt ihm dann die Hand hin, indem sie sagte: »Versprich es!« worauf er die seine hineinlegte; sie fühlte sich nicht ganz dadurch versichert, doch wußte sie andererseits nicht, wie sie ihn noch fester hätte binden sollen, und ließ es dabei bewenden. Sie ging ihm schnell voran und rief: »Mario, dein Papa ist wieder da!« so daß, als Michael bei dem Zimmer ankam, der Junge schon auf der Schwelle stand und ihm sein blasses, tränenüberströmtes, verklärtes Gesicht zuwendete. Verena hatte sich wieder zurückgezogen, und Michael und Mario gingen bis in die Nacht hinein am Strande auf und ab, todmüde und doch nicht imstande, nach den schrecklichen Aufregungen des Scheidens und Wiederhabens Ruhe zu finden.

Als Michael am anderen Morgen aufwachte, war es schon spät, das Zimmer voll Sonne und Marios Bett leer; mitten im Zimmer stand ein geöffneter Koffer, aus dem einige Sachen herausgerissen waren. Er hatte so fest geschlafen, daß er sich auf die Vorfälle des vergangenen Tages erst besinnen mußte; er empfand eine Beklommenheit, wie nach einem bösen Traume, der noch unklar vor den Sinnen schwankt. Auf einmal war es ihm geradeso, als sähe er am Fußende seines Bettes eine große, giftige Spinne mit langen Gliedern, die langsam, langsam über die Decke auf ihn zukröche, um ihm im nächsten Augenblicke, da er sich nicht regen und sie abschütteln könnte, den grausigen Tod anzutun. Mit Anstrengung richtete er sich im Bette auf, sank aber sogleich wieder zurück; er war nicht schwach, sondern leer, ausgeweidet, statt mit lebendigen Organen mit Stroh oder Pappe ausgefüllt. Jetzt raste schnell in Bildern an ihm vorüber, was gestern und an den Tagen vorher geschehen war: er hatte Rose für Mario hingegeben, das schöne Bild seines Glückes zertrümmert, und sein Haus lag voll Schutt und Staub. Lange schien es ihm unmöglich, daß er je die Kraft haben würde, aufzustehen, die Räume zu betreten, wo er froh und hoffend gearbeitet hatte, Gesichter zu sehen und Worte zu wechseln; dann ertrug er plötzlich das Daliegen nicht mehr. Während er aufstand, berührte er unaufhörlich Gegenstände, die ihm Grauen erregten: er hatte als ein Glücklicher damit hantiert und hielt sie jetzt als ein Elender in der toten Hand. Er war schon lange angezogen und konnte sich nicht entschließen, das Schlafzimmer zu verlassen, als Mario leise eintrat, um zu sehen, ob er noch schliefe; er sah fröhlich aus, begriff aber die Stimmung, in der sein Vater war, und das Mitgefühl machte sein warmes Gesicht ernsthaft. Er fragte mit einem Kuß: »Bist du traurig?« und wollte sich zu ihm setzen; aber Michael schüttelte lächelnd den Kopf, stand auf und ging mit ihm hinaus. Obgleich ihm seine Nähe im Augenblick wohlgetan hatte, fühlte er doch das Bedürfnis, allein zu sein, und bat ihn, unbekümmert seinen Beschäftigungen nachzugehen, er müsse sich ausruhen. Je weiter der Tag vorschritt, desto größer wurden sein Schrecken und seine Angst; er war wie einer, der in einem Anfalle von Raserei Frau und Kinder getötet hat und nach langem Toben, langer Umnachtung allmählich zu sich kommt und sich Schritt für Schritt auf das Gräßliche besinnt, was er getan hat. Er hatte geglaubt, das Notwendige zu tun, was sein Innerstes verlangte, was ihm Ruhe schaffen würde, und hatte sich des Allergeliebtesten, des Schönsten, des Lebens selber beraubt. Die, um die er jahrelang mit dem Schicksal gerungen hatte, der jeder Gedanke, jede Sehnsucht, jede Hoffnung galt, war nicht mehr da für ihn, die Einzige, die Stille, mit den Götteraugen. Es würden wie dieser Tag viele Tage hingehen, ohne daß er von ihr wüßte, ohne daß er auf sie hoffen könnte, und nicht nur viele Tage, sondern alle, die er lebte.

Er suchte sich das zwingende Gefühl zu vergegenwärtigen, unter dem er gehandelt hatte; aber obwohl er Mario nicht weniger deshalb liebte, weil er um ihn litt, konnte er doch die gestrige Angst nicht mehr nachempfinden. Es war keine Frage, daß Marios Tränen jetzt schon sanfter fließen würden, wenn er nicht zurückgekommen wäre, ja daß er in einigen Tagen schon

herzlicher, kindlicher Freude wieder fähig gewesen wäre. Ihm aber gab diese Liebe zu seinem Kinde, so unaustilgbar und opferwillig sie war, keinen Schwung, keinen Strahl, keine Seligkeit. Sie zehrte an ihm und sog sein Blut aus, während seine Liebe zu Rose ihn stark und froh und glücklich gemacht hatte.
Verena kam, um ihm eine Erfrischung anzubieten; es entging ihr nicht, daß er litt, und sie fragte nicht unfreundlich, ob er etwas wünsche, ob sie irgend etwas für ihn tun könne. Er schüttelte den Kopf und starrte sie an. »Du solltest«, sagte sie, »Mario nicht merken lassen, wie groß das Opfer ist, das du ihm gebracht hast.« Er antwortete nicht, erst als er sah, daß sie stehenblieb und zu warten schien, sagte er: »Es geht über meine Kräfte«, worauf sie ihn verließ. Gegen Abend steigerte sich seine Aufregung ins Unerträgliche, so daß er hinaus ans Meer ging und Mario, der ihn begleiten wollte, abwies. Es kam ihm jetzt zu Sinn, wie nah ihm kürzlich, vor nur zwei Tagen, die Geliebte gewesen war, wie sie ihr blasses, weinendes Gesicht zu ihm geneigt und wie er die Tränen, die darüberflossen, nicht getrocknet hatte. Es war eine milde, duftende Nacht, durch die er hinging, ohne wahrzunehmen, was ihn umgab; nur als der Mond hinter den Bergen hervorkam und ein fließender Streifen Licht über das Meer glitt, fiel ihm ein, wie Rose einst gebetet hatte: »Schütze mich vor Tränen«, und er meinte, ihr junges, weiches, von Mut und Hoffnung leuchtendes Gesicht vor sich zu sehen. Erschöpft und ungetröstet kam er nach Hause; Mario hatte auf ihn gewartet und sah zu, wie er sich hinlegte, ohne ihn durch ein Wort zu stören.
Die schlimmsten Stunden kamen am Morgen, wenn das Leben aus dem großen, unbekannten Meere, in das es nachts versunken war, wieder auftauchte, sich auf seinen alten Platz setzte und ihn ansah. Er hatte einmal gehört, daß Lebensüberdrüssige sich gewöhnlich nicht am Tage oder in der Dunkelheit des Abends töteten, sondern wenn der Morgen graute und sie aufwachten, den Nagel suchten, an dem sie sich aufhängen könnten, und daran mußte er dann denken. Nach drei Tagen fiel ihm plötzlich ein, daß er alles vergessen, alles hinwerfen und in weniger als vierundzwanzig Stunden bei Rose sein könnte. Das war, wie wenn der Himmel sich geöffnet hätte und Licht

ausgösse, wie wenn nach schneidendem Winter der Frühling, die Hände voll Blumen, auf ihn zugesprungen käme und ihn anlachte. Er würde ihre Knie umschlingen und ihr sagen können, wie er sie liebte, oder sie schweigend ansehen, denn ihre himmlischen Augen zürnten nicht, sondern hatten alles verstanden und ausgeglichen, ehe er es aussprach. Aber diese Vorstellung kam wie ein Blitz und verschwand. Was sollte er ihr jetzt noch sagen, was sollte sie denn jetzt noch glauben und er sich selber?

Nachdem er sich das einmal klar gesagt hatte, kam der Augenblick, wo er einsah, daß er, wenn er überhaupt weiterleben wollte, es nicht so tun dürfe; denn warum hatte er sich dann überhaupt für Mario erhalten? Das liebe, schüchterne Gesicht, das nicht mehr zu lachen wagte, wenn er in der Nähe war, hätte vielleicht froher ausgesehen, wenn er an jenem Unheilstage nicht zurückgekehrt wäre. Er besann sich auf irgendeine große Arbeit, die ihn sehr in Anspruch nehmen würde, aber alles, was mit seiner früheren Tätigkeit zusammenhing, widerte ihn an, regte ihn so auf, daß seine Aufmerksamkeit nicht daran festzuhalten vermochte. Da sich ein Ersatz für ihn an der Anstalt noch nicht gefunden hatte, würde man seine Erklärung, bleiben zu wollen, vermutlich mit Freude aufgenommen haben; ihm indessen schien es, als würde er sich unter veränderten Bedingungen eher an das Leben gewöhnen können.

Er stellte deshalb Verena, die ihn ruhig hatte gewähren lassen, vor, daß er, was er ihr an jenem Tage versprochen hätte, halten würde; daß er hoffte, das Beschlossene allmählich besser durchführen zu können, als er es bis jetzt getan hätte, daß er aber zunächst einer großen, neuen, anregenden Tätigkeit bedürfe; daß er deshalb die ihm angebotene Stelle in Südamerika auch jetzt noch zu übernehmen gedächte und ihr freistellte, ob sie mit Mario ihn begleiten oder ihm Mario allein mitgeben wollte.

»Daß du das tun willst«, sagte Verena, »halte ich für gut und richtig, und ich glaube dir, daß du nur dorthin und nicht anderswohin gehen willst, was gegen dein Versprechen wäre. Aber weder möchte ich dich sofort mit Mario begleiten, denn es fragt sich, ob es überhaupt angezeigt ist, eine Familie mit dorthin zu nehmen, was bis jetzt nur eine dürftige Ansiedlung zu sein scheint, noch möchte ich aus demselben Grunde Mario mit dir gehen lassen. Liegt dir sehr viel daran, will ich nicht dagegen sein, aber ich gebe dir zu bedenken, ob du sicher bist, erstens daß das dortige Klima günstig ist, und zweitens daß wenigstens das Notwendigste für seine Erziehung dort getan werden könnte.«

Michael gab zu, daß die Kultur dort noch in den Anfängen sei; doch sei es unsicher, meinte er, wie Mario es aufnehmen würde, wenn er nun trotz alledem so weit ohne ihn fortreisen wollte. Darüber, sagte Verena, würde er leicht zu beruhigen sein, wenn ihm sein Vater nur nicht ins Ungewisse entführt würde; er ließe sich im ganzen leicht zerstreuen und sei für neue und angenehme Eindrücke so empfänglich, daß er leicht auch etwas Liebes darüber verschmerze; auch könne er ja mit Bestimmtheit versprechen, entweder ihn nach Verlauf eines Jahres zu holen oder zu besuchen, je nachdem wie er die Verhältnisse dort gefunden haben würde.

Sie saßen einander gegenüber und sprachen ruhig und freundlich zusammen wie gute Eheleute. Verenas schöne Augen hatten nicht das Feuer der früheren Zeit, sondern blickten nachlässig höflich wie auf einen häufigen Besucher auf ihn; aber anders hätte er es ja nicht wünschen mögen, und er war ihr dankbar, daß sie ihm in dem, was er als das einzige Mittel, ihn aus seiner Not zu reißen, ansah, nicht entgegen war. Er sagte sanft: »Ich danke dir, daß du mir hilfst und nicht daran denkst, wieviel Leid ich über dich gebracht habe, statt Freude, wie ich versprochen hatte.« Der kühle Ausdruck in ihrem Gesichte veränderte sich nicht, indem sie sagte: »Wäre ich noch Protestantin, würde ich vielleicht rachsüchtig und schadenfroh sein, so aber versuche ich zu handeln, wie es den Geboten meiner Religion entspricht. Ich muß dir nun aber etwas sagen«, fügte sie langsam hinzu, »was alle deine Wünsche, einerlei, ob ich sie unterstütze oder nicht, vielleicht noch hintertreiben könnte.«

Michael erschrak, nicht, weil er es für möglich gehalten hätte, es könne irgend etwas ihn hindern, sich vor dem unvermeidlichen Untergange zu retten, aber weil er sogleich dachte, es handelte sich um etwas, was aus seinem Vaterhause käme, etwas Schweres, Peinliches, wovor ihm graute. Die Befürchtung, daß die geschäftlichen Angelegenheiten schlechter gingen, als Raphael eingestehen wollte, hatten sich ihm schon bei seinem letzten Besuche zu Hause aufgedrängt, wo seines Bruders mißvergnügtes Wesen, sein bleiches, aufgedunsenes Gesicht ihm aufgefallen waren, und seitdem hatte die Malve manche Bemerkung in ihren Briefen einfließen lassen, die auf einen üblen Stand des Geschäftes deuteten, was schließlich Mario bei seiner Ankunft im Beginn des Winters ausdrücklich bestätigt hatte. Er hatte sich nicht darum bekümmert, teils weil Raphael sich jede Einmischung seinerseits mit Schärfe verbeten hatte, indem er sagte, daß er, Michael, einst die Last doch wohl deswegen auf ihn gewälzt hätte, weil er glaubte, er könne sie besser tragen, und bei diesem Glauben möge er nur bleiben, teils aber auch weil es ihm widerstrebte, mit dieser Vergangenheit in Berührung zu kommen. Ferner war ihm nicht viel daran gelegen, ob im Geschäft etwas mehr oder weniger verdient wurde, und seit er selbst mit Sicherheit auf größere Einnahmen rechnen konnte, hätte er allenfalls gelassen auf das Vermögen, das ihm noch zukam, verzichtet.

Indessen schien es doch, nach dem, was Verena erzählte, bei weitem schlimmer zu stehen, als er für möglich gehalten hatte. Schon bei Lebzeiten des Alten, besonders seit er sich mehr zurückgezogen hatte, hatten verschiedene bedeutende Häuser keine Aufträge mehr gegeben, offenbar weil Raphael nicht dasselbe Vertrauen genoß wie sein Vater. Sofort nach dessen Tode aber war ein Konkurrenzgeschäft in der Stadt eröffnet worden, das einen großen Teil der Kundschaft an sich zog, und seitdem war das alte in erschreckender Weise zurückgegangen. Schlimmer noch als dies war, daß Raphael, ungeduldig darüber und des Geschäftes überdrüssig, angefangen hatte, in Kaffee, Petroleum und Öl zu spekulieren und dabei fast immer, im Grunde ohne Übung und Umsicht in solchen Dingen, unglücklich war. Während er seiner Mutter und seiner Frau jeden Einblick in die geschäftlichen Angelegenheiten verwehrte, hatte er sich ihr zuweilen anvertraut, so daß sie wenigstens so viel wußte, es stehe schlecht, und ungefähr, wie es dahin gekommen war. Sie hätte den Eindruck, sagte Verena, daß er ihr nicht alles gesagt und ihr die Lage noch günstiger habe darstellen wollen, als sie wirklich sei; sie hätte Mario hauptsächlich deshalb allein zu ihm reisen lassen, damit Raphael nicht ohne Rat und gewissermaßen nicht ohne Aufsicht bleibe, und sie hätte sich den ganzen Winter mit dem Gedanken getragen, Michael zu schreiben und ihn zu warnen. Als er sie gebeten hätte, so schnell wie möglich zu kommen, hätte sie es Marios wegen getan, nebenbei aber auch gehofft, ihn aufmerksam machen zu können, was für Gefahren seiner Familie drohten. Sie hätte aber sogleich gesehen, daß er, seine eigenen Angelegenheiten und Irrungen vor Augen, blind gegen alles andere gewesen sei und über den Zusammenbruch seines Hauses weg auf sein Ziel losgegangen sein würde. Da ihn nun aber Gott zur Besinnung gebracht habe, glaubte sie ihm alles sagen zu müssen; möglich sei es ja, daß durch sein Eingreifen noch tatsächliches Unglück verhütet und sogar eine Wendung zum Bessern herbeigeführt werden könnte, dann könnte er um so sorgloser und freier seine Reise antreten.

Michael hatte Verena mit wachsender Beängstigung zugehört; er glaubte seine Mutter, Raphael und seine kichernde blonde Frau, seinen jüngsten Bruder zu sehen, wie sie hilflos und töricht im Dunkel tappten, und Verena allein, mit scharfen, klugen Augen sehend, zwischen ihnen. Es schien ihm auf einmal glaublich, daß sie einen ungeheuren Schaden in ihrer Gedankenlosigkeit und sinnlosen Vergnügungssucht angestiftet hatten, und er begriff sich selbst nicht, daß er niemals daran gedacht hatte, darauf zu achten und nachzuforschen. Aber dann wieder sagte er sich, daß Raphael nicht mehr der Schmetterling aus der Jugendzeit war; er hatte jahrelang mit und unter seinem Vater gearbeitet und konnte beurteilen, was auf dem Spiele stand, auch hätte er Michaels Teilnahme wohl kaum zurückgewiesen, wenn er sich der Hilfe dringend bedürftig gefühlt hätte. Es konnte ganz wohl sein, daß Verena die Dinge, die sie nur halb verstehen und beurteilen konnte, zu bedenklich ansah; jedenfalls wollte er nicht sofort nach Hause reisen, sondern erst einen Brief seines Bruders abwarten. Seiner eindringlichen Aufforderung, ihn in seine Lage einzuweihen, würde er, wenn er wirklich in Not wäre, sich nicht entziehen. Verena

zuckte die Achseln und sagte: »Dir wird er keine Rechenschaft ablegen, bis das Wasser über ihm zusammenschlägt«, machte aber keine weiteren Einwürfe.
Noch bevor eine Antwort von Raphael eintraf, kam ein Brief, der Michael meldete, die Anstalt in Südamerika könne erst ein halbes Jahr später, als geplant war, eröffnet werden, und die Angestellten und Arbeiter, die ihm untergeben sein sollten, würden demzufolge erst im Herbst, anstatt um Ostern abreisen. Es war nun nichts mehr, was ihn füglich zurückgehalten hätte, sofort nach Hause zu reisen, und es waren schon alle Zurüstungen getroffen, als statt einer Antwort Raphaels ein Brief der Malve kam, worin sie von Raphaels verzweifelter Laune schrieb, die ihren Grund in geschäftlichen Schwierigkeiten haben müsse, über die er sich nicht auslassen wollte, und worin sie durchblicken ließ, daß Michaels Gegenwart ihr sehr zur Beruhigung dienen würde. Noch am selben Tage verließ er mit Verena und Mario zusammen das Meer.

Sie kamen spät am Nachmittage an, und es machte sich sofort geltend, daß Michaels Gegenwart die Malve ebenso ängstigte wie beruhigte; unsicher in ihren Ausdrücken, wie sie sonst nicht zu sein pflegte, suchte sie ihn auf große Widerwärtigkeiten vorzubereiten, die sie selbst nur ahnte, und zugleich Raphael, für den sie dunkel fürchtete, zu entschuldigen. »Wer ihn vor fünfzehn Jahren gesehen hat, wie hübsch er damals war und wie er von Witz und Frohsinn übersprudelte, und sähe ihn jetzt wieder, der würde zweifeln, ob er denselben Menschen vor sich hätte«, sagte sie klagend und schob die Veränderungen zum größten Teile auf den Druck, den die schwarzblütige Schwermut des Vaters, mit dem er mehr als alle in steter Berührung gewesen sei, auf ihn ausgeübt habe. Als Raphael kurz nach dem Abendessen in das Wohnzimmer der Malve kam, wie er allabendlich zu tun pflegte, mußte Michael innerlich das, was seine Mutter gesagt hatte, bestätigen, nur daß er weniger gerührt als abgestoßen durch seines Bruders Anblick wurde. Er war dick und schwammig geworden, seine Farbe wechselte zwischen fahlem Grau und erhitzter Röte, und seine Augen konnten ruhigem Anblicken nicht lange standhalten. Er begrüßte Michael mit einem ironischen Lächeln, das etwa sagen sollte: Sind wir armen Teufel für dich Übermenschen auch noch auf der Erde? und suchte hinter halb ironischer Gleichgültigkeit die Unruhe zu verbergen, die seine Gegenwart ihm augenscheinlich verursachte.

Als er sich nach einer Viertelstunde wieder zum Gehen anschickte, stand Michael auf und sagte, er möchte ihn begleiten, um seine Frau zu begrüßen, die doch wohl noch nicht zu Bette gegangen sein würde, worauf Raphael mit nachlässig hingeworfenen Worten erwiderte, wenn er wolle, könne er es versuchen. Auf der Straße sagte Michael: »Du wirst selbst wissen, warum ich so spät noch zu dir komme: ich muß wissen, was im Geschäfte vorgefallen ist, denn daß es sehr bedenklich steht, wirst du mir nicht leugnen wollen.« – »Deine Teilnahme kommt zu spät«, antwortete Raphael, »es ist nicht mehr zu helfen, es ist aus. Wir liegen in den letzten Atemzügen, und der Herr Doktor kommt gerade zur rechten Zeit, um das Ableben festzustellen.« Es lag in der Art, wie er das sagte, keine verhaltene Verzweiflung, nichts Hoffnungsloses und Müdes, sondern eine schnöde Gleichgültigkeit, die Michael empörte. »Es handelt sich nicht nur um dein und deiner Frau Leben«, sagte er, »sondern um unserer Mutter, davon zu schweigen, daß auch mein Vermögen in deinen Händen lag. Meinen Rat und meine Hilfe habe ich dir früher angeboten, aber du wiesest mich wie einen, der sich unberechtigt und ungebeten einmischt, zurück. Aber darüber wollen wir jetzt nicht rechten; wenn es doch aus ist, wie du sagst, so kannst du mir die Lage so gut heute mitteilen, wie daß ich sie übermorgen aus den Blättern erfahre. Ich gebe die Hoffnung nicht auf, daß sich das Schlimmste noch vermeiden ließe.«

Sie waren bei Raphaels Haus angelangt und begaben sich sogleich in sein Arbeitszimmer, das in einer verschwenderischen Art und Weise, die künstlerisch sein sollte, eingerichtet war. Raphael warf sich in einen Sessel und fing an, zu erzählen und auseinanderzusetzen in trockenem Tone, als ob es ihn selbst nichts anginge; die Summe, die nötig war, um seine Schulden zu decken, war allerdings bei weitem größer, als Michael sich vorgestellt hatte. Trotzdem schien es ihm unglaubhaft, es sollte, bei dem Ansehen, das die Firma in kaufmännischen Kreisen überall gehabt hatte, nicht möglich sein, sie aufzutreiben; allein Raphael behauptete, alles umsonst versucht zu haben. Das Geschäft arbeite fast gar nicht mehr, sagte er, und hätte infolgedessen fast allen Kredit verloren. Aber selbst wenn die Summe aufzutreiben wäre, würde sie nur die Schuldenlast vergrößern und den Todeskampf verlängern. Er hatte inzwischen kalten Punsch bringen lassen und trank nach jedem Satz, den er sprach, einen Schluck, worauf er lebhaft wurde und seine glasigen Augen zu glitzern begannen. Jetzt ließ er sich auch darüber aus, wie alles dies seiner Meinung nach gekommen war, wie er vergeblich versucht hätte, sich in das kaufmännische Wesen zu finden, wie er unter der Geldsucht, der er überall begegnet wäre, gelitten hätte und selbst daran zugrunde gehe, indessen Michael die frechen Malereien aus Raphaels Jugend ansah, die an den Wänden hingen, ohne sie zu sehen und ohne auf ihn zu hören. Während er nachsann, fiel ihm ein, daß der mächtigste Kaufmann in der Stadt, Peter Unkenrode, mit seinem Vater befreundet gewesen war, daß er ohne Zweifel imstande wäre, die nötige Summe herzugeben, und es, wie Michael ihn beurteilte, auch tun würde. Raphael lachte höhnisch auf, als Michael den Namen nannte; nie würde er sich vor dem hochmütigen und beschränkten Geldmenschen demütigen, selbst dann nicht, wenn er nicht im voraus wüßte, daß es umsonst sein würde. Er starrte eine Weile vor sich hin und sagte dann mit einem geistesabwesenden Lächeln:

> Wie groß ist unsres Kalbs Vermögen!
> Ist der ein Mensch, den das nicht rührt?

Michael stand auf und sah nach der Uhr; es war eben zehn; in einer so dringenden Lage glaubte er den Mann, der sich sicherlich noch nicht zur Ruhe begeben haben würde, zu dieser Stunde noch aufsuchen zu können. Auf Raphaels Vorstellungen, er möchte sich nicht nutzlos dem Protzen preisgeben und schmählichen Unannehmlichkeiten aussetzen, achtete er nicht und ersuchte ihn nur kurz, das Haus unverschlossen zu lassen

und ihn zu erwarten, da er ihn von dem Erfolg seiner Anfrage unterrichten wolle.
Das schloßartige Gebäude, das Peter Unkenrode bewohnte, war noch hell erleuchtet, so daß Michael kein Bedenken hatte, einzutreten. Ein Diener führte ihn auf die Frage, ob er den Herrn zu so später Stunde noch stören könne, in ein mit ernster Pracht eingerichtetes Studierzimmer, wo er etwa eine Viertelstunde warten mußte, da Peter Unkenrode sich von der Gesellschaft, die zufällig bei ihm versammelt war, nicht sogleich losmachen konnte. Er war im Frack und weißer Binde und machte einen tadellosen, zugleich feierlichen und eleganten Eindruck; es schien unmöglich, daß der Mann mit der frischen Haut und den rötlichen, wenn auch spärlichen Haaren nicht viel mehr bis zum siebzigsten Jahre haben sollte. Nachdem er Michaels Entschuldigung wegen seines späten Eindringens bis zum Ende angehört hatte, sagte er mit gemessener Höflichkeit, daß er sich jederzeit freue, den Sohn seines armen Freundes bei sich zu sehen, um so mehr, als er das Vergnügen so selten hätte. Es lag in seiner Haltung Michael gegenüber eine gelinde Mißbilligung, als hätte er einen verlorenen Sohn vor sich, von dem sich aber die Rückkehr zum Guten noch erwarten ließe. Unter anderen Umständen würde seine richterliche Miene Michael vielleicht belustigt haben; aber sein Herz war schwer, und er empfand nichts als das grausame Schicksal, das sich langsam auf ihn heruntersenkte. Unkenrode ließ Michael vortragen, was ihn hergeführt hatte, ohne ihn zu unterbrechen oder durch eine Miene seine Gesinnung zu verraten, und sagte dann: »Als der Diener Sie meldete, wußte ich vom Anfang bis zum Ende, was Sie mir sagen würden; denn die verzweifelte Lage Ihres Bruders ist mir kein Geheimnis. Ihrem Vater hätte ich mehr als das, was Sie fordern, jeden Augenblick gegeben – freilich wäre er nie in eine solche Lage gekommen –, für Ihren Bruder dagegen ist meine Tasche leer. Ich würde als Kaufmann wie als Mensch einen Fehler begehen, wenn ich ihm mit Geld beispränge; denn es wäre in ein Sieb geschüttet, und weder ihm noch seiner Familie wäre eine Wohltat im rechten Sinne damit erwiesen. Sollten Sie mein Schuldner sein wollen, so würde ich es mir überlegen.«

Michael hatte vorausgefühlt, daß dies kommen würde, dennoch konnte er die Antwort nicht sofort über die Lippen bringen. Peter Unkenrode wartete ruhig, bis Michael ihn ansah und sagte: »Wenn ich Inhaber des Geschäftes wäre, würden Sie es sich überlegen. Es versteht sich von selbst, daß, wenn Sie mich zu Ihrem Schuldner machen wollen, ich das Geschäft wieder übernehme und nicht zurücktrete, bis die Schuld getilgt ist. Ich bitte Sie, zu bestimmen, bis wann Sie sich erklären wollen.«
Der Kaufmann betrachtete Michaels bleiches, todernstes Gesicht nicht ohne väterliches Wohlwollen, indem er sagte: »Ich habe keine Bürgschaft als Ihre Fähigkeit und Ihren Charakter. Der Stand Ihres Geschäftes, den ich besser kenne als Sie, ist so, daß ich einen nicht unbeträchtlichen Teil meines Vermögens gleichsam einem morschen Schiffe anvertraue, dem einzig ein tüchtiger Steuermann Wert verleihen kann. Bedenken Sie nun, daß Ihre Vergangenheit einen Zweifel in Ihre Beharrlichkeit erlaubt.«
Michael sah ihm groß und fest in die Augen und sagte: »Ich habe, nachdem ich als Kind auf den Wunsch meines Vaters Kaufmann geworden war, als Mann meinen Beruf gewechselt und ein wissenschaftliches Studium ergriffen; aber was ich tat, habe ich mit Ernst und Eifer getan, wie es der Erfolg meiner jeweiligen Tätigkeit beweist.«
Der alte Mann nickte und sagte: »Wenn dem nicht so wäre, hätte ich mich nicht mit Ihnen eingelassen, und da es so ist, will ich mich nun auch nicht weiter bedenken; denn ich weiß, daß Ihre Umstände dringend sind.« Sie verabredeten eine ausführliche Besprechung für den folgenden Tag, da Peter Unkenrode seine Gesellschaft nicht länger allein lassen konnte, und Michael ging wieder zu seinem Bruder zurück, den er fest schlafend in seinem Sessel fand. Er weckte ihn und teilte ihm das Ergebnis seines Ganges mit, doch kostete es Mühe, sich dem Schlaftrunkenen verständlich zu machen. Unter den schweren Augenlidern hervor sah er Michael mit ödem Blick an und sagte: »Schließlich trifft es sich gut so, da euch wenigstens damit geholfen ist; mir ist, wie ich dir schon sagte, mit solchen Kleinigkeiten nicht mehr zu helfen.« Es war Michael schon vorher einmal die Vermutung aufgestiegen, es könnten noch andere

Dinge vorliegen, die Raphael verschwiege, die sich nicht gutmachen und mit Geld zudecken ließen, aber er hatte sie nicht aufkommen lassen wollen.
»Was hast du getan?« stieß er hervor und sah seinem Bruder schreckenvoll in die geröteten Augen, die jetzt weit offen waren. So starrten sie sich eine Minute lang lautlos an, bis Raphael von ihm wegblickte und achselzuckend sagte: »Ich habe nichts anderes getan, als was manch einer tut, der dabei in Ehren und Freuden bleibt, weil das Glück ihn begünstigt. Ich habe keines mehr gehabt, seit ich meine Hände in den verwünschten Handel gesteckt habe, und deshalb heiße ich nun ein Schändlicher und ein Missetäter.«
Was er nun erzählte, war in Kürze, daß er in der Not, noch einmal sein Glück versuchend, mit Papieren spekuliert hatte, die er im Auftrage eines überseeischen Kunden gekauft und bei sich hinterlegt hatte. Vor einiger Zeit nun waren diese Papiere unerwarteterweise bedeutend gestiegen, und der Auftraggeber hatte ihn telegrafisch ersucht, die seinigen zu verkaufen, welche Raphael aber nicht mehr hatte und, wie der Stand nun war, nicht zurückkaufen oder ersetzen konnte. Die unredliche Handlung Raphaels mußte dem Betreffenden jetzt schon bekanntgeworden sein, und wenn er nicht abwarten wollte, daß es zu einer Anklage käme, blieb ihm nichts übrig, als seinem Leben ein Ende zu machen; denn wenn jener sich auch hätte abfinden lassen, so wäre sein Name in dem Kreise, wo er zu verkehren gewohnt war, doch anrüchig gewesen, und um sich in einem anderen Weltteile unter Kämpfen und Entbehrungen ein neues Dasein zu gründen, dazu fehlte es ihm an Kraft und Lebenslust und, wie er sich selbst ausdrückte, »an den prahlerischen Einbildungen, von denen die Köpfe derer voll sind, die sich und das Leben ernst nehmen«.
Michael empfand, nachdem sein Bruder die Geschichte erzählt hatte, kein Bedauern, nicht das leiseste Mitgefühl mit dem leichtfertigen Menschen, der aus nichtswürdiger Eitelkeit und Gewissenlosigkeit sich und die Seinigen ins Elend stürzte. »Und warum lebst du noch?« fragte er hart; »kannst du dich zu der einzigen unter der langen Reihe deiner gewissenlosen Handlungen nicht aufschwingen, die Mut erfordert?«

Raphael warf einen hastigen und scheuen Blick auf seinen Bruder und sagte nach kurzem Stillschweigen: »Es ist fast ein Zufall, daß ich noch lebe. Ich gehe seit einigen Tagen jeden Abend zu Mama, um sie noch einmal zu sehen und im stillen von ihr Abschied zu nehmen, und wenn ich fort bin, ist es mir, als könnte ich es ihr heute noch nicht antun und müßte vorher noch einmal bei ihr gewesen sein.« Michael wendete sich ab und starrte gegen die Wand. Hättest du eher Mitleid mit ihr gehabt, dachte er; vermochte aber in diesem Augenblicke nicht, es dem elenden Menschen zu sagen. Sie saßen einander schweigend gegenüber, als eine Uhr auf dem Kamin Mitternacht schlug, worauf Michael aufstand und sagte: »Ich würde den Tod dem Leben, das ich jetzt vor mir habe, vorziehen. Tue das, was dir zukommt und was nicht so furchtbar ist, wenn du es recht ins Auge faßt, schnell und so, daß die Mama soviel wie möglich geschont wird. Wenn mir morgen die Nachricht von einem Unglück, das dir zugestoßen sei, gebracht wird, will ich es ihr sagen und versuchen, daß sie nie erfährt, was die eigentliche Ursache gewesen ist.« Er wartete an der Tür stehend einen Augenblick auf Antwort, doch da Raphael unbeweglich in seinem Sessel saß und nicht aufsah, verließ er langsam das Zimmer und das Haus.
Verena schlief noch nicht und fragte unruhig, wie die Sachen ständen. Michael sagte kurz, er glaube dem Schlimmsten noch vorbeugen zu können, und bat sie, jetzt keine Fragen mehr zu stellen; er war aufs äußerste gereizt, und es war ihm, als ob er an den Worten, die das Schreckliche, was hinter ihm lag, wiederholten, ersticken müsse. Er wäre am liebsten in den Garten gegangen, unterließ es aber aus Rücksicht auf Verena, legte sich nieder und fiel fast augenblicklich in einen tiefen Schlaf, denn während der langen Reise hatte er kein Auge zugetan.
Am folgenden Tage wagte er nicht, das Haus zu verlassen, da er stündlich darauf gefaßt sein mußte, daß die Unglücksbotschaft gebracht würde. Um allein zu sein, bat er Verena, zu seiner Mutter zu gehen, und stellte sich ans Fenster, damit er alle sähe, die ins Haus kämen. Das Mittagessen, zu dem er sich einfinden mußte, wie sehr er auch den Anblick seiner Mutter fürchtete, machte ihm Marios Anwesenheit erträglich; auch

pflegte die Malve, wenn sie etwas Trauriges und Schreckliches ahnte, eine stolze Ruhe und Heiterkeit an den Tag zu legen, etwa wie eine Fürstin, die den Hermelin anlegt, um den Feind durch den Anblick ihrer Hoheit zu entwaffnen. Allmählich faßte sich Michael und sprach sogar beiläufig von seiner Unterredung mit Peter Unkenrode und dessen Wunsch und Ratschlag, er selbst möchte wieder in das Geschäft eintreten, denn das zu verheimlichen war weder möglich noch erforderlich. Sowohl für die Malve wie für Verena war diese Nachricht beglükkend, doch kam es ihnen unglaublich vor, daß Michael darauf eingehen würde. Die Aussicht, daß Raphael dadurch erleichtert, vielleicht ganz befreit würde, wie sie annahm, stimmte seine Mutter froher, als sie seit langer Zeit gewesen war; sie fragte Michael, was er dazu gemeint hätte, und war ungeduldig, ihn zu sehen und mit ihm darüber zu sprechen.

»Liebe Mama«, sagte Michael, den die Freude ängstigte, »denke doch daran, daß ein Vorwurf für ihn darin liegt, wenn man ihm das Geld nicht anvertrauen will, aber mir.« Indessen ließ sie sich dadurch nicht beirren. »Ich weiß wohl, daß er nie ein guter Kaufman war«, sagte sie, »und wenn er überhaupt kein tüchtiger Arbeiter ist, so hat er das von seiner Mutter, und ihr müßt sie dafür verantwortlich machen.« Sie lächelte nun in ihrer Zufriedenheit wieder, behaglich und kindlich, was Michael um so rührender erschien bei den feinen Falten, die sich jetzt deutlich sichtbar über ihre Stirn und um ihren lieblichen Mund zogen. Da sie von selbst den Wunsch äußerte, spazierenzufahren, ermunterte er sie dazu und forderte Verena auf, sie mit Mario zu begleiten; er selbst könne wegen geschäftlicher Verhandlungen, die er vorhätte, nicht mitkommen.

Als er allein im Hause war, begab er sich in seines Vaters Arbeitszimmer, wo alles unverändert geblieben war, denn die einfache, etwas veraltete Einrichtung hätte weder Raphaels noch Gabriels Geschmack zugesagt, und so hatte man alles bis auf weiteres stehenlassen. Er betrachtete die Bücher, die auf hohen Mahagonigestellen an den Wänden standen und auf die er sich besann, indem er die Titel las; es waren vielbändige, aufregende Romane darunter, die jetzt niemand mehr kannte und die er als Knabe mit brennendem Kopf gelesen hatte. Auf einem kleinen Bänkchen hatte er stundenlang in dem hohen, kühlen Raume gesessen, der für ihn der liebste und herrlichste auf Erden war, und wenn sein Vater ihn über den Büchern fand, die für sein Alter nicht paßten, hatte er gelacht und sich von ihm erzählen lassen, wie schrecklich schön und spannend es war. Er legte die Hand an einen der gediegen ausgestatteten Bände und wollte ihn herausnehmen, aber nach einem Augenblick des Zögerns schob er ihn langsam wieder zurück. An einer Wand hingen viele Bilder von seiner Mutter in den verschiedensten Lebensaltern und von ihm und Raphael, als sie Kinder waren; auf einem standen sie Hand in Hand in ganz übereinstimmenden Sonntagskleidern, artig und freundlich, er treuherzig, Raphael mit seinem lieben Schelmenlächeln. Während er sie ansah, horchte er nebenbei auf jeden Schritt im Vorgarten und auf der Straße. Als er Gabriel ins Haus kommen sah, den er noch nicht begrüßt hatte, trug er den Dienstboten auf, ihn jetzt nicht zu ihm hereinzulassen, da er beschäftigt sei. Nachdem er ihn in die oben gelegenen Zimmer hatte hinaufgehen hören, setzte er sich auf den drehbaren Stuhl, der vor seines Vaters breitem Arbeitstisch stand und der ihm vor vielen Jahren als eine Art Schaukel gedient hatte. Indem er den Federhalter mit der glänzenden Goldfeder, womit sein Vater geschrieben hatte, in die Hand nahm, fiel ihm ein, daß nun alle diese Sachen ihm von Rechts wegen zufielen, da er seines Vaters Nachfolger geworden war, und alles Fürchterliche, was diese Tatsache für ihn in sich schloß, stellte sich auf einmal riesengroß vor ihn hin. Er ging rasch ein paar Schritte im Zimmer auf und ab und blieb stehen und faßte mit beiden Händen nach dem Kopf; vor kurzem gab es noch glänzende Fittiche, mit denen er über die Wolken stieg, und er hätte keinen Seligen um sein Los beneidet; wie war es möglich, daß er nun auf einmal so gottverlassen und bettelarm war? Die Wände des hohen Zimmers schienen auf ihn eindringen zu wollen und ihm die Luft zum Atmen zu rauben; er ging rasch auf die Tür zu, doch öffnete er sie nicht, sondern blieb davor stehen, den Kopf und die Arme dagegen gelehnt.

Spät am Nachmittage rollte der Wagen wieder vor, und er hörte an Marios Lachen, daß sie heiter waren; er ging ihnen entgegen und begleitete seine Mutter ins Wohnzimmer, wo er nun auch Gabriel begrüßte, der noch größer und auch breiter geworden war, aber doch noch ein unreifes Aussehen hatte. Während des Abendessens wurden Schritte auf der Treppe hörbar, und es läutete an der Vordertür, worauf Michael eilig aufsprang, um zu verhindern, daß die Nachricht, die er erwartete, sogleich an seine Mutter käme; doch in der Tür stieß er mit Raphael selbst zusammen. Er warf einen strengen Blick auf ihn, vor dem dieser schnell wegsah, was Verena nicht entging; während Raphael sich sofort an die Seite seiner Mutter setzte, ging sie leise zu Michael hinüber, legte die Hand auf seinen Arm und flüsterte: »Was ist geschehen?« Michael sah indessen unverwandt auf seinen Bruder, um den seine Mutter den Arm gelegt hatte; er hörte, wie sie sagte: »Nun werden hellere Tage für dich kommen, mein Liebling«, und sah, wie Raphael, der bleich und erschöpft aussah, den Kopf an ihre Schulter legte und sie anlächelte. Erst als Verena ihn dringender am Arme zog, bemerkte er sie und folgte ihr durch die offene Tür in das Nebenzimmer, wo der Flügel stand. »Warum hast du ihn so angesehen?« flüsterte sie erschrocken. »Was hat er begangen? Sage mir alles, damit ich nicht mehr das unbestimmte Grauen fühlen muß wie eben.«

»Ich dachte, er wäre nicht mehr am Leben«, sagte Michael leise, »aber du siehst, ich habe mich getäuscht, und er lebt noch; das ist für den Augenblick genug.« Er setzte sich dabei an den Flügel und spielte ein paar Akkorde, damit drinnen nicht gehört würde, daß sie sprächen, und winkte Verena bittend, wieder hineinzugehen. Nach einigen Minuten brach er ab und sagte von der Schwelle der Türe aus gute Nacht, indem er vorgab, er wolle sich früh schlafen legen, da es die letzte Nacht so spät geworden sei; seine Mutter streichelte Raphaels Hand, die in ihrem Schoße lag, und nickte ihm, flüchtig aufsehend, freundlich zu. Bald darauf hörte er Raphael fortgehen und Verena kommen, stellte sich aber schlafend, um ihr nicht Rede stehen zu müssen.

Am andern Morgen wachte er um sechs Uhr auf; im Zimmer war es noch nicht hell, und draußen herrschte ein trübes, graues Licht, in dem sich die kahlen Äste der Pappeln schaudernd bewegten. Der gestrige Abend fiel ihm ein und zugleich, wie er vor kurzem daran gedacht hatte, daß Selbstmörder gewöhnlich nicht im Dunkel der Nacht, sondern am grauenden Morgen, wenn die Marter des Lebens von neuem anhebt, den Nagel suchen, an den sie sich aufhängen, oder die Kugel, mit der sie sich niederschießen wollen. Ein häßliches Gefühl überlief ihn, als er sich im Bette aufrichtete. Er beschloß, Verena vorzubereiten, damit sie ihm seiner Mutter gegenüber zur Seite stehen könnte, und da sie ihn hatte aufstehen hören, kam sie bald nach ihm in das Frühstückszimmer.

Sie war, nachdem sie alles gehört hatte, weit mehr erschüttert, als er vorausgesetzt hatte, und starrte ihn fassungslos aus ihren schönen braunen Augen an. Sie konnte nicht begreifen, daß Michael das wußte und nicht verhinderte, und ihre nächste Regung war, sofort zu Raphael zu eilen und ihn zurückzuhalten, falls es noch möglich wäre. »Er kann ja entfliehen«, sagte sie, »weit fort, und nie mehr von sich hören lassen; aber sterben!«

»Wozu?« sagte Michael. »Um ein jammervolles Leben irgendwo im Sande verlaufen zu sehen? Und glaubst du nicht, daß er es vorzieht, zwischen seinen feinen Zigarren und kostbaren Teppichen zu sterben, als Jahre von seiner Hände Arbeit zu leben?« Sie schüttelte den Kopf und sah auf die Tür; aber sie ging nicht vorwärts, sondern blieb in Gedanken verloren stehen. Plötzlich wendete sie sich zu Michael hin und sagte leidenschaftlich: »Du hast ihn in den Tod getrieben, du, du, der ihn hineingestoßen hat in diese Not. Wußtest du nicht, daß er immer schwach, flüchtig, leichtsinnig und gedankenlos war? Du hast ihn in eine Laufbahn geworfen, die er nicht suchte, weil du frei werden wolltest, ohne die Mühseligkeit und Plage, die du damit auf ihn häuftest, eines Bedenkens wert zu halten. Und nun er sich wirklich als allzu schwach und unzulänglich erweist und sich verwickelt und stürzt, hilfst du ihm nicht, sondern schlägst ihn mit Verachtung vollends zu Boden.« Sie stand schlank aufgerichtet vor ihm, und in ihrem durchsichtigen, schmalen Gesicht zürnten und drohten die Augen wie schwarze Flammen. Er hielt ihren Blick ruhig aus und sagte kurz: »Er hat sein Unglück selbst über sich gebracht; sterben muß er,

damit seine Mutter ihn wenigstens als einen armen, geliebten Toten betrauern kann.«
Sie ging langsam, die feinen Hände ringend, im Zimmer auf und ab und sagte nichts mehr, denn sie begriff, daß sie nichts unternehmen konnte, um das Schreckliche zu verhindern. Indessen stand Michael am Fenster und hörte noch die Worte, die Verena gesagt hatte; er erinnerte sich daran, wie Raphael, als er ihm zuerst den Vorschlag machte, an seiner Stelle in das Geschäft einzutreten, beängstigt ausgesehen hatte, und wie er ihn unerbittlich geführt hatte, wohin er ihn hatte haben wollen. Er hatte niemals an ein solches Ende gedacht, und wer konnte wissen, ob es, wenn Raphael Künstler oder Nichtstuer geblieben wäre, nicht ebenso oder noch kläglicher gekommen wäre? Aber obwohl er kein Mitleid mit ihm fühlte, mußte er doch daran denken, wie er in der vorletzten Mitternacht, nachdem er ihn herrisch und verächtlich an seine Pflicht, zu sterben, gemahnt hatte, ohne ihm die Hand zu reichen oder Lebewohl zu sagen, aus dem Zimmer gegangen war. Sie waren doch zusammen Kinder gewesen, hatten zusammen gespielt und gelacht und waren von denselben Eltern geliebt worden. Aber er versuchte, diese Gedanken zu überwinden und dagegen im Sinne zu behalten, daß Raphael ein verkommener, genußsüchtiger Mensch war, der das Glück seiner geliebten Mutter um Ansehen und Wohlleben verspielt hatte, und daß viele, die nichts Schlimmeres als er verbrochen hatten, jahrelang in Zuchthäusern ein entehrtes und verhaßtes Dasein führten. Auch seiner Mutter, sagte er sich, fiele nicht das härteste Los von allen zu; sie konnte weinen und klagen, während er die Verpflichtung hatte, die bleiernen Tage weiter zu wälzen, und die Verantwortung, wohin und wie. Trotzdem wurde sein Herz immer schwerer, und fast hätte er wünschen mögen, daß es heute noch nicht geschähe. Als Verena stehenblieb und sagte: »Es ist halb neun Uhr«, drehte er sich um und erwog, ob er hinübergehen und sich nach Raphael erkundigen sollte. Einige Augenblicke später kehrte er sich wieder zum Fenster im Gefühl, er hätte eilige Schritte gehört, und wirklich sah er einen unbekannten Mann, der mit einem offenbar nach dem Namenschilde suchenden Blick an die Gartentür trat. Michael ging ihm entgegen

und führte ihn schnell ins Zimmer; er brachte die Nachricht, daß Raphael, durch eigene Hand erschossen, auf freiem Felde vor dem Tor gefunden worden sei, und daß in einer Tasche seines Überrockes ein offener Brief gesteckt habe mit dem Vermerk, wer er sei, und daß man seinen Bruder Michael Unger sofort von seinem Tode in Kenntnis setzen möge.

Der Malve vorzuspiegeln, daß ein Unglücksfall Raphaels Tod veranlaßt habe, erwies sich doch als unmöglich, zugleich aber auch, daß dergleichen Maßregeln überflüssig waren; denn als Michael, um sie vorzubereiten, bei ihr eintrat, wußte sie sogleich, daß es sich um Raphael handelte und seinen Tod bedeutete. Am vorhergehenden Abend hatte sie wirklich geglaubt, was sie zu ihm sagte, daß nun hellere Tage kommen würden, hatte aber gespürt, daß er nicht daran glaubte und ganz anderes im Sinn hatte. Sie hatte ihn nicht fragen können, was sein Blick ihr sagen wollte, und fragte auch sich selbst nicht; als jedoch Michael eintrat, begriff sie, daß es das Lebewohl gewesen war. Sie schrie laut auf, warf sich in seine Arme und weinte lange; übrigens legte ihre Trauer den anderen keine Last auf. Weinte sie auch noch viel, so tat sie es doch nur, wenn sie allein war, und was Michael am meisten gefürchtet hatte, unterblieb ganz; sie stellte nie eine Frage, warum Raphael das getan hätte. Zum Teil war das, weil sie sich und Michael die Bitterkeit, es erklären und anhören zu müssen, ersparen wollte, mehr aber noch, weil es ihr gleichgültig war; sie wußte, daß in der Kaufmannschaft gewisse Dinge für unehrenhaft gelten, die es vom menschlichen Standpunkte aus, ihrer Ansicht nach, nicht zu sein brauchten, und um derentwillen sie niemanden, am wenigsten aber ihren geliebtesten Sohn, verachtet hätte. Was hätte es ihr genützt, alles Peinvolle, was er durchlebt hatte, im einzelnen nachzufühlen und sich alles Übelwollende vorzustellen, was über ihn gesprochen werden mochte? Für sie war er das arme, treue Kind, das ein grausames Geschick, ohne seiner Schwäche zu achten, zermalmt hatte.
Raphaels Frau, um die Michael vorher weniger bekümmert gewesen war, weil ihr Herz nicht als erheblich beteiligt ange-

sehen zu werden brauchte, machte ihm weit mehr zu schaffen. Seit ihr Mann infolge der geschäftlichen Bedrängnis launenhaft und reizbar zu werden angefangen hatte, war es mit der Art dankbarer Anhänglichkeit, die sie für ihn hatte, immer bergab gegangen; denn sie konnte es ihm nicht verzeihen, daß es weniger vergnügt im Hause zuging. Sie fragte wohl zuweilen nach der Ursache seiner Verstimmung, aber nach einer gereizten oder barschen Zurückweisung drang sie nicht weiter in ihn; im Grunde nämlich fürchtete sie sich vor einer ernstlichen Eröffnung und war froh, ihn einfach als übellaunig betrachten und behandeln zu können. In den letzten Tagen hatte er vermieden, mit ihr zusammenzutreffen, um nur ihre Vorwürfe und ihr kindisches Gezeter, das er kaum noch verstand und das nur ein häßlicher, zerreißender Lärm für ihn war, nicht länger hören zu müssen; als er nun plötzlich, durch eigene Hand gestorben, stumm und ernsthaft vor ihr lag, ergriff sie Angst und Reue, und sie quälte ihre Umgebung mit übertriebenen Selbstanklagen. In den ersten Tagen war sie nicht davon abzubringen, ihre Lieblosigkeit hätte ihn in den Tod getrieben, und jede Erinnerung an die Verkehrtheiten und Fehler, durch die er von Anfang an den Anspruch auf ihre Liebe, wenn sie je geneigt gewesen wäre, ihn ernstlich zu lieben, verscherzt hätte, schien durchaus verschwunden zu sein. Es wurde Michael schwer, ihrem haltlosen und unvernünftigen Betragen gegenüber Geduld zu behalten, aber er tat es doch und suchte sie, soweit es notwendig war, mit der wirklichen Sachlage bekannt zu machen. Konnte ihr auch die Schuld ihres Mannes in ihrem ganzen Umfange vorenthalten bleiben, so mußte sie doch die Tatsache der veränderten Vermögensverhältnisse erfahren, und es war bei ihrer gänzlichen Unkenntnis von Geschäftsangelegenheiten und bei ihrem Eigensinn keine Kleinigkeit, ihr den Umschwung glaubhaft zu machen. Da sie sich darauf gesteift hatte, ihren Mann als schuldlos, ja fast wie einen Heiligen anzusehen, konnte sie sich eine solche Verarmung nur durch die Schlechtigkeit anderer Menschen erklären, und sie ließ es sich anmerken, daß sie im Grunde Michael, der unerklärlicherweise plötzlich an ihres Mannes Stelle stand, als den Anstifter ihres Unglückes betrachtete. Obgleich der Malve die Stellung, die ihre Schwiegertochter zu dem armen Raphael einnahm, wohltat, suchte sie ihr doch ein Verschulden seinerseits begreiflich zu machen und Michaels Handlungen im richtigen Lichte zu zeigen; dieser indessen blieb auch den maßlosesten Ausbrüchen ihrer Heftigkeit gegenüber ruhig, die ihn kaum mehr als eine lästige Mücke mit ihrem immer erneuerten Anschwirren berührte.

Das einzige, womit sie ihm wirklich zusetzte, war der Widerstand, den sie ihm offen und versteckt entgegensetzte, als er nach Verlauf der ersten Trauertage auf eine sparsamere Lebensführung dringen mußte, was sie als dreisten Angriff in ihre persönlichen Angelegenheiten auffaßte. Ihrer Meinung nach war ihr Haushalt musterhaft eingerichtet, und sie glaubte, indem sie sich stets mit noch reichlicher lebenden Frauen verglich, schon das möglichste an Einschränkung geleistet zu haben. Das erste, was Michael hatte verlangen müssen, war, daß sie ihr Haus räumte und mit ihren beiden Kindern, einem Jungen und einem kleinen, etwa zweijährigen Mädchen, zu seiner Mutter übersiedelte, die seit dem Tode des Alten ein großes Stockwerk ganz allein bewohnte. Damit war natürlicherweise eine Verminderung der Dienerschaft verbunden, und nachdem sie sich schließlich dazu hatte bereitfinden lassen, war sie in ihren Augen eine Dulderin, von der nur die Roheit von Henkersknechten weitere Entäußerungen fordern konnte. Gern erwiderte sie eine etwaige Mahnung Michaels mit einer Bemerkung über Verenas Benehmen, die allerdings in einem Punkte verschwenderischer als sie war, nämlich in dem, was die Kleidung betraf. Sie war seit ihrer Mädchenzeit, wo sie über wenig Geld verfügte, gewöhnt, sich mit allerlei netten und glänzenden, aber wertlosen Sachen auszustaffieren, die Verena geringschätzig Fetzen oder Fähnchen nannte und für andere wohl statthaft, für sich aber unmöglich fand. Die Stoffe, die Verena trug, durften wohl, je nach der Gelegenheit, bei welcher sie getragen werden sollten, unscheinbar aussehen, doch mußten sie gediegen und kostbar sein und doppelt prunkvolle Unterkleider verbergen. Sie hatte für jeden Anlaß und jede Tageszeit besondere Trachten, und wenn sie auch zuweilen ihre Vorurteilslosigkeit und Verachtung der öffentlichen Meinung darin

zeigte, daß sie am Spätnachmittage ein Frühmorgenkleid trug, so hätte sie das doch nicht getan, wenn sie nicht bei der nächsten Gelegenheit hätte beweisen können, daß das richtige Gewand vorhanden war. In ihrem Urteil über solche Dinge war sie außerordentlich frei und tadelte es, wenn man sich über schlichte oder vernachlässigte Kleidung anderer Frauen lustig machte; denn es kam, ihrem Gefühle nach, nicht darauf an, wie diese sich trugen, wenn sie nur, als die Herrin, auf der aller Augen ruhten und nach deren Beispiel sich die, welche es konnten, richteten, immer musterhaft und tadellos war. Dies lebte freilich nicht in ihrem Bewußtsein; doch hatte sie irgendeinen Grund stets bereit, warum sie, obwohl es ihr selbst lästig war, stets so gekleidet sein mußte, und auch jetzt behauptete sie gegen Michael, sie würde alles Ansehen vor den Dienstmädchen und er allen Kredit bei den Leuten einbüßen, wenn sie plötzlich schäbig einherzugehen anfangen wollte. Überhaupt nahm sie es übel auf, daß Michael größere Anforderungen an ihre Sparsamkeit stellte, da sie doch jede Geselligkeit aufgegeben und den Speisezettel eingeschränkt habe, und wenn sich ihre Empfindlichkeit auch nicht in heftigen Worten ausdrückte, so suchte sie dagegen durch unnahbare Haltung jeglichem Einfluß in dieser Hinsicht vorzubauen.
Michael hatte in den letzten Jahren so häufig ihre Einsicht und ihren vernünftigen Sinn bewundert, daß ihn der kindische Trotz, mit dem sie unter dem Anschein erhabener Gesinnung ihren Putz umklammerte, in das äußerste Erstaunen setzte. Es stimmte ihn fast traurig, und er dachte darüber nach, ob sie sich wohl auch früher so gezeigt hätte, als sie noch die Hochherzige war, die nach Geisteskronen rang. Das braune Mädchen im zerlumpten Rock fiel ihm ein, das im Dorf am Zaun gestanden und nach dem Walde geblickt hatte, aus dem der bleiche Pfad sich schlängelte. Es kam ihm jetzt lächerlich und unbegreiflich vor, daß es ihn einmal so innig an Verena hatte erinnern können.
Dagegen rührte ihn die arme Malve, wenn sie freilich auch zu unpraktisch und unerfahren war, um ihm eine Stütze sein zu können. Ihr hatten haarsträubende Schreckbilder von Armut vorgeschwebt, Obdachlosigkeit, Brotrinden und baumwollene

Kleider, was sie alles, da es ihr Liebling verschuldet hatte, ohne Klage über sich ergehen zu lassen entschlossen war. Die ängstlichen Fragen, die sie an Michael richtete, ob sie dies oder das behalten oder lieber verkaufen sollte, und ihr Schuldbewußtsein bei jeder, auch der notwendigsten Ausgabe, die gemacht werden mußte, taten ihm von ihr, der verwöhnten, nun alternden Frau, welche die Bedeutung des Geldes niemals begriffen hatte, so weh, daß er ihr am liebsten auch das Überflüssige in den Schoß geworfen hätte; doch bemerkte er, daß es ihr Freude machte, sich allerlei Kleinigkeiten zu entziehen, in der Meinung, ihm damit zu helfen, und so ließ er sie dabei, obwohl sie es tatsächlich zu nennenswerten Ersparnissen nicht brachte. Im Gegenteil führten ihre kleinen Einschränkungen jedesmal auf irgendeinem Wege vergrößerte Ausgaben am anderen Ende herbei, und Michael mußte ihr oft tröstend zureden, es habe nichts auf sich und werde auch so gehen.

Etwa eine Woche nach Raphaels Tode wurde eine Dame in Michaels Kontor geführt, die sich als die Geliebte seines verstorbenen Bruders zu erkennen gab. Es war ihm bekannt, daß aus Raphaels Verhältnis zu der ehemaligen Kellnerin, um dessentwillen er so viele böse Auseinandersetzungen mit ihm gehabt hatte, mehrere Kinder hervorgegangen waren, und daß es bis zu seinem Tode beständig fortgedauert hatte; also hatte er keine Ursache, die Wahrheit irgendeiner ihrer Angaben zu bezweifeln. Sie war eine hübsche, muntere Person, die freilich zu voll und auseinandergelaufen war; wenn auch nicht mit vornehmem Geschmack, war sie doch nett und elegant gekleidet. Raphael habe ihr, wie sie sagte, oft versprochen, sie in seinem Testamente reichlich zu bedenken, und sie käme nun, um sich zu erkundigen, wie es damit stehe; ob sie von der wahren Sachlage nichts ahnte oder sich nur so stellte, konnte Michael nicht unterscheiden. Als er sie davon unterrichtete und ihr erklärte, daß, selbst wenn sie Forderungen zu stellen hätte, diese augenblicklich nicht erfüllt werden könnten, zeigte sie anfangs Erstaunen und Schrecken, doch faßte sie sich bald und setzte ihm nun ein ungläubiges Lächeln entgegen, als sei dies die Ausflucht reicher Leute, die sich kein Teilchen von ihrem fetten Erbe wollten entgehen lassen. Raphaels stets offene Hand und seine

Großmut, die er noch in allerletzter Zeit bewiesen habe, machten es ihr unmöglich, an einen so schlechten Stand seiner Verhältnisse zu glauben, sagte sie, und erweichte sich, indem sie diesen Erinnerungen nachging, bis zu Tränen. Michael war diese Frau und Raphaels Beziehungen zu ihr stets ein Greuel gewesen, und ihre Erscheinung und ihr Benehmen bestärkten ihn jetzt in seiner Abneigung. Offenbar hatte zwischen ihr und seinem Bruder wirkliche Zuneigung bestanden, das aber hob weder ihn noch sie in seinen Augen, vielmehr war es ihm widrig, zu denken, daß diese Frau im Grunde mehr als seine Schwägerin ein Glied seiner Familie war, und er sprach eigens kurz und hart mit ihr, um sie schnell zu entfernen. Kaum aber hatte sie bemerkt, daß sie ihm durch Gefühlsäußerungen nicht beikommen konnte und er wirklich gesonnen war, sie unverrichteterdinge heimzuschicken, als sie die Derbheit ihrer Natur und Sitten unverstellt herauskehrte und sich in lauten Vorwürfen und Beschimpfungen gegen ihn ergoß. Das wäre die Art der Reichen, sich den Wanst zu mästen und dem Notleidenden sein einziges Schäflein fortzunehmen; sie kennten alle Schliche und Tücken und bedienten sich ihrer, um den hilflosen Armen zu übervorteilen. Ihr Raphael sei nicht so gewesen, aber er hätte ihr oft von der Habsucht und Selbstsucht seiner Familie erzählt. Was hätte er aber von ihr, der Familie, gehabt? Der Vater hätte ihn mit Arbeit überhäuft und dennoch nichts als Vorwürfe für ihn gehabt, er hätte für alle, auch für Michael, arbeiten und Geld verdienen müssen, ohne Dank zu ernten; seine Frau, welche sie »die Andere« nannte, hätte in seinem Reichtum geschwelgt und sich mit seinem Namen gebrüstet, ihn aber durch Launenhaftigkeit und böse Worte geplagt und schließlich in den Tod getrieben; nur sie und ihre Kinder wären sein Trost und seine Zuflucht gewesen, bei ihnen hätte er ausgeruht von den Unbilden, die seine Familie ihm bereitet hätte. Und nun sollte diese Familie seinen Nachlaß aufzehren, und sie, die ihn geliebt und gehegt hätte, sollte leer ausgehen und im Elend verkommen?

Michael hatte diese laut und schnell ausgestoßenen Reden nicht hemmen können und sagte nun, da sie einen Augenblick innehielt: »Auf eine Beantwortung Ihrer Anklagen lasse ich mich

nicht ein. Mein Bruder hat nichts als Schulden hinterlassen, die seine Familie erbt, welche Erbschaft Sie ihr vermutlich unverkürzt lassen wollen. Es steht Ihnen frei, sich bei den Gerichten zu erkundigen, ob es anders ist, als ich Ihnen sage. Von mir erlangen Sie weiter nichts, als daß ich Ihnen freiwillig verspreche, sowie ich in der Lage bin, etwas für Sie zu tun, mich nach Ihnen umzusehen und Ihre Verhältnisse kennenzulernen, um, wenn es nötig ist, Sie um Ihrer Kinder willen zu unterstützen.«
Die Frau war dunkelrot geworden und rief nun erst recht zornig aus, sie ließe sich nicht mit leeren Worten abspeisen, sie sei nicht so dumm, sich von großen Herren, die oft auch große Übeltäter wären, einschüchtern zu lassen. Nach den Gerichten würde sie freilich auch nicht laufen, die einen bis zum Jüngsten Tage herumzögen und zu guter Letzt doch denen recht gäben, die den größten Beutel hätten; aber sie wüßte sich selbst zu helfen, sie würde zu Raphaels Mutter und zu seiner Frau, ›der Anderen‹, gehen und ihnen nicht von der Schwelle weichen, bis sie erlangt hätte, was ihr zukäme.
Hierüber erschrak Michael; denn es war nicht zu bezweifeln, daß die Person ihre Drohung auf der Stelle und in vollem Maße ausführen würde. Er versetzte sich in die Bestürzung, die seine Mutter empfinden würde, und auch seiner Schwägerin wollte er es ersparen, daß sie nachträglich auf so gröbliche Art von dem Liebesverhältnis ihres Mannes unterrichtet würde, wovon sie vermutlich nicht das mindeste ahnte. Er wurde innerlich aufgeregter, doch hielt er an sich und sagte, immerhin mit strenger und drohender Betonung, er würde sich, wenn sie das täte, gerichtlicher Hilfe jedenfalls bedienen, und sie wüßte wohl schon, daß ein solches Vorgehen ihrerseits als Hausfriedensbruch bestraft werden würde. Sie würde dadurch nichts gewinnen und nur die Aussicht auf Unterstützung, die er ihr versprochen hätte, verscherzen.
Es war der Frau nicht entgangen, daß ihm ihre Drohung, trotz allem, was er vorbrachte, sehr unbequem war, und sie lachte deshalb laut und höhnisch auf und sagte, sie würde es darauf ankommen lassen; bis er mit den Polizeisoldaten käme, könnte sie wenigstens den Damen schon hübsch die Wahrheit gesagt haben. Jetzt übermannte Michael die Wut, und seine Hände

ballten sich unwillkürlich; er sprang auf, stellte sich dicht vor die erschrockene Frau hin und sagte: »Wenn Sie mir nicht augenblicklich schwören, daß Sie keine von den Damen, weder meine Mutter noch meine Schwägerin, jemals, weder im Hause noch auf der Straße belästigen wollen, so erwürge ich Sie hier auf der Stelle. Sie sehen, daß ich nicht in der Laune bin, zu scherzen, und daß es ein kleines für mich ist, mit Ihnen fertig zu werden. Wenn Sie mit Hintergedanken Versprechungen machen und sie nicht halten, wehe Ihnen. Vielleicht hat mein Bruder Ihnen gesagt, daß ich keine Schonung für Gegner habe und niemanden frage, ob das erlaubt ist, was ich tun will, und wenn er Sie nicht gewarnt hat, tue ich es.«

Er fügte noch einiges hinzu, was seine Abneigung gegen das Weib und seine Absicht, sie um jeden Preis an der Ausführung ihrer Drohung zu verhindern, ihm eingab, und es zeigte sich augenblicklich, daß der Anblick einer männlichen Kraft und eines entfesselten Zornes Eindruck auf sie machte. Sie wich furchtsam zurück und hatte offenbar Lust, sich vor seine Füße niederzuwerfen; nicht nur versprach sie alles, was er verlangte, sondern er war auch überzeugt, daß sie es halten würde. Auch mochte es ihr einleuchten, daß Michael nicht so aussah, wie sie sich einen glücklichen Erben vorstellte. Sie entfernte sich, sobald er sie gehen ließ, demütig und mit dem Versuche, liebenswürdig zu lächeln, was er nicht bemerkte.

Es war noch ein aufgeregtes Zittern in ihm, und er setzte sich ermattet und angewidert in seinen Stuhl, wobei er zufällig in einem kleinen Spiegel, der neben dem großen Arbeitstische an der Wand hing, sein Gesicht sah. Sein Blick blieb überrascht daran hängen; er sah schmal und aschgrau aus, und in seinen Augen zuckte ein schwarzes, unheimliches Feuer. Er hatte niemals sonderlich auf seine Erscheinung achtgegeben, obwohl er wußte, daß die Leute ihn schön fanden, und auch jetzt fiel ihm weniger die Schönheit seines Gesichtes auf, als die Blässe und das Elend und die Wildheit, die sich erschreckend darin ausprägten. So hatte er vielleicht ausgesehen, dachte er, als sein unglückseliger Bruder am letzten Abend zu seiner Mutter kam, um noch einmal Abschied zu nehmen, und so sah er vielleicht aus, wenn er den armen Frauen ihren albernen Flitter wegriß;

er stützte den Kopf in die Hand und blickte lange mit starren, trockenen Augen auf die Briefe und Papiere, die vor ihm lagen, ohne zu lesen.

Gabriel hatte dieselbe Angst wie seine Mutter vor der Armut, aber nicht wie sie den guten Willen, sie im Andenken an den unglücklichen Raphael auf sich zu nehmen, für den er kaum in der Kinderzeit ein wärmeres Gefühl gehabt hatte. Dagegen erfüllte ihn Michael, den er von jeher neben seinem Freunde Aristos hatte gelten lassen wollen, mit scheuer Bewunderung, seit er in die schwül-drückende Stimmung des Hauses wie ein Wetterstrahl gefahren war und vernichtet, verzehrt und Grauen verbreitet hatte. Er begriff, daß er so gut wie die ganze Familie jetzt von seiner Zähigkeit und seinem guten Willen abhing, und hatte Witterung genug, um ihm jetzt nicht mit Liebhabereien und Sonderbarkeiten in den Weg zu kommen, die ihm mißfallen könnten. Einige Tage nach Raphaels Tode ließ er verstreichen, dann suchte er Michael im Kontor auf, um ihn zu fragen, wie er über seine Zukunft dächte, denn er hätte das Gymnasium nun hinter sich und begriffe so viel, daß er unter den jetzigen Umständen sich nicht darauf beschränken könnte, in müßiger Beschaulichkeit Eindrücke aufzunehmen. Wie er so kleinlaut vor ihm stand und sich bereit erklärte, in das Geschäft einzutreten, wenn Michael es für nützlich hielte, gefiel er ihm besser als früher; er mußte lächeln und gab seinem Zweifel Ausdruck, ob Gabriels Fähigkeiten an dem Orte glücklich zu verwerten seien. »Das wohl nicht«, sagte Gabriel, »aber wenn es sein müßte, könnte ich es vielleicht lernen, da du es ja auch getan hast.« Michael schüttelte den Kopf und sagte: »Du bist noch jung, und da leidet man solchen Zwang ungerne. Müßte es sein, so wäre freilich nichts zu überlegen, und es freut mich, daß du das einsiehst. Aber was könntest du ohne Ansehen und Erfahrung dem Geschäfte in so gefährlicher Lage nützen? Laß uns lieber bedenken, wie du auf anderem Wege in möglichst kurzer Zeit und mit möglichst geringen Kosten etwas erlernen kannst, was dich mit Sicherheit ernährt.«
Gabriel atmete auf und ließ seinen Bruder nachdenken, der für

sich ausrechnete, daß vermutlich zu der Zeit, wo Gabriels Hilfe in Betracht käme, er ihrer nicht mehr benötigen würde, und daß es insofern im Grunde belanglos sei, was er ergriffe; doch sagte er sich, daß er auch auf einen schlimmen Ausgang vorbereitet sein müsse, und daß es jedenfalls für Gabriel gut sei, ihn in dem Glauben zu lassen, daß viel von seinem Eifer abhinge. Was Gabriel selbst am meisten einleuchtete, war der Vorschlag, die alten Sprachen zu studieren, um künftig – denn an eine Professur dürfe man noch nicht denken – an höheren Schulen zu unterrichten. Das Studium an sich, als mit dem antiken Leben und antiker Kunst in naher Beziehung stehend, war Gabriel durchaus nicht zuwider, und die bevorstehende Lehrtätigkeit, die ihm freilich lächerlich und unwürdig erschien, lag noch in zu weiter Ferne, um ernst genommen zu werden. Doch legte es Michael, obwohl es eines der billigsten war, dadurch, daß Gabriel von der Familie getrennt in einer anderen Stadt leben mußte, Kosten auf, die ihn in diesem Augenblick sehr belasteten. Er stellte das Gabriel vor, der sich auch hierin einsichtig und fügsam zeigte, er versprach, sich aufs äußerste einzuschränken und diejenigen Kreise zu meiden, die ihn zu einem üppigeren Leben hätten verleiten können. »Armer Junge«, sagte Michael, »ich hätte dir eine andere Studienzeit gegönnt, nicht daß du überflüssige Zerstreuungen und Genüsse hättest, deren es nicht bedarf, wenn man jung und froh ist, aber daß nicht jedesmal, wenn dir das Herz aufgeht, es mitsamt deinem engen Beutel eingeschnürt werden muß.«
Gabriel antwortete kühl: »Ich hätte die Berührung mit den studentischen Kreisen doch gemieden; Absonderung ist mir keine Entbehrung. Was mir hart ankommt, ist, mit einem Haufen zusammengewürfelter Leute auf einer Bank zu sitzen und altbackenen Kram zu lernen, der mir zum Teil von Menschen vorgetragen wird, die mich an Kenntnissen in ihrem Fach wohl überragen, die ich übrigens aber übersehe.« »Das wird dir am wenigsten schaden«, sagte Michael; da die Malve, wie sich von selbst verstand, nichts einzuwenden hatte, war die Frage somit entschieden.
Bald nachdem Gabriel abgereist war, erklärte Raphaels Witwe, das Haus verlassen zu wollen. Ihre Eltern hatten ihr den Vor-

schlag gemacht, sie möchte wenigstens für die nächste Zeit wieder zu ihnen ziehen, da sich ihr Los nach ihrer Schilderung so bedauernswert gestaltet habe. Nur die Schwierigkeit stand im Wege, daß sie wohl für den älteren Jungen, nicht aber für das kleine Kind Platz zu haben erklärten, das mehr Bedienung erforderte und vielerlei Unbequemlichkeiten mit sich brachte. Andererseits hätte sich die Malve, die selbst nie eine Tochter gehabt hatte, von diesem Kinde, das nach ihr genannt war und ihr auch ähnlich zu werden versprach, ungern getrennt, so daß der Gedanke nahelag, es zurückzulassen, wozu sich denn die Mutter auch bereitfinden ließ. Doch hing es von Verena ab, ob sie die Aufsicht und die lästige Pflege des kleinen Wesens übernehmen wollte, denn die Malve hatte darin keine Übung und hätte, auch mit gutem Willen, nicht das Richtige getroffen; mehr Bedienung anzustellen erlaubten aber die Verhältnisse nicht. Michael hatte sich, seit Mario klein war, nicht mehr mit Kindern abgegeben und wunderte sich selbst, daß das hübsche Geschöpf ihm in kurzer Zeit so lieb hatte werden können. Es hing an ihm, und es war ihm zur Gewohnheit geworden, mit ihm zu spielen, wenn er zu Hause und unbeschäftigt war, so daß er es vermißt hätte; ebensosehr deswegen, wie darum, daß seine Mutter sich weniger verlassen fühlte, wünschte er dringend, es behalten zu können.
Michaels Beziehungen zu Verena waren nicht mehr so bequem, wie zu der Zeit am Meere; indem er ihr sein Anliegen vortrug, betonte er, daß er sich bewußt sei, ihr Schweres zuzumuten, da das kleine Kind zunächst hauptsächlich körperlicher Pflege bedürfte, womit sie sich ungern befaßte; doch glaubte er, sie würde seinen Plan im ganzen billigen, und wann immer er könne, wolle er selbst ihr die Last abnehmen.
Verena hörte ihn nicht unfreundlich an, mißbilligte aber sehr, daß die Schwägerin ihr Kind fremden Händen überlassen wolle, und wunderte sich, daß Michael sie darin bestärkte, übrigens sei sie geneigt, es zu übernehmen, besonders weil das arme Ding bei seiner Mutter sowieso nicht in guten Händen sei.
»Es kann wohl von seinem Vater wie von seiner Mutter gefährliche Anlagen bekommen haben«, sagte Michael, »und gerade deshalb dauert es mich, und ich sähe es gern vor schädlichen

Einflüssen sichergestellt; denn jetzt ist es noch eine unschuldige kleine Seele, die allem Guten wie allem Bösen geöffnet ist, und wenn man dem Kinde soviel wie möglich Gutes zukommen läßt, gedeihen vielleicht die schlimmen Keime nicht mit.« Verena wollte vor allen Dingen davor geschützt sein, daß die Mutter das Kind nach kurzer Zeit wieder zurückverlangte oder es etwa häufig besuchte oder überhaupt Einreden und Eingriffe machte; doch gelang es Michael, sie davon zurückzuhalten, daß sie förmliche Erklärungen darüber von ihr verlangte. Seiner Überzeugung nach würde sie es bald bequem finden, das Kind gut versorgt zu wissen, ohne daß sie etwas dazu zu tun brauchte, und es fürs erste nicht für sich beanspruchen; dagegen hätte sie sich voraussichtlich widersetzt, wenn man es ihr wie ein Kleinod hätte abdringen oder es nur unter allerlei Bedingungen und Klauseln hätte übernehmen wollen.

So blieb die kleine Malve im Ungerschen Hause, und es gab sich von selbst, daß sie mit Verena und Mario unten wohnte, während Michael zu seiner Mutter in die Zimmer seines Vaters zog; doch war er selten zu Hause und arbeitete meist bis in die Nacht hinein im Geschäfte.

Die ersten Wochen nach Raphaels Tode waren trotz der Aufregungen, die sie mit sich brachten, vielmehr eben deswegen nicht so schwer für Michael, wie die Zeit, die darauf folgte. Er ging nun wieder wie vor fünfzehn Jahren jeden Morgen unter den Kastanienbäumen und dann durch die langen eintönigen Straßen bis zum Geschäfte und mittags zurück und nachmittags und abends ebenso; was dazwischen lag, war wie ein wilder Traum zerstoben. Er dachte so wenig daran, wie man tagsüber an seine Träume zu denken pflegt, nur drückte ihn die öde Wirklichkeit schwerer als früher. Auch war ja von dem früheren Leben tatsächlich nur das häßliche Gerüst übrig; er ging die überdrüssigen Wege nicht mehr neben seinem Vater, und ging sie nicht mehr als der reiche und stolze junge Mann, der Sorgen nicht kannte und dem ein dunkles Gefühl im Innern goldene Unendlichkeiten der Zukunft versprach. Jetzt begegnete er nicht selten Bekannten, die ihn nicht ansahen, um nicht von ihm gegrüßt zu werden, oder seinen Gruß nur flüchtig und in einer Weise erwiderten, als müßten sie sich besinnen, wer er wäre. Er fühlte sich gemieden und verachtet von Menschen, die er niemals als seinesgleichen anerkannt hatte, und so gleichgültig ihm das auch im allgemeinen war, quälte es ihn doch, weil er ja eine Stellung unter ihnen, besonders soweit es Kaufleute waren, einzunehmen trachtete. Als Kaufmann, der er jetzt war, bedeutete er nichts, hatte er kein Ansehen und gebot keine Achtung, lebte er nur von der Gnade eines Mächtigen, der ihm, wenn er wollte, das Leben wieder entziehen konnte. Er hatte niemals Schulden zu machen brauchen, und die Angst, vielleicht nicht zahlen zu können, wenn es verlangt würde, war ihm unbekannt; um so mehr litt er jetzt darunter, mit fremdem Gelde arbeiten und von fremdem Gelde leben zu müssen, und er wurde nie das Qualgefühl los, der Sklave des selbstgefälligen Mannes zu sein, dem alles gehörte.

Zuweilen dachte er flüchtig an die Zeit, wo er in dem kleinen Fischerdorf am Meere gearbeitet hatte und glücklich gewesen war, und an die schönen wilden Menschen und ihre Armut, um die das volle Meer herumrauschte und die der feuchte Mond mit Licht betaute. Dann durchbohrte ihn der Schmerz scharf wie ein Schwert, so daß er sich auf Augenblicke nicht besinnen konnte, warum er hier war und wie dies alles sein konnte.

Einmal, als es im Geschäft spät geworden war und er allein durch die langen verödeten Straßen ging, fiel ihm der Winterabend ein, wo er bis zum Abgange des Zuges draußen vor der Stadt spazierengegangen war und der Mann im Mantel still unter der Laterne gestanden und gewartet hatte, und wie es ihm darüber seltsam unbehaglich zumute geworden war. So hatte das Schicksal dagestanden und auf ihn gewartet all die Jahre hindurch, während er schäumende Traumschlösser in die Wolken baute, gestanden und gewartet und gewußt, daß er unfehlbar kommen und sich selbst ausliefern würde. Es hatte ihm etwas Unheimliches, sich das vorzustellen; sein Ringen und Treiben in der Vergangenheit erschien ihm lächerlich wie die Anstrengungen eines Käfers, zu fliegen, dem ein schadenfroher Junge die Beinchen mit einem Faden umwickelt hat und ihn daran festhält. Im ganzen kamen aber solche Gedanken und Bilder selten, und tauchten sie auch auf, verschwanden sie doch

schnell wieder vor den Sorgen und mühseligen Geschäften, die vor ihm lagen. Er war aus dem kaufmännischen Wesen so herausgekommen, daß er stets mit angespannter Aufmerksamkeit arbeiten mußte, um seiner und dessen, was er tat, gewiß zu sein, und dabei stellten die Umstände außergewöhnliche Anforderungen an seine Umsicht, seinen Überblick, seine Tatkraft und seinen Mut. Die meisten Angestellten des Geschäftes kannten ihn noch von früher her und achteten und liebten ihn, doch war die Stimmung durch die Ereignisse der letzten Jahre niedergedrückt, und er mußte sich zusammennehmen, um gefaßt und ruhig zu erscheinen, damit sie nicht das Vertrauen auf die Zukunft und das gute Glück der Firma verlören. Merkwürdigerweise kamen ihm, trotzdem es nicht an Sorgen und beklemmenden Stunden fehlte, doch niemals ernstliche Zweifel daran, daß er schließlich, es fragte sich nur wann, obsiegen würde; und zwar schöpfte er diese Sicherheit aus nichts anderem als unmittelbar aus dem Gefühl, daß er es wollte. Sie war ihm im geschäftlichen Verkehr von größerem Nutzen, als er selbst ahnte, ihm aber gab sie nichts; denn sie war nicht von der freudigen, triumphierenden Art, sondern ein trockenes Bewußtsein, daß das Gewollte ihm gelingen müsse, daß er aber seine ganze Lebenskraft dabei einsetzte und verlieren könne.
Oft hätte er nicht gefühlt, daß er lebte, wenn nicht Mario gewesen wäre, durch dessen braune Hände Leben in seine hinüberströmte, dessen warme Augen, die zärtlich an ihm hingen, ihn beständig wie mit einem schützenden und heiligenden Feuer umgaben. Er war immer noch der stille gute Junge, der da war, wenn er ihn haben wollte, und verschwand, wenn er störte, der, was Michael tat und sagte, mit Andacht und innigem Lächeln verfolgte und ihm durch das Glänzen seines Gesichtes sagte, wie groß und herrlich er ihm erschien. Wenn er nicht durch die Schule gebunden war, schloß er sich ihm auf allen Gängen an und plauderte und erzählte, meistens so wunderliche Dinge, daß Michael dadurch zerstreut und unterhalten wurde; abenteuerliche Ereignisse aus seiner Kindheit, nicht nur ihn, sondern auch seinen Großvater, seinen Vater und andere betreffend, wohin seine Erinnerung kaum reichen konnte, und was er sich offenbar aus nachträglichen Schilderungen der

Familie und eigener Phantasie zusammengefabelt hatte. Sodann erzählte er von einer Freundschaft, die ihm viel zu schaffen machte, mit einem etwa um vier Jahre älteren Jungen, der, weil er Ausländer, nämlich Schwede, und der deutschen Sprache nicht mächtig war, in eine Abteilung mit jüngeren Knaben gekommen war. Mario hatte ihn schon vor einigen Jahren kennengelernt und sich sofort zu ihm hingezogen gefühlt, weil er etwas Stolzes und Auserlesenes an sich hatte, mit regelmäßig edlen Zügen, schön anzusehen und der Tapferste und Gewandteste in allen Spielen während der Zwischenpause war. Während ihn die meisten Jungen wegen seiner mangelhaften Aussprache des Deutschen verlachten, half Mario ihm, wo er konnte, und versöhnte ihn mit seiner unangenehmen Ausnahmestellung durch offenes Zeigen einer schwärmerischen Liebe. Der Fremde erwiderte die Liebe bald in demselben Grade und beschützte Mario mit Erfolg, wenn einer von den übrigen Jungen etwas gegen ihn im Schilde führte, was nicht selten der Fall war. So hatte Mario einmal in Gemeinschaft mit einem lustigen, stets zu Streichen aufgelegten Burschen, der ihm gut gefiel, einem anderen einen Schabernack gespielt, diesem aber hernach die List erzählt, und zwar in einer solchen Darstellung, als ob alles von jenem anderen ausgegangen wäre, während sie sich zuvor Geheimhaltung unverbrüchlich angelobt hatten. Begreiflicherweise wollte der Lustige, der mit dem Geneckten hierdurch in arge Ungelegenheiten kam, sich an Mario rächen, und da sich der junge Schwede, ohne zu fragen, wer im Recht und wer im Unrecht sei, zum Verteidiger seines Freundes aufwarf, entspann sich ein leidenschaftlicher Kampf, wobei der Fremde von einem Gerüst, hinter dem sich Mario verschanzt hatte, herunterstürzte und, mit dem Gesicht auf die Steine schlagend, zwei obere Vorderzähne verlor. Dadurch war er sehr entstellt, ja eigentlich, durch die Lücke im Munde, wenn er sprach, lächerlich geworden, was den ernsten Charakter seines regelmäßigen Gesichtes störte, was er selbst aber gar nicht zu wissen oder zu beachten schien. Mario dagegen hatte ihn seitdem viel weniger lieb und ließ merklich in seinen Freundschaftsäußerungen nach, ja seine Liebe kehrte sich mit der Zeit in Abneigung um, als der Fremde, der sich das veränderte

Benehmen Marios nicht richtig auszulegen wußte und es bald Störungen in der Familie, bald seiner eigenen Empfindlichkeit oder Täuschung zuschrieb, den liebevollen Ton der früheren Zeit ruhig beibehielt. Da Mario zu einem offenen Geständnis den Mut nicht hatte, versuchte er, dem ehemaligen Liebling soviel wie möglich auszuweichen und ihm hinterrücks beizubringen, daß seine Freundschaft jetzt als Zudringlichkeit empfunden wurde, und er war beständig in eine Menge von Schwierigkeiten verwickelt durch die Ränke, die er angezettelt hatte, um zum Beispiel eine Einladung des jungen Schweden zu umgehen, und die Ausflüchte, die er dann wieder erdichtete, um seine eigentliche Meinung und Sinnesart doch nicht verraten zu müssen.

Für Michael war diese Geschichte ziemlich unverständlich: er konnte ebensowenig begreifen, wie man aus bloßer Plaudersucht oder Mutwillen einen guten Kameraden an einen anderen verraten, wie, daß man einen zuvor Geliebten wegen irgendeiner äußerlichen Entstellung weniger lieben konnte. Doch klang es wiederum aus Marios Munde drollig und anmutig, und sein kindisches Gesicht sah so unschuldig schelmisch dabei aus, daß es nicht ernstlich genug schien, um tiefer eindringendes Betrachten und Tadeln zu erfordern. Also lachte Michael und gab Mario den Rat, er möchte seinem Freunde ein paar falsche Zähne schenken, die er sich einsetzen sollte, womit dann das alte Verhältnis hergestellt und jede Schwierigkeit aufgehoben sein würde.

»Würdest du denn einen bösen Menschen lieben, wenn er schön wäre, und einen guten nicht lieben können, wenn er häßlich wäre?« fragte Michael.

»Nein«, sagte Mario schnell, indem er den Kopf mit Entschiedenheit schüttelte, »das könnte ich nicht. Ich habe auch die Großmutter nicht mehr so lieb, seit sie klagend spricht und Falten auf der Stirn und um den Mund sowie hängende Backen hat, obgleich sie viel zärtlicher gegen mich ist, als sie früher war.« Dann schilderte er, wie wunderschön sie früher gewesen wäre, wie er als kleines Kind gezittert hätte, wenn sie sich einmal über ihn beugte, um ihn flüchtig mit lächelndem Mund zu küssen, und wie er sich oft heimlich an ihren Stuhl geschlichen

und sich an sie geschmiegt hätte, damit sie ihn mit ihren feinen weichen Händen ein wenig streichelte.
Michael sah ihn groß an und sagte, er müsse die Großmutter doch viel mehr liebhaben, seit sie traurig sei und des Trostes bedürfe; allein, obwohl er den Vorwurf und das Staunen, das in seines Vaters Blick lag, wohl fühlte, sagte Mario treuherzig, sie täte ihm wohl leid, aber er sei nicht gern in ihrer Nähe, da er immer Furcht hätte, sie möchte zu weinen anfangen, auch sähe er sie nicht mehr gern an, weil sie alt aussähe, und folglich müsse er doch sagen, er hätte sie nicht mehr sonderlich lieb.
»Und wenn ich einmal alt werde und die Zähne mir ausfallen?« fragte Michael nach einer längeren Pause. Mario lachte ungläubig und sagte mit innigem Aufblick: »Du wirst immer schön sein.« »Ich hoffe, daß ich es für dich sein werde«, sagte Michael, »und ich wundere mich, daß dir die Großmutter nicht auch ebenso schön wie früher oder schöner vorkommt; denn nur darauf kommt es an, und nur die Schönheit, die von der Seele ausgeht und von der Seele empfunden wird, die also mit dem Alter eher zunimmt als verschwindet, ist wirklich Schönheit zu nennen.«
Mario antwortete nicht und schüttelte nur kaum merklich den Kopf, worauf auch Michael den Gegenstand fallenließ. Er bereute fast, daß er überhaupt Mißbilligung habe fühlen lassen, denn dadurch konnte er die Zutraulichkeit, mit der Mario sich ihm mitteilte, ohne je etwas zu verheimlichen, zu färben oder zu beschönigen, von sich verscheuchen, und daß er diese sich erhielt, schien ihm wichtiger als alles andere zu sein. Von seiner Wärme und Liebefähigkeit hatte er täglich und stündlich die rührendsten Beweise, und seine Offenheit verbürgte ihm seine Unverdorbenheit; wie leicht wog dagegen die kindische Grausamkeit und Selbstliebe, im Grunde überhaupt mehr Alfanzerei und Prahlerei, womit sich bei unreifen Knaben das künftige Mannesgefühl anzumelden pflegt. O törichtes Haupt meines Kindes, dachte er inbrünstig; spiele mit deinem jungen Leben wie mit schillernden Seifenblasen und laß mich zusehen, wie sie fliegen, lautlos zerplatzen und zerfließen. Baue dir leichte, glänzende Welten, die dir in unverwelklicher Schönheit immer neu erblühen. Ich will dich hüten, daß die Stürme draußen sie

dir nicht einreißen. Ich will gelitten haben, damit du glücklich sein kannst, und will wie ein Fröner arbeiten und tragen, damit du einst leicht auf den Wegen der Freien schreiten kannst!

Wenn Michael an Rose dachte, sah er sie, wie sie auf dem Bahnhofe schweigend ihr blasses Gesicht mit den geröteten Augen von ihm abwendete und langsam fortging. So war sie weiter und weiter fortgegangen und für ihn ein kleiner schwarzer Punkt in unendlicher Ferne geworden, den er nie anrufen, nie einholen, nie berühren konnte. Sehnsucht hatte er keine nach ihr, oder nur solche, wie ein Schatten der Unterwelt nach den Lebendigen auf der Erde fühlt, die unerreichbar über ihm, dem Begrabenen, wandeln. Er möchte weinen und die Hände ringen und den teuren Namen herausschreien, aber er ist nur ein Nebel in unabsehbarer Einöde, sein Leib nicht mehr bei ihm, der Tränen hatte, Blut hatte, Sehnsucht und Hoffnung; selbst die Erinnerung, die noch wie Spinnwebe an ihm nestelte, verfliegt. Wenn sie gekommen wäre, den Stein von seinem Grabe gelüftet und gerufen hätte: Komm wieder! Aber er war so elend, daß er das nicht einmal hätte wünschen können, daß ihm vielmehr vor jedem Duft des Lebens grausen mußte, der in seinen Kerker dringen konnte, wo ihn ein unlösbarer Schwur, eine furchtbare Allmacht, so schien es ihm, auf ewig gefesselt hielt.
Einmal kam ihm ein unklares Gerücht zu Ohren, Rose wäre die Geliebte des Freiherrn geworden und begleitete ihn auf seinen Wanderungen, wo er predige und das Volk aufwiegele; aber es berührte ihn so wenig, daß er es fast wieder vergaß, und wenn es wahr wäre, dachte er, wäre sie nun doch nicht so verlassen, wie er sie sich seit ihrem letzten Zusammensein vorgestellt hatte. Er fühlte nicht die geringste Regung von Eifersucht, denn sie war ja doch nirgends mehr auf Erden die Ruhevolle, die Liebevolle, die Glückselige, die Seine.
Nein, sie war nirgends mehr auf der Erde. Zuweilen stand sie und streckte die Arme nach sich selber aus und ließ sie traurig wieder sinken; sie war an einem hellen Wintermorgen voll Unruhe und Hoffnung fortgegangen, um Michael zu begeg-

nen, und war nicht zurückgekommen, verirrt vielleicht ins Land der Träume, wo sie auf blauen Hügeln saß und lächelte, wenn Glühwürmchen auf ihren Händen funkelten. Als die ersten Tage wieder vorüber waren und sie nicht mehr wartete und auf nichts mehr hoffte, versuchte sie ihr Schicksal kennenzulernen, sich seinen Ursprung, seine Form, seinen Sinn klarzumachen, als könnte es ihr helfen und wäre wichtig, zu wissen, warum es so kommen mußte. Bisher hatte sie, je älter sie wurde, sich stets stärker, schöner und glücklicher gefühlt und nie daran gezweifelt, daß alles, was geschah, zu dem Zwecke geschah, sie zu reifen, und daß nichts geschehen könnte, als was sie weiter auf dem ansteigenden Pfade führte. Sie war tapfer, hoffnungsvoll, umschauend und wachsam gewesen, und trotzdem lag sie nun lahm und verschmachtend am Boden. Sie hatte immer geglaubt, noch lange den Gipfel nicht erreicht zu haben, und im Vorgefühl dessen das Leben wie eine hohe Sonnenbahn angesehen; nun war sie vor dem herrlichsten Augenblick hinuntergeschleudert, und für sie lag der Gipfel ihres Lebens hinter ihr. Aber gerade gegen diesen Gedanken sträubte sie sich, so ohnmächtig sie sich auch fühlte; sie wollte die Ahnung von etwas Allerschönstem, das noch kommen, das sie werden müsse, nicht aus der Seele lassen, und war doch ebenso unfähig, sich vorzustellen, was es sein könnte, wie die Hand danach auszustrecken, wenn es sich ihr zeigte.

Als das große Frühlingsfest war, ging sie aus, um den Festzug und das Gepränge im Sonnenschein anzusehen, in der Meinung, sie müsse das Schöne davon sehen oder wenigstens einsehen, einerlei, ob sie fröhlich oder traurig wäre. Sie befand sich indessen kaum unter den unruhig drängenden, lachenden und schwatzenden Menschen, als sie ein sonderbares Gefühl der Beschämung und Beängstigung empfand, als müßten alle mit Fingern auf sie zeigen und rufen: Seht da, die graue Frau, die kümmerliche, unglückliche, was will die Häßliche in unserem Jubel! Und sie ging scheu, so schnell sie konnte, durch Seitenstraßen aus der Stadt auf die Höhen und dem Walde zu. Wo sie sich ganz allein und nicht einmal von der Sonne mehr gesehen fühlte, warf sie sich zur Erde und griff mit beiden Händen in das weiche Erdreich, als ob sie sich ganz hineinwühlen wollte. »Warum bin ich blind und häßlich geworden?« klagte sie. »Warum sehen meine Augen nichts mehr als mein schimpfliches Elend? Was mir einmal rot und grün und wonnevoll erschien, das sehe ich grell, schmutzig und unbedeutend. Deine Bäume und Blumen trösten mich nicht mehr, Mutter Erde! Und doch bist du schön, du Ewige, wie du warst, nur ich bin blind und krank, daß die Schönheit mich anwidert, die du über mich ausschüttest.«

Sie wartete, bis es ganz dunkel geworden war, ehe sie wieder nach Hause ging, und versuchte seitdem nicht mehr, sich Freude über irgend etwas Schönes, über Menschen oder über die Natur abzuringen, sondern ging gleichsam mit niedergeschlagenen Augen, bestrebt, nichts zu sehen und nicht gesehen zu werden, von einem Tage zum andern.

Da sie sich erinnerte, daß der Freiherr sie einmal dringend gemahnt hatte, Michael zu entsagen, kam ihr der Wunsch, ihm zu sagen, wie es nun wäre, und von ihm zu erfahren, was das Gute dabei sei und von wo ihr noch einmal Lebensquellen fließen könnten, aber sie dachte zugleich, daß er ihre Art, zu fühlen, nie verstanden hätte, und sie nur mit Vorschlägen, die für sie sinnlos wären, foltern würde. Doch entschloß sie sich, als er wieder einmal anwesend war und einen Vortrag ankündigte, hinzugehen, hauptsächlich, weil es ihr schien, als würde sie, wenn sie sich nicht bald überwände, auszugehen und Menschen zu begegnen, versteinern und keinen Hauch zur Sprache mehr in ihrem Leibe finden. Außerstande, ihre Aufmerksamkeit auf das, was er sagte, zu spannen, betrachtete sie zerstreut die Gesichter um sich her, womit sie sich sonst in Gesellschaften oder Versammlungen die Zeit aufs angenehmste verkürzt hatte; aber die Menge wirkte beunruhigend und abstoßend auf sie, einzig das Gesicht des Freiherrn schien ihr nicht überflüssig und langweilig zu sein. Er sah gealtert und durch die erstikkende Luft in dem vollen Saale peinlich erhitzt aus und erinnerte sie an einen rotgeflammten Baum im Herbst, aus dem, je mehr seine Lebenskraft versiegt, desto freier seine feurige Seele hervorschlägt. Sie hatte ihn seit jenem Abend in der fremden Stadt nicht wiedergesehen; denn er war fast immer verreist, um auswärts Vorträge zu halten, und wenn er am Orte war, nahmen ihn seine Geschäfte so sehr in Anspruch, daß sie ihn nicht hatte aufsuchen mögen. Doch kannte auch er sie sogleich unter der Menge heraus, und nachdem, wie es Sitte war, alle Fragen aus dem Publikum beantwortet und alle Eröffnungen von ihm entgegengenommen waren, forderte er sie auf, ihm in das kleine Zimmer zu folgen, wo er sich vor Beginn und nach dem Schlusse der Vorträge aufzuhalten pflegte.

Seinen Vorschlag, sie möchte zunächst das Abendessen mit ihm einnehmen, nahm sie gleichgültig an und hörte teilnahmslos zu, was er ihr während desselben von seinem Leben und seinen Erlebnissen erzählte. Dann folgte sie ihm zu einer von den Bänken am See, die möglichst abseits von dem großen Strome der Spaziergänger stand, denn es war in diesem Jahre außergewöhnlich zeitig Frühling geworden, worauf er sie bat, nunmehr von sich zu sprechen; er habe ihr angesehen, daß sie vieles und Trauriges zu erzählen habe. Indem sie den Mund öffnete, um zu sprechen, fühlte sie zugleich, daß sie es nicht könnte, und ihre Augen füllten sich mit Tränen; da sie aber seine Frage, ob es Michael anginge, nickend bejahte, brachte er leicht die entscheidende Tatsache aus ihr heraus.

»Sie hätten nicht warten sollen, bis das Schicksal es Ihnen abzwang«, sagte der Freiherr; »aber es ist nun nicht mehr nötig, daß ich Sie tadle. Für jeden Menschen, er sei wer er wolle, muß der Augenblick kommen, wo er mit Schrecken fühlt, hier ist Gott! und niederstürzt und anbetet. Nur der Schwächling schrumpft vor der großen Erscheinung entmutigt in sich selbst zusammen, und nur der Böse speit sie an und will an ihr vorüber.«

Rose sagte kalt: »Ich bin nicht schwach und nicht böse, aber ich habe die Erscheinung nicht gesehen. Ich habe eine schöne Säule stürzen gesehen, die mein Dach trug, habe gesehen, wie mich die Trümmer begruben, und sehe nun, wie ich ohne Leben dennoch weiterlebe.«

»Und sind das nicht Wunder genug, um Ihnen die Augen zu öffnen?« rief der Freiherr. »Stehen Sie nun fester als zuvor und werden Sie selbst eine tragende Säule. Wissen Sie nicht, daß geschrieben steht: ›Verflucht, wer sich auf Menschen verläßt!‹«

Rose sah ihn an und sagte nach einer Weile: »Es ist, wenn Sie sprechen, als wenn der Wind rauschte; ich höre eine große Stimme, aber ich verstehe sie nicht.«

»Der Herbst ist gekommen, und du sollst Früchte tragen«, sagte der Freiherr.

»Ich, ich!« rief Rose klagend. »Nun mir Blätter und Blüten abgerissen sind!« Dann senkte sie den Kopf und sagte nach langem Sinnen: »Ja, wenn ich ein Kind von Michael hätte, wäre alles anders. Ein kleines Wesen, das zwischen Gras und Blumen sitzen und mit Käfern spielen wollte, das würde mir die Erde wieder lieb machen.«

»Und warum haben Sie keines?« fiel der Freiherr rasch ein. »Weil Sie kein Ring in der großen Kette sein wollten! Weil Sie den Ruf des flammenden Engels nicht hören wollten, der die Menschen aus dem Paradiese ins Leben stößt, leben, leben, leben sollen wir, unter Schweiß und Tränen. Sie haben die Welt beschauen und bewundern wollen, wie wenn sie ein Bild wäre, aber sie ist ein lebendiger Gott, dem Sie helfen sollen, zu kämpfen, zu tragen, zu erlösen, von dem Sie lernen sollen, ein Geist zu sein und den Lehm, der selbst den Menschen spielen möchte, zu regieren.«

»Ich bin ein Kind der Erde«, sagte Rose traurig und lehnte den Kopf müde gegen die Bank zurück. Der Freiherr sprang auf, ging bis an das Ufer des Sees, der in kleinen dunklen Wellen eintönig flüsterte, und blieb eine Weile dort stehen; dann kehrte er langsam zu Rose zurück und sagte: »Ich kenne Menschen, die nicht eines kurzen Frühlingstages Länge so reich und glücklich waren, wie Sie Jahre und Jahre, die mit schwachen Kräften ihr bescheidenes Brot aus Steinen graben mußten und nichts als Grausamkeit und Schimpf von den Menschen erfuhren, und die sich doch nicht so erniedrigten, wie Sie.«

»Warum litten sie alles das?« sagte Rose unwillig. »Ich will nicht leiden, nicht was eine unbekannte harte Hand mir aufzwingt. Ja, um mit Michael zu leben oder zu sterben, hätte ich Todesmartern auf mich genommen, ohne zu klagen, und mich glücklich gepriesen, je mehr es schmerzte.«

»Und wir hätten eine gutherzige Dirne mehr, der nichts über den Schatz geht«, sagte der Freiherr trocken. Ohne noch einen

Blick auf sie zu werfen, lüftete er den Hut und entfernte sich mit langen festen Schritten.

Als er sie nach mehreren Tagen aufsuchte, fand er sie vor einer Bibel sitzend und lesend, was er mit Lächeln bemerkte.

»Ich pflege«, sagte er, »die Menschen, mit denen ich besonders hart umgegangen bin, besonders liebzugewinnen, und so ist es mir mit Ihnen ergangen. Sie liegen mir immer im Sinn, so daß ich zu tun hatte, um mich nicht durch Sie in meinen wichtigeren Geschäften zerstreuen zu lassen. Ich möchte Sie in meine Arme nehmen und trösten wie ein Kind oder ein Weib, als ob ich nicht achtundsechzig, sondern fünfunddreißig Jahre zählte.«

Roses blasses Gesicht wurde langsam rot, und sie sagte mit einem schwachen Lächeln: »Hätte ich das vorher gewußt, wäre ich nicht so duldsam und ergeben bei Ihren Strafreden geblieben.« Der Freiherr sagte in heiterster Laune: »Es ist reizend, das Blut der Mutter Erde in sich umgehen zu spüren, wenn man es zu beherrschen weiß, und dessen bin ich mir gewiß. Sagen Sie mir nun so aufrichtig, wie ich selber bin, ob es Ihnen zuwider ist, daß mein Gefühl Sie so stark umfängt.«

Rose antwortete: »Ich bin so schwach, daß es mir wohltut. An Ihrer Teilnahme merke ich, daß ich heilbar bin und vielleicht sogar noch einmal gesund und kräftig werden kann.«

Vor längerer Zeit war sie einmal gefragt worden, ob sie den Zeichenunterricht an einer Schule übernehmen wollte, was sie damals erschrocken und fast entrüstet von der Hand gewiesen hatte. Jetzt besann sie sich darauf und meldete sich zu der Stelle, in der Meinung, daß sie eine regelmäßige, reizlose Beschäftigung besser würde ertragen können, als die Berührung mit der Kunst, der sie sich unwert fühlte. Fand sie auch zunächst keine andere Befriedigung darin, als daß die Tage ihr schnell und ruhig verstrichen, so sah sie doch das schon für einen Gewinn an, und daß in der täglichen Überwindung zur Aufmerksamkeit und geduldigen Freundlichkeit das klägliche Gefühl von Ohnmacht und Lahmsein verschwand, freute sie weniger um ihrer selbst als um des Freiherrn willen.

Indessen kam dieser, nachdem sie ihn einige Wochen nicht gesehen hatte, mit veränderter Haltung und aufgeregter Miene wieder zu ihr, die sie erschreckte. Höhnisch und unruhig, wie es

sonst seine Art nicht war, sagte er, sich kaum zu flüchtiger Begrüßung Zeit nehmend: »Hast du einmal von der Greisenliebe gehört, die feuriger ist als die der Jünglinge und verzehrt, was immer sie hemmen will? In den Büchern ist das etwas Rares und Großartiges, in Wirklichkeit aber ist es häßlich, widersinnig, ja, und abscheulich. Der letzte Funken aus dem Aschenhaufen deines Herzens hat in meinem gezündet, mache du nun gut, was du angestiftet hast. Ich bin der erste, der pfui dazu sagt, daß einer ein paar Jahre vor seinem Tode um eine Blume mit geknicktem Stengel und abgewelkten Blättern seufzt. Denn das bist du; deine Küsse sind trocken, dein Herz ist verrunzelt und schäbig geworden, es könnte keine Hundeseele mehr fett von deiner Liebe werden. Aber es hilft nichts, daß ich mir das sage, weil ich verliebt bin wie ein bartloser Affe und mich zu deinen Füßen winden möchte, um nur einmal deinen Handschuh küssen zu dürfen. Wenn du noch fühlen kannst, was schön und häßlich ist, mach ein Ende mit dieser Niedertracht. Erhören mußt du mich, ob dir wohl oder weh dabei wird. Denke daran, daß deine Seele einmal in meinen Händen lag und glücklich war!«
»Ja«, rief Rose, in leidenschaftlichen Schmerz ausbrechend, als ob sie nur die letzten Worte gehört hätte. »Damals! Damals war ich reich und verschwendete wie die Sonne, weil ich wußte, daß der unermeßlichen Glut kein Ende war. Das kann nie, nie wiederkommen! Damals konnte Leidenschaft mich rühren, und wenn es auch einem anderen gehörte, hätte mein Herz in Widerhall gezittert. Jetzt möchte ich lachen, wie ein Toter im Grabe lachte, wenn man so heftig um ihn würbe.«
»Es ist wahr«, sagte der Freiherr mit starrem Blick auf sie, »Sie sehen aus wie eine Verstorbene, eine Mumie in einem Bleikeller, die vergilbt, aber nicht in Verwesung übergeht. Vernünftige Leute werden das Gespenst, das noch auf der Stätte seiner Irrsale umgehen muß, nicht lieben, das merken Sie sich. Bis der Hahn kräht, der Sie einmal aus dem Kreise der Lebendigen verscheucht, halten Sie sich an mich, meinetwegen weil Sie keinen andern haben. Die Blume haben andere gekostet, geben Sie mir die Neige, an der Ihnen nicht viel mehr liegen kann, nach der mir Wahnsinnigem aber nun einmal der Sinn steht.«
Rose hatte mehr erstaunt als ungehalten zugehört und sagte,

traurig lächelnd: »Ist das Ihre Liebe, daß Sie mich so schrecklich beleidigen! Ich habe nun schon eingesehen, daß man, wenn man den Fuß aus dem Paradiese hat setzen müssen, nie mehr einen Pfad findet, wo man nicht auf Staub und Schmutz und spitze Steine treten muß. Einmal hörte ich einen großen, schönen Ton, in dem alles harmonisch einklang, was ich vernahm; nun der mir verstummt ist, höre ich solches. Wo war ich früher, daß ich die trostlose Häßlichkeit nicht sah, von der das Leben voll ist?«

»Sie saßen in einer Rosenlaube und hörten Nachtigallen singen«, sagte der Freiherr nach einer Pause, »und das tun jeden Frühling Liebespaare zu Hunderten.«

Rose schwieg, während ihre Augen sich langsam mit Tränen füllten. »Ja, die Erde ist immer schön und gut«, sagte sie mit weicher Stimme, die ein wenig zitterte. »Erst wenn ich das vergessen könnte, wäre ich ganz verloren.«

»Rose,« bat der Freiherr ungeduldig, »mach meiner schimpflichen Qual ein Ende. Wenn du meine Frau und mein Kind sein willst, wird der widerliche Krampf sich legen, den man Liebe heißt, und ein reiches, warmes Leben wird zwischen uns erwachsen. Dann, schwöre ich dir, sollst du lernen, warum es so kommen mußte, warum die Rosenlauben verblühen und die Stacheln, an denen man sich wund ritzt, bleiben.«

Da sie nicht sogleich antwortete, schlug er plötzlich die Hände vor das Gesicht und brach in lautes Schluchzen aus. Er weinte nicht mit Tränen, sondern sein magerer, zusammengekrümmter Körper schüttelte sich und zuckte, was weniger häßlich, als ungehörig und seltsam peinlich anzusehen war. Rose suchte ihn, aufs äußerste beängstigt, zu beruhigen und sagte: »Wenn Sie mich durchaus so haben wollen, wie ich bin, und nichts anderes von mir verlangen, als Dankbarkeit, wenn Sie mir einen neuen Weg ins Leben zeigen, so will ich bei Ihnen bleiben. Nur müssen Sie mich erst vergessen lassen, wie Sie heute aussahen und was Sie sprachen.« Allmählich richtete sich der Freiherr auf, fuhr sich mit der Hand durch die buschigen weißen Haare, ging ein paarmal im Zimmer auf und ab und setzte sich dann, tief aufatmend, Rose gegenüber, indem er sie bat, sie möchte ihm etwas von ihren Eltern und von ihrer Kindheit erzählen.

Sie erzählte, daß sie im Norden Deutschlands auf einem Landgute aufgewachsen sei, zwischen weiten Fluren und Äckern, Fichtenwäldern und Heide. Im fliegenden Röckchen, ohne Hut und ohne Schuhe, war sie auf jungen, wilden Pferden über die blühende Heide geritten und hatte traurige Melodien in die flimmernde Luft gesungen. Oder sie hatte sich mitten in das Kraut geworfen, seinen heißen Geruch eingeatmet und Träume von rosenroter Glut geträumt. Sie hatte grenzenlos an ihrem Vater, einem großen, ruhigen Manne, der nur selten, aber dann maßlos zornig wurde, und an ihrer Großmutter, der Mutter ihrer frühverstorbenen Mutter, gehangen. Die Großmutter war von vornehmer Herkunft gewesen und besaß allerhand Schmuckgegenstände und Geräte aus längst vergangener Zeit, die zu betrachten Roses Lust an Winterabenden war. Es war darunter ein silbernes Büchschen mit einer Girlande aus getriebenen Rosen um die Öffnung herum, über dessen Zweck sie zu rätseln pflegte, und ferner, was ihr am meisten gefiel, ein schwerer, silberner, inwendig vergoldeter Pokal. Es waren an seinem Rande sich gegenüber zwei Löwenköpfe angebracht, von denen jeder einen dicken Ring als Handhabe im Maule hielt, und da er sehr breit und tief war, hatte sie als kleines Kind die Vorstellung, man könnte das Meer, das sie nicht aus eigener Anschauung kannte, das sie aber, wenn sie über die Heide ritt, aus der Ferne donnern hörte, hineinfüllen. An festlichen Tagen wurde der Pokal mit rotem Wein gefüllt, in den das Gold berückend hineinspiegelte, und wenn sie einen Schluck daraus trinken durfte und hineinsah, empfand sie eine fremdartige Wonne, als möchte sie jetzt die Wunder des Lebens in magischen Farben erblicken. Die Großmutter besaß einige Bücher und wünschte, daß Rose etwas lernte, worum sich der Vater nicht sonderlich bekümmerte, erklärte ihr auch manches von den Völkern und ihrer Geschichte, von Kunstwerken und Dichtungen, und lehrte sie die Sternbilder mit ihren Namen kennen, Kassiopeia und Orion und Arkturus, die sie in Sommernächten, wenn sie lange auf freiem Felde streifen durfte, mit jauchzendem Geschrei gegen den glitzernden Himmel sang.

Auf das Drängen der alten Frau wurde Rose, als sie etwa zehn

Jahre alt war, in die nächste Stadt geschickt, damit sie eine Schule besuche, wo sie sich aber zunächst am Heimweh aufzehrte und ebenso gedrückt und lahm wurde, wie sie früher froh, kräftig und gelehrig gewesen war. Allmählich verfiel sie darauf, das, wonach sie sich sehnte, aus dem Gedächtnis zu malen, so gut es gehen wollte, nämlich ihren Vater und ihre Großmutter, wie auch die Heide, die Wolken und Bäume, und vor allem die Tiere, die ihr die Geschwister ersetzt hatten, wodurch das Heimweh wirklich beschwichtigt wurde und sich im Gegenteil in reizendes Wohlgefühl verkehrte. Sie gewann die Bilder fast so lieb wie die Gegenstände, die sie darstellten, und wenn sie ihr auch am folgenden Tage nicht mehr genügten, so entwarf sie dafür neue, die ihr treu und herrlich erschienen. Ihre Neigung und ihr Geschick zum Malen wurde dadurch bekannt, und es war wieder die Großmutter, die Verständnis dafür hatte und sie ermunterte und anregte. Nach dem Tode des Vaters setzte sie es durch, anstatt Rose bei sich zu behalten, daß sie zu einem geeigneten Lehrer kam, um sich auszubilden, wovon sie auch noch den guten Erfolg erlebte. Für ein Bild, das ihr kleines wildes Pferd darstellte, wie es schnuppernd den Kopf hob, im Begriffe, in die braune Heide hinauszustürmen, und das ihr Lehrer als ausgezeichnet und poesievoll gerühmt hatte, schenkte sie ihr den silbernen Pokal, den sie als Kind so sehr bewundert und geliebt hatte, indem sie sie auf beide Augen küßte und dazu sagte: »Mögest du immer alles mit Kinderaugen sehen, groß und schön.« Der Tod der Großmutter fügte ihr solchen Schmerz zu, daß sie ihn nie verwinden zu können glaubte; indessen lernte sie bald darauf Michael kennen, wodurch ihr Leben eine andere Richtung erhielt.

Der Freiherr hatte sich, während Rose erzählte, vollständig beruhigt, und da sie schwieg, sagte er sanft: »O du Kind, du Kind, das keinen Haß und keinen Groll kennt, du wirst mir bald wieder so gut werden wie früher, und dann sollst du glücklich sein, wie Gott es mit dir im Sinne hat. Ich will dich nicht mehr plagen mit Absichten und Strebungen, ich will dich purpurne Meere in deinem goldenen Becher rauschen hören lassen und dich pflegen, bis deine Kinderaugen wieder groß und schön sehen, wie die weise Frau, die süße, deine Großmutter, es haben

wollte. Wo Kinder sind, ist das Paradies, und da Gott es dir gegeben hat, sollen Menschen dich nicht daraus vertreiben.«
»Ich bin kein Kind mehr«, sagte sie, leise den Kopf schüttelnd, »seit ich meine eigene Seele angesehen habe und sie grau und kläglich fand, nicht mehr, und dahin gibt es kein Zurück; es muß etwas anderes kommen.« Der Freiherr strich sacht liebkosend über ihr Haar und meinte tröstlich, es müßten ja nicht durchaus Pferde und Kühe sein, die man anstaunte, man könnte auch Ideen lieben und groß und schön sehen; worüber sie auf einmal den Kopf zurückwarf und mit hellem Lachen sagte: »Nein, du Freiherr, mir gefallen nicht deine Ideen, sondern deine blitzenden Augen und deine hochmütige Nase und das zarte Jünglingslächeln, mit dem du mich ansiehst. Wenn das nicht wäre, möchte ich mich nicht vermessen, es bei dir auszuhalten.«
Nach dieser Unterredung begab sich der Freiherr noch einmal auf Reisen, weil seine Gegenwart bei der Gründung von Zweigvereinen seiner Religionsgesellschaft an verschiedenen Orten gewünscht wurde, und Rose führte ihren Zeichenunterricht weiter; doch war es ausgemacht, daß sie nach seiner Rückkehr ihre Wege auf immer vereinigen wollten.

Obwohl Michael jede Erinnerung an die Vergangenheit strenge mied, dachte er doch oft an den Freiherrn, ließ ihn im Geiste neben sich hergehen und hörte die Bemerkungen, die er über dies und jenes machte, was ihm auffiel. Einmal, als er in der Börse war, malte er sich aus, wie der Freiherr oben auf der Galerie stünde und etwa folgende Rede hielt: Ihr Krämer, die ihr an Sonntagen eure Frauen oder Dienstleute in die Kirche schickt, eure Lehrjungen fortjagt, wenn sie den Namen Gottes lästern, und die Nase rümpft, wenn einer behauptet, ihr stammet von den Affen ab! Ja, hättet ihr nur die kreischende Waldseele der närrischen Gesellen! Ihr mit den sauberen Gesichtern und den runden Backenbärten, eure Seele ist trocken, zäh und ledern wie ein abgenützter Geldbeutel. Wenn es hoch kommt mit euch und ihr die würdigen Baalspfaffen eures goldenen Kalbes seid, so haltet ihr seine Gebote, nämlich, daß man seine

Bücher in Ordnung halten und seine Schulden bezahlen soll. Man hat die Tempelritter verbrannt, weil sie mit einem Katzenkopf oder sonst einem unheiligen Haupte Götzendienst trieben, man hat Blutkriege darum geführt, ob Heiligenbilder der Anbetung würdig seien oder nicht, aber niemand wehrt euch, um euren breitmäuligen Abgott zu tanzen, und diejenigen, die ihm nicht dienen wollen, aufzuspießen und in seinen glühenden Bauch zu werfen!

Gleichzeitig stellte er sich vor, daß in der Mitte des Saales ein riesenhaftes, glattes und glänzendes Ungetüm mit kleinen blinzelnden Augen und klaffendem Rachen stünde, und daß jeder, der einträte, davor niederkniete, und schließlich sich alle anfaßten und mit vielem schönen Drehen und Wenden einen Reigen darum aufführten. Indem er darüber lachen mußte, wunderte er sich, ob die anderen ihn fürchteten, weil er sie durchschaute, oder ob sie ihn wegen der mißlichen Geschäfte, die er vertrat, mieden und verachteten. Er fühlte gar keinen Zusammenhang zwischen sich und den Menschen seines Standes und fand es unmöglich, für irgend etwas, wovon sie mit Wichtigkeit bis zu leidenschaftlicher Erhitzung sprachen, das mindeste Interesse zu fassen, so daß er sich oft fragte, wie er jemals so befangen und unreif hatte sein können, dies schale Treiben als selbstverständlich mitzumachen. Es lag seiner Natur zu fern, sich Meinungen darüber zu bilden, wie das Bestehende könnte abgeändert werden, oder etwa gar die Gesellschaft beeinflussen zu wollen; aber seine Seele füllte sich langsam mit Trauer und Verachtung. Ein Schmerzgefühl über seine eigene Lage hatte er nicht mehr, vielmehr kam es ihm natürlich und oft beinahe erwünscht vor, daß diese gewisse Summe Leidens von ihm und keinem andern getragen werden mußte. Eine ungemeine Empfindlichkeit für Leiden anderer, die er sah oder von denen er hörte, war die einzige Art oder doch die hauptsächliche, wie das Bewußtsein seines Grams sich äußerte. Wenn er einen Bettler auf der Straße stehen sah und ihm schnell im Vorübergehen ein Geldstück in die ausgestreckte Hand legte, überwand er jedesmal unwillkürlich die Neigung, stehenzubleiben und zu fragen, was ihm fehle, ihm etwas Vertrauliches zu sagen, wenigstens, daß er selbst nicht glücklicher sei als jener.

Einmal sah er im Winter bei größter Kälte eine arme Frau, die, selbst notdürftig bekleidet, ein in viele schmutzige Flicken und Lumpen gewickeltes Kind schleppte, aus denen sein dickes rotes Gesicht und die krampfhaft zusammengeballten, blaugefrorenen Händchen jämmerlich hervorstarrten. Er dachte an die Zeit, wo Mario so klein gewesen war wie das Kind, wie hübsch sein warmes, braunes Gesicht aus dem weißen Pelz, den er trug, hervorgelugt hatte, wie ihm jeder Wunsch nach irgendeinem überflüssigen Spielzeug, das er am folgenden Tage zerbrach, erfüllt worden war, und daß diese Frau ihrem frierenden Kinde vielleicht oft das Stück Brot nicht geben könnte, wonach es weinte. Ob sie niemals nachts an den Fluß geschlichen wäre, dachte er, und finster geträumt hätte, wieviel leichter sie weitergehen könnte ohne das lebende und wachsende Bündel in ihren Armen? Wenn er dachte, wie man sie verdammt und an den Pranger gestellt und gerichtet hätte, im Falle sie sich zu einer verzweifelten Tat hätte hinreißen lassen, schien es ihm, als ob die Folgen seiner Handlungen lange nicht schwer genug auf ihn gekommen wären; aber diejenigen, die auf ihn herabsehen zu können glaubten, verachtete er.

Als nach angestrengter Tätigkeit etwa eines Jahres das Geschäft einigermaßen in Gang gebracht war, entschloß er sich, so widerwärtig ihm diese Angelegenheit auch war, die Geliebte seines verstorbenen Bruders aufzusuchen, die ihn wegen eines Vermächtnisses bedrängt und von der er seitdem nichts mehr gehört hatte. Es zeigte sich, daß sie ihre ehemalige Wohnung, die für ihre jetzigen Umstände zu reich gewesen sein mochte, aufgegeben und eine andere in einem ärmeren, entlegenen Viertel gemietet hatte, wohin Michael nur selten gekommen war. Er empfand es als eine Erleichterung, daß er die Räume nicht zu betreten brauchte, wo Raphael zu Hause gewesen war, doch gab es immerhin noch eine Menge von Gegenständen, die an ihn und den einstigen Glanz erinnerten. Das Durcheinander von dürftigen, geschmacklosen und prunkvollen Sachen, aus denen die Einrichtung zusammengesetzt war, berührte Michael abstoßend, wie alles, was mit dieser Frau zusammenhing, über deren Benehmen er sich freilich jetzt insofern nicht beklagen konnte, als sie ihm mit unterwürfiger Liebenswürdigkeit entgegenkam. Sie schien tatsächlich nicht mehr darauf gerechnet zu haben, daß er Wort hielte und sie besuchte; ihrer Aussage nach fristete sie ihr Leben teils mit dem Erlös verkaufter Gegenstände, teils damit, daß sie, da sie gut kochen konnte, Aufträge in vornehmen Häusern annahm, bei Gesellschaften das Essen herzurichten. Sie machte äußerlich einen günstigeren Eindruck als das erstemal; ihre gutmütigen und zugleich schlauen Augen glänzten munter in dem frischen Gesicht, dem besonders die ebenmäßigen, gesunden Zähne des lachenden Mundes Reiz verliehen. Ihre größte Sorge war, sagte sie, wie sie es anstellen sollte, die Kinder, die allmählich in das Alter kamen, wo sie einen Beruf erlernen sollten, in geeigneter Weise ausbilden zu lassen; es waren vier, zwei Mädchen und zwei Knaben, die sie alle Michael vorstellte. Sie machten einen wohlerzogenen Eindruck und waren in der Kleidung nett und mit sichtlichem Streben nach Zierlichkeit gehalten, hatten aber mit Ausnahme des Ältesten gewöhnliche Gesichtszüge; dieser, der nach seinem Vater genannt war, glich ihm so auffallend, daß es Michael fast erschreckte. Er sah hübsch und sehr aufgeweckt aus, hatte etwas Gewinnendes im Wesen und benahm sich Michael gegenüber mit einer bescheidenen Liebenswürdigkeit, die nicht einstudiert, sondern von angeborenem Takt eingegeben zu sein schien. Trotzdem flößte er Michael keine reine Zuneigung ein, was dieser selbst hauptsächlich dem Umstande zuschrieb, daß es ihn peinlich erregte, unvermutet das verjüngte Ebenbild seines Bruders in dieser Umgebung anzutreffen. Für die Frau hingegen nahm es ihn ein, daß sie, nachdem sie jahrelang die elegante müßige Dame gespielt hatte, so entschlossen mit der Vergangenheit ein Ende machte, um für ihre Kinder zu arbeiten, und indem er sich zum Gehen anschickte, sagte er, er hoffe das Geschäft halten zu können, und wenn er sie auch augenblicklich und vielleicht noch lange nicht ausgiebig mit Geld unterstützen könnte, wollte er ihr doch wenigstens behilflich sein, ihre Söhne mit möglichst geringen Kosten unterzubringen. Er war schon auf der Straße, als er sich besann und noch einmal umkehrte, um ihr den Vorschlag zu machen, ob sie ihren ältesten Sohn als Lehrling in sein Geschäft wollte eintreten lassen; er brauchte nichts zu bezahlen, sollte vielmehr, wenn er sich gut machte, nach einem Jahre ein kleines Gehalt bekommen, und es läge dann übrigens nur an ihm, was für eine Laufbahn er sich schaffen wollte. Sie ergriff das Anerbieten mit lauter, wortreicher Freude und Dankbarkeit, die Michael Mühe hatte, abzuwehren, und erging sich im Preise der Fähigkeiten ihres Sohnes, der sowohl die Schönheit wie den Geist seines Vaters geerbt hätte; freilich, sagte sie, wäre er auch keck und übermütig, so daß sie sich freute, ihn unter strenger und zuverlässiger Aufsicht zu wissen. Auf Michaels Wunsch wurde der Junge selbst befragt, ob er Lust zu der Tätigkeit hätte, die er ihm als beschwerlich und langweilig schilderte; indessen sagte er ohne Zögern, er hätte Lust und werde sich Mühe geben, wobei seine Augen vor ungeduldigem Eifer aufglühten.

Michael fühlte sein Herz für den hübschen Jungen warm werden, wie er so schlank vor ihm stand und ihm offen und erwartungsvoll ins Gesicht sah; trotzdem wurde er auf dem Heimweg wieder unsicher, ob er klug und recht getan hatte, indem er einem Antriebe seines Herzens oder wie er es nennen sollte, so schnell gefolgt war. Er war von dem Gefühl ausgegangen, daß dieser Junge vermutlich das war, was sein Bruder am meisten geliebt hatte, daß er diesem womöglich das hätte zugute kommen lassen, was sein war, und daß es deshalb billig wäre, ihn, was möglich wäre, von der Tätigkeit des Verstorbenen, einerlei, ob sie bedeutend oder gering, Nutzen bringend oder Schaden stiftend gewesen war, genießen zu lassen. Er wollte ihm Gelegenheit geben, gewissermaßen seines Vaters Nachfolger zu werden, sagte sich aber erst nachträglich, daß er das leicht auch in einem anderen Sinne werden könnte.

Da das Äußere des jungen Raphael schon seine Abkunft verriet und auch anzunehmen war, daß die Angestellten von den Angelegenheiten seines verstorbenen Bruders Bescheid wüßten, hielt es Michael für das beste, dem Prokuristen geradezu zu sagen, wer der neue Lehrling wäre, und ihm besondere Aufsicht und Rücksicht in bezug auf denselben zu empfehlen, was dieser dann auch den übrigen beizubringen hätte. Es war zunächst nichts Nachteiliges über Raphael zu sagen, im Gegenteil zeigte er sich gelehrig, gewandt und willig; dennoch mißbilligten es die Angestellten im Grunde, daß Michael, anstatt den unechten Sprößling im dunkeln zu lassen, ihn ohne Not hervorgezogen hatte. Als er sich eines Tages bei Michael über ungerechtfertigte Grobheit, mit der er behandelt worden sei, beklagte, versprach dieser zwar, dem Betreffenden höflichere Ausdrucksweise anzuempfehlen, stellte aber Raphael zugleich vor, daß er seine Empfindlichkeit unterdrücken und nicht jedes Wort wägen müsse, das einem, wenn die Geschäfte gerade drängten, vielleicht lauter fiele, als er beabsichtigt hätte. Auch dürfe er sich nicht überheben und sich, weil er sich für klug, hübsch und Gott weiß was hielte, höher als die anderen Angestellten schätzen, da er vielmehr erst zu beweisen hätte, was an ihm sei, und das zunächst nur durch Pünktlichkeit, Gefälligkeit und Treue tun könnte.

Raphael nahm das schweigend hin, doch bemerkte Michael, daß es seiner Eitelkeit und seinem Hochmut schwer wurde; es war offenbar, daß er in den Leuten, die ihm vorgesetzt waren, die ehemaligen Diener seines Vaters sah, denen er sich durch glänzende Eigenschaften weit überlegen glaubte. Bald gab es alle Augenblicke Mißhelligkeiten; so behauptete einer, daß Raphael, um Aufträge auszuführen, die sich in einigen Minuten erledigen ließen, erst nach Stunden zurückkäme, was dieser mit der Miene eines ehrlich Entrüsteten zurückwies. Doch beobachtete Michael selbst, daß Raphael täglich, sei es auch nur um einige Minuten, zu spät kam, gerade als wollte er beweisen, daß er sich an die Vorschriften, die für die anderen gültig wären, nicht zu binden brauchte. Jetzt hielt Michael eine gründliche Auseinandersetzung für notwendig; unter anderm sagte er ihm, daß auch sein eigener Sohn, wenn er im Geschäfte wäre, sich aufs pünktlichste den Befehlen derer, die ihm vorgesetzt wären, fügen müßte, und daß er es keineswegs als Nichtachtung betrachten müsse, wenn man Gehorsam von ihm forderte und ihn wohl auch einmal rügte. Aber mit seinem Sohne, wendete Raphael ein, würde man nicht befehlshaberisch, sondern freundlich und höflich reden, und keiner würde ihn verklagen, wenn er einmal zu spät ins Geschäft käme. Das wäre möglich, sagte Michael, die Menschen wären nun einmal so, daß sie auf diejenigen Rücksicht nähmen, von denen sie Förderung oder Schädigung erwarten könnten, und ob er selbst sich nicht demütiger und braver gegen ihn bei seinem ersten Besuche gestellt hätte, als er gemeinhin gegen andere Menschen wäre? Diese letzte Wendung machte Eindruck auf Raphael, so daß er anfänglich überrascht aussah und dann hell zu lachen anfing. Auch Michael lachte und strich ihm freundlich über das lockige Haar, indem er sagte: »Du siehst, besser als die anderen bist du nicht, und wenn du glaubst klüger zu sein, so zeige es jetzt, indem du dich unterordnest, solange es deine Stellung erfordert, und darauf hinarbeitest, mehr und mehr zu denen zu gehören, auf die man Rücksicht nimmt.« Raphael hörte aufmerksam zu, doch plötzlich schossen Tränen in seine Augen, und er sagte leise, indem er den Kopf senkte: »Ich werde doch niemals einen ehrlichen Namen haben.« In diesem Augenblicke hätte Michael den zierlichen Jungen gern in die Arme genommen; aber er drängte seine Rührung zurück und sagte freundlich: »Versuche es, und du wirst sehen, daß man sich einen ehrlichen Namen machen kann, der dann doppelt soviel wert ist wie ein angeborener.«

Seit dieser Zeit kamen Michael keine Klagen über Raphael mehr zu Ohren, da er es sorgfältig vermied, Anlaß dazu zu geben; es diente Michael zur Beruhigung, daß der Junge sich durch eine Eigenschaft, nämlich brennenden Ehrgeiz, so merklich von seinem Vater unterschied. Neue Schwierigkeiten entstanden dadurch, daß das Gerücht ins Ungersche Haus getragen wurde, es sei ein natürlicher Sohn des verstorbenen Raphael im Geschäfte angestellt, wovon auch seiner Mutter etwas zu Ohren kam.

Die Malve hatte, als Raphael ein junger Mann war, wohl gewußt, daß er mit Frauenzimmern zu tun hatte, aber nie mit ihm davon gesprochen; sie hielt solche Beziehungen junger Leute für etwas Unabänderliches und machte sich im ganzen keine deutliche Vorstellung davon. Was Raphael anbetraf, malte sie sich ihn gern als strahlenden Sieger zwischen lauter verliebten, schmachtenden Mädchen aus, indessen sagte ihr ein heimliches Gefühl, die Wirklichkeit wäre häßlicher und gemeiner, und sie verscheuchte dann alles zusammen, um nur nicht etwas Garstigem auf die Spur zu kommen. Nachdem er verheiratet war, hielt sie es für selbstverständlich, daß von nun an die unabänderlichen Anhängsel des Junggesellenlebens aufhörten, und einen Verdacht, den ihr Mann gelegentlich äußerte, wies sie empört zurück, die Angst, es könne doch etwas daran sein, die sie gleichwohl im Innern fühlte, vor sich selber verbergend. Wenn sie aber jetzt, nun er tot war, daran dachte, es gäbe einen Jungen, der ihm aufs Haar gliche, der seinen Namen trüge und ihn liebhätte, so überkam sie eine sehnsüchtige Bangigkeit, als ob er selbst wieder da wäre und sie das schreckliche Ende nur geträumt hätte. Sie rief sich die Zeit zurück, wo er ein frohsinniger, mutwilliger, schmeichlerischer Knabe gewesen war, und das Herz klopfte ihr bei dem Gedanken, wenn sie riefe, käme derselbe zur Tür herein, vielleicht veredelt durch eine geheimnisvolle Umwandlung, und schmiegte sich scheu und dankbar in ihre Arme. Aber bevor sie dazu kam, solche Gedanken zu verwirklichen, fiel ihr ein, wie es mit der Herkunft des Knaben, wenn er wirklich lebte, eigentlich beschaffen war, daß eine lasterhafte Person – denn anders konnte sie es sich nicht vorstellen – seine Mutter wäre, und daß auch von dieser etwas in ihm sein könnte, ja ohne Zweifel wäre. Es graute ihr vor der Möglichkeit, daß ein solches Geschöpf, gemein und unverschämt, Anspruch auf mütterliche Gefühle erheben und sich unter diesem Vorwand als gleichberechtigt an sie drängen könnte. Schließlich empfand sie nur noch die Angst vor etwas Schimpflichem, das ihr Leben antasten wollte, und den Wunsch, es möchte die ganze Sache auf müßigem, unbegründetem Geschwätz beruhen.

Spät am Abend, als Michael noch in seines Vaters Arbeitszimmer am Schreibtisch saß und schrieb, kam sie leise herein und fragte, ob sie ihn störe, dann, wie beiläufig, warf sie hin, es sei doch gewiß nicht mehr als ein Gerede, daß seit einigen Wochen ein Lehrling im Geschäfte sei, der Raphael gliche und in engster Verwandtschaft mit ihm stände. Michael hatte es für möglich gehalten, daß seine Mutter, wenn sie doch einmal von dem Dasein des jungen Raphael Kunde bekommen hätte, sich mit der Tatsache abfinden und das Kind an sich zu ziehen suchen würde; aber an der Art, wie sie die Frage an ihn stellte und ihn ansah, merkte er, daß sie nur vor Widerwärtigkeit und Schmutz, der wie eine Spinne an sie herankröche, beschützt sein wollte, und sagte nach kaum minutenlangem Überlegen: »Das ist wirklich nur ein Gerede, das aus einer gewissen Ähnlichkeit, die tatsächlich vorhanden ist, und der Namensgleichheit entstanden ist.« Sie nickte und fing schnell von etwas anderem zu sprechen an, worauf sie, um Michaels Arbeit nicht zu unterbrechen, wieder fortging.

Etwa nach einer halben Stunde kam sie noch einmal herein, und als Michael überrascht aufblickte, sah er, daß sie innerlich bewegt war; er wollte aufspringen und auf sie zugehen, allein sie war schon neben seinem Stuhle, beugte sich über ihn und strich sanft mit der Hand über sein glattes schwarzes Haar. »Michael«, sagte sie, »das Leben ist häßlich, und wir Menschen sind sehr schwach«; sie sagte es leichthin mit ihrer lieblichen Stimme und mit dem fragenden, kindlichen Lächeln, mit dem sie in Gesellschaft eine ernsthafte Bemerkung, die doch nicht ernst klingen sollte, zu begleiten pflegte; aber ihre Lippen zitterten ein wenig, und Michael sah an ihren Augen, daß sie geweint hatte. Er antwortete nicht, sondern neigte sich auf ihre Hand, die sie auf die Lehne seines Stuhles gelegt hatte, und küßte sie. »Aber du, Michael«, fuhr sie fort, während ihr Blick mit Liebe auf ihm ruhte, »du bist anders, in dir ist etwas Großes, und du bist doch mein Sohn.« Er lächelte trübe und sagte: »Ich weiß nicht, ob etwas Großes in mir ist, Mama; aber es macht mich glücklich, wenn du daran glaubst.« Er sah beim Licht der elektrischen Lampe deutlich die langen, feinen, tiefen Linien auf ihrer Stirn und wie verblichen und erschlafft ihre Hände waren, trotzdem kam sie ihm schöner vor als je in der Majestät und Lieblichkeit ihrer Haltung und mit dem zarten Lächeln, das wie ein Schleier über ihrer Wehmut lag. »Und die kleine Malve, die mir gleichen soll«, sagte sie, als könnte sie kein Ende finden, sich zu trösten, »bei ihr, wenn sie bei euch bleibt, wird vielleicht einmal alles aufblühen, was deine Mama ungepflegt hat zugrunde gehen lassen.« Michael stand auf, umarmte sie und sagte: »Sie kann nichts Schöneres und Geliebteres werden, als du bist, Mama«; er hätte ihr durchaus nichts anderes als etwas Weiches, Schmeichelndes sagen können. Sie empfand ein dankbares Wohlgefühl bei seiner Huldigung, aber tiefer und inniger doch die Liebe, die er ihr hatte zeigen wollen, und verließ ihn befriedigt; es war ihr so zumute, als ob sie gebeichtet und darauf die Sündenvergebung empfangen hätte. Von dem kleinen Raphael war seitdem nicht mehr die Rede, und wenn sie ihn auch nicht vergessen hatte, beschäftigten sich ihre Gedanken doch nicht mehr mit ihm.

Nachdem Gabriel das erstemal einige Ferienwochen zu Hause zugebracht hatte, erzählte Mario seinem Vater, er hätte mit Bezug auf seine Mutter, die Malve, gesagt, es sei ein wahres Wort der Alten, daß die Götter den in jungen Jahren sterben lassen, den sie lieben; ihre Schönheit sei so mürbe und fadenscheinig geworden, daß das Alter überall hindurchgrinse, und es sei etwas Trauriges, daß sie nicht vorher gestorben wäre, ehe sie selbst und ihre Angehörigen das gesehen hätten. Michael fragte erstaunt: »Hast du gar nicht gedacht, die Worte könnten mir weh tun, daß du sie mir wiederholst?« – »Nein«, sagte Mario treuherzig, »sonst hätte ich es gewiß nicht getan.« Beschämt war er nicht, aber offenbar betrübt darüber, daß er seinen Vater verletzt hatte, der denn doch über den kindischen Jungen lachen mußte, während sein Mißfallen sich gegen Gabriel wendete. Insgeheim fand Mario, daß Gabriel recht und seine eigene Meinung noch dazu schön und eigenartig ausgedrückt hätte, was er seinem Umgange mit dem Dichter Aristos zuschrieb. An einem der nächsten Tage fragte er Michael, ob er die Gedichte von Aristos lesen dürfe, und dieser sagte lachend, indem er in Marios kindliches Gesicht sah und an die Hingebung dachte, mit der er sich an den Spielen der kleinen Malve beteiligte, wenn er sie verstände, könne er sie immerhin lesen. Bald erklärte Mario, die Gedichte wären zwar tiefsinnig, aber meistens gelänge es ihm doch, sie zu verstehen, und er trug seinem Vater nun häufig, wenn er ihn ins Geschäft begleitete, besonders schwierige Verse vor, deren Bedeutung ihm zweifelhaft geblieben war und die Michael nach bestem Vermögen erklären mußte.

Der alte Peter Unkenrode hatte sich das Recht ausbedungen, Einblick in die Bücher des Ungerschen Geschäftes zu bekommen, wenn er wollte, wovon er aber nie Gebrauch machte; doch suchte er Michael von Zeit zu Zeit auf und erinnerte diesen, wenn er ihm gegenübersaß und ihn forschend ansah, während er sich nach allerhand nebensächlichen Dingen erkundigte, an einen Bauer, der seine Gänse zwickt, ob sie schon hübsch fett sind, oder an die Hexe, die sich die Finger der gefangenen Kinder vorweisen ließ, um sich ihrer Zunahme zu vergewissern. Etwa zwei Jahre nachdem Michael das Geschäft übernommen hatte, sagte er einmal nach einem längeren Besuche: »Ich zweifle jetzt nicht mehr, daß wir das Spiel gewonnen haben, und freue mich aufrichtig, Ihnen Vertrauen geschenkt zu haben. Das Schwerste liegt hinter Ihnen; in einigen Jahren wird das Geschäft auf derselben Höhe sein, auf der es zur besten Zeit Ihres seligen Vaters war, wenn Sie nämlich Ihren Eifer und Ihre Arbeitskraft nicht sinken lassen. Es hat mir Freude gemacht, Ihrem ausdauernden Ringen zuzusehen, und ich kann Ihnen das Zeugnis ausstellen, daß Sie alles redlich wiedergutgemacht haben.«

»Was?« fragte Michael ruhig, indem er den alten Herrn groß und verwundert ansah. Dieser erwiderte den Blick gleichmütig und sagte: »Daß Sie im brausenden Übermut und der Selbstsucht der Jugend Ihren Vater und Ihre Pflicht verließen und dadurch wenigstens mittelbar seinen traurigen Tod herbeiführten.«

»Mein Vater«, sagte Michael, »hatte von jeher eine Anlage zur Melancholie; abgesehen davon gibt es noch vieles andere, außer Verlusten im Geschäft, was einen Menschen schwermütig machen und zur Verzweiflung treiben kann.« Der alte Mann sagte gelassen: »In seinen jungen Tagen, als ich Ihren Vater kennenlernte, war er ein guter Gesellschafter und hat manchen lustigen Streich verübt. Daß es nur die Unzufriedenheit mit den Wegen, die Sie gingen, und Kummer über den Untergang des Geschäftes war, was seine letzten Lebensjahre verdunkelte, ist wohl außer Frage, auch haben die folgenden Ereignisse zur Genüge dargetan, wie berechtigt sein Trübsinn war.«

Er sagte es mit Bestimmtheit und Strenge, als wollte er von vornherein keinen Widerspruch aufkommen lassen; aber Michael schwieg nicht deswegen, sondern weil er Gedanken an seinen Vater nachhing. »Es liegt mir fern, Ihnen trübe Erinnerungen zu erwecken«, sagte der alte Unkenrode nach einer Pause, »es war vielmehr meine Absicht, Ihnen meine Achtung auszusprechen, und ich möchte nicht, daß Sie das mißkennen.« Er bot Michael die Hand, da er zugleich einen anderen Weg einzuschlagen hatte, und grüßte höflich; eine Antwort schien er nicht weiter zu erwarten.

Bald darauf erhielt Michael mit seiner Frau eine Einladung von Peter Unkenrode in sein Haus, worin sich die wohlgemeinte Absicht aussprach, ihm dadurch, daß er ihn seinem Bekanntenkreis als seinesgleichen vorstellte, den Zugang zur Gesellschaft wieder zu eröffnen. Bis dahin hatten sie in völliger Abgeschiedenheit gelebt, und Michael war froh gewesen, daß er des geselligen Verkehrs mit Menschen, denen er nichts und die ihm nichts zu sagen hatten, überhoben war. Auch jetzt hätte er gerne abgelehnt, aber Verena wollte davon nichts hören, weil der alte Unkenrode nicht gekränkt werden dürfe, und besonders damit die Leute nicht glaubten, sie hätten Furcht, sich in der Öffentlichkeit zu zeigen. Michael gab nach und fand einen herzlicheren Empfang, als er geglaubt hatte; die Damen versicherten ihm aufs lebhafteste, wie erwünscht in der eintönigen Gesellschaft von Kaufleuten und Beamten das Erscheinen eines Gelehrten sei, der neues geistiges Leben bei ihnen anregen würde, so daß es fast den Anschein hatte, als hätten sie die ganzen Jahre unter Langweile und Traurigkeit auf ihn gewartet. Bei Tisch stellten seine Nachbarinnen eine Menge von Fragen an ihn, über die sie häufig tief nachgedacht zu haben behaupteten, in der Art, ob das Meerleuchten wirklich etwas Lebendiges wäre, ob man wirklich aus Fröschen Eidechsen machen könnte, und ob es wahr sei, daß es in den alten Zeiten Vögel ohne Köpfe und Menschen mit Schwänzen gegeben hätte; wobei die Herren, die es hörten, sich gutmütig schweigend verhielten, als ob sie von allem gründlich Bescheid wüßten, obwohl es nicht der Mühe wert wäre, gewußt zu werden. Michael wurde der Ton, in welchem die Gespräche geführt werden mußten, bald wieder geläufig, und es ging nirgends so lustig zu wie in seiner Nähe, wenn er selbst auch wenig lachte. Verena hatte ihrerseits ähnliches auszustehen, indem sie fragten, ob sie auch mit Ketzern an einem Tisch essen dürfe, und ob sie in der

Beichte bekennen müsse, mit was für Leuten sie zusammen gewesen wäre und was für Gespräche sie geführt hätten. Zu Michaels Verwunderung liefen solche Keckheiten glimpflich ab, indem sie mit anmutigen Späßen zu antworten wußte, ohne von ihrer katholischen Würde etwas einzubüßen, ja, während er gehofft hatte, sie würde wie er nach dem ersten Versuche der Geselligkeit überdrüssig sein, erklärte sie sich durchaus befriedigt; zwar wären die anwesenden Personen in keiner Beziehung hochstehend gewesen, aber es sei nun einmal notwendig, behufs geistigen Austausches in Berührung mit den Menschen zu bleiben.

Sie fing auch an, die früheren Freunde wieder einzuladen, namentlich den Dichter Feska, der sich bis dahin ferngehalten hatte, was sie ihm als taktvolle Rücksicht dankbar anrechnete. Er hatte in der Zwischenzeit mit einigen Theaterstücken und Romanen viel Geld erworben und bewohnte ein glänzend eingerichtetes Stockwerk in der vornehmsten Gegend, wo ihn der Straßenlärm nicht in der Arbeit störte. Gedichte machte er keine mehr, außer satirischen über neue Erscheinungen in der Literatur und Kunst oder über Persönlichkeiten des öffentlichen Lebens, die wegen ihrer Bissigkeit beliebt waren. Auch in der Unterhaltung war er scharf, fand an allem etwas auszusetzen und sagte den Damen eher Grobheiten als Schmeicheleien, weswegen sie erklärten, ihn zu fürchten, sich aber nichtsdestoweniger für ausgezeichnet hielten, wenn er sich in der Gesellschaft an sie wendete. Bei den Herren wäre er im allgemeinen nicht sonderlich beliebt gewesen, da sie das Gefühl hatten, er könnte sich, ohne daß sie es merkten, über sie lustig machen, wenn er nicht bei weitem die beste Küche und den reichsten Keller in der Stadt geführt und bei seinen kleinen, gewählten Gesellschaften die Tafel jedesmal mit reizenden Überraschungen gekrönt hätte. Hie und da lud er, obwohl Junggeselle, auch Damen ein; des höchsten Rufes genossen aber die Gastmähler, an denen nur Herren teilnahmen und von deren schwindelnder Üppigkeit man sich namenlose Dinge erzählte. Er war auf nichts so stolz wie auf den Titel eines gewiegten Feinschmekkers, so daß die Hausfrauen ihn ängstlich zu beobachten pflegten, ob er die Hervorbringungen ihrer Küche billigte, was er nur nach reiflichem Schmecken und gewissenhafter Prüfung tat. Trotz dieser angenehmen Lage und der bedeutenden Stellung, zu der er sich aus eigener Kraft in seiner Vaterstadt aufgeschwungen hatte, war er immer voll Unzufriedenheit und Ingrimm, wie auch das gezerrte Lachen seines häßlichen Mundes mit den vorgebauten Zähnen auf keine befriedigte Gemütslage deutete.

Verena gegenüber, wenn sie ihn fragte, warum er nicht heirate, ließ er durchblicken, daß er, weil er sie nicht besitzen könne, auf das Glück der Ehe überhaupt verzichtet habe, und daß er an einer unglücklichen Liebe leide, wurde vielfach angenommen. Doch krankte er, außer an unbewußten Leiden, im Grunde nur daran, daß er nicht so berühmt war, wie er es zu verdienen glaubte; denn außerhalb seiner Vaterstadt hatte sein Name keinen starken Klang. Auch gab es einige, sogar in seinem Bekanntenkreise, die anfingen, Aristos über ihn zu stellen, und ihn für einen Verdauungsdichter erklärten, der mit dem Magen Verse mache und den Leuten seine Galle als Poesie auftische.

Als Michael auf Verenas dringenden Wunsch sich zu ihren literarischen Abenden einfand, versuchte er, die Abneigung, die Feska ihm früher eingeflößt hatte, zu überwinden. Zunächst indessen konnte er nicht umhin, ihn ebenso abstoßend wie damals zu finden, namentlich empörte ihn die halb vertrauliche, halb überlegene Art, in der er mit Verena verkehrte. Sie hatte vor Jahren schon ihr Empfangszimmer mit einem Betschemel, mit den Bildnissen mehrerer Heiligen und dem des Gekreuzigten, unter dem dicke Wachskerzen brannten, ausgeputzt; außerdem besaß sie Reliquien von verschiedenen Wallfahrtsorten, die sie in feierlichen Schreinen untergebracht hatte. Feska betrachtete alles wehmutsvoll und äußerte gegen Verena, er beneide sie um den Glauben, der sie in lebendige Verbindung mit diesen himmlischen und rührenden Gegenständen setze. Verena erwiderte, den Glauben müsse sich jeder, der in protestantischen Landen aufgewachsen sei, erkämpfen, und auch er könne das, wenn er redlich wolle. Sie sei sogar überzeugt, gerade die Zerrissenheit, die ihrem Urteil nach sein Seelenleiden bilde, wie es das ihre gewesen wäre, könne nirgends anders als in

der Kirche Heilung finden. Nach längerem gedankenvollem Schweigen sagte Feska: »Unsere Seelen sind bei aller Verwandtschaft doch so verschieden, wie Mann und Frau es nun einmal voneinander sind. Die Kindlichkeit, die sich jedem Wunder willig öffnet, habe ich lange im Strudel des Lebens abgestreift. Ich werde immer nur auf der Schwelle der Kirche stehen und mit Tränen des Neides und der Rührung diejenigen betrachten, die, wenn der Priester das Zeichen gibt, auf die Knie sinken und Gottes Gegenwart spüren, während ich nur Weihrauchqualm sehe und denke, ein schwarzer Zauberer und ein Wurzelmännchen täten am Ende dieselben Dienste.«
Michael ärgerte sich über derartige Redensarten und war einem jungen Menschen dankbar, der das Gespräch dadurch ablenkte, daß er den Inhalt eines langen Gedichtes wiedergab, an dem er gerade arbeitete. Im Gefühl, in Gegenwart des älteren und berühmteren Feska zu lange von seinen eigenen Werken gesprochen zu haben, erzählte er hernach, daß er kürzlich auf einer Reise am Rhein von jungen Leuten eines der beliebtesten Lieder Feskas nach einer gefälligen Melodie habe singen hören, das anfing:

Ich kann Champagner freilich nicht bezahlen,
Auch dürstet mich nach einem andern Quell,
Den schenken Götter aus gediegnen Schalen –

ein Gedicht, das allerdings wie keines seiner andern volkstümlich geworden war. Feska sagte mit lautem Lachen: »Es ist gut, daß es jetzt andere singen, denn mein Keller ist zu bekannt, als daß ich dergleichen noch von mir behaupten könnte«, mit so grimmiger Betonung und böser Miene, daß leicht zu sehen war, wie widrig ihn diese Erinnerung berührt hatte. Michael war es, als ob er einen Blick in seine Seele täte, und während er einige gleichgültige Worte mit ihm wechselte, dachte er: »Du Armer, ich verstehe jetzt deine Unseligkeit. Du hattest den Stolz deiner Armut und warst ein Jüngling, der den Mut fühlte, dem Laster ins Gesicht zu schlagen und die aufgeblasene Gemeinheit mit Füßen zu treten. Nicht die Küsse von schönen Frauen haben dir das Mark ausgesogen, nicht Blendwerk von Ruhm, Kronen oder Kränzen hat dich aus deiner tapferen Bahn gelockt: um ein

Linsengericht hast du deine Erstgeburt verkauft. Um Trüffeln und Gänselebern hast du auf edle Entrüstung und freies Wort verzichtet. Wie übel mag dir werden, wenn du an den Sekt und die Liköre und die Braten und Pasteten denkst, die du aufessen mußt, um vor deinem Tode einzusacken, was dir das Leben schuldig ist, wie mußt du deine Kinnbacken immer eiliger rühren, damit du nicht zu kurz kommst bei dem Handel und als der Betrogene dastehst. Den Mund mit Leckerbissen gestopft, denkst du unter Tränen der Wut an den Gefangenen im Turm oder an den Sklaven unter der Erde, der sein Elend so singt, daß nach Jahrhunderten noch alle Herzen ihre Klagen nach seiner Weise singen.«

Feska hatte ein Gefühl davon, daß Michael wärmer gegen ihn war als früher, und da er annahm, daß Michael inzwischen seine Werke gelesen hätte und bewunderte, fing er an, ihn auch zu seinen berühmten Herrengesellschaften einzuladen, erhielt aber jedesmal eine Absage. Der Umstand, daß Michaels Mutter um diese Zeit starb und ihn und die Seinigen von neuem in Trauer versetzte, ermöglichte es ihm, sich noch auf eine Weile von der Geselligkeit fernzuhalten, worein Verena sonst nicht gewilligt haben würde. Seit sie bemerkte, daß das Gedeihen des Geschäftes außer Frage stand, nahm sie keine Rücksicht mehr auf Michaels Ermahnungen zur Sparsamkeit, glaubte vielmehr, sie wie eine Art Grille, die durch die Aufregungen und Widerwärtigkeiten der vergangenen Jahre an ihm hängengeblieben sei, dulden und überhören zu müssen. Auf eine Bemerkung von ihm, er fände es nicht in der Ordnung, daß sie das große Haus, in dem ehemals zwei Familien bequem gelebt hätten, nun allein bewohnten, antwortete sie entrüstet, ob er sein Vaterhaus verkaufen oder wie Vorstadtleute einen Teil davon vermieten wolle. Dagegen hätte sie einen Plan fertig, um künftig mehrere Zimmer als großartige Gesellschaftsräume zu benutzen, auch wollte sie sich ein Atelier einrichten, wenn sie etwa einmal ihre Malerei wiederaufnähme.

Von etwaigen Versuchen, Mario katholisch zu machen, hatte Michael nie das geringste bemerkt, bis Verena ihn einmal zu jenem Priester mitnahm, dessen Einfluß sie ihre Sinnesänderung zuschrieb und den sie seither von Zeit zu Zeit aufzusuchen pflegte. Als sie von der Reise zurückgekehrt waren, erzählte Mario, wie er es gewohnt war, seinem Vater aufs genaueste, was er gesehen, erlebt und gedacht hatte, wovon diesmal der Priester der Mittelpunkt war. Er schilderte ihn als einen wunderbaren Mann mit dämonischen Augen und unwiderstehlicher Gewalt über die Menschen, der in seiner Gegenwart zu Verena, seiner Mutter, gesagt hätte, sie täte unrecht, ihn, Mario, wegen Trägheit, Lüge, Falschheit und ähnlicher Fehler nach Pharisäerweise zu tadeln. Möge er faulenzen, und lügen, und stehlen! habe er gesagt. Wenn nur das heilige Feuer in ihm entzündet wird! Es könne einer siebenfach den Galgen verdient haben, ein Meineidiger, Ehebrecher und Muttermörder sein, und doch den Funken in sich tragen, der in einem einzigen Augenblicke alles Irdische verzehren könne.

»Ja«, sagte Michael, »aber ein Muttermörder, der nicht einmal den Funken hat? Ich verstehe wohl, was der Priester sagt, aber ich glaube, deine Mutter wird trotzdem fortfahren, dich zur Arbeit und zu allen möglichen Tugenden anzuhalten, und bin sehr zufrieden damit; denn das ist das einzige, wozu wir etwa ein wenig tun können, während das heilige Feuer ohne unser Zutun vom Himmel kommt.«

Mario sagte: »Es gibt Menschen, die es mit den Augen anzünden können, und der Priester ist ein solcher. In seiner Gegenwart ist auch die Mutter anders als sonst, und wenn ich lange in seiner Nähe blieb, würde ich ohne Besinnen von einer Kirchturmspitze springen, wenn er es verlangte.« Die Begeisterung, mit der Mario die Erscheinung des Priesters ausmalte, hatte für Michael etwas Belustigendes, aber der Grad von Ergebung, den er äußerte, berührte ihn peinlich; denn es war augenscheinlich, daß Verena ihn eben in dieser Voraussicht mitgenommen hatte und das wiederholen würde. Er forderte Mario auf, sich einmal klarzumachen, worauf der große Eindruck, den der Priester ihm gemacht habe, eigentlich beruhe, ob er von seinem Leben und Treiben etwas wisse, wie beschaffen der Gott sei, den er predige; aber Mario schien das ebensowenig zu wollen wie zu können. »Es ist gerade das allerschönste«, sagte er, »sich dem dunklen Gefühle von einer Macht hinzugeben, die sowohl göttlich wie diabolisch sein könnte, und das dem Verstande

Widersinnigste zu tun oder zu glauben, müßte, wenn diese Übermacht so in einem wirkte, wonnig sein.«
Michael sagte, das sei eine Regung, die man wohl einmal haben könnte, der sich blindlings zu überlassen aber gefährlich sei, da sie einen irreleiten und ins Unglück stürzen könne. Er möchte sich, bis er älter sei, von keinem andern als von ihm selber, der ihn am besten kenne und nur durch die Liebe zu ihm geleitet würde, bis zu dem vorhin erwähnten Grade beeinflussen lassen.
»Das möchte ich auch nicht«, sagte Mario treuherzig mit zärtlichem Blick, »du erziehst mich ja auch nicht wie Mama mit Strafreden zum Fleiß und zur Tugend und hast nichts von einem Pharisäer. Deshalb wäre es mir das liebste, wenn ich den Priester nicht wieder zu besuchen brauchte; denn wenn ich ihn sähe, müßte ich schließlich doch tun, was er verlangte, ich möchte noch so sehr versuchen, mich zu widersetzen.«
Es fiel Michael auf einmal der Abend auf dem Meere ein, wie das wilde kleine Mädchen die Qualle in das Wasser zurückgeschleudert und zu Mario gesagt hatte: »Das bist du!« Er erinnerte Mario daran und sagte: »Wärest du wirklich eine Quallenseele?« Die Rückerinnerung an das leidenschaftliche Liebesabenteuer verursachte Mario augenscheinliches Vergnügen, und Quallenseele betitelt zu werden, hatte für ihn durchaus nichts Beleidigendes, vielmehr sagte er mit halb kindlich ehrlichem, halb süßem Blick und Lächeln: »Sie schimpfte mich wohl, aber sie hatte mich doch lieb, und so machen es die meisten Menschen mit mir.«
Michael lachte und setzte das Gespräch im Augenblick nicht fort; heimlich warf er sich vor, daß er nicht mehr dazu getan hatte, Mario auch in geistiger Hinsicht an sich zu fesseln, überhaupt sein sich entwickelndes Geistesleben gründlich kennenzulernen und zu beeinflussen. Er dachte an den Freiherrn, wie er ihm vor Jahren gesagt hatte, Geist zu wecken sei die Aufgabe des Mannes, und der ihm sowohl darin wie in der Kraft, schwächeren Geistern sein Gepräge aufzudrücken, so weit überlegen war. Er bekümmerte sich von nun an mehr darum, wie Mario die Zeit zubrachte, wo er nicht bei ihm war, ließ ihn von den Vorträgen seiner Lehrer und von seinen Arbeiten erzählen, ohne freilich die schläfrige Gleichgültigkeit überwinden zu

können, die Mario zu überkommen pflegte, soweit von solchen Dingen die Rede war. Soviel es anging, verlegte Michael die Geschäftsreisen, die er von Zeit zu Zeit machen mußte, in Marios Ferien, um ihn mitnehmen zu können, und in dem Maße, wie die Verhältnisse sich besser anließen, unternahm er auch sonst größere und kleinere Ausflüge, teils um Marios Reiselust zu befriedigen, teils damit er Verena nicht begleiten konnte.

Auf einer Reise nach Italien lag die schöne Stadt, wo er einst mit Rose gewesen war, auf ihrem Wege, und da Mario, der davon nichts ahnte, den lebhaften Wunsch äußerte, sie zu sehen, überwand er das Grauen, das er davor hatte, sie wieder zu betreten. Einmal, während Mario in den Kirchen umherschlenderte, ging er, halb seinem eigenen Willen zum Trotz, nach dem kleinen Hause, wo sie gewohnt hatten, und fand die freundlichen Eheleute fast unverändert in ihrer genügsamen Zufriedenheit. Auf ihre Frage nach seiner Frau sagte Michael, sie wäre gestorben, was sie nicht anstanden, zu glauben, und herzlich beklagten; sie hätten sogleich, sagten sie, gesehen, daß ihm inzwischen etwas sehr Trauriges begegnet wäre. Weit schrecklicher noch, erzählten sie, sei das Los jener schönen Dame gewesen, die zu gleicher Zeit mit in ihrem Hause gewohnt habe; kurz nach seiner und Roses Abreise sei eines Abends ein schwarzer, sehr aufgeregter Mann gekommen, der sich als ihr Gatte ausgegeben habe; sie hätten ihn, da sie das bedenkliche Verhältnis kannten und sein Benehmen etwas Sonderbares und Beunruhigendes an sich gehabt hatte, nicht hereinlassen wollen, doch hätte er sie, die unvorbereitet und unschlüssig dastanden, beiseite geschoben, sei in das Zimmer der Dame gedrungen, die allein mit ihren Kindern gewesen wäre, hätte einen Schuß auf das eine abgefeuert, und da sie sich schreiend über das andere geworfen hätte, auch sie selbst samt diesem getötet. Er hatte sich darauf selbst ausgeliefert und befand sich jetzt im Irrenhause.

Michael dachte mit Bedauern an die beiden hübschen Kinder, deren er sich noch deutlich entsann. Übrigens litt er weniger unter der Erinnerung, als er gefürchtet hatte, es war ihm so, als wäre er höchstens im Traume einmal hier gewesen, so wenig

fühlte er sich noch derselbe Mensch, der an dieser Stelle glücklich gewesen war.
Ein anderes Mal, als er mit Mario zusammen eine süddeutsche Stadt berührte, kam ihm in den Sinn, daß der Freund seiner Studienjahre, Robert Hertzen, den er Sardanapal zu nennen pflegte, dort Bibliothekar geworden war. Seine erste Regung war Freude, ihn wiederzusehen, und er ging nach der Bibliothek, wo er zu gewissen Tagesstunden zu sprechen war. Wenn jetzt der hohe, schlanke Mensch, voll Jugend und Überschwang, mit seinen flatternden Haaren, seinen unersättlichen Augen, seinem liederreichen Munde, ihm entgegenkäme und die Arme mit seiner pathetischen und dabei so ehrlichen Gebärde nach ihm ausbreitete! Sein Herz zog sich zusammen, und er fühlte, daß er es nicht würde ertragen können, so leibhaftiger Vergangenheit zu begegnen. Freilich würde er nicht mehr so sein; er würde das Haar nach der Sitte geschnitten haben, er würde dick geworden sein, weil er ein behagliches Leben und wenig Bewegung hätte. Zwischen seinen Büchern und Handschriften würden seine Augen voll Staub geworden sein, und wenn er beim Anblick des alten Freundes die Stimmung von ehedem erneuern wollte, würde er vielleicht ein Zerrbild seiner selbst werden. Er war in solchen Gedanken bis vor die Treppe gekommen, die zur Bibliothek hinaufführte; dort blieb er einen Augenblick stehen und entschloß sich plötzlich, umzukehren und zu dem Gasthof, wo er Mario gelassen hatte, zurückzugehen. Es war ihm so bange davor geworden, der schöne Bombastus könnte ihm auf der Straße begegnen, daß er einen Vorwand suchte, um Mario seine Sinnesänderung zu erklären, und augenblicklich abreiste.

Wie sich das Geschäft hob, und nachdem eine gewisse Höhe erreicht war, sich mehr und mehr ausbreitete und die alten Beziehungen wiederaufnahm, dachte Michael zuweilen an die Möglichkeit, sich allmählich etwas freier bewegen und einen Teil seiner Zeit nach Belieben ausfüllen zu können. Schon die Aussicht, wenn auch jetzt noch nicht, so doch vielleicht in einigen Jahren seine naturwissenschaftlichen Studien fortsetzen zu können, belebte seine gegenwärtige Öde; er dachte, er könnte jährlich zwei oder drei Monate auf Reisen sein und Stoff sammeln, den zu verarbeiten sich hernach wohl Muße finden würde. Konnte er bei so beschränkter Tätigkeit auch nicht daran denken, den Ruf, den er früher erworben hatte, zu vermehren oder auch nur zu bewahren, so würde es doch für ihn eine Erquickung sein, sich stundenweise ganz in eine überreiche, wundervolle Lebens- und Gedankenwelt zu versenken.

Er nahm an, daß Gabriel demnächst keiner Unterstützung mehr bedürfen und in absehbarer Zeit auch Mario selbständig werden würde. Es zeigte sich aber, daß es damit noch gute Wege hatte, als Gabriel nach vierjährigem Studium von der Universität zurückkam, ohne eine abschließende Prüfung bestanden zu haben und zunächst auch ohne die Absicht, sich einer zu unterziehen. Insofern hatte er sein Versprechen gehalten, als er sich von den Mißbräuchen des studentischen Lebens ferngehalten und namentlich anfangs eingezogen gelebt hatte; als er in der Folge bemerkte, daß die Verhältnisse sich günstiger gestalteten, und daraufhin seiner Neigung zu vornehm absonderlichem Auftreten mehr nachgab, hatte er doch die Grenze, die Michael für seine Ausgaben gezogen hatte, nicht überschritten. Auch besaß er ansehnliche Kenntnisse, doch waren sie einseitig und ohne Rücksicht auf etwaige Nutzbarmachung ausgewählt, so daß er in der Tat ohne nochmalige umfassende Vorbereitung weder an ein Examen noch an berufliche Tätigkeit denken konnte. Den Kram, den man seit Jahrhunderten mitschleppte und den jeder beim Examen vorzeigen müsse, um ihn später nie mehr, je gescheiter man sei, desto weniger zu gebrauchen, sei er nicht imstande, seinem Gedächtnis einzustopfen; Auswendiglernen, behauptete er, könne er nicht, und versuchte er es auch bei Tage, vergäße er das gewaltsam Verschlungene bei Nacht wieder, wie auch der Magen, er wolle oder nicht, Unverdauliches wieder von sich geben müsse; außerdem würde er sowieso, obwohl er besser unterrichtet sei und tiefere Einsicht in den Stoff habe als die meisten Studierenden, niemals eine Prüfung bestehen, weil die feierliche Veranstaltung ihn nervös mache und aller Gegenwart und Beherrschung des Geistes beraube. Allein der Gedanke, sich von Herren im Frack und weißer Binde zu einer bestimmten Stunde ausfragen lassen zu müssen, und welche Wichtigkeit dieser Stunde und der Zufälligkeit, ob er in derselben gut oder schlecht aufgelegt sei, beigemessen werde, beängstigte ihn bis zu krankhaften Erscheinungen, Herzklopfen, Übelkeit und nervösen Zuckungen. Es war Michael nicht möglich, sich in eine derartige Verfassung hineinzudenken, und er konnte es sich nicht anders vorstellen, als daß es Gabriel nebenbei auch an gutem Willen fehlen müsse; dennoch wußte er nicht, wie er ihn zur Ablegung eines Examens hätte zwingen sollen, und hätte auch, selbst wenn er über Zwangsmaßregeln verfügt hätte, zur Anwendung derselben keine Neigung gehabt. Er stellte Gabriel vor, daß in solchen Fällen die Sache hinauszögern, sie erschweren bedeute, und wie peinlich drückend er, wenn er seine Laufbahn nicht vollendete, die Abhängigkeit von ihm, obwohl er sein Bruder sei, empfinden würde. Solche Befürchtungen schien Gabriel zunächst nicht zu hegen, hauptsächlich aber meinte er, wenn ihm Zeit gelassen würde, könnte er sich eine Stellung erringen, wie er sie bei Erwerbstätigkeit nach doppelt so langer Zeit nicht einnehmen würde. Er trüge sich nämlich mit dem Plane zu einem Werke über die Symbolik der Interpunktion, auf welches er während seiner ganzen Studienzeit hingearbeitet hätte, und das, wenn er es vollendete, seinen Namen auch ohne Titel und Diplome unter Gelehrten und Laien berühmt machen würde. Michael entschloß sich, ihm fürs erste ein Jahr zu bewilligen, nach dessen Ablauf sich zeigen würde, wie es mit seinem geplanten Werke und mit seiner Gesundheit stehe.

Er war nämlich wirklich, wie die Familie nun täglich zu beobachten Gelegenheit hatte, außerordentlich reizbar und von den seltsamsten Einbildungen beherrscht. Zum Beispiel war er furchtsam, und die Dunkelheit ängstigte ihn so, daß er ohne Beleuchtung bei Nacht durch kein Zimmer gegangen wäre. Befand sich in demselben ein Spiegel, so ängstigte er sich auch bei Licht, außer wenn es taghell war, und es durfte aus diesem Grunde in seinem Schlafzimmer kein Spiegel sein, da er, wenn er zufällig mit der Kerze daran vorbeigegangen wäre, einen tödlichen Schrecken hätte davontragen können. Überhaupt vermied er es, unvorbereitet in einen Spiegel zu sehen, da der

plötzliche Anblick der eigenen Gestalt, gleichsam ein doppeltes Ich vor einen hinstellend, ihn sehr wohl wahnsinnig zu machen imstande wäre. Ebenso unheilvolle Wirkungen gingen für ihn von der Tapete aus, deren verschlungene Figuren, wenn er sie eine Weile betrachtete, vor seinen Augen zu kreisen und zu tanzen begannen und bedeutungsvolle ängstliche Zeichen bildeten. Damit er arbeiten und schlafen könnte, mußte Michael sowohl in seinem Schlafzimmer wie in seinem Studierzimmer die vorhandenen Tapeten entfernen lassen, und die Wände wurden einfarbig angestrichen, wobei aber wieder die Wahl der Farbe, die sich in peinlich genauem Einklang mit seinem Wesen, ja eigentlich mit seiner jeweiligen Stimmung befinden mußte, fast unübersteigliche Schwierigkeiten mit sich brachte.
Michael hatte Mühe, diese Erscheinungen, für die sein Bruder keinen Grund angeben konnte, ernst zu nehmen, wohingegen Mario sofort ohne Erklärung das unheimliche Wesen von Spiegeln, Tapeten und anderen Dingen begriff und lebhafte Teilnahme, ja Bewunderung für Gabriel faßte, daß dieser eine so hervorragende Feinfühligkeit dafür besaß. Er liebte es, sich mit ihm über solche Gegenstände zu besprechen, was dieser auch gerne tat; denn er hielt seine Furchtsamkeit und Schwachmütigkeit nicht für etwas Lächerliches, das man unterdrückte und verheimlichte, sondern war stolz darauf, obgleich er es selbst als Schwäche und Nervosität auslegte. Er war reich an Vorempfindungen und Witterungen aller Art, und auch Mario brachte es bald dahin, seinen Vater auf Reisen vor diesem und jenem Gasthofe warnen zu können, wo er übernachten wollte, die Nähe gewisser Menschen zu fliehen, es in gewissen Zimmern nicht aushalten zu können und dergleichen, wofür er sich zwar auch gerne von seinem Vater auslachen ließ.
Indessen wurden diese Eigenheiten Michael doch zuweilen unbehaglich, besonders da sie neben manchem anderen Zuge von Unreife in Mario auftraten, wie es zu seinem Alter nicht mehr passen wollte. Im Gegensatze zu anderen jungen Leuten war es ihm angenehm, wenn er für jünger gehalten und als Kind behandelt wurde, teils weil er sich gerne seinen spielerischen Neigungen überließ, hauptsächlich aber, weil er sich vor Verantwortlichkeit fürchtete. Eine ernstliche Neigung zu irgend-

einer Beschäftigung verriet er nie, wohl aber gründlichen Widerwillen gegen regelmäßige Tätigkeit überhaupt, worin er auch wieder mit Gabriel übereinstimmte. Sie waren der Ansicht, daß jede Tätigkeit, zu der man sich zwingen müsse, den Geist dürr und unfruchtbar mache, und daß die reizende Regellosigkeit, Unfolgerichtigkeit und Torheit des Weibes, worin das Wesen der Genialität bestehe, die Frucht ihres beruflosen, von der Laune regierten Lebens sei.

Die Frauen betreffend, bestand übrigens der Unterschied zwischen ihnen, daß Gabriel zwar ihre Genialität bewunderte, ihr kindliches Wesen aber doch als das verlorene Paradies betrachtete, von dem er ausgeschlossen sei, und deshalb den Umgang mit gleichgearteten Männern vorzog, während Mario beständig Beziehungen zu hübschen Mädchen hatte, die er vor Gabriel zu verbergen trachtete.

Zuweilen versuchte Michael die Berufsfrage bei Mario anzuregen, ihn wenigstens den Ernst derselben einsehen zu lassen, aber seiner offenbaren Unreife gegenüber hielt er es schließlich doch für besser, ihm Zeit zu gönnen. Es lag keine dringende Notwendigkeit mehr vor, daß er Geld verdiente, so konnte er immerhin die glücklichen Umstände ausnutzen und unbelastete Freiheit länger genießen, als es den meisten Menschen möglich war. Michael bedachte auch, wie verhängnisvoll es für ihn selbst gewesen war, daß er zu früh gewählt oder vielmehr sich blindlings dem Urteile seines Vaters untergeordnet hatte, und daß er Ursache hätte, seinem eigenen Sohne gegenüber behutsam zu sein. Also erklärte er sich damit einverstanden, daß Mario noch kein festes Ziel ins Auge faßte, sondern seinen Liebhabereien nachging und wartete, wohin ihn allmählich ein entscheidender Zug führen würde.

Der junge Raphael hatte inzwischen Michaels Lehren beherzigt und alles getan, um sich eine Stellung zu erringen, wo er den Zumutungen und der Kritik von allen Seiten entwachsen wäre, so daß Michael ihn, ohne parteiisch zu scheinen, schnell aufrücken lassen konnte. Er blieb auch jetzt anstellig, gelehrig und liebenswürdig und wußte sich bei den anfänglich übelwollenden Kollegen beliebt zu machen, aber gleichzeitig machte sich ein Hang zum Wohlleben und unbedenklicher Leichtsinn an ihm bemerkbar. Einer seiner nächsten Vorgesetzten konnte ihn der Unterschlagung einer freilich nicht bedeutenden Geldsumme überführen und zeigte den Vorfall Michael selbst an, bat ihn aber zugleich, die Sache niederzuschlagen. Auf eindringliches Befragen, wozu er das Geld gebraucht habe, da er ein für seine Bedürfnisse reichliches Gehalt bezog, gestand er, daß er eine Geliebte habe, die Tochter eines kleinen Postbeamten, die sich trotz ärmlicher häuslicher Verhältnisse, wenn sie am Sonntag mit ihm spazierenging, allerliebst herauszuputzen wußte. Raphael war zwar sehr ärgerlich, daß seine Veruntreuung an den Tag gekommen war, schien aber anfänglich keineswegs von der Verwerflichkeit seiner Handlung überzeugt zu sein, erst als Michael ihm ins Gewissen redete, ergriff ihn auf einmal innige Reue, hauptsächlich darüber, daß er ihn betrübt habe, und er wollte sich in Tränen auflösen, so daß Michael wieder zu tun hatte, um ihn zu trösten und zu beruhigen. Obgleich seine Zerknirschung und sein Versprechen, sich zu bessern, ohne Zweifel aufrichtig gemeint war, hielt Michael es doch für nötig, seine Mutter in Kenntnis zu setzen, damit sie womöglich seine freie Zeit überwachte und das vorzeitige Liebesverhältnis zu hintertreiben suchte. Indessen sah Michael sogleich ein, daß er gerade in Hinsicht darauf durchaus nicht auf ihren Beistand rechnen konnte; sie ängstigte sich zwar, daß Raphael die gute Stelle verlieren könnte, und schalt über seinen Leichtsinn, übrigens aber, sagte sie, wäre er ein Junge von Gold wie sein Vater, dem er auch darin gliche, daß er nicht auf Geld sähe, sondern, obwohl die reichsten Mädchen ihm nachliefen, einzig seinem Herzen folgte. Wirksamer als alles, dachte Michael, würde es sein, wenn er ihn zu sich ins Haus zöge, wo er den Einfluß einer gebildeten Häuslichkeit genösse, und da das seit seiner Mutter Tode eher tunlich war als früher, beschloß er, mit Verena darüber zu sprechen.

Verena entfaltete, seit es mit dem Geschäfte gut ging, eine überschwengliche Wohltätigkeit, die sie teils auf eigene Hand, teils durch Vereine ausübte, in denen sie die größte Rolle spielte. Indem sie ihr Talent, anzuordnen, ihre Umsicht, ihre Gabe, sich klar und entschieden auszudrücken, anwendete, wuchs ihre Freude an solcher Tätigkeit, deren Zweck ihr kaum noch zum Bewußtsein kam. Die Schärfe ihres Urteiles, wovon sie so lange keinen Gebrauch mehr gemacht hatte, ließ sich wieder spüren, wenn sie von der Einfalt und Umständlichkeit der Vereinsdamen erzählte, oder von der salbadernden Selbstgefälligkeit der Männer, die sich ihnen beigesellt hatten. Um die Mittel, über die sie zu verfügen hätte, nicht zu überschreiten, bat sie Michael, ihr ein für allemal die Summe zu nennen, die sie jährlich zu wohltätigen Zwecken verwenden könnte; doch fehlte es nicht an Gelegenheiten, wo sie ihn um Zuschüsse anging. Er war ihr im Grunde dankbar, daß sie das auf sich nahm; denn er war überzeugt davon, daß sie praktisch verführe, wie sie früher in Italien bewiesen hatte. Aber sowenig wie damals wurde ihm wohl dabei, wenn sie um die Weihnachtszeit in einem großen Zimmer, das mit den zum Verschenken angeschafften Sachen angefüllt war, herumwirtschaftete, ein Stück nach dem andern mit ihren langen, schmalen, durchsichtigen Fingern nahm und verpackte, bezeichnete, schnell auf einen Haufen warf und dann gleichgültig mit schlaffem mißvergnügtem Munde Namen und Zahlen ausrief, die eine andere Person, die sie dazu angestellt hatte, aufschreiben mußte.

Die Wohltätigkeit, die sie außerhalb der Vereine ausübte, bezog sich nur auf katholische Arme oder auf solche, die sie zum Übertritt gewinnen zu können glaubte, und hierbei war der katholische Pfarrer ihr Ratgeber. Er war, wie er denn nur einer kleinen und bedeutungslosen Gemeinde vorzustehen hatte, die inmitten eines erzprotestantischen Landes ohne jede Aussicht auf Vergrößerung war, ein in keiner Art hervorragender Mann, ja man hätte glauben können, daß ein so Unansehnlicher und Bescheidener eigens ausgelesen worden sei, damit er der Übermacht durch eigenwilliges, trotziges Auftreten oder überhaupt nur durch eine bedeutende Persönlichkeit keinen Anstoß gäbe. Verena, die im allgemeinen gegen nichts so empfindlich war wie gegen schwerfälliges Denken und plattes Wesen, betrug sich gegen den Pfarrer nichtsdestoweniger mit graziöser Demut, lud ihn häufig zum Tee ein und verlangte auch von andern, daß sie ihm Ehrerbietung entgegenbrachten. Die unschädliche Einfältigkeit und Belanglosigkeit, die sich in seinem Gesichte und in seinem Wesen ausprägte, pries sie als Heiligkeit eines Kindergemütes.

Als Michael gegen Abend in Verenas Empfangszimmer trat, um wegen des jungen Raphael mit ihr zu sprechen, fand er den Pfarrer dort, der den Tee mit ihr genommen hatte. Im Umgange mit Herren pflegte der Pfarrer jedes Berühren religiöser Gesprächsgegenstände zu vermeiden, vielmehr, da er sich als den geduldeten und ohnmächtigen Teil fühlte, suchte er sie dadurch bei guter Laune zu erhalten, daß er nach Handel und Wandel und Marktpreisen fragte und, wenn keine Damen dabei waren, auch wohl eine bewährte schlüpfrige Anekdote zum besten gab. Er erging sich Michael gegenüber zunächst im Lobe Verenas, und zwar – denn er verfügte keineswegs über den weltmännischen Ton, der die Geistlichen höherer Stellen als Gesellschafter so angenehm macht – im Geschmack des kleinen alten Krämers oder Apothekers aus einem Landstädtchen, der den Galanten bei schönen Frauen spielen möchte, und sprach sodann über die neuesten Erfindungen zur Erleichterung der Fortbewegung und des Verkehrs. Daß Verena sein leichtes Schwatzen mit stiller und bescheidener Liebenswürdigkeit wie ein Schulmädchen anhörte, hatte für Michael etwas Belustigendes, zugleich aber auch Rührendes, und es überkam ihn fast ein Gefühl von Zärtlichkeit, wie er es seit langem nicht für sie empfunden hatte. Sein Blick hing freundlich an ihrer feinen, hohen, aufrechten Gestalt, wie sie den Pfarrer, der sich verabschiedete, zur Tür begleitete und wieder zurückkam, und er sagte gutmütig: »Der Mann muß ungewöhnlich heilig sein, da du so ausdauernd und selbstverleugnend im Ertragen seiner übrigen menschlichen Mängel bist.« Verena wurde dunkelrot und sagte abweisend, der Pfarrer hätte eben dadurch Takt bewiesen, daß er es bei einer leichten Plauderei hätte bewenden lassen, denn es zeugte von Halbbildung und Geschmacklosigkeit, wenn einer zwischen ein paar Schluck Tee Gelehrsamkeit auskramen wollte.

Michael ging sofort auf das über, was ihn eigentlich herbeigeführt hatte, sprach über die Sorgen, die Raphael ihm machte, und daß er daran gedacht hätte, ihm unvermerkt Freude an einem geordneten Leben beizubringen, indem er ihn öfters einlüde und ihn schon dadurch, daß er seine freie Zeit auf diese Weise in Anspruch nähme, von dem Mißbrauch derselben abhielte. Verena konnte offenbar die Kränkung nicht sogleich verschmerzen, die Michael durch seine Bemerkung über den Pfarrer ihr zugefügt hatte; sie sagte, es wäre besser gewesen, wenn Michael den leichtfertigen Menschen nicht in eine Laufbahn gezwungen hätte, wo er so vielen Versuchungen ausgesetzt wäre; auch wäre es der kleinen Malve wegen besser, wenn er nicht ins Haus käme, da sie durch Zufall erfahren könnte, in welcher Weise sie mit ihm verwandt sei. Michael antwortete, das ließe sich wohl verhüten und würde schließlich auch kein Unglück sein, es käme einzig darauf an, ob sie wolle. Es wäre dies eine Art von Wohltätigkeit, auf welche die Verhältnisse sie hinwiesen, die aber freilich mehr Opferwilligkeit erfordere, als Geld zu geben und Geschenke zu machen.

Verena blieb vollkommen ruhig, nur beugte sie sich ein wenig vor und sah Michael mit sprühenden Augen an. »Ich hätte wohl größere Opfer gebracht«, sagte sie, »sowohl um deinen unglücklichen Bruder am Leben zu erhalten, wie um sein Andenken zu ehren. Wenn ich dein Ansinnen ablehnte, geschah es aus einem anderen Grunde, den du dir hättest denken können; ich möchte nicht, daß der Sohn seiner Mutter sich den Weg ins Haus bahnte, deren Beziehungen zu dir das Gespräch der Leute sind.«

Michael wurde die Bedeutung dieser Worte nicht sogleich klar; denn daß man ihm unerlaubte Beziehungen zu der ehemaligen Geliebten seines verstorbenen Bruders zuschreiben sollte, hatte für ihn etwas so Unerhörtes, daß er eher falsch gehört oder verstanden zu haben glaubte. »Ich verstehe dich nicht«, sagte er und sah Verena fest und erwartend an. Sie hielt seinen Blick ruhig aus und sagte: »Man weiß, daß du diese Person seit deines Bruders Tode zu besuchen pflegst, und daß auch sie zu dir kommt, und man nimmt an, daß du deines Bruders Platz wie im Geschäfte so in dieser Hinsicht ausfüllst. – Du wirst nicht sagen«, fügte sie mit Spott hinzu, »daß ich dich mit Eifersucht und Verdächtigungen belästigt habe.«

»Du hättest es auch jetzt nicht tun sollen«, sagte Michael, der bleich geworden war. »Du hättest es mir lieber verbergen sollen, daß ich zwischen Menschen leben muß, denen so Gemeines

in den Sinn kommt, und die mich damit beschmutzen möchten.«
»Sittliche Entrüstung steht dir nicht an«, entgegnete Verena scharf. »Warum könntest du nicht wieder tun, was du schon einmal getan hast?« Dies letzte sagte sie, weil sie wußte, daß sie ihn damit im tiefsten Herzen verwunden würde, und im ersten Augenblick bereitete es ihr Genugtuung, zu sehen, welchen Schmerz sie ihm zugefügt hatte. Michael empfand zunächst nichts anderes als Schrecken, daß sie alle diese Dinge hatte vorbringen können, eine große Übelkeit der Seele, wie wenn er plötzlich bemerkt hätte, daß ekelhaftes, giftiges Ungeziefer, ohne daß er es bemerkt hätte, an ihm gewesen wäre. Als er sich gefaßt hatte, sagte er zu Verena: »Sag mir nur das eine, ob du wirklich daran glaubtest, oder ob du es nur anderen nachgesprochen oder aufs Geratewohl hingeworfen hast, weil du mich verletzen wolltest.« Er sah, daß sie zögerte und sich besann, sei es, weil sie unsicher war, ob sie die Wahrheit sagen sollte, oder weil sie sie selbst nicht mehr herausfinden konnte. »Ich sehe nicht ein, warum es durchaus unmöglich sein sollte«, sagte sie endlich; es lag deutlich in den Worten und dem Tone, daß sie zwar jetzt nicht mehr daran glaubte, aber selbst nicht recht wußte, ob sie es vorher geglaubt hatte oder nur hatte glauben wollen. Mit einem flüchtigen Blick auf sie stand er auf und ging in den Garten, wo niemand war; er setzte sich in eine bedeckte Laube und suchte der qualvollen Stimmung, die über ihn gekommen war, Herr zu werden.
Zum ersten Male, seit er wieder zu Hause war, wollte Sehnsucht nach Rose in ihm aufsteigen; warme, lebendige, tränenschwere Sehnsucht, die leise anpochte, mit verhaltenem Ungestüm. So verlassen hatte er sich nie vorher gefühlt; es war niemand, niemand da, dem er hätte sagen können, was ihm angetan worden war. Die Sehnsucht klopfte wie eine Undine an die Eisdecke in seinem Innern, er fühlte ihre Nähe und das weinende Lächeln, mit dem sie ihm winkte. Aber er kämpfte gegen die Wonne, die er zugleich fürchtete, und sie tauchte unerlöst wieder unter. Dann dachte er an Verena, und wie es hatte kommen können, daß sie den Ekel vor Lüge und Gemeinheit verlor. Er erinnerte sich, wie ihn zum ersten Male ein Gefühl von Unbehagen und

Erschrecken anwandelte, als sie von Raphaels Verhältnis zu der Kellnerin sprach und dabei den Mund zu einem häßlichen Lachen verzog. Damals trauerte ihre großmütige Seele und rang die Hände vor Schmerz; jetzt hatte er ihren edlen Blick nicht mehr in ihren Augen gesehen. Vielleicht hätte sie sich wecken lassen, die Untergegangene mit der Königskrone, und hätte erglühend seine Hand gefaßt, wenn er sie hingestreckt hätte, um ihr zu helfen, wenn er das Zauberwort ausgesprochen hätte: »O Verena, ich trage die Schuld, daß du im Sklavenkleide gehst; sei wie du warst!« Aber es fehlte ihm an Zuversicht und an Liebe. Trotz seines Mitleidens graute ihm vor ihr, je mehr er sich sagte, daß er Feuerströme der Liebe brauchte, um wiedergutzumachen, was er an ihr verschuldet hatte, desto mehr fühlte er sein Herz schwer und steinern gegen sie werden. Er horchte auf, weil es ihm war, als ob Mario ihn riefe, und wollte antworten; aber schon im Begriffe, aufzustehen, besann er sich und setzte sich wieder, froh, daß der Ruf sich nicht wiederholte. Selbst Mario hätte er in diesem Augenblick nicht sehen mögen.
Es war ein warmer Sommerabend, der sich in Regen zu lösen begann. Der einförmig graue Himmel ließ sich sacht hernieder, immer leichter und durchsichtiger, und wurde am Ende zu einem rieselnden Nebelregen. Die Bäume, die auf der Wiese standen, und die Pappeln vor dem Hause waren grau verhüllt und neigten sich lautlos schwankend von einer Seite zur andern. Die Blumen und das kleine Buschwerk waren nicht mehr zu sehen, und die klagenden Gestalten der Bäume vergingen mehr und mehr in der warmen, blassen Flut des Sommerabendregens. Es kam Michael, der still in den Garten hineinsah, der Gedanke, als verrinne so, wie jetzt Himmel und Erde in unendlichem Weinen verrännen, jedes Leben, das Herrliche wie das Schreckliche, das sich in ihm gestaltet hatte, auflösend, bis es auf immer verschwände.

Einige Zeit nach dem häßlichen Wortwechsel mit Michael reiste Verena zu ihrem Beichtvater, wobei sie sich von Mario begleiten ließ. Michael wartete nicht ohne Besorgnis auf seine Rückkehr, da er sich ja selbst für wehrlos dem dämonischen Priester gegenüber erklärt hatte; aber Mario beschwichtigte seinen Vater lächelnd, indem er sagte: »Du kannst jetzt fast sicher sein, daß ich mich niemals katholisch machen lassen werde, obgleich ich den Zauber des Priesters ebenso stark empfunden habe wie früher; aber ich habe gesehen, daß das Schweben vor der Entscheidung das Reizende ist. Hätte ich einmal getan, was er wünschte, würde es alltäglich werden. Es muß im Leben alles Sehnsucht bleiben; wenn man es anfaßt und hat, geht der Schmelz davon.«

»Was sich so rasch abstreifen läßt, ist nicht das Schönste«, sagte Michael, und Mario schwieg, wie er zu tun pflegte, wenn er seinem Vater innerlich unrecht gab, ihm aber nicht laut widersprechen wollte. »Aristos würde es auch nicht billigen, wenn ich katholisch würde«, sagte er nach einer Weile und setzte Michael dadurch nicht wenig in Verwunderung, da er von dem wachsenden Einfluß des Dichters nichts bemerkt hatte.

»Ist denn dessen Meinung für dich maßgebend?« fragte er, worauf Mario, froh, sich seinem Vater, wie er gewohnt war, mitteilen zu können, über seine Gefühle für Aristos ausführlich berichtete. »Er ist mir beinahe mehr abstoßend als anziehend«, sagte er, »und trotzdem trachte ich beständig nach seinem Wohlgefallen. Der Priester ist wie ein singendes Feuer, in das ich mich hineinstürzen möchte, er dagegen ist ungeheuer wie ein ewiger Gletscher und erfüllt mich mit Grausen. Ich ahne, daß er nicht gut ist; aber was kommt darauf an? Er hat die stärkste Persönlichkeit, und das ist mir göttlich.«

»Und warum würde er es mißbilligen, wenn du katholisch würdest?« fragte Michael.

»Im allgemeinen mißbilligt er es nicht«, erklärte Mario, »sondern er findet, daß es immerhin besser ist, sich bestehenden Formen, die schön sind, unterzuordnen, als in eigenen, die häßlich sind, zu verharren. Von mir soll er aber nicht denken, daß ich meine eigene Lebensform nicht hätte finden können.«

»Aber wenn du seine Lebensformen annähmest, würde er dich nicht verachten?« erkundigte sich Michael. Mario antwortete nachdenklich: »Verachten tut er mich auf alle Fälle. Ich glaube aber, er könnte mich beneiden, wenn ich wäre wie kein anderer, und auch nicht wie er.«

Es lag in all diesem eine Art zu denken und zu empfinden, die

Michael fremdartig war, aber gerade weil Aristos ihm bei der flüchtigen Bekanntschaft nicht sympathisch gewesen war, wollte er, wo es sich um ihn handelte, nicht unbillig sein. Er versuchte nochmals, durch seine Gedichte den Weg zu ihm zu finden, doch behielt er den meisten gegenüber das Gefühl, wie man es etwa für künstliche Diamanten hätte, die dasselbe Feuer hätten wie echte und vielleicht sogar kostbarer wären, und die einem doch nicht so teuer sein könnten wie natürliche, in der Erde gewachsene. Als er darüber mit Mario sprechen wollte, sagte dieser zögernd, sie seien eben schwer zu verstehen, und auf Michaels Bemerkung, es sei doch noch nicht so lange her, daß er sie sich von ihm hätte erklären lassen, antwortete er: »Du hast sie mir aber nicht richtig erklärt«; wobei er seinen Vater so zärtlich und schalkhaft zugleich ansah, daß es unmöglich gewesen wäre, darüber gekränkt zu sein. Dennoch war ihm so zumute, als ob Mario auf der Wanderung sich von ihm trennte und hie und da umherstreifte, wo er ihn nicht vermißte. Zwar sagte er sich, es müsse so sein, da sie voraussichtlich nicht bis zum Ende Hand in Hand würden gehen können; aber das war das Bittere, daß Mario Pfade ging, die ihm nicht gefallen konnten und auf denen seine Gedanken ihm ungern folgten. In früheren Jahren hatte er Mario immer zugeredet, auf seine Mutter zu hören, die ihn zu frischer Tätigkeit anzuspornen suchte, obwohl er selbst dem Kinde gegenüber nachsichtig sein zu dürfen glaubte. Es hatte damals wenig gefruchtet, indessen jetzt, da Verena sich beeiferte, den Weisungen des Priesters nachzukommen und sein Weiterkommen, sein Tun und Lassen, seine ganze Lebensführung unbeachtet zu lassen, näherte er sich ihr mehr und mehr.

Seit Verena das letztemal gebeichtet hatte, war sie heiterer und zufriedener, was sich als anhaltend und nicht als nur augenblicklich gehobene Laune erwies. Sie ging jetzt, augenscheinlich einem Gelübde zufolge, jeden Tag beim Morgengrauen in die Messe, wozu sie ein eigens gefertigtes, nonnenhaftes Gewand trug, mit welchem zugleich sie nach der heiligen Handlung Religion, Ernst, Nachdenken, Reue, Trauer, kurz alles Leidwesen, welches das Leben hätte verbittern können, abgelegt zu haben schien. Sie gab sich dann den weltlichen Erquickungen breit und behaglich hin, wie es früher durchaus nicht ihre Art gewesen war, als wären sie durch die fromme Übung des Morgens geheiligt oder wenigstens unschädlich gemacht worden. Sie scherzte in dieser Stimmung gern über religiöse und kirchliche Dinge, gewissermaßen um das in Gott ruhende und daher frei spielende Kind darzustellen, ein Zug, der Michael besonders unverständlich und zuwider war. Mario war zu bequem, um die Frühmesse zu besuchen, tagsüber aber begleitete er seine Mutter gern zur Kirche und beobachtete gewissenhaft die katholischen Feiertage. Er tat das um so lieber, als Aristos selbst zur Verehrung Verenas das Zeichen gegeben hatte; er verglich sie nämlich mit einer seltenen und schönen Pflanze, die ursprünglich giftig gewesen sei und einmal durch einen schaurigen Zufall sich selbst vergiftet hätte; deshalb schwanke sie auf geisterhaftem Stengel und trüge eine wildgeflammte, kranke Blume. Er durchschaute, daß die Heiterkeit, die sie zur Schau trug, nicht klar durch ihr Gemüt floß; aber eben das bewunderte er an ihr, daß sie gesunde, ruhevolle Gebärden vortrug, die ihr nicht eigen waren.

Zu den Verehrern Verenas gehörte nun auch der junge Raphael, den sie nach der Rückkehr von ihrer Reise Michaels Vorschlag gemäß, ohne wieder auf das Gespräch zurückzukommen, eingeladen hatte. Während er weder mit Gabriel noch mit Mario zusammenzustimmen war, bezauberte Verena ihn ganz und gar. Mit ihm verkehrte sie in einer anderen Art, als mit den übrigen jungen Leuten; sie erteilte ihm praktische Ratschläge, wie er sein Leben einrichten könnte, machte Pläne mit ihm, seine künftige Laufbahn betreffend, und interessierte sich für die kleinen Erlebnisse, die ihm begegneten. In ihr immer etwas vornehmes und herablassendes Wesen mischte sie einen kameradschaftlichen Ton, der ihn ermunterte, sich ihr rückhaltlos anzuvertrauen, und der an die alten herzlichen Freundschaftsbeziehungen zu seinem verstorbenen Vater erinnerte; doch versagte ihr die Kunst nie, ihn streng in den Grenzen bewundernder Ehrerbietung zu halten. Allmählich reihte sie auch seine Mutter und seine Geschwister unter ihre Schützlinge ein, worauf sie in dieser Familie zu dem Ansehen eines halbgöttlichen Wesens emporstieg.

Es war für Michael eine freudige Botschaft, daß Robert Hertzen, welcher der Bibliothek überdrüssig geworden war und seiner Vermögenslage nach nicht zu arbeiten brauchte, seine Stellung aufgegeben hatte und sich in Michaels Vaterstadt niederzulassen beabsichtigte, zum Teil eben deshalb, weil dieser dort lebte. Beim ersten Wiedersehen kam er Michael gealtert und erschlafft vor, wie es den zwanzig Jahren, die seit ihrer ersten Bekanntschaft verflossen waren, entsprach; indessen nach kurzem Beisammensein verlor sich dieser Eindruck, und er wunderte sich vielmehr, wie seine Erscheinung den langen Zeitraum so rüstig überdauert hatte. Außer daß er bedeutend breiter und dicker geworden war, was ihm bei seiner Größe einen mehr imposanten als komischen Anstrich gab, und daß seine Gesichtsfarbe das Blühende und Frische verloren hatte, war er derselbe geblieben: das Haar flatterte frei um sein hübsches Gesicht, und seine Augen ergriffen jede Erscheinung wie einst mit sardanapalischer Unersättlichkeit. Seine Frau, die er vor etwa zehn Jahren geheiratet hatte, war beinahe so groß wie er, schön und von mächtigen Formen, die ihr freilich etwas Matronenhaftes gaben; sie hieß Jolantha, bewegte sich wenig, und wenn sie sprach, war es etwas Ruhiges, Mäßiges, Freundliches, wobei ihre weißen runden Hände gewöhnlich still über ihrem vollen Leibe gefaltet lagen. Robert, der ihr gern laut und überschwenglich den Hof machte, verglich sie oft mit einer sanften, majestätisch wiederkäuenden Kuh, die in seinen Augen überhaupt das Bild hehrster weiblicher Göttlichkeit war. Da sie keine Kinder hatten, verbreiteten sie alle ihre Sorgfalt, Pflege und Zärtlichkeit über ihr eigenes gegenseitiges Wohlergehen, und es mochte sich dadurch eine außerordentliche Empfindlichkeit gegen die geringste Störung ihres lustreichen Daseins in ihnen entwickelt haben. Besonders Robert suchte ängstlich jeder Unebenheit, jeder Mißstimmung, ja jedem unpassenden oder häßlichen Worte, das ein anderer hätte sagen können, vorzubeugen, und es mußte im Umkreise seiner Seele, wie er selbst sich ausdrückte, immer so aussehen, wie in dem Zimmer einer verwöhnten Schönen, wo seidenweiche Kissen auf jedem Stuhle, jedem Sofa, kurz in jedem Winkel stecken, in den man sich hinsetzen könnte.

Verena, bei der Michael das Ehepaar einführte, empfing Robert

als einen Freund aus ihres Mannes Studienzeit mit Mißtrauen, das vor seiner Offenheit und Wärme aber nicht bestehen konnte, ja seine ritterliche Gattenliebe verbunden mit zärtlicher Bewunderung anderer Frauen, seine eifrig betonte Verehrung des Schönen und nicht zum wenigsten der Umstand, daß er katholisch war, gewannen ihm schnell ihre Zuneigung und Hochachtung. Sein ausgiebiges Eingehen auf jede neue Persönlichkeit hob und erklärte ihren literarischen Abend in ihren eigenen Augen.
Mit wärmster Begeisterung stand er vor Mario, wie er überhaupt der Jugend besonders zugetan war, die er gut zu verstehen und von der er sich auch am besten verstanden glaubte. »Wie«, rief er, »hier in der kalten Handelsstadt des Nordens hängt eine Frucht vom Mittelmeere! Krämer werden sie auf Schiffen von einem zyprischen Eiland hergeschleppt haben, um sie als Wunder zu Hause vorzuzeigen. Während süße Säfte sie schwellten, sangen Sirenen zur Flöte, und die Tauben der Venus streiften ihre Samthaut mit blauen Flügeln. Wäre ich ein Kaiser, müßtest du mein Liebling sein, denn mir ahnt, du taugst zu nichts anderem, als dich küssen und streicheln zu lassen.«
Mario hörte lächelnd zu und drückte sich schweigend tiefer in seinen bequemen Sessel, indessen Michael sagte: »An Sonntagen und in Gesellschaft trägt er noch die Kinderschuhe; übrigens wird er demnächst Siebenmeilenstiefel anziehen mit festen Sohlen und sogar mit einigen Nägeln beschlagen.«
»Michael!« rief Robert, die großen Augen erschrocken öffnend, »rede nicht wie ein Makler und Wechsler! Kann er jemals etwas Besseres werden, als was er ist, ein schöner verliebter Junge? Hegen wir vielmehr doch jeden Halm, der zwecklos aufgeht, und hüten wir uns, Ähren zum Korntragen und Dreschen daraus machen zu wollen.«
Michael sah ihn lachend an und sagte: »Bombastus!« worauf Robert eine Weile nachsann und dann aufblickend mit großer Innigkeit zu Michael sagte: »Wenn du anderer Meinung bist als ich, dann werde ich wohl unrecht haben; denn ich bin, mit dir verglichen, nur ein toller Gaukler und Fabulant mit hüpfenden Beinen und einem Becher starken Weines im Kopfe.«
Aristos bemerkte, die Glieder der Familie Unger hätten alle, obwohl sich jeder vom andern verschieden trüge, die Haltung

von Königen, was von der verstorbenen Malve ererbt wäre; und dieser Vorzug wiese sie darauf hin, sich im Leben ruhig zu verhalten und nicht auf plebejische Art trachten, zu streben und sich abrackern zu wollen. Denn es wäre die Aufgabe der Menschen, in feierlich schönem Aufzuge in der Arena des Lebens zu erscheinen und im Kampfe weniger auf den Sieg als auf die Schönheit der Bewegung zu sehen, so daß man mit blutendem Leibe und schäumendem Munde sich selbst noch wie ein Kunstwerk empfände und genösse. Der Drang, still und schön zu sein, hätte im Grunde auch Verena, die keineswegs fromm wäre, bewogen, katholisch zu werden; sie hätte damit, bewußt oder unbewußt, ein Mittel, vielleicht das einzige, ergriffen, das ihr eine kampflose Erhabenheit der Haltung ermöglichte.
Verena wußte nicht, ob sie entrüstet widersprechen sollte oder sich der Lockung, die von dem Geiste dieses Sonderlings ausging, hingeben durfte. Ihre schwache Einrede, daß er sie unrichtig beurteile, überhörend, fuhr Aristos fort: »Wenn Sie, in schwarzen Floren wallend, in die Kirche treten und geneigten Hauptes Ihren Sitz einnehmen; wenn Sie beim gegebenen Zeichen sich bekreuzen, in die Knie sinken und sich langsam wieder erheben; wenn Sie sich in der Kapelle eines Heiligen hingerissen niederwerfen und die Hände, betend gefaltet, zu seinem Bilde erheben, überkommt Sie eine Befriedigung, die Sie vielleicht dem gegenwärtigen Geiste Gottes und Ihrer Erhebung zu ihm zuschreiben; es ist aber das Bewußtsein der schönen, wellenflüssigen Demut, die Bewegung, mit der sich Ihre hohe Gestalt uralten Formen anschmiegt, das Gefühl, in einen wundervollen Rhythmus aufgelöst zu sein, nach dem seit undenklichen Zeiten die Seele vieler Völker schwingt.«
Verena widersprach nicht mehr, sondern fragte errötend: »Warum sind Sie nicht selbst Katholik, wenn Sie die Schönheit der Kirche so wunderbar begreifen?«
Er schwieg einen Augenblick und sagte dann mit harter Stimme, aber doch mit liebenswürdigem Lächeln gegen Verena: »Weil ich einen anderen Rhythmus in mir habe, der in keinen anderen einklingt und den kein anderer überwindet.«
»Der muß stark sein«, sagte Robert, der mit ehrlichem Staunen und wachsender Bewunderung zugehört hatte.

»Er war stark genug«, sagte Aristos ruhig mit einem kalten Blick auf jenen, »daß er mich selber bezwungen hat. Ich hätte meiner Natur nach ein Räuberhauptmann im Walde werden können, der seine Opfer zwänge, das Blut des eben Erschlagenen zu trinken, und der die unergründlichen Höhlen der Berge mit Gold und Leichen füllte. Ich hätte Gift mischen können, nicht etwa um Feinde aus dem Wege zu räumen, sondern um sie unter Zuckungen und jämmerlichen Verwünschungen sterben zu sehen; ich hätte am Altare dem Priester in seinen Kelch speien und noch entsetzlichere Dinge tun können, die ich nicht nennen will, damit Sie nicht vor mir schaudern. Aber dieser Teufel, der in mir ist, krümmt sich unter meinem Willen zur Schönheit, und was für Fieber auch seine Eingeweide schütteln, bäumt er doch keine Wimper in offener Empörung. Ich habe einen Ton, dem die Seelen dienen müssen, wie mein eigener Dämon es tut.«

Mario wand sich in angenehmer Wollust, wie er es als Kind getan hatte, wenn man ihm in der Dämmerung Geschichten von Mordtaten und Geistererscheinungen erzählte; auch Robert betrachtete mit einem Gemisch von Grauen und Ehrfurcht das Greisengesicht des jungen Mannes, der zur Bekräftigung alles dessen, was er eben gesagt hatte, da zu sein schien. Es waren böse, gemeine und arglistige Züge von Mordlust und Neid darin, die es zerrissen und entstellten und sich doch zu einem Bilde fügten, das im ganzen erhaben wirkte. Michael sagte, sich willig diesem Eindruck überlassend, den er auch empfing: »Wenn Sie eine so groß und streng beherrschte Leidenschaft in den Dienst einer guten Sache stellten, könnten Sie in der Tat ein Heiland der Menschheit werden, die, wie Sie selbst sagen, immer mächtige Harmonien sucht, denen sie sich anschmiegen kann.« Aristos streifte ihn mit einem gleichgültigen Blick und sagte abweisend: »Was nennen Sie eine gute Sache? Ich stehe in der Einsamkeit und spreche mit mir selber. Menschen drillen ist meine Sache nicht, wer mir nachahmen oder von mir lernen will, muß es für sich allein wagen.«

Feska, der Aristos haßte, schob seinen struppigen Kopf vor und sagte: »Was mich betrifft, so könnte ich sämtliche Teufel, die mich zuweilen heimsuchen, in Ihrer Nähe spielen lassen, ohne für ihre Selbständigkeit fürchten zu müssen; denn ich bin wenig empfänglich für Seelentöne und Seelenrhythmen, aber desto mehr für die beiden Sinne Geruch und Geschmack, zumal wenn sie aus der Küche kommen.« Im Anschlusse daran sagte er, daß er die Tragödie seines heutigen Lebens vortragen wollte, deren Schatten seine Freunde vielleicht noch über seinem Wesen hätten lagern sehen. Er erzählte nun, daß er vor Tage aufgestanden sei, um eine Festdichtung zu entwerfen, die ihm vom Magistrat übertragen worden sei, da demnächst das hundertjährige Bestehen des Domes feierlich begangen werden sollte. Es war dieser Dom eine unvollendete Ruine des Mittelalters gewesen, aber die Stadt hatte viel früher, als man anderswo daran dachte, aus eigenen Kräften ihn zu vollenden unternommen. Je nachdem Gelder zuflossen oder stockten, war der Bau gefördert oder liegengelassen, und vor jetzt hundert Jahren war er so weit gediehen, daß zum ersten Male Gottesdienst darin hatte gehalten werden können. In der Überlieferung der Familie Feska hatte sich erhalten, daß ein Urgroßvater, der zu jener Zeit Maurergeselle gewesen war, den allerletzten Handgriff an der Turmspitze des Domes, an der zuletzt gearbeitet worden war, ausgeführt hatte, was als ein rühmlicher Zufall von den Großeltern oder Eltern des Dichters, als er Kind war, zuweilen erwähnt wurde, und diesen Ahn hatte er neben anderen bekannten Namen städtischer Geschlechter zum Träger der Festvorstellung machen wollen. Doch sei es nun, daß seine poetische Kraft überhaupt erlahmte oder daß er keinen guten Tag hatte, es wollte ihm nichts gelingen, und kaum hatte er nach mühsamem Ringen etwas niedergeschrieben, so schien es ihm selbst abgeschmackt und hölzern, und er strich es wieder aus. Die Gestalt des Urgroßvaters, an der er sich versuchen wollte, stand nichtsdestoweniger körperlich und klar vor seinen Geistesaugen und erschien ihm stets kerniger und prächtiger, je ohnmächtiger er sich fühlte. Sein ehemaliges Wähnen, daß er den Namen seiner Familie aus dem Dunkel gehoben und leuchtend gemacht hätte, fing er an, als Verblendung und geckenhafte Überhebung anzusehen; denn was hatte er getan? Was war eigentlich? Ekel an sich selbst und seinem Leben ergriff ihn so, daß er einen Revolver aus seinem Schreibtisch hervorholte, um ein Ende damit zu machen, was ihm schon oft als befreiende Möglichkeit vorgeschwebt hatte.

»Ich ließ«, sagte er, »alle Menschen und Dinge an mir vorüberziehen, ob eines mich mehr lockte als die Wonne des Ersterbens und Erlöschens in der Trübe, die mich umgab; aber nicht einmal die Augen der Frau Verena oder das blaue Flämmchen unter ihrem Silberkessel, wenn sie Tee oder Punsch bereitet, vermochten das. Wo du mitspielst, sagte ich mir, wird eine Grimasse aufgeführt, und wer ist so hohl, so dünnblütig, so fratzenselig, daß er Tag für Tag des Lebens seine Affensprünge und Narrenspossen vor einem zahlungsfähigen Publikum herunterleiern möchte? Ach, es dünkte mich so süß, die Bude zuzumachen und anständig zu sterben. Da klopfte es an meine Tür, und weil ich die Hand meines Koches erkannte, des Mannes, der mir das meiste Glück auf Erden bereitet hat, ließ ich ihn selbst in diesem weihevollen Augenblick eintreten. Er bat um Verzeihung wegen der Störung, doch müsse er, sagte er, mich um den Kellerschlüssel ersuchen, da heute Schinken in Burgunder auf dem Speisezettel vorgeschrieben sei. Nicht nur ist dies mein Leibgericht, sondern das Wort Burgunder hat für meine Seele eine Kraft in sich wie jene Zauberworte, welche die Tore verwünschter Schlösser sprengten oder verhexte Tiere in Menschen verwandelten. Die Erde schwillt unter mir auf, wenn ich es höre, und hebt mich, die Luft streckt ihre sanften Arme nach mir aus, mein Blut sprüht und schäumt wie das Meer vor der Geburt der Schönheitsgöttin. Was soll ich weiter sagen? Ich schloß den Revolver wieder in das Schubfach des Schreibtisches ein und aß zu Mittag Schinken in Burgunder.«

»War er mißraten?« fragte Robert teilnehmend. »In diesem Falle zeigte sich freilich die reinste Ironie des Schicksals in Ihrer Tragödie.« – »Er war vorzüglich«, antwortete Feska. »Ich wußte, daß ich diese Gefahr bei meinem Koch nicht lief.«

»Ein neuer Faust«, bemerkte Robert nach einer Pause; »nur bedarf es nicht der Osterglocken, damit die Erde ihn wiederhabe, sondern die Speiseglocke tut es.« Da Feska belustigt lachte, betrachtete Robert sein häßliches Gesicht mit den schief aus dem großen Munde stehenden Zähnen voll Grauen, ohne sich doch davon losmachen zu können.

»Ich wollte, ich hätte diesen Entsetzlichen nie gesehen«, klagte er später gegen Michael; »er flößt mir Furcht ein, und ich muß ihn doch aufsuchen, als wäre er das Verhängnis, an dem ich scheitern sollte.« Jolantha, seine Frau, verriet, daß er jetzt an jedem Mittag, wenn das Essen ihm nicht schmeckte, tadelnd erwäge, ob eine solche Kost wohl den Feska vom Selbstmorde hätte zurückhalten können.

Gabriel und Mario sprachen sich billigend, aber doch nicht ohne Vorbehalt über Robert Hertzen aus. Sie fanden, er hätte etwas von einem Schauspieler, der eine einmal beklatschte Geste beständig wiederhole, nannten seine Frau eine fett gewordene Venus oder die dickleibigste Scharteke, die er aus der Bibliothek mitgenommen hätte, und lachten darüber, daß er öffentlich ihre Schönheit rühmte; überhaupt sei er eben doch schon ein wenig angealtert. »Was wäre für einen solchen Grünschnabel und Guckindiewelt, wie du bist, nicht alt«, sagte Michael; aber im Grunde war ihm die Art, wie Mario von seinem alten Freunde sprach, verletzend. Er hatte große Zuneigung für ihn bewahrt und begriff nicht mehr, wie er sich früher einmal durch allzu gesuchte Bedenklichkeit davon hatte abhalten lassen können, ihn zu besuchen. Seine Begeisterung, seine Wärme, sein Glück und die Art, wie er sich alles dessen einerseits schämte und dann doch auf eine kindliche Art damit prahlte, erheiterten ihn und taten ihm wohl. Robert war stolz, daß er überall etwas zu bewundern und zu lieben fand, und daß er auch die Erlesenheit der Feskaschen Gastmähler mit einem sanften, inniggefühlten Schnalzen der Zunge auszeichnen konnte; denn reizbare Sinne zu haben, nannte er eine Art von Frömmigkeit im Dienste des Lebens, beschuldigte sich aber ebenso häufig der Leckerei und bat in rührender Weise, ihm seine Fleischlichkeit zugute zu halten. Nur zuweilen fand Michael eine Unruhe und eine Ungeduld an ihm, für die er selbst keinen Grund anzugeben wußte, eine Müdigkeit, die sich als aufgeregtes Wesen äußerte; und er kam ihm dann vor wie ein schönes Mädchen nach durchtanzter Nacht mit Schatten unter den Augen und verdrücktem Kleide, in deren gelockerten Haaren abgewelkte Blumen hängen.

Was Michael wahrhaft quälte, war, daß er manchmal, beson-

ders wenn er in angeregter Stimmung war, Erinnerungen aus der gemeinsam verlebten Studienzeit zum besten gab, ohne Arg, wie sehr Michael darunter litt. Einmal, als vom modernen Theater gesprochen wurde, kam er auf die Begegnung in der Unterwelt, wie er das phantastische Spiel nannte, das die Freunde im Park am See ausgeführt hatten, und suchte darzustellen, was damit beabsichtigt war. Da ihm nur einzelne Züge im Gedächtnis geblieben waren, wendete er sich fragend an Michael, der ja wohl der letzte gewesen sei, der gesprochen habe, damit er ihn berichtige und ergänze. Michael, der ihn schon längere Zeit drohend aus glühenden Augen angesehen hatte, sagte: »Hast du vergessen, daß wir alle dort gesprochenen Worte begraben und geschworen haben, sie nie wieder auszuwühlen und ans Licht zu zerren?« Sowie Robert ihn ansah, kam es ihm zu Sinne, daß die Erwähnung ihm Schmerz verursacht hatte, und er brach erschrocken ab, ja er lenkte, da die andern, die seiner Schilderung aufmerksam gefolgt waren, erstaunt aufhorchten, das Gespräch geschickt ab und fesselte sie auf andere Weise. Hernach ging er zu Michael und sagte bittend, indem er seine Hand faßte: »Verzeih mir, daß ich so tölpelhaft war; die Strafe wird nicht ausbleiben, und die Geister der geschändeten Leichen werden mich verfolgen.«
Michael schüttelte den Kopf und sagte herzlich: »Für dich ist Vergangenheit, Gegenwart und Zukunft ein einziges Sonnenreich, in dem du gerne Reisen machst; ich hingegen mag nicht rückwärts sehen.«
»Im Grunde bist du der Beneidenswerte«, sagte Robert seufzend. »Ich fange schon an, von meinem Vermögen zu zehren, weil ich nichts mehr verdienen kann.«
Es kam Michael sonderbar vor, daß Robert ihn, wie es wirklich zuweilen den Anschein hatte, beneiden sollte, und er konnte es sich nur dadurch erklären, daß jener kein Kind hatte wie er. Einmal, als er sich das vorstellte, überkam ihn der Wunsch, Mario bei sich zu haben, so stark, daß er ihn sogleich überall suchte und, da er ihn nicht fand, das Warten, bis er ihn wiedersähe, kaum ertragen zu können glaubte. Dabei kam ihm zum Bewußtsein, wie selten er Mario in der letzten Zeit gesehen hätte; er besaß die süße Eigenschaft nicht mehr, immer dazu-

sein, wenn sein Vater allein war und ihn brauchte. Doch sagte sich Michael, daß er vielleicht selbst durch seinen häufigen Umgang mit Robert Hertzen daran schuld sei, und daß er sich überhaupt daran gewöhnen müsse, ihn, wenn er nun studierte oder sonst einen Beruf ergriffe, fremden Einflüsen zu überlassen und seine zärtliche Nähe zu entbehren.

Michael hatte immer gewünscht, das Los Arabells erleichtern zu können, doch von allen Seiten gedrängt und in Anspruch genommen, wie er war, mußte er davon abstehen. Allmählich indessen hatte sich seine Lage so gestaltet, daß er daran denken konnte, für Boris eine Stelle an einem Filialgeschäfte in Genua zu schaffen, die weniger kaufmännische Fertigkeit als einen ehrenhaften Charakter verlangte und die durch ansehnliche Besoldung sein äußeres Leben sicherte. Er wendete sich brieflich an Arabell, die ihm augenblicklich antwortete, daß seine freundschaftliche Großmut sie vor drohendem Elende schützen würde. In den letzten Jahren hatte sie selbst durch Unterricht das meiste zur Erhaltung der Familie beigetragen: aber das wenige, was sie verdienen konnte, hatte bei weitem nicht ausgereicht, und sie hatten Schulden machen müssen, die sie nun fast erdrückten. Diese zu tilgen erbot sich Michael ohne weiteres, da er ja nun, wie er sagte, sicher wäre, daß sie in kurzer Zeit abbezahlt werden könnten. Arabells Wunsch, ihm persönlich zu danken, sprach sich so inständig in ihren Briefen aus, daß er nicht nein sagen zu dürfen glaubte, zumal er auch für gut hielt, Boris, auf den vielfach Rücksicht zu nehmen war, selbst in seine Stelle einzuführen.
Er fand Arabell kaum verändert, Boris dagegen, der schon damals älter als seine Jahre geschienen hatte, war kaum wiederzuerkennen. »Wie haben Sie es angefangen, trotz Not und Sorgen wieder Ihr liebes Knabengesicht mitzubringen?« fragte Michael, nachdem sie einander begrüßt hatten.
»Die Jahre waren nicht so schrecklich, wie man denken sollte«, sagte Arabell. »Anfänglich, als ich keine Zeit mehr hatte, vor meinen Bildern zu stehen oder in schönen Versen unterzutauchen, glaubte ich, es nicht ertragen zu können. Aber meine Seele

war weiser als ich, und in ihrer hilflosen Verlassenheit fand sie sich zu Gott.«
Michael sah sie gedankenvoll an und sagte: »Ich war elender und verlassener als Sie und habe Gott nicht gefunden.«
»Ich glaube«, sagte Arabell, »Sie bedürfen seiner nicht, wie ich, weil Sie seinem Herzen näher sind; man sieht ja auch den Turm nicht, wenn man dicht an seinem Fuße steht, erst in gewisser Entfernung rundet sich das Bild. Ich war ihm so unendlich fern, wie meine Sehnsucht unendlich war. Seit ich lebe, suchte ich ihn, wenn ich ihn auch nicht immer richtig nannte. Als das Leben anfing, mich so unerträglich schwer zu bedrücken, nahm ich meine Zuflucht zu dem Schönsten, was ich erfassen konnte, zur Kunst, und befreite mich so vor mir selber. Ich bemerkte, daß ich mein Bewußtsein von mir selbst lösen konnte, wenn ich mich einem vollkommenen Schönen hingab, so daß ich zwar ich selbst blieb, mich aber selbst nicht mehr fühlte. Als mir diese Dinge genommen waren, hatte ich doch noch den Drang, mich von mir zu trennen und mich hinzugeben, und meine Seele hing über einem unermeßlich bodenlosen Abgrund, schwindelnd und voll Sehnsucht, sich hinunterzustürzen. Da stieg aus diesem gähnenden Raume Gott empor und fing meine Seele auf; anders kann ich Ihnen nicht beschreiben, wie es war.«
»Die Schönheit, die Sie anbeteten«, fragte Michael ungläubig, »ersetzte Ihnen ein Wesen, das unsichtbar bleibt?«
»Es ist mir nicht unsichtbar«, sagte Arabell. »Als ich die verlorene Schönheit suchte, den süßen Strom der Töne, die farbige Gestaltung, die zaubernde Kunst, fragte ich mich, wenn nun die Leinwand verbrennte, auf die das Bild gemalt war, ob dann seine Schönheit verschwunden wäre? Und wo sind die begnadeten Häupter, die das Schöne schufen? War überhaupt je etwas, so muß auch ein allumfassendes Wesen sein, in dem es ewig ist. In der Jugend liebt man die Werke des Dichters um des Stoffes willen, dann liebt man seine Kunst und zuletzt nur ihn selber; so ähnlich ist es mir wohl mit Gott ergangen.«
»So verstehen Sie jetzt die Meinung des Freiherrn«, sagte Michael, »daß die Kunst nicht das Letzte, sondern gleichsam nur die Vorstufe zu Gott wäre.«
»Ja«, sagte Arabell lebhaft, »wie ein Schwacher einen Starken

verstehen kann. Ich habe nur einen Zipfel von Gottes Mantel angefaßt, und ihm weht Gottes Atem aus dem Munde.«
Mit dem Namen des Freiherrn war etwas zwischen ihnen aufgetaucht, das keiner zuerst erwähnen wollte, sie schwiegen und sahen einander ernst und forschend in die Augen. Als wollte er zurückdrängen, was auf Arabells Lippen zitterte, sagte Michael plötzlich: »Ich war froh gewesen in dem Gedanken, Ihnen helfen zu können, und sehe nun, daß ich zu spät komme, denn so wie sie jetzt sind, kann Ihnen irdische Not nichts mehr anhaben.«
»Wenn ich lebendig begraben wäre, könnte ich mich noch an Gott entzücken«, sagte Arabell, »aber mein Mann und meine Kinder sind nicht wie ich, und auch ich«, setzte sie mit einem lieblichen und rührenden Lächeln hinzu, »bin noch nicht so verklärt, daß es mich nicht lockte, mir das schöne Leben wieder anzugewöhnen.«
Boris fühlte sich von dieser Welt Arabells viel mehr ausgeschlossen, als ehemals von ihrer Kunstschwärmerei; denn während er die Kunst als Mittel, Gedanken ergreifend auszudrükken, schätzen konnte und also doch dasselbe Ding sah wie Arabell, wenn auch von einem anderen Standpunkte aus, so war ihm Gott nur ein leerer Name. Da seine Schwerhörigkeit sehr zugenommen hatte, war es schwierig, sich mit ihm über verwikkelte Gegenstände zu besprechen, wozu Arabell ohnehin wenig Neigung hatte. Jedermann hätte sie gern das Heil, das sie erfahren hatte, und die Wahrheit, an die sie glaubte, mitgeteilt, einzig gegen ihn schloß sie sich ab und ließ ihn unbekümmert draußen stehen, wenn sie in ihren Heiligtümern selig war. Allerdings pflegte er in seiner Reizbarkeit und griesgrämigen Unzufriedenheit ihre Ansichten, die er nur halb verstand, in grober und oft abgeschmackter Weise zu verhöhnen, wobei er stets darauf zurückkam, daß ihr Christentum sie nicht einmal dazu befähigte, ihren Kindern eine gute Mutter zu sein.
»Eine gute Mutter ist nicht das einzig Gute, was man sein kann«, sagte Arabell hochmütig. »Die heilige Elisabeth verließ ihre eigenen Kinder, um sich Bettlern und Kranken zu widmen.«
»Du hast deinem Vorbild aber nur im ersten Punkte nachgeeifert«, sagte Boris überlaut lachend. Von Arabells Wangen

sprühte dunkle Röte, als sie leidenschaftlich entgegnete: »Ich habe vom Morgen bis zum Abend für meine Kinder gearbeitet, Arbeit, zu der ich nicht erzogen war, an die ich nicht gewöhnt war, die mich anwiderte, und jetzt, da es nicht mehr nötig ist, wirfst du mir vor, ich hätte meine Kinder verlassen und nichts für andere getan.«

Michael sagte mancherlei Versöhnliches, aber obwohl ihm Arabell nie anders als liebenswert und einzig hold erschien, fühlte er doch auch, was in Boris' Bitterkeit berechtigt war. Konnte man sie nicht dafür verantwortlich machen, daß sie ihn und ihre Kinder nicht liebte und nur wie eine Heldin ihre Pflicht gegen sie erfüllte, so mußte man auch das begreifen, daß er es ihr nicht verzeihen konnte. Die langen Jahre der Sorge war sie im Grunde niemals bei ihm gewesen; ein empfindungsloses Trugbild hatte an ihrer Stelle die Kinder versorgt, den Haushalt geführt und in fremden Häusern Stunden gegeben, während sie in ferner, wolkiger Bläue die Hoheit Gottes suchte und sich im Golde badete, das von den Füßen seines Thrones floß. Darum glänzte ihr feines Gesicht wie in ihrer zwanzigjährigen leichten Jugend, während ihm, der immerwährend ohne Ablösung im trockenen Staube des häßlichen Alltags stand, Armut, Gram, Reue, Sorge die harten Finger ins Antlitz gruben und sein Ohr mit ihren öden Litaneien füllten.

Michael versprach sich viel davon, daß er nun regelmäßig arbeiten und verdienen und der Erhalter seiner Familie sein würde, und doch, als er ihm seine Tätigkeit erklärte, ihn den übrigen Herren vorstellte, ihm die Räumlichkeiten zeigte, wo er sich aufzuhalten haben würde, wurde es ihm, so heiter und eifrig sich Boris auch zeigte, bange zumute. Er konnte es nicht anders einrichten, als daß Boris wie die anderen auch fast den ganzen Tag in den großen, kühlen, aber trüben Räumen des Geschäftshauses beschäftigt war, die in den Wintermonaten mit Ausnahme weniger Stunden künstlich beleuchtet werden mußten. Da sollte der taube, verbitterte Mann sitzen über einer Tätigkeit, die ihm völlig fremd war und nichts Reizendes oder Erhebendes an sich hatte. Ob er an die weiten Steppen seiner Heimat denken würde, an den Wind, der darüber hinlief, an die Wolken, die wie Bilder in Träumen auftauchten, eine Weile spielten und sich haschten, um eilig zu zerrinnen, da, wo er Gefahr und Tod verachtete und mit glorreichen Gesichten umging!

Als sie auf die enge, schmutzige und übelriechende Straße heraustraten, fragte Michael wie beiläufig: »Haben Sie zuweilen Heimweh?« Er mußte im Getöse, das um sie her war, dreimal fragen, bis Boris ihn verstanden hatte, dann zuckte er mit den Schultern und wiederholte

»Heimweh? Oh, früher wohl zuweilen«, und schien nicht weiter darauf eingehen zu wollen, vielleicht weil er nicht gewöhnt war, viel von sich zu sprechen, oder auch weil er den Gegenstand fürchtete. »Sie werden nun bald einmal nach Hause reisen können«, sagte Michael. – »Hin wohl, aber zurück nicht«, rief Boris und erinnerte Michael durch eine Gebärde daran, daß er infolge seiner früheren Umtriebe sich nicht in Rußland zeigen könne, ohne Gefangenschaft und wohl gar den Tod zu wagen. Wie er dabei lachte, sah Michael, daß seine starken gelben Zähne noch unverwüstlich stramm einer neben dem anderen standen, grell glänzend in dem breiten, grauen eingesunkenen Gesichte. Ob er glaubte, daß es ihm mit der Zeit hier gefallen würde, fragte Michael. Boris zuckte wieder mit den Schultern und antwortete: »Was liegt daran? Ich lebe nicht für mich. Ich bin froh, für meine Familie sorgen zu können, und da ich den ganzen Tag bei der Arbeit bin, brauche ich das schmutzige Elend nicht zu sehen, das einen hier umgibt.«

Auf Boris' und Arabells dringendes Bitten dehnte Michael seinen Aufenthalt auf mehrere Tage aus, während welcher sie die Stadt und ihre Umgebung durchstreiften. Als sie sich eines Abends im Kahne aufs Meer hinausrudern ließen, fiel es Michael plötzlich ein, daß er vor vielen Jahren, fast noch ein Knabe, mit seinem Vater hier gewesen war, um das Zweiggeschäft kennenzulernen, und daß sie zusammen auf dem Meere gefahren waren. Sein Vater hatte ihn nicht auf die Sehenswürdigkeiten aufmerksam gemacht, auf die Paläste und Kirchen und die Bergterrassen, an denen sie vorübergingen, nur das blaue Wasser zog ihn an; er liebte es, sich in seiner Nähe aufzuhalten oder darauf zu fahren und sich mit dem Manne, der ruderte, in dessen Sprache zu unterhalten.

»Ich möchte wissen, wie Sie damals waren«, sagte Arabell,

deren Augen liebevoll auf ihm ruhten. – »Ich war ein schlanker, dunkler, unbedeutender Junge«, sagte Michael, »und hatte die Brust voll Erwartung. Ich fühlte mich immer am Vorabende eines hohen Festes und wollte tugendhaft und würdig sein, um das Götterbild tragen zu dürfen.«
Auf seinen Wunsch wurde an einer Stelle gelandet, wo sich damals, so glaubte er sich zu entsinnen, eine kleine alte Taverne befand, in der er mit seinem Vater gesessen und Wein getrunken hatte. Es glückte ihnen wirklich, sie zu finden, und sie traten in den niedrigen schwarzverräucherten Raum, der voll laut durcheinander lachender und schreiender Männer war, die rauchten, spielten und tranken. Sie verstummten einen Augenblick, als die Fremden eintraten, und rückten zusammen, damit sie Platz fänden. Der Wein, den Michael als tiefrot und sehr feurig im Gedächtnis hatte, wurde bestellt, und er lud Boris und Arabell ein, auf ihre Zukunft in der neuen Heimat anzustoßen. In dem spärlich beleuchteten Raume sah der Wein schwarz aus, und Arabell fand es unheimlich, davon zu trinken; aber er schmeckte herb und heiß und rollte wie Götterblut durch die Adern.
Da es in dem geräuschvollen Raume unmöglich war, zu sprechen, stützte Michael den Arm auf den Tisch und sann; es wurde ihm nach einer Weile so, als wären Arabell und Boris sowie die Männer nur etwas von erregter Einbildung Vorgespiegeltes gewesen, und als würde er, wenn er sich umblickte, seinen Vater neben sich sitzen sehen, wie er ihm sein Glas mit dem dunklen Weine reichte und ihm zunickte; er sah die gute, bräunliche, ein wenig behaarte Hand mit dem altertümlichen Siegelring auf dem Zeigefinger.
Als sie wieder im Kahne saßen, sagte Arabell: »Ich muß Ihnen nun das Geständnis machen, daß ich Sie hauptsächlich deshalb so dringend gebeten habe, noch einige Tage hierzubleiben, weil ich wußte, daß morgen der Freiherr hierherkommen wird, um einen Vortrag zu halten; denn er hat hier eine kleine Gemeinde. Wenn Sie mir zürnen und ihn nicht sehen wollen, steht es immer noch bei Ihnen, morgen in der Frühe abzureisen.«
Da es nun so wäre, sagte Michael, wollte er ihn erwarten; dann blieb er still und sah ins Wasser.

»Darf ich von Rose sprechen?« fragte Arabell nach einer langen Pause. Er antwortete nicht, aber der Blick, den er auf sie richtete, schien zu fragen und zu bitten. Sie erzählte, daß sie Rose öfters aufgesucht hätte, nicht weil sie geglaubt hätte, ihr besonders willkommen zu sein, sondern als etwas Schönes, in dessen Anschauung sie sich verloren hätte. Sie hätte Kinder bekommen und bei ihren und des Freiherrn geringen Einnahmen und bei der Sorglosigkeit im Ausgeben dürftig gelebt. Darunter litte sie aber kaum, weil sie in ihrer überschwenglichen Liebe für die Kinder alles andere, was geschähe, nur wie in einem schwachen Traume erlebte. Sie wäre zwar blaß und mager, aber trotzdem immer schöner geworden, und was sie auch täte, stände ihr an: wenn sie einen gewöhnlichen Kinderrock nähte, schimmerte eine so stolze Beseligung von ihrem Gesichte, daß man glaubte, sie wäre eine gute Fee und machte ein Zauberhemd für den Leib eines Glückskindes. Jahrelang hätte sie nicht gemalt außer handwerksmäßig um Geld, darüber aber nie geklagt, auch hätte sie es wohl kaum als Entbehrung empfunden, so ganz wäre ihre Seele in die Kinder ergossen gewesen.
Auch der zahlreichen Hilfsbedürftigen jeder Art, die den Freiherrn beständig umlagerten, nähme sie sich an, allerdings nicht gerade in praktischer Weise, denn das verstände sie nicht, aber indem sie ihre Klagen anhörte, ihnen zuredete und ihnen gäbe, was sie hätte. Wenn auch körperlich im Vergleiche zu früherer Zeit herabgekommen, sähe sie doch stets, wenn nicht gerade augenblickliche Sorgen sie bedrückten, wie eine Glückliche aus und bezweifelte sicher nicht, daß das Leben sie in wunderbarer Weise auf die Höhen geführt hätte, wo die Auserwählten stehen.
»Und das ist«, sagte Arabell, »weil sie wirklich immer eine Auserwählte war; denn es gibt eine Gnadenwahl, wenigstens für uns, denen die Wege Gottes dunkel bleiben. Ich habe meine Hände wund gerungen nach Gott, während andere ihn im Herzen tragen und wissen es nicht einmal. Einige haben einen Stern auf der Stirn, der durch Leiden und Schmutz und Tod leuchtet, anderen hilft nicht Mühe, nicht Kampf, nicht Glück, nicht Tugend, weil sie verdammt sind.« Sie blickte dabei düster auf Boris, der, da er die leise geführten Reden nicht hatte ver-

stehen können, abgewendet saß und teilnahmslos in das flüsternde Wasser starrte.

Michael hatte nichts anderes gehört, als daß Rose Kinder hatte, sie liebte und mit ihnen glücklich war, und versuchte nun, als Arabell schwieg, in seinem klopfenden Herzen die wunderbare Tatsache nachzufühlen. Er erinnerte sich, wie einmal im Dorfe eine Frau, die Rose kannte, zu ihnen getreten war, um von einem kleinen Kinde zu erzählen, das sie kürzlich verloren hatte. Es war von Geburt an krank und schwach gewesen und hatte bei ihr im Bette geschlafen, weil es steter Pflege und Aufsicht bedurfte; infolgedessen hatte sie gar nicht oder nur wenig schlafen können, wodurch sie, da sie mehrere Kinder hatte und tagsüber streng arbeiten mußte, völlig von Kräften kam, so daß ihr einziger Wunsch und Gedanke wurde, nur einmal eine Nacht durch ruhig schlafen zu können. Da das arme Kind ohnedies nie ganz gesund hätte werden können, schien es ihr das beste zu sein, wenn es stürbe; anstatt dessen blieb ihr, nun es tot war, der Schlaf ferner als je, weil Nacht für Nacht die Sehnsucht nach dem Kinde kam, das bei ihr gelegen und geweint hatte und nicht zu trösten gewesen war. Rose hatte das harmvolle, früh gealterte Weib mitleidig angesehen und gedankenvoll staunend zu Michael gesagt: »Die armen Frauen!« als wäre sie von einem anderen Geschlechte.

Er legte die Hände vor die Augen und dachte an sie; er ahnte mit Angst und einer schrecklichen Wonne, daß sie unendlich schöner geworden wäre als früher, und daß er sie unendlich mehr lieben würde, mit einer neuen, überirdischen, wunderbaren Liebe, die kommen würde. Daß es nicht seine Kinder waren, die sie liebte, daran dachte er nicht, und ebensowenig, daß sie dem Freiherrn gehörten; ihm war es so, als hätte sie sich selbst aus ihrer liebevollen Seele heraus geboren.

Am andern Morgen trat der Freiherr früh in Michaels Zimmer und umarmte den Überraschten mit Feuer. »Gott weiß es«, rief er, sich zurückbiegend und ihn mit glänzenden Augen betrachtend, »daß ich dich mehr liebe als meine eigenen Kinder. Ich bin die Nacht durchgereist, um dich desto eher zu sehen.« Er wollte sogleich von Rose sprechen, allein Michael unterbrach ihn und sagte: »Dich sehen kann ich und liebe dich nicht weniger als früher; aber an eins darfst du nicht rühren.« Der Freiherr sah ihn erstaunt und mitleidig an. »Auf mich brauchst du nicht eifersüchtig zu sein«, sagte er ruhig. »Was wäre dir, wie du bist, die Liebe, die sie für mich hat! Und ihren Kindern wirst du ihr Herz doch nicht mißgönnen.« – »Ich bin nicht eifersüchtig«, sagte Michael, »aber ihr sollt sie mir nicht gar so nahe bringen.«

Obwohl nicht ganz einverstanden, kam der Freiherr danach nicht wieder auf Rose zurück. Er nahm Michael am Arm, zog ihn auf die Straße und sagte lebhaft: »Du hast diesen armen Leuten, Boris und Arabell, den Tisch gedeckt, und ich habe nichts dagegen, daß sie sich künftig satt essen. Glücklich aber wirst du sie damit nicht gemacht haben, weil man nun einmal nur die Glücklichen und nicht die Unglücklichen glücklich machen kann. Hoffen wir aber, daß es wenigstens nicht zu ihrem Schaden ausschlägt, und geschieht es doch, so rechne du es dir nicht als Schuld an!«

»Daß ich sie nicht glücklich machen kann, habe ich schon gesehen«, sagte Michael, »doch dachte ich, jedes Unglück sei erträglicher als ohnmächtige Armut.«

»Ohnmacht ist freilich ein Unglück«, sagte der Freiherr leichthin, »Armut nur eine Unbequemlichkeit.«

Michael hatte gefürchtet, den stolzen Mann in einem schäbigen oder wenigstens dürftigen Aufzuge sehen zu müssen, doch war seine Kleidung wie immer tadellos in Schnitt und Stoff, wenn man freilich auch merken konnte, daß sie viel getragen war. »Wenn du Geld brauchtest, würdest du mich doch in Anspruch nehmen, als ob ich wirklich dein Sohn wäre«, bat Michael ängstlich. »Eher dich als einen andern«, sagte der Freiherr, »aber das wird nicht nötig sein. Meine Einnahmen mehren sich eher, als daß sie abnehmen; ich halte Vorträge, spreche immer dasselbe mit anderen Worten und doch nie oft genug für das dumme Volk, und erteile Feinschmeckern oder harten Köpfen, in die kein anderer etwas hineinklopfen kann, Privatunterricht. Übrigens weißt du, daß ich das satte Sichbreitmachen auf der Erde niemals leiden konnte, und kannst dir denken, wie leicht ich es ertrage, daß meine Mittel es mir nicht erlauben. Da ich jetzt, mit sechsundsiebzig Jahren, noch kein merkliches Schwin-

den meiner Kräfte wahrnehme, schließe ich, daß ich mich noch eine Reihe von Jahren rüstig erhalten werde.« In der Tat, obwohl man ihm das Greisenalter ansah, sprachen seine scharfen Augen, seine dichtstehenden schneeweißen Haare, sein elastischer Gang von noch blühendem Jugendfeuer.
In seinem Wesen und den Reden war fröhlich bewegte Heiterkeit; nicht genug, sagte er, könne er seinen Entschluß loben, den scheckigen Mißwachs der Kultur der Geduld Gottes zu überlassen und sich an die pure Natur zu halten, die Urzauber und Zeugungskräfte hätte wie das schlammige, fauler Fische volle, gärende Meer, aus dem unvermutet Götter stiegen. Freilich, im Norden wäre in Wahrheit das zähe Lebermeer der alten Sage, und man könnte alt wie ein Papagei werden, bis das einmal kochte. Im Süden wäre es anders, da wären die Leute naseweis und aufgeweckt, und man könnte erleben, daß man mit einem Atemzug unversehens einen Orkan anbliese. Er trüge hier in italienischer Sprache vor, die er nur unvollkommen beherrschte, aber es gelänge ihm doch, wie er aus Erfahrung wüßte, sich verständlich zu machen. »Diese wundervollen Menschenkinder«, sagte er, »wissen jede Bewegung, jedes Zwinkern, jedes Blinzeln, jedes Zucken aufzufangen und zu deuten, und das benütze ich. Was für eine faule, wilde, mörderische Rotte! Aber wenn ich der Tyrann wäre, wollte ich ein Volk von Helden und Märtyrern aus ihnen machen.«
Daß er sich wissenschaftlich wenig mehr betätigen konnte, fand er keines Bedauerns wert, ebensowenig beklagte er Michael, daß er vor stets neu sich anhäufenden Pflichten seine Studien nicht wiederaufnehmen konnte. »Wo irgendein Starker ist«, sagte er, »hängt sich Geschmeiß an und saugt, das ist so; wer es nicht abschütteln kann, muß es mitschleppen und Blut lassen. Sammeln und bewegen sollen wir uns, das anvertraute Pfund nicht vergraben, sondern vervielfachen.«
Als er Michael spätabends zum Bahnhof begleitete und sie zu dem reichen und glanzvollen Himmel des Südens aufblickten, sagte er: »Häufig beim Anblick der zahllosen Sternenwesen, von denen jedes mit einer besonderen Strahlenkraft und Natur an seinem besonderen Platze steht, den es nicht aufgeben noch vertauschen kann, denke ich an die Unveränderlichkeit von uns

Menschen. Sieh Arabell, sieh mich an oder irgendeinen von denen, die du kennst; es mögen täglich Blätter abfallen und neue sich entfalten, jeden Augenblick Tropfen aufspringen und Tropfen verrinnen, es ist ewig derselbe Brunnen, der alle verschlingt und alle ergießt. Nicht Jahrzehnte und nicht Millionen von Jahren, nicht Erdbeben noch Weltuntergänge können einer Seele die Farbe abwaschen, mit der sie Gott gemalt hat, ihr nicht den Namen rauben, mit dem er sie benannt hat. Und eben diese Unveränderlichkeit ist mir eine Bürgschaft für unsere Ewigkeit.«

Bevor sie sich trennten, sagte Michael, wie oft er an die Geisteskraft des Freiherrn mit Beschämung und Bewunderung dächte, und wieviel besser, tüchtiger, segensvoller er, der Freiherr, den Fleck Erde bebaut haben würde, auf den das Schicksal ihn gestellt hätte, als er selbst es vermöchte. Der Freiherr schüttelte hastig seinen weißen Kopf und sagte: »Laß das, Michael. Es muß es jeder auf seine Weise machen, und deine ist nicht die schlechteste. Ich will dir etwas sagen: Manchmal, wenn der Wind über begraste Hügel streicht, oder wenn die Bäume im Regen schluchzen, oder wenn sich blaue Nebel ballen und lösen und gelbe Blätter sich bebend in den tödlichen Herbstrausch stürzen, niedersinken und unter meinen Füßen rascheln, dann denke ich, was für eine schöne und fruchtbare Mutter die Erde ist und wie herrlich es sein muß, ihren Frühling, ihre Stürme, ihre Fülle, ihr Welken, ihre Brandungen mitzuleben. Es gibt etwas Besseres, Höheres; aber schöner seid ihr, ihr Kinder der Erde, und lieben muß man euch vor allen anderen.« Die Augen standen ihm voll Tränen, und es wurde ihm augenscheinlich schwer, Abschied zu nehmen.

Einige Jahre später kam Boris durch eigene Hand ums Leben. Nachdem er Michael die vorgestreckte Summe zurückbezahlt und sich mit seiner Familie bequem eingerichtet hatte und nun ein sorgenloses Leben vor sich sah, trat er eine Reise nach Rußland an, da sein Heimweh, nun die Mittel vorhanden waren, ihm Genüge zu leisten, sich nicht mehr beschwichtigen ließ. Er wußte sich einen Paß zu verschaffen, der ihm ermöglichte, unter einem unverfänglichen Namen die Grenze zu überschreiten und sich im Lande aufzuhalten; doch blieb noch immer große

Gefahr, daß er erkannt und verhaftet würde. Arabell und die Kinder verbrachten die Zeit von einem Briefe zum andern in aufgeregter Besorgnis, und er selbst genoß das heißersehnte Wiedersehen unter Herzklopfen und Todesahnung; aber die Umstände waren ihm so günstig, daß er, ohne jemals Verdacht erregt zu haben, nach einmonatigem Aufenthalte zurückkehrte. Im Augenblick der Rückkunft war die Freude so mächtig, daß die Bitterkeit und der Groll der Vergangenheit völlig darin untergingen, um so mehr, als die Beziehungen zwischen den Eheleuten sich überhaupt freundlicher gestaltet hatten, seit Not und Sorge sie nicht mehr über ihre Kräfte bedrängten; doch ob nun das Weilen in der Heimat seine Erinnerungen neu belebt und dadurch das Bild des Todes, das ihm in den Jünglingsjahren als Ziel eines opfervollen Lebens vorschwebte, während er glaubte, es zu fürchten, und vor ihm floh, sich wieder bei ihm eingenistet hatte, oder ob die Behaglichkeit, die ihn jetzt umgab, mit unerträglicher Reue sein Gewissen bedrückte, er gab sich kaum ein halbes Jahr nach der Rückkehr von seiner Reise den Tod. Nach einem zu Lebzeiten des alten Unger festgesetzten Vertrage fiel die Sorge für die Hinterbliebenen der Angestellten von einer gewissen Stufe an dem Geschäfte anheim, und die Klausel, welche diejenigen, die durch Selbstmord starben, davon ausschloß, nützte Michael, wie sich von selbst verstand, nicht für sich aus, so daß Arabell und ihre Kinder vor Nahrungssorgen gesichert waren.

Mario bequemte sich endlich doch nicht ungern zum Besuche einer Universität, da er sich zu Hause vielfach in unbequemer Weise eingeengt fühlte, ganz besonders was sein Liebesleben anging. Es stand ihm dabei nicht nur die Sippschaft der Philister im Wege, sondern auch seine nächsten Freunde, nämlich Gabriel und Aristos, welche den Hang zum Weibe als vornehmstes Zeichen des Gemeinmenschen gegenüber dem Sondermenschen ansahen. Er fand in dieser Hinsicht mehr Verständnis bei Robert Hertzen, der es immer noch als ein Ideal erklärte, einen Palast aus Gold und Marmor sein zu nennen und ihn mit tausend und aber tausend schönster Frauen zu bevölkern; da aber

Mario übrigens Aristos ungleich bedeutender fand, zählte er sich lieber zu diesem und liebte es nicht, von Robert Hertzen öffentlich für sich in Anspruch genommen zu werden.

Er kam denn auch in den ersten Ferien vergnügt und ungeduldig, wieder abzureisen, nach Hause, weil er sich, wie er seinem Vater willig eingestand, in ein junges Wirtstöchterchen verliebt hatte, das Mieze hieß und nach seiner Beschreibung das wonnigste Ding war, das man sich denken konnte. Als Michael ihn fragte, was für Vorlesungen er gehört und ob er sich bereits für irgendein Studium entschieden hätte, belehrte ihn Mario durch einen gutmütig verschmitzten Blick, der zugleich um Verzeihung bat, daß seine Liebesangelegenheiten es noch nicht zu etwas Erheblichem in der Wissenschaft hatten kommen lassen. Michael konnte darüber nicht so aufrichtig lachen wie sonst, vollends, als Mario nach dem nächsten Semester noch auf demselben Punkte war, fühlte er sich beunruhigt und stellte ihm vor, daß es rätlich wäre, eine andere Universität zu beziehen, wo ihn das Mädchen nicht von jeder ernsteren Beschäftigung abzöge. »Was würde das nützen, Papa«, sagte Mario gutmütig, »da ich mich nur in eine andere verlieben würde.«

»Vermag denn der ernste Wille, zu arbeiten und deinen Geist auszubilden, gar nichts über dich, oder hast du ihn nicht?« fragte Michael.

»Nein, bilden möchte ich mich nicht«, sagte Mario, indem er sich schüttelte; »arbeiten möchte ich wohl, weil es dir Freude machen würde, aber es kommen immer andere Reize, die stärker sind als die Lust zur Arbeit.« Das beste, erklärte er schließlich, würde sein, daß er heirate, dann könnte er leben wie Robert Hertzen, dessen Dasein ja auch von einigen Liebhabereien und der Frau ausgefüllt sei. Michael hielt dies für Scherz, da sich aber zeigte, daß es überlegter Plan war und Mario dabei verharrte, hielt er ihm alles vor, was die Sache in seinen Augen unmöglich machte; seine Jugend, seine Unreife, seine Beruflosigkeit und wie gedrückt er mit der Zeit durch das Zusammenleben mit einer Frau niederen Standes, wie die Mieze wäre, und namentlich durch den Zusammenhang mit deren Familie werden würde.

»Ich will ja nicht die Mieze heiraten«, sagte Mario mit großen

Augen; »ich weiß wohl, daß ich sie nicht mehr würde leiden können, wenn sie meine Frau wäre, und ihre Eltern halte ich mir jetzt schon vom Halse.« Es stellte sich nun heraus, daß er ein anderes, wunderschönes, reiches und feingebildetes Mädchen kennengelernt hatte und liebte, das seine Gefühle auch erwiderte, aber eine förmliche Verlobung zu wünschen schien. »Warum liebst du denn die Mieze nicht mehr?« fragte Michael, dem der Wechsel an sich nicht unerwünscht war.

Mario lächelte beschämt und kokett und sagte: »Ich habe sie wohl noch lieb, aber die andere viel mehr, und heiraten möchte ich nur diese.«

Es stieg langsam ein widerlicher Einfall in Michael herauf, der ihn an seinen Bruder Raphael erinnerte; die Umstände lagen so ähnlich wie damals, und er wußte nicht, wieviel fester auf Marios Charakter zu bauen war.

Er konnte den Gedanken, da er ihn einmal vor sich selbst ausgesprochen hatte, nicht wieder loswerden, und eine schreckliche Unruhe bemächtigte sich seiner. Er sprach den Wunsch aus, das betreffende Mädchen kennenzulernen, und setzte hinzu: »Wenn du dich durchaus jetzt schon binden willst, so tue es; aber bedenke, daß du damit eine Verantwortung auf dich nimmst, der du kaum gewachsen zu sein scheinst; unehrenhaft darfst du nicht handeln. Zu heiraten kann ich dir zwar jetzt noch nicht gestatten, bist du aber nach Verlauf von drei Jahren noch derselben Meinung und hast du dich tüchtiger gezeigt als bisher, so will ich dir nicht mehr entgegen sein, sondern dir sogar die Wege ebnen.« Mario führte allerlei Beispiele von Männern an, die in seinem Alter Frau und Kinder hätten, und bemerkte, daß das sogar außerordentlich moralisch wäre. »Es ist jedenfalls ebenso moralisch, wenn man lernt, sich zu beherrschen«, sagte Michael, »und für dich weniger gefährlich. Gib dir nur einmal ernstlich Mühe, zu arbeiten, und du wirst sehen, daß es leichter ist, als du jetzt glaubst, eine Zeitlang ohne Mädchen auszukommen.«

Sie gingen langsam unter den Kastanienbäumen nach Hause; gelbe Blätter hingen in der blauen Luft, am Wege lagen geplatzte Kastanien, und unter ihren Füßen war leises Rascheln. Mario hörte schweigend an, was sein Vater sagte, oder ein

heimlicher Widerstand schien in ihm zu wachsen. Michael hatte das Gefühl, er hielte mit seinen innersten Gedanken zurück, und es wurde ihm plötzlich bange, das offene, zutrauliche Kindergesicht könnte sich gegen ihn verschließen. »Was denkst du?« fragte er, da Mario still neben ihm herging. »Ich habe nichts gegen dich, und was dich stört, ist nur die bessere Einsicht und Erfahrung, die ich vor dir voraus habe.« Mario sah ihn mit einem aufmerksamen Blick an, der ihn befremdete, in dem sich etwas Bestimmtes aussprach, das ihm weh tat, und den er sich doch nicht zu deuten wußte. »Du sprachst noch kürzlich mit Verachtung von der Ehe«, fing Michael nach einer Weile wieder an, um Mario zu veranlassen, daß er sich ausspräche. Mario lächelte und sagte: »Lieber möchte ich auch ledig bleiben; was soll ich aber machen, da ich in ein Mädchen verliebt bin, das durchaus heiraten will. Ich denke, ich will nun wirklich versuchen, zu arbeiten und etwas zu werden, und will mich dann mit ihr, wenn ich sie bis dahin noch liebe, in einer anderen Stadt, womöglich in Italien, niederlassen.«
»Du möchtest hier nicht bleiben?« fragte Michael.
»Es ist eine öde Krämerstadt«, sagte Mario, »wo alles Schöne verketzert wird, wie du ja früher auch gesagt hast.«
Michael war sich bewußt, niemals parteiisch gegen seine Vaterstadt gewesen zu sein, und im Grunde war er damit einverstanden, daß sein Sohn sich eine andere Heimat suchte; aber er konnte ein tiefes Schmerzgefühl nicht überwinden, daß er so bald und so ganz eigenmächtig darauf verfallen war. »Da ich doch das Geschäft nicht übernehme«, fuhr Mario fort, »ist es ja nicht notwendig, daß ich hierbleibe; oder möchtest du, daß unser Haus in der Familie bleibe? Dann ist ja noch Gabriel da und die Malve, die es behalten können.«
Michael, der ohnehin das letzte nur halb gehört hatte, nickte und sah an Mario vorüber ins Weite, dem es vorkam, als hätte er seinem Vater weh getan. »Jetzt bin ich auch fast das ganze Jahr fort, und es geht gut«, sagte er zärtlich tröstend. »Wir können uns, falls ich nach Italien ginge, so oft wir wollen besuchen, und man genießt so viel mehr, wenn man sich seltener sieht.«
Michael nickte, lächelte und erklärte, im Geschäft etwas verges-

sen zu haben und noch einmal zurückgehen zu müssen; Mario möchte indessen nur voran nach Hause gehen.
Als er nach etwa einer Stunde in den Garten kam, hörte er die kleine Malve heftig mit Mario streiten, der, als er seinen Vater eintreten sah, ins Haus ging, während Malve auf behenden Füßen im Hintergrunde des Gartens verschwand. Malve sah ihrer Großmutter ähnlich, obwohl sie nicht so schön zu werden versprach; anstatt dessen waren ihre Züge belebter, und die strahlende Offenheit und herzliche Wärme ihres Wesens gaben ihr unwiderstehlichen Reiz. Mario war, solange sie klein war, ihr liebster Spielgefährte gewesen, allein seit den letzten Jahren verstanden sie sich weniger, und es gab beständig kleine Reibereien zwischen ihnen. Da sie leicht lernte, ehrgeizig und nicht frei von Hochmut auf ihre Eigenschaften war, warf er ihr blaustrümpfiges Wesen, Rechthaberei und Schulverstand vor, während sie ihn faul, falsch, feige, furchtsam und unmännlich schalt. Ihr Herz war ganz ausgefüllt durch die Liebe zu ihrem Halbbruder Raphael und zu ihrem Pflegevater, und der Gedanke an die Möglichkeit, daß die Gefühle jemals durch ein anderes könnten zurückgedrängt werden, hätte sie unglücklich gemacht. Mit den Äußerungen ihrer schwärmerischen Verehrung für Michael war sie behutsam, da sie trotz seiner liebevollen Güte stets das Gefühl hatte, als gehörte ihr nur der zweite Platz in seinem Herzen, und sich nicht aufdrängen wollte.
Michael hatte den Wortwechsel der beiden kaum beachtet, doch als er die kleine Malve, der er nachging, weinend auf die Erde geworfen fand, setzte er sich zu ihr, wischte mit seinem Tuch die Tränen ab und fragte, was ihr fehle, ob Mario ihr etwas zuleide getan hätte. Sie schüttelte ängstlich den Kopf, vermochte aber ihr Schluchzen zu unterdrücken und sah Michael aus ihren klaren braunen Augen so verzweifelt an, daß es ihm vorkam, als müsse etwas Ernstliches vorliegen, und er freundlich in sie drang, sie möchte ihm ihr Leid klagen. Durch Fragen, die er an das aufgeregte Kind stellte, brachte er schließlich heraus, daß er selbst der Gegenstand der Bemerkungen Marios gewesen war, die sie so leidenschaftlich erzürnt und geschmerzt hatten, worüber er zunächst eine Erleichterung empfand, denn

er hatte schon gefürchtet, Mario könnte im Ärger ein kränkendes Wort über Malves Eltern haben fallenlassen. Er sagte lachend: »Das mußt du dir nicht so zu Herzen nehmen, kleine Malve. Was Mario über mich gesagt hat, kann gewiß nichts Böses gewesen sein, oder du hast es anders verstanden, als er es gemeint hat.« Es wäre nichts dabei zu verstehen gewesen, rief Malve mit blitzenden Augen, er hätte deutlich gesagt, sein Vater finge an alt zu werden.

»Aber da hat er ja ganz recht«, sagte Michael lachend, indem er die Kleine an sich zog und küßte. »Weißt du nicht, daß ich zweiundfünfzig Jahre alt bin, und siehst du nicht, wieviel weiße Haare ich habe?« Im Innersten erschrocken, daß sie sich die schrecklichen Worte hatte entschlüpfen lassen, hatte die kleine Malve ihre beiden mageren Arme um Michaels Hals geschlungen und war in krampfhaftes Weinen ausgebrochen; er fühlte, wie sie, dicht an ihn gedrückt, heftig den Kopf schüttelte. »Es ist ja nichts Schlimmes oder Häßliches, alt zu werden«, fuhr Michael beschwichtigend fort, »aber wenn es dich traurig macht, brauchst du es nicht zu glauben, und wir wollen beide so tun, als ob ich jung wäre.« Er löste ihren Kopf und ihre Arme von seinem Halse, sah sie lächelnd an und trocknete ihr erhitztes und nasses Gesicht, was sie sich aus Bescheidenheit und Furcht, sie möchte ihm lästig geworden sein, schweigend tun ließ.

Erst als Michael allein in seines Vaters Arbeitszimmer war, kam ihm zum Bewußtsein, was ihm in seinem Innern widerfahren war. Jetzt verstand er den aufmerksamen Blick, mit dem Mario ihn betrachtet hatte! Du wirst alt, hatte er gedacht, du sprichst von deiner Erfahrung und halsest meiner Lebenslust deine kahle Erfahrungsweisheit auf. Nach zehn Jahren würde er denken: Du bist so alt geworden, daß es besser wäre, du stürbest, damit deine Kinder und Kindeskinder nicht deinen traurigen Verfall erleben. Er sagte sich, wie er zu Malve gesagt hatte, daß es wahr sei, und daß es nichts Böses bedeute, wenn einer die unleugbare Tatsache seines Älterwerdens bemerkte; aber das half ihm nichts. Er hatte etwas Unersetzliches unwiederbringlich verloren. Wie war es möglich, daß Marios liebende Augen so unbestechlich geworden waren, daß sie sich nach

kurzer kalter Prüfung so gleichgültig von ihm abwenden konnten! Wie er sich das süße Gesicht vorstellte, das lange Jahre unentwegt an seiner Seite gewesen war, und damit den wägenden Blick verglich, der heute auf ihm geruht hatte, stürzten plötzlich Tränen aus seinen Augen, die sich seit dem Morgen in seinem Herzen angesammelt und es schwer gemacht hatten. Du liebe kleine Gestalt, du zärtliches Angesicht, du Herz in meinen Händen! Er hatte niemals vorher bedacht, daß das lallende Kind, der täppische Junge, daß das Bild jedes Jahres, jedes Tages sich verloren hatte, um anderen Raum zu machen, da er selbst, in dem alles zusammen begriffen war, bei ihm blieb; nun aber breitete er die Arme sehnend aus nach allen den Verwandlungen, die eine nach der andern wie selbständige Wesen den Weg abwärts in die Vergangenheit gestiegen und, ohne daß er wußte wie, verschwunden waren. Wo war das kranke, fiebernde Kind, das nicht Ruhe fand, bis es mit seinen winzigen Händen einen seiner Finger umklammern und mit seinen Augen sich fest in seine hängen konnte? Wo war der scheue, glühende Junge, der das unerhörte Opfer lächelnd aus seinen Händen nahm, weil er sich und sein warmes, inniges Leben dagegen einzusetzen hatte?
Nun das nicht mehr bei ihm war, kam die Frage, ob das Opfer nicht ein Wahn gewesen wäre. Wäre Mario gestorben oder irgendeinem unheilbaren Leiden verfallen, so hätte er sich gesagt, es wäre kein Preis zu hoch gewesen, um ihm sein kurzes Leben reizend zu machen oder an seinem Bett zu sitzen und ihn zu pflegen. Ja, selbst wenn Mario sich von ihm lossagte, aber ein tüchtiger, guter Mann zu werden verspräche, würde er sich damit bescheiden, ihn auf diesen Weg geführt zu haben. Aber nun schien es, als sollte ein selbstsüchtiger, an allem, was lockte und reizte, sich vollsaugender Mensch aus ihm werden, in wohlgefälliger Schwäche jeder Übermacht sich hingebend, aber eigensinnig verstockt gegen jeden Anspruch und jede Pflicht, die ihn störte. Dahin hatte er selbst vielleicht es gebracht durch sein überschwengliches Verwöhnen, durch seine fürsorgende tragende Liebe und dadurch, daß er ihn zu einem unerschöpflichen Quell der Zärtlichkeit für sich selbst hatte haben wollen. Wie unendlich viel herber und edler hätte Mario reifen

können, wenn er ihn in jugendlichem Alter verlassen und weniger sorglich behütet, mit einem ernsten Schicksal allein gelassen hätte. Je mehr er einzusehen glaubte, was er selbst an dem lieben Kinde verschuldet hatte, desto überwältigender ergriff ihn von neuem der Schmerz, es nun verloren zu haben. Er wußte, daß er ihn nach wie vor liebhaben, für ihn sorgen und arbeiten würde; aber ob er bei ihm oder fern von ihm wäre, er würde von nun an durch endlose Einsamkeit gehen. War sein Leben in den letzten Jahren auch voller Entbehrung gewesen, so hatte er doch immer dicht an seinem Herzen eine warme, weiche Seele angeschmiegt gefühlt, und nun sie losgerissen war, empfand er dort eine Lücke, wo jede Feindlichkeit sich einbiß und nagte.

Diesen einen Verlust hatte er nie für möglich gehalten; aber jetzt, je länger er darüber nachsann, wurde ihm klar, daß er sich seit langem vorbereitet hatte. Wie lange war es her, daß er nicht mehr der Schönste, der Einzige war, den Mario kannte! So, sagte er sich, hätte es ja auch nicht bleiben können und dürfen; ein Umschwung mußte sich einmal vollziehen.

Er saß am Schreibtisch seines Vaters und spielte gedankenlos mit der goldenen Feder, auf die durch die heruntergelassenen Rollvorhänge des Fensters ein Sonnenstrahl fiel. Es lagen noch alle Sachen auf dem Tische, wie sie zu Lebzeiten seines Vaters, der peinliche Ordnung gehalten hatte, gewesen waren, und die Feder lag unberührt neben einer einfachen, mit der er selbst schrieb; doch liebte er es, sie in die Hand zu nehmen und sich die große, kräftige, edle Hand seines Vaters vorzustellen, was ihm besser gelang, wenn er sie sich mit einem Gegenstande verbunden dachte, mit der Feder oder dem altertümlichen Siegelringe. An dieser Hand war er als Kind gegangen, als ob Gott ihn über die goldenen Straßen des Himmels führte. Noch als er so alt war wie Mario jetzt, hatte er sich kein Glück denken können, ohne daß die schweren schwarzen Augen seines Vaters darauf ruhten und sich still mit ihm daran freuten. Er durfte sich sagen, daß er, was sich auch später ereignet hatte, nie etwas anderes, als die wärmste, aufrichtigste Liebe für ihn gefühlt hatte; dennoch waren böse Worte zwischen ihnen gefallen und böse Gedanken zwischen ihnen hin und her gegangen. Es kam ihm auf einmal lebendig ins Gedächtnis, wie er am Tage seiner ersten Abreise zur Universität an der Tür dieses Zimmers gestanden hatte, halb den Abschied fürchtend und halb ein herzliches Wort ersehnend, und wie er es leer gefunden hatte. Seit diesem Tage mochte sein Vater viele lange Stunden an dem Schreibtische gesessen und sich gramvoll gefragt haben, was er getan hätte, daß sein liebster Sohn ihn verließe und nicht zurückkäme.

Wenn er an seinen Vater dachte, wurde es ihm fraglich, ob er selbst ein ebenso treuer Vater für seinen Sohn gewesen war. Es fiel ihm schwer aufs Herz, daß er lange Zeit das Glück seines Lebens auf die Hoffnung gebaut hatte, daß Mario sich ihm entfremden, seiner weniger bedürfen, sich an andere hängen würde. Ein Grauen überlief ihn bei dem Gedanken, wenn ein grausamer Gott lebte, wie schrecklich er das an ihm hätte heimsuchen können.

Es fiel kein Sonnenstrahl mehr durch den Vorhang, als Michael noch immer am Schreibtische saß, versunken in Bilder, die unablässig an ihm vorüberzogen. Er sah seinen Vater in dem Fischerdorfe am Strande liegen, beruhigt und beglückt in dem Anblicke des Meeres; dann wie er ihn zum Bahnhof begleitet hatte, und als der Zug sich in Bewegung setzte, wie das feierlich ernste Gesicht, dessen Blick freundlich an ihm hing, sich langsam von ihm entfernte. Sein Herz hatte sich ängstlich zusammengezogen, und es war ihm gewesen, als müsse er dem Zuge nachstürzen, um ihn noch einmal zu sehen; aber einige Tage später hatte er es vergessen. Während er an seine Arbeit gegangen war, froh der Tage, die ihm entgegenkamen, einer heiterer und herrlicher als der andere, war der alternde Mann in dem unwohnlichen Eisenbahnwagen mit seiner Schwermut Meilen und Meilen gefahren, bis er endlich wieder in sein Zimmer gehen konnte, vielleicht zufrieden, nur wieder mit den stillen, liebgewordenen Gegenständen allein zu sein. Und dann war er gestorben, einen häßlichen, jämmerlichen Tod, der Michaels Leben nur flüchtig nebenbei erschüttert hatte.

Michael stand auf und zog die Vorhänge hoch, um das Fenster zu öffnen, durch das eine angenehme, kühle Luft einzog. Er hatte Mario vergessen und war mit ganzer Seele in seinen Vater

versunken, der sich seit so lange ohne ein Wort, ohne Wink und Gruß von seiner Seite verloren hatte. Wie war denn dies alles möglich gewesen? Er hatte gelebt wie auf den Rossen des Sturmes, und mit sprühenden Hufen und flatternden Mähnen war es vorwärts gegangen, ohne Scheu, ohne Reue, ohne Rast. Er hatte Jahre hindurch gewußt, daß sein Vater in diesem hohen, ernsten Zimmer saß, von kranken Einbildungen heimgesucht und mit gerechten Befürchtungen sich quälend und des Entfernten traurig gedenkend, und er war nicht gekommen, um sich an seine Brust zu werfen, ihn zu umarmen, seine Liebe stark, tief, innig und freudig vor ihm hinzubreiten.
Er ging langsam in den Garten hinunter und sah sich um, ob er allein wäre; ein Dienstmädchen sagte auf seine Frage, daß alle ausgegangen wären, bis auf Gabriel, der an seinem Werke arbeitete oder las. Lautlos tropften Blätter, gelbe und rote, von den Bäumen; in der dünnen Luft war lauter Schwinden und Scheiden, und überall hauchte die trunkene Süßigkeit der Neige. Michael war nie an jene Stelle gegangen, wo sein Vater den Tod gesucht hatte, ja, wenn er sich recht besann, war er nicht mehr dort unten gewesen seit jener Nacht, als Rose da war und der jähe Schreck vor ihrer Liebe ihn übermannte. Als er, allen seinen Lebensplänen entsagend, wieder nach Hause zurückgekehrt war, hatte er sich mit so viel Arbeit, Greuel und Widerwärtigkeit herumschlagen müssen, daß es nicht einmal Trauer und Erinnerung für ihn hatte geben dürfen. War er je in den Garten gekommen, außer etwa, um mit der kleinen Malve zu spielen? Er hatte gesessen und gearbeitet, und fast war ihm die Beschäftigung, die Geld hervorbrachte, eine Gewohnheit geworden, die ihm das Leben erleichterte und mit der er sich, ohne selbst zu wissen, daß er das wollte, vor Gedanken schützte. Das Herz fing ihm laut zu schlagen an, während er den Weg gegen das Wasser hinunterging und sich fragte, ob er den hölzernen Zaun vor dem Abhang über dem Flusse noch finden würde. Der Zaun, der damals, als er die eingesunkene Tür geöffnet hatte, schon schadhaft war, war jetzt verrottet, so daß es große Lücken gab, durch die man hätte hindurchgehen können. Man hätte sich an die Pfähle, die noch standen, nicht anlehnen dürfen, so locker waren sie, und es hatte dort eine

Gefahr für Malve gegeben, solange sie klein war, die übersehen zu haben er sich vorwerfen mußte. Vielleicht war aber auch das Kind niemals dort hingegangen aus Furcht vor dem Großvater, der allein, von niemandem gesehen, in das faule schleichende Wasser gegangen war und bei Nacht wohl zwischen den Bäumen heraufsteigen mochte, um hinüber nach seinem Hause zu blicken. Er faßte den brüchigen Zaun mit beiden Händen und weinte; seine Tränen fielen in schweren Tropfen auf das Holz herunter, während sein starrer Blick den Scherben und Fetzen folgte, die das trübe Wasser langsam mit sich hinabzog.

In einer Gesellschaft, die Michael mit Verena und Mario um diese Zeit besuchte, sagte die Dame des Hauses zu ihm: »Sie ahnen nicht, welche Rolle Sie in unserer Mädchenwelt spielen, durch die Sie kühl, wie der schöne Joseph, hindurchgehen. Ich wette, daß für keinen Schauspieler, keinen Sänger oder Kapellmeister solche Flammen lodern wie für Sie, was um so erstaunlicher ist, als sie von Ihnen mit keinem Blicke genährt werden.«
»Das ist vielleicht gerade der Grund, warum sie brennen«, sagte Michael lachend. »Sehen Sie sich nur einmal freundlich unter der Schar um«, meinte die Dame, »so werden wir sehen, ob sie davon erlöschen oder desto feuriger erglühen.«
Michael hatte zuweilen einen bewundernden Blick aus jungen Augen aufgefangen, aber nicht weiter beachtet; er wußte, daß man ihn immer schön gefunden hatte und daß gerade die jungen Mädchen für Männer in höherem Alter zu schwärmen pflegen, auch war es nur natürlich, wenn sein Ernst und seine Gleichgültigkeit und was man von der Geschichte seiner Jugend erzählen mochte, ihn noch anziehender für ihre Phantasie machten. Da er sich nun doch einmal in der Gesellschaft unterhalten mußte, wendete er sich an ein paar Mädchen, die unter sich leise schwatzten, und knüpfte ein Gespräch mit ihnen an, worauf sie schüchtern, aber doch mit einer gewissen Gewandtheit und Munterkeit eingingen. Sie kamen ihm sehr kindisch und unbedeutend vor, und er wunderte sich, ob die Mädchen, die er als Jüngling reizend gefunden hatte, ebenso gewesen waren. Gleich darauf bemerkte er, etwas entfernt von den

anderen sitzend, ein stattliches Mädchen, deren dunkle Augen ernst und warm auf ihm ruhten; sie schien älter als die übrigen zu sein und bedeutend reifer, und die großen stolzen Züge ihres Gesichtes unter vollem Haar sowie ihre sichere Haltung zogen ihn an. Sie lächelte, als er sich ihr näherte, als ob sie auf ihn gewartet hätte, und sprach so, daß er bald vergaß, wie fremd er sich kurz vorher in dem Kreise gefühlt hatte. Sie war, obwohl sie die Gesellschaft viel besuchte und als schönes, reiches und liebenswürdiges Mädchen umworben war, einsam darin, hatte aber nichts von dem unruhigen, zerrissenen Wesen derer an sich, die sich unverstanden und unbefriedigt fühlen, sondern schien auf einer starken Persönlichkeit im Gleichgewichte zu ruhen. Dennoch mochte sie gelitten haben und sah nicht schicksalslos aus; es war schon etwas Besonderes, wie die Zustände in der Stadt waren, daß sie, trotzdem sie sechsundzwanzig oder siebenundzwanzig Jahre alt sein mochte, noch nicht verheiratet war. Michael fühlte sich ihr so vertraut, daß er nicht zögerte, seine Verwunderung darüber auszusprechen, worauf sie nichts weiter sagte als: »Sehen Sie sich die Herren an!« und ihren lachenden Blick durch den Saal wandern ließ. Es war da eine Anzahl schön gewachsener, eleganter und hübscher junger Leute, doch sagte sich Michael, indem er sie mit dem Mädchen an seiner Seite verglich, daß es ihnen wohl an Gewicht fehlte, neben ihrer reinen Kraft zu bestehen. Es wäre ihm niemals eingefallen, sich mehr mit ihr zu beschäftigen, wenn sie ihm nicht wie einem Freunde, auf den sie ein Anrecht und zu dem sie Neigung hätte, selbstverständlich entgegengekommen wäre; so wie es gekommen war, empfand er ihre Nähe als beglükkend. Sie war die einzige unter den anwesenden Frauen, die er sich ohne die gekünstelte Modekleidung in einer freien, wilden Tracht von wandernden Menschen der Steppe oder von den sagenhaften Bewohnern der Pfahldörfer im Wasser denken mochte. Indem er sich der kräftigen Wärme ihres Wesens, das sich ihm zuneigte, hingab, beseelte sich ihm allmählich die Umgebung; die Luft tönte und schwirrte, wie in silbernen Saiten, und die Gestalten der geschmückten Menschen wogten wie hübsche, fremde Erscheinungen an seinen angenehm gereizten Augen vorüber. Es war reizend, sie zu vermissen, während sie mit andern sprach, und reizend, zu wissen, daß sie ihn suchte, wenn er nicht bei ihr war; er fühlte, daß seine Augen nur die Beschwörung auszusprechen brauchten, damit sie sich zu ihm neigen und ihre schweren, roten, reifen Lippen auf seine pressen würde.

Sie hatte erwähnt, daß sie Musik liebte und selbst ausübte, und obwohl er seit langer Zeit kein Instrument berührt hatte, bedachte er sich doch keinen Augenblick, zu vereinbaren, daß sie zusammen musizieren wollten. Sie nannte die Musik, die sie vorzüglich liebte, und schlug einiges vor, was sie spielen könnten; aber er antwortete zerstreut, und es war ihm auf einmal lieb, daß sich Herren zu ihr gesellten und sie in einem allgemeinen Gespräche, das sich entspann, von ihm weggedrängt wurde.

Ihm erklang im Geiste ein Lied, das er gespielt hatte, als Rose ihm zuhörte; es war eine stolze Musik, und der Rhythmus seines Glückes und seiner Hoffnung hatte sie getragen. Er dachte, daß nicht die Posaunen und die Harfen der Engel es spielen könnten, wie er es damals spielte. Es war ihm unbegreiflich, wie er sich zu einem so unüberlegten Versprechen hatte verleiten lassen können, das er nicht imstande war, auszuführen; denn gerade mit einem schönen Mädchen, das ihm zugetan war und das ihm gefiel, hätte er weder dies noch irgend etwas anderes spielen mögen. Er war bereits völlig entnüchtert, und der Gedanke, daß sie ungeduldig war, die Herren loszuwerden, damit er sich ihr wieder nähern könnte, erfüllte ihn mit Unbehagen.

Er suchte Verena auf und fragte sie, ob sie Lust hätte, nach Hause zu gehen, worauf sie mit lächelnder Anspielung sagte, sie hätte geglaubt, daß er sich gerade heute so ausgezeichnet unterhalte. Das Mädchen habe ihm in der Tat sehr gut gefallen, sagte Michael ruhig, doch hindere das nicht, daß er jetzt müde sei. Mario, der auf einem kleinen Diwan neben einem niedlichen Mädchen gefunden wurde, sah ihn halb verwundert, halb listig an, als dächte er, sein Vater sei doch noch nicht zu alt, um jungen Mädchen nachzugehen, doch stände es ihm nicht übel. Michael beachtete weder das noch was Mario von den Erlebnissen des Abends behaglich plaudernd erzählte, so stark empfand er das Grauen vor dem törichten Rausch, von dem er sich hatte ergreifen lassen. Und er hatte einst aus dem Brunnen der Liebe getrunken! Was sollte der kümmerliche Nachklang in seinem Leben? Einst hatte er schlaflos am offenen Fenster gestanden und sich an nächtlichen Holunderdüften berauscht und einen geliebten Namen über mondenblaue Sommerwiesen gerufen. Einst war er Hand in Hand mit einer gegangen, und mit dem armen Wort, das sein Mund ihr flüsterte, hatte seine Seele ihr Hymnen gesungen, schöne, ewige, wie Wälder und Stürme und Meere sie rauschen. Er mußte daran denken, er wußte nicht, warum es ihm plötzlich einfiel, wie sie einmal bei Besichtigung einer Burgruine auf einer halb verschütteten Treppe standen und sich zusammen über eine schwindelnde Tiefe beugten, auf deren Grund ein schwarzes Wasser zu blinken schien; sie hingen lächelnd in einer seligen Minute zwischen Tod und Leben.

Am folgenden Tage dachte er über den Vorfall mit dem schönen Mädchen ruhig nach und fand, daß es das beste wäre, Verena zu bitten, sie möchte die Fremde einladen und sich auch an der Musik beteiligen, damit die Sache ohne Kränkung des Mädchens in ein harmloses Geleise gebracht würde. Verena griff den Vorschlag mit Genugtuung auf, da sie daraus sah, wie wenig ernst die Aufmerksamkeit, die ihr Mann dem Mädchen erwiesen hatte, zu nehmen war, und fand leicht eine liebenswürdige Wendung, um sich mit ihr in Verbindung zu setzen, die klug und gut genug war, Michaels Meinung herauszufühlen und darauf einzugehen.

Zu seinem Geburtstage, der in den Oktober fiel und den Verena feierlich mit Heranziehung vieler Bekannten zu begehen liebte, lud sie in diesem Jahre auch die neue Freundin ein, die sie andern gegenüber gern scherzweise Michaels Flamme nannte. Michael war gewöhnt, die Festlichkeit, an der er keine besondere Freude hatte, mit guter Miene über sich ergehen zu lassen; diesmal fühlte er sich, ohne daß ein besonderer Grund vorlag, zerstreut und dabei sehr wohl, so daß es ihm leicht fiel, liebenswürdig und gesellig zu sein, während sein Geist nur wie im Traume zugegen war. Es war ein sanfter, goldener, feuriger Tag; die Gäste hatten im Garten still und glücklich Herbstgerüche und Sonnenluft eingeatmet und wurden redselig, als sie zum Essen in die beleuchteten Zimmer kamen. Michael hörte das Schwärmen und Schwirren des fröhlichen Gespräches wie ein angenehmes Wogen, das ihn nichts anging, nur wenn Robert Hertzen, der ihm gegenübersaß, mit seiner tönenden und singenden Stimme überschwenglich erzählte, wurde er aufmerksam und stimmte hie und da ein. Robert befand sich in melancholischer Stimmung, was er aber in drolligster Weise äußerte, so daß niemand seine Klagen ernst nahm; er behauptete, zum ersten Male in seinem Leben Langweile verspürt zu haben, und knüpfte daran allerhand pathetische Betrachtungen. Am gestrigen Tage, erzählte er, sei er mit seiner Frau sowohl am Nachmittag wie am Abend ganz allein gewesen; kein Freund, kein leidiger Besucher wäre gekommen, es gäbe weder Tanten noch Vettern in der fremden Stadt noch in ihren Gemächern, wie man wüßte, schaukelnde Wiegen, Trompetenblasen und Trommelschlagen oder sonstiges Lärmen ungezogener Kinder. Da hätte er in einem Winkel eine lange und breite, graue und braune schemenhafte Person sitzen und die Daumen umeinanderrollen gesehen, und wie sich der Schrecken in seinem Gesichte malte, hätte Jolantha zärtlich gesagt: »Du hast Langeweile, und nun werden wir Karten legen.« Sie hatte nämlich, da sie durch lange Jahre eine lahme Großtante und ihren kränklichen Vater, einen Major außer Dienst, pflegte, die Kunst erlernt, sogenannte Patiencen zu legen, womit sie denn auch den vorigen Abend in anmutig spielender Weise hingebracht hätten.

»Wer hätte mir das gesagt«, rief er gerührt und leidenschaftlich, »als ich im ersten Kuß auf ihrer weißen Hand zerschmolz, daß sie mir dereinst würde Karten legen, um die rekelnde Langeweile aus den Winkeln zu vertreiben! Wer hätte mir das gesagt, als ich in Vollmondnächten unter halb offenen Fenstern Serenaden zur Mandoline sang! Wir werden alt, Michael, alt wie die gemeinen Butterweiber auf dem Markte, wie die strümpfestrickenden Schäfer in der Heide. Wir hocken über ledernen Folianten und rücken eine Brille auf der Nase und malen Schnörkel um unsere krummen Buchstaben. Wir haben den Beutel voll Geld und verabreichen der bettelnden Jugend

Pfennige, damit sie sich im kreischenden Getümmel der Kirchweih lustig mache. Wir tragen unsere runden Bäuche auf schleichenden Beinen wie verdrossene Stubenfliegen und kleben einsame Haare mit wohlriechendem Fett über die Lichtungen unseres Kopfes – wir, wir, die das Haupt voll Sommerblumen hatten!«
Er lachte, indem er mit der schönen großen Hand seine dichten, flatternden und noch ganz ungebleichten Haare aus der Stirn strich, und wiederholte noch einmal langsam, als ob er in Gedanken suchte, wohin die angeführten Verse gehörten:
»Wir, die das Haupt voll Sommerblumen hatten!«
Er wurde still und sah vor sich hin; eine Erinnerung kam ihm an den blauen See im Abendrot, an einen gleitenden Kahn, worin er selbst mit der Mandoline stand und, vom Jugendrausche hingerissen, Verse weissagte wie ein Verzückter, an ein Mädchengesicht unter weißen Sternblumen, lachend und wehmutsvoll. Wie er den Kopf hob, um es Michael mitzuteilen und zu sagen: Und du, mit Zypressen bekränzt, saßest mir gegenüber wie heute – fiel ihm ein, daß Michael das Kramen in Jugenderinnerungen nicht liebte, und er verstummte erschrokken, die großen, wundernden Augen weit geöffnet. Nachdem man sich von der Tafel erhoben hatte, zog er Michael in eine Ecke und fragte ängstlich, ob er ihm durch die zufällige Erwähnung jener törichten Verse geärgert habe; allein Michael faßte ihn, statt zu antworten, bei den Schultern und küßte ihn, was von ihm etwas so Außerordentliches war, daß Robert ihm noch eine Weile sprachlos nachsah, als er sich bereits wieder unter die übrigen Gäste gemischt hatte.
Nach zehn Uhr verabschiedete sich die Gesellschaft, und im Hause wurde bald alles still; Michael suchte sein Schlafzimmer auf, doch war er zu wenig schläfrig und so wundervoll bewegt, daß er sich nicht niederlegen konnte, sondern hinunter in den Garten ging. Der Mond stand über den Pappeln; wie ein widergespiegeltes Bild hing der Garten ohne Laut und Bewegung in einem durchsichtigen, wellenlosen See aus Mondschein. Auf der Freitreppe blieb er stehen und dachte an Rose, wie sie, jung, im schwarzen Kleide, an dieser Stelle gestanden und gebetet hatte. Zum ersten Male gab er sich dem Gedanken an sie hin,

ohne zurückzuhalten, ohne mit seinem Herzen zu geizen; denn sie war wiedergekommen, um immer bei ihm zu bleiben, er wollte sie nicht mehr fliehen und nicht mehr fürchten. Er ging schnell durch das warme Schweigen des Gartens bis zu der Laube, wo er sich allein und abgeschlossen fühlte, als wartete er wirklich auf den huschenden Schritt eines Liebchens. Noch vor einer Stunde hatte er nicht gewußt, daß es dies war, was er vorhatte, was unruhevoll in ihm drängte, hinabzusteigen in die Unterwelt seiner Seele, in das schöne Zauberland, wo sie war und auf ihn wartete. Ja, da war sie, die einzige, die Geliebte, mit den stillen Mienen, die sagten, daß sie niemandem etwas nehmen, niemandem mehr Leid antun wollten. Da war sie, getragen von Purpurgewölk, goldüberflutet, himmlisch ernst wie eine Selige. Da war sie, so wie einst und doch so anders, daß er unwillkürlich die Hände faltete und die Stirne neigte. Du bist da, flüsterte er, du bist es. Sage mir, daß du mich liebst, sag es mir mit deinen Götteraugen und laß mich in dir ruhen, wie du in mir ruhst. Er sagte Worte, deren Sinn er nicht verstand und in denen er noch seine Sehnsucht und seine Ahnung strömen fühlte. Wo warst du denn? fragte er; und warum kommst du jetzt, als wärest du gestorben? Ach, du warst immer bei mir, ich hatte dich und wußte es nicht. Deine Hand streckte sich aus nach mir, deine Stimme rief mich und drang niemals durch die schwere Erde, die sich über dein teures Haupt gewälzt hatte. Nur im Traume vielleicht überhauchte dein Mund mich mit geheimnisvollem Segen und gab mir flüsternde Kunde von deiner Nähe.

Er hatte keine Begierde, sie, die ihm so nahe war, zu umfassen oder zu küssen; er fand es gut so, nur ihre Gegenwart zu fühlen. Zwar wußte er, daß er sie bei der Hand nehmen und mit ihr in eine Unendlichkeit voll Glut und Milde hineinwandern könnte; aber zugleich fürchtete er, sowie er die Augen von ihm wendete, möchte das Bild verschwinden. Indem er das dachte, zerfloß es auch, und er kam wie nach einer seltsamen Betäubung wieder zu sich. Er hob den Kopf und sah in den schimmernden Garten, schaudernd, weil es ihm plötzlich kühl vorkam. Was war mit ihm vorgegangen, daß er das bläulich bleiche Licht grau sah und daß ihm auf den weißen Gartenwegen eine unerträgliche

Verlassenheit zu liegen schien? Sich besinnend, sagte er sich, daß es nichts weiter war, als daß er den Garten der Erinnerung betreten hatte, über dessen hohe Mauern früher wohl einmal ein bunter Sammetfalter zu ihm geflogen oder das starke Gedüft einer Nachtviole zu ihm verweht war. Ein Kirchhof war in seinem Innern, ein Auferstehungsacker, wo die entblätterte Blume jeden Tages, wo jede vergangene Gestalt, die sein Auge beseligt hatte, begraben lag.

Nun aber, wie er das Wunder benannt hatte, das wie eine große Offenbarung über ihn gekommen war, entzückte es ihn nicht mehr, sondern erschreckte ihn. Sollte denn das nun seine Heimat sein, das Schattengefilde, das Geisterreich? Ach, das duftige Land war weit, weit von dem ungeheuren, brennenden Herzen der Erde, die ihn trug und mit stiller Majestät durch Sonnen und Sterne rollte. Er streckte die Arme aus und rang die Hände; da sind die grünen, feurig grünen Wiesen nicht, über denen die Bienen summen und das blaue Blitzen der Sense zuckt, in denen die kleinen Kinder mit nackten Füßen springen und Blumen raufen. Da sind die donnernden Berge nicht, von denen Frühlingswasser stürzen und Tannen entwurzeln, da rinnt der Blutbrunnen nicht durch ewig bewegte Herzen, die in Torheit und Verlangen und Sehnsucht und hoffnungslosen Leidenschaften zittern.

Er stand auf und trat aus der Laube in den Garten, wo er durch die halb entlaubten Pappeln breite weiße Flächen seines Hauses schimmern sah. Der wilde, besinnungslose Drang ins Leben, der ihn eben angefaßt hatte, flutete langsam zurück: das Schönste von allem Schönen, das wußte er ja, der Schmelz der Freude, das Innigste der Liebe war nicht draußen, sondern ewig in seiner eigenen Seele. Hinunter, hinunter in das Reich der Wiederkehr! Wo Traum und Sehnsucht in himmlischer Gestaltung wandeln, wo aus schwärmerischer Farbenglut und Gesängen voll Heimweh das Verlorene taucht, das unsere Augen benetzen.

Dort, dachte er, nicht unter den Weiden und Rosen, die der Totengräber pflegte, müßte auch sein Vater liegen; nicht sein verwesendes Gebein, sondern er selbst, lebendig, mit dem treuen, schweren Blick, mit dem großen, traurigen, guten

Munde. Sein Herz schlug laut; etwas war vorgegangen, was anders war, als wenn er sonst an seinen Vater dachte; er hatte ihn gefühlt, wie wenn sein Atem ihn gestreift hätte, er hatte seine Lebendigkeit mit Angst und Wonne empfunden, wenn es auch nur wie ein am dunklen Horizonte hinzuckendes Wetterleuchten gewesen war, das man, indem es verschwindet, einer Täuschung des Auges zuschreiben mag.

Eine plötzliche Klarheit erfüllte seinen Kopf, in der ihm Dinge einfach und enträtselt schienen, denen er sonst auf ganz anderen Wegen nachgegrübelt oder die er für unlösbar gehalten hatte. Brandend hob eine starke Welle seine Seele empor, daß ihm schwindelte vor Machtgefühl und unbändiger Seligkeit. Ich kann Tote erwecken, rief es in ihm, ich habe Leben für das Erstorbene, ich habe Feuer für das Erloschene. Ich habe Klänge in mir, die wie Posaunen über Gräber rufen und große Psalmen in die Nacht singen.

In seiner Jugend hatte er oft die Künstler beneidet, die schaffen können, weil er in ihnen eine Lebensgewißheit vermutete, die er auch in seinen glücklichsten Augenblicken nie zur vollen Genüge empfunden hatte. Auf einmal nun fühlte er sich von einer sicheren Glutkraft erfüllt, die ihn ergriff und erschütterte, zugleich aber ihn mit einem Ruhehimmel umgab. Gott selbst war ihm nichts Fremdes und Leeres mehr; denn das Bewußtsein, daß etwas Vergängliches in ihm Dauer gewinnen könnte, eröffnete in ihm den Gedanken, daß er selbst in einem allmächtigen, allumfassenden Herzen lebte, das unendlich mehr Kraft, Liebe, Erbarmen und Heiligung hätte als er selber.

Er lächelte über sich selbst, sein Leben und seine Schmerzen. In diese schwebenden Gärten hatte er gesät, auf diese Keime waren seine Tränen gefallen. Wie hatte es ihn als Kind mit wundervoller Ahnung gerührt, wenn er von fernen, duftenden Inseln, von vermauerten Paradiesen, von unentdeckten Ländern las! Dann war er durch Wüsten und Klippen, durch Blütenwälder und reißende Ströme gestürmt, bis endlich ein göttlicher Fährmann den Irrenden an das ewige Gestade gefahren hatte. Noch war er dort nicht heimisch: es war ihm, als er ungeduldig seinen Vater suchte, als wiche die blasse Erscheinung vor ihm tiefer in die purpurne Nacht, als verlöre er sich in laby-

rinthischen Gängen, flüchtig vor seiner Liebe, die er ersehnte, wie ein unseliger Geist nach Erlösung rufend und doch sich ihr entziehend. Aber darüber schwand ihm das Bewußtsein nicht, daß der geliebte Mann da wäre, daß er ihn hätte irgendwo in den Schluchten seiner Seele, daß es nur an ihm selbst läge, sich ihn immer mehr zu eigen zu machen.
Jetzt indessen verspürte er eine Müdigkeit, die er nicht abzuschütteln vermocht hätte. Es war Mitternacht vorüber und empfindlich kalt geworden. Er ging in sein Zimmer, und sowie er sich aufs Bett geworfen hatte, fiel er in einen bewegungslosen, traumlosen Schlaf. Als er am andern Morgen aufwachte, hatte er die seltsame Erschütterung der Nacht nicht vergessen, noch kam sie ihm wie Spiele angeregter Phantasie vor, die man bei Tage belächelt, sondern gerade weil ihm Seelenräusche und die Krämpfe überreizter Nerven im allgemeinen fremd waren, behielt er das, was ihm in sich begegnet war, wenn er es auch nicht immer gegenwärtig fühlte, als ein wundervolles und entscheidendes Erlebnis.

Mario faßte den Entschluß, Kunstgeschichte zu studieren, und verschwur sich, ihn ernstlich durchzuführen; er behauptete, ein wahres Interesse dafür zu haben, und glaubte, wenn er gehörige Kenntnisse erworben hätte, sie gerade in Italien gut verwerten zu können. Sein Vater söhnte sich mit seinen Zukunftsplänen so völlig aus, daß künftig seine Sorge nur war, er möchte sie wieder umwerfen oder nicht ausführen. Die Beschäftigung mit der Kunst, dachte er, könnte Mario vielleicht werter werden und mehr geistigen Gewinn eintragen, als er selbst jetzt dächte; daß für seine materiellen Bedürfnisse in der Hauptsache er aufkommen müßte, damit hatte er sich bereits abgefunden, ja er tat es gerne. Ließ sich Mario etwa in Genua nieder, wohin er infolge der Geschäftsverbindung sowieso von Zeit zu Zeit reisen mußte, so schien dadurch die Trennung auf ein Unerhebliches zurückgeführt; jedenfalls wollte er sich freuen, seinen Sohn in dem Lande zu wissen, wo er vor Jahren selbst einmal, freilich in anderer Weise, glücklich zu sein gehofft hatte.
Dagegen führte im Verlaufe des Winters der unzuverlässige

Charakter des jungen Raphael neuerdings bedenkliche Unannehmlichkeiten herbei. Seine Verehrung Verenas ließ nach, als der Glanz von Bildung, geschmackvoller Pracht und feiner Geselligkeit, was er unter ihrer Leitung kennengelernt hatte, ihm etwas Alltägliches geworden war, und sowie kein stärkerer Reiz ihn ablenkte, nahm er seine früheren Lebensgewohnheiten, namentlich seine Liebschaft, wieder auf und ließ sich nur noch selten an Verenas Teetisch blicken. Gleichzeitig waren die Folgen seiner verhängnisvollen Liederlichkeit wieder im Geschäfte zu spüren; je älter aber Raphael wurde, desto weniger war es möglich, ihm Dinge hingehen zu lassen, die keiner der anderen Angestellten sich hätte erlauben dürfen.

Michael, dem es ein Lieblingsgedanke geworden war, daß Raphael einmal sein Teilhaber und nach seinem Tode sein Nachfolger würde, erwog, ob er nicht alle solche Pläne zunächst hintansetzen und den unverbesserlichen jungen Menschen nach Amerika schicken sollte, damit er sich unter harten Verhältnissen und Kämpfen durchränge und seine guten Anlagen stählte oder zugrunde ginge. Raphael war, als Michael ihm seine Vergehen vorgehalten hatte, mit allem einverstanden und unterwürfig. »Ihre Güte und Mühe«, sagte er unter Tränen, »sind an mir verschleudert, denn ich habe das Blut und das Schicksal meines unglücklichen Vaters in meinem Blute. Es fehlt mir nicht an Einsicht meiner Fehler und nicht an gutem Willen, mich zu bessern, aber Kraft habe ich nicht, und niemand kann sie mir geben. Wenn Sie heute Nachsicht mit mir haben, werde ich in einem halben Jahre, meinen heißesten Vorsätzen zum Trotze, dasselbe oder noch etwas Schlimmeres getan haben, und ich werde allmählich im Moraste einsinken, während mich drüben wohl die erste Welle auf einmal verschlänge. Nicht einmal zu bedauern bin ich, denn was mir auch Gutes und Glückliches im Leben widerführe, es würde mir zu Gift werden, sowie es mich berührte, weil mein eigenes Blut ohne meine Schuld vergiftet ist.«

So widerwärtig dies weichliche Gehenlassen Michael auch war und so peinlich ihn der Anblick des bleichen, verschwärmten jungen Gesichtes, wenn gerade ein Zeitraum der Ausschweifungen war, berührte, hatte er ihn doch liebgewonnen; wenigstens liebte er das, was an ihm gut und schön war, hatte sich gewöhnt, es ängstlich zu bewachen, und schreckte davor zurück, es aufzugeben und im Schlamm seiner Schwäche und schlechten Neigungen untergehen zu lassen. Dazu kam, daß die kleine Malve mit wärmster Liebe an Raphael hing, stets für ihn bat und ernstlich darunter gelitten haben würde, wenn Michael ihn entfernt und etwa gar ungewisser Zukunft preisgegeben hätte. Ihre Mutter hatte sich wieder verheiratet und, da Malve es selbst wünschte, gern eingewilligt, daß sie, zunächst bis sie erwachsen wäre, bei ihren Pflegeeltern bliebe; Raphael war der einzige, der ihr heimlich von ihrem unglücklichen Vater, den sie nicht gekannt hatte, sprach, mit dem sie sich durch die gemeinsame Zugehörigkeit zu dem armen Toten, den niemand beweinte, dessen Gedächtnis niemand hütete, heilig verschwistert fühlte. Während sie Mario mit Vorliebe seine Faulheit und Schwäche vorwarf, war sie unermüdlich, Raphael zu entschuldigen, der allerdings zeitweise Fleiß, Lernbegier und eine Begabung zeigte, die ihn, wenn Ausdauer dabeigewesen wäre, zu den größten Leistungen befähigt hätte. Auch begründete sie ihre unfolgerichtige Milde damit, daß Raphael keine so sorgsame Erziehung genossen hätte wie Mario, und überhaupt schon deshalb, weil er unglücklich sei, für die Fehler, die er beginge, weniger verantwortlich zu machen sei. Zum Teil aus Berechnung, um sich die Fürbitterin zu erhalten, aber zum großen Teil auch aus aufrichtiger Zuneigung hielt Raphael treu zu der kleinen Schwester, und selbst wenn er widerstandslos seinem ihr unverständlichen Treiben hingegeben war, vergaß er sie darüber nicht, sondern suchte sie auf und verriet überraschende Zartheit, wenn es galt, ihr Beweise seiner Liebe zu geben; nur daß er freilich den, den sie einzig verlangte, daß er sich zusammennähme und sich nichts mehr zuschulden kommen ließe, nicht brachte, ja nicht einmal bringen wollte.

So entschloß sich Michael, ihn doch im Geschäfte zu behalten und durch strenge Beaufsichtigung womöglich das Übel zu unterdrücken; wenn er es freilich auch für wahrscheinlich hielt, daß es gehen würde, wie Raphael selbst gesagt hätte; daß sich nach kürzerer oder längerer Zeit seine Ausschreitungen wiederholten, ebenso wie seine Zerknirschung und Verzweiflung und

Michaels Verzeihen, bis er einmal die Geduld verlöre oder sich daran gewöhnt hätte.

Im Frühling überraschte Gabriel seinen Bruder durch die Mitteilung, daß er sich verlobt hätte und demnächst heiraten möchte, was bei seiner Absonderung vom weiblichen Geschlecht und besonders von jungen Mädchen, auf die er früher stolz gewesen war, wohl wundernehmen konnte. Noch dazu war die Erwählte ein eben erwachsenes Mädchen, das allerdings im Rufe außergewöhnlicher Bildung stand, wie denn verlautete, daß sie die Gespräche Platos übersetzt und in Verse gebracht und Hervorragendes über die griechischen Mysterien gedacht hätte. Michael dachte mit einem Seufzer, daß sie ein willkommener Zuwachs für Verenas literarische Abende sein würde, und drückte in freundlicher Weise seine Einwilligung aus; denn ohne diese hätte Gabriel, der ohne Stellung und Einkommen war, nicht heiraten können. Die Aussicht, daß er etwa eine Prüfung machen und seine ehemaligen Studien ausnützen könnte, war stillschweigend fallengelassen worden und das große Werk noch unvollendet; so wies ihm Michael ein für allemal einen Anteil am Geschäfte zu, mit dem er mit seiner Frau leben konnte. Außerdem handelte es sich darum, für die junge Wirtschaft im Hause Platz zu machen, das Gabriel nicht gern verlassen wollte, und es kam da das Stockwerk in Frage, wo das Arbeitszimmer des Vaters war, in welchem Michael, wenn er nicht im Geschäfte war, sich immer aufzuhalten pflegte. Unter der Vorstellung, dies Zimmer aufgeben zu müssen, litt er so, wie er nicht geglaubt hätte, wegen äußerer Dinge leiden zu können. Die einzige Möglichkeit, wie es sich hätte einrichten lassen, daß er das Zimmer nicht verlöre, war, daß Verena auf ihre großen Gesellschaftsräume verzichtete, welche Bitte auszusprechen er sich aber scheute. Die Erörterungen, die dabei unvermeidlich waren, hätten vielleicht dahin geführt, daß er das Haus umbauen und erweitern lassen müßte, was Verena schon lange im Sinne hatte, ihm aber durchaus zuwider war. Er ging erwägend und abmessend durch die Räume des oberen Stockwerkes und blieb, in Gedanken verloren, in einem Saale stehen, an dessen Wänden sich ein fortlaufender Diwan, nur von hohen Spiegeln unterbrochen, hinzog, und der übrigens bis auf den Flügel in einer Ecke leer war. Es war der Flügel, der seiner Mutter gehört hatte, vor dem sie gesessen und gespielt hatte, während Gabriel seinem Vater die Gedichte von Aristos vortrug –

Du stirbst, wie Blätter fallen,
Niemand wird an dich denken.

Er öffnete eines der Fenster, die nach dem Garten gingen, und ließ die sanfte, wohlriechende Luft herein, denn Veilchen und Tulpen blühten schon in Menge auf den Beeten. Die Sonne stand im Westen und war auf dieser Seite des Hauses nicht zu sehen; Michael hörte gedankenlos auf das weiche Rauschen der Bäume und allerlei verlorene Musik, die von der Stadt herüberkam. Es war niemand im Garten außer der kleinen Malve, die auf einer Stufe der Freitreppe zusammengekauert saß, so dicht unter ihm, daß er sie zuerst nicht bemerkt hatte. Sie hingegen hatte sein ungewöhnliches Erscheinen am Saalfenster sogleich bemerkt und fragte zaghaft, ob sie zu ihm hinaufkommen dürfe. Oben setzte sie sich in die Fensterbrüstung und legte beglückt ihren Arm um Michaels Schulter, da er es aus Besorgnis, sie könnte fallen, von ihr verlangte. Nur schüchtern wagte sie die Frage, ob ihm etwas fehle, da er sorgenvoll aussehe, worauf er ihr erzählte, daß Gabriel heiraten und mit seiner Frau in das Haus ziehen wollte, und daß er bedächte, wie das zu machen sei. Sie erriet, was ihn eigentlich dabei bekümmerte, und daß er Veränderungen in dem, was ihn an seine Eltern erinnerte, fürchtete; denn ihre aufmerksamen Kinderaugen hatten bemerkt, wie teuer ihm alle Gegenstände waren, die von seinem Vater herrührten, und sie hatte die Heilighaltung derselben von ihm übernommen. Sie fragte unwillig, ob denn Gabriel nicht in einem anderen Hause wohnen könne; doch als Michael entgegnete, daß es auch für ihn das Vaterhaus und ihm vielleicht ebenso ans Herz gewachsen wäre wie ihm selber, schwieg sie bescheiden, und sie sahen eine Weile still in den Garten hinunter.

Der zurückliegende, buschige Teil des Gartens stand in Abendglut, die Pappelallee und die Wiese dagegen waren in Schatten gesunken; in der Luft war lindes Säuseln, und die Wipfel der

Pappeln bewegten sich langsam auf und nieder, so daß es wie leichter Wellenschlag gleichmäßig über die Bäume hinlief. Ihr sanftes Rauschen klang wie der träumerische Hauch der Frühlingshoffnung, wie ahnungsvolles Flüstern von verborgenen ewigen Dingen. »Papa«, fragte Malve, »was rauschen sie?« Sie hatte vor Jahren, als sie noch sehr klein war, dieselbe Frage gestellt, und Michael hatte geantwortet, jetzt wäre sie noch zu jung, aber einmal würde sie es verstehen – Worte, die ihre Phantasie unauslöschlich getroffen hatten. Sie staunte, was die Bäume so Erhabenes zu sagen haben könnten, das sie einst verstehen würde, und an Frühlings- und Sommerabenden und wenn die Herbststürme kamen, lag sie selig horchend im Bett und schlief mit dem Sinnen über die Bedeutung der herrlichen Gesänge ein.

Michael sah liebreich in ihr hübsches, kluges, reines Gesicht, das ihn inständig forschend anblickte, und sagte, indem er sachte ihr dunkles Haar streichelte: »Sie rauschen; o Leben, o Schönheit: O Leben, o Schönheit!« Malve hörte atemlos zu und wiederholte unhörbar mit den Lippen die Worte, die ihr an sich keineswegs neu oder fremd waren, die aber so, wie sie sie eben vernommen hatte, einen rätselhaften und wundervollen Sinn einzuschließen schienen. Sie beugte sich in den Garten und horchte und träumte; dann wieder sah sie Michael an, ihr schmales Gesicht war blaß geworden, und ihre Augen hatten sich erweitert und schimmerten. Michael legte mit Herzlichkeit den Arm um sie, weil die starke Bewegung in ihr etwas Rührendes für ihn hatte, und weil er sich bewußt wurde, wie sehr sie ihm allmählich und unmerklich ans Herz gewachsen war. Sie hatte ihm niemals Kummer irgendwelcher Art gemacht und war in scheuer, andächtiger Liebe an seiner Seite gewesen, die er nicht in solchem Maße um sie verdient zu haben glaubte. Jetzt war sie dreizehn Jahre alt und nach ihrem Äußern und Wesen, obwohl sie klug war und zuweilen ernster und gedankenvoller als sonst Mädchen ihres Alters, ein Kind. In ein paar Jahren schon würde sie vielleicht den schönen Kopf voll eitler Gedanken haben, ihr stürmisch hohes Wollen und Lieben vergessen und ihr herzliches Lächeln dem Manne schenken, der ihr die kühnste Huldigung darbrachte oder sie mit dem glänzendsten Putz behängte. Das focht ihn jetzt nicht an; er liebte das ernste, warme, stolze Kind, das sie war, und die mutige, opferwillige Frau, die sie werden wollte. Ja, jetzt träumte sie von verzehrenden Flammen, von heldenhaftem Ertragen, von überschwenglicher Erfüllung, wie es die geheimnisvolle Sprache der Bäume ihr verkündigte. Er wußte, wie voll ihr junges Herz war; einst hatte er auch in dem Rauschen die Sehnsucht und die Klage, das Schluchzen und Jauchzen und alle Verheißungen des Herzens gehört; jetzt hörte er die tränenlosen Weihgesänge.

Plötzlich fühlte er Malvens Arme an seinem Halse, die ihn fest umschlangen. »Du bist traurig«, flüsterte sie weinend und hatte augenscheinlich ihre Träumereien vergessen über der Trauer, die sie in seinem Gesichte zu lesen geglaubt hatte. Er küßte sie und sagte zärtlich: »Ich bin nicht traurig, ich habe ja dich«, worauf sie vor Glück hoch errötete und halb aus Verlegenheit, halb aus innerem Jubel von der Fensterbrüstung hinuntersprang und die Treppe hinunterlief; er sah sie in großen Sprüngen, daß ihre Locken tanzten, nun wieder ganz ein Kind, über die Wiese laufen und in der Tiefe des Gartens verschwinden, woher ihr helles Singen zu ihm heraufklang.

Er dachte: sie geht den Weg der Sehnsucht in das Tal der Träume und der Tränen. Er hingegen war erwacht; und wenn ihn auch der bange und süße Wahn des Lebens noch wie dünner Nebel umflorte und nur zuweilen zerriß und unsterbliche Gipfel entschleierte, ging er doch froh und in Zuversicht auf seiner Bahn wie einer, den unsichtbare Götter führen.